Scott Spencer wurde 1945 geboren und lebt in New York. Bereits seine ersten Romane machten die Kritik auf die »große Hoffnung der jungen amerikanischen Literatur« aufmerksam. Mit *Endlose Liebe* gelang ihm der Durchbruch beim Publikum.

Dieses Buch wurde auf chlor- und säurefreiem Papier gedruckt.

Vollständige Taschenbuchausgabe Dezember 1994
Droemersche Verlagsanstalt Th. Knaur Nachf., München

Originalverlag Alfred A. Knopf, New York
Titel der Originalausgabe »Endless Love«
Aus dem Amerikanischen von Rudolf Hermstein
Umschlaggestaltung Andrea Schmidt, München
Druck und Bindung Elsnerdruck, Berlin
Printed in Germany
ISBN 3-426-60173-7

2 4 5 3 1

Scott Spencer

Endlose Liebe

Roman

Knaur

Teil I

1

Als ich siebzehn war und den drängendsten Geboten meines Herzens bedingungslos gehorchte, wich ich weit vom normalen Pfad des Lebens ab und zerstörte in wenigen Augenblicken alles, was ich liebte – tief und aufrichtig liebte. Und als die Liebe einen Bruch erfuhr, als der unstoffliche Körper der Liebe entsetzt zurückwich und mein eigener Körper hinter Schloß und Riegel kam, konnten es viele nicht fassen, daß ein so junges Leben so unwiderruflich leiden könne. Inzwischen sind Jahre vergangen, aber die Nacht vom 12. August 1967 ist noch immer ein entscheidender Einschnitt in meinem Leben.

Es war eine heiße, schwüle Nacht in Chicago. Keine Wolken am Himmel, keine Sterne, kein Mond. Die Rasenflächen waren schwarz und die Bäume noch schwärzer, die Scheinwerfer der Autos erinnerten mich an jene tapferen Lampen, die Bergleute bei sich haben, wenn sie den stickigen Schacht auf und nieder fahren. In dieser ganz gewöhnlichen schwülen Augustnacht steckte ich ein Haus in Brand, in dem sich die Menschen befanden, die mir von allen Menschen auf der Welt die liebsten waren und deren Zuhause mir mehr bedeutete als mein eigenes Elternhaus.

Bevor ich das Haus in Brand steckte, schlich ich mich auf das große Halbrund der Holzveranda und spähte durchs Fenster. Ich hatte Kummer. Es war der verzweifelte, nagende Kummer eines Jungen, dessen lange, leidenschaftlich vorgebrachte Geschichte auf Unverständnis gestoßen war. Meine Nerven waren zum Zerreißen gespannt. Durch die Gardinen beobachtete ich die Butterfields mit Tränen aufrichtiger und hilfloser Sehnsucht in den Augen. Ich sah (und liebte) diese vollkommene Familie, die ihren scheinbar endlosen Feierabend verlebte, ohne mich zu sehen.

Es war Samstagabend, und sie waren alle beisammen. Ann und ihr Mann Hugh saßen vor dem leeren Kamin auf den blanken Kiefernholzdielen. (Wie sehr bewunderte ich sie, weil sie ihre schönen Holzfußböden unbedeckt ließen.) Ann und Hugh saßen dicht nebeneinander und blätterten ein Kunstbuch durch, dessen Seiten sie mit ungewöhnlicher Sorgfalt und Bedachtsamkeit umwendeten. Jeder von beiden schien hingerissen von der Gegenwart des anderen. Ihre Beziehung kam einem manchmal vor wie ewiges Verliebtsein. Scheu, zögernd, leidenschaftlich, von steter Unruhe. Nur selten nahmen sie einander für selbstverständlich, und ich hatte noch nie Eheleute gesehen, deren Momente der Nähe von einer solchen Aura des Triumphes und der Erlösung umgeben waren.
Keith Butterfield, der älteste Sohn, mein Altersgenosse, dessen vorübergehender Neugier ich die Aufnahme ins Haus der Butterfields verdankte, saß ebenfalls auf dem Boden, nicht weit von seinen Eltern, und hantierte mit den Kabeln eines Stereoempfängers, den er sich gerade bastelte. Auch *seine* Bewegungen kamen mir langsamer vor als sonst, und ich konnte mir nicht erklären, wieso ich alles in dieser verlangsamten, verzerrten Perspektive eines Traums wahrnahm. Jeder, auch wer ihn nicht kannte, hätte ihm gleich angesehen, was er war: der beste Schüler an der Hyde Park High-School. Keith lernte immer und überall, ob er wollte oder nicht. Er konnte in einen russischen Film gehen, und wenn er herauskam, hatte er anhand der Untertitel 20 oder 30 russische Wörter gelernt. Er konnte keine Armbanduhr in die Hand nehmen, ohne Lust zu bekommen, sie zu zerlegen; er konnte keine Speisekarte ansehen, ohne sie auswendigzulernen. Blaß, mit runden Brillengläsern und strubbeligem Haar, in blauen Jeans, schwarzem Unterhemd und Beatnik-Sandalen, legte Keith die Hände auf die ausgebreiteten Teile des Receivers, als wollte er das Gerät nicht bauen, sondern heilen. Dann nahm er einen kleinen Schraubenzieher in die Hand und schaute durch den mangofarbenen Plastikgriff zur Deckenlampe hinauf. Er verzog den Mund – manchmal wirkte er erwachsener als seine Eltern –, stand auf und ging nach oben.
Sammy, der jüngste Sohn, zwölf Jahre alt, rekelte sich auf der

Couch, nackt bis auf seine Khaki-Shorts. Er war blond, sonnengebräunt, blauäugig und auf so konventionelle Art hübsch, daß es fast komisch wirkte – ein Gesicht, wie man es auf Fotos sieht, die kleine Mädchen sich in die Spiegelecke stecken. Sammy war ein wenig aus der Art geschlagen. In einer Familie, in der jeder sich seiner Besonderheit bewußt war und seine persönliche Eigenart kultivierte, ließ Sammys Begabung bereits einen ausgeprägten Hang zum Normalen, Regelmäßigen erkennen. Als Sportler, Tänzer, Zeitungsjunge, Blutsbruder und Schwarm der Mädchen war Sammy der Butterfield, der am wenigsten zurückgezogen lebte, der am wenigsten introvertiert war. Obwohl erst zwölf Jahre alt, waren wir alle ehrlich überzeugt, daß er eines Tages Präsident werden würde.

Und dann war da noch Jade, in einen Sessel gekuschelt, in einer weiten, altmodischen Bluse und unkleidsamen Shorts, die ihr fast bis an die Knie reichten. Sie wirkte keusch und schläfrig, und in ihrer Haltung äußerte sich die ein wenig trotzige Distanziertheit eines sechzehnjährigen Mädchens, das den Samstagabend zu Hause im Kreis der Familie verbringt. Ich wagte kaum, sie anzusehen, weil ich Angst hatte, ich würde einfach durchs Fenster springen und sie für mich zurückfordern. Es waren siebzehn Tage vergangen, seit man mir das Haus verboten hatte, und ich wollte lieber nicht darüber nachdenken, welche Veränderungen sich während meiner Abwesenheit vollzogen hatten. Jade blickte an die Wand. Ihr Gesicht wirkte wächsern, ausdruckslos. Das nervöse Kniezukken war verschwunden – geheilt durch meine Verbannung? –, und sie saß unerträglich still. Zwischen ihrer schmalen Hüfte und der Sessellehne steckte eine Klemmtafel, und in der Hand hielt sie einen dieser dicken Kugelschreiber mit drei Minen – in Schwarz, Blau und Rot.

Ich glaube immer noch, daß man der Wahrheit über meinen Gemütszustand an jenem Abend am nächsten kommt, wenn man sagt, ich hätte das Feuer gelegt, um die Butterfields zu zwingen herauszukommen und sich mir zu stellen. Das Dumme ist nur, daß solche Entschuldigungen unweigerlich an Glaubwürdigkeit verlieren, wenn man sie ein paarmal vorgebracht hat. Es ist wie mit dem Wortspiel, das man als Kind entdeckt: Man braucht ein

Wort nur oft genug zu wiederholen, und es verliert jede Bedeutung. Fuß. Fuß. Hundertmal Fuß, und man weiß nicht mehr, was das ist, ein Fuß. Aber obwohl die Wahrheit meines Motivs sich ein wenig abgenützt hat (und ich durch seinen fadenscheinigen Kern hindurch andere mögliche Gründe erkenne), kann ich immer noch eines mit Gewißheit sagen: Der klarste Gedanke, der mir durch den Kopf ging, als ich das Zündholz anstrich, war der, daß das Anzünden eines Feuers auf der Veranda irgendwie eine bessere Art sei, die Butterfields aus der Abgeschlossenheit ihres Feierabends zu reißen, als ein Ruf von der Straße aus oder ein Steinwurf ans Fenster – oder irgendein anderes verzweifeltes, möglicherweise erniedrigendes Signal, das ich hätte geben können. Ich sah sie schon vor mir, wie sie den Rauch von dem Stapel alter Zeitungen rochen, Blicke wechselten und dann einer nach dem anderen hinausliefen, um nachzusehen, was passiert sei.

So sah meine Strategie aus: Sobald die Zeitungen Feuer gefangen haben, springe ich von der Veranda und renne bis zur nächsten Straßenecke. In sicherer Entfernung bleibe ich stehen, um zu verschnaufen, und schlendere dann gemächlich zu den Butterfields zurück, in der Hoffnung, gerade dann dort anzulangen, wenn sie aus dem Haus kommen. Ich weiß nicht mehr genau, was ich dann tun wollte. Entweder einfach hinlaufen und das kleine Feuer ersticken helfen oder wie gebannt dastehen, Überraschung heucheln und hoffen, daß Jade oder Ann mich sehen, mir zuwinken, mich hineinbitten. Auf jeden Fall war ich fest entschlossen, nicht noch einen Tag vergehen zu lassen, ohne daß sie mich sahen, ohne daß sie mit mir sprachen.

Ich kann mich nicht erinnern, daß ich das Für und Wider dieses Plans abgewogen hätte. Entnervt und liebeskrank wie ich war, faßte ich ihn einfach, und kurze Zeit später strich ich schon ein Zündholz an. Ich wartete einen Moment (meine Beine zitterten förmlich vor Verlangen, von der Veranda zu springen und drauflos zu rennen), um mich zu überzeugen, daß das Feuer nicht ausgehen würde. Das Feuer hob die Ecken des Zeitungsstapels Blatt für Blatt an, wodurch es die Tiefe, aber nicht die Breite seines Eindringens vergrößerte. Ich hätte nur ein paarmal daraufzutreten brauchen, um es zu ersticken, und hätte es beinahe auch

getan, nicht aus Vorsicht, sondern aus panischer Angst. Ich weiß noch, wie ich dachte: Das kann ja nicht gutgehen.
Nachdem die Flammen sich durch ein paar Schichten gefressen hatten, drangen sie schließlich zum Kern des Stapels vor – sie hatten offenbar eine ganz trockene Verbindung gefunden, die ihnen das Überspringen erleichterte. Es war immer noch kein eindrucksvolles Feuer, keineswegs. Man hätte nicht einmal eine Forelle darüber braten können, und als ich floh und es sich selbst überließ, hätte man sich schwergetan, auch nur Kastanien über diesem Feuerchen zu rösten. Aber plötzlich war es ein richtiges Feuer geworden. Es sah weder so aus, als könnte es im leisesten Windstoß erlöschen, noch sah es so aus, als sei es dazu bestimmt, von selbst auszugehen – es war echt, lebendig. Ich sprang von der Veranda in das hohe, ungemähte Gras, das den Vorgarten der Butterfields von den benachbarten Rasenflächen unterschied. Ich drehte mich noch einmal um, sah das Haus an, ein neuenglisches Holzhaus, das hier mitten in Chicago exzentrisch, ja fast ein bißchen unheimlich wirkte, dann das sanft erhellte Wohnzimmerfenster, in dem noch immer keine neugierigen Gesichter auftauchten, und dann den Stoß Zeitungen, jetzt schon eingehüllt von einem Rauchschleier und gekrönt von einem flammenden Hahnenkamm. Und dann rannte ich.
Das Haus der Butterfields stand in Blackstone im Bezirk Hyde Park von Chicago. Ich lief mit steifen Knien nach Norden, zur 57. Straße. Soviel ich weiß, begegnete ich keinem Menschen. Und es kamen auch keine Passanten bei den Butterfields vorbei, die den schwelenden Zeitungsstapel bemerkt hätten. Damals war Hyde Park noch nicht so gefährlich, daß alle Leute aus Angst vor Verbrechern den ganzen Abend zu Hause blieben. Man traf noch Bekannte auf der Straße, und obwohl die University of Chicago schon einen privaten Sicherheitsdienst und eigene Omnibusse für ihre Studenten hatte, war Hyde Park ein offenes, lebhaftes Viertel, auch bei Nacht. (Jade und ich waren, bevor ihre Eltern sich mit unserer Liebe und all ihren kompromißlosen Forderungen abfanden, oft um zwei, drei, sogar vier Uhr morgens durch diese Straßen gegangen, hatten uns an parkende Autos gelehnt und geküßt, uns umarmt und sogar auf dunklen Vortreppen aufeinan-

dergelegen und uns nie unsicher oder bedroht gefühlt – Angst hatten wir nur vor Unterbrechungen gehabt.) Aber an diesem Abend, als ein einziger aufmerksamer Passant alles hätte ändern können, hatte ich den ganzen langen Block für mich allein.

Als ich die 57. Straße erreicht hatte, begann ich mit der zweiten Stufe meines Plans. Ich ging etwa eine Minute langsam an der Ecke auf und ab – das heißt, bei meiner Neigung zur Ungeduld war es wohl nicht einmal eine Minute. Während ich nach einer schnellen, plausiblen Ausrede dafür suchte, warum ich in dieser Gegend sein könnte, falls Jade oder ein anderer von den Butterfields mich danach fragte, ging ich dann wieder Richtung Süden, verfolgte meine Spur zurück zu ihrem Haus. Das Herz klopfte mir wie wahnsinnig, aber ich kann nicht behaupten, daß ich in diesem Moment schon wünschte, ich hätte dieses Streichholz nie angezündet. Ich hatte Jade siebzehn Tage lang nicht gesehen oder gesprochen. (Obwohl mir Hugh Butterfield, als er das Hausverbot aussprach, gesagt hatte, er und Jade hätten beschlossen, daß ich 30 Tage wegbleiben müsse, hatte ich den unbegründeten, aber starken Verdacht, sie wären auf eine Trennung aus, die womöglich ewig dauern sollte.) Diese Verbannung, diese plötzliche Vertreibung aus dem Mittelpunkt meines Lebens, beherrschte all mein Denken und Fühlen. Zweifel und Bedenken attackierten zwar meine Entschlossenheit, richteten aber so wenig aus wie Stubenfliegen. Ich war erschrocken über mich selbst, über meine Tat, die Zeitungen in Brand zu stecken, die sich auf der Veranda der Butterfields angesammelt hatten, aber es wäre falsch, diese Nervosität, dieses Staunen über mich selbst *Reue* zu nennen. Meine größte Sorge war, ob meine Rechnung aufgehen würde.

Ich stand vor ihrem Haus. Der Gehsteig war fünfzig Meter von der Veranda entfernt, und ich sah genau, daß das Feuer nicht ausgegangen war. Aber es war auch nicht größer geworden. Ein gleichmäßiger Rauchschleier stieg von den Zeitungen auf, aber die Butterfields hatten immer noch nichts gemerkt. Einen Augenblick lang war ich versucht, mich noch einmal auf die Veranda zu schleichen und die Flammen zu verstärken oder vielleicht den Stoß aufzulockern, damit die Zeitungen leichter Feuer fingen. Aber ich wollte dem Schicksal doch nicht allzu kräftig nachhelfen.

Da die rundherum inszenierte Begegnung wie zufällig aussehen sollte, wollte ich den Launen des Schicksals einen gewissen Spielraum lassen: Wenn ich zu systematisch vorging, wäre ich womöglich nicht imstande gewesen, Überraschung zu heucheln, wenn es darauf ankam. Ich ging an dem Haus vorbei, diesmal nach Süden zur Ecke der 59. Straße.

Auf der 59. Straße begegnete ich ein paar Leuten, aber niemandem, den ich kannte. Ich sah eine ziemlich aufgedonnerte ältere Frau (darunter verstand ich damals eine Frau in den Zwanzigern), die einen großen, nervösen, roten Hund spazieren führte. Sie trug eine Sonnenbrille und einen schlaffen Strohhut und rauchte eine Zigarette in einer langen, schwarz-silbernen Zigarettenspitze. Es kann sein, daß ich sie anstarrte, bloß um meine Gedanken abzulenken. Sie drehte den Kopf, lächelte mir zu und sagte »Hallo«. Ihre Stimme erschreckte mich, und ich hatte das flüchtige Schwindelgefühl, das einen manchmal überkommt, wenn man beim Einschlafen zu fallen meint. Ich nickte kurz auf britisch-militärische Art (die Maske für diesen Monat, die ich aus dem psychologischen Warenhaus hatte, in dem die abgelegten Persönlichkeiten anderer Leute angeboten wurden) und dachte: Mein Zeitplan kommt durcheinander. Mein Leben hätte ein Film sein müssen, damit alles genau nach Plan abgelaufen wäre – ich wollte ja exakt in dem Moment vor dem Haus der Butterfields sein, in dem sie herauskommen würden. Aber ich hatte auf einmal das Gefühl, daß es jetzt auf jede Sekunde ankomme, und deshalb machte ich auf der Stelle kehrt und lief wieder zum Haus zurück, anfangs im Trab, dann so schnell mich die Beine trugen.

Rannte ich, weil ich um das Gelingen meines ursprünglichen Plans fürchtete, oder wußte ich irgendwie, daß das Feuer, das ich gelegt hatte, außer Kontrolle geraten war? Roch ich Rauch oder hatte der Teil von mir, der von Anfang an die Folgen meines Tuns vorausgesehen hatte, nun endlich das Dickicht von Kummer und Mutwilligkeit durchbrochen und Alarm geschlagen? Ich rannte, und jetzt pochte mein Herz nicht mit der Nervosität des unglücklichen Liebenden, sondern tobte in meiner Brust wie ein bis aufs Blut gereizter Hund in einem Zwinger.

Ich weiß nicht, wie Feuer funktioniert; ich kenne nicht die wissenschaftlichen Erklärungen für seine Geschicklichkeit und Gier. Eine Flamme kann auf der Jagd nach dem erlesensten Bissen Brennstoff mit katzenhafter Flinkheit dahinhuschen. Ein junges Flämmchen ist der Herrschaft der anderen Elemente unterworfen. Im Jugendalter ist Feuer so tapfer und einfallsreich wie eine Bande von Revolutionären, erringt hier einen leichten Sieg, erweitert dort die Grenzen seines Herrschaftsgebiets, sammelt sich, greift an, erstrahlt im Triumph. Auf der Höhe seiner Macht, wenn sein Sieg über die materielle Welt vollkommen und alles, von dorischen Säulen bis hin zu Bücherregalen, ihm auf Gedeih und Verderb ausgeliefert ist, gleicht das Feuer einem Messias – es herrscht in seinem Machtbereich mit absoluter Autorität und scheint zu glauben, die ganze Schöpfung solle in Flammen aufgehen. Als ich Jades Haus erreichte, war das Feuer, das ich gelegt hatte, noch nicht bis zu seinem unkontrollierbaren Reifestadium gediehen, aber es war in sein tollkühnes Jugendalter eingetreten. Der Brandherd hatte von seinem Hauptquartier im Zeitungsstapel Stoßtrupps kleinerer Flammen ausgesandt, die jetzt das Haus selbst bedrohten. Feuergirlanden züngelten an der Wand entlang und flatterten wie Reihen kleiner orangefarbener Wimpel. Ein Flammenkreis war auf den Boden der Veranda entsandt worden und schien eine Weile wie rasend die Zeitungen zu umkreisen, um sich dann, entzückt von der bloßen Tatsache seiner Existenz und berauscht vom Wahnsinn seines Daseinszwecks, in ein Dutzend verschiedene Richtungen auszubreiten.

Ich wich zurück. Ich spürte im Gesicht schon die Hitze, die durch die passive Wärme der Augustluft brannte. Ich wich zurück, bis ich vom Bordstein stolperte und mich an Hughs Wagen stieß, einem zehn Jahre alten Bentley, den er über alles liebte und wie seinen Augapfel hütete. Ich rieb mir den Rücken – ein Gemütsmensch, der sich mit einem leichten Schmerz an seinem Rückgrat befaßt, während alle, die er liebt, in einem brennenden Haus sitzen. Die Flammen, die auf dem Haus bald hierhin, bald dorthin züngelten, waren alle eher schwächlich, aber es waren sehr viele, und sie fühlten sich stark genug, um sich beständig zu teilen. Und dann – es war beinahe, als würde das Feuer wie an einem Gasherd mit einem Knopf gesteuert – verdreifachten unversehens alle

Flammen ihre Kraft und Größe. Ich stieß einen Schrei aus und rannte auf das Haus zu.

Die Veranda stand schon zur Hälfte in Brand – überall wuchsen neue Feuerpflanzen, ein einziger Feuergarten. Ich riß die Fliegendrahttür auf und versuchte die große Holztür zu öffnen, die normalerweise nicht abgeschlossen war (nicht als Geste des Vertrauens, sondern wegen des ständigen Kommens und Gehens in diesem Haus). An diesem Abend war die Tür jedoch abgesperrt. Ich hämmerte mit den Fäusten dagegen und schrie – nein, nicht »Feuer!«, sondern »Laßt mich rein! Laßt mich rein, verdammt noch mal! Laßt mich rein!«.

Sammy machte die Tür auf. Er war schon unterwegs gewesen, denn nun hatten endlich doch alle den Rauch gerochen. »David«, sagte er und hob seine kleinen Hände, wie um mich aufzuhalten. Ich zog ihn auf die Veranda heraus und rannte dann ins Haus. Der kleine, vollgestellte Flur roch schon nach Rauch, und als ich mit geübten Schritten nach rechts ins Wohnzimmer einbog, wandte sich Hugh gerade mit der Hand vor den Augen vom Fenster ab. »Es brennt«, sagte ich. (Hugh sollte später aussagen, ich hätte das in »beiläufigem« Ton festgestellt. Das erscheint mir unglaublich, aber ich kann mich nicht erinnern.)

Im Wohnzimmer war es heißer als je an einem Sommertag. Man hatte weniger den Eindruck, daß der Rauch hereindrang, als vielmehr, daß die Luft selbst sich in Rauch verwandelte. Das Feuer hatte mit seinem taktischen Instinkt den Rahmen des größten Fensters außen umzingelt und sich geschickt an den leichtesten Zugang zum Hausinneren herangearbeitet. Es fraß sich in das morsche, halb verrottete Holz, vervielfachte dabei seine Intensität und tanzte, tanzte wie Krieger, die sich vor einer Schlacht aufpeitschen wollen, bis die Hitze so stark war, daß die Scheibe barst und ein langer roter Arm hereingriff und die Vorhänge in Flammen setzte.

Von diesem Augenblick an, als die Fensterscheibe zersprang und die Vorhänge Feuer fingen, läßt sich der Gang der Ereignisse nicht mehr rekonstruieren. Vermutlich taten wir, was jede andere Gruppe von Menschen in einem brennenden Haus tun würde – wir bekämpften unser Entsetzen mit der unsinnigen Illusion, daß in Wirklichkeit nichts so furchtbar Ernstes geschehe. Nur Hugh, der in einem Krieg gekämpft hatte und eine Zeitlang Kriegsgefangener gewesen war, nur Hugh wußte aus eigener Erfahrung, wie das normale Leben manchmal von Grund auf erschüttert und beseitigt wird. Wir übrigen klammerten uns, selbst als wir schon die Hitze spürten und den Rauch einatmeten, als unsere Lungen schon brannten, unsere Augen tränten und wir das Knacken im Holz hörten, hartnäckig an die Hoffnung, das Unheil werde ganz plötzlich haltmachen, umkehren und verschwinden.

Ich zwang mich zur Ruhe, als ich an Jades Seite trat, und ich legte den Arm um sie wie jemand, der in einer Notsituation das Kommando übernimmt – aber eigentlich verlangte mich danach, sie zu berühren.

»Wie geht's dir?« fragte ich, den Mund nahe an ihrem Ohr. Ihr Haar roch nach dem Lockengel, mit dem sie es eingedreht hatte. Ihr Hals wirkte nackt und verletzlich.

»Mir geht's gut«, antwortete Jade mit ihrer tiefen, porösen Stimme. Sie sah mich nicht an. »Außer daß ich... high bin. Ich bin unheim-lich high.« Sie versuchte ihre Augen gegen den Rauch zu schützen und hustete. »Und ich fürchte mich«, sagte sie.

Vielleicht war da noch mehr gewesen, als Jade mir gesagt hatte, aber ich wußte sofort, daß die Familie nicht Marihuana geraucht hatte. Die letzten zwei Monate hatte Ann nämlich mit ihrem Cousin in Kalifornien korrespondiert und ihn zu überreden versucht, ihr etwas von dem LSD zu schicken, an das er in seinem Labor herankam, und diesen Abend hatten sie es mit allem feierlichen Ernst geschluckt, hatten den Geist eines neuen Bewußtseins in Form eines Stückchens chemisch behandelten Fließpapiers in sich aufgenommen, so wie sie von Zeit zu Zeit den Geist Christi in Form einer Hostie in sich aufnahmen. Entsetzt begriff ich nun auf einmal das zeitlupenhafte Durchblättern des Kunstbuches und Jades wächsernes Gesicht, als sie reglos in dem Sessel gesessen hatte...

Am anderen Ende des Zimmers war Ann an Hughs Seite. Er versuchte, die Vorhänge herunterzureißen, aber sie hielt ihn am Hemd fest und meinte: »Das würde ich nicht machen, Hugh.« Sammy war wieder hereingekommen. Er taumelte und fiel auf die

Knie. Er wollte aufstehen, aber er hatte nicht die Kraft dazu. (Oder wußte er, daß bei einem Brand der Fußboden noch der sicherste Ort war? Es war ihm zuzutrauen, daß er so etwas wußte.) Auf Hände und Knie gestützt, blickte er zu seinen Eltern auf und sagte: »Ihr müßtet das sehen. Das ganze Haus brennt.«
Endlich gelang es Ann, Hugh von den Vorhängen wegzuziehen – sie waren ohnehin kaum noch vorhanden: Sie hatten sich in eine Feuerwand verwandelt, von der aus sich die Flammen bereits weiterfraßen. Schon brannte die Wand und einen Augenblick später auch die Decke.
Als die Decke zu brennen anfing, sagte Ann: »Ich rufe an.« Sie sagte es mit resignierter Stimme, eine bedrängte Bürgerin, die sich gezwungen sieht, die Behörden in Anspruch zu nehmen. Aber sie machte keine Anstalten, zum Telefon in der Küche zu gehen, obwohl in der Küche noch kein Feuer war. Wir blieben alle im gefährlichsten Teil des Hauses, aneinandergekettet und festgenagelt durch unser Entsetzen, und ich war einer von ihnen.
Es schien, als sehnte sich das Haus danach zu verbrennen, so wie sich ein Herz danach sehnen kann, von Liebe überwältigt zu werden. Eben hatte ich noch zu Jade gesagt »Geht's dir gut?«, und im nächsten Moment stand die ganze Wand in Flammen. Willfährig, wollüstig gab sich das Haus dem Feuer hin, spendete seine Substanz der Ewigkeit mit der bedenkenlosen Leidenschaft einer Frau, die jahrelang auf den richtigen Freier gewartet hat. Mochte bis dahin noch der eine oder andere von uns geschwankt haben, ob wir es mit einer häuslichen Panne oder einer Katastrophe zu tun hatten, so war jetzt endgültig klar, daß solche Zweifel überholt waren und wir keine Zeit mehr zu verlieren hatten, wenn wir das nackte Leben retten wollten.
Sammy war wieder auf den Beinen. »Vorne kommen wir nicht raus. Auf der Veranda brennt's wie verrückt.«
Ann schüttelte den Kopf. Ihre Verärgerung war in Sorge umgeschlagen – und in eine gewisse Müdigkeit, die mich zweifeln ließ, ob sie überhaupt noch den Wunsch hatte, sich zu retten. Sie spürte die Verlockung des Feuers, so wie einen auf einem hohen Balken plötzlich das merkwürdige Verlangen überkommt, in die Tiefe zu springen.

Hugh rieb sich die Seiten seines Schädels, als könnte er damit dessen Inhalt beruhigen. »Bleibt alle zusammen«, sagte er. »Faßt euch an den Händen.« (Er wiederholte das zwei- oder dreimal.) »Wir gehen durch die Hintertür raus. Und wir bleiben zusammen.«

Ich nahm Jades Hand. Sie fühlte sich an wie schmelzendes Eis. Sie sah mich nicht richtig an, aber sie umfaßte meine Hand mit aller Kraft.

»Auf den Boden«, sagte ich. »Wir kriechen hinaus.« Zu meiner Überraschung hörten sie auf mich. Und da begriff ich: So durcheinander ich mich fühlte, war ich doch noch der Vernünftigste von allen.

»Ich hab' Angst, ich hab' furchtbar Angst«, sagte Jade.

»Wir dürfen jetzt nicht den Kopf verlieren«, sagte ich.

»Oh, mein Gott«, stöhnte Hugh. »Ich wußte, wir hätten's nicht tun sollen. Ich komm nicht mehr klar.« Er preßte sich die Fäuste auf die Augen.

Sammy war auf dem Boden und sprach mit einem, den er neben sich wähnte. Er wirkte völlig normal und vernünftig, wie er sich so mit dem Phantom unterhielt.

»O. k., es geht schon wieder«, sagte Hugh. »Es wird mir gleich wieder besser gehen, das spüre ich.«

Jade nahm meine Hand und drückte sie an ihre Brust. »Schlägt mein Herz noch?« fragte sie leise.

»Das ist doch nicht zu fassen«, sagte Ann. »Wir müssen nur hier raus und schaffen es einfach nicht...« Sie lachte kurz auf.

»Wo ist Keith?« schrie ich.

»Er ist oben!« sagte Jade.

Wir waren auf dem Fußboden. Das Zimmer war schon zu mehr als der Hälfte von Rauch erfüllt. Ich konnte die Treppe kaum noch sehen, und als ich darauf zurannte, hoffte ich nur, daß es im ersten Stock noch nicht so schlimm sein würde. Es müssen mir noch tausend andere Dinge durch den Kopf gegangen sein, aber ich weiß nur noch, daß ich hoffte, irgend jemand – Jade – würde mich am Bein packen und mich hindern hinaufzugehen, um Keith zu holen.

Ich nahm immer zwei Stufen auf einmal, und der Rauch breitete sich jetzt überall mit noch selbstverständlicherer und absoluterer Autorität aus. Ich spürte die starke Hitze, sah aber keine Flammen – sie waren in den Wänden und fraßen sich zu uns hinein. Soweit ich überhaupt den Mund aufmachen konnte, rief ich Keiths Namen. Auf Händen und Knien kriechend, spürte ich die Hitze so greifbar durch den Fußboden aufsteigen, daß ich dachte, sie könnte mich buchstäblich hochheben. Ich mußte husten und mit dem Brechreiz kämpfen und spuckte auf den Boden. Ich war jetzt im ersten Stock. Am Ende des Flurs war das Zimmer, in dem Jade und ich das letzte halbe Jahr geschlafen hatten. Am anderen Ende lag das Zimmer von Ann und Hugh, riesig, unordentlich und offen für jedermann. In der Mitte des Gangs war auf der linken Seite das Bad und gegenüber Sammys kleines Zimmer. Die Tür zu Sammys Zimmer war geschlossen und ging gerade vor meinen Augen in Flammen auf.

Die Treppe zum Dachgeschoß war gleich neben Sammys Zimmer, und durch die Rauchschwaden, die vom Feuer gelblich gefärbt waren wie Nebel von Autoscheinwerfern, glaubte ich eine Gestalt zu erkennen, die sich bewegte. Ich rief Keiths Namen. Ich wußte nicht, ob meine Stimme zu hören war. Ich selbst hörte sie nicht, so laut dröhnten das Feuer und mein eigenes Blut in den Ohren. Ich kroch den Flur entlang und versuchte nicht ans Sterben zu denken – ich hatte keine tapferen Gedanken, aber ich lief auch nicht davon. Die Gestalt, die ich gesehen hatte, war verschwunden. Ich wußte nicht, ob sie durch dichteren Qualm verdeckt wurde oder ob Keith weggegangen war. Ich fragte mich, ob er überhaupt mitbekommen hatte, daß das Haus brannte, ob er wußte, daß diese Gefahr keine Sinnestäuschung war. Ich wußte, daß auch er high sein mußte und daß keiner von den Butterfields weniger imstande war, die Zerstörung seiner Persönlichkeit zu verkraften, als Keith. Keith, der Schlafwandler, Keith, der Mystiker, Keith, der Übersensible. Während bei manchen Menschen überragende Intelligenz ein Beweis für Geisteskraft und Wißbegier ist, war Keiths Genie das Ergebnis extremer psychischer Verletzlichkeit: Alles berührte ihn und hinterließ einen Eindruck. Zu jeder anderen Zeit hätte ich darin, daß die Butterfields gemeinsam LSD genommen hatten, nur einen weiteren Beweis für ihre außergewöhnliche Aufgeschlossenheit gesehen, ihre Bereitschaft, Kinder ihrer Zeit zu sein und die Risiken ihrer Zeitgenossen zu teilen. Aber als ich mir jetzt vorstellte, wie sie drunten hilflos umherirrten und durch die dunkler werdenden Rauchschwaden nach Keith ausschauten, sank meine Meinung von ihnen für einen Moment auf einen absoluten Tiefpunkt. Ich dachte überhaupt nicht mehr daran, daß ich es ja gewesen war, der das Feuer gelegt hatte.

Ich schleppte mich an den Fuß der Treppe zum Dachgeschoß, und Keith tauchte wieder auf. Er hatte sich das Hemd über den Kopf gezogen, hustete und heulte. Ich rief, und er taumelte auf mich zu, als ob er einen Stoß von hinten bekommen hätte. Mein Gesicht war so heiß, daß ich danach schlug, weil ich einen hysterischen Moment lang dachte, meine Haut habe Feuer gefangen.

»Bitte«, stöhnte Keith. »Ich kann nichts sehen und weiß nicht, was ich tun soll.«

Ich robbte zu ihm hinüber. Er hatte jetzt einen Arm über den Augen, und seine langen, mageren Beine bogen sich in den Knien. Den anderen Arm streckte er immer noch nach mir aus – obwohl er wahrscheinlich nicht wußte, wer ich war. Ich packte seine Hand und versuchte, ihn zu mir herunterzuziehen, aber er machte sich steif, als ob ich ihm einen elektrischen Schlag verpaßt hätte.

Ich schrie seinen Namen, so laut ich konnte, und zog wieder. Er riß sich los und wich zurück, wie ein Geist, der sich anschickt, sich in Luft aufzulösen.

Ich stand mühsam auf und streckte den Arm nach ihm aus. Er sah mich an, hatte mich offenbar in diesem Moment erkannt.

»Nimm meine Hand, verdammt noch mal«, schrie ich ihn an. »Nimm sie!«

Keith starrte mich an und wich noch einen Schritt zurück. Ich hatte die entsetzliche Vorstellung, er würde jeden Moment in Flammen aufgehen wie Sammys Tür, eine menschliche Nova. Ich packte nach ihm, und als ich ihn an den Schultern zu fassen bekam, spürte ich, wie die Kraft aus seinem Körper wich. Seine Beine knickten ein, und er fiel mir ohnmächtig in die Arme. Es war totes Gewicht und einfach zuviel für mich. Ich taumelte rückwärts, konnte aber Keiths Fall nicht aufhalten. Ich spürte

seine harte Stirn im Gesicht, seine Brust fiel schwer gegen meine, und im nächsten Moment lagen wir beide auf dem rauchenden Boden, er auf mir, und jetzt raste mein Herz, pochte mit unvorstellbarer Geschwindigkeit, wie um sich schadlos zu halten für die lange Zeit, die es stillstehen würde.
Und dann hörte ich, wie jemand die Treppe heraufgetrampelt kam. Ich drehte den Kopf und sah Hugh auf uns zustürzen. Er brüllte nach Keith. Seine Wut war fast so schrecklich wie das Feuer. Selbst durch den Rauch konnte ich sehen, daß seine Augen übernatürlich leuchteten. Und obwohl ich wußte, daß er gekommen war, um Keith zu retten, hatte ich in dem Moment, als er die Treppe heraufstürmte, unwillkürlich Angst, er sei hinter mir her – natürlich nicht, um mich zu retten, sondern um meinen Kopf zwischen seine kräftigen, geschickten Hände zu nehmen und ihn zu zermalmen. Wie ein Wahnsinniger warf Hugh beide Arme hoch, atmete tief durch die zusammengebissenen Zähne ein und senkte die Hände auf Keiths Rücken, um ihn so mühelos aufzuheben, als sei er ein Sack Federn.
Das war das letzte, was ich sah. Schlapp, nur noch mit dem Schatten eines Reflexes, versuchte Keith sich an mir festzuhalten, als sein Vater ihn hochhob, und mit diesem leichten Zupfen an meinem Hemd verlor ich die Besinnung. Die Welt begann von mir fortzuschwimmen. Ich sah noch, wie Hugh auf mich herabschaute, und dann spürte ich seine Hand an meinem Handgelenk. Erst als er später gegen mich aussagte, erfuhr ich, daß Hugh mich auf der Schulter (den Arm um Keith gelegt, der schluchzend an seiner Seite dahinstolperte) hinuntergetragen und ins Freie gebracht hatte, wo jetzt endlich die Feuerwehr eintraf und die Sirenen heulten und die roten Blinklichter durch die Bäume zuckten. Zu seinem ewigen Bedauern hatte Hugh mir das Leben gerettet.

Ich gab zu, daß ich das Feuer gelegt hatte, als ich noch im Jackson Park Hospital war. (Die Butterfields wurden im selben Krankenhaus behandelt, aber ich lag mit Fremden im Zimmer.) Ich sagte es den ersten Leuten, die ich am nächsten Morgen sah, und das bedeutet, daß ich im Krankenwagen, im Notaufnahmeraum und die ganze Nacht hindurch, während der ich immer wieder zu Bewußtsein kam, diese entscheidende Tatsache verschwiegen hatte. Als ich aber am Morgen erwachte und meine Eltern auf Klappstühlen vor mir sitzen sah – Rose mit übergeschlagenen Beinen und mit den Fingern auf ihre kunstlederne Handtasche trommelnd, Arthur mit gesenktem Kopf und winzigen Schweißperlen auf den Streifen nackter Kopfhaut, die sein dünn werdendes Haar durchzogen –, räusperte ich mich und sagte: »Ich habe das Feuer gelegt.«

Sie setzten sich beide auf und sahen einander an, und dann beugte sich Rose vor, schürzte ihre kleinen, vollen Lippen und schüttelte den Kopf. »Sei still«, flüsterte sie und sah mit entsetztem Verschwörerblick zu meinen beiden schlafenden Zimmerkollegen hin. Aber ich dachte gar nicht daran, mich den Schrecken einer möglichen Entdeckung auszusetzen, und so begann in diesem Augenblick ein Prozeß des Gestehens, der Verteidigung und der Strafe, der über Jahre mein Leben beherrschen sollte.

Mein Vater ist ein sogenannter »linker Anwalt«. Im Jahre 1967 hatten er und Rose schon seit fünfzehn Jahren keine Verbindung mehr mit der Kommunistischen Partei, aber er war immer noch ein linker Anwalt – worunter zu verstehen ist, daß er niemals einen Reichen gegen einen Armen vertreten würde und daß er seinen Klienten keine übertrieben hohen Honorare berechnete. Arthur war vorzeitig gealtert, weil er zuviel arbeitete. Er saß oft bis Mitternacht in seinem Büro, und einmal – das war eine Geschichte, die Rose gerne über ihn erzählte – brannte die Birne seiner Tischlampe durch, aber Arthur blieb in seinem altersschwachen, quietschenden Drehstuhl sitzen und notierte auf seinem langen, gelben Anwaltsblock die Stichwörter für eine längere Beweisführung, die ihm gerade für eine Unfallsache, die er bearbeitete, eingefallen waren. Er fürchtete, er könnte den Faden verlieren, falls er aufstand und die Deckenbeleuchtung einschaltete. Tags darauf, als er seine Notizen durchsah – ja, wenn jetzt ein Witz kommen sollte, dann wären sie unsinnig oder unleserlich gewesen, aber in Wirklichkeit waren die drei Seiten im Dunkeln notierter Ideen durchaus leserlich und für den Fall absolut wichtig. Es war nicht etwas so Blutleeres wie Arbeitswut, was Arthur veranlaßte, sich jedem seiner Fälle mit ganzer Kraft zu widmen: Er war wirklich von dem Wunsch beseelt, die Schwachen gegen die Starken zu verteidigen. Das war ihm wichtiger als Geld, wichtiger als Ruhm, wichtiger als Komfort. Manchmal zog er gerade wegen seines leidenschaftlichen Eintretens für seine Klienten vor Gericht den kürzeren. Er verlor oft die Beherrschung, und seine Stimme schnappte über wie bei einem Halbwüchsigen, wenn er spürte, daß ihm ein Fall entglitt.

Arthur wollte meinen Fall selbst übernehmen, genau wie ein Chirurg es sich wohl nicht nehmen lassen würde, eine lebenswichtige Operation an einem seiner Angehörigen selbst auszuführen. Aber das war natürlich völlig ausgeschlossen. Angesichts des Vorwurfs der Brandstiftung und rücksichtslosen Gefährdung von Menschenleben, der mich wie ein schreckliches Zeremonialgewand einhüllte, brauchte ich selbstverständlich einen objektiveren Fürsprecher als meinen eigenen Vater. Arthur hatte sich oft genug für andere Leute eingesetzt, und als sich abzuzeichnen begann, daß es an mir selbst liegen würde, die ganze Komplexität meiner Verfehlung zu entwirren,erboten sich zwei seiner Freunde, meinen Fall ohne Honorar zu übernehmen – Ted Bowen, den ich von klein auf kannte, und Martin Samuelson, den meine Eltern als ein wahres Weltwunder an Intelligenz und Nervenkraft hinstellten, ein Dialektiker par excellence, ein Mann, der Engels mit derselben lyrischen Brillanz zitieren konnte wie Hugo Black und den meine Eltern – ein Überbleibsel aus der Zeit ihrer Zugehörigkeit zur Partei – für bedeutender hielten als sich selbst, weshalb sein Interesse an meinem Fall mit sprachloser Dankbarkeit begrüßt wurde.

Der Gang der Ereignisse war – kurz gesagt – wie folgt. Ich wurde im Krankenhaus festgenommen und ohne Voruntersuchung in eine Besserungsanstalt auf der West Side eingewiesen. Es gab ein langes Hin und Her zwischen der Polizei, dem Büro des Bezirksstaatsanwalts und meinen Anwälten um die Frage, welchen juristischen Status ich hätte; es ging darum, ob ich als Erwachsener vor Gericht gestellt oder nach dem Jugendstrafrecht behandelt werden sollte. Ich war siebzehn, und es gelang Martin Samuelson – das war seine größte Leistung; er verlor dann bald das Interesse an dem Fall und vor allem an mir –, mich als Jugendlichen einzustufen, so daß nicht Geschworene, sondern ein Jugendrichter über mein Schicksal entscheiden würde. Ich war inzwischen wieder aus der Besserungsanstalt entlassen und mußte eine endlose Reihe psychologischer Untersuchungen über mich ergehen lassen – sie kamen mir vor wie eine Mischung aus schulischen Eignungstests und der Art von verwirrenden, peinlichen Fragen, wie sie ein verklemmter Perverser Kindern auf dem Schulhof stellen könnte. Ich sagte ihnen, was ich von ihren Tintenklecksen hielt, addierte Spalten dreistelliger Zahlen, identifizierte Washington, Lincoln und Kennedy auf Bildern und beantwortete Ja-oder-Nein-Fragen wie: »Ich glaube, ich gehe öfter auf die Toilette als andere Leute.« Ich machte diese psychologischen Untersuchungen zweimal hintereinander durch, das erste Mal bei einem vom Gericht bestellten Psychologen. Dann setzte Ted Bowen durch, daß die Tests von einem frei praktizierenden Psychologen wiederholt werden durften. Das war Dr. White, ein freundlicher alter Herr mit Bindehautentzündung. (Dr. White war der erste nicht zu den persönlichen oder politischen Freunden meiner Eltern gehörende Arzt, den ich je aufsuchte. Die Partei konnte zwar mit Internisten und Zahnärzten, aber kaum mit Psychiatern aufwarten.)

Die ganze Zeit über befand ich mich in der Obhut meiner Eltern. Es war der Herbst, in dem ich aufs College hätte gehen sollen. Ein paar Monate zuvor hatte ich die Zulassung für die University of California bekommen, aber da Jade noch zur High-School ging und in Chicago bleiben mußte, sollte es jetzt die Roosevelt University sein, die zwar für das Studium der Astronomie keineswegs ideal war, aber den Vorteil hatte, mitten in Chicago zu liegen. Das spielte jetzt alles keine Rolle mehr. Ich würde überhaupt kein Studium anfangen. Mir wurde von der Polizei, den Psychologen, den Anwälten und von meinen Eltern eingeschärft, daß ich unter keinen Umständen auch nur versuchen dürfte, mit Jade oder einem anderen Mitglied der Familie Butterfield Verbindung aufzunehmen. Am Anfang fiel es mir nicht schwer, dieses Verbot zu beachten. Ich wagte mir nicht einmal vorzustellen, wie es wäre, sie nach allem, was passiert war, wiederzusehen. Ich gab mich nicht der Illusion hin, auf plötzliches Mitgefühl zählen zu

können oder auf ihre Bereitschaft, hinter der Tat, die ich begangen hatte, den unschuldigen Liebeskummer zu sehen, der mich dazu getrieben hatte. Natürlich gab ich die Hoffnung nicht auf, daß Jade mit mir Verbindung aufnehmen würde, aber sie tat es nicht, obwohl es gar nicht so schwierig gewesen wäre.
Eines Tages zwang ich mich, an dem Haus vorbeizugehen, in dem ich so begeistert gelebt und das ich in Brand gesteckt hatte, wodurch um ein Haar fünf Menschen ums Leben gekommen wären. Die Polizei hatte ein Seil von einem eisernen Geländerpfosten der Veranda zum anderen gespannt und ein gedrucktes Verbotsschild daran befestigt. Unbegreiflicherweise stand das Haus noch und schien, abgesehen von den zersprungenen Fensterscheiben, unverändert – außer daß es nicht mehr braun und weiß, sondern tiefschwarz war. Die Veranda war weg, der spitze Dachgiebel war halb eingestürzt, aber im übrigen war das Haus der Butterfields noch durchaus intakt. Zuerst war ich erleichtert, so als könnte mir das helfen, die unendliche Leere auszufüllen, die ich in jener Augustnacht in mir geschaffen hatte. Aber diese Erleichterung war mehr Wunsch als Wirklichkeit, so wie der Wunsch, die verlorene Geliebte wiederzusehen, einem vorgaukelt, man sehe sie auf der Straße. Es war sogar tausendmal schmerzlicher, daß das Haus noch stand – denn es stand nicht da als tröstliche Verneinung absoluten Verlustes, sondern als Anklage. Ich war, das wurde mir in diesem Augenblick klar, das Mitglied einer riesigen Gemeinde zur Schuld verdammter Männer und Frauen: Aus irregeleiteten Gefühlen heraus hatte ich mich selbst ins Unglück gebracht. Ich war nicht besser als die Zeitgenossen, die anonyme Anrufe tätigen, auf der Straße Frauen nachlaufen, ihre ehemalige Freundin belästigen, sich die Ohren abschneiden, auf sensationelle, anklagende Art Selbstmord verüben oder Privatdetektive engagieren, nicht besser als ein mittelalterlicher König, der ein Heer von zehntausend Mann ins Feld schickt, um die Gunst einer fernen Maid zu gewinnen – und wenn die Felder verbrannt sind und die Leichname sich unter der Sonne zu Haufen türmen, legt der König die Hand aufs Herz und sagt: Ich tat es aus Liebe. Die Erleichterung war verflogen, und ich starrte das Haus an und weinte – was mir allerdings kaum bewußt wurde, denn seit dem

Tag nach dem Brand hatte ich fast nichts anderes getan als geweint, wie es wohl jeder getan hätte, der einigermaßen bei Verstand ist.

Die Frage, ob *ich* bei Verstand war oder nicht, war natürlich von größter Bedeutung für mein weiteres Schicksal. Obwohl meine Anwälte genau wie meine Eltern in der Psychiatrie so etwas wie eine teure Spielart der Astrologie sahen, bewog sie ihre Hingabe an meinen Fall, meine Lage so zu interpretieren, als sei ich ein hilfloses Opfer der irrationalen Einflüsterungen meines Unbewußten.

Meine Mutter – ob aus Schuldbewußtsein oder aus Rache – wollte jedoch, daß meine Verteidigung auf der Tatsache aufgebaut werde, daß die Butterfields absonderliche Menschen seien und es ihnen deshalb recht geschehe, wenn ihnen so schreckliche Dinge passierten. Ihrer Theorie nach konnten mich die Butterfields so wenig für das verantwortlich machen, was in jener Nacht geschehen war, wie ein Gastgeber sich beklagen darf, wenn er einen Gast sinnlos betrunken macht und der ihm dann sein Porzellan zerschlägt. Das Milieu bei den Butterfields sei mein Untergang gewesen, meinte Rose. Dazu gehörte Jades Enovid-Verordnung ebenso wie die Tatsache, daß man, als ich dazu überging, bei den Butterfields zu übernachten, und sich herausstellte, daß Jade nicht genug Schlaf bekam, das Problem (in einem erstaunlich demokratisch geführten Familienrat) dadurch gelöst wurde, daß wir ein Doppelbett bekamen, ein gebrauchtes Bett von der Heilsarmee, das desinfiziert und mit Chanel N° 5 getränkt wurde, ein Bett mit Rollen an den Füßen, das von der Ostwand an die Westwand rollte, wenn wir uns liebten. Rose hätte alles darum gegeben, beweisen zu können, daß die Butterfields an dem bewußten Abend »unter Drogeneinfluß standen«, aber ich sagte ihr nie etwas davon.

Meine Mutter hätte am liebsten die halbe Einwohnerschaft von Hyde Park für Zeugenaussagen gegen die Butterfields vor Gericht geschleppt. Ich versuchte, ihr das auszureden, aber ich glaube, ich wußte damals schon, daß es Hunderte von Leuten gab, die Ann und Hugh abstoßend fanden. Das hatte mir Ann selbst gesagt. Einmal, als sie einen halbherzigen Versuch unternahm, durch

Religion Ordnung in ihr zerfallendes Leben zu bringen, ging sie in die nächste unitarische Kirche zum Gottesdienst. Obwohl sie die Erwachsenen in der Gemeinde nicht kannte, hätte sie, als sie die Kirche betrat, aller Augen auf sich gespürt und gehört, wie man über sie tuschelte. »Ich hab's genau gehört«, erzählte sie, »ganz deutlich. Ich bin keine von denen, die sich solche Sachen einbilden. Ich kann's mir ja auch nicht erklären. Aber ich hab's ganz deutlich gehört.« Ich sagte ihr, sie sei sicher high gewesen oder hätte sich unbewußt anmerken lassen, was sie vom Unitarismus und dem faulen Zauber mit der Religion überhaupt hielte (als Radikaler vom Dienst im Haus Butterfield konnte ich mir solche Bemerkungen erlauben). Aber sie hatte wahrscheinlich recht. Ann kannte zwar die Leute in der Kirche nicht, aber die Leute kannten sie und zogen tatsächlich über sie her. Es waren die Eltern von Kindern, die oft bei den Butterfields waren, die bei den Butterfields auf der Couch oder im Garten geschlafen hatten, wenn sie von zu Hause weggelaufen waren, und die sich in diesem Haus das Rauchen und Ausdrücke wie Koitus interruptus angewöhnt hatten. Oder vielleicht waren es auch Nachbarn, die immer wieder gesehen hatten, wie in diesem schönen Haus in allen Zimmern die Lichter brannten, die ganze Nacht hindurch bis in den Morgen – bis zum heutigen Tage kann ich kein elektrisches Licht sehen, das langsam dem Tageslicht weicht, ohne das Gefühl zu haben, ich stünde vor dem Haus der Butterfields, um nach einer Liebesnacht im Morgengrauen heimzulaufen. Und als Mrs. Soundso für die Pfennigparade sammeln kam und sah, wie Ann sich auf dem Rücken ausgestreckt tibetische Tempelmusik anhörte, neben sich eine große, viereckige brennende Kerze, am hellichten Tag – Mann, das machte vielleicht die Runde. Auch alles andere sprach sich herum. Daß Hugh und Ann auf Privatschulen gewesen waren und aus sogenannten »guten Familien« stammten, machte, wie mir allmählich klar wurde, auf alle anderen viel weniger Eindruck als auf mich, den Sohn lebenslanger Kommunisten. Ich irrte mich, wenn ich glaubte, Hugh und Ann seien dank ihrer vertrauenerweckenden Erscheinung, ihrer Schlankheit und ihres kräftigen Knochenbaus, ihrer regelmäßigen Zähne, ihres glatten Haars und ihres unverbesserlichen Oberklassenakzents vor bösartigem Klatsch weitgehend sicher. Im Gegenteil, obwohl sie sehr wenig Geld hatten, wurden die Butterfields vielleicht gerade deshalb besonders scharf unter die Lupe genommen, weil sie zu den »besseren Leuten« gehörten.

Die moralische Verwirrung »meiner Seite« war offenbar Beweis genug, daß Roses Vorschläge ernstgenommen wurden. Ich weiß nicht warum, aber meine Eltern und die Anwälte hofften anscheinend immer noch, man würde mich für unschuldig erklären. Ich selbst weigerte mich nicht nur zu bezeugen, daß die Butterfields das gewissenlose, asoziale Gesindel waren, als das meine Mutter sie hinstellte (»Unreife, engstirnige Dummköpfe – sogar die Kinder sind unreif«), sondern ich hatte auch nicht den geringsten Wunsch, von meiner Schuld freigesprochen zu werden. Ich möchte mich nicht für berechnender und gelassener ausgeben, als ich tatsächlich war (ich hatte den ganzen Monat wirklich genug geschwitzt und geweint, hatte mein Kopfkissen zerbissen und eine Schublade voller Briefe geschrieben, die ich nicht abschicken konnte), aber ich *wollte* bestraft werden. Ich wußte, daß das Haus durch einen unglücklichen Zufall, aber eben doch nicht ganz ohne mein Zutun abgebrannt war, und ich wollte, daß irgendeine Stelle, die mit uns allen nichts zu tun hatte, eingriff und die Aufgabe übernahm, mich für das, was geschehen war, büßen zu lassen. Ich dachte, wenn mein Schicksal erst einmal in den Händen der Polizei und der Gerichte lag, würde der Haß etwas nachlassen, den die Butterfields jetzt gegen mich empfinden mußten. Wenn andere mich bestraften, andere erklärten, ich sei nichts wert und der Gesellschaft anständiger Menschen unwürdig, konnten es sich Jade und die anderen leisten, allmählich für die andere Seite, meine Seite, Partei zu ergreifen, konnten sie aufhören, mich in ihrem Herzen zu bestrafen.

Deshalb sagte ich kein Wort davon, daß die Butterfields an jenem Abend Acid genommen hatten, und ich mochte auch keine Anekdoten über den ausgefallenen Lebensstil der Butterfields zum besten geben. Ted Bowen, ein Anwalt ungefähr vom selben Schlage wie mein Vater, mit seinen kräftigen, bernsteingelben Zähnen, seinem Pfefferminzatem und den langen, von Schläfe zu Schläfe reichenden, über der Nasenwurzel zusammengewachsenen Augenbrauen, setzte durch, daß er einmal mit mir unter vier Augen sprechen durfte. Er ging mit mir in einen Arbeiterschnellimbiß an der 53. Straße und klärte mich in einem langen Vortrag, der ebenso zartfühlend wie feierlich war, über die Konsequenzen eines Schuldspruches auf. Er schilderte mir den Alltag in einer Besserungsanstalt und die Demütigungen, denen ich dort womöglich ausgesetzt wäre. »Das sind Typen aus den alleruntersten Schichten, David. Was aus Menschen wird, die in solchen Verhältnissen leben, kannst du in jedem Grundriß der sozialistischen Theorie nachlesen. Sie haben nichts, sie glauben an nichts, und sie bringen dich für eine halbe Zigarette um.« Dann beugte er sich vor und sah mich mit einem Blick an, der soviel besagte wie: Ich würde dir das nicht sagen, wenn ich nicht wüßte, daß du's verkraftest. »Ich weiß nicht, wieweit du über Homosexualität Bescheid weißt...« Er sprach nicht weiter, und seine Augen waren so traurig und so erstaunlich ernst, daß ich aus purer Nervosität lächelte.

Wenn ich daran dachte, wie ich diese Zeitungen auf der Veranda der Butterfields angezündet hatte, schien es mir aufrichtig (also nicht feige oder ausweichend) zu sagen, ich sei nicht bei Verstand gewesen. Und die Ursache dieser vorübergehenden Geistesgestörtheit? Das war offenkundig meine Liebe zu Jade – eine Liebe, die, durch meine Verbannung aus dem Haus der Butterfields blockiert, in Raserei umschlug. Liebe, genauer gesagt zum Verzicht gezwungene Liebe, hatte mich um Sinn und Verstand gebracht. Die Brandstiftung war nicht das Ergebnis von Bosheit oder Haß, und sie war auch kein verrückter Racheakt.

Von der Zeit, als ich Jade lieben lernte und ins Leben der Butterfields hineingezogen wurde, bis zu den Tagen, als ich auf meine Gerichtsverhandlung wartete, hatte es in meinem Leben nichts gegeben, das nicht auf irgendeine Weise sinnerfüllt gewesen wäre, das nicht imstande gewesen wäre, geheime und merkwürdige Zusammenhänge ahnen zu lassen, das nicht einen Beigeschmack dessen gehabt hätte, was ich mangels eines besseren Ausdrucks das Unendliche nennen möchte. Wenn Lieben bedeutet, daß man plötzlich eins wird mit dem unbändigsten, dem lebensprühendsten Teil seiner selbst, dann schwächte sich bei mir dieser Zustand durchdringender Bewußtheit nicht nach einer gewissen Zeit ab, wie es offenbar bei anderen der Fall ist. Hätte meine Seele einen Ton von sich geben können, sie hätte eine Reihe von Weingläsern zerspringen lassen. Ich sah überall Zusammenhänge, Bedeutungen schossen hin und her und tanzten wie überhitzte Moleküle. Alles war beängstigend kompliziert, alles war beängstigend einfach. Nichts blieb unbeachtet, und alles enthielt einen Kern von Dramatik. Diese Qual, diese Freude ließen nicht nach, als Hugh mir sagte, es sei das beste, wenn ich Jade einen Monat lang nicht sähe, und sie schwand auch nicht nach dem Brand und den Wochen, die ich in der Vorhölle zubrachte – im Ungewissen darüber, was mit mir geschehen würde, und vor allem ohne die Möglichkeit, sie zu sehen. Aber die Entscheidung von Richter Rogers entging der beständigen Wachsamkeit meines überreizten Bewußtseins. Ich hatte keine Ahnung, daß eine gerichtliche Anordnung bevorstand, und die ganze Sache wurde von einem Tag auf den anderen (»Ich würde sagen, wir haben Glück gehabt«, meinte Rose) hinter meinem Rücken entschieden – eine Absprache zwischen Ted Bowen, dem Bezirksstaatsanwalt und Rogers.

Kein Gefängnis. Keine Besserungsanstalt. Und, falls meine Eltern bereit waren, eine private Unterbringung zu bezahlen, überhaupt keine staatliche Einrichtung. Ich wurde für psychisch unzurechnungsfähig erklärt und für ein Jahr in eine psychiatrische Klinik eingewiesen, bis zu meinem achtzehnten Geburtstag; danach konnte mein Fall erneut überprüft werden. Es war nicht einmal eine richtige Verurteilung; der Aufenthalt in der Klapsmühle wurde einem Straferlaß auf Bewährung gleichgesetzt.

Die Abneigung meiner Eltern gegen die Psychiatrie war so eingefleischt, daß es sie nicht schwerer getroffen hätte, wenn ich in ein Kloster gekommen wäre. (»Wir können uns sehr, sehr glücklich schätzen«, sagte meine Mutter unter Tränen, aber ich wußte, daß sie schon bald denken würde – wenn sie es nicht ohnehin schon dachte –, daß ein Gefängnis, so furchtbar ich es empfunden hätte, wenigstens etwas gewesen wäre, das ich mit Stalin, mit Eugene Dennis, mit den spanischen Freiheitskämpfern und Tausenden anderer Revolutionshelden gemeinsam gehabt hätte, während mich der Aufenthalt in der psychiatrischen Klinik auf eine Stufe mit irgendeinem kettenrauchenden Klugscheißer, etwa Oscar Levante, stellen würde, irgendeinem verwöhnten kleinen Idioten, der in seine eigenen Gefühle verliebt war.) Ich selbst war jedoch erleichtert über die Entscheidung des Richters und im großen und ganzen der Meinung, daß man gerecht mit mir verfahren war. Ich hätte mir einen vollständigen Freispruch vorstellen können – und ich malte mir oft aus, wie der Richter sagte: »David hat es eigentlich nicht gewollt«, und die Sache damit auf sich beruhen ließ –, aber die Aussicht darauf ängstigte mich. Ich dachte, ein gewisses Strafmaß wäre alles in allem das beste, und ich war dankbar, daß ich die Strafe in einer Privatklinik mit weiten, gemähten Rasenflächen und ausgeflippten Jugendlichen aus privilegierten, toleranten Elternhäusern absitzen würde. Der Richter hatte durchblicken lassen, daß die Anordnung, mich psychiatrischer Pflege zu unterstellen, nach einem Jahr überprüft werden könnte, aber ich war der Meinung, daß ich mit ein bißchen Glück und dem einen oder anderen verständnisvollen Zuhörer, dem ich die Wahrheit über meine Gefühle erzählen und der die ungeheure Kraft und Stabilität meiner Gefühle spüren würde, schon nach ein paar Monaten wieder auf freiem Fuß sein würde, um den Faden meines Lebens dort wiederaufzunehmen, wo ich ihn zerrissen hatte.

Der Richter hatte seinen Spruch gefällt, nachdem ein Bewährungshelfer jeden befragt hatte, von dem sich das Gericht Aufschluß über meinen Charakter erhoffen konnte. (»Das ist wie eine dieser bescheuerten FBI-Überprüfungen«, sagte Arthur. »Das FBI«, sagte Rose nickend und sah mich mit kummervoller Eindringlichkeit an, um mich zu erinnern, wie weit es mit mir gekommen war.) Der Bewährungshelfer sprach mit den Psychologen, die mich getestet hatten. Und er sprach mit mir. (Er war ein junger Mann, ein Japaner, dem viel daran lag, als netter Mensch zu gelten. »Was meinen *Sie,* warum Sie das Haus angezündet haben, Dave?« fragte er mit gedämpfter Stimme, als ob dies das erste Mal sei, daß jemand die Frage so direkt stellte. Ich setzte stotternd zu einer Antwort an, ließ dann aber das Gesicht in die Hände sinken und weinte: aus Gewohnheit, weil ich in diesen

Wochen ständig weinte, aus Ratlosigkeit und – es läßt sich nicht leugnen, so seltsam es klingen mag – aus Langeweile, weil dieser Brand, so schrecklich und vernichtend er gewesen sein mochte, doch nur ein *Teil* meines Lebens, ein *Teil* der Geschicke meines leidenschaftlichen Herzens war und es mir als ungeheuerliche Ungerechtigkeit erschien, daß dies jetzt das einzige sein sollte, was zählte.)

Der Bewährungshelfer sprach mit meinen Lehrern an der Hyde Park High-School und erfuhr, daß ich ein guter Schüler war. Er sprach mit meinen wenigen Freunden und mit den Eltern meiner Freunde. Ich weiß nicht, was die ihm alles sagten – daß ich mich für Astronomie, Jazz, Baseball interessierte, daß ich Bücher las, Kuchen backte und oft am Fernseher den Ton abdrehte, um mit wechselnden Stimmen einen absurden, unanständigen Dialog zur Handlung zu erfinden. Ich bezweifle sehr, daß Linda Goldman ihm erzählte, wie sie mich im holzgetäfelten Keller ihres Elternhauses – einem der ganz seltenen getäfelten Keller in Hyde Park – von meiner Unschuld erlöst hatte. Die Goldmans waren Geschäftsleute und hatten ihren Keller für Hobby und Vergnügen eingerichtet: eine Bar, zwei Couches, eine Tischtennisplatte und ein achteckiger Pokertisch mit einem Überzug aus urwaldgrünem Filz und kreisrunden Vertiefungen für die Chips. Nein, ich glaube nicht, daß Linda ein Wort über unser Gerangel an jenem Nachmittag gesagt hat; ich bin nicht einmal sicher, ob sie sich daran erinnerte. Das einzige, wodurch sich unsere gemeinsam verbrachte Zeit von den vielen anderen Nachmittagen unterschieden haben könnte, die sie mit so zärtlicher Selbstaufopferung verbrachte, war die durch die Heizungsrohre übertragene Stimme ihres Vaters: »Ich hätte schwören können, daß im Kühlschrank noch ein Hühnerbein war. Ich hätte *schwören* können.« Meine anderen Freunde – und Freundinnen – gehörten alle dem Umkreis meiner Eltern an. Obwohl vor allem mein Vater nicht wollte, daß aus mir ein typisches »rotes Wickelkind« würde, das heißt ein Kind von Kommunisten, das ausschließlich mit Kindern anderer Kommunisten zusammenkommt, ergab es sich infolge unserer Lebensumstände und der Nervosität meiner Eltern dann doch wie von selbst, daß ich fast nur Freunde hatte, deren Eltern mit meinen

Eltern befreundet waren. Und von denen sagte natürlich keiner dem Bewährungshelfer etwas, was mich in ein ungünstiges Licht gerückt hätte. Die Eltern, seit Jahrzehnten Freunde von Rose und Arthur, beherrschten vermutlich die Kunst der Zeugenaussage perfekt, und die Kinder, die die vorsichtige Ausdrucksweise politisch Verfolgter mit der Muttermilch eingesogen hatten, beantworteten die Fragen ihrer Eltern wahrscheinlich gewandt, ernsthaft und absolut fehlerfrei.

Richter Rogers gab uns eine Woche Zeit, um meine Jugend in Chicago abzuschließen und mich für die Aufnahme im Rockville Hospital vorzubereiten, das etwa hundert Meilen südlich in der Kleinstadt Wyon, Illinois, lag. Natürlich war es mir weiterhin verboten, Kontakt mit den Butterfields aufzunehmen – oder mich auch nur nach ihnen zu erkundigen. Man machte mir klar, daß die Butterfields, und insbesondere Hugh, in meinem Fall die geschädigte Partei seien. Hugh hatte mehrere Eingaben an das Gericht gemacht; die einzigen Aussagen, die Rogers in Versuchung gebracht hatten, weniger milde mit mir zu verfahren, stammten von Hugh. Das verletzte mich, ohne mich zu überraschen, aber es verursachte mir jene schreckliche Übelkeit, die einen überkommt, wenn man zugeben muß, daß einer, der einen angreift, moralisch im Recht ist. Ich verstand, ja *billigte* in meinem umnebelten, isolierten, gemütskranken Zustand sogar Hughs Vorwürfe gegen mich, seinen Wunsch, mich mit unnachsichtiger Härte bestraft zu sehen – aber ich mußte auch glauben, daß Hugh damit allein stand, daß Ann und vor allem Jade ihn darin nicht unterstützten. Aber für einen verzweifelten Versuch, sie zu erreichen, fehlten mir sämtliche Anhaltspunkte. Ich wußte nicht, wo sie wohnten. Waren sie in einem Hotel? Hatten sie sich getrennt und wohnten jetzt an zwei oder drei verschiedenen Orten? Waren sie zu Hughs Eltern nach New Orleans gezogen oder zu Anns Mutter nach Massachusetts?

Ich schrieb hundert Briefe, die ich nicht abzuschicken wagte. Ich schrieb an Keith, an Sammy, an Hugh. Ich schrieb über ein Dutzend Briefe an Ann und über fünfundsiebzig an Jade. Ich schrieb Entschuldigungen. Ich schrieb Erklärungen, Begründungen und Angriffe gegen mich selbst, die vielleicht noch über ihre bittersten Gefühle hinausgingen. Ich schrieb Liebesbriefe – von denen ich einen mit dem schmierigen Blut aus meiner eingeritzten Fingerspitze unterschrieb. Ich bettelte, beschwor Erinnerungen, verbürgte mich mit der Inbrunst eines Verbannten. Ich schrieb im Morgengrauen, ich schrieb auf der Toilette, ich wachte mitten in der Nacht auf und schrieb und schrieb. Ich schrieb Gedichte, manche kopiert, manche von mir selbst verfaßt. Ich machte aller Welt klar, daß das, was Jade und ich ineinander gefunden hatten, realer war als jede andere Welt, realer als die Zeit, realer als der Tod, realer sogar als sie und ich.

Und dann, es war am Freitag, einen Tag bevor meine Eltern mich nach Wyon bringen wollten, kam ein Brief für mich. Er war geschickt getarnt in einem Umschlag der Studentischen Friedensunion, in der ich Mitglied war und die meine Eltern der positiveren Seite meines früheren Lebens zurechneten. Er war betont unpersönlich mit D. Axelrod adressiert und kam zusammen mit einer Nummer der SATURDAY REVIEW, für die ich an meinem siebzehnten Geburtstag von Freunden meiner Eltern ein Geschenkabonnement bekommen hatte. Meine Mutter überreichte mir die Zeitschrift und den Umschlag der Studentischen Friedensunion – nicht sehr rücksichtsvoll, dachte ich, denn was konnte dieser schon enthalten? Die Ankündigung eines Treffens, an dem ich sowieso nicht teilnehmen konnte? Ich riß den Umschlag vor den Augen meiner Eltern auf und holte einen Brief in einer so neutralen Druckschrift heraus, daß man kaum glauben konnte, daß diese Worte von einer menschlichen Hand, geschweige denn einer jungen, zitternden Hand geschrieben worden waren – einen Brief von Jade:

»David, o David, ich möchte, daß es Dir gutgeht.«

Ich sollte nichts mehr von ihr hören, solange ich in Gewahrsam war.

2

Der Mann, der das Rockville Hospital erbaute, hieß James Marshall Nelson. Er ließ es in einem elegant-nüchternen, modernistischen Stil errichten (»modern« im Sinne der zwanziger Jahre und des Bauhauses). Was er angestrebt und erreicht hatte, war ein luxuriöser Funktionalismus: gewundene Treppen, die hinunterzustürmen fast ein Ding der Unmöglichkeit war, Holzfußböden mit dem düsteren Walnußton ererbten Reichtums und dem Hochglanz makelloser Effizienz. Es heißt, Nelson habe die Klinik für sich selbst gebaut, weil er Gründe hatte, um seinen eigenen Geisteszustand zu fürchten, und eine Klinik haben wollte, die ihm ein Zuhause wäre. Nelson, Erbe des Vermögens einer ländlichen Bankiersfamilie, hatte im Ersten Weltkrieg gedient und war nach Kriegsende in Europa geblieben und offenbar bei Sigmund Freud eingeführt worden. Freud analysierte Nelson nicht, aber als der junge Erbe nach Hause zurückkehrte, nannte er sich trotzdem einen Schüler Freuds und stellte sein Vermögen und sein Herz in den Dienst einer Sache, die er als »Wyon-Stiftung für psychische Hygiene« bezeichnete.

Als Rockville im Bau war, konnte Nelson es sich dank seines beträchtlichen Wohlstandes leisten, eine Reihe von Psychiatern zu engagieren. Ich habe mich oft gefragt, was das für Ärzte waren, die sich bereitfanden, sich in Wyon, Illinois, niederzulassen. Die Farmer und Geschäftsleute, die in der Umgebung der Klinik lebten, hätten sich eher an einem Balken ihrer Scheune aufgehängt, als einen Fuß in die Klinik zu setzen. Sie wurde gelegentlich von Betrunkenen in Anspruch genommen, die ihren Rausch ausschlafen wollten, ohne sich zu Hause oder im Gefängnis hänseln lassen zu müssen. Und sie erfreute sich schon bald einer gewissen negativen Popularität: Mütter drohten ihren Kindern, sie dorthin zu schicken, wenn sie nicht artig wären, Ehemänner drängten ihre widerstrebenden Frauen, sich eine Zeitlang in Rockville behandeln zu lassen, und außerdem hielten sich natürlich hartnäckig irrwitzige Gerüchte von einem Fluch, der über der Anstalt lag, sowie Gerüchte von Orgien, versteckten deutschen Generalen, von Vergewaltigungen und Geschlechtsumwandlungen.

Beim großen Bankkrach im Jahre 1929 mußte Nelsons Bank ebenso schließen wie zahllose bessere und schlechtere. Die Stiftung war in kurzer Zeit zahlungsunfähig, und auch die letzten Mitarbeiter gingen und ließen die Fünfzig-Betten-Klinik mit neunundvierzig leeren Betten zurück – der einzige Patient war Marshall Nelson selbst. Er blieb allein in Rockville und zog aus seinem Zimmer in die nüchterne kleine Suite des Chefarztes um. Er behandelte sich selbst und machte umfangreiche Notizen über den Fortgang seiner Selbstanalyse. Diese Notizen, herausgegeben von seiner Cousine Marie Nelson Abish, erschienen in den fünfziger Jahren unter dem Titel DER INNERE PILGER. Man hat den Eindruck, es handle sich um die Aufzeichnungen eines mittelmäßigen, zwanghaft theoretisierenden und von Grund auf unpersönlichen Geistes – obwohl denkbar ist, daß Abish aus einem hysterischen Gefühl für Schicklichkeit heraus alle Hinweise auf die menschliche Wärme und die Qualen ihres Cousins gestrichen hat. Doch Nelson war rehabilitiert. Rockville stand jahrelang leer, wurde dann aber, nicht lange nach dem Erscheinen von DER INNERE PILGER, von einer Gruppe von Psychiatern erworben, deren Unbehagen an der offiziellen Psychiatrie (gepaart, wie ich mir denke, mit einem gesunden Geschäftssinn) sie bewog, eine eigene Klinik zu gründen. Während das umliegende Ackerland und die neuerdings angesehenen Vororte immer noch längst nicht genügend einheimische Patienten lieferten, war Rockville schon bald im ganzen Mittelwesten als eine der humansten und fortschrittlichsten psychiatrischen Einrichtungen bekannt – eine Klinik, in die Eltern ein schwieriges, gestörtes Kind schicken konnten und sich nicht nur keine Gewissensbisse zu machen brauchten, sondern sogar auf Besserung hoffen durften. Es war ein Ort, an dem Menschen geheilt wurden. Die Mitarbeiter, einschließlich der Pfleger und Schwestern, hatten Verständnis für die Vielfalt menschlicher Eigenheiten, und es war ein ungeschriebenes Gesetz der Klinik, daß morgen vielleicht schon als genial anerkannt wird, was heute noch als anormal gilt.

Ich kann mir nicht vorstellen, wie ich nach Rockville hätte kommen sollen, wäre mein Großvater nicht so vermögend gewesen. Selbst wenn Rose und Arthur auf ihre Ersparnisse und das Geld für mein Collegestudium zurückgegriffen hätten, wäre es ihnen unmöglich gewesen, die 25 000 Dollar jährlich zu bezahlen, die der Klinikaufenthalt kostete. (Das nehme ich jedenfalls an. Ich habe nie genau gewußt, wie sie finanziell standen. Von all den

vulgären, unwürdigen Dingen, von denen ich zu Hause nicht sprechen durfte, war Geld mit dem stärksten Tabu belegt. Ich bekam keine Antwort, wenn ich fragte, wieviel meine Spielsachen, meine Schuhe oder auch nur das Fleisch auf meinem Teller gekostet hatten. Und wenn ich verlangt hätte, sie sollten mir ihr Sparbuch zeigen, hätten sie mich – um es etwas gewöhnlich, aber treffend auszudrücken – behandelt, als hätte ich verlangt, sie sollten auf der Toilette nicht spülen, damit ich ihre Exkremente betrachten könne.) Aber Arthurs Vater, Jack Axelrod, hatte Geld, und obwohl es zwischen Vater und Sohn zum Zerwürfnis gekommen war, als Arthur mitten im Jurastudium der Kommunistischen Partei beitrat, blieb Jack, sporadisch und aus der Ferne, doch mein Großvater – der seine frustrierte Zärtlichkeit als eine Art vorgetäuchten jüdischen Familiensinn tarnte: »Du bist mein einziger Enkel. Die anderen haben alle Mädchen bekommen.« Jack, der sich aus dem Geschäftsleben zurückgezogen hatte und in einer dieser Rentnerenklaven in Florida als einsamer Müßiggänger lebte, hatte gerahmte Fotos von Onkel Harris, Onkel Seymour und Tante Hannah und dort, wo eigentlich Arthurs Bild hätte sein sollen, ein Foto von mir an der Wand hängen.
Ich schrieb oft an Jack, als ich in Rockville war, belanglose, oberflächliche mitteilsame Briefe, die mit »Lieber Opa« begannen und »Dein Dich liebender Enkel« endeten. Diese Briefe waren in einem unaufrichtigen, berechnenden Ton geschrieben. Es brachte etwas Halt in meine faden, ereignislosen Tage, wenn ich mir einredete, ich müsse mir Jacks Wohlwollen erhalten, um mir seine weitere finanzielle Unterstützung zu sichern. Das war natürlich völlig absurd, aber ich mußte davon überzeugt sein, daß mein Leben raffinierte Manöver von mir verlangte, daß es mir irgendwie nützen werde, wenn ich winzigen, potentiellen Chancen auf der Spur blieb. Wie ein einsamer Paranoiker mit seinen zahllosen Ritualen und seinen unzähligen Intrigen baute ich mir eine strategische Taucherkugel, in der ich vielleicht mit einem beängstigenden Ziel vor Augen unter dem erdrückenden, trüben Meer meiner wirklichen Umstände leben konnte. Das schloß nicht nur das unnötige Einschmeicheln bei meinem Großvater mit ein, sondern bedeutete auch, daß ich mißtrauisch an meinem Essen roch und

Aspirin- oder Vitamintabletten zurückwies, obwohl ich keinerlei Grund hatte anzunehmen, die Ärzte oder das Pflegepersonal könnten mir heimlich Beruhigungstabletten verabreichen. Psychopharmaka, Isolation, Schocktherapie und alle anderen Formen medizinischer Bestrafung waren in Rockville nämlich so gut wie unbekannt, und selbst wenn es diese Dinge gab, wäre ich als eines der fügsameren Mitglieder dieser »therapeutischen Gemeinschaft« kaum für eine solche Behandlung in Frage gekommen. Die Wachsamkeit stärkte meine Willenskraft, ich kam mir vor wie ein Soldat, ein Kriegsgefangener, und die um Wohlwollen werbenden Briefe an meinen Großvater waren Teil einer großangelegten Diplomatie – einer Diplomatie, die einen Waffenstillstand anstrebte, nicht zwischen mir und der übrigen Welt, sondern zwischen dem Teil meiner selbst, der lernte, sich dem Leben in einer Anstalt anzupassen, und dem anderen Teil, der starr vor Scham verharrte.

Die Briefe, die abzuschicken ich mich wirklich sehnte, wagte ich natürlich nicht einmal in Umschläge zu stecken: die Briefe an Jade. Selbst wenn ich gewußt hätte, wo ich sie hinschicken sollte, hätte ich Entdeckung riskiert. Diese ungezählten, in gehetzter Kritzelschrift vollgeschriebenen Seiten waren der Mittelpunkt meines heimlichen Lebens in Rockville, und ich spielte nie bewußt darauf an, nicht einmal gegenüber Dr. Clark, dem für meinen Fall verantwortlichen Psychiater, den ich tatsächlich mochte und mit dem ich oft fünf Stunden in der Woche sprach. Ich wünschte inständig, Jade möge wissen, daß ich diese Briefe, die nie ihren Empfänger erreichten, schrieb. Ich glaubte in dieser ausweglosen Situation an alle möglichen übersinnlichen Erscheinungen wie Telepathie oder die Fähigkeit meiner Gedanken, ihr ein deutliches, unmißverständliches Zeichen zu übermitteln – ein herzförmiges Sternenbild, sprechenden Wind oder eine Raupe, die sie allein auf einer Wiese mit hohem Gras antreffen würde. An ihrem Arm – so stellte ich mir vor – würde die Raupe hochkriechen, am Ellbogen haltmachen, ihre schwarzen Knopfaugen auf sie richten und ihrem Bewußtsein nicht nur die Tatsache meiner unaufhörlichen, zwanghaften Gedanken, sondern auch deren Inhalt einpflanzen. Wenn mir allerdings jemand gesagt hätte, mein Aufenthalt in

Rockville würde sich auf zwei, fünf oder gar zehn Jahre ausdehnen, dann hätte ich vielleicht den Mut aufgebracht und entsprechend raffinierte Mittel und Wege gefunden, Jade eine Nachricht zukommen zu lassen. Aber von dem Augenblick an, als mir mein Zimmer zugewiesen wurde und ich anfing, meine aufgerollten Socken und zusammengelegten T-Shirts auszupacken (es war ein Kiefernholzschrank mit einem süßen Butterfieldschen Duft), war ich mit den Gedanken bei meiner Entlassung, meiner Rückkehr zu Jade. Ich träumte von dieser Entlassung nicht wie von einem Ereignis, das noch Monate auf sich warten läßt – ich dachte, es könne jederzeit eintreten, von einem Tag auf den anderen.
Ich wollte nichts riskieren, was Verdacht erregen konnte. Wie Rose war ich der Meinung, daß ich eher in ein Gefängnis als in eine Klapsmühle gehörte, wobei ich verdammt froh war, daß man mich in die letztere gesteckt hatte. Mein Psychiater erwähnte einmal, die Furcht vor analer Vergewaltigung sei die stärkste Angst, die Menschen empfinden, wenn sie ans Gefängnis denken – das sei für sie schlimmer als die Trennung von geliebten Menschen, der Zeitverlust, die Gefährdung ihrer beruflichen Existenz usw. Ich weiß nicht genau, worauf Clark hinauswollte, ob er das für ein Überbleibsel aus unserer Vergangenheit als Paviane hielt oder ob er damit andeuten wollte, diese Phobie sei die Karnevalsmaske eines latenten Verlangens. Tatsache ist, daß ich mich innerlich krümmte bei dem Gedanken, einem ganzen Zellentrakt wildgewordener Häftlinge ausgeliefert zu sein. Der Analverkehr hat etwas unglaublich Grausames. Sicher, die Öffnung existiert und ist wohl auch dafür geeignet. Aber der Körper wird dabei auf schäbige Art mißbraucht. Es ist, wie wenn man einem Blinden Fratzen schneidet. Ich weiß, daß man sich immer verdächtig macht, wenn man über solche Dinge redet, ganz gleich, *was* man sagt. Sagt man, daß einem der Analverkehr Spaß macht, ist das ein bißchen sonderbar, und gibt man zu, daß einen der bloße Gedanke daran entsetzt, ist es irgendwie noch sonderbarer. Ich mußte mich mit diesem Gedanken beschäftigen, als mein Fall noch anhängig war und ich noch nicht wußte, ob wir mit dem Argument der Unzurechnungsfähigkeit durchkommen würden oder ob mir der Knast blühte. Ich war nie, weder als Opfer noch

als Ausführender, an brutalen sexuellen Akten beteiligt. Sogar die alte High-School-Masche, ein Mädchen betrunken zu machen und ihr dann zwischen die Beine zu greifen, kam mir immer idiotisch und gemein vor. (Obwohl mir klar ist, daß viele von den betrunkenen Mädchen genau das wollten.)

Einmal – es war ungefähr zu der Zeit, als wir das Doppelbett bekommen hatten – passierte folgendes: Als Jade und ich uns in ihrem Schlafzimmer so lange geliebt hatten, daß sie innen klitschnaß war und mich kaum noch spürte und auch ich sie kaum noch spürte, wir aber aus Gründen, die nicht physischer Art waren, einfach immer noch weitermachen mußten, drehte sie sich auf den Bauch und kniete sich hin. Ich dachte, sie meinte, ich solle – wie schon so oft zuvor – von hinten kommen, wobei die veränderte Stellung der Vagina die Illusion von Neuheit und Enge hervorruft. Ihr Rücken triefte von Schweiß, und das Laken war wie eingeweicht. Ich keuchte und schwitzte ebenfalls, und es tat mir alles weh, aber ich wollte nicht aufhören, keiner von beiden wollte es. Die Reibung, das Verlangen danach, hatte an diesem Punkt nichts mehr mit Lust zu tun. Es war mehr wie ein Versuch, unsere Körper *auszulöschen* und sie explosionsartig in reiner Materie aufgehen zu lassen. Es war nachmittags, ihr kleines Zimmer war von sanftem Licht erfüllt, und als sie die Beine breitmachte und mir ihren Rumpf darbot, sah ich die hintere Hälfte ihrer Vagina mit den klatschnassen, dunkelbraunen Haaren, die in spitzen, gekräuselten Strähnen abstanden. Ich werde nie ganz begreifen, was der Anblick ihres Körpers in mir auslöste, ich meine, warum er gerade diese Wirkung hatte, aber diese Wirkung war so machtvoll, so unbeirrbar machtvoll, daß ich glaubte und immer glauben werde, daß ich dafür geboren wurde, ihn zu sehen, ihr Gesicht, ihren Hals, ihre Brüste und ihre Genitalien anzuschauen und eine Wärme und Weiträumigkeit zu spüren, die ich nicht einmal entfernt mit Worten auszudrücken vermöchte. Ich glaube, ich war nach all dem nassen, klatschnassen Bumsen schon halb abgeschlafft, aber beim Anblick ihrer Kehrseite hatte ich augenblicklich wieder eine ungeschmälerte Erektion und begann sofort, in sie einzudringen. Aber sie wollte nicht und sagte etwas wie »Tu ihn in das andere« oder so. Ich war ein bißchen überrascht, weil sie sonst nicht so zimperlich-prüde redete, verstand sie aber gleich. Ich wollte nicht nein sagen, aber ich wurde sofort nervös. Wir hatten das noch nie gemacht, und ich wollte sie nicht alleinlassen in ihrer Bereitschaft, etwas Neues auszuprobieren. Deshalb führte ich mit meinem in violetter Blindheit suchenden Schwanz einen Stoß nach ihrem Arschloch. Wie beim erstenmal, als wir uns liebten, mußte Jade mich führen, nur zeigte sie mir diesmal einen Weg, gegen den sich alles in mir sträubte. Ich zog mich zurück. »Ich kann das nicht machen«, sagte ich. »Es wird weh tun, es muß weh tun.« »Meinst du?« fragte sie. »Das machen aber viele, nicht nur Homos.« Sie hatte ein Buch über die Mochican-Indianer aus – war es Peru? – gelesen. Die Mochican waren notorische Arschficker, und nicht nur die spanischen Konquistadoren, sondern auch die Inkas suchten sie durch härteste Strafen zu einer produktiveren Art des Bumsens zu bekehren, aber die Mochican waren unbelehrbar. (Ich weiß nicht mehr, ob ich diese Lektion in Völkerkunde gleich da im Bett bekam oder ob es später war.) Jade zog mich wieder auf sich herunter und drückte meinen Schwanz in ihr Arschloch. Sie packte mit der freien Hand das Kissen und atmete auf Yoga-Art vollständig aus, wie um sich weiter für mich zu öffnen, aber es war zwecklos, denn ihr Anus war kryptisch wie ein Bauchnabel. Ich spürte, wie er sich erschrocken gegen meine Annäherung wehrte. »Siehst du?« sagte ich. Aber Jade war von der Logik ihres Vorschlags überzeugt, und sie steckte sich einen Finger in die Scheide, zog ihn naß heraus und beschrieb damit einen Kreis um ihr Arschloch. »Versuch's jetzt noch mal«, sagte sie. »Du könntest auch normal zu mir kommen, dann wärst du auch naß.« Wie einfallsreich! Ich geriet allmählich in sexuelle Panik. Warum war sie so hartnäckig? Was war der Grund für dieses plötzliche Verlangen nach einem neuen Gefühl? Sehnte sie sich danach, daß ein bislang unbegangener Weg erforscht wurde? Oder lag irgendwo im Zentrum unserer Liebeskämpfe eine Hoffnungslosigkeit und Scham begraben, die sie exorzieren wollte? »Ich mag das nicht machen«, sagte ich, während sich meine Eichel gegen die runzlige Mitte ihres Anus preßte, Violett an Rosa. Sie tat sich mir auf, ein wenig. Ich muß mich hineingezwängt haben, ohne es überhaupt zu merken. Ihr Arschloch zitterte wie ein Hündchen, wie ein kleines, furchtsames Herz, und ich sah einen Moment lang seine inneren Wände, ein Aufblitzen von durchscheinendem Rot, leuchtend wie glühende Schlacke. »Warum nicht?« fragte sie. Ihre Stimme klang gedämpft. Sie stützte sich mit ihrem ganzen Gewicht auf ihre Stirn. »Weiß nicht, hab keine Lust«, irgend so etwas. Ich war wachsam genug, um mich vorsichtig auszudrücken. Plötzlich rollte sie sich auf den Rücken. Eine zerzauste, graue Flaumfeder aus dem Kopfkissen klebte an der schweißnassen Haut zwischen ihren kleinen Brüsten, und sie nahm sie am Kiel und zwirbelte sie zwischen Daumen und Zeigefinger. »Ich dachte, es würde dir gefallen«, sagte sie. »Nein, das glaube ich nicht«, sagte ich. Mein Magen zuckte wie ein zweites Herz. Ich streckte mich neben ihr aus, ein Bein auf ihren Schenkeln und die Arme um sie geschlungen. »Ich bin nicht dazu bereit«, sagte ich. »Ich glaube, es wäre falsch. Es würde weh tun. Es wäre nicht in Ordnung.« »Es wäre schon in Ordnung«, sagte Jade. »Weil wir beide es sind und weil wir uns liebhaben. Ich wollte es tun, weil wir es beide noch nie gemacht haben. Es wäre etwas, was uns allein gehören würde.« Eine Zeitlang sagten wir beide nichts. Wir hörten den alltäglichen harmlosen Krach in ihrem Haus. Sammy und seine Kameraden spielten unten Poker und brüllten einander wegen jeder Karte an. (Ich mag lieber nicht daran denken, was sie miteinander angestellt hätten, wenn sie wirklich um Geld gespielt hätten.) Keith war im Dachgeschoß und hörte sich Joan Baez an; er hatte so laut aufgedreht, daß sie sich wie eine betrunkene Frau mittleren Alters anhörte. »Don't sing love songs / you'll wake my mother.« Der Text dieses Liedes ringelte sich um unser leicht verlegenes Schweigen, und erst mußte *ich* lachen, dann auch Jade. Aber erst viel später, nach meiner Entlassung aus Rockville, sollte ich die eigentliche Pointe dieser Worte erfahren, als Ann das ganze Ausmaß ihrer Besessenheit mit Jade und mir eingestand und erzählte, wie sie die Hitze, die wir erzeugten, dazu benutzt hatte, ihre eigene schwindende Leidenschaft zu entfachen.

Dr. Clark riet mir davon ab, aber ich hängte mir einen Kalender an die Wand und machte ein X durch jeden vergangenen Tag –

eine Minute nach Mitternacht, wenn ich dann noch wach war. Der Lauf der Zeit jagte mir beständigen Schrecken ein. Sie verging zu schnell und entfernte mich immer weiter von meinem Leben; sie verging zu langsam und hielt damit den Tag meiner Entlassung in weiter Ferne. So war jeder Tag zugleich ein Sieg und eine Demütigung. Doch ein Teil von mir weigerte sich, überhaupt in der Zeit zu leben; etwas in mir blieb unberührt von diesen aufgeregten Scharmützeln mit den vorübergehenden Tagen. In meiner Vorstellung war dieser Teil mein bestes und geheimstes Selbst, das ich nicht dem aussichtslosen Krieg mit der Zeit aussetzen wollte, so wie kein vernünftiger Staat seine besten Taktiker und begabtesten Dichter in die vordersten Linien einer Schlacht schicken würde. Während meines ganzen Aufenthalts in Rockville blieb eine Hälfte meines Ichs in der sicheren Zuflucht des mit Bleiplatten ausgekleideten Bunkers der Ewigkeit.

Wie sich herausstellen sollte, trug ich dadurch, daß ich einen Teil meines Selbst in der Ewigkeit bewahrte, zu meiner Zerstörung in Rockville bei. Das bedeutete nämlich, daß ich so gut wie keine Freunde gewann und stärker isoliert war, als ich es hätte sein sollen, weiter abseits stand, als ich es wollte – die meiste Zeit war die Einsamkeit kaum auszuhalten. In einer Gemeinschaft von lauter augenscheinlich aufgeschlossenen Menschen mußte mein Entschluß, einen Teil meines Ichs von der Realität unserer gemeinsamen Lebensumstände fernzuhalten, natürlich immer wieder auffallen – so daß ich gemieden, angefeindet, aufgezogen, ignoriert oder, schlimmer noch, umworben, ausgehorcht, verführt, herausgefordert, ausgetrickst wurde. Mein eigener Arzt verschränkte die Arme und schüttelte den Kopf, wenn er mir zuhörte. Öfter, als ich es heute wahrhaben möchte, sagte er zu mir »Aber, aber, David«, wenn ich ihm die vorsichtigen, sterilen Beschreibungen meiner Gefühle andiente. »Welches ist deine Lieblingsfarbe?« fragte er mich einmal. »Blau«, erwiderte ich und dachte dabei an Jade, ihr blaues Hemd, den Farbton der Tinte in ihrem letzten Brief an mich. Dr. Clark beugte sich vor – auf seiner hohen Elfenbeinstirn pulsierte eine Ader von der Dicke eines Kinderfingers, als wären bei ihm Herz und Hirn wie siamesische Zwillinge miteinander verbunden. »Blau?« fragte er, und ich wich seinem Blick aus und nickte. »Das glaub ich dir nicht«, sagte er. Er schlug sich mit den Händen auf die Knie und stand auf. Seine Hände lagen jetzt auf meinen Schultern, aber ich machte mich los. »Ich glaube nicht, daß deine Lieblingsfarbe Blau ist. Nicht einmal da sagst du die Wahrheit. Weißt du überhaupt, wie das geht, die Wahrheit sagen, David?«

Natürlich wußte ich, wie man die Wahrheit sagt. Aber die Wahrheit war, daß ich es nicht über mich brachte. Ich war nicht aus denselben Gründen da wie die anderen. Ich war kein LSD-Süchtiger, litt nicht unter Eßzwang und glaubte auch nicht, daß der Rasen in der Nacht weint, weil ich bei Tage darüber gegangen bin. So sehr ich auch ermuntert wurde, meinen Gefühlen freien Lauf zu lassen, wieder ein ganzer Mensch zu werden, indem ich alles, was in mir war, zum Ausdruck brachte, war ich im Grunde eben doch nicht nach Rockville gekommen, um mein wahres, ungeteiltes Selbst zu entdecken. Ich war auf gerichtliche Anordnung da, und ich war da, um mich zu ändern. Und ich war bereit, mich zu ändern. Aber ich wußte, es gab Dinge, die ich nicht sagen durfte – wenn ich wollte, daß Clark in einen Bericht schrieb, ich könne nach Hause entlassen werden. Ich durfte nicht sagen, daß ich heimlich Briefe an Jade schrieb. Ich durfte nicht sagen, daß »in Ordnung kommen« für mich gleichbedeutend war mit der Chance, Jade zu finden, Ann, Hugh, Sammy und Keith zu treffen – vor allem aber Jade, Jade wiederzusehen, sie wieder in den Armen zu halten und ihr begreiflich zu machen, daß sich *nichts* geändert hatte. Ich war bereit, über alles andere zu reden, aber nicht ein einziges Mal gestand ich, daß der Teil von mir, den ich laut Gerichtsbeschluß ändern sollte, so lebendig und unvernünftig war wie eh und je.

Mein Glaube an die unumstößliche Gewißheit meiner Liebe zu Jade als eine höhere und unantastbare Wahrheit rettete mich vor der Verzweiflung, die am Herzen vieler Mitpatienten nagte, aber er führte auch dazu, daß ich am Ende eines ganzen Jahres immer noch in Rockville saß und keine Aussicht auf baldige Entlassung hatte. Ted Bowen (der ohne Honorar arbeitete, das Geld, das meine Eltern ihm aufnötigen wollten, zurückwies und Schecks, die sie ihm in sein Büro an der Oak Street schickten, einfach nicht einlöste) machte mehrere Eingaben an Richter Rogers, um meine Einweisung mit dem Zusatz »auf Bewährung« aufzuheben, aber es war klar (obwohl Rose und Arthur es mir verheimlichen wollten), daß meine Entlassung aus Rockville nie ernsthaft erwogen wurde.

Ein paar Tage nach dem ersten Jahrestag meiner Einweisung erschienen Rose und Arthur zu ihrem Samstagbesuch. Es war Mitte September. Der Himmel war schon leicht schiefergrau getönt, und der weiche, an einen Golfplatz erinnernde Rasen von Rockville war zwar noch grün, hatte aber schon bessere Zeiten gesehen. Ich verfolgte noch mit dem Interesse eines Schuljungen den Wechsel der Jahreszeiten – die ersten kühlen Tage erinnerten mich immer an die Aussicht auf neue Hefte, gute Vorsätze, neue Lehrer, das Wiedersehen mit Freunden. In diesem Jahr war alles anders: Gerade weil September war, verstärkte sich meine panische Verzweiflung darüber, daß ich nicht freigelassen wurde. Die Welt änderte sich, ich aber nicht.

Rose und Arthur waren immer verlegen und ein bißchen feierlich, wenn sie mich in Rockville besuchen kamen. Sie glaubten natürlich nicht an eine psychiatrische Behandlung. Sie hätten es lieber gesehen, wenn man neurotische Teenager als Hilfsarbeiter im Naturschutz in einen Staatsforst geschickt oder vielleicht ein Jahr ans Fließband gestellt hätte, um ihre kurzsichtigen Emotionen zu erden. Und das teure Rockville mit seinen zwangsläufig privilegierten Patienten war förmlich dafür geschaffen, die Verachtung meiner Eltern hervorzurufen. Auch waren sie, wie die meisten Eltern, deren Kind zu einem Psychiater geht, aus Schuldbewußtsein überempfindlich: Sie waren überzeugt davon, daß ich die schlimmsten Sachen über sie erzählte. Sie fürchteten, ich spräche über ihre lange Zugehörigkeit zur Kommunistischen Partei (was ich auch tat) und schilderte sie als grausam und lieblos (was ich nicht tat). Sie traten unnatürlich leise auf, wenn sie durch die Korridore von Rockville gingen, genauso verstohlen wie ich, als ich damals regelmäßig morgens um sechs von Jade zurückkam.

Diesmal waren Rose und Arthur jedoch noch nervöser als sonst. Ich dachte zuerst, sie seien genauso verzweifelt wie ich, weil schon ein ganzes Jahr vergangen war, aber irgend etwas in ihren gedämpften Stimmen, ihren steifen Gesten und ihren beinahe kalten, aber auch schuldbewußten Augen ließ mich argwöhnen, daß ihre triste Stimmung einen spezielleren Grund haben mußte. Sie sahen wirklich elend und unglücklich aus. Und dann begriff ich plötzlich in einem Moment eiskalter Gleichgültigkeit, daß ihre Niedergeschlagenheit überhaupt nichts mit *mir* zu tun hatte, sondern daß etwas mit ihnen *beiden* los war und daß es mit dem Erkalten aller Gefühle zwischen ihnen zusammenhing. Einmal, als Rose mich allein besuchen kam, ließ sie durchblicken, daß die Geschichte, mein Vater liege mit Grippe im Bett, nicht so ganz der Wahrheit entspreche, und das andere Mal, als Arthur ohne Rose erschien, sagte er rundheraus, ohne sie könnten er und ich freier, sinnvoller miteinander reden. (Wir taten es trotzdem nicht; er fuhr mit mir in die Stadt, ging mit mir essen und fuhr dann mit mir in eine einsame Nebenstraße, die er »entdeckt« hatte, und ließ mich ans Steuer – ich wollte ihm Angst einjagen, indem ich mit Vollgas in den Sonnenuntergang raste, aber er lehnte sich bloß zurück und lächelte. Es war wirklich sonderbar.) Liebe schenkt uns ein geschärftes Bewußtsein, das uns die Welt durchschauen läßt, Ärger liefert uns ein präzises, distanziertes Bild unser selbst. Ich saß auf meinem nachgebauten Kajütenstuhl in dem kleinen Zimmer und sah Rose und Arthur an, die auf meinem schmalen Bett saßen. Arthur zupfte an der genoppten Tagesdecke, Rose kramte in ihrer Handtasche, und ich begriff, daß meine Abwesenheit die beiden um ihren letzten Vorwand gebracht hatte, weiterhin zusammenzuleben.

»Ich hab eine Idee«, sagte Arthur. »Wie wär's, wenn wir zu dem alten Farmhaus fahren, an dem man auf dem Weg hierher vorbeikommt?« Er sah dabei Rose an, aber jetzt schaute er zu mir her.

»Hört sich an, als könnte es Spaß machen«, sagte Rose. Sie sagte es mit einem Stirnrunzeln, wie um uns zu warnen: Selbst wenn das alte Farmhaus ihr gefiele, würde sich ihre Laune nicht bessern.

»Warum müssen wir denn immer wegfahren?« fragte ich. »Das ist immer so ein Gehetze. Ihr braucht einen halben Tag bis hierher, und kaum seid ihr da, steigen wir ins Auto und fahren irgendwohin.«

»Wir müssen nicht unbedingt wegfahren«, sagte Arthur. »Es ist ein schöner Tag. Wir können auch *hier* ein bißchen rumlaufen.«

»Ich dachte mir, *du* würdest dich freuen, für ein paar Stunden rauszukommen und mal was anderes zu sehen«, sagte Rose.

»Natürlich können wir nicht einfach hier rumsitzen«, sagte ich. »Wir wüßten ja gar nicht, was wir reden sollten. Das finde ich ja so sagenhaft bei den...« Ich machte eine Pause, in der meine Eltern richtig schön Angst vor dem Tabu bekommen konnten, das jetzt gleich durchbrochen werden sollte. »... den Butterfields. In einer Familie zu sein, wo man wirklich miteinander redet.«

»Das ist ja was ganz Neues«, sagte Rose.

»Das ist überhaupt nichts Neues. Du erinnerst dich an das, was dir in den Kram paßt, und ich erinnere mich an das, was wirklich war«, sagte ich. »Allerdings habe ich auch öfter Gelegenheit gehabt, von der Vergangenheit zu reden und mich an sie zu erinnern. Psychiatrische Betreuung, weißt du. Die Butterfields interessierten sich füreinander, und es gab *nichts,* was man nicht sagen durfte. Keiner verlangte, daß man bestimmte Dinge nicht sagte, und wenn man etwas sagte, was vielleicht nicht ganz so nett war, sagte keiner ›Das ist aber wirklich gar nicht nett von dir, so was zu sagen‹. Wir merkten nie, wie die Zeit verging, weil ich redete oder Ann oder einer der Jungen... oder sonst einer. Jeder redete, und jeder hörte zu, und man hatte Ideen und Gedanken und Gefühle, die man woanders nie hatte, weil woanders nie einer war, der sich für einen interessierte oder einem zuhörte.«

»Ach, und die haben sich also für dich interessiert?« fragte Rose.

»Es hat keinen Zweck, darüber zu streiten«, sagte Arthur.

»Ein Haufen Idioten, die in ihre eigenen Gefühle verliebt waren, das waren sie, sonst nichts«, sagte Rose und beugte sich mit gerötetem Gesicht vor. »Und sie haben sich einen Dreck für dich interessiert.«

»Als sie mich bei sich aufnahmen, hatte ich das Gefühl, daß mir das Leben gerettet wurde«, sagte ich.

»Möglich, aber das war ein Irrtum.« Sie machte eine Pause. »Wie du siehst.«

»O.k.«, sagte Arthur. »Schluß jetzt.« Er hob die Hände.

»Das hier ist mir bei weitem lieber als die Vorstellung von dem, was ich geworden wäre, wenn...«
Rose nickte. »Wenn was?«
»Wenn ich sie nicht kennengelernt hätte. Wenn ich gewesen wäre, wie *ihr* mich haben wolltet.«
»Bald wird uns das ganze Haus hören«, sagte Arthur.
Ich schlug mit beiden Handflächen auf die Schreibtischplatte, daß es krachte. Ich stand auf und warf den Stuhl um. Ich hob ihn auf und dachte, ich würde ihn wegschleudern – auf meine Eltern, durchs Fenster, an die Wand. Meine Eltern waren still. Sie sahen mich mit jener Mischung aus Verlegenheit, Abscheu und Neid an, die man empfindet, wenn jemand seine häßlichsten, unvernünftigsten Gefühle äußert. Ich ließ den Stuhl fallen und ging auf meine Eltern zu. Ich hätte ihnen bestimmt nichts getan, aber ich stellte mir immerhin einen Moment lang vor, ich würde sie an den Schultern packen und schütteln.
»David«, sagte mein Vater betont neutral.
Rose stellte ihre kleinen Füße fest auf den Boden und lehnte sich zurück wie ein Betrunkener, der kerzengerade sitzen möchte und sich im Winkel verschätzt.
»Ich hab euch nie um was gebeten«, sagte ich.
»David«, sagte Arthur noch einmal, nun fast schon wieder in seinem normalen, freundlichen Tonfall.
»Ich bin jetzt über ein Jahr hier, und ihr habt nichts getan, um mir zu helfen.«
Ich wandte mich rasch von ihnen ab, ging zurück an meinen Schreibtisch und stellte den Stuhl auf die Beine.
»Ich finde, wir sollten gehen, solange es noch schön draußen ist«, sagte Rose.
»Gut. Fahrt heim. Ich will, daß ihr heimfahrt«, sagte ich.
»Jetzt fang nicht so an«, sagte Rose.
»Wir wollen nicht heimfahren«, beteuerte Arthur.
»Dann besucht halt jemand anderen. Damit die lange Fahrt nicht ganz umsonst war.«
Rose und Arthur wechselten Blicke, und im ersten Moment dachte ich, sie würden anfangen, in meiner Gegenwart über mich zu reden. Das war natürlich nie ihre Art gewesen. Sie hatten sich

so gut wie nie gestritten oder sich auch nur Verwirrung anmerken lassen, wenn ich dabei war. Getreu ihrem Vorsatz, unsere Kleinstfamilie zentralistisch zu verwalten, schirmten sie mich von ihren Sorgen ab – Kapitäne eines in Seenot geratenen Schiffes, die mit Butterbrötchen und Routinedurchsagen die Panik unter den Passagieren hinausschieben.

»Tut was für mich«, sagte ich noch einmal. Ich dachte daran, auf den Flur hinauszugehen und es auszurufen, so wie mir einer der Pfleger beigebracht hatte, »Coca-Cola, Coca-Cola« zu schreien, bis mir meine Gedanken vergingen und ich meinen Verstand nur noch als undeutliches Summen spürte. »Tut was für mich.«

»Das möchten wir ja«, sagte Arthur. »Das weißt du doch.«

»Ich will einen anderen Anwalt«, sagte ich. »Wer kümmert sich um meinen Fall? Wer ist dafür verantwortlich, mich hier rauszuholen?«

»Das ist Sache des Gerichts«, sagte Arthur. »Da ist nicht viel zu machen.«

»Wer kümmert sich darum?«

»Ted«, sagte Rose. »Das weißt du doch.«

»Bowen?« sagte ich. »Bowen ist ein riesengroßes, idiotisches, verficktes, abgewichstes Arschloch. Er hat sein Leben lang Prozesse verloren – und das ist also der Anwalt, den ihr mir besorgt? Ein kommunistischer Anwalt, der soviel Einfluß hat wie ein streunender Hund?«

»Du hast kein Recht, so über Ted zu reden«, sagte Rose. »Das ist ein Mann, der zu dir hält. Es wird allmählich Zeit, daß du begreifst, wer deine wahren Freunde sind.«

»Ist es wegen des Geldes?« fragte ich.

»Du weißt, daß es nicht deswegen ist«, erwiderte Arthur.

»Wenn es nämlich daran liegen sollte, ich kriege das Geld schon. Großvater gibt es mir schon. Es kostet ihn weniger, mir einen guten Anwalt zu besorgen, als mich hierzulassen. Ich will den besten. Ich will einen, der sein Handwerk versteht und nicht locker läßt, einen, der ein bißchen Einfluß hat, um Himmels willen, einen, der sich nicht hinhalten und auslachen läßt. Ich brauche einen, der Beziehungen hat, der Druck macht, der Absprachen trifft. Ted ist dafür nicht der Richtige.«

»Er hat glänzende Erfolge aufzuweisen, David«, wandte Arthur ein. »Aber für *mich* tut er nichts.«

»Meinst du vielleicht, du findest einen Fremden, der sich genauso engagiert wie Ted?« fragte Rose. »Ein Mann, der schon anderen Leuten zu ihrem Recht verhalf, als du noch gar nicht auf der Welt warst?«

»Ich will nichts mehr davon hören«, sagte ich. Ich schlug mir in einer Geste der Unschuld und Empörung mit der flachen Hand aufs Hemd. Ein kleiner, runder Schweißfleck hatte sich in der Vertiefung unter meinem Brustbein gebildet, eingeschlossen in seinem Krater zwischen dem Pochen meines Herzens und der Härte meiner Bauchmuskeln. »Ich will einen neuen Anwalt. Ich würde mir ja selber einen suchen, aber wie sollte ich das anstellen? Wenn ihr das nicht für mich tut... Ihr müßt es für mich tun. Sagt Bowen, er kann einpacken. Diese Sache geht ihn nichts mehr an. Wenn das nächste Mal einer über meinen Fall spricht, muß es ein anderer Typ von Anwalt sein – nicht mehr so ein kleiner Niemand mit Suppenflecken auf der Krawatte. Ich will den Besten. Ich will hier raus. Das ist eine solche Ungerechtigkeit. Also sucht mir gefälligst einen neuen Anwalt, auch wenn er einer ist, den ihr nicht ausstehen könnt.«

3

Schließlich beschafften sie mir einen neuen Anwalt, und es war tatsächlich einer, den sie nicht ausstehen konnten. Er hatte ein Büro im Wrigley Building und ein Foto von Bürgermeister Daley an der Wand. Trotzdem dauerte es noch fast zwei Jahre, bis das Gericht mir erlaubte, nach Hause zurückzukehren.

4

Sie holten mich Mitte August heim, an einem Tag, der durch melodramatisches Wetter eine Spur von Absurdität erhielt. Ich saß auf dem Rücksitz ihres Autos, mit meinem hellbraunen Koffer auf den Knien, wie ein Soldat in einem überfüllten Zug. Mein einziger Freund in Rockville, ein Junge namens Warren Hawkes, der schon in drei solchen Anstalten und zwischendurch immer wieder zu Hause gewesen war, hatte mir verraten, daß man eine solche Fahrt am besten übersteht, wenn man sich totstellt, und ich preßte meinen Kopf zwischen meine beiden Hände wie zwischen zwei Hirnschalen. Arthur saß am Steuer, und jedesmal, wenn er mich im Rückspiegel ansah, nahm er den Fuß vom Gas, und der Ford wurde langsamer. Rose machte zwei Bemerkungen, an die ich mich noch erinnere: »Das ist das letzte Mal, daß wir diese Fahrt machen«, und »Ich frage mich, ob du gehört hast, daß neuerdings wieder eine antisemitische Strömung aufkommt«. Wir fuhren eine schmale Nebenstraße, eine Abkürzung nach Chicago, die sie erst vor kurzem entdeckt hatten; nahezu reife Maisfelder drängten auf beiden Seiten bis an den Straßenrand wie Schaulustige in Erwartung eines Umzugs. Über uns grollte der Donner, und im Westen, dann auch im Norden zuckten platinweiße, verästelte Blitze auf – im ersten Moment lautlos, dann mit einem gewaltigen, ohrenbetäubenden Krachen. Die Maisfelder leuchteten auf, die Luft wurde schwer, drückend, beinahe violett, und wir waren noch keine halbe Stunde gefahren, als es so zu schütten anfing, daß die Windschutzscheibe aussah, als würde sie mit Silberfarbe bespritzt.

Das Wetter vertiefte irgendwie noch mein Schweigen und drückte schwer auf Roses und Arthurs Stimmung, und das an einem Tag, auf den sie sich gefreut hatten. Ich merkte, daß ich sie im Stich ließ, und das wollte ich eigentlich gar nicht. Aber ich brachte nicht den Mut für eine versöhnliche Geste auf. Ich war überzeugt, wenn ich überhaupt anfing, würde ich etwas tun, womit ich mich ins Unrecht setzen und meinen Eltern Furcht und Schrecken einjagen würde. Vielleicht hätte ich geschrien, geweint oder mich auf dem Rücksitz zusammengekauert und gejammert »Ich hab solche Angst«. Es war besser, sicherer, so apathisch zu bleiben, wie es meine verwirrten Sinne erlaubten, und schon bald trieben auch Rose und Arthur in den Nebel des Schweigens ab, den ich erzeugt hatte.

Meine Eltern brachten mich heim zu ihrer schattigen Wohnung in

der Ellis Avenue, einer Straße, die vielen schon nicht mehr sicher genug war. Von Zeit zu Zeit sprachen Rose und Arthur von Umzug, aber es wäre ihnen reaktionär vorgekommen, aus einem heruntergekommenen Viertel wegzuziehen. Meine Eltern wohnten in diesem Haus, seit sie verheiratet waren. Es war ein großes Mietshaus, und das Weiß seiner Steinfassade glich der Farbe eines alten Grabsteins. Etwa eine Querstraße weiter war ein physikalisches Forschungslabor, das an der Entwicklung der ersten Atombombe beteiligt gewesen war, und auf der anderen Straßenseite war eine der Bibliotheken der University of Chicago. Aber wir wohnten am Westrand des Universitätsviertels, und ringsum waren leere Grundstücke, auf denen einmal Häuser gestanden hatten, und überall fanden sich bedrückende Hinweise auf Familien, die mit viel zuwenig Geld ihr Leben fristen mußten. Die Professoren und ihre Familien waren ebenfalls aus unserem Haus ausgezogen, und als wir davor hielten (nachdem wir einen komplizierten Umweg gefahren waren, um einen möglichst großen Bogen um das frühere Haus der Butterfields zu machen), fiel mir auf, daß die Leute, die jetzt im Parterre wohnten, ihre Fenster mit gelbem Papier zugeklebt hatten und daß die schwere ovale Glasscheibe über der Haustür stark gesprungen war, als wenn ein Stein oder eine Kugel eingeschlagen wäre.
Ich ging hinter meinen Eltern die Treppe hinauf, den Koffer in der Hand. Im Erdgeschoß kochte jemand mit Curry, und als wir uns dem zweiten Treppenabsatz näherten, hörte ich »When a Man Loves a Woman« von Percy Sledge. Arthur ging voran; mit der einen Hand hielt er sich an dem dunklen Holzgeländer fest, mit der anderen schwenkte er seinen Schlüsselbund. Rose, so schien mir, ging mit ungewohnter Vorsicht; sie hob den Fuß bei jeder Stufe höher als nötig, und als ich ein bißchen zurückblieb, um mich zu beruhigen, sah ich, daß an der Sohle ihres hochhackigen Schuhs ein winziges, nasses Blatt klebte. Das Treppenhaus war in einem blassen Karamellton gestrichen, und unsere Schatten bogen sich und schwollen an, als wir in den zweiten Stock hinaufstiegen. Ich versuchte, mich selbst aufzumuntern, indem ich mir sagte »Ich bin daheim, ich bin daheim«, aber meine innere Stimme klang skeptisch und verzagt, machte nur noch alles schlimmer.

Wenn meinen Eltern hie und da anzumerken war, daß sie sich geändert hatten, daß sie in ihrer langen, schwierigen Ehe die Geduld verloren hatten, so verriet die Wohnung selbst nichts davon. Sobald wir drin waren, ging mein Puls um die Hälfte zurück. Die lange Fahrt mit ihren übermächtigen Sinnesreizen war vorbei, und mir verging schlagartig alle Neugier. Ich wußte sofort, daß sich nichts in diesen Räumen verändert hatte. Die Gerüche waren noch dieselben – Bohnerwachs, alte Bücher, Kaffee und Roses Talkumpuder »Evening in Paris« –, und das Summen der Klimaanlage hatte noch dieselbe Tonhöhe. An den Wänden hingen dieselben Bilder: eine Utrillo-Reproduktion, ein GUERNICA und fünf Lithographien arbeitender Hände von einem Chicagoer Künstler namens Irving Segal – Hände an Rechen, Hände an Drehbänken, Hände, die verknotete Taue hielten. Sogar die Nippes waren brav an ihrem Platz: der Quarz auf dem Bücherbord neben SCOTTSBORO BOY, die kleine Kalksteinkröte aus Mexiko neben LETTERS OF LINCOLN STEFFENS. Der Kirschholzkaffeetisch stand immer noch einen halben Meter vor dem braunen Sofa, und auf dem Tisch stand, wie immer, die blaue Töpfervase mit den Rohrkolben.

Ich ließ meinen Koffer auf den hellgrünen Teppich fallen und setzte mich aufs Sofa. »Tja«, sagte ich, »wie ich sehe, habt ihr immer noch dieselbe alte Katze.« Das war die Pointe eines alten Familienwitzes – von dem kleinen Jungen, der von zu Hause ausreißt und wiederkommt, bevor ihn irgendeiner vermißt hat.

»Möchtest du dein Zimmer sehen?« fragte Rose. Während ich in Rockville war, hatte sie sich zur Hüterin meines Zimmers aufgeschwungen. Manchmal hatte sie beim Abschied gesagt: »Dein Zimmer wartet auf dich, David.« Als sie das Zimmer streichen ließen, achtete Rose darauf, daß der ursprünglich hellblaue Ton ohne die geringste Abweichung getroffen wurde. Als die Maler gegangen waren, machte Rose Farbfotos von der ganzen Wohnung und drei von meinem Zimmer und überreichte sie mir in Rockville. Obwohl ich nie ein Wort über diese Bilder verlor – ihre Geste war mir irgendwie zu ostentativ, sie paßte nicht zu ihr –, waren diese Farbfotos von der allgemeinen Abnutzung meiner

Habseligkeiten verschont geblieben und lagen jetzt vor meinen Füßen in dem hellbraunen Koffer.
»Ja, warum nicht«, sagte ich.
Es ist noch genauso wie früher. Es war die Kulisse eines wiederkehrenden Traums. Es war, als sei in dem kleinen viereckigen Zimmer noch dieselbe Luft wie vor drei Jahren, als warte sie darauf, doch bitte eingeatmet zu werden. Das Zimmer war nicht bloß unverändert geblieben – es war einbalsamiert worden. Über das Bett war immer noch die kupferfarbene Corddecke gebreitet. An der Wand hingen immer noch dieselben zwei Bilder, beide aus Büchern herausgerissen. Eins von dem Baseballspieler Ty Cobb aus der ENCYCLOPEDIA OF BASEBALL und eins von Monk Eastman, dem berüchtigten jüdischen Gangster, das ich mit der Rasierklinge aus dem Buch THE GANGS OF NEW YORK herausgetrennt hatte. Die Dielen waren frisch gestrichen und eingewachst, und als ich am Abend das Licht anmachte, spiegelten sie stumpf den elektrischen Glanz wider. Der rotgrüne geflochtene Teppich und die weiße Kommode waren ebenso vorhanden wie die Deckenlampe mit der Glasglocke, der hellgebeizte dreibeinige Schreibtisch und die blauviolette große Kaffeetasse mit den Schreibwerkzeugen. Auch meine Bücher standen noch alle im Regal – Jugendbücher über prähistorische Tiere und Astronomie, die Romane von John R. Tunis und auch die »guten« Bücher, die meine Eltern mir zu besonderen Anlässen geschenkt und die ich nie gelesen, sondern nur Seite für Seite durchgeblättert hatte, um nicht undankbar zu erscheinen.
»Mein Gott«, sagte ich kaum hörbar, aber wir waren so still, und jeder war sich auf so unbehagliche Weise der Gegenwart der anderen bewußt, daß ich genausogut hätte schreien können.
»Erkennst du's wieder?« fragte Rose mit einem nervösen Auflachen. »Es sollte genauso sein, wie du es in Erinnerung hattest.«
»Das ist es auch«, sagte ich und nahm spontan ihre Hand und drückte sie. Es war das erste Mal, daß wir uns berührten, seit wir von Rockville abgefahren waren, und ich merkte, daß es ihr lieber gewesen wäre, wenn ich sie nicht wieder losgelassen hätte.
Arthur öffnete den schmalen Schrank und streifte mit der Hand über die leeren Drahtbügel – die Geste eines Herbergsvaters.

»Jede Menge Platz«, sagte er.
Um ihn nicht zu enttäuschen, sah ich in den Schrank und nickte. An der Seite hingen ein paar von meinen alten Sachen.
Rose sah sich im Zimmer um, und mir kam es so vor, als bedauerte sie plötzlich die von ihr selbst verursachte zeitliche Erstarrung. Aber wie hätte sie das Zimmer ändern sollen? Was hätte das mit sich gebracht? Was hätte es aus ihnen gemacht?
»Gefällt es dir so?« fragte sie mich leise.
»Ja. Es ist genauso wie früher. Ich fühle mich wirklich, als wäre ich hier zu Hause.«
»Du *bist* hier zu Hause«, sagte Arthur mit belegter Stimme.
Und dann, gerade als wir es am wenigsten brauchen konnten, trat eine gewaltige Stille ein. Ich setzte mich auf den Bettrand, wartete noch eine Weile, um nicht unhöflich zu erscheinen, und sagte dann: »Ich würde mich jetzt gern ein bißchen hinlegen.«
Meine Eltern wechselten rasche Blicke, aber sie waren nicht gewandt genug, um der Entdeckung zu entgehen, wie alte Zauberer, die in ihrer Unbeholfenheit die Banalität ihrer Tricks verraten. Es tat ihnen leid, daß sie nichts Bestimmtes für meine Heimkehr vorbereitet hatten. Aber wen hätten sie zu uns bitten sollen? Wir hatten ja so gut wie keine Verwandten.
»Hast du Hunger?« fragte mich Arthur.
»Ich könnte Essen jetzt nicht mal sehen.«
»Vielleicht was zu trinken?« Arthur sah auf die Uhr. Es war zwei. Eine unübliche Zeit für etwas Alkoholisches. Aber es war Samstag, und wir hatten weiß Gott Grund zum Feiern.
»Nein. Ich werde zu schnell blau.«
»Wir haben nicht bloß scharfe Sachen da«, sagte Rose lächelnd und verschränkte die Arme.
»Ich möchte mich bloß ausruhen.«
»Na gut«, sagte sie. »Wie du meinst.« Ihre Stimme schwankte ein bißchen, aber ihr Lächeln blieb fest.
»Also dann«, sagte Arthur und klatschte mit gestreckten Armen in die Hände wie jemand, der eine gute Wahl getroffen hat, »ruh dich erst mal aus.«
Im Hinausgehen sagte Rose: »Sollen wir dich zum Abendessen wecken?«

»Nicht nötig«, sagte ich, »ich kann bestimmt nicht schlafen.«
»Auflassen oder zumachen?« fragte Arthur und legte die Hand an die Tür.
Ich tat so, als müßte ich es mir überlegen. »Zumachen.«
Die Tür ging mit einem leisen Klicken zu; endlich war ich für mich allein. Kaum hatten sich ihre Schritte entfernt, als ich auch schon auf den Beinen und auf der anderen Seite des Zimmers war. Ich zog die Schublade in meinem alten Schreibtisch auf. Sie war voller Briefe. Ich nahm den ganzen Packen heraus und blätterte ihn durch, erst rasch und dann, mit wachsender Enttäuschung, sehr langsam. Die Briefe waren alle an mich adressiert, aber die, um die es mir ging, waren nicht dabei – es waren uralte Geburtstagskarten, Weihnachtskarten, Briefe von einem südkoreanischen Brieffreund, mit dem ich korrespondiert hatte, bis ich auf Wunsch meiner Eltern damit aufgehört hatte, Briefe von meinem Großvater.
Ich hatte meine Eltern schon vor langer Zeit einmal gefragt, ob sie die Briefe von Jade aufgehoben hätten. Diese Briefe waren während meiner Voruntersuchung dem Gericht übergeben und zu den Akten genommen worden. Sie hatten dazu beigetragen, mich vor dem Gefängnis zu bewahren, weil aus ihnen hervorging, daß ich unter außergewöhnlicher emotionaler Belastung gestanden hatte. Aber wo waren sie geblieben?
Ich blätterte den Stapel noch einmal durch, mit einer Geschicklichkeit von Handgelenk und Daumen, die ich mir beim Tauschen von Baseballbildern angeeignet hatte. Es wäre auch zu einfach, zu schön gewesen, wenn ich sie gleich auf Anhieb gefunden hätte. Sie mußten irgendwo anders sein. Ich sah in der Kommode nach. Oberste Schublade: drei Paar neue Esquire-Socken und zwei noch verpackte Fruit-of-the-Loom-Unterhosen. Zweite Schublade: ein altes weißes Hemd, das in der Wäscherei zusammengelegt und mit einem türkisgrünen Pappstreifen versehen worden war. Dritte Schublade: leer. *Das Wichtigste ist: nur nicht nervös werden, keine voreiligen Schlüsse ziehen.* Ruhig, obwohl meine Hände nicht ganz mitmachten, schloß ich die Schubladen und ging ans Fenster.
Ich setzte mich aufs Fensterbrett, zog den braunen Vorhang zur Seite und sah wie ein Dieb, ein Spion, auf die Straße hinunter. Der

Regen hatte aufgehört. Ein schwarzer Teenager ging vorbei, der sich am Hinterkopf einen stählernen, vierzähnigen Kamm in die helmähnliche Frisur gesteckt hatte. Eigenartigerweise hatte ich fast vergessen, daß es auch Schwarze gab. Das Personal in Rockville hatte ausschließlich aus Weißen bestanden, und der einzige schwarze Patient war ein Mädchens namens Sonia Frazier gewesen, deren Vater an der Northwestern Logik lehrte. Sonia hatte von zahllosen Selbstmordversuchen zweigähnliche Narben, die am Handgelenk anfingen und sich bis über die Mitte des Arms hinaufzogen. Erfolglose Selbstmörder stießen bei den anderen Patienten auf Geringschätzung – sie galten nicht als ernsthafte Menschen –, aber Sonia wehrte sich dagegen, indem sie mit niemandem ein Wort sprach. Sie spielte manchmal Gitarre, und eines Tages sang sie, zur allgemeinen Überraschung, eine Stunde lang englische Volkslieder. Zum Schluß hatte sich fast ganz Rockville auf dem Hof versammelt, um ihre leise, aber durchdringende Stimme zu hören. Ich bewunderte ihre Distanziertheit und dachte mir, daß auch sie die Einsamkeit suchte, um geheimen Erinnerungen und unwiderruflichen Entscheidungen nachhängen zu können, und wenn wir uns begegneten, nickte ich ihr jedesmal zu, als wären wir Verbündete in einem geheimen spirituellen Krieg. Manchmal erwiderte sie mein Zeichen. Als sie gerade zwei Monate da war, holten ihre Eltern sie wieder ab. Ich ging zufällig gerade am Haupteingang vorbei, als die drei herauskamen, jeder mit zwei großen karierten Koffern und mit einem entschlossenen, angstvollen Gesichtsausdruck. Ich ging zu ihr hin, berührte sie an der Schulter und sagte: »Für mich bist du ein wundervoller Mensch.«

Ich saß jetzt in einem Zustand panischer Angst auf meinem Fensterbrett, und diese Angst wollte nicht nachlassen. Ich starrte auf die Ellis Avenue hinunter, bis mir alles vor den Augen verschwamm. Ich konnte mir einfach nicht vorstellen, jemals wieder die Straße da unten zu betreten. Zwei wie Professoren aussehende Männer gingen vorbei, der eine einen schwarzen Regenschirm schwenkend, der andere mit einem Regenmantel, den er über die Schulter geworfen hatte und mit einem Finger am Aufhänger festhielt wie ein Fernsehstar. Menschen und ihr Leben.

Menschen und das Bild, das sie sich von sich selbst machen. Es war verblüffend, und mir wurde schwindlig, wenn ich daran dachte. Wie konnte ich jemals einen Platz unter ihnen finden, und wie konnte ich lernen, es mir überhaupt zu wünschen? Ich hatte niemandem etwas zu sagen; alles, was mir wichtig war, betraf mich allein. Ich spielte mit dem Gedanken, mir einen Ruck zu geben, einfach hinauszugehen und den erstbesten Passanten zu fragen... ja, wonach? Nach irgendwas. Nach dem Weg. Zum Museum für Naturwissenschaften und Technik. Doch das war eine klägliche Wahl, selbst in der Phantasie. In eben diesem Museum hatten Jade und ich unseren ersten Nachmittag allein miteinander verbracht, in diesem Palast des Fortschritts mit seiner riesigen Halle und den echten Kampfflugzeugen aus dem Ersten Weltkrieg, die an Stahlseilen von der Decke hingen. Hand in Hand – eigentlich berührten sich nur die Finger – waren wir auf dem rüttelnden Wägelchen durch das nachgebildete Kohlenbergwerk gefahren und hatten dann später flüsternd miteinander gesprochen, während jeder von uns vor einer nach wissenschaftlichen Berechnungen geformten Plexiglaswand stand, etwa zweihundert Meter voneinander entfernt. Unser Gemurmel war mit wundersamer Genauigkeit und Intimität übertragen worden; es hörte sich an, als ob wir im Bett miteinander flüsterten, obwohl wir das damals noch nicht kannten. Zum Schluß schlenderten wir durch ein gigantisches Modell des menschlichen Herzens, in Gesellschaft von zwanzig Kindern aus Camp Wigwam in T-Shirts. Wir gingen langsam durch die Herzklappen, lauschten dem allgegenwärtigen Pochen, das aus einem versteckten Lautsprecher kam, und betasteten die nachgebildeten Adern. Jade, in deren Elternhaus unaufhörlich und in allen Einzelheiten über medizinische Fragen geredet wurde, erzählte mir von einer der weit hergeholten Theorien ihres Vaters über das gesunde Herz, während ich, mit so ausgedörrtem Mund, daß ich nicht zu sprechen wagte, mit Staunen unsere Wanderung durch den symbolischen Sitz der Zuneigung wahrnahm und einen überwältigenden, glasklaren Bewußtseinsschub erlebte – ich wußte von Anfang an, daß ich sie liebte, und ich wußte auch, daß ich niemals von dieser Liebe ablassen, es nie versuchen, nie wollen würde.

Ich saß da, die Stirn ans Fenster gepreßt, so daß die Scheibe mein ganzes Gesicht aushalten mußte. Plötzlich zuckte ich zurück und setzte mich gerade hin – ich hatte mir vorgestellt, wie ich hinausfallen könnte. Ich sah noch einmal auf die Straße hinunter und zog dann das Rollo runter.
Das Zimmer war jetzt fast dunkel, und ich blieb in dieser Dunkelheit stehen. Ich wußte, schon bald würde ich die ganze Wohnung nach den paar Briefen durchsuchen, aber das mußte noch warten. Dazu mußte ich allein sein. Und die Zeit verging so langsam – ich mußte Geduld haben. Im Augenblick konnte ich nichts anderes tun, als da stehenzubleiben, wo ich stand, in meinem stickigen, blöden Zimmer, und zu spüren, wie mir die Tränen – seit wann? – über die Wangen liefen. Ich hoffte, meine Eltern würden nicht hereinplatzen und mich so antreffen. Aber aufhören konnte ich nicht. Ich hatte keine Kraft und auch nicht die schlaue Gleichgültigkeit gegenüber der tiefsten Wunde des Ichs. Ich setzte mich aufs Bett und tastete blind nach dem Kissen. Ich riß es unter der Decke hervor und drückte es mir ins Gesicht. Dann ließ ich es zu, daß meine Kehle sich zu ihrer vollen schmerzenden Öffnung auftat, und schluchzte in diesen weichen Hügel mit seinen Millionen von Federn.

Rose arbeitete als Bibliothekarin in einer High-School auf der Southwest Side, und da Sommer war und sie deshalb Ferien hatte, fiel es ihr zu, während dieser feuchten ersten Tage nach meiner Rückkehr bei mir zu Hause zu bleiben. Letzten Endes würde mir keine andere Wahl bleiben, als mein Leben in Ordnung zu bringen. Meine Entlassung aus Rockville war wiederum mit einer Reihe von Auflagen verknüpft. Ich mußte zweimal wöchentlich zu einem Psychiater gehen, mit einem Bewährungshelfer in Verbindung bleiben und mich entweder an einem College einschreiben oder mir eine Ganztagsarbeit suchen. Ich durfte Chicago nur mit gerichtlicher Erlaubnis verlassen und keinerlei Versuch machen, Kontakt mit irgendeinem Mitglied der Familie Butterfield aufzunehmen. Einstweilen lungerte ich jedoch in der Wohnung herum, schlief lange, sah fern und aß mit dem blinden, unersättlichen Appetit eines ungeheuren Schmarotzers. Rose litt sehr unter meiner Trägheit. Sie glaubte so fest an die Willenskraft wie Galilei an die Gravitation, und der zu groß gewordene Junge, der da im kakaobraunen Schlafanzug Wiederholungen der »Lucy Show« ansah, war für sie der Apfel, der vom Stamm fällt, nur um mitten in der Luft hängenzubleiben.

Das Wetter war ekelhaft. Die Temperatur lag über 30 Grad, und der Himmel hatte die Farbe schmutziger Mullbinden. Unsere Klimaanlagen liefen Tag und Nacht, und kühles, graues Wasser tropfte aus ihnen in die Schüsseln, die wir darunter aufgestellt hatten. Alles fühlte sich feucht und ein bißchen mürbe an; nahm man eine Zeitung in die Hand, färbte die Druckerschwärze ab.

Ich brachte es nicht über mich, aus dem Haus zu gehen. Ich schlief so lange wie möglich. Wenn ich wach wurde, strebte ich mit der Gier eines Wesens, das die letzten Krümel von seinem Teller leckt, zurück in den Zustand der Bewußtlosigkeit. Wenn ich es dann nicht mehr im Bett und in meinem Zimmer aushielt, wankte ich ins Wohnzimmer, machten den Fernseher an, legte mich auf die Couch und aß längliche, grüne Trauben oder verschlang eine Packung Ritz-Cracker. Rose versuchte auf alle mögliche Arten, mich aus dem Haus zu kriegen. Sie schlug vor, in ein Restaurant ganz in der Nähe essen zu gehen; sie sah mit mir die Kinoanzeigen durch und fragte mich, was ich mir ansehen wolle. Sie behauptete, für mich Verabredungen getroffen zu haben – mit ihrer Freundin Millicent Bell, die an der Roosevelt University arbeitete, oder mit Harold Stern, der uns angeboten hatte, mir eine Stelle bei der Vereinigten Textilarbeitergewerkschaft zu besorgen. Aber ich fühlte mich noch nicht in der Lage, das Haus zu verlassen, und sagte ihr das auch. Ich merkte nichts davon, daß sie eine dieser angeblichen Verabredungen abgesagt hätte; wahrscheinlich wollte sie an meinen Ordnungssinn appellieren oder mir das Gefühl geben, da draußen seien wirkliche, lebendige Menschen, die nur darauf warteten, mit mir zu sprechen und meinem Leben wieder Realität zu geben. Sie bot mir an, mit mir einkaufen zu gehen, und als ich das ablehnte, ging sie in mein Zimmer und holte alle meine alten Kleider. Sie brachte sie ins Wohnzimmer, warf alles auf den Boden und zwang mich, Stück für Stück durchzugehen und mit ihr zusammen festzustellen, daß so gut wie nichts mir mehr paßte

– ich war in Rockville gewachsen und war auch nicht mehr so schlank wie früher. Das war am dritten Tag meiner Heimkehr, und nachdem ich zugegeben hatte, daß mir meine Sachen nicht mehr paßten – und versprochen hatte, ihr sehr bald Gelegenheit zu geben, mir neue zu kaufen –, raffte sie ein Bündel zusammen, um es in den Keller zu tragen.
»Du könntest die Sachen doch verschenken«, rief ich ihr nach, als sie damit durch die Tür ging.
»Mildtätigkeit ist was für die herrschende Klasse«, antwortete sie.
»Aber Anstand nicht«, schrie ich, plötzlich außer mir vor Scham und Enttäuschung.
Ich wartete, bis das Geklapper ihrer Absätze auf der Kellertreppe verklungen war. Zum erstenmal seit meiner Rückkehr war ich ganz allein in der Wohnung. Ich hatte mein Zimmer durchsucht, aber keinen der alten Briefe an und von Jade gefunden, und jetzt konnte ich endlich woanders suchen. Ich lief zum Bücherregal und machte die Schiebetüren der unteren Schränke auf: zusammengelegte Tischdecken, türkisblaue und burgunderrote, grobleinene Servietten aus Mexiko, ein paar alte Nummern des NATIONAL GUARDIAN, ein Schachbrett und ein White-Owl-Zigarrenkistchen mit den Schachfiguren, ein paar Dutzend Schachteln mit dünnen, rosa Geburtstagskerzen, Schachteln voll alter Schecks, Schachteln voll ungespitzter Bleistifte, ein Nähkasten mit schwerem Glanzpapier beklebt und dem Bild eines rüsselschwenkenden Elefanten verziert, Briefumschläge, leere Spiralnotizblocks. Genau das unschuldige, chaotische Durcheinander, über das ich zu anderer Zeit belustigt gegrinst hätte – der versteckte Krimskrams meiner Eltern war über jeden Tadel erhaben. Es war, als bräche man ein verschlossenes Tagebuch auf und fände nur Kochrezepte und Naturschilderungen oder als hörte man jemandem im Schlaf murmeln: »Ich darf Ezras Geburtstag nicht vergessen.«
Ich machte die Schränkchen zu, schaltete den Fernseher ein und warf mich aufs Sofa, zitternd vor Aufregung über die entgangene Gelegenheit. Rose kam langsam die Treppe herauf und ins Zimmer. Ich sah ihr an, daß ihre Wut verraucht war und sie kein Bedürfnis mehr hatte, meine alten Sachen fortzuschaffen, aber es

war noch ein Armvoll da, und es wäre zu umständlich gewesen, nicht weiterzumachen. Sie wich meinem Blick aus, sammelte den Rest auf und war verschwunden.

Ich rannte ins Schlafzimmer meiner Eltern. Das war schon an hellen Tagen ein dunkles Zimmer, aber an diesem Tag herrschte darin die Düsternis des Meeresgrundes. Ich knipste die Deckenlampe an, die einen gewölbten viereckigen Schirm aus Milchglas hatte. In diesem Zimmer hatte es nie das geringste Anzeichen für Aktivität gegeben. Zum An- und Ausziehen gingen sie ins Badezimmer am anderen Ende des Flurs. Es gab keinen Schreibtisch und kein Telefon, und die einzige Sitzgelegenheit war ein alter Holzstuhl an der Wand, der meines Wissens noch nie das Gewicht eines Menschen getragen hatte. Der Boden war mit einem Teppich belegt, und das Bett stand in der Mitte, zwischen einem Schrank auf der einen und einer Frisierkommode auf der anderen Seite. An der Wand hingen zwei Irv-Segal-Lithographien von arbeitenden Händen, aber kein Spiegel. Das Bett war so gemacht, daß man den Eindruck hatte, man bräuchte ein Taschenmesser, um am Abend die straff gespannten Decken und Laken aufzuschlagen. Unter dem Druck der Zeit und meines schlechten Gewissens durchsuchte ich in fliegender Hast die gelblackierte Kommode. Welch unwandelbare Unschuld! Erste Schublade: Socken, Slips, Unterhemden, Taschentücher und eine Dose Arrid-Deodorant, die Arthur anscheinend für zu intim hielt, um sie im gemeinsamen Badezimmerschränkchen aufzubewahren. Zweite Schublade: Arthurs Hemden. Dritte Schublade: Nylonstrümpfe, ein Paar noch an einem Hüfthalter hängend, Büstenhalter, Höschen, ein Damenrasierapparat. Vierte Schublade: eine leere Armbanduhrschachtel, ein leerer Bilderrahmen mit gesprungenem Glas und ganze Stapel von großen braunen Briefumschlägen. Im ersten, atemberaubenden Moment war ich überzeugt, ich hätte meine Briefe gefunden. Aber in den Umschlägen waren bloß entwertete Schecks, alte Einkommenssteuererklärungen, Schnappschüsse von mir als Baby und Kind, alte Mietverträge, Autozulassungen, Versicherungspolicen, ein Darlehensvertrag der Hyde-Park-Bank, ein Umschlag mit der Aufschrift »Arthurs Testament«...

»Was soll denn das nun wieder?« sagte Rose.

Ich saß auf dem Boden und hatte die Umschläge auf dem Schoß. Ich sagte erst einmal nichts und überlegte ohne allzuviel Angst, ob mir eine brillante Ausrede einfallen würde. Ich hatte es mit der Wahrheit nie besonders genau genommen, vor allem wenn mein persönliches Wohlergehen auf dem Spiel stand. Doch seit ich gestanden hatte, den Brand auf der Veranda der Butterfields gelegt zu haben, hatte dieses Schutzbedürfnis nachgelassen. Ich hatte nur selten das Gefühl, daß meinem Leben noch mehr Schaden zugefügt werden könne. »Ich suche meine Briefe«, sagte ich, »meine alten Briefe an Jade.« Ich sah meine Mutter an, auf einen Wutausbruch gefaßt – das einzige, was sie an der Gerichtsentscheidung billigte, war die Auflage, die Butterfields aus meinem Leben herauszuhalten. Rose hätte mich anschreien, mir eine herunterhauen, mir drohen können, mich wieder nach Rockville zu schicken; ich war auf Tränen, auf Hysterie und Kummer, ja sogar auf Mitleid gefaßt. Es war mir im Grunde alles egal.

Aber Rose hatte mein Geständnis offenbar nicht gehört, oder sie hatte es nicht verarbeitet. Vielleicht hatte sie die Briefe vergessen, oder vielleicht waren sie ihres Wissens schon längst vernichtet worden. Sie stand in der Tür und wankte. Ihre Augen blinzelten langsam hinter den Brillengläsern, und ihre Arme verschränkten sich auf lehrerinnenhafte Art vor der Brust, eine Geste, die ihr mittlerweile zur zweiten Natur geworden war.

»Ich nehme an, das war die Idee deines Vaters«, sagte sie.

»Dads Idee?« sagte ich, den Gedanken so begierig aufgreifend, als könnte er meine Unschuld beweisen.

»Dads Idee?« echote sie, wobei sie den Kopf schräg hielt, das Gesicht verzog und meine Stimme nachäffte. Wie ich meine Mutter kannte, war es ganz und gar nicht ihre Art, so etwas zu tun.

Ich stand auf, die Umschläge immer noch in den Händen. »Ich weiß ehrlich nicht, was...«

»Interessierst dich für sein Testament?« sagte sie. Sie lächelte und wies mit dem Kinn auf die Dokumente, die ich im Arm hatte. »Hab ich mir schon gedacht, daß du gerne wüßtest, ob du noch drinstehst. Und die Versicherung? Hast du die auch überprüft?

Warum hast du mich nicht einfach gefragt? Ich hätte es dir schon gesagt. Aber dein Vater hat dir sicher das Versprechen abgenommen, nicht mit mir darüber zu reden. Und als lieber Junge hast du die Klappe gehalten. Und? Hast du genug gesehen?« Sie kam mit abgezirkelten Schritten zu mir herüber und griff nach den Umschlägen. Aus irgendeinem Grund wehrte ich mich einen Moment. Da entriß sie mir mit einem unerwartet heftigen Ruck das Bündel.

»Bitte sehr«, sagte sie, zog den Umschlag mit der Aufschrift »Arthurs Testament« heraus und ließ die anderen fallen, so daß sie sich auf dem Fußboden auffächerten. »Du wirst feststellen, daß seine neue Familie mit keinem Wort darin erwähnt ist. In der Versicherung übrigens auch nicht. Aber eins nach dem andern.«

»Seine neue Familie?«

»Bitte lüg mich nicht an. Dein Vater hat mir erzählt, daß er eine hübsche kleine Diskussion darüber mit dir hatte. Und daß du dich so für ihn freust. Dein Vater hat endlich seine große Liebe gefunden. Jetzt könnt ihr euch die Hand geben. ›Ich freue mich für dich, Dad.‹ Das hast du zu ihm gesagt. Er hat jetzt alles, was er sich immer gewünscht hat. Eine dumme Gans, die ihn hinten und vorne bedient, und zwei kleine Bälger, denen es nichts ausmachen würde, ›Daddy‹ zu ihm zu sagen.«

»*Seine* Kinder?«

»Du weißt doch, daß sie nicht von ihm sind. Warum machst du mit ihm gemeinsame Sache gegen mich? Ich weiß ja, daß du ihn magst und mich nicht, aber ist dir nicht klar, daß er auch für dich keine Zeit mehr haben wird, wenn er hier auszieht und mit der anderen lebt? Er wird keine Zeit mehr haben. Er wird dich genauso vergessen, wie er mich vergessen hat. Du hast ja keine Ahnung, wie das Leben ist. Da«, sagte sie und hielt mir das Testament hin, »da drin wirst du keine Antworten finden. Und in dem Haufen Lügen da auch nicht«, setzte sie hinzu und trat mit dem Fuß nach den Umschlägen auf dem Teppich.

An diesem und den folgenden Tagen erwähnte Rose Arthurs andere Familie mit keinem Wort. Ich wartete darauf, daß sie mich wieder ansprechen würde – um sich zu entschuldigen, die Dinge klarzustellen, mich noch ein, zwei Kerben tiefer in ihren Kummer hineinzuziehen. Aber auf ihrem kleinen, wachsamen Gesicht hatten die Augenblicke der Wut in ihrem Schlafzimmer nicht die geringste Spur hinterlassen, und sie kam mir allmählich vor wie einer dieser Nachtclubbesucher, die sich überreden lassen, auf die Bühne zu kommen, in Hypnose wie eine Henne gackern oder wie ein Hund bellen und hinterher an ihren Tisch zurückgehen, ohne sich an irgend etwas zu erinnern. Es wunderte und kränkte mich, daß sie ihre Enthüllungen in eine Stecknadel im Heuhaufen verwandeln konnte, aber ich muß zugeben, daß ich auch dankbar deswegen war. Was für ein Mensch wäre Rose ohne ihre natürlichen Hemmungen gewesen? Ich fürchtete sie. Wenn ich jetzt vor dem Fernseher lag, begnügte sie sich mit sarkastischen Bemerkungen über den Stumpfsinn der Sendungen. Aber wäre es nicht genauso wahrscheinlich gewesen, daß sie mit ihren harten kleinen Fingern meinen Arm umklammert und gesagt hätte: »Du hast nie Achtung vor den Dingen gehabt, an die ich glaubte. Du hast Familiengeheimnisse an wildfremde Menschen ausgeplaudert. Du hast Drogen genommen. Du hast dein Herz an eine andere Familie gehängt.«

Dennoch muß es mehr als Furcht gewesen sein, was mich bewog, Roses konspiratives Schweigen mitzumachen, denn ich hatte kein Bedürfnis, mit meinem Vater über seine »andere Familie« zu reden. Auf einer bestimmten Ebene glaubte ich nicht daran, daß er tatsächlich ein Doppelleben führte, und ich deckte Rose, indem ich ihre Verdächtigungen für mich behielt. Wenn aber Arthur wirklich eine Geliebte hatte und auf den günstigsten Zeitpunkt für die Demontage seines Lebens wartete, dann war es seine Sache, mir das mitzuteilen. Ich war nicht darauf erpicht, in die Geheimnisse seines ausgehungerten Herzens eingeweiht zu werden. Obwohl er mir natürlich nie gesagt hatte, daß seine Liebesfähigkeit nicht in Anspruch genommen worden war, daß sie in ihm steckengeblieben war, daß sie von seinem Körper aufgesogen und in Bauchspeck verwandelt worden war, daß die ungenutzte Liebe schuld daran war, als seine Füße sich gesenkt hatten und sein Haar ergraut war, seine Stimme rauh geworden und seine Knöchel angeschwollen waren, daß sie einen Mann aus ihm gemacht hatte, der andauernd stichelte und seufzte, der im Kino schniefte, der sich immer ziehen ließ und immer zurückblieb, hatte ich von Anfang an gespürt, daß es so war, hatte ich vom Augenblick meiner ersten Liebesahnung an gewußt, was er entbehrte, und ihn bedauert. Ich war acht oder neun, und im Radio sang Johnny Ray: »If your sweetheart / Sends a letter / Of Goodbye / It's no secret / You'll feel better / If you cry.« Arthur ließ die Zeitung sinken, hörte ein bißchen zu und lächelte dann zu mir rüber. Und ich begriff, daß diese »Schnulze«, mit der »den Leuten das Geld aus der Tasche gezogen« wurde, meinem Vater etwas bedeutete, daß sie ihn aus der Fassung brachte und mit klammen Händen nach ihm griff. Mehr als einmal, mehr als tausendmal hatte ich mir gewünscht, mein Vater möchte den unvernünftigen Regungen seines liebeskranken Herzens nachgeben und sich in irgendein wildes Abenteuer stürzen – mit der Kellnerin anbändeln, deren Gang er mit solch instinktiver Sehnsucht beobachtete, einen Brief an Ava Gardner schreiben, deren Filme er sich drei-, vier-, ja fünfmal oder noch öfter ansah, eine richtige Kinoromanze mit Picknicks am Wasserfall und langen, atemberaubenden Umarmungen erleben. Einmal, es war, was ich damals noch nicht ahnte, um die Mitte meiner Zeit mit Jade, saß ich in meinem Zimmer und füllte verträumt und ohne Sinn und Zweck Aufnahmeanträge fürs College aus, als Arthur fast unhörbar hereinkam. Ich schaute vom Schreibtisch auf und sah sein Spiegelbild im nachtdunklen Fenster. »Hallo«, sagte ich. »Glücklich?« fragte er. Die Frage schien keine Falle zu sein, und so nickte ich. Arthur schüttelte den Kopf – mein Vater, wohlgemerkt, mein Vater schüttelte den Kopf – und sagte: »Ich beneide dich.« Ich dachte damals und dachte später noch oft: Es war schon zu spät, ich konnte ihm in diesem Stadium seines Lebens nicht mehr helfen, und wenn ich nicht helfen konnte, was hätte es dann genützt, sich Gedanken um ihn zu machen?

Am Samstag, sieben Tage nach meiner Rückkehr, gab es mir zu Ehren eine kleine Einladung. Das war eindeutig Roses Idee gewesen. Sie hatte mir die ganze Woche in den Ohren gelegen, ich sollte mich doch bei den Leuten sehen lassen, die mich von Kind auf kannten, die mir Geburtstagskarten und Geschenke nach Rockville geschickt hatten und die sich jetzt mit mir über meine Rückkehr freuen wollten. Rose, die Freundschaften aus Prinzip ernst nahm, war der Meinung, ihre Freunde hätten ein Recht darauf, mich zu sehen, und ich glaube, sie war in häuslicher Strategie bewandert genug, um sich auszurechnen, daß ein Tag mit der Familie und alten Freunden sich ernüchternd auf die Gefühle ihres Mannes auswirken, daß er Arthurs flatterhaftes Herz mit der erdrückenden Last der gemeinsamen Vergangenheit beschweren könnte. Als ich an diesem Tag aus meinem Zimmer kam – mit einem Gefühl, als könnte dies der Tag werden, an dem ich alleine aus dem Hause gehen, einen Spaziergang machen, ein Buch kaufen würde, also, mit anderen Worten, zuversichtlicher als an den vorangegangenen Tagen, wobei ich jedoch diese zarte Zuversicht wie den Inhalt eines zerbrochenen Eis in der hohlen Hand trug –, war Rose schon im Co-Op-Laden Essen einkaufen, und Arthur zog in beigen Hosen und ärmellosem Unterhemd unseren alten torpedoförmigen Staubsauger im Wohnzimmer herum und schimpfte über den Teppich. »Heute kommt die ganze Clique«, schrie er, um den Staubsauger zu übertönen. »Das wird'n Spaß, was?« Und er zog auf ulkige Weise die Augenbrauen hoch, wie, um mich aufzufordern, seine Ironie zu erwidern, für die er mir die Erklärung schuldig blieb.

Und ach, die melancholischen Freunde meiner Eltern! Olga und Leo Greenbladt, Millicent Bell, Tom und Natalie Foster, Harold Stern, James Brunswick mit seiner Frau, wer immer das gerade sein mochte, Connie Faust, Irene und Alberto Nicolosi. Das waren die Menschen, die ich seit meiner frühesten Kindheit kannte, besser oder zumindest mit größerer Beständigkeit als meine Schulkameraden oder unsere in alle Winde zerstreuten, entfernten Verwandten. Wenn ich geheiratet hätte, wären es diese Leute gewesen, die Freunde meiner Eltern aus der Kommunistischen Partei, die bei der standesamtlichen Trauung grinsend auf den Klappstühlen gesessen hätten, und wäre ich tot umgefallen, dann hätten ihre müden, ein wenig verstörten Augen zugesehen, wie meine Asche in die Winde gestreut worden wäre. In den alten

Zeiten hörte ich mir bei den monatlichen Zusammenkünften ihre unverständlichen Diskussionen an und spielte in meinem wasserblauen Pyjama die Rolle des Dieners, der in dem rauchgeschwängerten Zimmer ein Tablett mit Salami und Käse herumzureichen hatte. Dann wurde ich auf mein Zimmer geschickt, mit einer Flasche Canada Dry und einem türkisfarbenen Schälchen voll winziger Brezeln. Das waren die Gesichter, die mich über die Geburtstagskerzen hinweg anstrahlten, das waren die unter unserem Eßzimmertisch aufgereihten ausgetretenen Schuhe und massigen Knie, zwischen denen ich in gelinder Panik nach einer Rosenkohlsprosse suchte, die mir vom Teller gefallen war. Das waren die Stimmen und der aromatische Pfeifentabak auf dem Rücksitz des alten Autos bei Ausflügen aufs Land, das waren die Hände, die in der Pizzeria nach der Rechnung grapschten, das waren die Unterschriften auf den erstaunlich kitschigen Glückwunschkarten zum Schulabschluß. Es waren dieselben Leute, die sich bei uns ausruhten und Espresso tranken, nachdem sie einen hektischen Samstag lang die Reihen der schwarzen Streikposten vor dem Woolworth-Gebäude verstärkt hatten. Dieselben, die mich besuchten, bevor ich nach Rockville kam, die mir die Hand drückten, sich mein Gesicht einprägten, mir erfundene Grüße von ihren Kindern ausrichteten, mit denen ich mich nie abgegeben hatte. (Meines Vaters Art, sich von der Wahrheit seines Lebens zu distanzieren, bestand darin, mir vom Umgang mit den Kindern seiner Freunde abzuraten: »Freunde dich mit richtigen Menschen an. Geh diesen roten Wickelkindern aus dem Weg.« Aber es hätte der Ermahnungen gar nicht bedurft. Diese Jungen und Mädchen waren nicht mein Typ, und ich nicht der ihre; sie waren ernsthaft und ehrerbietig, vertrödelten nicht ihre Zeit und wurden nervös bei den schlechten Witzen, über die ich mich amüsierte.)

Aus Protest gegen die bösartige Bloßstellung, die ich in dieser Party sah, zog ich mich zurück, nachdem ich mühsam mein Frühstück heruntergewürgt hatte. Ich schloß mich in meinem Zimmer ein – einem drei mal fünf Meter großen Raum, der mir allmählich die unangenehme Wahrheit über mein körperliches Ich deutlicher unter die Nase rieb als ein Schuh oder ein getragenes Hemd – und döste, las und überlegte, was ich anziehen sollte. Der

Empfang war auf drei Uhr angesetzt (eine Zeit, zu der niemand ein richtiges Essen erwarten konnte), und als die Stunde näherrückte, begann ich ernsthaft mit dem Gedanken zu spielen, mich in Schale zu werfen. Rose hatte ja die meisten meiner alten Sachen in den Keller geschafft, aber ein blauer Anzug, den ich zur Abschlußfeier an der High-School bekommen hatte, war ihrer Razzia entgangen. Ich zog ein weißes Hemd und den alten Anzug an und band mir eine schmale schwarze Krawatte um. Ich hatte keinen Spiegel in meinem Zimmer – der einzige Spiegel im ganzen Haus hing über der Kommode im Bad; man hätte in die Luft springen müssen, um festzustellen, ob einem die Hose paßte, und so begnügte ich mich gleich mit meinem geisterhaften Spiegelbild in der Fensterscheibe. Der Anzug war mir eindeutig zu klein, und sein strammer Sitz – über den Schenkeln zu eng, an den Schultern zu schmal, die Aufschläge ein ganzes Stück über den Schuhen – verursachte mir ein merkwürdig starkes Unbehagen. Dieser blaue Anzug führte mir heimtückisch die Realität meiner dreijährigen Abwesenheit vor Augen.
Ich lag fertig angezogen auf dem Bett, starrte an die Decke und streichelte meine schmale Krawatte. Die Krawatte war völlig aus der Mode, aber ich bezweifelte, ob meine Eltern oder irgend jemand von ihren Freunden es merken würden. In diesen Kreisen hatte man für Mode und neue Produkte nur Verachtung übrig. (Arthur hatte beispielsweise erst vor kurzem erfahren, daß ein »TV-Dinner« ein tiefgefrorenes Fertiggericht und nicht einfach irgend etwas ist, das man beim Fernsehen zu sich nimmt.) Ich döste ein. Während ich schlief, kamen die ersten Gäste. Ich hätte vielleicht bis zum Abend weitergeschlafen, wenn meine Mutter mich nicht geweckt hätte.
»David«, flüsterte sie durch die Tür.
»Ich bin wach«, sagte ich. »Sind sie da?«
»Kann ich reinkommen?« Sie kam herein, ohne eine Antwort abzuwarten, entgegen feststehender Axelrodscher Etikette. Sie trug ein hellgrünes Kleid mit rundem Ausschnitt und grün-weiße Schuhe. In der Hand hatte sie ein Glas Whisky mit Wasser, das sie mit drei Cocktailservietten umwickelt hatte. »Du hast ja einen Anzug an«, sagte sie und zog die Tür hinter sich zu.

»Gut beobachtet«, sagte ich.
»Ist doch viel zu warm, David. In dem Stoff ist auch Wolle drin. Du schwitzt ja jetzt schon. Zieh doch das alte Ding aus und mach dich erst mal mit einem schön kalten, nassen Waschlappen frisch.«
»Ich will aber nichts anderes anziehen«, erwiderte ich und legte dabei all die reife Einsicht in meine Stimme, die mir zu solchem Ansehen bei meinen Eltern verholfen hatte.
Der Türsummer ging. Ich hörte vertraute Stimmen aus dem Wohnzimmer. Gelächter. Einen spitzen, kurzen Schrei wie von einer Mezzosopran-Eule. Dann sagte eine Männerstimme – es war die von Harold Stern: »Nein. Noch nicht lachen. Die Pointe kommt erst noch.« Neuerliches Gelächter, das von einer Frauenstimme übertönt wurde: »Was kümmert uns die Pointe. Wir lachen doch jetzt schon, oder?«
»Also gut«, sagte Rose mit einem nervösen Blick zur Tür, »dann bleib so. Aber spring noch schnell ins Bad und wasch dir das Gesicht mit kaltem Wasser, ja?«
Die Party selbst ging dann so reibungslos und ohne Zwischenfälle über die Bühne, daß sie genausogut gar nicht hätte stattfinden können. Keiner hatte einen überraschenden Einfall, keiner sagte ein Wort, das nicht einstudiert war. Keiner betrank sich oder aß zuviel. Keiner ließ Zigarettenasche auf den Teppich fallen. Ich durfte trinken, soviel ich wollte, wurde aber einfach nicht blau. Ich wurde zum Sofa hinübergeführt und neben Millicent Bell gesetzt, die mir später helfen sollte, mich an der Roosevelt University einzuschreiben. Außerdem wurde ich in ein Gespräch mit Harold Stern gezogen, der mir eine Stelle bei der Vereinigten Textilarbeitergewerkschaft von Amerika besorgen sollte. Dabei unternahm ich an diesem Tag nichts, um mir diese Gefälligkeiten zu verdienen. Sie fielen mir in den Schoß, weil ich Roses und Arthurs einziges Kind war und weil ich immer so still und lieb gewesen war, wenn ich bei den Parteiversammlungen in der Vergangenheit, an den schönsten Tagen ihres Lebens, Räucherschinken herumgereicht hatte.
Das Tageslicht hielt sich draußen vor den Fenstern, und die Einladung mir zu Ehren wollte scheinbar kein Ende nehmen.

Welche Fragen man über meine lange Abwesenheit stellen durfte und welche nicht, war den rücksichtsvollen Freunden meiner Eltern ein Rätsel. Niemand wagte sich weiter auf persönliches Gebiet vor als bis zu einem herzlichen »Willkommen zu Hause«, das ebenso passend gewesen wäre, wenn ich von einem zweijährigen Studium der sozialistischen Genetik an der Universität Leningrad zurückgekehrt wäre. Selbst diejenigen, die mir nach Rockville geschrieben und Geschenke geschickt hatten, versagten sich jede Anspielung auf den wahren Grund meiner Abwesenheit. Fürchteten sie sich vor dem, was unversehens in ihren eigenen Augen hätte erscheinen können, wenn sie meine Einkerkerung erwähnten – die Tränen oder vielleicht die Verachtung? Oder respektierten sie den glühenden Wunsch meiner Mutter, daß alles, alles auf der ganzen Welt so normal sein möge, wie irgend möglich? Die Geschichte schuldete Rose einen normalen Nachmittag, und selbst die Kinder der Freunde meiner Eltern waren entschlossen, alles zu vermeiden, was schmerzliche Erinnerungen hätte wecken können. Meredith Tarnovsky, sechzehn und nun endlich schön, von jener reinen, animalischen Attraktivität eines jungen Mädchens, dessen Geschlechtstrieb noch nicht sozial gebändigt, sondern ausschließlich hormonaler Natur ist, war gerade von einem mehrwöchigen Aufenthalt in Kuba zurückgekehrt, wo sie Zuckerrohr geschnitten und Vorträge gehört hatte. Sie saß oft dicht neben mir und erzählte mir von Castro, den ich zufällig auch mochte, wenn auch nicht mit Merediths rückhaltloser Leidenschaft. Ihre dunklen Augen glänzten, ihre weiche Haut verströmte den Duft ihres Bades, die Sonne von Havanna hatte die feinen Härchen auf ihrem Arm alle platinweiß gefärbt. Ich trank einen Gin nach dem anderen und fragte mich, ob es der Zweck dieser Party war, mich zu veranlassen, meinem langen Zölibat ein Ende zu setzen und Meredith in mein Zimmer zu zerren. »Du warst in Kuba«, sagte ich zu ihr, »und ich war in einer Klapsmühle für bessere Leute. Was meinst du, sollen wir über unsere getrennten Wege reden?« Sie schlug die Augen nieder und schüttelte den Kopf. Aber was wollte sie damit sagen? Daß es ironisch sei? Traurig? Oder daß wir aus Rücksicht auf die anderen nicht darüber reden sollten?

Gegen sieben kam der Regen. Der Himmel nahm ein kräftiges unnatürliches Grün an, und der Regen trommelte an die Fenster und prasselte auf die Klimaanlage. Wie eine in der Wildnis lebende Horde wurden alle unsere Gäste auf einen Schlag unruhig; sie besprachen, wie sie nach Hause kommen, wer mit wem im Taxi heimfahren, wer wen im eigenen Auto mitnehmen würde. Es sah so aus, als hätte der Regen sie kopflos gemacht, aber ich nahm an, sie waren froh über die gute Gelegenheit, sich zu verabschieden. Tom und Natalie Foster gingen als letzte, und auch sie waren aus dem Haus, eine Viertelstunde nachdem der Regen eingesetzt hatte – sie waren nur noch geblieben, um über die Tarnovskys zu klatschen, Merediths kleine, grellbunt gekleidete Eltern. Die Tarnovskys hatten ein Kino auf der North Side und mußten seit einiger Zeit ab und zu einen Sexfilm zeigen, um sich über Wasser halten zu können. »Wir haben ihnen ja gesagt, daß es soweit kommen würde«, sagte Tom Foster, Bedauern und Mitgefühl heuchelnd.

Als sie schließlich gegangen waren, machte Arthur die Tür zu und lehnte sich dagegen. »Kommen als erste und gehen als letzte«, sagte er.

Rose lachte laut auf. »Das sind vielleicht zwei Typen.« Dann machte sie »Hmmmmmm«, als ob sie ihre eigene Bemerkung mit angehört und sie seltsam gefunden hätte.

Ich saß auf dem Sofa, aß ein Stück Schinken, das ich auf eine Aprikosenrolle gelegt hatte, und trank einen Gin-Tonic dazu. Ich war ziemlich benebelt, aber nicht müde genug, um schlafen zu gehen.

»Na, wie hat's dir gefallen?« fragte mich Rose, während sie anfing, die Gläser abzuräumen und die Aschenbecher auszuleeren.

Arthur stand am Fenster und sah in den Regen hinaus. Ich fragte mich, ob es wirklich seine Absicht war, eine so dramatische Figur zu machen. »Für dich war es keine so dolle Party, was?« fragte er mich.

»War doch nett«, sagte ich.

»Sie haben sich alle so gefreut, dich wiederzusehen«, sagte Rose.

Arthur schlurfte durchs Zimmer und setzte sich in »seinen« Sessel, wie wir immer noch sagten. Er stieß einen Seufzer aus und legte seine eher kleinen Füße auf den ramponierten dunkelroten Polsterschemel. »Es hätte viel schlimmer sein können«, sagte er.

»Nein, ich hab's echt gut gefunden«, sagte ich, so überzeugend wie möglich.

»Weißt du was«, sagte Rose mit ihrer geheimnisvollen, konspirativen Stimme, »dein Vater und ich haben uns nach einem passenden Begrüßungsgeschenk für dich umgesehen.« Sie setzte sich ganz dicht neben mich auf das Sofa. »Möchtest du wissen, was es ist?«

»Ihr braucht mir nichts zu kaufen«, sagte ich. »Ihr habt doch schon ein Vermögen für mich ausgegeben, verdammt noch mal.«

»Für diese Party?« fragte Arthur.

»Nein. Für den Anwalt. Für Rockville.«

»Na, für *irgendwas* muß man sein Geld ja ausgeben, hab ich nicht recht, Arthur?« sagte Rose.

»Nicht unbedingt, aber ich weiß, was du meinst«, erwiderte Arthur.

»Interessiert's dich nicht, was es ist?« fragte mich Rose.

»Doch.«

»Ein kleines Auto.«

»Ein kleines Auto?« fragte ich und hielt Daumen und Zeigefinger hoch.

»So klein auch wieder nicht«, sagte Arthur und lächelte. Nie war ich so sehr sein Sohn, wie wenn ich einen simplen Witz machte, vor allem, wenn er auf Kosten meiner Mutter ging.

»Also, wenn's dich nicht interessiert...«, sagte Rose.

»Natürlich interessiert's mich. Das wär schon toll. Aber ich hab nicht mal einen Führerschein. Mein alter ist abgelaufen.«

»Das ist doch das wenigste«, sagte Rose. »Du büffelst ein bißchen und machst die Prüfung noch mal. Du bist doch sehr gut gefahren.«

»Ja«, sagte ich, »wir sind alle gut gefahren. Bloß daß es andauernd bergab ging.«

»Von jetzt an geht's wieder aufwärts«, sagte Arthur.
»Also, freust du dich jetzt über das Auto oder nicht?« fragte Rose.
»Schon. Aber ich möchte nicht, daß ihr es kauft. Ich brauche keine Geschenke.«
»Es ist Millicent Bells Wagen, weißt du«, sagte meine Mutter. »Eine grüne Plymouth-Limousine. Sobald ihr neuer geliefert wird, können wir ihn abholen.«
»Du mußt also deine Ungeduld noch ein bißchen bezähmen«, sagte Arthur.
»Das ist doch wirklich nicht so schlimm«, sagte Rose mit einem nicht ganz passenden aufmunternden Lächeln. »Aber ich habe mir trotzdem gedacht, wir kaufen dir inzwischen noch was anderes, ein anderes Begrüßungsgeschenk. Was sagst du dazu?»
»Feldmaus«, sagte ich.
»Was?« sagte Rose.
»Nein, nichts. Das wäre schön.«
»Was hättest du gern?« erkundigte sich Arthur.
»Weiß nicht. Ich brauch' nichts.«
»Was zum Anziehen?« fragte Rose. »Fürs College oder was du willst.«
»Ja, gerne«, sagte ich.
»Kleider sind doch keine Geschenke«, wandte Arthur ein. »Die kriegt er sowieso. Willst du nicht lieber was Besonderes, David? Etwas, woran man nicht gleich denkt?«
Ich fragte mich, ob er mich bewußt herausfordern wollte. »Zum Beispiel?« fragte ich.
»Sag doch einfach mal was.«
»Naja«, sagte ich, lehnte mich zurück und machte mich innerlich auf das Schlimmste gefaßt, »ich wüßte schon was.«
»Ja?« sagte Rose.
»Das würde nicht mal was kosten, keinen Penny«, sagte ich. »Es ist etwas, das mir gehört. Ich suche es schon die ganze Zeit, aber ich finde es nicht.«
Meine Eltern sahen sich an; sie ahnten wohl schon, was jetzt kommen würde.
»Ich finde jedenfalls«, sagte ich, »ihr könntet es mir geben. Es

bedeutet mir mehr als jeder alte Plymouth, das kann ich euch flüstern.«

»Wovon redest du?« sagte Rose.

»Von einem Bündel Briefe. Die Briefe von Jade. Die, die ihr dem Richter gezeigt habt.« Meine Stimme war auf einmal unsicher, fahrig, hitzig – keine Stimme, die Aufmerksamkeit beanspruchen konnte. »Und ich glaube, es waren auch ein paar Briefe dabei, die ich ihr geschrieben habe. Ich möchte sie haben, alle.« Ich holte stufenweise Atem und fuhr fort: »Sie gehören mir«, weil es stimmte; sie gehörten ausschließlich und unwiderruflich mir, und es verletzte meine zartesten Gefühle, um sie bitten zu müssen.

Rose und Arthur erklärten mir so einfach und ruhig wie möglich, daß die Briefe nicht mehr da seien. Um mir keine Blöße zu geben, versuchte ich so dreinzuschauen, als glaubte ich ihnen, doch um nicht alle Hoffnung aufgeben zu müssen, sagte ich mir gleichzeitig, daß sie mich bestimmt anlogen.

Später saßen wir bei einem leichten Abendbrot in der Küche. Rose und Arthur gähnten oft aus Müdigkeit und Anspannung. Keiner hatte Hunger, und da die Sache mit den Briefen sofort zum Tabu erhoben worden war, hatte auch keiner Lust, über etwas zu reden. Rose stand als erste vom Tisch auf. Dann ging ich ins Wohnzimmer und machte den Fernseher an. Arthur kam nach und setzte sich in respektvollem Abstand neben mich aufs Sofa.

»Hast du mit du-weißt-schon-wem über eine Stelle gesprochen?« wollte er wissen.

Ich nickte. Ein Spiel der White Sox lief gerade. Es stand im fünfzehnten Spiel unentschieden.

»Du weißt ja, daß es damit keine Eile hat«, sagte Arthur. »Du brauchst dir keinen Job zu suchen. Ich hoffe, du weißt das.«

»Ich muß mir aber einen Job suchen. Das haben die mir dort gesagt. Es muß der Eindruck entstehen, daß ich mich wieder anpasse.«

»Du wirst dich schon anpassen. Es muß doch nicht von heute auf morgen sein. Ich hab' dir ja erzählt, wie es bei mir war, als ich aus der Armee entlassen wurde.«

Ich nickte, aber Arthur sprach weiter.

»Ich war natürlich froh, wieder daheim zu sein. Der Krieg war vorbei, und ich war noch am Leben. Es gab Menschen, die ich wiedersehen wollte, und Orte, wo ich hinfahren wollte. Das ganze Land feierte den Sieg. Aber ich konnte nicht mitmachen. Alle dachten, deine Mutter und ich würden noch mal Flitterwochen machen, aber in Wirklichkeit war ich nicht imstande, aus dem Haus zu gehen. Es war wie verhext. Ich saß hier fest, als ob ich gelähmt wäre.«

»Ich weiß, ich weiß«, sagte ich. Die Augen nicht mehr auf den Fernseher, aber auch nicht ganz auf meinen Vater gerichtet, fuhr ich dann fort: »Aber es ist ein großer Unterschied, ob man aus dem Zweiten Weltkrieg heimkommt oder aus so einer beschissenen Irrenanstalt, in die sie einen gesteckt haben, weil man das Haus seiner Freundin niedergebrannt hat. Mich will kein Mensch sehen.«

Arthur schüttelte den Kopf. »Hör auf damit. Mit einer solchen Einstellung kannst du nicht viel erwarten.«

»Na wunderbar. Ich erwarte sowieso nichts.«

»Mensch, kapierst du denn nicht? Alle sind bereit zu vergessen, was hinter dir liegt. Nimm nur die vielen Leute, die heute hier waren. Ich weiß, du machst dir nicht viel aus ihnen, aber darum geht es nicht. Sie haben sich alle gefreut, dich wiederzusehen. Es war beinahe, als wärst du nie weg gewesen.«

»Richtig. Ist mir auch aufgefallen.«

»Jetzt bist du an der Reihe, David. Du mußt endlich einsehen, daß du die Vergangenheit auf sich beruhen lassen mußt.«

»Ich bin nicht sicher, ob ich weiß, was die Vergangenheit ist. Ich glaube, so was gibt's gar nicht.«

»Du möchtest wissen, was die Vergangenheit ist?« sagte Arthur. »Vergangenheit ist das, was schon passiert ist. Was man nicht mehr zurückholen kann.«

»Die Zukunft kann man auch nicht zurückholen. Und die Gegenwart auch nicht.«

»Ich werde dir zeigen, was die Vergangenheit ist«, sagte Arthur. Er klatschte einmal in die Hände, wartete einen Moment und klatschte dann noch einmal – es klang hohl, verloren. »Das erste Klatschen war die Vergangenheit«, sagte er mit unterdrückt triumphierendem Lächeln. Wenn unser Leben so gewesen wäre, wie Arthur es sich für uns vorstellte, dann hätte es Hunderte solcher Gespräche enthalten.

»Was war denn das zweite Klatschen?« fragte ich ihn. »Das ist doch auch Vergangenheit oder nicht? Und ist das, was ich da eben gesagt habe, in diesem Moment nicht auch schon Vergangenheit?«

Rose kam herein, die neueste Nummer des NATIONAL GUARDIAN unterm Arm. Sie trug einen hellblauen Morgenmantel und ihre Sommerhausschuhe; sie rauchte ihre allabendliche Newport. »Ich geh jetzt ins Bett«, verkündete sie. Das hatte sie immer gesagt, um Arthur zu kränken, um ihm klarzumachen, daß sie ihm aus dem Weg ging und daß sie nicht mit ihm schlafen würde. Es hatte eine Zeit gegeben, da hatte Rose gedacht, sie könnte ihre Position in der Ehe behaupten und sich ihre persönliche Freiheit bewahren, indem sie ihm einfach (und es *war* einfach) ihre Liebe vorenthielt. Aber jetzt, da ihre Liebe nicht mehr gefragt war, hatte sie nichts mehr davon, sie zu rationieren. Es hatte sich gezeigt, daß die Macht, die sie früher hatte, keine echte Macht gewesen war – sie hatte sie aus zweiter Hand bezogen. Alles hatte davon abgehangen, daß Arthur sie begehrte, von seiner Empfindlichkeit für jede Nuance der Zurückweisung. Er, das begriff sie jetzt, hatte ihr die Waffe in die Hand gegeben. Er hatte ihr ein Schwert gegeben, das nur er schärfen konnte.

Arthur sah auf die Uhr. »O. k.«, sagte er. »Gute Nacht.« Und dann, zu mir: »Ich finde, wir sollten den Fernseher leiser stellen, damit deine Mutter schlafen kann.«

Ich setzte mich sofort auf und machte den Fernseher aus. »Ich geh' das Geschirr abwaschen.«

»Es ist aber ein ganzer Berg«, sagte Arthur. »Das hat doch Zeit bis morgen.«

»Ich sehe nicht ein, warum es nicht heute noch gemacht werden kann«, sagte Rose. »Es wird Zeit, daß sich gewisse Leute hier mal ein bißchen am Riemen reißen.«

»Find ich in Ordnung.«

»Es muß doch aber nicht ausgerechnet jetzt sein«, sagte Arthur.

»Dir kann's ja gleich sein«, sagte Rose. »Du rührst ja hier nie einen Finger. Du sitzt herum wie ein Rabbi und läßt dich bedienen.«

Arthur stieß einen gequetschten Laut aus, der wohl ein überlegenes Lachen andeuten sollte, das sich nicht ganz unterdrücken ließ, und schüttelte dann den Kopf, zum Zeichen, daß seine Geduld bald am Ende sei.

Ich ging in die Küche. Bei der Party hatten wir Plastikbesteck und Pappteller benutzt, aber trotzdem war fast jedes Stück Geschirr, das wir im Haus hatten, schmutzig. Normalerweise hätten sie alles in die Geschirrspülmaschine getan, aber die Nacht war heiß, auch nach dem Regen noch, und sie konnten nicht die Klimaanlage und die Spülmaschine gleichzeitig laufen lassen. Ich war erleichtert, daß ich allein sein konnte, und kam mir irgendwie clever vor, weil ich mich nicht in mein Zimmer zurückgezogen hatte. Ich drehte das Wasser auf, heiß und laut, und starrte auf das Fenster über der Spüle. (Das Fenster ging auf einen Luftschacht, was meine Mutter deprimierend fand; deshalb hatte sie es mit einem Bild von Leningrad überklebt, das sie aus der Zeitschrift LIFE ausgeschnitten hatte.) Ich drückte etwas Spülmittel auf einen großen braunen Schwamm, nahm eine große, mit Blumen verzierte Kuchenplatte, wusch sie ab und hielt sie unter das heiße Wasser. Als das Wasser mir über die Hände lief, merkte ich, wie mir die Tränen kamen, und dann senkte ich den Kopf und weinte. Wenn ich bisher geweint hatte, dann hatte ich an Jade gedacht und mich gefragt, wo sie sein mochte und ob ich sie je wiedersehen würde, oder ich hatte daran gedacht, wieviel Zeit ich verloren hatte, oder daran, wie nutzlos und ungeschickt, wie deplaciert und hilflos ich mir vorkam, oder einfach an mein vergangenes Glück, das Glück, das ich besessen und verloren hatte. Als ich aber jetzt in einer Dampfwolke an der Spüle stand, dachte ich nur an diese Briefe, stellte mir die Schriftzüge auf den Seiten vor, rief mir die zärtlichen Worte in Erinnerung. Diese Briefe waren mein einziger Besitz, der nicht unsichtbar, nicht abstrakt war. Sie waren der einzige greifbare Beweis dafür, daß mein Herz einmal Schwingen gehabt hatte. Ich hatte eine andere Welt gekannt. Es ist unmöglich, ihr einen Namen zu geben. Es gibt Wörter wie Bezauberung, Wörter wie Seligkeit, aber die trafen die Sache auch nicht, es waren törichte Begriffe. Diese Welt ließ sich überhaupt nicht mit Worten beschreiben. Es gab nichts über sie zu sagen, außer daß ich sie gekannt hatte, daß sie mein gewesen war und es immer noch war. Sie war das einzig Reale, realer als die sogenannte Wirklichkeit. Ich weinte jetzt unaufhaltsam und versuchte nur, möglichst leise zu sein, weil ich ja eigentlich nicht allein war. Ich hatte das Gefühl zu versinken, buchstäblich in Stücke zu zerfallen. Ich versuchte, mich mit meiner Wut auf Arthur und Rose abzulenken, weil sie mich von diesen Briefen getrennt, sie in Panik vernichtet, sie versteckt oder was auch immer mit ihnen angestellt hatten, aber die Wut, der Haß, den ich empfand, war unwichtig geworden, verblaßt. Ich versuchte, meine Gedanken auf meine Hilflosigkeit zu richten, meine Unfähigkeit weiterzuleben, noch mal von vorne anzufangen. Aber die Wahrheit war, daß ich nicht den Willen, überhaupt nicht die Absicht hatte, ein neues Leben anzufangen. Ich wollte nur eines: wiederbekommen, was ich schon gehabt hatte. Den gleichen Überschwang, die gleiche Liebe. Das war mein wahres, mein einziges Zuhause; überall sonst war ich nur Gast. Es war zu früh passiert, so viel stand fest. Es wäre besser oder zumindest leichter gewesen, wenn Jade und ich erst später einander entdeckt und erst später erfahren hätten, was unser Zusammensein bedeutete, nachdem wir uns zunächst ein paar Jahre lang umgesehen, die ersten Enttäuschungen schon hinter uns gehabt hätten. So aber war es ein gewaltiger, bestürzender Sprung aus der Kindheit in den Zustand der Aufgeklärtheit gewesen. Ich konnte mich nur schwer damit abfinden, und es machte mir Angst, daß das Wichtigste, was mir je im Leben widerfahren würde, das, was mein Leben *ausmachte,* sich ereignet hatte, als ich noch nicht einmal siebzehn war. Ich fragte mich, wo Jade sein mochte. Ich dachte an die Briefe, sah sie in einer Mülltonne, auf einem Abfallhaufen liegen, in Feuer aufgehen. Meine Hände waren wie gelähmt unter dem Warmwasserhahn und röteten sich.

»Soll ich dir helfen?«

Es war Arthur. Ich wagte nicht, ihn anzusehen; ich versuchte, die Tränen zu unterdrücken, und zitterte vor Anstrengung.

»Ich schnapp mir ein Handtuch. Du spülst, und ich trockne ab«,

sagte Arthur. Er stand jetzt dicht neben mir. Er hatte sich das Hemd aufgeknöpft, und die langen dunklen Haare auf seiner Brust glänzten von Schweiß. Er sah mich kurz an – und trocknete dann die eine Platte ab, die im Trockenkorb lag.
Ich versuchte verzweifelt, mir einen halbwegs vernünftigen Satz zurechtzulegen. ›Besonders weit bin ich ja noch nicht gekommen mit dem Abwasch‹, fiel mir dann ein. Aber ich konnte es nicht sagen. Meine Tränen waren mir längst nichts Ungewohntes mehr, aber ich konnte sie trotzdem nicht zurückhalten. Sie gehorchten ihren eigenen Gesetzen. Ich spülte einen Teller ab und reichte ihn meinem Vater, und er trocknete ihn ab.
»David«, sagte er. Ich schüttelte den Kopf, und er verstummte. Keiner sagte etwas, bis ein paar Teller, bis alle Teller abgewaschen waren, und dann begann ich mit den Gläsern. Inzwischen hatte ich mich wieder in der Gewalt; ich atmete wieder normal. Ich sah zu meinem Vater hin. Seine Augen waren getrübt, und die Lippen preßte er so krampfhaft zusammen, daß sie weiß wie Elfenbein und beinahe durchscheinend waren. O Gott, dachte ich mit aufwallendem Ärger, er macht sich Sorgen um mich, er will, daß ich ihn beruhige.
»Ich bin todmüde«, sagte ich. Das war keine ausreichende Entschuldigung, aber es war wenigstens die Wahrheit.
Er nickte, ohne die Augen von dem heißen Glas in seiner Hand zu nehmen. Mit dem Geschirrtuch wischte er immer wieder und immer heftiger das Innere des Glases aus, bis es schließlich knackste. »Sprich doch mit mir, David«, sagte er mit stockender Stimme.
Ich wußte, wie ich mich der Neugier – oder auch dem Mitgefühl – anderer entziehen konnte, und es fiel mir so leicht wie einem Falschspieler das Austeilen der schlechteren Karten: Es war mir in Fleisch und Blut übergegangen, und ich tat es manchmal sogar, obwohl ich es überhaupt nicht wollte. Jetzt beobachtete ich mich selbst dabei. »Worüber möchtest du denn sprechen?« fragte ich ihn.
»Irgend etwas. Was dir gerade einfällt.«
Ich zuckte die Achseln. Ich merkte, daß ich gleich wieder losheulen würde, und wußte nicht, wie ich mich daran hindern konnte –

woher überhaupt der Wunsch dazu kommen sollte. Ich legte den Schwamm und ein schaumbedecktes Glas auf den Rand der Spüle und schlug die Hände vors Gesicht. Ich spürte, wie mir die Tränen durch die Finger rannen, warm und schmierig.
»Ich möchte dir so gerne helfen.«
»Ich bin bloß müde«, sagte ich, aber es war vielleicht gar nicht zu verstehen. Die Worte gingen in meinem haltlosen Schluchzen unter.
»Ist es wegen der Party?« fragte Arthur. »Sind dir die vielen Leute auf die Nerven gegangen?«
Ich schüttelte den Kopf.
»Sag's mir doch, David. Sprich mit mir darüber. Hab doch Vertrauen.« Er beugte sich vor und drehte den Wasserhahn zu.
»Ich liebe jemanden«, sagte ich, durch meine Finger und meine Tränen.
Er berührte mich an der Schulter. »Ich weiß, David«, sagte er. »Ich weiß.« Dann – und ich kann mir das nicht erklären – hörte ich etwas, das er gar nicht sagte. Ich hörte: »Ich auch.«
»Was kann ich denn für dich tun, David?« fragte mein Vater. »Bitte, was kann ich tun?«
Ich hörte meine Mutter in die Küche kommen. Ich wartete, ob sie etwas sagen würde, aber sie war verlegen, weil sie dachte, sie sei unerwünscht. Ich wandte mich ihr zu, mit meinen häßlichen roten Augen. Sie wich zurück, hob die Hand ans Gesicht und sah mich mit offenem Mund an, zugleich bestürzt und beschämt. Ich drehte mich wieder zum Fenster um. Ich fühlte, wie das Elend in mir ausstrahlte, wie es tiefer drang, grimmiger wurde und ins Unermeßliche wuchs, und ich hatte ganz plötzlich Angst, es nicht mehr aushalten zu können. Ich rieb mir die Stirn; ich biß die Zähne zusammen; und dann, ganz plötzlich, schrecklich, ohne jede Vorwarnung – oder doch nur die eines kalten Schweißausbruchs Sekunden vorher –, krampfte sich mein Inneres zusammen, und ich spie in hohem Bogen den Gin vom Nachmittag aus. Mein Erbrochenes spritzte an die Ränder der Spüle und rann in die Schaumblasen hinab.
»O Gott«, sagte Rose, und es war nicht nur Ekel in ihrer Stimme. Mein Vater packte mich am Ellbogen, um mich zu stützen, falls

ich ohnmächtig würde. »Drück die Zunge an die unteren Schneidezähne«, sagte er mit ängstlichem Nachdruck. Ich hörte hinter mir ein kratzendes Geräusch. Meine Mutter zog einen Stuhl vom Küchentisch weg.

»Hinsetzen«, befahl sie in jenem strengen, herrischen Ton, den manche Leute anschlagen, wenn sie jemanden beruhigen wollen, und der mich noch nie beruhigt hat.

»Mir fehlt nichts«, sagte ich heiser.

»Und ob dir was fehlt«, sagte Rose.

»Wenn er sagt, ihm fehlt nichts, dann fehlt ihm nichts«, widersprach ihr Arthur und drückte meinen Ellbogen fester.

Ich drehte den Hahn auf und ließ mir das Wasser in den Mund laufen, spülte ihn aus und spuckte ungeniert in das Spülbecken. Dann hielt ich die Handgelenke in den Strahl, füllte die hohlen Hände mit Wasser und spritzte mir damit das Gesicht naß.

»Ist dir schlecht, David?« erkundigte sich Rose.

Ich lehnte mich an das Becken. Ich starrte in das dunkle, stinkende Wasser und sagte: »Warum habt ihr meine Briefe weggeschmissen?« Ich wartete auf eine Antwort, aber es kam keine. Ihr Schweigen machte mir irgendwie Hoffnung – ich wollte keine eilfertige Antwort, und jetzt sah es immerhin so aus, als kämpften sie mit meiner Frage, meiner Anklage. »Warum habt ihr das getan?« sagte ich, mit festerer Stimme. »Warum bloß? Mehr will ich gar nicht wissen. Warum?«

Ich richtete mich auf. Die Übelkeit war vergangen. Arthur sah Rose an, als könnte er verlangen, daß sie mir antwortete. Ich folgte seinem Blick zu ihrem verschlossenen Gesicht, und jetzt starrten wir sie beide an.

»Wir haben getan, was wir für das Beste hielten«, sagte sie ruhig, aber mit einem unsicheren, ausweichenden Ton in der Stimme.

»Das Beste für wen?«

»Wir wollten sie hier nicht rumliegen lassen«, sagte sie.

»Also das Beste für euch?« sagte ich. »Ihr habt sie weggeworfen, weil es für euch das Beste war, sie – meine Briefe – loszuwerden?«

»Wozu willst du sie wiederhaben?« fragte sie und umklammerte die Lehne des Stuhls, den sie für mich herangezogen hatte. Ich dachte: Dieser Stuhl, das bin ich. Und ich sah, wie ihre Finger vor übermächtiger Anstrengung weiß wurden. »Warum willst du jeden deiner Fehler noch mal machen, warum... *suhlst* du dich geradezu in dem, womit du dir um ein Haar dein Leben ruiniert hättest?«

»Ich suhle mich?« sagte ich, mit erhöhter Stimmlage und Lautstärke.

»Ich will mich nicht über Wörter streiten«, sagte sie. »Du weißt schon, was ich meine.«

»Es ist mir egal, was du meinst«, sagte ich. »Ich möchte, daß *du* verstehst, was *ich* meine. Die Briefe haben mir gehört. Sie waren alles, was ich noch hatte. Ich will euch nur klarmachen, daß diese Briefe mir immer fehlen werden, daß ich immer daran denken werde, daß ihr das getan habt. Das vergesse ich euch nie. Was in diesem Augenblick geschieht, hier in diesem Zimmer, geschieht für immer.« Ich starrte sie an. Meine Augen färbten die Luft zwischen uns. Einen Moment schien es, als wollte sie anfangen zu weinen, aber sie preßte die Lippen zusammen und überlegte, was sie darauf antworten sollte.

»Bitte nicht diesen Ton, wenn du mit mir sprichst«, sagte sie schließlich.

»Wir versuchen doch immer das zu tun, was wir für das Beste halten«, sagte Arthur.

»Ach, hört bloß auf, hört um Himmels willen auf, da ist doch kein wahres Wort dran.« Ich hörte meine Stimme wie etwas Fremdes, und die Wörter hingen nur ganz ungefähr mit meinen Gefühlen zusammen. Mein stärkster, echtester Impuls war, sie zu Boden zu werfen, sie mit Füßen zu treten, ihnen körperliche Qualen zu bereiten – ich wußte, ich konnte ihnen keinen seelischen Schmerz verursachen, der meinem gleichgekommen wäre. Und ich wußte auch, daß ich ihnen nichts tun, sie nicht einmal anrühren würde.

»Du darfst Jade sowieso nicht wiedersehen«, sagte Rose. »Wenn du es auch nur versuchst, können sie deine Entlassung widerrufen.«

»Sie werden sie bestimmt nicht widerrufen, bloß weil ich alte Briefe lese.«

»Wir haben Angst um dich«, sagte Arthur. »Das ist der Grund, warum die Briefe nicht hier sind.«
Es wäre sinnlos gewesen, noch etwas zu sagen. Ich wollte nicht mit ihnen streiten. Vielleicht hätte es mir gut getan, mir meine Wut von der Seele zu schreien, aber ich war an dieser Art psychischer Haushaltung nicht interessiert. Ich war wütend, aber meine Wut langweilte mich sonderbarerweise auch. Sie hing mit einem Teil meiner Welt zusammen, an dem mir nicht besonders viel lag – sie brachte mich nicht in Verbindung mit meinen Briefen. Wenn ich nicht im Mittelpunkt des Lebens leben konnte, das ich früher einmal gekannt hatte, das einzige Leben, an das ich glaubte, dann wollte ich lieber in einer Traumwelt leben. Vielleicht habe ich noch etwas gesagt. Vielleicht plätscherte der Wortwechsel noch ein paar Minuten weiter, aber ich war nicht mehr bei der Sache, und deshalb erinnere ich mich auch an nichts mehr. Ich war ganz woanders. Ich horchte auf das Schlagen meines Herzens – es klopfte wie wild. Es schlug zu schnell, aber ich folgte seinem Pochen, und es zog mich in seinen Bann, zog mich fort. Ich hielt die Augen auf Arthur und Rose gerichtet, aber was ich wirklich sah, war Jade beim Gang durch das gigantische Herzmodell im Museum für Naturwissenschaften und Technik, wie sie mit ihren kleinen Händen die Adern berührte, wie sie, den Mund leicht geöffnet, hierhin und dorthin schaute, wie sie stolperte, ohne es zu merken. Dann gingen wir heim, zurück zu ihrem Haus in der Dorchester-Avenue. Ich nahm ihre Hand, und sie streichelte meine mit dem Daumen, denn sie wußte, wenn sie mich nicht ermunterte, würde ich den Mut verlieren und sie loslassen. Als wir vor ihrem Haus angekommen waren, sagte sie, sie hoffe, daß ihre ganze Familie zu Hause sei. Ich wollte wissen warum, und sie tat mir die Freundlichkeit, so zu tun, als hätte sie meine Frage nicht gehört. Dann stiegen wir die große Holzveranda hinauf, die das Haus im Halbkreis umgab, wie ein zerbrochener Saturnring. Fahrräder waren auf der Veranda abgestellt. Eine Korbliege, gelb mit weißen Kissen. Ein Fußschemel, eine Fliegenklatsche, ein aufgeschlagenes Buch. Auf einem Tischchen aus Eichenholz stand ein Glas Eiskaffee, milchig, die Eiswürfel ordentlich übereinandergestapelt wie Ziegelsteine. Winzige Fliegen mit Flügeln so

groß wie Kommas schwammen auf der Flüssigkeit und kämpften verzweifelt um ihr Leben. Jade sah das – wir blickten beide im selben Moment in das Glas, aber so etwas passierte uns immer wieder, bis wir uns gar nicht mehr darüber wunderten, sondern nur noch lachten –, und sie sagte etwas wie »Ach, die armen kleinen Biester« – die ganze Familie mochte dieses Wort: Biester –, und sie schüttete den Kaffee über das Geländer ins hohe Gras des Vorgartens. In diesem Moment kam Ann heraus. Es war ihr Kaffee gewesen. Sie war nur hineingegangen, um sich eine Zigarette zu holen...

Mitten in der Nacht wurde ich plötzlich hellwach. Ich hatte von Jade geträumt. Ich wußte es immer, wenn ich von ihr träumte. Es war ein Gefühl, als ob sich in mir ein Rad drehte. Ich versuchte, die Bilder festzuhalten, bevor sie wieder ins Unbewußte zurücksanken, aber das war, als wollte man versuchen, Mondschein vom Wasser zu pflücken. Doch nicht *der* Traum hatte mich geweckt. Es war etwas, was mein Vater vorher in der Küche gesagt hatte. »Das ist der Grund, warum die Briefe nicht hier sind«, hatte er gesagt. Ich hörte es ihn förmlich sagen, und ich sah sein Gesicht noch vor mir, den flehenden Ausdruck, als hätte er mich gebeten, ihn zu durchschauen, seine Worte zu deuten, nur Geduld zu haben und ihm Gelegenheit zu geben, mein Held zu sein. Ich schlug die Bettdecke zur Seite und stand auf. Ich wußte nicht, was ich tun würde, aber nach dieser Erleuchtung hielt mich nichts mehr im Bett. Es durchfuhr mich. »Das ist der Grund, warum die Briefe nicht hier sind.«

Aber wo waren sie? Es gab nur eine plausible Möglichkeit: in Arthurs Büro.

Ich hatte Angst, Angst davor, mich selbst im Stich zu lassen, mich selbst zu verraten. Ich zog mich an und überlegte, wie ich aus der Wohnung in Vaters Büro gelangen konnte. Ich hatte kein Geld. Ich wußte nicht, wie die Busse fuhren und ob sie überhaupt noch fuhren. Die Hochbahn ging Tag und Nacht, aber ich hatte Angst, mit ihr zu fahren. Ich stand an meinem Fenster. Die Scheibe fühlte sich kühler an; offenbar hatte der Regen doch die Hitzewelle beendet. Es war zwei Uhr, und die Straße war wie ausgestorben.

Der fast volle Mond war herausgekommen und säumte die zerrissenen Wolken mit chromgelbem Glanz.
Ich schlich mich aus meinem Zimmer und durch den dunklen Flur. Ich hörte die tiefen, brummenden Schnarchgeräusche meines Vaters. Sicherlich schlief auch Rose: Wäre sie wach gewesen, hätte sie Arthur längst einen Rippenstoß versetzt, um ihn zum Schweigen zu bringen. An den Wänden entlang ertastete ich mir den Weg durch den Gang, an ihrem Schlafzimmer vorbei, bis in die Diele. Arthur ließ seit einiger Zeit seine Aktenmappe und die Schlüssel immer auf dem Tischchen neben der Wohnungstür liegen. Diese scheinbare Vergeßlichkeit war neu, und ich wußte nicht, ob das Alter oder der zweite Frühling schuld daran war. Aber als ich die Tür erreicht hatte und im Dunkeln auf dem Tischchen nach seiner Tasche tastete, fühlte ich nur die glatte, leicht klebrige Oberfläche der Holzplatte. Es war Sonntag, und deshalb hatte er keinen Grund gehabt, sich die Sachen bereitzulegen.
Ich stand in der Diele. Schicht um Schicht wich die Dunkelheit, und ich konnte jetzt Umrisse erkennen. Die übertünchten Deckenbalken, die Bilderrahmen an der Wand, die Obsidian-Verkleidung des Durchgangs zur Küche. Ich streifte mir die Schuhe ab. Mein Herz war wie ein Faß, das in unberechenbaren Sprüngen eine Treppe hinunterpoltert. Verstohlen wie ein Mörder schlich ich mich den Gang entlang zum Schlafzimmer meiner Eltern.
Bevor Rose und Arthur mir gegenüber kapitulierten und mich nicht mehr davon abhalten konnten, die Nächte bei den Butterfields zu verbringen, hatte ich mich unzählige Male in und durch die Wohnung schleichen müssen. Ich wußte genau, wohin ich gehen, wo ich aufpassen mußte. Ich wußte, an welchen Stellen der Fußboden unter meinem Gewicht knarrte, und ich wußte, wie schnell ich eine bestimmte Tür öffnen mußte, damit sie nicht in den Angel quietschte. Zwar glitt ich nicht mehr ganz so schattenhaft lautlos dahin wie früher – die Tür zu ihrem Zimmer, die nur angelehnt war, ächzte trotzdem ein bißchen, als ich sie aufstieß, und der Türknauf stieß mit einem hohlen Klicken an die Wand –, aber nach weniger als einer Minute stand ich im fahlen Mondlicht im Schlafzimmer meiner Eltern, die Füße am Rande des langen

Schattens ihres Bettes, und hatte nichts getan, was ihren Schlummer gestört hätte.

Mein Vater hatte keine Schlafanzugjacke an, und die Bettdecke auf seiner Seite war heruntergerutscht, so daß seine weiche, behaarte Brust und der dunkle Leberfleck (der »Schokoladenfleck« meiner Kindheit) am oberen Rand seines Brustkorbs zu sehen waren. Sein großer Kopf war tief im Kopfkissen vergraben, und das Kinn war leicht angehoben. Sein Schnarchen war gleichmäßig und genauso laut wie das jener großen, dämlichen, unschuldigen Tiere in alten Cartoons. Dieses nachgemachte, karikierte Schnarchgeräusch gab ich immer von mir, wenn ich andeuten wollte, daß mich etwas langweilte. Neben ihm schlief Rose in ihrem Nachthemd. Sie schlief auf der Seite, und ihre halbgeschlossenen Fäuste berührten Arthurs Schultern. Sie atmete regelmäßig, tief und absolut lautlos; in ruhiger Regelmäßigkeit füllte der Sauerstoff ihre Lungen und nährte ihr Blut. Der Mondschein, den die Jalousie in zwölf Streifen zerlegte, zitterte leicht an der Wand. Ich stand vor den bewußtlosen Gestalten meiner Eltern, und mein Herz pochte in panischer Aufregung, wie sie bei einem Vatermörder verständlich gewesen wäre.

Meine Eltern waren Musterbeispiele an Sauberkeit und »Ordentlichkeit«. Zeitungen, die nicht langfristig aufgehoben werden sollten, wanderten in den Müll, sobald sie ausgelesen waren. Ein Glas, aus dem beim Mittagessen Saft getrunken worden war, wurde grundsätzlich sofort ausgespült und in den blauen Plastiktrockenkorb gestellt. Keiner ließ in einem leeren Zimmer Licht brennen, und kein ausgezogener Schuh wagte es jemals, mehr als seine unter den Fransen der Bettdecke hervorlugende Spitze zu zeigen. Und als ich mich jetzt in ihrem Zimmer nach einer Brieftasche, in der sich das Fahrgeld finden würde, und nach einem Schlüsselbund umsah, der mir Eintritt in meines Vaters Büro verschaffen würde, sah ich nichts als abgeräumte Flächen – keine Häufchen Kleingeld, keine Schlüsselringe, keine hingeworfenen (oder auch nur ordentlich zusammengelegten) Kleider.

Ganz, ganz langsam ging ich auf Zehenspitzen durch das Zimmer und warf dabei meinen Schatten zuerst auf das Rechteck gebrochenen Mondlichts an der Wand, um ihn dann wie ein Schwert über die schlafenden Gesichter meiner Eltern zu legen. Schließlich machte ich den Schrank auf. Der Geruch von Mottenkugeln, das klumpige Dunkel. Ich langte hinein, brachte die hängenden Kleider zum Rascheln, die Drahtbügel zum Klingen. Blind ertastete ich einen Anzug oder ein Kleid in knisternder Plastikfolie aus der Reinigung, ein Seidenhemd, kühl und melancholisch anzufassen, den Nylonmorgenmantel meiner Mutter. Dann kam der Anzug meines Vaters, farblos, aus undefinierbarem Stoff, aber unverwechselbar ihm gehörend. Ich steckte die Hand in die Taschen – leer.

Das Schnarchen meines Vaters brach ab. Ich drehte mich zum Bett um. Rose rollte sich von Arthur weg, hob eine halbgeschlossene Hand über den Kopf und streifte damit am Kopfteil entlang, um dann beide halbgeöffneten Fäuste aufs Kopfkissen sinken zu lassen. Arthurs Körper schien sich dem ihren zuzuwenden, als wollte er dessen kleiner nächtlichen Wanderung folgen, aber die Bewegung zu ihrer stetigen, vertrauten Wärme hin blieb im Ansatz stecken. Er blieb flach auf dem Rücken liegen, und das Schnarchen begann wieder, dumpfer jetzt, so als käme es aus noch tieferer Resignation.

O Mutter, o Vater. In eurem Zimmer zu stehen. Bei euch zu sein, so wie ihr bei mir wart, wenn ich schlief, euren Fortschritt im Schoß des Schlafens zu beobachten, die Macht zu haben, unsichtbare Küsse auf eure fast leeren Gesichter zu drücken oder an eurer Seite zu knien und den Schmerz über euren Tod zu proben. Ich streckte die Hand aus, wie um euch zu berühren, eure Gewalt über den Schlaf zu festigen. Meine Hand verdeckte euch ganz, und ich staunte genauso darüber wie als Kind, als ich beweisen konnte, daß mein Daumennagel größer war als der Mond. Ich spürte, wie Rührung mich überkam, so wie ein Zimmer sich mit Licht füllt.

Ich kehrte meinen Eltern wieder den Rücken zu und durchsuchte die ungebrochene Finsternis des Kleiderschranks, und obwohl ich nicht lange davorstand (in Arthurs Sportsakko, dem achten Kleidungsstück, das ich untersuchte, fand ich nämlich seine Brieftasche und die Schlüssel), wäre ich nicht überrascht gewesen, wenn ich mich umgedreht und das Zimmer vom ersten Morgengrauen erhellt gefunden hätte. Mit Arthurs schwerem, dunkel angelaufenem Schlüsselring am Daumen und einem druckfrischen Zwanzigdollarschein in der Hand schlich ich aus dem Zimmer, mit so lautlosen Bewegungen, daß ich mir nur mit Unterbrechungen meiner selbst bewußt war.

Ich schloß die Tür mit einem leisen, endgültigen Klicken und ging ans andere Ende der Diele. Ich knipste das Licht an und suchte im Telefonbuch nach der Nummer eines Taxiunternehmens. Ich entschied mich für das mit der größten Anzeige, und nachdem ich mit der Zentrale gesprochen hatte, stahl ich mich in die Küche und trank den übrigen Gordon's Gin aus der Flasche.

Ein paar Minuten später saß ich auf der Vortreppe unseres Mietshauses und atmete die freie Nachtluft. Es war das erste Mal, daß ich allein draußen war, aber die Bedeutung dieses Augenblicks streifte nur kurz den Rand meines Bewußtseins. Es war drei Uhr morgens, und wenn noch Nachtschwärmer unterwegs waren, so jedenfalls nicht in unserer Nachbarschaft. Die Straße lag verlassen da. Die ersten Scheinwerfer, die am Ende der Ellis Avenue auftauchten, gehörten dem Taxi, das ich gerufen hatte, einer ramponierten gelben Klapperkiste mit einem rings ums Dach laufenden karierten Streifen.

»Hallo«, sagte ich, als ich die hintere Tür aufmachte. Ich war nicht so blöd mir einzubilden, daß man Taxifahrer so begrüßt, aber ich tat es trotzdem. Ich hatte mich in einen Trancezustand versetzt, um die Zeit bis zum Eintreffen des Taxis zu überstehen, und ich mußte einfach Kontakt mit einem anderen Menschen aufnehmen. Der Fahrer war noch ziemlich jung. Er trug ein kariertes Hemd mit hochgekrempelten Ärmeln und hatte einen Pferdeschwanz. Ein riesiges Kofferradio, das er neben sich stehen hatte, konkurrierte mit der Funksprechanlage, in deren Lautsprecher der Mann in der Zentrale wie eine elektronische Gans quakte und schnatterte. Der Fahrer nickte zu meiner Begrüßung und legte die Hand auf den Hebel des Taxameters, um ihn in dem Moment drücken zu können, in dem meine Kehrseite den Sitz berührte. »Ich muß in die Innenstadt«, sagte ich, stieg aber immer noch nicht ein. Ich hatte Angst davor. Das erste Mal alleine draußen, das hätte ein Spaziergang in der Sonne, in der näheren Umgebung unserer

Wohnung sein müssen und keine Taxifahrt in die Innenstadt, in einer heißen Nacht und mit gestohlenem Geld und gestohlenen Schlüsseln in der Tasche.

Ich setzte mich hinten in das Taxi, sagte dem Fahrer die Adresse und fing an zu zittern. Ich versuchte mich in Abenteuerstimmung zu versetzen, mir vorzustellen, ich hätte einen Trenchcoat über der Schulter und eine Zigarette im Mundwinkel – ein Mann mit einer Mission, ganz auf sich gestellt. Aber diese Bilder aus zweiter Hand konnten nur flimmern, konnten mich nicht aufrechthalten. Ich brachte es nicht einmal über mich, aus dem Fenster zu sehen, und jedesmal, wenn das Taxi in eine Kurve fuhr, spürte ich meine Eingeweide. Ich hatte die Beine krampfhaft übereinandergeschlagen und die Arme über der Brust gekreuzt, die Ellbogen an die Rippen gepreßt, die Hände um die Oberarme geklammert. Ich hörte ein leises, dumpfes Stöhnen und merkte im ersten Moment gar nicht, daß es von mir kam.

Viel zu früh waren wir vor dem Haus, in dem mein Vater sein Büro hatte. Es stand in der Wabash Avenue unter den Hochbahngleisen. Ich sah durchs Heckfenster des Taxis auf die verlassene Straße hinaus. Die Straßenlampen leuchteten ins Leere. Die Läden hatten Eisengitter vor den Schaufenstern.

»Vierfünfzig«, sagte der Fahrer, ohne sich umzudrehen.

»Ich hab' nur einen Zwanziger«, sagte ich und fischte ihn aus der Hosentasche.

Der Taxifahrer brummelte etwas vor sich hin, machte eine Zigarrenkiste neben seinem Kofferradio auf und blätterte mit dem Daumen ein Bündel Scheine durch. Neben der Zigarrenkiste hatte er einen Schlagstock mit halb eingeschlagenen Nägeln liegen. Er begann, mein Wechselgeld abzuzählen.

»Oder Moment mal«, sagte ich, »könnten Sie vielleicht warten? Es dauert nicht lange.«

»Die Uhr ist abgestellt«, sagte er.

Ich mußte überlegen, was er damit meinte. Ich verstand ihn nicht.

»Ich brauche ungefähr zehn Minuten. Dann können Sie mich wieder nach Hyde Park zurückfahren. Ein anderes Taxi wäre jetzt schwer zu kriegen. Würden Sie bitte warten? Hier. Nehmen Sie schon mal den Zwanziger. O. k.? Damit Sie wissen, daß ich bestimmt zurückkomme.« Ich gab ihm den Zwanziger und legte die Hand auf den Türgriff, stieg aber nicht aus. Ich wollte erst eine Bestätigung von ihm, daß er wirklich warten würde. »O. k.?« fragte ich noch einmal.

Er legte den Schein aufs Armaturenbrett, stellte den Motor ab und schaltete die Lichter aus.

Ich war viele dutzendmal in Vaters Büro gewesen. Als kleiner Junge hatte ich manchmal seinen Partner gespielt – nach dem Telefon gegriffen, wenn es klingelte, seine Kugelschreiber in meine Brusttasche gesteckt, die auf Rollen laufende Bibliotheksleiter als Fahrzeug mißbraucht. In dem kleinen, weißlichen Gebäude waren lauter Kleinstunternehmen untergebracht: Importeure von allerlei Schnickschnack, eine Schmuckreparaturwerkstatt, die Redaktion einer serbokroatischen Zeitung, ein Chiropraktiker, ein Schneider aus Hongkong. Ich probierte auf gut Glück, ob die Haustür unverschlossen war, aber sie war es nicht. Es hingen sieben Schlüssel am Schlüsselring meines Vaters, und gleich der erste paßte. (Ein Hinweis auf meinen Gemütszustand war die übertriebene, beinahe inbrünstige Freude und Dankbarkeit, die ich darüber empfand.) Ich ging hinein, blieb im Hausflur unter einer flackernden, zweifarbigen Lampe stehen und horchte, ob Schritte zu hören seien – etwa von einem Reparaturmann, der auch in der Nacht Bereitschaftsdienst hatte. Wie gebannt stand ich da, viel länger als nötig. Etwas in mir wollte einfach dort verharren, nicht die Treppen zum Büro meines Vaters hinaufsteigen. Es war das erste Mal seit drei Jahren, daß keine Aufsichtsperon wußte, wo ich mich befand. Nun endlich war ich wirklich allein, und das machte mir Angst. Meine einzige Verbindung zur Außenwelt war der Taxifahrer vor dem Haus – oder war er schon weggefahren? Ich traute mich nicht nachzusehen, und schließlich war der Gedanke, der Fahrer könnte mit meinem Geld abhauen und mich im Stich lassen, furchterregender als alles andere, und ich rannte zu der steilen, dämmrigen Treppe und nahm immer drei Stufen auf einmal.

Der erste Stock lag in einem dichten, undurchdringlichen Dunkel. Ich stolperte vorwärts und trat gegen einen Wassereimer, den jemand im Korridor hatte stehenlassen. Er rollte mit lautem Getöse den Gang entlang, und ich hielt mir die Ohren zu und sagte »Psst«. Ich mußte warten, bis die Dunkelheit zurückwich. Ich starrte ins Leere, blinzelte langsam und versuchte, die pechschwarze Finsternis mit reiner Willenskraft durchsichtig zu machen. Ganz allmählich konnte ich die ersten Umrisse erkennen. Ich sah die Glastüren in der Wand. Das Büro meines Vaters war das dritte von vorne, und ich ging langsam darauf zu. Diesmal hatte ich allerdings mit den Schlüsseln nicht soviel Glück. Ich probierte alle sieben Schlüssel dreimal aus, bis ich die Tür endlich aufbekam.

Ich knipste das Licht an und musterte das kleine Büro meines Vaters. Ich wußte, daß ich mich beeilen mußte, aber das war auch alles, was ich wußte. Ich hatte keine Ahnung, wo ich zu suchen anfangen sollte. Ich machte die Tür hinter mir zu. Ich ging an seinen Schreibtisch und zwang mich, auf seinem Drehstuhl Platz zu nehmen: Mein Körper war vor Angst so steif, daß mir sogar das Hinsetzen schwerfiel. Dann durchsuchte ich seine Schreibtischschubladen. Ich fand Stöße unbeschriebenen Papiers, Stapel gelber Schreibblocks, Vertragsvordrucke, Formulare, Päckchen, Briefblocks, Schachteln mit Bleistiften, Bindfadenrollen, Briefumschläge, Hefter. Als ich ungefähr die Hälfte der Schubladen durchwühlt hatte, nahm ich den Telefonhörer ab und legte ihn auf den Tisch – ich hatte mir vorgestellt, wie ich zusammenfahren würde, falls es klingelte. Ich suchte nicht sehr gründlich. Dazu war ich zu aufgeregt, aber ich überzeugte mich immerhin, daß meine Briefe nicht im Schreibtisch waren. Als nächstes nahm ich mir seinen Aktenschrank vor. Er war abgeschlossen, aber der entsprechende Schlüssel, ein kleiner, flacher, hing ebenfalls an dem Ring. Die Schubladen waren vollgestopft. Ich sah unter Axelrod, unter Butterfield, unter David, unter Jade nach. Als ich da nichts fand, probierte ich es sogar mit dem Stichwort »Briefe«. Alles kam mir so harmlos und unpersönlich vor, und auf einmal wurde ich unendlich traurig, über meinen Vater und seine Akten, über die Arbeit, die er getan hatte, über die zarten, zerbrechlichen Einzelheiten seines Lebens.

Sein Aktenschrank hatte drei graue Metallschubladen, und zwei

davon reichten aus für das ganze Alphabet. Ich zog den dritten auf. Ausgediente Heftmaschinen, Telefonbücher, eine Taschenlampe, ein Halstuch... Aber ganz hinten stand eine verschlossene Stahlkassette von der Größe eines Brotlaibs. Ich hob sie heraus und wußte sofort, daß meine Briefe, wenn sie überhaupt noch existierten, in dieser Kassette waren. Am Schlüsselloch erkannte ich, daß ich dafür einen ähnlich kleinen Schlüssel wie für den Aktenschrank brauchte, aber es war nur noch ein solcher Schlüssel am Ring. Ich probierte ihn, aber er paßte nicht. Ich weiß nicht mehr genau, was ich dann alles machte. Ich war zu systematischem Handeln nicht mehr fähig. Ich ging zum Bücherregal und zog planlos ein paar Bände heraus, in der Hoffnung, der Schlüssel könnte hinter einem davon versteckt sein. Ich hob Aschenbecher hoch, kniete mich hin und schaute unter die beiden grünen Besuchersessel. Ich lief rastlos auf und ab, schlug mir verzweifelt auf die Schenkel und sprach mit mir selber, wie ein Häftling in seiner Einzelzelle. Irgendwann muß ich aber wieder soweit zur Vernunft gekommen sein, daß ich mich wieder an den Schreibtisch setzte und noch einmal die Schubladen durchging, denn in einer kleinen Schale in der mittleren obersten Schublade, in der außerdem noch zwei gespitzte Bleistifte und eine Rolle Pfefferminzdrops lagen, fand ich den Schlüssel. Ich umklammerte ihn mit der ganzen Faust, schloß die Schublade, und dann ließ ich den Kopf auf die Schreibtischplatte sinken und brach in Tränen aus.
Aber dafür war keine Zeit. Immer noch weinend, ging ich wieder zum Aktenschrank hinüber und schloß die Kassette auf, zu schwach, um noch einen Funken Hoffnung zu haben.
Jade, unsere Briefe lagen drin, alle, zusammengefaltet und in einen langen braunen Umschlag gesteckt. Deine Handschrift lag neben meiner, und ich hielt sie beide und die Worte, die wir geschrieben hatten, in Händen.

Als ich endlich das Büro wieder verließ und auf die Straße hinaustrat, wartete das Taxi immer noch. Der Fahrer saß am Steuer und schlief, das Kinn war ihm auf die Brust gesunken. Ich sah ihn einen Moment lang an und stellte mir vor, er träume von einer Frau, die er liebte. Es war kühl geworden, und der Wind berührte mein Gesicht, als wäre es das erste Mal. Der Himmel war schiefergrau, und nur ein paar bläuliche Sterne stachen aus ihm hervor. Der fast volle Mond saß wie eine kalte helle Kuppel auf einem Bürogebäude. Ich betrachtete den Mond wie in so vielen Nächten zuvor, denn Gefangene lieben den Mond, aber jetzt sah ich nicht mehr als Gefangener zu ihm auf und auch nicht als Träumer, sondern als ein freier Mann, als ein Seemann, der seinen Kurs berechnet.

5

Hätte ich tun und lassen können, was ich wollte, ich weiß nicht, was ich dann mit meinem Leben angefangen hätte. Aber man hatte mir ja so viele Auflagen gemacht: Ich mußte mich an einem College einschreiben, ich mußte zweimal in der Woche zum Psychiater gehen, ich mußte mit meinem Bewährungshelfer in Verbindung bleiben, und ich mußte mir eine Teilzeitarbeit suchen. Es war alles vorgeschrieben, reglementiert, und das war ein Zustand, den ich aus tiefstem Herzen verabscheute.

Mit Hilfe von Millicent Bell, der Freundin meiner Mutter, konnte ich mich an der Roosevelt University einschreiben, und ich durfte sogar einiges von dem, was ich in Rockville gemacht hatte, für meine Arbeiten verwenden. Roosevelt ist ein großes College in der Innenstadt, dessen Studentenschaft aus Teilzeitarbeitern, Verheirateten und vielen Leuten über vierzig besteht. Das College hatte keinen Campus, und weil dieser allgemeine Treffpunkt fehlte, war es schwierig, sich mit den Leuten anzufreunden, mit denen man in den Kursen saß – oder in meinem Fall leicht, solche Freundschaften zu umgehen. Ich studierte Astronomie, obwohl die Voraussetzungen dafür am Roosevelt nicht eben ideal waren. Ich belegte Mathe und Physik und kam gut voran, aber keiner meiner Lehrer schien sich von einem Kurs zum nächsten an mich zu erinnern. Nicht einmal die Wärter im Planetarium, wo ich zwei- bis dreimal die Woche auftauchte, um in die mit strahlenden Lichtpunkten übersäte Kuppel hinaufzustarren, merkten sich mein Gesicht – jedenfalls erwiderten sie nie mein Nicken.

Mein Psychiater war Dr. Ecrest, und ich mochte ihn, soweit man einen Psychiater mögen kann, den man freiwillig nicht aufsuchen würde. Der Bewährungshelfer, der meine Fortschritte überwachen sollte, war ein gebürtiger Japaner namens Eddie Watanabe. Eddie hatte schulterlanges Haar, trug Blue jeans und hatte eins dieser Friedenssymbole um den Hals hängen, wie sie an den Straßenecken verkauft werden; es war so groß wie eine Grapefruit und baumelte an einem Stück ungegerbtem Leder. Er vertrat die merkwürdige Auffassung, die Tatsache, daß er Bewährungshelfer sei, stelle einen Sieg für »unsere Seite« dar. Ich hätte ihm für mein Leben gern gesagt, was ich von seinen Beatles-Songtexten, seinen stets frisch gewaschenen Haaren, die so weich wie eine Nachtwolke aussahen, seinem geheuchelten Glauben daran, daß man »immer ehrlich miteinander sein« müsse, und den enthusiastischen, äußerst demütigenden Knuffen an den Oberarm hielt, die er mir immer verpaßte, wenn ich eine Neuigkeit für ihn hatte, die er als »super« einstufen konnte. Aber wie schon so viele vor ihm hatte Eddie ziemlich viel Macht über mich – wieviel genau, darüber hoffte ich mir niemals Rechenschaft abgeben zu müssen.

Harold Stern, der Freund meiner Eltern, verschaffte mir einen Job bei seiner Gewerkschaft, der Vereinigten Textilarbeitergewerkschaft von Amerika. Harold, der die anderen Freunde und Bekannten meiner Eltern gern mit der Behauptung reizte, nur er allein habe Kontakt mit der Arbeiterklasse (und daher mit der Welt), war mir immer launisch und arrogant vorgekommen, aber er setzte sich wirklich für mich ein und besorgte mir einen Job, nur zwei Straßen von der Roosevelt University entfernt. Ich wurde dazu eingeteilt, mich mit einem Plakat als Streikposten vor dem Textilgeschäft Sidney Nagle in der Wabash Avenue aufzustellen. Sidney Nagle verkaufte billige Herrenhosen der Marke Redman, und der Streikposten sollte die Kunden darüber informieren, daß die Belegschaft von Redman sich im Streik befinde, und sie dazu auffordern, keine Redman-Produkte zu kaufen. Es hätte meiner romantischen Auffassung von der Gewerkschaftsbewegung entsprochen, wenn vorwiegend Reiche in dem Geschäft eingekauft hätten, aber die Kunden (von denen die meisten mich und mein Plakat überhaupt nicht beachteten) waren viel einfachere Leute als meine Eltern und deren Bekannte, und Mr. und Mrs. Nagle, die das Geschäft mit einem Angestellten führten, kamen mir vor wie ein völlig verzweifeltes, alles andere als wohlhabendes altes Ehepaar. Sie warfen mir bei jeder Gelegenheit erboste und kummervolle Blicke zu, und ich hatte den Verdacht, daß sie auf den Unterarmen verblassende blaue Nummern trugen.

Als ich mit meiner Arbeit für die Gewerkschaft begann, war seit meiner heimlichen Suchaktion im Büro meines Vaters erst eine Woche vergangen. Die Tatsache, daß ich wieder draußen in der Welt war und mich wie ein normaler Mensch benahm, verringerte die Spannungen zu Hause ein bißchen, obwohl die Selbstverleugnung meiner Eltern doch nicht so weit ging, daß sie ihre Unzufriedenheit vor mir verheimlicht hätten. Um immer rechtzeitig zur Arbeit zu erscheinen, hatte ich meinen Wecker vorgestellt, und um mir die Eingewöhnung zu erleichtern, stellten Rose und Arthur daraufhin auch alle anderen Uhren in der Wohnung vor, einschließlich der im Schlafzimmer und Arthurs Armbanduhr. Wenn meine Eltern früher geglaubt hatten, sie seien dem Gros der Bevölkerung um eine ganze Epoche voraus, und wenn sich diese Gewißheit zusammen mit ihrer politischen Überzeugung längst verflüchtigt hatte, so waren sie jetzt wenigstens der Geschichte nachweislich um zehn Minuten voraus.

Ich habe mir oft gedacht, daß ich kaum einen schwierigeren Job hätte finden können. Jeden Tag sah ich Tausende von Gesichtern. Manchmal verschwammen die Menschenmassen flimmernd vor meinen Augen wie die von einer Straße aufsteigende heiße Luft, dann wieder prägte sich mir jedes einzelne Gesicht deutlich ein, wie die Gesichter in Menschenmengen auf alten Stahlstichen, von denen jedes in beunruhigend scharfen Einzelheiten dargestellt ist. Der Job war dazu prädestiniert, daß ich geradezu zwangsläufig über die Jämmerlichkeit meines Lebens nachdachte, in meinen Erinnerungen an Jade und der Sehnsucht nach ihr schwelgte und sogar die ferneren Sterne für unsere Trennung verantwortlich machte.

Alle, die ich einmal gekannt hatte, waren woanders. Hin und wieder erschrak ich ein bißchen, weil ich mir sicher war, daß ein ins Blickfeld kommendes Gesicht jemandem gehörte, mit dem ich zur Schule gegangen war, oder einem Patienten aus Rockville, jemandem, der in der Ellis Avenue gewohnt hatte oder auch nur einem Ladenbesitzer, bei dem ich einmal eine Stevie-Wonder-Platte gekauft hatte. Aber es waren dann doch immer Fremde. Selbst als ich mein Gesicht nicht mehr versteckte und für jeden zu erkennen gewesen wäre, der sich vielleicht an mich hätte erinnern können, verlangsamte kein Vorübergehender seine Schritte. Neugierige Blicke galten immer nur meinem Plakat.

Ich hatte mich darauf gefaßt gemacht, daß ich immer wieder einmal ein fremdes Mädchen im ersten Moment für Jade halten würde. Ich weiß nicht, wo ich das herhatte – wahrscheinlich aus einem Lied oder einem Film –, aber ich war davon überzeugt, daß die Sehnsucht des Herzens solche Halluzinationen erzeuge. Wenn du eine siehst, die einen grauen Rock und ein blaues Hemd anhat... oder eine, die einssechzig groß ist und kleine Brüste hat... oder eine mit Türkis-Clips in den Ohrläppchen... die mit niedergeschlagenen Augen geht, den Blick nach rechts gerichtet... mit sandfarbenem Haar, aber mit Löckchen wie eine Schwarze. Ich sah alle diese Ebenbilder – und noch viele andere. Ich hörte Stimmen, die man leicht mit ihrer hätte verwechseln können, und einmal sah ich ein Mädchen, das ohne weiteres als Jade verkleidet auf dem Weg zu einem Kostümfest hätte sein können. Sie trug Jades Khakihosen mit dem breiten elastischen Bund und Jades grün-rotes T-Shirt, sie hielt den Blick auf den Boden rechts vor ihren Füßen gerichtet, und sie hatte eine Zigarette in der Hand, bei der es sich durchaus um eine Chesterfield hätte handeln können. Das Haar trug sie viel kürzer als Jade, aber gerade dieser Unterschied machte eine viel verblüffendere Ähnlichkeit sichtbar: einen braunen Leberfleck im Nacken, dicht über der Schulter, genau der gleiche, wie ihn Jade hatte, und an genau derselben Stelle. Aber ich ließ mich nicht täuschen; nicht eine Sekunde lang verwechselte ich diese Imitationen mit dem Original, und deshalb verstand ich nicht mehr, wie manche Leute behaupten konnten, sie sähen überall ihre Geliebte oder ihren Geliebten. Solche Irrtümer galten als Beweis für große Leidenschaft, aber ich hatte jetzt eher den Eindruck, daß es eine absurde Art von Narzißmus war, eine Fremde für die eigene Geliebte zu halten. Wie konnte man sich so irren? Wie waren solche Verwechslungen möglich? Tauben erkannten auch im großen Schwarm zielsicher ihren Partner, auch Pinguine und Meisen waren nicht für optische Täuschungen – und auch keine anderen Illusionen – anfällig. Sie hatten den sicheren Blick. Genau wie ich.

Die Stadtbibliothek von Chicago war nur zwei Straßen von Sidney Nagels Geschäft entfernt, und ich verbrachte dort meist die Mittagspause. Ich hatte keine Ahnung, was ich mit dem Geld anfangen sollte, das ich verdiente, aber ich lebte trotzdem spartanisch und fand es schön, höchstens fünfzig Cent fürs Mittagessen auszugeben und in der Bibliothek kostenlos zu lesen, um mir die Zeit zu vertreiben.

Eines Tages entdeckte ich, daß die Bibliothek die Telefonbücher von so ziemlich allen größeren Städten der Vereinigten Staaten hatte. So unauffällig wie möglich sah ich im Telefonbuch von New Orleans nach, ob Hugh oder irgendwelche anderen Butterfields drinständen – New Orleans war Hughs Heimatstadt, und vielleicht hatte er die Familie in einem bemoosten alten Familiensitz wieder vereint. Es gab Butterfields in New Orleans, aber keine Hughs. Ich fand einen Carlton Butterfield, einen E. Roy Butterfield, einen Horace, einen Trussie und einen Zachariah. Ich fragte mich, ob irgendeiner von ihnen mit Hugh verwandt war. Ob sein Vater noch lebte? Ob er immer noch die Kaffeelagerhäuser betrieb, immer noch von früh bis spät trank, immer noch mit Tränen in seinen trüben blauen Augen Mozart hörte? Ich starrte auf diese kleine Liste von Butterfields im Telefonbuch von New Orleans, und mein Herz schlug kräftig, aber langsam, als wehrte es sich, so gut es ging, gegen den Adrenalinstoß, den der Anblick dieser Namen auslöste: Sogar eine Handvoll falscher Butterfields brachte mich meinen Freunden näher, als ich mich seit Jahren ihnen gegenüber gefühlt hatte. Ich stellte mir Carlton, E. Roy und die anderen vor, wie sie unter den flackernden Schatten eines Deckenventilators starken Kaffee tranken, weiße Anzüge trugen und nach Bourbon rochen. Ich starrte die Namen an und versuchte mich zu erinnern, ob Hugh mir jemals gesagt hatte, wie sein Vater mit Vornamen hieß.

Aber wohin konnten sie gezogen sein, nachdem sie Chicago verlassen hatten? Wenn nicht nach New Orleans... Von San Francisco war die Rede gewesen. Zwecklos, dachte ich, aber wer weiß? Ann hatte einen Cousin, der in Berkeley eine psychiatrische Klinik leitete; er hatte ihr das LSD beschafft, das die Butterfields in der Brandnacht genommen hatten. Ich holte das Telefonbuch von San Francisco aus dem Regal und sah unter Butterfield nach. Der Name war auch hier vertreten, aber kein Hugh, keine Ann, kein Keith, kein Sam, keine Jade. Ich dachte nach, wie Anns Cousin geheißen hatte: Ich hatte den Briefwechsel verfolgt, weil zumindest eine Dosis LSD auch für mich abgefallen wäre, wenn das Ganze vor meiner Verbannung stattgefunden hätte. Ramsey (Anns Geburtsname). Gordon Ramsey. Es gab einen Tierarzt G. Ramsey in der Polk Street. War das möglich? Hatte Gordon die Psychiatrie an den Nagel gehängt, um fortan altersschwache Haustiere einzuschläfern?
Ich machte langsam weiter, unsystematisch, und ich wollte mir nicht eingestehen, wie wichtig diese Sache mir allmählich wurde, aber ich war unweigerlich jeden Wochentag in der Bibliothek und suchte in den Telefonbüchern nach irgendwelchen Butterfields. Ich fand Butterfields in Los Angeles, Butterfields in Seattle, Portland, Denver und Dallas. Ich kaufte mir ein kleines Notizbuch und schrieb Adresse und Telefonnummer von jedem Namen hinein, der in Frage kommen konnte. H. Butterfield in Denver, ein richtiger Keith Butterfield in Boston und noch einer in Milwaukee, und eine Ann F. Butterfield in St. Louis (das F. stimmte nicht, aber ich notierte die Adresse trotzdem), eine seltsame, aber trotzdem aufregende Jane Butterfield in Washington, D. C., und so weiter, kreuz und quer durchs ganze Land.
Solange ich bei meinen Eltern wohnte, wären Ferngespräche zu riskant gewesen, und ich konnte auch keine Briefe bekommen, ohne daß meine Eltern etwas gemerkt hätten. Ab und zu rief ich eine der Nummern aus Telefonzellen in der Eingangshalle der Roosevelt University an, und eines Tages ließ ich mir einen Zwanziger in Vierteldollars wechseln und brachte mindestens eine Stunde damit zu, übers ganze Land verstreute Fremde anzurufen. Hugh? sagte ich, obwohl ich gleich an dem leisen Hallo gehört

hatte, daß der H. Butterfield in Denver niemand war, den ich kannte. Ich rief die Jane Butterfield in Washington an und sagte: »Entschuldigen Sie, ich möchte mit Jade Butterfield sprechen – nicht Jane.« »Wer ist da bitte?« sagte eine Kinderstimme.

Ende September zog ich aus der Wohnung meiner Eltern in eine möblierte Zweizimmerwohnung an der Kreuzung 55. Straße/ Kimbark um. Es war eine trostlose Bleibe, aber ich konnte sie mir leisten. Ich war froh, mein eigener Herr zu sein, obwohl die Einsamkeit schlimmer war, als ich es mir je hätte träumen lassen. Ich hatte noch keine Freunde am College – nicht einmal Bekannte, denen ich zugenickt hätte –, und der in Rente gegangene Textilarbeiter, der mit mir zusammen vor Sidney Nagle als Streikposten stand, konnte mich nicht leiden oder hatte zumindest etwas gegen mich. Ich hatte den Job durch Beziehungen bekommen, und solche Jobs vergab die Gewerkschaft normalerweise an nicht mehr berufstätige Mitglieder, die sich auf diese Weise ihre Rente aufbessern konnten. Mein einziger Arbeitskollege hieß Ivan Medoff und sah aus, wie Jimmy Cagney ausgesehen hätte, wenn er Jude gewesen wäre und neununddreißig Jahre in einer Fabrik gearbeitet hätte. Nur ein einziges Mal zeigte sich Medoff ein bißchen umgänglicher, als er nämlich eines Tages zu mir sagte: »Ich hab meiner Frau erzählt, daß ich hier mit so einem jungen Typ stehe, und sie meint, ich sollte dich mal irgendwann zum Abendessen einladen.« Er ließ es dabei bewenden, und ich hakte auch nicht nach, obwohl ich auf die Einladung wartete, die ich auch angenommen hätte.
Meine Einsamkeit war zugleich vage und total. Ich schwänzte nie einen Kurs am College und zwang mich schon bald, den Lehrern Fragen zu stellen, bloß um mich mit einem anderen Menschen reden zu hören. Zu Dr. Ecrest ging ich jetzt gerne, und als er mich fragte, ob ich Interesse hätte, an einer Gruppentherapie teilzunehmen, die er künftig immer am Mittwochabend leiten wollte, hätte ich beinahe zugesagt, bloß wegen der Aussicht, in der Gruppe Freunde zu finden. Meine Eltern kamen anstandshalber einmal in meine Wohnung zum Abendessen, das ich auf meinem zweiflammigen Herd kochte und auf den gesprungenen, türkis-weißen

Tellern servierte, die mein Hauswirt mir überlassen hatte. Ich selbst fand öfter, als ich gedacht hätte, einen Anlaß, bei ihnen vorbeizuschauen – um einen Pullover zu holen, mir ein paar Löffel auszuborgen, ein Wörterbuch mitzunehmen, das sie mir vor meinem Auszug angeboten hatten –, und meistens kam ich gerade zum Abendessen. Sie waren anscheinend beide vollauf mit ihrer Arbeit beschäftigt, und obwohl ich wußte, daß es für sie eine traurige, schwierige Zeit war, kamen sie mir nicht unglücklicher vor als zwei alte Puppen auf einem Dachboden. Es war ausgesprochen schäbig von mir, wie ich mich weigerte, ihr Elend zur Kenntnis zu nehmen, aber ihnen war es so am liebsten.

Gegen Ende Oktober ließ ich mir ein Telefon legen. Ich rechnete mir aus, daß ich dann bald im Chicagoer Telefonbuch stehen würde. Das würde dann der allgemein zugängliche Beweis dafür sein, daß ich aus der Klinik entlassen war und in der Kimbark wohnte. Auf diese Weise konnte es auch Jade erfahren.

Wie jeder weiß, ist das Telefon ein düsterer schwarzer Kasten aus Kunststoff und Kupfer, wenn es niemals läutet. Meine Eltern hatten meine Nummer und riefen oft an, aber sonst bekam ich keine Anrufe. Doch, einmal rief mein Bewährungshelfer Eddie Watanabe an, weil er unsere nächste Zusammenkunft um eine Woche verschieben mußte, aber ansonsten war das Telefon genauso still und schweigsam wie das alte, nüchterne Sofa und die dazugehörigen Stühle, die der Vermieter in der Wohnung gelassen hatte.

Eins war das Telefon aber doch für mich: eine ständige Versuchung, Namen aus meiner Liste von Butterfields anzurufen. Bei diesen Anrufen hatte ich immer ein entsetzlich schlechtes Gewissen, so als ob ich nicht von einer suchtbildenden Droge loskäme oder mich hemmungslos an Pornographie ergötzte. Jedesmal, wenn ich eine Nummer wählte, schwor ich mir, dies sei das letzte Mal, und dann genehmigte ich mir doch wieder noch einen »allerletzten« Versuch. Ich weiß nicht, wie lange ich so weitergemacht hätte, wenn jeder Erfolg ausgeblieben wäre, aber als ich das Telefon gerade zehn Tage lang besaß, fand ich Ann in New York.

Es standen nur ein paar Butterfields im Telefonbuch von Manhattan. Einer davon war ein K. Butterfield, bei dem es sich um Keith hätte handeln können, aber ich hatte die Nummer schon zwei oder drei Wochen vorher von einer Zelle aus angerufen. Ich sah aber auch unter Ramsey nach, und Leute dieses Namens gab es eine ganze Menge. Ann stand als »A. Ramsey, 100 E. 22nd Street« drin. Ich weiß noch, daß ich beim Abschreiben dachte, daß es sich dabei um einen aussichtsreicheren Eintrag handle, aber aus irgendeinem unerfindlichen Grund dauerte es eine ganze Weile, bis ich die Nummer anrief, so als hätte ich mir durch die lange Zeit der vergeblichen Versuche den Erfolg erst verdienen müssen.

Oder vielleicht war es auch nur schlichte Angst. Ich rief sie eines Abends an. Sie hob beim zweiten Läuten ab, und an ihrem »Hallo« erkannte ich gleich, daß ich Ann gefunden hatte. Als ich ihre Stimme hörte, drückte ich sofort die Gabel meines Telefons herunter, wie ein Einbrecher, der mit Daumen und Zeigefinger eine Kerze ausdrückt. Ich saß mit irrwitzigem Blick vor dem Telefon, als ob es gleich klingeln, als ob Ann dran sein würde. Dann lief ich in meinen Zimmern auf und ab und versuchte zu begreifen, was geschehen war, wie es möglich war, daß ich durch das Wählen der Vorwahl von New York und sieben kleiner Ziffern mein Leben von Grund auf verändert hatte. Ich schnappte mir eine Jacke und lief aus dem Haus. Ich lief ziellos umher, und als ich in der 53. Straße an einer Kneipe vorbeikam, überlegte ich, ob ich auf einen Drink hineingehen sollte – ich hatte für einen Augenblick vergessen, daß ich erst zwanzig war und noch gar nicht bedient werden durfte. Es zog mich nach Süden. Schon bald war ich in der Dorchester-Avenue, in der Gegend, wo die Butterfields früher gewohnt hatten. Aber als ich mich der Stelle näherte, wo ihr Haus gestanden hatte, verlor ich allen Mut, und wie verrückt schwitzend trottete ich wieder heim.

Ich rief sie sofort an, als ich wieder in der Wohnung war, ohne die Jacke auszuziehen, noch keuchend vom Laufen. Diesmal meldete sie sich nicht mit »Hallo«.

»Wer ist da?« sagte sie.

»Hallo, Ann.« Meine Stimme war dünn und unsicher.

Einen Augenblick war sie still. »*Wer* spricht da?«

Ich räusperte mich. Es war kein Stuhl in der Nähe, deshalb ging ich in die Hocke. »Hier ist David Axelrod.«
Sie sagte nichts. Man wußte bei Ann nie, ob diese langen Pausen Verblüffung verrieten oder ob ihre Sprachlosigkeit ein Kunstgriff war, ihre Art, das, was man eben gesagt hatte, in ein inneres Echo zu verwandeln. Ich wußte das noch von ihr, und eine Welle der Rührung überkam mich: Ich *kannte* sie.
»Hallo, David«, sagte sie. Es hörte sich an, als ob sie die Augenbrauen hochgezogen und den Kopf auf die Seite gelegt hätte.
»Störe ich?« fragte ich.
»Wo bist du?«
»Ich bin zu Hause. Ich bin in Chicago. In der Kimbark.«
»Sie haben dich also rausgelassen.«
»Ja. Im August.« Ich wartete, ob sie etwas sagte, und fragte sie dann: »Wie findest du das?«
»Daß du draußen bist?«
»Ja.«
»Ich weiß nicht.«
»Es ist nur auf Bewährung«, sagte ich.
»Ja? Ich dachte, das mit der Klinik war schon so was wie Bewährung.«
Wir waren wieder still. Ich lauschte dem leisen elektronischen Rauschen in der Fernleitung.
»Also erzähl doch mal«, platzte ich heraus. »Wie ist es dir ergangen?«
»David, das ist zu sonderbar.« Und damit legte Ann auf.
Ich war einen Moment wie vor den Kopf geschlagen, aber ich wählte noch einmal ihre Nummer. Sie nahm ab und sagte nichts.
»Es tut mir leid«, sagte ich, und dann brach ich in Tränen aus. Ich dachte, ich hätte mich nur für den Anruf entschuldigen wollen, aber als mir die Tränen kamen, begriff ich, daß ich mich für alles entschuldigen, für alles um Verzeihung bitten wollte.
»David«, sagte Ann, »*ich* kann dich nicht hassen.«
Ich wollte aufhören zu weinen, um darüber nachzudenken, was sie gesagt hatte, aber da nun einmal die Tränen liefen, gab es kein Halten mehr. Ich atmete einmal tief ein, unterbrochen von einem

Schluchzen, und dann deckte ich einfach die Hand über die Augen und weinte. Ich drehte mich vom Telefon weg, und als ich mir den Hörer wieder ans Ohr hielt, hatte Ann aufgelegt.

Zehn Tage später ein Brief von Ann. Er war so dick, daß er nicht in meinen Briefkasten ging. Der Briefträger ließ mir einen gelben Zettel da, und ich holte ihn mir nach dem College auf dem Postamt ab. Er war teils getippt, teils mit der Hand geschrieben – mit vier verschiedenen Schreibern. Ich las ihn immer wieder, bis zum Morgengrauen. Die Seiten wurden von einer großen, glänzenden Büroklammer zusammengehalten, unter der noch ein Zettel mit der folgenden Nachricht steckte: »Jetzt hab ich mich doch entschlossen, ihn abzuschicken, weil ich ihn sonst das ganze Jahr schreiben würde. Weiß auch nicht, was ich davon halten soll – impulsiv, unüberlegt, aber jetzt gehört er Dir. A.«

David, ich kann es noch gar nicht fassen, daß Du mich gefunden hast! Ich habe mich hier in der East 22nd, in dieser engen, teuren Wohnung, in der ich unter meinem – wie sich das anhört! – »Mädchennamen« lebe, ziemlich sicher gefühlt – jedenfalls bis ich Deine Stimme hörte und vor Schreck den Hörer auf die Gabel knallte –, sicher vor Überfällen aus meiner Butterfield-Vergangenheit. Ich meine nicht sicher vor Dir – Du warst eigentlich kein Thema, denn Du warst ja hinter Schloß und Riegel –, sondern schlicht und einfach *sicher*.
Ich bin allein, jedenfalls im Moment. Die Butterfields sind in alle Winde verstreut – mehr wirst Du von mir nicht erfahren, obwohl, wo Du sogar mich gefunden hast, wirst Du sicher auch schon einen oder zwei von den anderen aufgestöbert haben. Ich hab nämlich ehrlich gesagt geglaubt, *ich* wäre am schwersten zu finden, schließlich heißen Hugh, Keith und Sammy noch Butterfield. Ich hatte eigentlich kein Bedürfnis nach mehr Unabhängigkeit (und ich könnte es jetzt sogar ein bißchen *weniger* gebrauchen), und ich fühlte mich auch nicht dadurch belastet, daß ich den Namen Butterfield mit mir herumschleppte. Wohl aber wollte ich etwas ganz Unüberlegtes tun, wodurch sich diese eine, diese endgültige Trennung von all den anderen Krisen und Trennungen

unterscheiden sollte, die ihr vorausgingen. Hugh sollte wissen, daß ich meine Versöhnlichkeit bis zur Erschöpfung ausgebeutet hatte, so wie die Menschheit die Schätze der Erde bis zur Erschöpfung ausbeutet. Meine ganze Ausdauer war dahin, und ich war auf meinem Grund angelangt, dem trockensten und verletzlichsten Teil, dem zerbrechlichsten und, so fürchte ich, dem gemeinsten. Er sollte das wissen, und ich bereue keineswegs, daß ich ihm den Laufpaß gegeben habe. Obwohl es ja erst so weit kam, nachdem Hugh mir überdeutlich zu verstehen gegeben hatte, daß ich rein gar nichts gegen sein unaufhörliches Herumsuchen nach seinem wahren und elementaren Selbst tun konnte und durfte – was in Hughs Fall bedeutete, daß er sein Herz an einer Schnur hinter sich herzog wie ein kleiner Junge, der einen Drachen steigenlassen will. Manchmal habe ich den Verdacht, daß mein Drängen auf eine Scheidung und meine Ankündigung, daß ich seinen Namen ablegen würde, meine Art war, diesem gräßlichen Getue ein bißchen Würde und Endgültigkeit zu geben und, so komisch es klingt, ihm eine letzte Chance zu geben, zur Vernunft zu kommen. Aber Hugh hatte damals herzlich wenig Vernunft, zu der er noch hätte kommen können. Er reagierte überhaupt nicht auf meine Ankündigung, daß ich mich wieder Ramsey nennen wollte. Das hat mich so geärgert, daß ich sogar versuchte, auch die Kinder zu überreden, seinen Namen abzulegen. Was für ein Quatsch. Sammy hat genau richtig reagiert: Und dann? Soll ich vielleicht meinen Führerschein umschreiben lassen?

Ich hätte Dich am Telefon nicht so kurz abfertigen dürfen. Aber ich fühlte mich schon kompromittiert, als ich bloß Deine Stimme hörte. Die anderen hätten es mir nie verziehen, wenn ich freundlich gewesen wäre – aber ich will mir nichts vormachen. Sie würden mir diesen Brief noch viel weniger verzeihen. Ich habe immer das Gefühl gehabt, etwas Besonderes zu sein, wenn ich mit Dir sprach. Du hörst Dinge, die andere gern überhören oder mißverstehen, und deshalb spreche ich so gern mit Dir darüber.

Und Du! Du bist also wieder in Chicago. Ich glaube, dort würden mich keine zehn Pferde mehr hinbringen. Chicago, das ist für mich ein Haus voller Kinder und ein Rasen, den kein Mensch mähen will. Hugh war aber wieder mal da. Er reist jetzt herum, wie ein Hausierer, nur daß er natürlich nichts anzubieten hat. Rein gar nichts. Er hat seine Praxis aufgegeben und tut nur was, wenn ihm und seiner jeweiligen Freundin das Geld ausgeht. Er arbeitet als Tellerwäscher, belädt Lastwagen. Wie's gerade kommt. Aber nach Chicago ging er aus einem ganz bestimmten Grund, und der warst Du. Er hatte gehört, daß Dein Fall überprüft werden sollte. Ich nehme an, Du weißt, daß Hugh am Anfang, als der ganze Schlamassel anfing, den Staatsanwalt recht gut kennengelernt hat und daß sie immer noch befreundet sind? Hugh erfuhr also, daß Du gute Aussichten hattest, aus der Klinik entlassen zu werden, und er gab sich die größte Mühe, die Anklage gegen Dich neu aufzurollen. Das hat er mir bei seinem letzten Anruf selber gesagt, und wo wir schon dabei sind, kann ich Dir auch gleich sagen, daß er sehr verbittert war, weil er wußte, daß er den kürzeren gezogen hatte und Du schon so gut wie entlassen warst. Hab ich Dir nicht gesagt, daß es gefährlich für Dich war, Dir Hugh zum Feind zu machen? Wie konntest Du nur so arrogant sein, seine Langsamkeit für Laschheit und Gleichgültigkeit zu halten? Du findest Astrologie Quatsch, aber Hugh ist wirklich ein typischer Stier. Und gar kein schlechter Hellseher. Ich bin nur deshalb nicht in Ohnmacht gefallen, als Du anriefst, weil Hugh mir schon vor *Monaten* prophezeit hat, Du würdest mich finden und Kontakt mit mir aufnehmen, und seither habe ich darauf gewartet, etwas von Dir zu hören, so makaber das klingen mag.

Ich bin zwar arm wie eine Kirchenmaus, aber ich bin allein und kann es mir deshalb leisten, einigen meiner Lieblingsbeschäftigungen nachzugehen. (Ich wollte, ich wäre katholisch; niemand hat einen so quantitativen Sinn für Vergnügen wie die Katholiken.) Ich mußte erst so alt werden, um einzusehen, daß ich wahrscheinlich nie wohlhabend sein werde – außer natürlich, wenn der sprichwörtliche reiche, alte Mann mit einem Vierundzwanzig-Karat-Loch im Herzen in mein Leben tritt. Hugh und ich haben praktisch ohne Geld angefangen, aber wir nahmen das nicht weiter tragisch. Wir dachten beide, wir wären reich, und als gebildete Protestanten glaubten wir auch, die ganze Gesellschaft – wenn nicht die ganze Welt – sei irgendwie verpflichtet, uns über

Wasser zu halten. Wir trösteten uns mit der uralten Wortklauberei: Wir waren nicht arm, wir waren pleite. Was in unserem Fall genauso sinnvoll war, wie wenn eine Familie, die ihr Haus zwangsversteigern mußte, von sich gesagt hätte, sie sei »auf einem Campingausflug«.

Ich lernte, auf so manchen Luxus zu verzichten – und bei jedem der beiden Kinder mußte ich mir eine ganze Reihe teurer Wünsche aus dem Kopf schlagen. Doch der eine, der nie unterging (ich hegte ihn wie eine vom Aussterben bedrohte Rasse), war meine Leidenschaft für teure Schokolade. Sie überlebte meine Schwäche für kostbar ausgestattete Bücher, Zeitschriftenabonnements, Krokodillederhandtaschen und englische Zigaretten; die Schokolade überlebte Türkis und Gold ebenso wie einfachere Freuden – z. B. Filmpremieren oder in der chinesischen Wäscherei gewaschene Hemden. Aber meine Leidenschaft für gute Schokolade war nicht nur dauerhafter als meine anderen Freuden, sondern auch stärker. Weder der Geruch eines druckfrischen Buches noch die kühle Glätte irischen Leinens berührte mich jemals so tief wie das Schmelzen, die langsame dunkle Auflösung eines Stücks guter Schweizer Schokolade unter meiner Zunge.

Da sich in Deiner Familie alle zum Teilen bekannten (was für Gerechtigkeitsfanatiker Deine Leute in dieser Hinsicht doch waren!), warst Du natürlich ganz schön schockiert darüber, daß ich meine Schokolade vor meinen eigenen Angehörigen versteckte. Mir aber machte es Spaß, meine Schokolade zu horten, und ich muß zugeben, daß mindestens die Hälfte davon schmolz oder alt und ungenießbar wurde, bevor ich sie aufessen konnte. Es gab mir jedesmal einen aufregenden Stich, wenn ich an einer Stelle vorbeikam, wo ich etwas versteckt hatte. Manchmal, wenn ich mit Hugh oder einem der Kinder sprach und dabei die Hand auf dem Nähkasten aus Ahornholz liegen hatte, in dem ich unter den Filzresten und leeren Garnrollen österreichische Halbbitterschokolade für fünf Dollar verwahrte, merkte ich, wie ich über und über rot wurde und das Herz mir bis zum Halse schlug. Dann dachte ich immer: Mein Gott, ich verrate mich. Ich bin entdeckt, ruiniert! Es war, wie wenn man auf der Straße seinem Liebhaber begegnet, und er hat seine Frau und man selber die Kinder dabei –

der gleiche Schreck, die gleiche Freude. Geheimnisse sind tröstlich, weil sie ganz einem selbst gehören und ungeahnte Möglichkeiten versprechen. Sie sind das X in der Gleichung, die vielversprechende Unbekannte. Diese geheimen Süßigkeitenvorräte, diese ungehobenen Schätze, waren ein Symbol für all die anderen, von denen ich mir einbildete, sie stünden mir zur Verfügung. Noch bevor Du Dich bei uns häuslich niedergelassen hattest, war die Suche nach meiner versteckten Schokolade schon ein Familiensport geworden. Wenn ich manchmal lange geschlafen hatte und dann herunterkam, hatten die anderen das ganze Haus auf den Kopf gestellt. Die Suche nach meinem Schokoladenvorrat war ein Ritual, und wie bei den meisten dieser Stammesspiele wuchs eigentlich keiner in diesem großen, zugigen, baufälligen Haus jemals ganz darüber hinaus. Sogar Hugh machte mit. Aber keiner entwickelte bei der Suche nach meinen Vorräten einen so unfehlbaren Spürsinn wie Du. Von all den vielen Leuten, die bei uns herumlungerten – die Familie, die Freunde der Kinder, die Putzfrau, die wir für einen Monat einstellten, als ich einen, wie Hugh meinte, Nervenzusammenbruch hatte, während ich meine, daß ich damals einfach zur Vernunft kam, und die unzähligen Ausgeflippten und von zu Hause Ausgerissenen, die unweigerlich bei uns landeten, weil sie anscheinend unsere Offenheit und Neugier als Laschheit auslegten –, von all diesen Dutzenden von Leuten mit oder ohne Namen, mit und ohne Skrupel oder Gewissen, warst Du der einzige, der regelmäßig mit schlafwandlerischer Sicherheit fand, was ich versteckt hatte. Du kanntest Jade höchstens eine Woche, als Du schon anfingst, Beweise für mein kleines Laster zu Tage zu fördern. Ich meine damit, David, daß Du Schokolade gefunden hast, die ich längst vergessen hatte. Du hast die Tafel in dem Karton mit den Papiertaschentüchern entdeckt, dann die Halbbittertörtchen im Bücherregal, wo ich sie hinter der uralten BRITANNICA versteckt hatte, die keiner benutzte, weil die Sprache so hochgestochen war, daß die Kinder nicht daraus abschreiben konnten. Du hast die Schokolade gefunden, die ich im Keller hinter eine rostige Schneeschaufel geklemmt und wegen der Mäuse in alte Lumpen eingewickelt hatte, und Du hast scheinbar auf Anhieb erraten, welcher Ziegelstein im Kamin lose war. Wenn die andern das Jagdfieber in Dir geweckt hatten, war kein Platz vor Dir sicher außer meinem Schlafzimmer, wo ich manchmal etwas in die Schublade mit meiner Unterwäsche steckte, und dort nachzusehen, warst Du zu... – ja, was, David? –, zu zartfühlend, zu taktvoll, oder war es ein bewußter Schachzug? Ich muß zugeben, daß mir Deine Razzien noch die liebsten waren. Du hast wenigstens dafür gesorgt, daß das meiste der rechtmäßigen Besitzerin zurückgegeben wurde. Es hat Dir Spaß gemacht, mir zu schenken, was ich versteckt und vergessen hatte. Du warst wie ein Hund mit einem Stöckchen: Such's! Braver Hund! Ich kenne Dich!

Ich habe inzwischen viel Zeit gehabt, über das alles nachzudenken, und ich bin zu dem Schluß gekommen, daß Du, weil Du unbelastet anfingst, ohne Ressentiments oder verletzte Gefühle, ein Verständnis für mich aufbringen konntest, das in mancher Hinsicht über das meiner Angehörigen hinausging. Die anderen waren zu sehr darauf erpicht, in mir bestimmte Wesenszüge zu entdecken, nämlich daß ich irgendwo doch warmherziger, tüchtiger sei, daß ich einen geheimen Schatz an Fraulichkeit, Mütterlichkeit und Selbstlosigkeit besäße, und sie sahen alles durch einen Schleier von Erwartungen. Ich war immer der Meinung, daß Du ein besonderes, instinktives Verständnis für mich hattest – obwohl das, was wir Verständnis nennen, ja oft nichts anderes als verdeckte Zuneigung ist. Wenn ich mit Dir redete, konnte ich mich darauf verlassen, daß nicht alles, was ich sagte, immer gleich auf den versteckten Kern einer eigentlichen, wahren Bedeutung hin untersucht wurde. Bei Dir konnte ich Witze machen und um das, was ich eigentlich meinte, herumreden. Ich konnte in *Andeutungen* reden – welch eine Erholung! Die anderen waren alle so verdammt direkt.

Du warst auch der einzige, der es richtig aufregend fand, daß ich einmal Schriftstellerin war. Als Du erfahren hattest, daß ich einmal zwei Geschichten an den New Yorker verkauft hatte, gingst Du noch am gleichen Tag in die Bibliothek der University of Chicago, um zu lesen, was ich veröffentlicht hatte, und kamst am Abend mit feuchten, kühlen Schwarz-weiß-Fotokopien dieser alten Geschichten nach Hause. Wem hast Du eigentlich *nicht* den

Hof gemacht, das möchte ich mal wissen. Diese Kurzgeschichten waren über achtzehn Jahre alt, aber sie zitterten in Deiner Hand und sahen so frisch und lebendig aus, als wären sie eben erst aus der Druckerpresse gekommen. Du hast sie und mich angestaunt, als ob ich noch derselbe Mensch wäre, der sie geschrieben hatte. Du wolltest über alles sprechen; Du hast mich interviewt, als ob ich Rebecca West wäre, hast mich gefragt, was mich dazu inspiriert und warum ich gerade dieses Wort und nicht ein anderes verwendet hätte.

Ich war der erste Mensch unter Deinen Bekannten, der jemals eine Zeile veröffentlicht hatte, und ich wußte, Deine Begeisterung war naiv, aber ich freute mich trotzdem darüber und ermunterte Dich sogar noch. Ich kochte uns eine Kanne Kaffee, und wir tranken Tia Maria aus den Saftgläsern, die Sammy in einem Selbstbedienungsrestaurant geklaut hatte. Wer warst Du schon? Ich meine, an diesem Abend. Die Jugendliebe meiner Tochter. Einer von den vielen, die bei uns so aufkreuzten. Aber Du schienst so viel zu versprechen. Deine großen, tiefblickenden Augen, der absolut meisterhafte Trick, die Schmeicheleien durch ein leichtes Stottern zu verlangsamen. Die anderen, einschließlich Hugh und dann Jade, gingen bald darauf schlafen, und Du und ich saßen alleine unter der Küchenlampe in dem ansonsten dunklen Haus. Es war schon fast elf, aber uns ging der Gesprächsstoff noch lange nicht aus. Für mich war es unheimlich schön, über diese Geschichten sprechen zu können, und Du, das ist mir heute klar, warst auf raffinierte Weise dabei, Dir einen Anspruch zu sichern, Dir nicht nur ein räumliches, sondern auch ein zeitliches Territorium abzustecken. An einem einzigen Abend hast Du auf diese Weise einen entscheidenden Präzedenzfall geschaffen: Von da an erwartete niemand mehr von Dir, daß Du zu einer normalen, anständigen Zeit aus dem Haus gingst. Ich weiß noch, daß ich hoffte, Hugh würde schon schlafen, als ich dann endlich ins Bett ging, denn ich hatte vorher gespürt, daß er mich, wie er sich tatsächlich oft ausdrückte, »haben wollte«, wozu ich überhaupt keine Lust hatte. Überhaupt nicht. Und ich weiß noch, daß ich mich fragte, ob Jade in ihrem Bett lag und mich verwünschte, weil ich ihren neuen Romeo in Beschlag genommen hatte. Aber ich fand es einfach viel zu sehr *in Ordnung,* einfach so mit Dir etwas zu trinken und zu reden, als daß ich mir Gedanken um andere hätte machen können. Ich sagte mir, wenn mein Alter wirklich solche Sehnsucht nach mir hätte, würde er mich holen kommen, und wenn Jade wirklich eifersüchtig war, könnte sie mir das sagen, und wenn Du, unter dem Deckmantel Deines Charmes, das Gefühl hattest, eigentlich woanders sein zu müssen – daheim oder bei Jade –, hätte Dich ja niemand gehindert, einfach aufzustehen und zu gehen. Ich war einfach glücklich.

Ich weiß, Du meinst, daß wir Dich irgendwie dazu verleiteten, Dich den Gepflogenheiten in unserer Familie anzupassen, einer von uns zu werden. Und ich nehme an, daß es auch andere so sehen und meinen, wir hätten uns selbst zuzuschreiben, was Du uns angetan hast, weil wir Dich in Gewässer gelockt hätten, die dann über Deinem Kopf zusammenschlugen. Das Feuer, das Du gelegt hast, war für manche bestimmt das Höllenfeuer, das wir so reichlich verdienten. Ich weiß, daß Deine Unschuld nicht bewiesen wurde (oder nicht beweisbar war), aber selbst das Urteil – psychiatrische Behandlung statt Bestrafung – schien mir einen gewissen Vorwurf gegen *uns* zu beinhalten, so als wärst Du durch das Leben bei uns in den Wahnsinn getrieben worden. Ich sehe das anders.

Du hattest etwas an Dir, das verschärfte jede noch so gedämpfte Auseinandersetzung, all die Meinungsverschiedenheiten, Mißverständnisse und gegenseitigen Kränkungen, die bis dahin in labilem Gleichgewicht über uns geschwebt hatten. Ich habe immer noch nicht ganz durchschaut, wie Du das angestellt hast. Unser Haus war immer offen für alle Spielarten rauhbeiniger und schlecht angepaßter Teenager, für vergammelte kleine Genies, für die Sieger im Forschungswettbewerb und die Folksänger, und jeder, der eine Zeit bei uns blieb, übte natürlich einen gewissen Einfluß auf uns aus, aber keiner wollte bei unserem wirren Haufen Prometheus spielen, keiner veränderte wirklich unsere Gefühle füreinander, und keiner veranlaßte uns jemals, die Verträge neu auszuhandeln, die uns zusammenhielten – denn *jede* Familie wird durch solche Verträge zusammengehalten, wenn nicht einer die absolute, diktatorische Gewalt ausübt.

Ich glaube, es war Deine Art, uns zu verändern, die, mehr als jeder andere Faktor, Jade schließlich dazu bewog, vor Hugh hinzutreten und zu sagen: »Warum *tust* du nicht endlich was? Warum besinnst du dich nicht auf deine Pflicht als Vater und sagst nein? Hilf mir da raus.« Ich weiß, Du redest Dir ein, daß die Entscheidung, Dir für einen Monat unser Haus zu verbieten, im wesentlichen von Hugh getroffen wurde und daß höchstens Keiths Eifersucht und meine perverse Sehnsucht nach der alten Ordnung noch am Rande mitgespielt haben. In Wirklichkeit steckte vor allem Jade dahinter, die das Gefühl hatte, daß ihr alles entglitt: Hugh und ich waren zu drogenabhängig und zu sehr mit dem beschäftigt, was wir stolz als »unsere neue sexuelle Freiheit« bezeichneten, um irgendwelche Entscheidungen treffen zu können. Wir waren mit unserem Leben so nahe an den Rand des Abgrunds geraten, daß wir artistische Kunststücke vollführen mußten, bloß um nicht vollends abzustürzen. Sicher, wir kamen uns gut vor und dachten, wir seien unseren Zeitgenossen weit voraus – wir hatten damals keinen einzigen guten Freund aus unserer Generation mehr. Aber wir waren auch wahnsinnig unsicher und mit unserer neuen Art zu leben so wenig vertraut, daß wir uns einfach nicht erwachsen genug fühlten, Verhaltensregeln für Jade, für Dich, für irgend jemanden aufzustellen. Wir konnten uns in diesem Stadium nur sagen »Richte nicht, auf daß du nicht selbst gerichtet werdest«. Und es mußte erst Jade mit einer Handvoll meiner neuerworbenen Thorazin-Tabletten (hervorragend zum Kurzschließen von miesen Trips) in unser Zimmer gewankt kommen, damit wir uns endlich zum Handeln aufrafften. »Was soll ich denn tun?« fragte Hugh sie mit jener Hilflosigkeit, die er selber gerne als Aufgeschlossenheit interpretierte. Ich war damit beschäftigt, Jade die Thorazin-Tabletten aus der Hand zu fummeln – mein Gott, das Zeug hätte durch die Haut ihrer feuchten Handflächen einsickern und einen Schock auslösen können. Und noch am selben Abend sollte Hugh eingreifen und sich als der Vater erweisen, nach dem Jade sich sehnte, und er sollte sich in dieser Vaterrolle bewähren, indem er Dir für volle dreißig Tage das Haus verbot und für denselben Zeitraum *Dich* von Jade fernhielt.

Aber es war natürlich schon zu spät. Jade ging es um mehr als nur einen letzten Versuch, sich auf die Tochterrolle zurückzuziehen, und sie wollte nicht bloß auf irgendeine Art ihr Gleichgewicht wiedergewinnen – ihr Bedürfnis, von uns umsorgt zu werden, ein normales Leben zu führen, hing mit ihrer Ahnung zusammen, daß ein Mädchen ihres Alters noch keinen Liebhaber haben und mit diesem auf keinen Fall in ihrem Elternhaus zusammenleben sollte. Wenn Du in ihrem Bett lagst, hatte Jade keine Möglichkeit mehr, noch ein junges Mädchen zu sein; mit den Spuren Deiner Liebe allnächtlich auf ihrem Körper bekam sie nie den unschuldigen jugendlichen Schlaf, den sie, wie sie oft meinte, nötig hatte. Doch es war trotzdem nur zum Teil ihr eigenes Selbst, das sie durch Deine Verbannung für einen Monat retten wollte. Es ging ihr um uns alle, besonders um Hugh und mich.

Jeder, der irgendwann einmal durch unser Leben geschlendert ist, brachte eine Botschaft und eine Herausforderung mit, von jedem lernten wir etwas. Vielleicht kam es daher, weil Hugh und ich uns am College kennengelernt hatten, aber wir waren auch geborene Studenten und machten uns ständig Notizen über das Leben, das uns in anderen begegnete. Das war der Vorteil, wenn man ein offenes Haus führte; selbst die Desperados kamen mit Geschenken. Hugh und ich, in geringerem Maß auch die Kinder, ließen uns von diesem reichhaltigen, bizarren Leben umgarnen; wir nahmen die Davongelaufenen, die Neugierigen, die Gäste für eine Nacht ernst, als ob es fahrende Sänger auf einer mittelalterlichen Kirmes gewesen wären. Wir waren empfänglich und sogar naiv, wir glaubten fest daran, daß die Teenager und sogar Kinder in Sammys Alter die Keime eines neuen Bewußtseins in sich trugen und wir, Hugh und ich, uns glücklich schätzen konnten, von ihnen lernen zu dürfen. Aber keiner von all diesen hatte einen solchen Einfluß auf uns wie Du. Es hat uns überrumpelt oder, besser gesagt, Du hast uns überrumpelt, denn verglichen mit solchen Typen wie Alex Ahern und dem Verrückten Hektor oder diesem Billy Sandburg, der seinen Bauch wie eine Buschtrommel bearbeitete und mit den Augen rollen konnte, daß man nur noch trübes Weiß in den Augenhöhlen sah, verglichen mit einigen der wirklich abenteuerlichen Gestalten und kaputten Typen, die wir kennenlernten, warst Du eigentlich ein relativ normaler Mensch. Wenn ich es mir genau überlege, hat es Wochen gedauert, bis ich mich wirklich für Dich interessierte.

Du wußtest, daß Du Dich gegen eine starke Konkurrenz durchsetzen mußtest und daß es nicht reichte, Jade den Hof zu machen. Du mußtest Dich für uns alle interessant machen – unentbehrlich! Natürlich konntest Du Dich mit Hingabe der Aufgabe widmen, jeden von uns zu verführen, natürlich konntest Du alle anderen allein durch Charme weit hinter Dir lassen – niemand sonst hätte sich solche Mühe gegeben, niemand war so entschlossen wie Du oder so scharf darauf, einen guten Eindruck zu machen. Also hast Du es bei Keith mit Botanik und Folkmusik probiert – solange er Dich noch ausstehen konnte –, bei Sammy mit Karate, bei mir mit jüdischen Romanautoren und bei Hugh mit einer katzbuckelnden Unterwürfigkeit, die – Pech für Dich und Deine Strategie – nie ganz die Überheblichkeit verleugnen konnte, der sie entsprang. Und uns allen hast Du erfundene lettische Märchen serviert, um uns zum Lachen zu bringen, und marxistische Dogmatik, um uns von Deiner hohen Bildung zu überzeugen und uns weiszumachen, daß Du, obwohl Du scheinbar für kein höheres Prinzip als Dein eigenes Vergnügen lebtest, Dich in Wirklichkeit von umfassenden historischen Überlegungen leiten ließest. Und bei alledem warst Du auch noch so was wie ein Revolutionär, und Du hast gewußt, daß wir entzückt sein würden von Deinen Idealen, von der Bestimmtheit, mit der Du sie vertreten hast, und der mit ihnen zusammenhängenden Aussicht auf ein transzendentes Leben. Die Liberalen zu verachten, war, zumindest für uns, dasselbe, wie im totalen Drogenrausch in Hyde Park herumzulaufen: eine Art, in der Welt zu sein und zugleich über ihr zu stehen, immun gegen jeden Vergleich, jedes Urteil.

Aber vergiß Lettland und die Russische Revolution, vergiß Deine Märchenfiguren und Deine mit schöner Regelmäßigkeit gehaltenen Dankesreden an Hugh dafür, daß er geholfen hatte, den Zweiten Weltkrieg zu gewinnen. Was Dich letzten Endes für uns interessant machte, war das eine, was Dir überhaupt keine Mühe machte, Deine Liebe zu Jade. Und Du solltest wissen, daß Hugh sie als erster wahrnahm – nicht die Liebe, die ich für unvermeidlich hielt, als ich sah, daß es für Euch beide nichts anderes gab als das *Verlangen* nacheinander, sondern die unheimliche, unbeschreibliche Kraft, die ihr beide erzeugt habt und die Hugh schon wahrnahm, *Monate* bevor er Dich aus dem Haus wies.

Es war eine Seite, eine selbstverständliche, unserer Tochter die Freiheit zu gewähren, ihre Liebe zu äußern (zumal sie es so schwer hatte, ihr innerhalb der Familie Ausdruck zu verleihen), aber es war etwas ganz anderes mitzuerleben, wie sie aufgrund dieser Freiheit unvermittelt in eine Beziehung hineingezogen wurde, die in jeder Hinsicht so intensiv war wie eine, um einen Ausdruck von Hugh zu gebrauchen, »reife Liebe«. Es war o. k., daß wir ihr das Recht auf ihre Sexualität zubilligten, und es war o. k., ihr die Möglichkeit zu geben, sich außerhalb der Familie zu verwirklichen, aber ich muß Dir sagen, daß Hugh und ich davon ausgingen, Jade würde ihr sexuelles Leben mit einer Jugendfreundschaft beginnen, einer für ihr Alter typischen, durch Zweifel und ein gelegentliches Nachlassen der Konzentration gekennzeichneten Beziehung, einer Verbindung, wie man sie auf dieser eigenartigen Zwischenstufe zwischen Kind und Frau, auf der sie sich damals befand, eher erwartet hätte. Wir kamen uns vor, als hätten wir einem Kind erlaubt, mit einem kleinen Chemiekasten zu experimentieren, und plötzlich gemerkt, daß dieses Kind ein unentdecktes Genie ist – daß es uralte Rätsel der Chemie löst, Verbindungen zwischen bislang unvereinbaren Molekülen zustande bringt, den Keller mit leuchtendem Rauch füllt. Wir hatten einfach keine Ahnung, was uns da bevorstand. Wir hatten die unglaubliche Gefühlsintensität, derer sie fähig war, total unterschätzt. Wir waren zu sehr daran gewöhnt, Jade nur von einer Seite zu sehen. Gähnend, ein bißchen abwesend, ordentlich, konservativ, ausweichend, ohne sonderlich ausgeprägte Beziehung zu ihrem Körper, abgesehen davon, daß sie manchmal Angst um ihre Figur hatte und sich über ihre zu kleinen Brüste beklagte.

Hugh wurde fast wahnsinnig; er litt entsetzlich. Es war einfach *entsetzlich bitter* für ihn, sich vorzustellen, daß seine kostbare Tochter nackt mit einem jungen Mann im Bett lag. Sich selbst überlassen, wären Hughs inzestuöse Phantasien bestimmt verkümmert. Aber mit ansehen zu müssen, wie Jade noch als halbes

Kind die Sexualität entdeckte, das löste in Hugh ein tiefes, konfliktbeladenes, quälendes Verlangen aus, und er wollte *Dich* loswerden, weil er diesen *Konflikt* loswerden wollte. Er war zwar mit der Überzeugung aufgewachsen, daß es ganz normal ist, wenn ein Vater seine Tochter behütet, wenn er sie möglichst lange für sich haben will, aber der arme Hugh war sich seiner zwiespältigen Gefühle nur allzu deutlich bewußt: Ein leidenschaftlicherer Mensch als alle seine Angehörigen, konnte er den Anteil reiner Eifersucht an seiner Haltung zu Dir und Jade nicht übersehen. Andererseits habt Ihr beide aber auf Hugh genauso gewirkt wie auf fast alle anderen. Das heißt, Ihr habt in ihm die Erinnerung an die unbewältigtsten, unvernünftigsten romantischen Hoffnungen geweckt, die er je gehegt hatte. Alles, was verraten worden und verlorengegangen war, alles, was verfeinert und entschärft worden war, dieser ganze stürmische Gefühlswirrwarr brach nun auf einmal wieder über Hugh herein. Ich war anders. Bei mir weckte Eure Liebe nur Trauer um den Menschen, der ich nie war, um die Risiken, die ich nie eingegangen war, Trauer über mein Leben, das sich stets mehr oder weniger am Rande abgespielt hatte. Hugh dagegen erkannte sich selbst in Euch wieder. Gesichter, die er gekannt, Augenblicke, die er erlebt hatte, die Gefühle nach dem Bruch eines Versprechens, das alles war plötzlich wieder da. Bei mir war es bloße Eifersucht, Hugh dagegen durchlebte alle Aufregungen und Qualen der *Erinnerung*.

Hugh war dem an sich ungefährlichen Schlag Eurer Beziehung hilflos ausgeliefert. Ich sah, wie er taumelte, und zog meinen Nutzen daraus. Ich redete ihm ein, daß wir unserem Leben eine ganz andere Richtung geben, daß wir, statt älter, vielleicht jünger werden sollten und statt immer mehr Lasten mit uns herumzuschleppen, uns vielleicht in eine ungeahnte, unbegrenzte Freiheit katapultieren könnten. Das Haus, unsere äußerst bescheidenen finanziellen Verhältnisse, die sorgsam gepflegten und ausgebesserten Kleider in unseren Schränken, die gekochten Eier, die angelaufenen Löffel, die Klee-Drucke in den selbstgebastelten Rahmen – nichts davon, so argumentierte ich, brauchten wir wirklich als Grenze unseres Lebens anzuerkennen. *Uns stünden alle Möglichkeiten offen.*

Der Rest ist, wie man so sagt, Geschichte. Ich nahm mir einen Liebhaber, er sich zehn Geliebte. Ich rauchte einen Joint, er ein ganzes Pfund. Ich deutete die Widersprüche in meinem Charakter an, und er schüttete ganze Sturzbäche von Geständnissen über mir aus. Ich vergoß eine Träne, ihn packte das heulende Elend. Und als ich mich dann zu fragen begann, ob wir nicht vielleicht ein bißchen zu nachsichtig seien und unsere elterlichen Pflichten vernachlässigten, geriet er in Panik und wollte die alten Hebel in Bewegung setzen, die er jetzt aber nicht mehr fand oder die nicht auf seinen Druck reagierten. Was sei aus den Besprechungen im Familienkreis geworden? Wer bügelte seine Hemden? Er sagte mir, er komme sich vor wie ein Kampfflieger, der einen Treffer ins Heck bekommen hat – Höhenverlust, plötzliche Richtungsänderungen, das schrille Pfeifen vor der Katastrophe.
Wer weiß, welche Form diese Katastrophe angenommen hätte, wenn Du nicht gewesen wärst. Ein Nervenzusammenbruch? Ein Horrortrip? (Aha, ich sehe, Du fängst an zu zappeln, weil Du meinst, Du kämst gleich vom Haken los. Nur sollte man Dich nicht von Deinem schlechten Gewissen, sondern von Deinem Größenwahn erlösen. Wie konntest Du Dir auch nur einen Moment lang einbilden, Du wärst imstande gewesen, unsere Familie zu sprengen, Du allein!) Am Schluß warst Du dann allerdings doch der ideale Vermittler für unseren ganz privaten häuslichen Zusammenbruch. Wenn Du uns zumindest teilweise dazu inspiriert hast, die herkömmlichen Grenzen des Ehelebens zu überschreiten, so war es auf makabre Weise folgerichtig, daß Du uns schließlich weiter von unserem gewohnten Weg abbrachtest, als wir es jemals beabsichtigt hatten. Wir selber waren es, die beweisen wollten, daß unser Leben nicht an den Wänden unseres Hauses, an den Kleidern in unseren Schränken, an den Klee-Drucken in selbstgebastelten Rahmen seine Grenzen fand. Und Du warst es, der mit einer raschen Bewegung des Handgelenks das alles in Schutt und Asche legte.

A.

6

Anns Brief bewirkte alles, was ein wichtiger Brief auslösen kann. Er wendete meine Schicksal, stärkte mein Selbstvertrauen, änderte meine Stellung in der Welt. Am College erkannten mich jetzt endlich die Lehrkräfte, wenn wir uns auf dem Gang begegneten, und auf einmal redeten auch die Leute in meinen Kursen mit mir – fragten mich, ob sie meine Notizen für die Donnerstag-Vorlesung sehen dürften, gingen mit mir Kaffee trinken oder essen, fragten mich fast ein bißchen schüchtern, ob ich Lust hätte, zusammen mit vier oder fünf anderen Studenten das Material für den bevorstehenden Test durchzugehen, so als wäre *ich* es, der damit *ihnen* einen Gefallen täte! Selbst als Streikposten sahen mich jetzt manche Leute so an, als ob es mich wirklich gäbe, und ein paar blieben stehen, um mir zu sagen, sie würden niemals Hosen aus einem gewerkschaftsfreien Betrieb kaufen. Ein alter Mann, der mit einer grauen Schachtel in einer rot-weißen Tasche aus Sidney Nagles Geschäft kam, legte mir seine magere Hand auf den Arm und sagte: »Tut mir leid. Ich habe gerade ein Paar Redman-Hosen gekauft. Mein Schwiegersohn hat mir eine Liste mitgegeben. Es ist nicht für mich. Für mich selbst – niemals! Aber für meinen Schwiegersohn ist Gewerkschaft ein Fremdwort. Tut mir leid.« Und er stand da und sah mich unverwandt an, bis ich begriff, was er von mir wollte, und ich berührte seine Hand und lächelte. *Ich* verzieh anderen Leuten!

Was die Menschen anging, die meinen Lebenswandel im Auge behielten, so hatte ich keine Absicht, auch nur einem von ihnen zu erzählen, daß ich mit Ann Verbindung aufgenommen hatte, genau wie ich keinem von der Nacht erzählte, in der ich Jades und meine Briefe wiedergefunden hatte. Meine Eltern stellten nie neugierige Fragen, und sie wußten, daß es ihnen nichts eingebracht hätte, plötzlich einmal hinter die Kulissen meines Lebens zu schauen. Eddie Watanabe sagte mir sogar, meine Fortschritte beobachten zu können, gehöre zu den Dingen, die ihm die Arbeit als Bewährungshelfer lohnend erscheinen ließen; er gewöhnte sich an, meine neuesten Errungenschaften herunterzuleiern und die Liste mit kleinen, harten Knüffen an meinen Oberarmen zu akzentuieren. Sie haben einen Job. Knuff. Sie haben einen Job bei einer Gewerkschaft. Knuff. Sie studieren am College. Knuff. Sie interessieren sich für Astronomie. Knuff. Sie haben Ihre eigene Bude. Knuff. Sie schaffen sich Freunde. Knuff. Also raus mit der Sprache. Haben Sie nicht auch schon eine Freundin? Stille. Ein Grinsen und der härteste Knuff in dieser Serie. Was meine neuen Freunde anging, so führte meine Angst, wieder in die Isolation zurückzusinken, oft zu Anfällen von Vertraulichkeit – so, als wenn man seine Selbstenthüllungen wie ein Netz über den anderen wirft. Aber sie wußten nichts von Ann, nichts von Jade, nichts von dem Brand und meinen drei Jahren in Rockville. Ich hatte meine neuen Beziehungen in einer Stimmung übertriebener Heimlichtuerei begonnen, und selbst als ich dann der Lügen in meiner kümmerlichen Autobiographie schon müde wurde, sagte ich mir, daß meine neuen Freundschaften noch zu zerbrechlich seien, um plötzlich Änderungen meiner Geschichte zu überstehen. So erzählte ich allen, ich hätte die ersten drei Jahre nach dem Schulabschluß einfach gegammelt, was damals durchaus nichts Ungewöhnliches war, nur daß sich vielleicht mancher gefragt haben mag, warum einer, der drei Jahre lang durch die Weltgeschichte getrampt war (oder was immer sie sich vorstellten), nicht lockerer war als ich und keine abenteuerlichen Stories zu erzählen hatte.

Die größten Chancen, das neue Licht in meinem Innern zu entdecken, hatte Dr. Ecrest, und eine Zeitlang spürte ich förmlich, wie er mir mit seiner Intelligenz auf der Spur war. Ich muß zugeben, daß Dr. Clark es wirklich gut mit mir gemeint hatte, als er mich an Dr. Ecrest überwies, zumal sie so unterschiedliche Methoden praktizierten. Clark bevorzugte Träume und freies Assoziieren und machte sich Notizen, ohne einen anzusehen; dabei waren immer die Jalousien geschlossen und die Vorhänge zu zwei Dritteln zugezogen. Ecrest war hochgewachsen und hatte eine zerfurchte Stirn; er sah aus wie ein ehemaliger Baseballspieler oder einer von den Kellnern, die einen warnen, daß der Fisch diesmal nicht ganz so frisch sei. Sein feines, drahtiges schwarzes Haar war trockener als das einer Puppe; er riskierte jedesmal, wenn er sich eine Kent anzündete, es in Brand zu stecken.

Obwohl er so groß war, klang seine Stimme unerwartet sonor, wie bei manchen Halbwüchsigen, deren Stimme einem für den unfertigen Körper zu tief vorkommt. Er arbeitete bei normalem Licht, und er hatte keine Couch in seinem Sprechzimmer, auf die ich mich hätte legen und mir einbilden können, ich spräche mit mir selbst. Wir saßen in billig aussehenden Armsesseln direkt einander gegenüber. Ich dachte mir oft, daß Dr. Ecrest mir genausogut die Karten legen oder aus der Hand hätte lesen können. Die verstaubten Jalousien waren von den Fenstern abgenommen und statt dessen dunkle, geblümte Vorhänge angebracht, die Diplome abgehängt und dafür ein hellorangefarbenes Zigeunerinnenkleid an die Wand gehängt, schön ausgebreitet, damit die Stickerei zur Geltung kommt. Er war ein Hellseher, so wie Menschen, die schließlich nur noch in Kristallkugeln blicken oder einem die Beulen am Schädel massieren, Hellseher sind: Er besaß das ursprüngliche Wissen um das Wirken der Stille und jene machtvolle, doch eigenartig emotionslose Sympathie, die es ihm erlaubte, sich in den Gedanken anderer Menschen einzunisten. Er hätte sein Leben in Jahrmarktzelten oder Variétés zubringen können oder auch damit, daß er mit seinen langen Fingern auf einem filzbespannten Tisch in einem umgebauten Laden getrommelt hätte, nur hatte er eben die Energie und das Geld gehabt, Medizin zu studieren.
Es wurde mir nie klar, ob Ecrest von sich selbst glaubte, er besitze besondere »Kräfte«, und falls er sich seiner unheimlichen hellseherischen Begabung bewußt war, weiß ich nicht, wie wohl ihm dabei war. Als er mich einmal nach unserem Gespräch an die Tür brachte, berührte er mich leicht an der Schulter und sagte: »Essen Sie nicht immer dieses Scheißzeug, essen Sie was Anständiges, ja?« Und als ich mich umdrehte und ihn ansah, schien er zu erröten und senkte rasch den Blick. Einmal, als ich wieder bei ihm war, hatte ich an genau diesem Tag das College und die Arbeit geschwänzt, und er sagte: »Aber was haben Sie denn den ganzen Tag *gemacht*?« Ich fragte zurück: »Warum?« Und er schüttelte den Kopf. »Ich weiß nicht«, sagte er, ganz leise. Am Tag, nachdem ich mich ins Büro meines Vaters geschlichen hatte, um Jades Briefe zu lesen, fragte mich Dr. Ecrest, ob ich inzwischen schon

mal im Büro meines Vaters gewesen sei. Ich sah ihn erschrocken und schuldbewußt an, und Dr. Ecrest sagte, er habe sich nur gedacht, ich könnte vielleicht bei Arthur arbeiten, bis ich etwas anderes gefunden hätte.

Als ich meine Liste von Butterfields und Ramseys zusammenzustellen begann, starb ich fast vor Angst, Ecrest könne erraten, was ich insgeheim trieb. Ich war so sicher, daß er mein bescheidenes Privatleben durchschaute, daß ich oft nahe daran war, mich zu verplappern. Erst nachdem ich mit Ann Verbindung aufgenommen und dann ihren Brief bekommen hatte, stand mit der Bewahrung meiner Geheimnisse sehr viel mehr auf dem Spiel, und von da an errichtete ich eine unüberwindliche geistige Mauer zwischen Ecrest und dem Teil in mir, der nur auf eine Wiedervereinigung hin lebte. Ich kam mir vor wie ein jugendlicher Held in einer mittelalterlichen Sage, der seine Schläue mit der eines Hexenmeisters mißt: Wir sprachen über Rose, wir sprachen über Arthur, wir sprachen über die Phase meiner Kindheit, in der ich vorgab, taub geworden zu sein, und währenddessen spielten sein und mein Unbewußtes die ganze Zeit Katz und Maus. Ich wußte nie genau, ob ich mit meinen Verdrängungen Erfolg hatte.

Am Tag, nachdem Anns Brief gekommen war, griff Ecrest zum erstenmal und ganz unerwartet das Thema meiner sexuellen Enthaltsamkeit auf, von dem seinerzeit schon Clark besessen war. »Ich spreche zu Ihnen von Mann zu Mann«, sagte er, »nicht als Arzt zum Patienten. Wie lange können Sie sich noch selbst verleugnen? Sie können nicht ohne menschliche Wärme leben.« »Menschliche Wärme?« fragte ich, um ihm zu verstehen zu geben, er solle *den Mund halten*. »Ja. Sexuelle Selbstverwirklichung. David, Sie masturbieren ja nicht mal.« Wir schwiegen mindestens eine Minute. Meine Heimlichkeiten drängten sich in mir zusammen wie Guerillakämpfer, verbargen sich hinter anderen Gedanken. Endlich fiel mir eine Antwort ein: »Wenn wir heute von Mann zu Mann reden, dann finde ich, daß Sie mir diese Stunde nicht berechnen dürften.«

Das Büro meines Vaters war nicht weit vom College, und einoder zweimal in der Woche trafen wir uns zum Mittagessen. Es war mir unbehaglich dabei, daß ich Arthur so viel öfter sah als meine Mutter, besonders weil sie sich schon immer aus der Freundschaft zwischen meinem Vater und mir ausgeschlossen gefühlt hatte. Aber es war eine Tatsache (wenn auch nicht die ganze Wahrheit), daß Rose mich gar nicht so oft sehen wollte. Sie hatte Muttersöhnchen schon immer schrecklich gefunden, und nun, da das kein Thema mehr war, sagte sie sich, daß es für mich das Beste sei, wenn ich selbst meinen Weg fand oder meine »Rolle«, wie sie es ausgedrückt hätte.

Wenn es irgend ging, richtete ich es so ein, daß ich Arthur in seinem Büro abholte. Ich wurde nie müde, an die Nacht zu denken, in der ich mich eingeschlichen und meine Briefe gefunden hatte, und Arthur verschwand oft noch einmal rasch auf die Toilette, bevor wir zum Essen gingen, so daß ich das Schicksal und meine Reflexe auf die Probe stellen konnte, indem ich einen oder zwei der Briefe las, bis er wieder zurückkam. (Ich hatte nicht den Mut, sie einfach zu stehlen, aber schließlich nahm ich sie doch einmal für einen Tag mit und fotokopierte sie allesamt.) Ich wartete mit unruhiger Scheingeduld darauf, daß Arthur mir einmal sagen würde, wie unerträglich sein Leben zu Hause geworden sei, aber er deutete seinen Kummer nur manchmal nebenbei an – durch ein Schulterzucken, ein Seufzen oder indem er seine Frau »deine Mutter« nannte, so als wäre sie nichts anderes mehr. Dr. Ecrest hatte mich gewarnt, ich sollte mich nicht in die Eheprobleme meiner Eltern hineinziehen lassen, und von allen psychiatrischen Ratschlägen, die ich schon bekommen hatte, war keiner leichter und selbstverständlicher zu befolgen. Ich war ganz zufrieden damit, die Begrüßungs- und Abschiedsküsse meines Vaters zu erwidern, meinen Hunger an dem sentimentalen Schmerz seiner Liebe zu mir zu stillen. Es war eine reine Vaterliebe, selbstverständlich und abgöttisch. Es genügte ihm, daß ich sein Sohn war; er ahnte kaum, wie innig ich ihn liebte. Bei unseren gemeinsamen Mittagessen sprachen wir immer nur von mir, aber dann kam ich eines Tages gegen Ende November in sein Büro, und er empfing mich mit der Nachricht, er habe beschlossen, Rose zu verlassen. Er saß an seinem Schreibtisch, die gefalteten Hände vor sich auf der Platte, wie der Präsident, wenn er ein bißchen fürs Fernsehen plaudert. Er hatte sich sorgfältig gekämmt und trug ein neues braunes Sportsakko mit breiten Revers; er sah aus wie einer jener älteren Männer, die sich vorgenommen haben, sich ein anderes »Image« zuzulegen. Nur war es eben Arthur, und bei ihm war keine Geste ganz frei von Schrulligkeit: Er sah aus wie ein gutmütiger Blinder, den jemand angezogen hat, der ihn nicht gut kennt. »Gestern abend«, sagte er mit einer Stimme irgendwo zwischen Fernsehkommentar und Grabrede, »nach siebenundzwanzig Ehejahren – von denen viele, die meisten, gute Jahre waren, David –, haben deine Mutter und ich uns geeinigt, daß es für alle das Beste wäre, wenn wir uns trennen.«

Ich nickte, aber ich wußte beim besten Willen nicht, was ich dazu sagen sollte. Meines Vaters Augen lagen auf mir; ich hatte plötzlich das Bedürfnis, mir mit der Hand übers Gesicht zu fahren, wie um einen Schwarm Mücken zu verscheuchen. Das hohe, ungeputzte Fenster hinter ihm leuchtete zitronengelb. Sein Telefon begann zu klingeln, aber er nahm nicht ab.

»Komm, nichts wie raus hier«, sagte er. Er sah auf das Telefon hinunter, und es hörte auf zu klingeln.

Wir gingen in eine Bar mit Grill im Souterrain in der Wabash Avenue. In dieser überwiegend von Angestellten, Akademikern und Geschäftsleuten bewohnten Gegend war es das proletarischste Restaurant weit und breit. Der Eingang glich einer stillgelegten U-Bahn-Haltestelle. Man ging eine Flucht mit Nieten besetzter Eisenstufen hinunter und stieß eine abblätternde grüne Tür auf. Drinnen ein riesiges Gewölbe – ein unterirdisches Universum, bevölkert von hart arbeitenden Menschen. Drinks kosteten einen Vierteldollar oder fünfunddreißig Cent, und allein an der Bar war Platz für hundert Leute. Der Geruch von Bier mischte sich mit dem Würstchengeruch; der Rauch von Hunderten von Zigaretten mischte sich mit dem Essensdunst. Fast alle trugen Arbeitskleidung: aufgekrempelte Flanellhemden und gerippte langärmelige Unterhemden, Blousons mit eingestickten Vornamen auf der rechten Brustseite, knöchelhohe Schuhe mit Stahlkappen und um den Schaft gewickelten Schnürsenkeln. Mein Vater war der einzige Mann in einem Straßenanzug, und ich war mit Abstand der Jüngste.

»Weißt du was?« fuhr mein Vater fort. »Mir ist gerade eingefallen, daß ich mit Rose an dem Tag hier war, an dem wir uns kennengelernt hatten.«

Ich spießte ein paar Erbsen auf, führte sie aber nicht zum Mund. Die Erinnerung meines Vaters stimmte nicht mit der Version vom Kennenlernen meiner Eltern überein, die ich im Gedächtnis hatte, aber ich wußte nicht mehr genau, was sie mir erzählt hatten. Eine Maifeier? Ein Picknick?

»Wir haben es dir nie gesagt«, fing mein Vater wieder an, »aber deine Mutter war als sehr junges Mädchen schon einmal verheiratet. Es war ein reicher Typ, Carl Courtney hat er geheißen, ein Angeber, wie er im Buche steht. Sie wurden in Philadelphia getraut. Rose arbeitete fünfzig Stunden in der Woche und unterstützte nach Kräften ihre geisteskranke Mutter; Courtney arbeitete vielleicht zwei Stunden in der Woche und bekam sein Geld von seiner Mutter, der alten Virginia Courtney, die einen Rundfunksender besaß und ziemlich reaktionäre Ansichten hatte. Die Ehe war sehr kurz, sie verlief sozusagen im Sande. Aber sie muß ihn wohl geliebt haben, denn er war wie der Teufel hinter den Weibern her, und sie blieb trotzdem bei ihm. Als sie ungefähr ein Jahr verheiratet waren, bekam Courtney – durch Vermittlung deiner Mutter – einen Job bei der TRIBUNE hier in Chicago, und Rose zeigte sich mit ihm. Sie war damals schon Kommunistin, und Courtney war im Grunde nichts anderes als ein isolationistischer Playboy, aber sie hielt zu ihm, weil sie dachte, sie könnte ihn vielleicht ändern, bis er dann begann, sich rumzutreiben.« Arthur sah auf seinen Teller und merkte, daß er ja eigentlich essen wollte. Er schnitt das Ende von seiner Wurst ab, legte dann aber die Gabel weg und trank erst mal einen tüchtigen Schluck Bier.

»Mit anderen Frauen?« fragte ich.

»Du sagst es. Sekretärinnen und Revuegirls, junge Dinger, die gedankenlos in den Tag hineinlebten. Manchmal kam er nur heim, um sich was anderes anzuziehen.«

»Mein Gott«, sagte ich. Ich hatte Mitleid mit Rose, ein Mitleid ganz besonderer Art, so als hätte ich es schon immer in mir getragen und es erst jetzt entdeckt. Hatte ich es immer gewußt? Hatten sie einmal darüber gesprochen, als sie dachten, ich schliefe?

Mir kam plötzlich eine Erinnerung: Ich lag ausgestreckt auf dem Rücksitz eines unserer früheren Autos, und wir fuhren durch die Nacht, auf einer dieser langen, hektischen Urlaubsreisen, die wir früher immer machten, und meine Eltern unterhielten sich leise tuschelnd, und meine Mutter – ja weinte sie? – und mein Vater machten erregte Gesten, die sich in der dunklen Windschutzscheibe spiegelten, und... Aber da war die Erinnerung wieder weg, und zurück blieb nur mein Bemühen, mir die Situation ins Gedächtnis zu rufen.

»Hat irgendeiner von meinen Psychiatern gewußt, daß Mutter schon zum zweitenmal verheiratet war?« fragte ich. Die Frage überraschte mich selbst. Was hätte sich dadurch geändert? Als Jade mir sagte, sie habe mit Hugh gesprochen und sich mit ihm geeinigt, daß es das Beste sei, wenn ich einen Monat wegbliebe, fragte ich sie als erstes, *wann* dieses Gespräch stattgefunden habe.

»Nein. Wir haben es keinem gesagt.«

»Warum habt ihr es verheimlicht?«

»Rose wollte nicht, daß es jemand erfährt. Sie hat sich geniert.«

»Warum sagst du es mir dann jetzt?«

Arthur zuckte die Achseln. »Stört es dich, daß ich es dir gesagt habe?«

»Nein.«

»Wahrscheinlich, weil wir hier sitzen.«

»Wir waren schon oft hier.«

»Ich meine, weil wir *heute* hier sitzen. Tut mir leid, wenn ich dir etwas gesagt habe, was du lieber nicht gewußt hättest. Aber heute ist meine Ehe zu Ende, deshalb spreche ich über Dinge, die ich lieber auf sich beruhen lassen sollte.«

Eine Zeitlang sagten wir beide nichts. Ich trank mein Bier aus und schenkte mir nach. Arthurs Glas war noch fast voll, aber ich goß trotzdem drauf. Ich probierte das Essen auf meinem Teller; es war kalt.

»Ich war ihr Anwalt bei der Scheidung«, sagte Arthur. »Deswegen sind wir hierher gegangen. Um darüber zu sprechen. Ich kannte sie nicht, aber ein Mädchen, mit dem sie in Philadelphia befreundet gewesen war, hatte einen Bruder hier in der Partei,

und zu ihm ging Rose, als sie einen Anwalt brauchte, und er schickte sie zu mir. Das war übrigens Meyer Goldman.«
»Ich mag Meyer Goldman«, sagte ich.
»Du hast ihn doch gar nicht gekannt.«
»Aber du hast mir von ihm erzählt. Das war doch der, der Marihuana geraucht hat, stimmt's? Saxophon hat er gespielt. Er kannte Mezz Mezzrow. Er trug schwarzweiße Schuhe und zog sich die Hosen immer so hoch, daß unten die Beine herausschauten.«
»Gelocktes rotes Haar und den Mund voller verfaulter Zähne. Armer Kerl. Er hat sogar nach seinem Parteiausschluß ständig Scherereien gehabt, und er kam immer zu mir. Einen Brief an seinen Hauswirt schreiben. Die Musikergewerkschaft anrufen und ihr Antisemitismus vorwerfen. Dies und jenes und alles mögliche, ich dachte, das würde nie aufhören. Dabei hätte ich nicht mal mit ihm reden dürfen, weißt du. Wenn einer aus der Partei ausgeschlossen wurde, durfte man nicht mehr mit ihm reden. Das war mir scheißegal, aber was der alles von mir wollte! Und jedesmal erinnerte er mich: ›Wenn ich nicht wäre, hättest du Rose nicht bekommen.‹« Unversehens griff sich mein Vater an die Stirn, als sei er von einem Stein getroffen worden. Er schloß die Augen und schüttelte den Kopf. »War ich damals verliebt!«
Es drängte mich, den Arm auszustrecken und ihn zu berühren, so wie er immer den Wunsch hatte, mich in die Arme zu nehmen, wenn ich mir meinen Kummer anmerken ließ. Aber ich hielt mich zurück. Ich wollte seine Reue nicht unterbrechen. Sie erinnerte mich zu sehr an meine eigene, und als ich das merkte, fühlte ich mich ihm schon nicht mehr so nahe.
»Du hast ihr also bei der Scheidung geholfen?« fragte ich.
»Ich habe ihr alles abgenommen, und dabei kannte ich mich auf dem Gebiet überhaupt nicht aus. Das war nicht mein Fach. Ich brachte sie dazu, daß sie aus Courtneys Haus auszog. Ich besorgte ihr ein Zimmer bei einer sehr sympathischen Bekannten, einer Bildhauerin, einer sehr großzügigen, warmherzigen Frau.«
»Libby Schuster«, sagte ich.
»Ich hab dir von Libby Schuster erzählt?«
»Ein bißchen was. Sie ist mir jedenfalls ein Begriff.«

Arthurs Hand bewegte sich, als sei sie von etwas Unsichtbarem berührt worden. Seine Augen wurden feucht. »Du hast sie nie kennengelernt. Sie starb kurz nach deiner Geburt. Meyer auch, Meyer starb 1960, in Kalifornien, Meyer Goldman. Libby war alt, aber Meyer war noch jung, fünfzig, vielleicht zweiundfünfzig. Das hätte nicht sein müssen. Schade um ihn.«
Wir schwiegen, während die Toten, die in den Gedanken meines Vaters weiterlebten, an ihm vorbeizogen: mit Broschüren, mit Saxophonen.
Schließlich fragte ich ihn: »Wann gehst du weg von...?« Von wo, von wem? »Zu Hause«, wäre mir kindisch vorgekommen, »Rose« wie ein Vorwurf.
»Heute abend«, sagte Arthur.
»Weiß sie es schon?«
»Ja.«
»Ich meine, sie weiß, daß es heute abend so weit ist?«
»Ja. Und über die Sache an sich weiß sie schon eine ganze Weile Bescheid. Wir haben nur noch gewartet.«
»Wegen mir?«
»Wir wollten abwarten, bis du dich wieder eingewöhnt hattest. Dich wieder im Leben zurechtgefunden hattest. Solange du in der Klinik warst, solltest du nicht das Gefühl haben, daß du kein richtiges Zuhause mehr hättest.«
»So lange geht das schon?«
Arthur nickte.
Und dann sprach ich aus, was ich schon die ganze Zeit gewußt hatte. »Liebst du jemand anderen?«
Arthur saß einen Moment wie erstarrt, und dann sagte er, mit der Stimme, mit der man Eidesformeln aufsagt: »Von ganzem Herzen.«
»Wer ist es? Kenne ich sie?«
»Du hast sie nie gesehen. Sie heißt Barbara Sherwood. Sie arbeitet als Gerichtsstenographin. Du weißt, das ist eine sehr gute Stellung und eine sehr schwierige Arbeit. Sie war schon mal verheiratet. Ihr Mann ist vor fünf Jahren gestorben. Sie wohnt bei uns in der Nähe. Zwei Kinder. Und sie ist schwarz.«
Ich faltete die Hände. »Ziehst du zu ihr?«

»Ich werde fürs erste jedenfalls ihre Wohnung hüten. Barbara ist zur Zeit im Krankenhaus. Ich werde mich mit um die Kinder kümmern, und wenn sie rauskommt, werden wir weitersehen.« Er goß uns den letzten Rest Bier in die Gläser. Er hatte fast noch sein ganzes Essen auf dem Teller; er hatte es zerschnitten und herumgeschoben, wie um nachzusehen, ob etwas drin sei.
»Also, ich mache dir keinen Vorwurf, weißt du«, sagte ich. »Ich will die Sache nicht dramatisieren oder so, aber ich möchte dir sagen, daß ich dir jedenfalls keinen Vorwurf deswegen mache.«
»Das hab' ich auch nicht anders erwartet«, sagte Arthur. »Gerade von dir.«
»Moment mal. Das darfst du nicht sagen. Ich hab Mutter lieb. Es ist mir egal, ob das unwahrscheinlich klingt oder nicht. Unser Verhältnis ist nun mal so, wie es ist, aber ich werde sie immer liebhaben.«
»Das weiß ich doch. So hab ich's nicht gemeint. Aber du mußt doch am besten wissen, wie es ist, so zu lieben, daß alles andere unwichtig wird. Wahrscheinlich würde jeder andere, den ich kenne, sich denken, daß ich mich wie ein gemeiner Kerl oder jedenfalls wie ein Idiot aufführe. Rose verlassen. Nach all den Jahren. Weißt du, ein Mann in meinem Alter hat mehr Vergangenheit als Zukunft, und wenn man die Vergangenheit abschreibt, hat man nur noch ein paar Jahre, die man sein eigen nennen kann. Die anderen würden denken, daß es unverantwortlich ist. Die Leute glauben an unsere Ehe, Roses und meine. Hast du das gewußt?«
»Nein.«
»Tun sie aber. Natürlich haben die alle keine Ahnung, was passiert ist. Aber wenn sie es erfahren, werden sie alle zu Rose halten. Und ich bin dann der Buhmann. Es sind im Grunde genommen sowieso *ihre* Freunde, immer gewesen. Die alten Genossen. In mancher Hinsicht hat mir dieser Klüngel schon lange gestunken. Seit ich aus dem Krieg gekommen bin.«
»Als ich zur Welt gekommen bin.«
»Die werden mich nicht verstehen, aber du verstehst mich. Aber wahrscheinlich sollte ein Vater so was nicht zu seinem Sohn sagen, egal, wie alt der Sohn ist.« Sein Blick streifte mich, als

wäre ich nur ein Mitglied einer riesigen Geschworenengruppe.
»Du hast mich inspiriert. Deine Verliebtheit hat mich erinnert.«
»An was?«
»Daran, daß ich einmal sehr viel für Rose empfunden habe und daß sie für mich nie soviel empfunden hat, bis ich es dann auch nicht mehr für sie empfand. Aber du hast mich daran erinnert, was das für ein Gefühl ist. Viele Leute erleben es nie, dieses Gefühl, kein einziges Mal. Das weißt du, nicht wahr? Aber du hast es erlebt –«
»Mit Jade.«
»Und du hast mich daran erinnert, daß ich es auch einmal erlebt habe und daß ich mich nie so groß und bedeutend gefühlt habe, wie zu der Zeit, als das Verliebtsein, die Liebe, *alles* war. Ich hab gesehen, wie du drei Handbreit über der Erde gewandelt bist, und da kam mir die Erinnerung, daß es bei mir auch mal so gewesen ist, ein paar Monate lang. Unmittelbar nach Roses Scheidung, als wir jede Minute des Tages zusammenwaren. Bevor sich herausstellte, wie sehr sie diesen Courtney liebte, und ich mir eingestehen mußte, daß sie eine ganze Weile brauchen würde, um darüber hinwegzukommen. Ich wußte, sie würde es packen, aber es würde seine Zeit brauchen. Sie war immer noch von ihm verzaubert, nicht von mir, obwohl sie mich ihm hundertmal vorgezogen hätte. Ich war ihr nicht böse deswegen, aber ich schwebte eben nicht mehr in höheren Sphären. Dafür mußte ich zu einsichtig sein; man trifft ein paar vernünftige Entscheidungen, und schon kann man sich nicht mehr zum Narren machen.«
»Ich hab nie gewußt, daß dir das gefehlt hat.«
»Ich wußte es selber nicht. Ich hatte es vergessen. Du hast mich daran erinnert, und dann zeigte mir Barbara, daß es noch nicht zu spät war. Es war, wie wenn man aufwacht und zwanzig Jahre jünger ist. Nicht daß ich auf einmal wieder dichtes Haar gehabt und keine Brille mehr gebraucht hätte oder mein Tod in weite Ferne gerückt wäre. Aber ich freue mich seitdem auf jede Sekunde des Tages. Ich möchte, daß du Barbara kennenlernst. Dann wirst du verstehen, was ich meine. Ich hätte nie gedacht, daß ich noch einmal an all das würde glauben können. Aber ich glaube daran. Und ich brauche mich deswegen nicht zu schämen.«

»Ich weiß«, sagte ich. Mein Herz klopfte.
»Ich weiß, daß du es weißt. Du weißt es in jeder Sekunde deines Lebens, und du wirst es nie vergessen. Es ist der Grund, weshalb du in der Nacht nach unserer Party aus dem Haus geschlichen und in mein Büro gefahren bist. Und es ist der Grund, warum du jedesmal, wenn du mich zum Mittagessen abholen kommst, einen Blick auf deine Briefe zu werfen versuchst, und warum ich es immer so einrichte, daß du auch Gelegenheit dazu hast.«

Barbara Sherwood war in demselben Krankenhaus, in das ich nach dem Brand gekommen war, und das Zimmer, in dem sie lag, war direkt neben dem, in dem ich gestanden – darauf bestanden – hatte, daß ich es gewesen war, der dieses große, strohtrokkene Haus in Brand gesteckt hatte. Mein Vater und ich gingen durch die verblichenen Korridore mit ihren trüben Deckenlampen, in deren Licht alles so aussah, als hätte man nächtelang nicht geschlafen, an den Schwestern vorbei, die Arthur wie einem Bekannten zunickten, vorbei an einer leeren Bahre mit angetrocknetem Blut an den Gurten, vorbei an einem Metalltisch, auf dem sich Essentabletts stapelten, in der Nase den scharfen Geruch von Medizin, den manche Leute beruhigend finden, der für mich aber immer der Geruch äußerster Verzweiflung gewesen ist, vorbei an den klingelnden Telefonen und dem »Dr. Abrams, Dr. Abrams, bitte rufen Sie 404«, durch ein Grüppchen von Besuchern, die zu nervös und zerstreut waren, um aus dem Weg zu gehen, so daß sie konfus hin und her tanzten, nach links gingen, wenn wir links durch wollten, und rechts, wenn wir nach rechts auswichen, um schließlich stirnrunzelnd zur Seite zu gehen, als Arthur sie sanft wegschob, und sich mit dem Rücken zu der grauen Wand zu stellen, die ich nicht hätte anfassen mögen, weil sie irgendwie schmierig wirkte, aber das lag nur an der Beleuchtung. Mein Vater hatte die Abendzeitung und fünf mit einer gelben Schnur zusammengebundene Ian-Fleming-Taschenbücher unter dem Arm. Ich behielt die Hände in den Taschen und zählte immer wieder mein Kleingeld: acht Zehncentstücke und ein Vierteldollar.
Barbara Sherwood hatte das katzenhafteste Gesicht, das ich je bei

einem Menschen gesehen habe. Ihr schwarzes Haar war kurzgeschnitten und über ihre hohe, breite Stirn heruntergekämmt. Sie hatte die hohen, stark ausgeprägten Backenknochen, wie Schulmädchen sie in ihre Kladde malen, wenn sie davon träumen, wie ein exotisches Modell auszusehen. Ihre Augenbrauen waren gepflegt, und obwohl es ihr sicher nicht besonders ging, hatte sie Augen-Make-up aufgelegt, das ihre Augen noch größer und schräger erscheinen ließ, als sie ohnehin schon waren. Ich wußte nicht, daß sie in den letzten Monaten stark abgenommen hatte; ich dachte, sie sei freiwillig, bewußt so schlank, denn es stand ihr. Ihr Bett war hochgekurbelt, so daß sie fast aufrecht saß. Der Krankenkittel war ihr ein bißchen zu groß; sie sah aus wie ein Mädchen, das ein Hemd seines Vaters angezogen hat, obwohl sie überhaupt nicht jung wirkte. Ihr Haar war zwar noch schwarz und die Haut glatt, aber ihr Alter lebte unter der Oberfläche, als sei die Zeit sublimiert, verdrängt worden und fordere jetzt unsichtbar ihren Tribut.
»Also, das ist er«, sagte Arthur, als wir an ihr Bett traten. Man hatte uns zwei Stühle hingestellt, der Vorhang zum Nachbarbett war zugezogen, alles war vorbereitet.
Ich wollte die Initiative ergreifen. Ich streckte meine Hand aus. »Hallo, freut mich, Sie kennenzulernen«, sagte ich mit frischer, lauter Stimme, wie ein kleiner Junge, dem man beigebracht hat, daß er zu fremden Leuten immer höflich sein muß.
Sie legte ihre Hand in meine; ihre Finger waren kalt und fühlten sich noch kälter an, als ich ihr die Hand drückte.
Arthur stand da, die Hände über seinem harten, rundlichen Bauch gefaltet, wohlgefällig lächelnd wie eine Figur auf einer Tarot-Karte. Er atmete langsam aus und ließ dabei einen melodischen Seufzer hören, so, als erfülle Choralmusik seinen Kopf.
»Es ist gut«, sagte Barbara. Mir war nicht klar, ob sie nervös war und vergessen hatte, den Satz zu beenden, oder ob das eine Eigenheit von ihr war. Es ist gut? Es ist gut? Also wirklich! Ich war sofort bereit, ironisch zu werden; offenbar wartete ich unbewußt nur darauf, die neue Geliebte meines Vaters beurteilen, einstufen zu können.
»Sind Sie zufrieden mit der Behandlung hier?« fragte ich, ganz

einflußreiche Person des öffentlichen Lebens. Ich sah über meine Schulter, als ob ich mich überzeugen müsse, ob mein Adlatus mit dem riesigen Blumenbukett bereitstehe.

»Es ist gemütlich hier«, sagte Barbara, »kein Vergleich mit dem anderen Krankenhaus.«

»Sie war voriges Jahr im All Saints«, erklärte Arthur.

»Das war vielleicht ein Krankenhaus«, sagte Barbara. »Zum Fürchten war das. Wie die Schwestern in ihren schwarzen Kutten herumschwebten, und dann die vielen Priester mit ihren Bubigesichtern, den ganzen Tag sind die mit ihren Purpurschleifen am Hals die Gänge auf und ab gewandelt und haben sich gefragt, wem sie als nächstes die letzte Ölung verabreichen könnten.« Sie lächelte; sie hatte ziemlich weit vorne eine Zahnlücke. Sie sah, daß ich es bemerkt hatte, und sagte: »Ich bin hingefallen.« Bei dem Gedanken daran legte sie die Finger an den Mund.

Wir unterhielten uns ein bißchen, mit der nervösen Umsicht von Fremden, die einander das Herz brechen können. Barbara sagte, mein Vater habe ihr alles über mich erzählt, und das hätte natürlich jeder in dieser Situation gesagt, nur daß Barbara einen Moment lang zu erröten schien, also hatte er es ihr tatsächlich erzählt. Irgendwie kam ich auf meine Kurse am College, meinen Job bei der Gewerkschaft und Harold Sterns Angebot, die Arbeit als Streikposten aufzugeben und einen Halbtagsjob als Forscher in der Fortbildungsabteilung der Gewerkschaft anzunehmen. Sie gratulierte mir, redete mir zu, und wenn sie von den Einzelheiten meines Lebens nur halb so gelangweilt war wie ich, muß sie Angst bekommen haben, ins Koma zu fallen.

Sie warf Arthur einen schelmischen Blick zu, wie ein unverbesserliches kleines Mädchen in einem viktorianischen Roman, das es nicht lassen kann, peinliche Fragen zu stellen. Aber es gab keinen Augenblick der Spannung und kein erleichtertes Aufatmen; Arthur saß völlig ruhig auf seinem Stuhl. Er wußte, daß sie es sagen würde; wahrscheinlich hatten sie es besprochen.

»Ja, hat Arthur Ihnen von... *uns* erzählt?«

»Ja«, sagte ich. Ich räusperte mich.

Barbara nickte und sah mich dabei an. »Und? Was sagen Sie dazu?«

»Ihr braucht doch nicht meine Erlaubnis.« Ich spürte, wie mein Vater mich ganz leicht am Ellbogen berührte.

»Wir würden trotzdem gerne wissen, wie Sie darüber denken«, sagte Barbara. Sie faltete die Hände in ihrem angedeuteten Schoß. Ihre Finger waren schmucklos und sehr schwarz; das Plastikarmband mit ihren Daten war ihr zu weit.

»Ich mache mir die verschiedensten Gedanken darüber«, sagte ich. »Ich hab Angst um meine Mutter.« Ich machte eine Pause. Arthur setzte sich anders hin; Barbara nickte beifällig. »Und ich glaube, ich hab auch um meinen Vater Angst.«

»Warum?« fragte Barbara. »Wegen dem...« Sie machte eine Geste, die das Krankenhaus und ihren Zustand meinte.

»Ich weiß nicht, warum. Weil er sich verändert. Weil er jetzt schon verändert ist und sich immer mehr verändern wird. Ich kann das nicht begründen. Es ist nur so ein Gefühl.«

»Ich werde mich nicht verändern«, sagte mein Vater.

»Doch. Du willst es auch. Und du solltest es auch. Du wirst nicht mehr unglücklich sein. Das muß einen ja verändern. Du wirst aus der Mitte deines besten und tapfersten Ich heraus leben, und vielleicht ist es nicht richtig, daß ich das sage, aber ich weiß genau, wie das ist.« Ich kam mir ziemlich aufgeblasen und lächerlich vor, aber kein Wort meines zaghaften Vortrags kam mir rasch oder leicht über die Lippen. So unpassend es sein mochte, daß ein Sohn eine Rede über den zweiten Frühling seines Vaters hielt, spürte ich doch alles, was ich sagte, so als ob die Worte mit Klauen an meiner Kehle zerrten, während ich sie aussprach.

»Ich bin froh, daß Sie es so sehen«, sagte Barbara. »Aber ich habe es mir schon gedacht, denn Ihr Vater hat Sie mir genauso beschrieben. Wissen Sie, als ich vorhin auf Ihren Besuch wartete, war ich sehr aufgeregt. Ich hab selber zwei Kinder, und wenn es um ihre Eltern geht, sind Kinder ja unheimlich konservativ und zu keinerlei Kompromissen bereit. Stimmt's?«

»Sehr wahr«, sagte Arthur.

»Meine eigenen Kinder haben mich ganz schön in die Zange genommen. Vielleicht habe ich es mir besonders schwer gemacht, weil ich mir vorgenommen hatte, sie nie zu belügen. Zum Beispiel wollten sie wissen, wieso Arthur einfach zu uns kommen konnte, wo er doch selber eine Frau hatte, noch dazu ganz in unserer Nähe. Sie wollten wissen, was für eine Frau ihre Mutter war, daß sie einen Mann in ihr Schlafzimmer ließ, mit dem sie nicht verheiratet ist. Ihr Vater war nämlich religiös, wissen Sie, und obwohl ich das von mir nicht sagen kann, habe ich ihnen immer ihren Glauben gelassen. Es ist ihre Art, ihren Vater bei sich zu behalten; wenn sie zu Gott beten, sprechen sie eigentlich mit ihrem Vater, der gestorben ist, als sie noch sehr klein waren. Ja, und außerdem, Sie kennen ja die Atmosphäre in dieser Stadt. Sie wollten wissen, wieso ich mir einen weißen Mann ausgesucht hatte.«

»Einen Juden«, sagte Arthur. »Das hat dir wahrscheinlich auch nicht gerade geholfen.«

»Nichts hat geholfen. Sie fingen an, mich wie einen durch und durch unmoralischen Menschen zu behandeln. Machten ihre Schularbeiten nicht mehr, taten nichts mehr im Haushalt, schauten mich nicht an, wenn sie mit mir sprachen. Es heißt ja, man wisse nicht, was Strafe ist, wenn man noch nie den Zorn eines Kindes zu spüren bekommen hat. Ich wußte mir nicht mehr zu helfen. Es wurde so schlimm, daß ich schon dachte, ich müßte mit Arthur Schluß machen und wieder so leben wie vorher, trotz meiner Angst und meiner Einsamkeit. Und da hat Ihr Vater eingegriffen und alles zum Besseren gewendet, als ich schon alles verloren glaubte. Er setzte sich mit meinen Kindern zusammen, meinem Sohn Wayne, er ist jetzt sechzehn, und meiner Tochter Della, die letzte Woche dreizehn geworden ist, und hat ihnen gesagt, daß er ihre Mutter liebhat, von ganzem Herzen und mit aller Achtung und Hingabe, mit der nur je ein Mann eine Frau geliebt hat. Er sagte ihnen, er wünsche sich nichts so sehr, wie für mich und für sie sorgen zu dürfen. Und er öffnete seine Arme für sie, und sie öffneten ihre Arme für ihn, und das war's. Wir sind wieder eine Familie. Sie sind schon zu erwachsen, David, Sie sind ein Mann, und ich werde Ihnen nicht sagen, daß ich für Sie sorgen werde, denn Sie brauchen niemanden, der für Sie sorgt. Aber ich möchte Ihnen sagen, was Ihr Vater meinen Kindern gesagt hat: Ich liebe Ihren Vater. Ich wollte Ihnen sagen, daß der Mann, der Ihr Vater ist, der Ihnen das Leben geschenkt hat, eine Frau gefunden hat, die unendlich glücklich ist, wenn er sie in die Arme nimmt.«

Barbara verstummte. Die Bettnachbarin auf der anderen Seite hatte jetzt auch Besucher; ich hörte ihre aufgebrachten, unglücklichen Stimmen. Ein Arzt wurde über Lautsprecher ausgerufen. Und dann wurde mir plötzlich heiß und kalt, denn ich merkte, daß ich gleich in Tränen ausbrechen würde. Wie die Eisdecke auf einem zugefrorenen See, die nicht so dick ist, wie man gedacht hatte, brach meine Fassung unter der Last meiner Gefühle ein – und ich versank. Ich starrte mit aufgerissenen Augen auf den Vorhang, der das Zimmer teilte, und hörte auf die Stimmen.

»Also was jetzt?« sagte eine Männerstimme. »Noch eins und noch eins und noch eins?«

Es klopfte leise an die offene Tür. Es war Barbaras Schwester Rita mit Barbaras Kindern, Wayne und Della. Rita sah alt aus. Ihr Haar war weiß und ungepflegt, und sie war gehbehindert. Obwohl sie mager war, benutzte sie einen schwarzen Rohrstock, der für einen Zweizentnermann gedacht schien. Ihr Regenmantel war offen; das Futter kam zum Vorschein. Sie wirkte befangen und verärgert.

»Es tut mir leid«, sagte sie. »Sie wollten nicht hören. Ich habe ihnen gesagt, daß sie dich heute nicht besuchen können, aber –«

»Hallo, Mama«, sagte Wayne. Sein Haar war extrem kurz geschnitten. Er trug eine riesige, braune Hornbrille und ein weißes Hemd mit Knöpfen auf den Kragenecken. Er hatte ein Gesicht, wie man es auf Plakaten sieht, mit denen zu Spenden für den College-Fonds für Neger aufgefordert wird. Dellas emotionale Bedürfnisse waren offenbar am andern Ende des Spektrums angesiedelt. Sie hatte eine Afro-Frisur und trug ein rotes T-Shirt, Blue jeans und ausgefranste Turnschuhe. Ihr Mund sah aus, als hätte ihr im letzten Moment jemand den Lippenstift abgewischt.

»Wir haben auf die Bibel geschworen«, sagte Della. »Wir haben dem lieben Gott versprochen, daß wir dich jeden Abend besuchen kommen, Mama.« Sie trat ans Bett und legte ihren Kopf an Barbaras Schulter. Dabei sah sie sich zu mir um und lächelte.

Mein Vater machte mich mit Rita, Wayne und Della bekannt. Rita nahm nur meine Fingerspitzen, als ich ihr die Hand gab.

Wayne war kühl und korrekt. Und als ich Della die Hand geben wollte, verschränkte sie die Hände auf dem Rücken und sagte: »Nein!« Es war nur die halbkokett gemeinte Laune eines Kindes, aber ich wurde trotzdem sehr verlegen.
Barbara durfte nur eine halbe Stunde lang Besuch haben, und die war schon fast vorbei. Ich dachte mir, ihre Kinder würden gerne noch ein bißchen mit ihr alleine sein. Und da jetzt die ganze Familie versammelt war, kam ich mir sowieso ein bißchen überflüssig vor. Ich verkündete deshalb, daß ich mich jetzt verabschieden würde. Barbara wollte mich überreden, noch zu bleiben, und dann sagte Arthur, er würde gleich mit mir zusammen gehen. Aber ich hatte den Eindruck, daß er die paar Minuten lieber noch bei Barbara und den Kindern geblieben wäre, um dann mit ihnen heimzugehen, wenn am Ende der Besuchszeit die Schwester kam. Ich erfand schnell die Ausrede, ich sei verabredet, verabschiedete mich mit einem linkischen Handschlenker, ging auf den Gang hinaus und entfernte mich rasch in die Richtung, in der ich einen Ausgang vermutete. Meine Hände zitterten. Ich dachte, es sei nur wegen des merkwürdigen Zusammentreffens mit der neuen Familie meines Vaters, aber als ich vor dem Aufzug wartete und einen Moment Zeit zum Nachdenken hatte, wurde mir schlagartig klar, daß ja vor dreieinhalb Jahren in eben diesem Krankenhaus und vielleicht sogar auf derselben Etage alle Butterfields wegen der Rauchvergiftungen, der Brandwunden und der Schocks behandelt wurden, die sie durch meine Schuld erlitten hatten.

Ein paar Wochen später war Thanksgiving. Meine Eltern luden jedes Jahr dieselben Freunde zum Erntedankessen zu sich ein, und als der Tag näherrückte, wich meine ursprüngliche Überzeugung, daß das Essen dieses Jahr ausfallen würde, der wachsenden Furcht, meine Mutter würde die Party doch steigen lassen, obwohl ihr Leben zerbrochen war. Am Feiertag um zwei Uhr nachmittags legte ich schließlich den langen Brief beiseite, den ich gerade an Ann schrieb, und rief meine Mutter an.
»Hallo?« sagte Rose. Ihre Stimme klang weich und mädchenhaft.
»Hallo, ich bin's. Wie sieht's aus?« Wir hatten uns ein paar Tage

vorher gesehen, aber sie rief mich nie an, und wenn ich anrief, machte sie mir meist einen gleichgültigen Eindruck.
»Was meinst du damit, wie es aussieht? Ich koche.«
»Also findet die Party auch dieses Jahr statt?«
»Natürlich. Warum? Hast du was anderes vor?«
»Ich hab nur gedacht, weil du nichts gesagt hast. Ich wußte nicht, ob es dabei bleibt wie alle Jahre.«
»Und deshalb hast du dir was anderes vorgenommen.«
»Nein. Hab ich doch schon gesagt. Wann soll ich rüberkommen?«
Rose schwieg, und dann sagte sie ein bißchen unsicher: »Ach, um vier. War's nicht immer um diese Zeit?«
Ich duschte, wusch mir die Haare und rasierte mich, weil Rose sich immer ärgerte, wenn ich nicht wie aus dem Ei gepellt war, und gerade an besagtem Tag wollte ich mir deswegen keine Vorhaltungen machen lassen.
Mein Brief an Ann lag in Fragmenten auf dem Küchentisch, auf Notizblöckchen gekritzelt, auf Fetzen von Einkaufstüten, auf Seidenpapier, das die Tinte aufsaugte und jedes Wort weich verschwimmen ließ, wie Scheinwerfer im Nebel. Ich hatte schon einen zweiten Brief von ihr bekommen – mehr oder weniger als Antwort auf meinen an sie, in dem ich sie gebeten hatte, mir doch zu schreiben, wo Jade jetzt wohnte:

Gestern ist Hugh hier aufgekreuzt. In der Uniform seines neuen Ich – Jeans, blaues Arbeitshemd mit eingesticktem rotem Herzchen, gelbe Stiefel mit spitzen Kappen: Yippie-Hugh! Er stank zwei Meilen gegen den Wind nach irgend so einem Erdbeerparfüm, das von seiner neuen Freundin Ingrid stammte, wie er bereitwillig zugab. »Du benutzt ihr Parfüm?« fragte ich ihn und rannte damit voll in einen satten linken Haken. »Nein«, sagte er. »Aber ich nehme ihren Geruch an, zwangsläufig.« Er hatte gerade eine Zeitlang mit Keith zusammengesteckt; die beiden sind ganz besessen von ihrem sogenannten »neuen Material« gegen Dich. In Wirklichkeit haben sie natürlich keine neuen Tatsachen, nur neue Argumente, eine neue, tiefere Logik. Sie kauen dieses angeblich neue Material immer wieder durch, mit demselben verträumten, ins Leere gerichteten Blick, mit dem die Schulkinder in Blackstone immer davon geredet haben, sich ein paar Gramm Marihuana zu kaufen, obwohl sie keine Ahnung hatten, wo es zu kriegen war, und kein Geld, um es zu bezahlen.

Ich ging den weiten Weg bis zur Ellis Avenue zu Fuß. Als ich vor der Haustür stand und gerade klingeln wollte, fiel mir ein, daß ich ja noch die Schlüssel hatte, und als ich in dem nur allzu vertrauten Hausflur stand, hatte sich mein ganzes Unabhängigkeitsgefühl verflüchtigt. Ich hatte einen komischen Geschmack im Mund, der sofort die Verbindung zu dem überdimensionalen Zentrum meiner Kindheit herstellte. Ich ging die drei Treppen hinauf, schloß mir selbst auf und klopfte im Hineingehen kurz an die Tür. Essensgerüche hingen schwer in der Luft. Der Duft nach Truthahn und Süßkartoffeln, würzig, erinnerungsschwer und zeitlos, kam mir ironisch und fast ein bißchen makaber vor – wie ein Willkommensspruch auf einer Fußmatte vor einem ausgebombten Haus. Ich schloß die Tür hinter mir und horchte, ob Stimmen zu hören waren. Ich hatte gehofft, ich würde nicht der erste sein. Ich ging durch den langen, schmalen Flur aufs Wohnzimmer zu.

Rose lag auf dem Sofa, las den NATIONAL GUARDIAN und hörte Radio. Sie trug eine Brille mit lackiertem Gestell, einen grünen Hosenanzug und ein graues Hemd, und sie hatte ihre kurzen Beine übereinandergeschlagen. Das Zimmer war wie gewohnt von Schatten umkränzt, und das einzige Licht kam von der Lampe direkt hinter Roses Schulter.

»Hallo«, sagte ich. »Ich komme wohl zu früh?«

»Das kommt, weil du's nie erwarten kannst«, sagte Rose. Sie blickte nicht von ihrer Zeitung auf, aber ich sah, daß sie nicht las. Der Radiosender wurde in regelmäßigen Abständen laut und wieder leise; atmosphärische Störungen am Rande von Beethovens Dritter.

Ich zog meine aus alten Armeebeständen stammende Jacke aus und warf sie über einen Stuhl.

»Bitte, häng sie auf«, sagte Rose.

»Gleich. Wer kommt denn alles?«

»Ich habe nach reiflicher Überlegung niemanden eingeladen«, sagte Rose und faltete die Zeitung zusammen.
»Warum denn das?« Ich setzte mich neben sie aufs Sofa.
»Ich glaube kaum, daß im Augenblick jemand scharf darauf ist, sich bei mir sehen zu lassen«, sagte Rose. »Und ich hab keine Lust, mich totzuschuften, bloß damit die mir die Haare vom Kopf fressen können.«
»Ich dachte, du hättest sie alle eingeladen.«
»Vielleicht würdest du lieber bei deinem Vater und seiner neuen Familie essen? Die haben doch bestimmt das Haus voller Leute. Natürlich nur, wenn sie dich auch eingeladen haben.«
»Ich bin lieber hier.«
»Und? *Haben* sie dich eingeladen?«
Ich schüttelte den Kopf, und ein Aufglimmen in den Augen meiner Mutter verriet mir, daß sie erfreut und zugleich verletzt war. Ich wußte, daß mein Vater mich nicht zum Erntedankessen eingeladen hatte, weil er wußte, daß meine Mutter mich nötiger brauchte als er – und es tat weh zu sehen, welcher Anstrengung es bedurfte, dieses nicht auszusprechen.
»Na ja, mach dir nichts draus«, sagte sie mit gespieltem Mitleid. »Dein Vater ist jetzt sehr beschäftigt. Du kannst es ihm nicht verübeln, daß er jetzt nicht mehr viel Zeit für dich hat.«
»Warum, ich freue mich auf unser Abendessen zu zweit, nur du und ich«, sagte ich.
Rose nickte und sah weg, ins weiche, formlose Dunkel des Wohnzimmers.
»Ich hab es satt, immer dieselben Leute einzuladen, Jahr für Jahr«, sagte sie. »Immer dieselben abgetakelten Figuren. Ich hab das so satt. Immer dieselben alten ... ach, ich weiß nicht was. Keiner hat je verstanden, warum ich Arthur geheiratet habe, und ich denke nicht daran, mich durch langatmige Erklärungen zu erniedrigen. Ich mag ihre albernen Gesichter nicht sehen, wenn der Truthahn aus der Bratröhre kommt und Arthur nicht da ist, um ihn zu tranchieren. Und was wäre, wenn ich den Korken nicht aus der Flasche kriege? Das hat immer Arthur gemacht.«
»Ich bin ja auch noch da«, sagte ich.
»Nein. Darum geht's nicht.«

Ich stand auf, wanderte durch die Wohnung und knipste überall das Licht an. Meine Mutter wollte in der Küche essen, aber ich legte auf den Eßzimmertisch eine Tischdecke und deckte mit dem besten Geschirr. Ich zündete Kerzen an und holte den Farn, der am sonnigsten Fenster der Wohnung hing, und stellte ihn in die Mitte. Rose rief aus der Küche, der Truthahn sei gut, und ich half ihr, den riesigen Vogel aus der Bratröhre zu holen – er hätte gut und gerne für ein Dutzend halbverhungerter Gäste gereicht. Das Gemüse garte noch in einem riesigen Emailletopf: Langsam hüpften und wirbelten Erbsen und Perlzwiebeln in dem dunklen Wasser vor sich hin. Ein ganzer Korb mit warmen Brötchen und Rosinenbrot stand bereit, außerdem Püree aus Süßkartoffeln mit einer Kruste aus kleinen gefärbten Marshmallows. Neben dem Herd standen fünf Flaschen Côte du Rhone; bei einer war das Stanniolpapier schon abgemacht und der Korkenzieher in den Korken gedreht – es fehlte nur noch eine Hand, die ihn herauszog.

»Mein Gott, Mama«, sagte ich, »du hast ja viel zuviel gemacht.«

»Weiß ich ja. Iß einfach, soviel du magst, und mach dir keine Sorgen um das, was übrigbleibt.«

Wir brauchten eine ganze Weile, um das üppige Essen auf den Tisch zu bringen. Die Kerzen brannten viel zu schnell herunter. Der Truthahn stand vor uns, die Kastanienfüllung schimmerte in ihrer Höhle vor sich hin, und wir legten uns erst alles andere auf, weil wir nicht wußten, wem die verantwortungsvolle Aufgabe des Tranchierens zufallen würde. Die Tatsache, daß ich die frei gewordene Rolle meines Vaters spielte, flößte mir Scheu ein, das glitzernde Messer in die Hand zu nehmen. Aber schließlich sagte Rose: »Willst du denn kein Fleisch?« Ich erhob mich zögernd von meinem Stuhl und begann an dem Vogel herumzusäbeln. Ich hatte noch nie in meinem Leben tranchiert. Die Hähnchen, die ich mir manchmal selber zubereitete – oder fertig gegrillt im Supermarkt kaufte –, konnte ich in meinen eigenen vier Wänden ungeniert mit oder ohne Messer zerlegen. Ich empfand eine fast an Verzweiflung grenzende Scheu, als ich mir vorstellte, was für eine Bescherung ich anrichten würde. Aber das Messer war wunderbar

scharf, und es war so viel weiches weißes Brustfleisch da, daß ich keine Knochen durchtrennen mußte.
»Sehr schön«, sagte Rose.
Ich legte ihr zwei, drei Stücke auf den Teller. Dann bediente ich mich selbst. Und schließlich entkorkte ich die Weinflasche, und wir konzentrierten uns auf unser Mahl.
Als wir fast fertig waren, legte Rose Messer und Gabel auf den Teller, und das harte Geräusch bewies, wie still wir gewesen waren.
»Ich hatte keine Ahnung, daß ich so viel gemacht habe«, sagte sie.
»Das macht doch nichts. Dann essen wir halt mal Reste.«
»Man kriegt keinen kleinen Truthahn. Das ist das Problem. Die werden für große Festessen gezüchtet. Ein Jammer...«
»Wir machen uns Sandwiches. Für mich ist das ein Segen. Dann brauche ich eine Weile nicht zu kochen.«
»Ich wollte, ich brauchte mir keine Sorgen ums Geld zu machen. Mein Leben lang...« Sie unterbrach sich und fixierte mich mit einem stolzen Blick. »David, ich muß etwas klarstellen.«
Ich nickte und spürte den Druck einer ungeheuren, undefinierbaren Angst, einer Angst, die auf einmal so selbstverständlich zu meiner Gefühlswelt zu gehören schien wie die Gravitation zum Universum.
»Ich kann mir denken, daß dein Vater dir erzählt hat, daß ich schon mal verheiratet war, bevor ich ihn geheiratet habe. Und ich kann mir auch denken, wie er dir meine Situation geschildert hat. Die bedauernswerte, naive, bettelarme kleine Rose heiratet einen reichen Playboy, der sie in den Dreck zieht und sie zum Gespött der Leute macht. Ich hoffe, du kennst deinen Vater gut genug, um dir vorstellen zu können, daß sein... ja, wie soll ich es ausdrücken – sein Ich! Sein *Ich* läßt ihn glauben oder wenigstens behaupten, daß es so mit mir und Carl Courtney gelaufen ist. Er muß sich mich so vorstellen. Wehrlos. Traurig. Und vielleicht ein bißchen dumm? Vielleicht. Aber in Wirklichkeit war es anders, und *das* kann ich, glaube ich, ganz gut beurteilen.
Carl war reich und verwöhnt, und vielleicht war er wirklich nie ganz aufrichtig – aber er betete mich an. Er verehrte den Boden,

auf dem ich ging. Manche nannten ihn den am besten aussehenden Mann in Philadelphia. Weißt du, wie lange wir uns kannten, als wir nach Bucks County hinausfuhren und uns trauen ließen? Fünfundzwanzig Tage. Ich wette, das hat dein Vater dir nicht gesagt. Und ich wette, er hat dir nicht gesagt, daß Carl verrückt nach mir war. Und ich liebte ihn.
Carl war im Grunde ein Dichter, aber dafür war er zu reich, und deshalb wurde er immer mehr zu einer lächerlichen Figur. Er versuchte sich als Zeitungsschreiber, aber es war ihm nicht ernst damit. Genau wie mit allem andern. Das war das Elend mit ihm. Nicht das, was dein Vater sich einbildet, nämlich daß Carl Ehebruch begangen hat. Den Ehebruch haben wir ihm angehängt, um die Scheidung durchzukriegen, und Carl war zu sehr Gentleman, um sich zu verteidigen. Ich mußte ihn verlassen.«

»Pa hat dir also geholfen, die Scheidung durchzusetzen?«

»Auf jeden Fall hat er dafür gesorgt, daß ich keinen Pfennig von Carls Geld bekam. Keine Abfindung. Keine Unterhaltszahlung. Nichts. Die Courtneys hätten mir das Geld *nachgeworfen,* nur um mich aus ihrer Familie herauszukriegen. Sie wären lachend zur Bank gerannt, wie man so sagt. Nicht, daß ich es auf sein Geld abgesehen hätte. Aber Arthur! Arthur hatte kein Recht, einer solchen Regelung zuzustimmen. Carls Bruder, Dennis – dessen Frau war drogensüchtig, und die Familie hat ihr eine Leibrente ausgesetzt, damit sie sich von Dennis scheiden ließ!«

»Pa wollte dich ganz für sich allein haben. Es sollte kein Geld von einem anderen mit im Spiel sein. Und du warst immerhin Kommunistin. Woher hatten die Courtneys übrigens ihr Geld?«

»Das tut überhaupt nichts zur Sache!«

»Vielleicht hat Pa gemeint, du hättest ihn nicht geheiratet, wenn du eine Rente bekommen hättest.«

»Nein, das ist nicht der springende Punkt.«

»Was dann?«

»Das hat keiner begriffen. Ich habe Carl *geliebt.* Er war ein schöner Mann. Ich hatte nie zuvor soviel Schönheit bei einem Mann gesehen. Nie! Ich konnte für Arthur einfach nicht dieselben Gefühle aufbringen wie für Carl. Und es war nicht nur das Körperliche, obwohl es sinnlos wäre abzustreiten, daß es eine wichtige Rolle gespielt hat. Niemand kann sich vorstellen, wie *schön* ich war, als ich mit Carl zusammen war. Jeder hat sich in mich verliebt, als ich mit Carl zusammen war.«

Ich erschrak. Ich argwöhnte, Rose wolle damit andeuten, daß sie meinen Vater nie geliebt habe, daß sein massiger, ernster Körper ihr nie gefallen habe. Und das wollte ich nicht hören. In Rockville hatten wir einen Jungen namens Paul Schulte gehabt, dem seine Mutter gesagt hatte, sie hätte noch nie einen Orgasmus gehabt. »Dein Vater hat ein ungewöhnlich dünnes Glied«, hatte sie ihm erzählt, und Paul kam darüber nicht hinweg. Er drohte oft damit, sich selbst zu kastrieren und seinen Schwanz seiner Mutter zu schicken, damit sie sich überzeugen konnte, daß auch der nicht größer war als der seines Vaters, und soviel ich wußte, hatte er das auch wahrgemacht. Er war noch in Rockville, als ich entlassen wurde. Natürlich war es abwegig, seine Obsession nur auf die eine Bemerkung seiner Mutter zurückzuführen, aber Pauls Schicksal erinnerte mich daran, daß Söhne nicht von ungefähr davor zurückschrecken, sich allzu eingehend mit den Gründen für das Unglück ihrer Mutter zu befassen. Ich konnte Andeutungen verkraften, und ich konnte meine eigenen Vermutungen verarbeiten, aber wenn Rose mir rundweg erklärt hätte, mein Vater sei als Liebhaber unfähig gewesen, dann, so fürchtete ich, hätte dieses Wissen mich tief und an einer empfindlichen Stelle getroffen und Veränderungen in mir ausgelöst, derer ich nicht Herr geworden wäre.

Pflichteifrig stand ich auf, um uns noch etwas von unserem Truthahnbraten abzuschneiden, als das Telefon klingelte. Rose reagierte im allgemeinen sehr prompt auf das Telefon; wenn sie nur ein paar Schritte entfernt war, wenn es klingelte, rannte sie oft sogar hin. Heute jedoch ließ sie es drei-, vier-, fünfmal klingeln, ohne Anstalten zu machen, sich zu erheben, und so legte ich in dem Gefühl, daß das von mir erwartet wurde, das Messer hin, ging in die Küche und nahm den Hörer ab.

Es war Alberto Nicolosi, einer der ältesten Freunde meiner Mutter. Zusammen mit den Rinzlers, den Sterns und den Favis' waren die Nicolosis bisher jedesmal zum Erntedankfest unsere Gäste gewesen.

»Hallo«, sagte Alberto, »bist du's, David?«
»Ja, Alberto?«
»Hallo, David. Ich hab deine Stimme am Telefon nicht gleich erkannt. Entschuldige bitte.«
»Das macht doch nichts. Wie geht's Ihnen?«
»Gut, danke. Und du bist bei deiner Mutter?«
»Ja.«
»Wie schön. Und sonst? Ist sonst noch jemand da?«
»Dieses Jahr nicht. Wir sind allein, nur wir beide.«
»Hab ich mir fast gedacht. Du weißt ja, Rose hat uns jedes Jahr am Thanksgiving zum Essen eingeladen. Wir sind gerade mit unserem eigenen, nicht allzu festlichen Essen fertig, und wir denken an deine Mutter...«
»Ja?«
»Sag doch mal, meinst du, es hätte Zweck, wenn wir bei euch vorbeikämen? Wir haben einen Kuchen. Wir könnten ihn mitbringen, und Rose könnte ihren berühmten Kaffee kochen.«
»Ich halte das für eine phantastische Idee, Alberto.«
»Wirklich? Wir wollten eigentlich in die Oper gehen. Mein Bruder ist da. Aber es würde uns komisch vorkommen, diesen Tag ganz ohne Rose zu verbringen.«
»Kommt doch einfach rüber. Ich sage Mutter, daß ihr unterwegs seid.«
Rose räumte schon den Tisch ab, als ich zurückkam. Sie hatte das Stück Fleisch, das ich gerade abgeschnitten hatte, auf die Bratenplatte zurückgelegt und goß den restlichen Wein aus ihrem Glas in meines.
»Das war Alberto«, sagte ich. »Er und Irene wollen rüberkommen.«
»Aber wir sind doch schon fertig mit dem Essen.«
»Sie auch. Sie bringen einen Kuchen mit, als Nachtisch für uns alle.«
Rose sagte nichts.
»Albertos Bruder ist da. Sie bringen ihn auch mit.«
Sie ging mit einem Stapel Geschirr rasch in die Küche. Als sie wiederkam, sagte sie: »Sie kommen jetzt gleich?«
»Ja.«

»Dann werde ich mir mal schnell das Gesicht waschen.« Sie preßte die Hand gegen ihre Wange.
»Du siehst auch so gut aus.«
»Ich weiß selber, wie ich aussehe. Ach, was soll's. Also, Irene und Alberto kommen, kommen zu mir, um mich arm zu essen. Irene ist eine miserable Köchin. Bestimmt haben sie noch einen Mordshunger. Ich hoffe, du bist nett zu ihnen, David. Dein Vater macht sich gern lustig über die beiden. Aber sie haben dich aufwachsen sehen. Sie mögen dich, und du solltest sie mit Respekt behandeln.«
»Aber ich finde sie einfach reizend.«
»Ja, ja. Ich weiß schon. Denk nur immer daran, daß sie menschliche Wesen sind, die genausoviele Gefühle haben wie du. Sie gehören zu meinen ältesten Freunden, David. Sie sind mir kostbar.«
Die Nicolosis kamen, als Rose noch im Bad war. Alberto trug einen Fischgrätmantel und eine russische Pelzmütze. Er hatte langes, silbriges Haar, und seine Augen waren von einem dunklen, fast violetten Blau. Er roch nach Pfeifentabak und Kölnisch Wasser. Irene, aufrecht, mager und nun schon etwas gebrechlich, trug ein schwarzes Cape. Ihr Lippenstift war feuerrot, und ihr weißes Haar war in zwei großen Wellen nach hinten gekämmt. Arthur hatte einmal gesagt, Irene hätte ihr Haar so gut dressiert, daß es wahrscheinlich auch Männchen machen und bellen könne. Albertos jüngerer Bruder war so schüchtern, daß es fast unterwürfig wirkte. Er gab mir die Hand, nickte und lächelte befangen, während Alberto uns erklärte, daß er kein Englisch spreche.
Während ich ihnen die Mäntel abnahm, kam Rose aus dem Badezimmer.
»Ja, wen sieht man denn da«, rief sie mit affektierter, übertrieben fröhlicher Stimme. Sie streckte ihnen beide Hände entgegen, wie die Gastgeberin eines literarischen Zirkels. »Was einem da so hereinschneit!«
»Und Sie müssen Albertos Bruder sein«, sagte Rose, als sie noch ein paar Schritte von ihnen entfernt war.
»Er heißt Carlo«, sagte Alberto, »aber er spricht leider kein Englisch.«

»Oooch«, machte Rose, runzelte die Stirn und hielt den Kopf schief, als wäre das eine traurige Nachricht. »Na, macht nichts. Jedenfalls kann er Kuchen essen und meinen guten Kaffee trinken.«

Wenn sie nur still sein und sich beruhigen wollte, dachte ich; sie zwingt die Leute ja förmlich, sich von ihr abzuwenden. Ich hängte die Mäntel in den Schrank, und als ich die Tür zumachte, sah ich, daß Alberto Rose in den Armen hielt. Er drückte sie an sich, und es sah so aus, als schwankten die beiden leicht hin und her. Rose stand auf den Zehenspitzen, und da Alberto sie gar nicht loslassen wollte, tätschelte sie ihm den Rücken, als ob sie es wäre, die ihn trösten müßte.

7

Anfang des folgenden Jahres nahm ich mit zwei weiteren Butterfields Kontakt auf. Der erste war Keith, dessen Name ich im Telefonbuch von Bellows Falls, Vermont, gefunden hatte. Ich hatte seine Nummer schon mehrmals gewählt, aber es hatte sich nie jemand gemeldet. Ich behielt sie trotzdem auf meiner Liste und kennzeichnete sie sogar, weil ich mir gut vorstellen konnte, daß Keith jetzt in Vermont lebte – Vermont oder Oregon, eine Gegend, wo er Paddelboot fahren und wandern konnte und mit niemandem zu konkurrieren brauchte, ein sauberer, abgelegener Ort, einsam, mit einer langen Tradition und vielen Familiengeschichten. Und eines Abends, draußen tobte ein Schneesturm, rief ich wieder einmal diese Nummer an, und nach dem achten Läuten meldete sich eine Stimme, die unverkennbar die von Keith war.

»Hallo, Keith«, sagte ich. Ich wollte noch mehr hören, um ganz sicher zu gehen.

»Hallo. Wer ist da bitte?« Er hatte eine glockenreine Tenorstimme; er hätte Folkloresänger werden und amerikanische Volkslieder des vorigen Jahrhunderts sammeln sollen, aber er war zu ungeschickt, um Banjo spielen zu lernen, und viel zu gehemmt, um selber zu singen, sogar wenn er allein war.

»Ich bin's.« Ich hörte im Hintergrund einen Hund bellen; Keith hielt die Sprechmuschel zu und sagte: »Kusch, Ambroise.« Dann sagte er in schärferem Ton zu mir: »*Wer* ist da?«

»Ich bin's. David Axelrod.«

»Das hab ich mir gedacht.«

Dann machte ich einen Fehler. Ich sagte: »Bitte nicht auflegen.« Worauf er genau dies tat. Ich rief ihn sofort noch einmal an, aber er ließ es einfach klingeln. Am selben Abend schrieb ich ihm einen kurzen Brief, in dem ich mich für den Anruf entschuldigte und ihn fragte, ob ich ihn irgendwann einmal – es müßte nicht gleich sein – besuchen dürfe, um mit ihm zu reden. Er schickte mir den Brief in Fetzen zerrissen zurück, aber ich hatte bei näherem Hinsehen den Eindruck, daß der Umschlag normal geöffnet worden war. Außerdem hatte er etwas auf einen Zettel geschrieben: »Ich weiß genau, daß Du nur auf Bewährung rausgekommen bist und kein Mitglied unserer Familie belästigen darfst. Wenn Du es nochmal probierst, kannst Du Dich darauf verlassen, daß ich die Polizei verständige, und zwar hier und in Chicago.«

Im März erfuhr ich dann, wo Sammy Butterfield steckte. Als ich noch auf Vermutungen angewiesen war, hatte ich mir gedacht, daß er sicher auf einer Privatschule war, um später nach Harvard zu gehen, Jura zu studieren und schließlich Kongreßabgeordneter zu werden. Ich nahm die Ambitionen, die er mit zwölf Jahren gehabt hatte, immer noch völlig ernst. Ich hatte sogar schon bei Choate und Exeter und mehreren anderen guten Privatschulen angerufen, aber nichts über Sammy erfahren, und ich kannte mich mit dieser Art Schulen nicht gut genug aus, um es auch noch bei vielen anderen probieren zu können. Wie sich nun herausstellte, war er in der Beaumont School im Staate New York. Eines Abends, als ich von der Arbeit im Bus heimfuhr, las ich etwas über ihn in der Zeitung. Es war eine UPI-Nachricht, und als ich zwei Tage später in der Bibliothek nachsah, fand ich den gleichen Artikel in allen möglichen Zeitungen von New York bis Los Angeles.

SCHÜLER WEIST STIFTUNG ZURÜCK;
SPENDER MIT AGNEW BEFREUNDET

Beaumont, New York... Roman Domenitz, ein prominenter Industrieller aus Maryland und langjähriger Vertrauter von Vizepräsident Agnew, besuchte die Beaumont School, um der exklusiven Privatschule eine Geldspende in Höhe von einer halben Million Dollar zu überreichen. Mr. Domenitz, Generaldirektor des Romdom-Konzerts, stiftete den Betrag im Andenken an seinen Sohn Laurence, der letztes Jahr als Schüler der Abschlußklasse auf der Beaumont School an Leukämie starb.
Samuel Butterfield, Klassensprecher der ersten Klasse, war von seinen Mitschülern dazu auserwählt worden, den Scheck von Mr. Domenitz im Rahmen einer Feierstunde zum hundertjährigen Bestehen der renommierten höheren Schule in Empfang zu nehmen. Vor den geladenen Gästen, unter denen sich auch Vizepräsident Agnew befand, erklärte der junge Mr. Butterfield: »Wir brauchen Domenitz' Geld nicht.« Während er den Scheck zerriß, verwies Butterfield auf die Vorwürfe, die in jüngster Zeit von Bürgerrechtsgruppen schwarzer Amerikaner gegen Domenitz erhoben wurden.
Als Butterfield den Scheck über eine halbe Million Dollar zerriß, reagierten die Anwesenden mit Empörung und Unruhe. Schulleitung und Polizei sahen sich gezwungen, die Veranstaltung abzubrechen und das Auditorium zu räumen. »Es hätte zu Tumulten kommen können«, erklärte die Leiterin der Schule, Dana Mason.
Samuel Butterfield war zu keinerlei Auskünften bereit. Sein Vater, Dr. Hugh Butterfield aus Camden, New Jersey, erklärte auf die Bitte, sich zum Verhalten seines Sohnes zu äußern: »Sammy tut immer das, woran er glaubt.«
Die Beaumont School blieb bisher von der Welle von Schüler- und Studentenunruhen, die seit einigen Jahren die amerikanischen Schulen und Colleges erfaßt hat, verschont.

Zusammen mit dem Artikel brachten die Zeitungen ein Foto von Sammy, wie man es in einem Schuljahresbericht sehen könnte. Sein helles Haar war im Lancelot-Stil geschnitten, und sein Gesicht hatte die Undurchsichtigkeit von einem, der in der Lage ist, alles bis auf die Gesichtszüge selbst vor der Kamera zu verbergen.

Ich wollte natürlich unbedingt wissen, wie die Geschichte weitergegangen war, aber bei keiner der Zeitungen konnte mir jemand sagen, ob Sammy von der Schule verwiesen worden war oder nicht. Ich rief Ann an, um ihr zu sagen, daß die Nachricht von Sammy Chicago erreicht hatte – »Und wenn sie es hier drucken«, sagte ich, »drucken sie es überall, wahrscheinlich sogar in China« –, und um sie zu fragen, ob Sammy von der Schule geflogen war.

»Ich weiß schon, worauf du hinauswillst«, sagte Ann. Ihre Stimme klang verträumt, ein bißchen nach Drogenrausch. Es schneite überall nördlich von Florida, aber Ann hörte sich an, als ob sie in der Sonne läge. »Ich will nicht, daß du mich anrufst, David. Es ist so sonderbar und immer völlig unerwartet. Es ist nicht fair. Es bedeutet immer, daß du Lust zum Reden hast und ich nicht. Aber wenn du mich schon anrufen mußt, dann versuch wenigstens nicht, mich über meine Kinder auszuhorchen.«

Ich schrieb Sammy an die Beaumont School und beglückwünschte ihn dazu, daß er den Scheck von Agnews Kumpel zerrissen hatte. Als mich die Butterfields noch nicht so gut kannten, versuchte ich immer, aus der politischen Vergangenheit meiner Eltern Kapital zu schlagen. Was mich selbst anging, so hatte ich genügend marxistische Theorie aufgeschnappt, um ihnen Vorträge über linke Politik halten zu können. Jetzt aber schrieb ich Sammy: »Da gehst du her und machst etwas, wozu wirklich Mut gehört, und ich habe mich seit der High-School überhaupt nicht mehr politisch betätigt – und auch damals habe ich es nicht weiter gebracht als bis zu einer völlig risikolosen Protestversammlung vor einer militärischen Anlage in Evanston, bei der noch fünfhundert andere dabei waren.« Sammy beantwortete meinen Brief nicht und bestätigte auch nicht, daß er ihn bekommen hatte, aber wenigstens schickte er ihn mir nicht in Schnipsel zerrissen zurück. Ich wußte, daß ich mir etwas vormachte, aber ich legte das als eine Art klammheimlicher Ermunterung aus. Eine Woche später schickte ich ihm einen Brief an Jade mit der Bitte, ihn an sie weiterzuleiten.

Ein Brief von Ann.

Lieber David,
Du bist schon zu bedauern. Erst hänge ich einfach auf, wenn Du mich anrufst, und dann mußt Du zur Post latschen, um meine Briefe abzuholen, weil sie so dick sind, daß sie nicht in Deinen Briefkasten gehen. Ich habe mir im Umgang mit Dir immer den Luxus der Unschlüssigkeit geleistet. Dir hat meine Zwiespältigkeit offenbar immer Spaß gemacht, während sich die anderen die Haare rauften. Du warst so sicher, daß sich unter meiner Launenhaftigkeit die typische Yankee-Lady verbarg, die sich ihrer Gefühle genauso sicher ist wie ihrer Abstammung. Ich wüßte wirklich gerne, ob Du immer noch so denkst. Ich würde es mir wünschen. Daß *sonst* keiner so denkt, weiß ich sicher. Aber jetzt, wo Du selber das Opfer meiner Launen bist, wirst Du Dich wohl nicht mehr so gern an das Vergnügen erinnern, das Dir die seltsame Ohnmacht meiner Gefühle gemacht haben.
Ohnmächtige Gefühle? Mein Gott, es gibt keinen Menschen, diesseits oder jenseits des Grabes, dem ich einen *solchen* Ausdruck zumuten würde, außer Dir. Ich weiß eben, daß Du alles in Kauf nimmst und nichts tun würdest, was diesen Briefwechsel zwischen uns gefährden könnte. Jetzt begreife ich endlich, warum manche Frauen – oder sind das alles noch kleine Mädchen? – auf diese flehentlichen Chiffre-Anzeigen von Häftlingen antworten, die in Underground-Blättern veröffentlicht werden, und dann Briefe an wildfremde Männer schreiben, die irgendwo eine Strafe absitzen. Es muß wohl an unserer Geschichte liegen, daß ein Vogel im Käfig etwas hat, was uns Frauen unwiderstehlich anzieht.
Apropos unwiderstehlich – Hugh war wieder in der Stadt und erzählte, was auf Frauen Eindruck macht. Seine derzeitige Freundin, Ingrid Ochester, ist ungefähr siebenundzwanzig, obwohl sie so alt wie Hugh aussieht. Weiß der Himmel, was sie so alt gemacht hat. Sie arbeitet anscheinend nichts Richtiges, und ihre einzige Sorge scheint zu sein, ob die Glasur auf ihren Töpfen und Vasen halten wird und ob ihrem achtjährigen Sohn, der ständig zwischen ihr und seinem Vater, einem Pepsi-Manager in Saudi-Arabien, hin und her pendelt, auch nichts passiert. Ingrid gehört zu der Sorte Frauen, mit der ich einfach nichts anfangen kann. Mit

sich und der Welt zufrieden, aber irgendwie blaß, kommt sie einem vor wie aus dem Nichts aufgetaucht. Ihre Vergangenheit ist voller Städte wie Camden, New Jersey; ihre Eltern haben den Sommer in Easton, Maryland, verbracht. Sie haben ihr Geld mit dem Verkauf von Sofas gemacht.

Hugh und ich kamen aus sehr verschiedenen Welten, aber zwischen uns bestand wenigstens eine angenehme Polarität. Er war aus New Orleans, und ich war aus New York, und wir stammten beide aus ehemals (lang ist's her!) reichen Familien. Aber Ingrid und Hugh? Was sollen die denn gemeinsam haben! Ich kann mir nicht mal merken, wie sie sich kennengelernt haben. Da war irgendwas mit einem Cousin, einer Reifenpanne... Aber Ingrid hat's eindeutig erwischt – die Kinder sagen es auch alle –, und Hugh genießt es wie eine Katze ihren fünften Kanarienvogel.

Das ist das Absurde an ihm. Er wundert sich immer noch, daß sich Frauen in ihn verlieben können, und er hat (bei aller Unersättlichkeit) ein so unterentwickeltes Selbstbewußtsein, daß er jedes Techtelmechtel zur großen Liebe hochstilisiert. Jedesmal, wenn er merkt, daß er sich der Zuneigung irgendeiner Dame erfreut, ist er gleich Feuer und Flamme und engagiert sich rückhaltlos. Für einen so ausgesprochen attraktiven Mann hat Hugh schon von erstaunlich vielen Frauen den Laufpaß bekommen. Er steigert sich immer derart hinein, daß die durchschnittliche junge Dame – die, wie der durchschnittliche junge Mann, verdammt noch mal, einfach ihr Leben genießen möchte – schleunigst den Rückzug antritt. Du weißt fast genausogut wie ich, wie ungeheuer ernst Hugh sein kann. Wie tief er oft denkt, wie genau er sich erinnert, wie differenziert seine Gefühle sein können. Er sinniert viel, ist ein stilles Wasser, und er bringt es doch zum Beispiel glatt fertig, mitten beim Essen aufzustehen, zu einem rüberzukommen, einen mit sanfter Gewalt vom Stuhl hochzuziehen, die Arme um einen zu legen und einen fest und feierlich an sich zu drücken, während man selber alle Mühe hat, nicht auf dem Bissen herumzukauen, den man gerade im Mund hat. Ja, und so was können eben die meisten Frauen nicht vertragen.

Es kommt in der Beziehung zu Hugh irgendwann der Punkt, wo man merkt, daß Hugh solche Sachen nicht *macht,* um einem zu gefallen, sondern daß er tatsächlich so *ist*. Zum Beispiel sein Tick, alles zu katalogisieren – unser zehntes Paella-Essen, der fünfte Jahrestag der Besichtigung des Hauses, der fünfte Jahrestag der Unterzeichnung des Kaufvertrages, der fünfte Jahrestag des Einzugs. Das hört überhaupt nicht auf, es ist keine Macke, die sich irgendwann mal wieder legt, es geht ewig so weiter. Siebzehn Jahre war ich mit ihm verheiratet, und immer noch kam es vor, daß ich von meinem Buch aufschaute und plötzlich Hughs ernste blaue Augen still vom anderen Ende des Zimmers her auf mich gerichtet sah, wie um mich auszuloten. »Möchtest du mit mir reden?« fragte ich ihn dann. Aber das wollte er nicht; er wollte »kommunizieren«. Ich bin in einer Familie aufgewachsen, in der fast ständig jemand am Reden war, und habe immer meinen Teil zur allgemeinen Unterhaltung beigesteuert, und deshalb klang mir Hughs bedeutungsschweres Schweigen immer in den Ohren. Und während ich immer mehr mit Ironie und Ablehnung auf diese Angewohnheit reagierte, wurde es mir doch nie wirklich zuviel. Ich habe nie aufgehört zu glauben, daß *seine Art* etwas Höheres war und daß ich von ihm etwas Entscheidendes lernen konnte.

Ich hatte mir immer eingebildet, Hugh sei mir nachgelaufen, aber sogar in Cambridge hatte er mir nur auf sehr nachlässige Weise den Hof gemacht. Er suchte meine Bekanntschaft, nachdem ich in einer am Ort erscheinenden Literaturzeitschrift eine Kurzgeschichte mit dem Titel »Geburtswehen« veröffentlicht hatte. Die Zeitschrift wurde mit blauer Farbe auf gelbes Papier gedruckt, und mein Beitrag war so konstruiert und prätentiös – der übliche Schmus über eine egozentrische junge Frau, die an ihrer eigenen Kultiviertheit und Überfeinerung zugrunde geht –, daß ich mich hinterher eine Woche lang nicht unter die Leute traute. Aber Hugh brachte es fertig, meine Geschichte bezaubernd zu finden, und ließ sich meine Adresse geben. Wir kannten uns nicht, und er schrieb mir ganz formell und lud mich zu einem Daiquiri – die Heldin meiner Gedichte trank Dutzende von Daiquiris – ins Parker House ein. Der Gedanke, mich mit diesem höflichen und offenbar wohlmeinenden Fremden zu treffen, war zu verlockend, und ich erschien in einem schwarzen Kleid und mit einer Kette aus lila Glasperlen im Parker House. Hugh trug einen weizengelben Zweireiher, hatte ein Exemplar von »Geburtswehen« in der Hand und machte keinen Versuch, seinen Südstaatlerakzent zu verbergen. (Wahrscheinlich spürte er, daß ich auf das Klischee vom Gentleman aus dem Süden ansprechen würde.) Er erklärte mir, wieweit seine Bewunderung für meine Kurzgeschichte ging, fragte mich, wie ich meine blassen, anämischen Effekte erzielt hätte, und interviewte mich insgesamt ganz ähnlich, wie Du es viele Jahre später getan hast, als du mit den Fotokopien meiner Kurzgeschichten aus dem NEW YORKER heimkamst. Nur daß ich damals ein junges, störrisches Mädchen und mit einem Fremden in einem Hotel war und nach der ersten halben Stunde (und bei meinem zweiten Daiquiri – scheußliches Zeug, wie ich jetzt feststellte) hoffte, Hugh würde seine Bewunderung dadurch vervollständigen, daß er vorschlug, wir sollten uns ein Zimmer nehmen.

Hätte ich damals schon gewußt, was ich dann sehr bald erfahren sollte, hätte ich bloß zu sagen brauchen »O Hugh, ich möchte mit Ihnen zusammensein« – er wäre im nächsten Moment am Empfang gestanden und so aufgeregt gewesen, daß sein Adamsapfel vorgesprungen wäre wie der Kuckuck einer Kuckucksuhr. Ich hatte keine Ahnung, wie schüchtern und empfindsam er war: In Angelegenheiten der körperlichen Liebe hat Hugh immer erst eine Erlaubnis gebraucht. Ist die Erlaubnis erteilt, kann er der geilste Bock sein, aber vorher ist er so zurückhaltend oder flirtet so ungeschickt, daß man sich kaum vorstellen kann, daß da wirkliche Libido dahintersteckt. Hätte er nicht so sagenhaft ausgesehen, wäre es ihm schlecht ergangen: Er konnte sich immer nur zur Verfügung stellen; sich eine Frau nehmen, dazu war er nicht fähig. Aber woher sollte ich das wissen? Erst nach wochenlangem, frustriertem Grübeln ging mir auf, daß ich, wenn ich Hugh haben wollte, selbst den ersten Schritt tun mußte. So kam es dann zu meinem berühmten Abendessen, wo ich beim Kerzenanzünden den Spruch losließ: »Laßt alle Fluchthoffnung fahren, ihr, die ihr hier eintretet.«

Mein Gott, ich muß doch einsamer sein, als ich gedacht habe. Mich so über Hugh auszulassen. Der erste Jahrestag unserer Scheidung steht vor der Tür. Das muß es sein. Wir verkauften das

Haus, verkauften die mickrigen vier Hektar Land in Mississippi, die Hughs Vater uns zur Hochzeit geschenkt hatte, und standen wie Waisenkinder vor einem Chicagoer Scheidungsrichter und logen das Blaue vom Himmel herunter, um unsere Geschichte plausibel zu machen und die ganze Sache nicht unnötig zu komplizieren. Hughs Freundin wartete vor dem Gericht, mit ihrem abscheulichen Lieferwagen in der zweiten Reihe parkend, und ich leistete mir ein Taxi zum Flughafen, um so schnell wie möglich da wegzukommen.

Die Scheidung war unvermeidlich, als wir das Haus nicht mehr hatten – genauso wie kostbare Papiere vergammeln, wenn man nichts hat, wo man sie sicher aufbewahren kann. Dieses große Haus in der Dorchester-Avenue besaß einen Magnetismus, der uns zusammenhielt – und sogar so etwas wie ein notdürftiges Gleichgewicht garantierte. Es war unsere Heimat, unsere Raumstation – na, Du weißt ja selber noch, welchen Zauber dieses Haus ausübte. Wir waren so glücklich, daß wir es gefunden hatten, und sein Verlust war ein schwerer Schlag für uns – vor allem weil er uns zu einer Zeit traf, als wir unsere vier Wände nötiger hatten denn je, als wir das anheimelnde, vertraute Holz brauchten, das dumpfe, beruhigende Grollen im Keller unseres alten Hauses, die Mischung aus Astwerk und Himmel, die sich so friedlich vor unserem Wohnzimmerfenster auftat. Das Haus war ein Prüfstein, der Vorfahre der Erinnerung; es hatte etwas Bewahrendes, es bewahrte uns, unser Leben, unsere Hoffnungen. Uns aus diesem Haus zu vertreiben, war, als hätte man einen Stamm aus dem Land seiner Vorväter verjagt: Die Rituale der Gemeinschaft vertrockneten wie leere Fruchtkapseln. Als wir nicht mehr durch unsere vertrauten Türen gehen, sie hinter uns zuschlagen konnten, nahmen unsere Auseinandersetzungen kein Ende mehr, wurden sie immer ernster und schärfer. Ah, die Streitgespräche in den Hotels, mit den Zimmermädchen nebenan. Das Geflüster spät in der Nacht im Haus meines Bruders in Maine – sogar wenn mein Bruder mit seiner Familie in Boston war und wir Butterfields das Haus ein paar Tage für uns allein hatten, gingen wir auf Zehenspitzen und sprachen nur ganz leise miteinander und wuschen unsere Tassen ab, sobald wir sie ausgetrunken hatten. Wir waren

Flüchtlinge ohne Rechtfertigung, mehr an Schuldvorwürfen interessiert als an Bindungen.

Das verbindet uns beide, Dich und mich. Die Schuld. Ich glaube, das ist der Grund, warum Du keine Hemmungen hast, die Verbindung mit mir aufrechtzuerhalten, und warum es mir wieder so natürlich und unvermeidlich vorkommt, mit Dir zu sprechen. Wir sind, so würde ich meinen, Karmazwillinge. Du warst es – du ganz allein –, der das Feuer gelegt hat, aber wir werden nie wissen, was wir alles hätten retten können, wenn wir nicht vorher das Care-Paket meines Cousins aus Kalifornien bekommen hätten. Als das Päckchen mit den zehn Trips eintraf, zehn 250-Mikrogramm-Dosen pharmazeutisch reinen LSDs... Na ja, wie *ich* mich erinnere, waren wir alle begeistert und fühlten uns beschenkt. Wir waren alle neugierig gewesen, nein, mehr noch, wir waren alle fest entschlossen, es zu nehmen. Das einzige Problem war unsere Angst gewesen, es von irgendeinem Irren auf der Straße zu kaufen, der uns womöglich Strychnin oder Pferdetranquilizer angedreht hätte. Aber als wir den echten Stoff in Händen hatten – und dazu den makabren Segen, daß er aus einem Labor stammte –, waren wir einfach nicht mehr zu halten. Es waren *mein* Cousin und *mein* Brief, und das Päckchen war an mich adressiert gewesen. Aber wir haben es alle gemeinsam besprochen, waren uns alle einig gewesen, daß es am besten wirken würde – weniger trennend, weniger seltsam und weniger isolierend wäre –, wenn wir es alle zusammen nehmen würden. Wir versprachen uns alle eine wunderbare, bewußtseinsverändernde Erfahrung, und ich glaube, es spricht für unseren Vorsatz, als Familie zusammenzubleiben, daß wir die Reise gemeinsam unternehmen wollten.

Ja, und so kam es, daß wir so hilflos waren wie Hasen auf der Landstraße, als wir dann geistesgegenwärtig und richtig hätten handeln müssen. Wir tappten ohne Sinn und Verstand herum und erfuhren etwas, das wir nicht verkraften konnten: Als das Leben an den Rand der Vergessenheit geriet, waren wir überhaupt keine Familie mehr – jeder stand für sich allein, in einem Zustand panischer Angst und schrecklicher Isolierung. Keiner von uns war wirklich in der Lage, einen klaren Gedanken zu fassen, aber bestimmt dachten wir alle mehr oder weniger, daß wir jetzt für unsere Entweihung der geheiligten Chemie des Gehirns bestraft werden sollten, daß das Feuer ein Vorgeschmack auf die Hölle war, zu der wir uns selbst verdammt hatten. Ich habe mich oft mit Bedauern gefragt, warum wir so verdammt unfähig waren, uns auf vernünftige, geordnete Weise ins Freie zu retten, und immer wieder taucht dann in der Erinnerung der Gedanke auf, wir hätten es nicht besser verdient.

Da ich schon von Schuld rede. Ich glaube, ich muß mich gegen *Deine* Anschuldigung verteidigen. Ich zitiere: »... als ich dazu überging, die Nächte in Eurem Haus zu verbringen, hast Du gemeint, Jade bekomme nicht genug Schlaf, und Deine Lösung für das Problem war, uns ein Doppelbett zu beschaffen, ein gebrauchtes Bett von der Heilsarmee, das wir dann desinfizierten und mit Chanel N° 5 tränkten.«

Meine Idee soll das gewesen sein? Vielleicht war das mit dem Chanel N° 5 meine Idee – und vor allem war es mein Chanel. Aber das Bett war Jades Idee – und wohl auch Deine. Findest Du es nicht auch selber unwahrscheinlich, daß *ich* auf die Idee mit dem Doppelbett gekommen sein soll? Kannst Du Dich erinnern, daß ich Dir das je vorgeschlagen hätte? Oder siehst Du darin, daß ich keine Einwände erhob, schon Zustimmung? Das siehst Du falsch. Mir war klar, daß Ihr beide kaum geschlafen habt – aber das schien mir mit der bizarren Intensität Eurer Liebe zusammenzuhängen. Ihr habt mich dazu gebracht, daß ich mich nach Schlaflosigkeit sehnte, weil ich erkannt hatte, was bei Euch der Grund war – der Wunsch, nie getrennt zu sein. Es war die *Einsamkeit* des Schlafes, die Euch schreckte. Ihr wolltet nicht schlafen. Diese langen Nachtspaziergänge. Wir dachten, Ihr wolltet euch müde laufen, aber heute weiß ich, was der Zweck dieser Wanderungen war. Ihr wolltet Euch wachhalten und habt wahrscheinlich sogar bei Medici noch einen Espresso getrunken, bevor Ihr wieder heimgingt.

Dabei war Jade immer eine solche Schlafratte gewesen. An den Wochenenden schlief sie oft bis vier Uhr nachmittags. Sie schlief in der Schule, sie schlief im Bus, bei Familienausflügen. Wie ein alter Mann nickte sie sogar im Kino ein. Dieses fast schon krankhafte Schlafbedürfnis fiel uns natürlich auf, und wir erkannten, daß es eine Art Flucht war – vor ihrem zu raschen Wachsen, vor den vielen Einzelheiten ihres Alltags, die ihr nicht paßten, und vor uns. Einmal, als sie neun oder zehn war, war sie in der Badewanne eingeschlafen, und ich rüttelte sie wach, teils weil ich Angst hatte, sie könnte ertrinken, teils weil ich schon eine Stunde wartete, daß sie das Bad freimachen würde. Sie sah mich mit dem ganzen Trotz an, dessen sie fähig war – und das war auch damals schon eine Menge –, und sagte: »Ich brauche meinen Schlaf.« Sie wachte eifersüchtig über ihren Schlaf und verteidigte ihn wie einen kostbaren Besitz. Wenn sie ihn hätte verstecken können wie ich meine Schokolade, dann hätten in allen Ecken Träume und Päckchen voll Bewußtlosigkeit herumgelegen. In einem Haushalt, in dem alles geteilt und besprochen wurde und in dem es viel mehr Bedürfnisse gab als die Fähigkeit, Bedürfnisse zu befriedigen, vergrub sich Jade in eine Welt, in der sie unnahbar, unkritisierbar und undurchschaubar war.

Nachdem wir uns also jahrelang mit Jades übertriebenem Schlafbedürfnis hatten abfinden müssen, mußten wir uns jetzt, nachdem Du auf der Bildfläche erschienen warst, an ihre Schlaflosigkeit gewöhnen. Als sich die ersten Symptome zeigten – ein gewisses Glasigwerden der Augen sowie ihre eigene Aussage, daß sie nur etwa 20 Stunden Schlaf in der Woche bekam –, schlug Hugh den homöopathischen Weg ein und verabreichte ihr Stimulanzien in unvorstellbar kleinen Dosen. Anfangs gab er ihr pflanzliche Mittel, die sie zusammen mit ihrem Tee aufbrühte, und dann lockerte er seine Grundsätze und gab ihr auch ein bißchen Dexadrin. Hugh nahm an, daß ihr Körper sich aufgrund einer inneren Krise wachhielt, und gemäß dem homöopathischen Lehrsatz, Gleiches mit Gleichem zu behandeln, wollte Hugh ihren Körper von dem Zwang, diese Symptome zu erzeugen, befreien, indem er sie künstlich erzeugte; auf diese Weise hoffte er, das Zentrum zu beruhigen, von dem aus ihre Schlaflosigkeit gesteuert wurde. Dann versuchte er es mit der homöopathischen Methode Nummer zwei, einer Art Populärpsychoanalyse – die im allgemeinen seine Stärke ist, aus irgendeinem seltsamen Grund.

Ihm war der Verdacht gekommen, daß Du mit Deinen Zärtlichkeiten Jade in einen Zustand dauernder Erregtheit versetzt hattest, also mit anderen Worten, daß Du sie nicht befriedigen konntest. Das erklärte zwar kaum Deine Schlaflosigkeit, aber die machte uns ja auch kein Kopfzerbrechen. Dieses ständige sexuelle Ungenügen hat vielleicht nur in Hughs Einbildung existiert, als eine Art Jungfräulichkeitsersatz, aber er versuchte trotzdem, sie vorsichtig über ihr »Nachtleben«, wie er es nannte, auszuhorchen. Jade ersparte ihm die Erkenntnis, daß er seinen Mut überschätzte, daß er kein amerikanischer Freud war, der bereit ist, der Wahrheit ins Auge zu sehen, ganz gleich, wie sie beschaffen sein mag, und reagierte sehr zugeknöpft, wenn die Rede auf Euer Sexualleben kam. Ich glaube, sie wußte, was Hugh von ihr hören wollte: daß ihr Verlangen jede Nacht ungestillt blieb, und ob das nun stimmte oder nicht, sie hätte es jedenfalls niemandem sagen können – dazu war ihre Loyalität Dir und der Welt gegenüber, in der Ihr jetzt beide lebtet, viel zu stark. Sie war eine aufrechte Patriotin des Landes, das Ihr Euch erobert hattet: Recht oder Unrecht, es ist meine Liebe! Deshalb wich sie seinen Fragen aus, jedenfalls den subtilen, und wenn er zum Frontalangriff überging, schrie sie ihn an: »Du willst mir bloß alles wegnehmen. Du willst meine Sache zu deiner machen.« Jade verstand es meisterhaft, Hughs eigene Sprache zu sprechen, wenn sie mit ihm stritt. Sie zog sich die Uniform von Hughs Truppen an und bekämpfte ihn aus dem Hinterhalt, während ich immer wie die britische Kolonialarmee gegen ihn aufmarschierte, im roten Rock und auf einer großen, freien Lichtung.

An ihrer Schlaflosigkeit änderte sich nichts. In den Nächten, wo Du nicht da warst, ging es besser. Dann ging Jade früh ins Bett, sichtlich mit dem Wunsch, einmal ungestört die ganze Nacht zu schlafen, aber sie mußte Dich trotzdem wenigstens einmal anrufen, und oft genug stand sie nach ein bis zwei Stunden Schlaf wieder auf, setzte sich an ihren Schreibtisch und verfaßte einen Brief an Dich oder zeichnete Dein Gesicht oder schrieb ein Gedicht für Dich – oder versuchte manchmal sogar, ihre Schularbeiten nachzuholen. Hugh behauptete steif und fest, sie werde von Tag zu Tag vergeßlicher und sei viel blasser als früher. Er überlegte sogar, ob er sie nicht vorsichtig mit Barbituraten behandeln sollte – als Mediziner war er ja mit Drogen längst nicht so schnell bei der Hand wie als Privatmann.

Ja, so standen also die Dinge, als Jade zu uns kam und uns um ein richtiges Bett für ihr Zimmer bat, ein Doppelbett, wie es einer Dame zustand, die ihr Schlafgemach mit einem Liebhaber teilte. Es ist merkwürdig, daß Du mir ausgerechnet unser Einverständnis in dieser Nebensächlichkeit vorgehalten hast – und nicht die viel bedeutsamere Tatsache, daß wir Dich überhaupt ins Schlafzimmer unserer Tochter gelassen haben. Du billigst, so könnte man sagen, unseren Glauben an die sexuellen Rechte junger Menschen, rümpfst aber die Nase über unsere Möbelwahl. Und wo waren Deine so schrecklich moralischen Eltern? Was haben sie sich dabei gedacht, als sie Dich nicht davon abhielten, praktisch zu uns zu ziehen? Hugh und ich wußten wenigstens, wo unsere Tochter war – konnten sie sogar in ihrem Zimmer hören, wenn wir uns anstrengten. Die Wahrheit ist, daß es niemand übers Herz brachte, Euch beide zu hindern, alles füreinander zu sein, und daß Eure Verbindung eine seltsame Kraft ausstrahlte. Da wir nicht der Meinung waren, daß körperliche Liebe eine Sünde oder ein Verbrechen ist, hätten wir höchstens einwenden können, daß Ihr beide dafür irgendwie noch nicht reif wart – aber wie hätten wir das sagen können, wo wir doch fast wahnsinnig wurden vor Neid über Eure Liebe? Ihr wart die plötzliche Inkarnation all unserer halbvergessenen romantischen Phantasien; Euch zu negieren, hätte bedeutet, uns selbst zu negieren.

Und so gab ich, ja doch, ich *habe* meine Zustimmung zu dem Bett gegeben. Ich glaubte an Euch beide, an Eure Gesten und an die Welt, die ihr schuft. Erst als das Bett von dem Lieferwagen der Heilsarmee gebracht und in Jades Zimmer aufgestellt wurde, ging mir auf, daß Jade uns ausgetrickst hatte. Das Doppelbett änderte nämlich an ihrer Schlaflosigkeit rein gar nichts. Nichts hätte Euch beide zum Schlafen bringen können. Liebe – oder nur Verliebtheit? – ist eine psychedelische Droge. Sie ist der fliegende Teppich, der Seiltrick. Sie ist wirklich *so* einzigartig, und keiner, der sie sieht – und das heißt natürlich auch der, der an sie *glaubt* –, kann hoffen, jemals wieder der gleiche Mensch zu sein. Wie Ihr beiden Euch da in Eurem gebrauchten Bett geliebt habt! Das mit

Euch beiden, ganz abgesehen davon, wohin es schließlich führte, Euch sehen zu können und zu spüren, was Ihr einander bedeutet habt, zu wissen, daß die Liebe ein Zustand veränderten Bewußtseins ist – David, ich glaube, es hat Zeiten gegeben (und gibt sie immer noch), wo das alles wirklich über meine Kräfte ging. Und ich glaube, daß es in gewisser Weise mein Leben zerstört hat.

Ann

8

Im Januar beginnt die Zeit, und im Frühjahr beginnt das Leben, und für mich war der erste Frühlingstag der Tag, an dem ich heimlich in ein Reisebüro in der Jackson-Street ging, um mir ein Flugticket nach New York zu kaufen. Es war ein kalter Apriltag, grau, feucht, aber die extravagantesten Verheißungen schienen sich langsam im Bauch des Windes zu drehen. Ich bezahlte, verstohlen wie ein Spion, das Ticket mit einem neuen Hundertdollarschein. Ich kaufte das Ticket unter einem falschen Namen und ließ das Abflugdatum offen. Ich kam mir raffiniert und tapfer vor und bildete mir ein, mich damit in große Gefahr zu begeben. Der Akt der Auflehnung gegen die Justiz beflügelte meine Phantasie und löste Ströme furchtbarer krimineller Leidenschaften aus. Ich fragte mich, ob ich nicht schon steckbrieflich gesucht wurde und ob die reizende Dame, die mir das Ticket verkaufte, nicht vielleicht ein Funkbild von mir unter der Resopalplatte des Schalters kleben hatte. Ich steckte mir das Ticket in die Manteltasche und verließ mit raschen Schritten und gesenktem Kopf das Büro.

Ich verwahrte das Ticket in meiner Wohnung und träumte von meiner Abreise. Aber ich hatte mich für ein ganzes Stück mutiger gehalten, als ich es tatsächlich war. Wie einer, der unwiderruflich zum Scheitern verurteilt ist, malte ich mir die zahllosen Dinge aus, die schiefgehen konnten. Ich stellte mir vor, mein Bewährungshelfer Eddie Watanabe könnte unangemeldet im College auftauchen und feststellen, daß ich verschwunden war. Ich stellte mir vor, ich könnte auf dem Broadway bei Rot über eine Kreuzung laufen und festgenommen werden, und auf dem Polizeirevier würde man dann herausfinden, daß ich unter Bewährung stand und mich unerlaubterweise in New York aufhielt. Ich stellte mir vor, daß Ann mir die Tür vor der Nase zuschlug und die Polizei rief. Das waren alles denkbare Varianten, und ich tat gut daran, sie mit einzukalkulieren, aber ich konnte überhaupt nicht mehr damit aufhören. Meine Phantasie quälte mich mit Unheilsvisionen, als ob sie ein von mir getrenntes, bösartiges Eigenleben führte. Ich wollte aufhören, an die Konsequenzen zu denken, so wie wir nicht an die möglichen Folgen denken dürfen, wenn wir vom Sprungturm hechten, auf Skiern steile, sonnendurchflutete Abhänge hinunterrasen oder irgendeines der anderen halsbrecherischen Spielchen spielen, die wir als Metaphern für die Liebe erfunden haben.

Die Textilarbeitergewerkschaft hatte mich von meinem Streikposten abgezogen und in ihr Bezirksbüro versetzt, wo ich für einen Mann namens Guy Parker arbeitete. Guy war ein paar Jahre älter als ich und hatte die Gewerkschaft überredet, ihn zu engagieren, damit er ihnen einen halbstündigen Film über den »Kampf der Gewerkschaft, von den Tretmühlen der Vergangenheit bis zu den Herausforderungen der Zukunft« drehte. Parkers Umgang mit den Filmszenen und Schnappschüssen im ungeordneten Archiv der Gewerkschaft war durchweg emotional und leidenschaftlich. Als er ein Bild ansah, auf dem Arbeiterinnen beim Brand der Triangle-Fabrik in den Tod sprangen, tippte sich Guy mit seinen langen Elfenbeinfingern an die hohe, leicht gerötete Stirn und sinnierte: »Jede dieser Frauen hatte eine Familie. Du weißt schon, Eltern, einen Mann, einen Freund, vielleicht Kinder. Jede einzelne. Ein Leben. Und dann aus dem Fenster springen. Stell dir das mal vor.« Guy wollte aus jedem Vorfall eine große Szene machen. Tarifverhandlungen langweilten ihn, sozialer Wohnungsbau ließ ihn vor Ungeduld förmlich wimmern. Er brauchte Streiks, Boykotte, Brände, gedungene Killer, Todesopfer. In Parkers Vorstellung war die Geschichte der Gewerkschaft reichlich mit Hysterie durchwirkt. Ich schlug ihm vor, seinem Film den Titel »O mein Gott, da kommen die Bosse!« zu geben.

Die Arbeit bei Guy war jedoch viel besser als das Herumstehen

vor einem Geschäft, und da ich Parkers Rechercheuer war, war es abgemacht, daß ich früher oder später einmal eine Geschäftsreise nach New York machen würde, wo die Hauptverwaltung der Gewerkschaft eine »Schatzkiste« mit Fotos und Dokumenten besaß und wo noch Helden aus der Frühzeit der Gewerkschaft wie Alma Hillman und Jacob Potofsky lebten.
Guy wußte nichts von meinem Privatleben und interessierte sich auch nicht dafür – aber es gefiel ihm, wie ich ihm zuhörte, und er lud mich oft zum Abendessen oder zu einem Drink ein. Trotzdem, weil das Schicksal nicht nur launisch, sondern auch kokett ist, brachte Guy immer wieder die Sprache auf meine bevorstehende Reise nach New York, spielte heute darauf an, verschob sie am nächsten Tag wieder, bis ich schon fast überzeugt war, daß es sich bei der ganzen Angelegenheit um eine raffiniert gestellte Falle handle, und ich überhaupt nicht mehr auf seine Versprechungen reagierte. Ich nutzte die Gelegenheit jedoch, um schon einmal vorsichtig die möglichen Konsequenzen auszuloten, für den Fall, daß ich plötzlich einmal mit meinem Ticket nach New York fliegen sollte. Bei einem meiner Gespräche mit Eddie Watanabe bemerkte ich ganz beiläufig, ich müsse demnächst vielleicht für eine Woche oder so »geschäftlich« nach New York. Eddie reagierte so rasch, daß ich mich fragte, ob er das nicht schon längst erwartet hatte, und sagte: »Geht nicht, David. Ganz ausgeschlossen.«
»Wieso nicht?« fragte ich. »Auch nicht, wenn ich eine schriftliche Bestätigung von meinem Chef bringe, daß ich nach New York *muß*?«
»Auch dann nicht. Unmöglich.«
Zwei Wochen später traf ich mich wieder mit Eddie. Es war Abend, und der Frühling hatte einen Rückfall erlitten. Der Regen war eiskalt, und der Himmel war dunkelporzellanblau und sah aus, als könnte ihn ein einziger Donnerschlag in tausend Stücke zerbrechen. Anstatt in Eddies Büro wollten wir uns im Wimpy's in dem Einkaufszentrum nahe meiner Wohnung unterhalten. Eddie saß schon in einer Nische, als ich hereinkam. Er trug einen kurzen Mantel aus leicht gazeartiger Wolle mit langen, schmalen Holzknöpfen. Er kam anscheinend gerade vom Friseur. Er hatte

jetzt einen korrekten Haarschnitt wie ein Geschäftsmann, und seine fast durchscheinenden goldfarbenen Ohren wirkten larvenartig und verletzlich. Er roch nach Pfefferminz und neuem Auto. Während ich mich setzte, streckte er mir seine Hand hin.
»Keine Sorge«, sagte er. »Sie haben sich nicht verspätet. Ich war zu früh da.« Er schnippte mit den Fingern nach der Kellnerin, wie ein linkischer Junge, der sich vor seiner Freundin als Weltmann aufspielen möchte. Die Kellnerin kam an unseren Tisch, zückte ihren Block und vermied es geflissentlich, uns anzusehen. Eddie bestellte sich Kaffee, ich nahm Gemüsesaft.
»Und, träumen Sie immer noch davon, nach New York zu fahren?« fragte er.
Im ersten Moment fiel mir nicht ein, daß ich das letzte Mal mit ihm darüber gesprochen hatte, und erschrocken dachte ich, es sei alles rausgekommen. Aber dann erinnerte ich mich an unser Gespräch und zuckte die Schultern.
»Was soll das heißen?« wollte er wissen. »Ein Achselzucken kann ja oder nein oder vielleicht bedeuten oder auch, daß Sie keine Lust haben zu antworten. Also was?«
»Es soll heißen, daß ich darüber nachgedacht habe. Wozu soll das gut sein?«
»Das ist die richtige Einstellung. Wozu soll das gut sein, genauso müssen Sie die Sache sehen. Ich hab mir schon Sorgen um Sie gemacht, wenn es Ihnen nichts ausmacht, die Wahrheit zu hören. Sie sind ein intelligenter Bursche, wissen Sie.«
»Was hat denn das damit zu tun?«
»Och, 'ne ganze Menge. Das ist eine Theorie von mir, seit ich in diesem Geschäft bin, daß das System für jemanden mit überdurchschnittlicher Intelligenz nicht funktioniert. Entweder bricht es ihm das Rückgrat, oder er findet eine Möglichkeit, es zu umgehen, aber ich sehe keine, aber auch überhaupt keine Möglichkeit, wie das System, das wir jetzt haben, so wie es ist, meine ich, im Augenblick, den Strafbedürfnissen eines überdurchschnittlich begabten jungen Typen gerecht werden könnte. Das ist der Grund, warum ein Mann wie Sie, David, für mich eine persönliche Herausforderung darstellt, in beruflicher Hinsicht, meine ich. Ich kann von einem intelligenten Burschen wie Ihnen

mehr über Kriminalstrafkunde lernen als von irgendeinem Schwachkopf, der sich beim Einbruch in Mr. Goldbergs Lebensmittelgeschäft schnappen läßt.«
»Das klingt mir ja fast ein bißchen nach Antisemitismus.«
»Blödsinn. Ich bin überhaupt nicht anti. Wenn überhaupt, dann bin ich anti-anti, das wissen Sie doch selber. Mein Gott, David, Sie sollten mich allmählich doch besser kennen. Sie haben in mir einen Bewährungshelfer, der sich gerade in letzter Zeit ganz schön für Sie eingesetzt hat.«
»Was soll das heißen?«
»Also gut«, sagte Watanabe und seufzte theatralisch, »ich wollte es Ihnen eigentlich nicht sagen, aber meinetwegen.« Das war seine übliche Vorrede, wenn er mir klarmachen wollte, was für Rechte ich nicht hatte.
»Ja, also«, sagte ich.
»Na schön. Der Vater war diese Woche hier.«
»Der Vater? Wessen Vater?«
»Butterfield.«
»Hugh war hier?«
»Richtig.«
»War er bei Ihnen?«
»Das nicht. Der interessiert mich nicht. Meine Aufgabe sind Sie, nicht er. *Sie.*«
»Woher wissen Sie, daß er hier war, wenn Sie ihn gar nicht gesehen haben? Hat er Sie angerufen?«
»Also schön. Ich sag's Ihnen. Eigentlich hatte ich das nicht vor, aber wenn Sie mich schon fragen. Butterfield ist dick befreundet mit Kevin DeSoto. Sie wissen schon, der Bezirksstaatsanwalt, der die Anklage gegen Sie vertreten hat. DeSoto befaßt sich mit der sonderbaren Art von Medizin, auf die sich Butterfield spezialisiert hat. Butterfield kreuzt also in der Stadt auf und –«
»Woher kam er?«
»Weiß ich nicht. Von nirgendwo. Was spielt das für eine Rolle? Also, er kreuzt in DeSotos Büro auf und behauptet, er habe neue Informationen, die für eine Anklage gegen Sie ausreichten.«
»Wieso? Mein Fall ist doch abgeschlossen. Die können mich doch nicht noch mal vor Gericht stellen.«

»Butterfield will durchsetzen, daß Ihre Entlassung auf Bewährung widerrufen wird.«

»Und wie begründet er das? Was hat er für Argumente?«

»Wie soll ich das wissen? DeSoto schweigt sich aus. Wahrscheinlich steckt gar nichts dahinter, stimmt's?«

Ich nickte.

»Aber Butterfield regt sich mordsmäßig auf, weil Sie nicht bei Wasser und Brot hinter Schloß und Riegel sitzen. DeSoto sagt ihm, daß Sie nur auf Bewährung draußen seien und strenge Auflagen hätten, und dann ruft er meinen Chef an und bespricht die Sache mit ihm, und dann bestellt mein Chef Butterfield zu sich.

Dieser Butterfield behauptet, Sie würden sich schon wieder an seine Familie heranmachen. Er meint es anscheinend verdammt ernst, was man so hört. Man könnte glauben, es wäre erst gestern gewesen, Ihre Brandstiftung. Als mein Chef ihm klarmachte, daß wir nicht daran denken, Ihre Entlassung zu widerrufen, muß Butterfield mehr oder weniger durchgedreht sein. Er sagte, Sie seien überhaupt nicht bestraft worden. Die Klinik, in der Sie waren, sei der reinste Country-Club gewesen. Sie hätten tun und lassen können, was Sie wollten. Und wissen Sie, was er dann noch behauptet hat?«

Ich schüttelte den Kopf, aber ich wußte es.

»Er hat gesagt, Sie hätten seinem Sohn einen Brief geschrieben.«

»Alles erstunken und erlogen«, sagte ich rasch und mit Empörung in der Stimme, während mir mein Herz bis zum Halse schlug.

»Dachte ich mir. Genau das hab ich übrigens auch gesagt, als mein Chef mich nach meiner Meinung fragte. Kein Wort wahr. Ich sagte, Butterfield unterschätze Ihre Intelligenz. Völlig übergeschnappt der Kerl, wie der sich aufgeführt hat. Steht da im Büro von meinem Chef rum und stiehlt ihm die Zeit, schlägt sich an die Brust und sagt, er hätte sich geschworen, daß Sie nie mehr seine Tochter oder sonst einen aus seiner Familie zu sehen kriegen, solange er lebt. Mein Chef sagt: ›Das ist unser Job, nicht Ihrer, Mr. Butterfield.‹ Aber dieser arme Irre schreit ihn an, wir hätten uns als unfähig erwiesen, und deshalb sei es jetzt sein Job.«

Eddie trank seinen Kaffee aus und zuckte die Achseln. »Uff«, sagte er kopfschüttelnd. »Mir wird ganz komisch, wenn ich mir vorstelle, wie dieser Mann Sie hassen muß, David.«

»Wieso wird *Ihnen* da komisch?«

»Ich weiß auch nicht. Es ist eben so. Geht's Ihnen nicht auch so? Wird Ihnen nicht komisch?«

Ich schüttelte den Kopf.

»Also, Ihre Nerven möchte ich haben. Mich überläuft's jedenfalls kalt.«

Der nächste Tag war ein Samstag, und ich erwachte in Tränen. In dem Traum, von dem ich sonst immer wach wurde, begegnete ich Jade. Sobald sie mich sah, machte sie kehrt und rannte davon, und ich lief ihr nach, manchmal durch Hyde Park, manchmal durch einen Wald. Ich holte sie nie ein, rannte aber immer noch weiter, auch wenn sie schon längst verschwunden war.

Diesmal träumte ich jedoch, ich säße weinend in meinem alten Zimmer in Rockville. Es war sonnig und warm, und ich saß an meinem hölzernen Kinderschreibtisch, den Kopf in den Händen, und weinte. Es klopfte, und ich erwachte, alleine und im Dunkeln, denn mein Schlafzimmer ging nach hinten und bekam keine Sonne. Im Halbschlaf hörte ich mein Schluchzen wie das Bellen eines einsamen Hundes in weiter Ferne.

Die Tränen, die ich an diesem Morgen vergoß, erstarrt im banalen Unbehagen meiner Nachlässigkeit (die klumpige Matratze, das muffige Laken, das unbezogene Schaumstoffkissen mit dem eiskalten Reißverschluß), waren das einzige, was ich mit meiner katastrophalen Sehnsucht nach Jade anfangen konnte.

Von dem Augenblick an, als ich das Feuer gelegt hatte, war mein ganzes Leben ein einziges Argument dagegen, meine Liebe am Leben zu halten. Ich versuchte, das festzuhalten, was meiner Meinung nach mir und mir ganz allein gehörte, weil ich fürchtete, ich würde gar nichts mehr sein, wenn es mir verlorenginge. Aber jetzt merkte ich, wieviel schon von meiner Entschlossenheit abgebröckelt war. Und ich merkte auch, daß ich mit einem Teil meiner Selbst schon zu wünschen begann, meine Liebe möge endlich vergehen. Sie lastete auf mir wie unerträgliche Hitze; sie drückte auf meine Gedanken wie ein Fieber, das nicht nachlassen

will. Sie war schlimmer als Trauer, denn Kummer wird allmählich durch Hoffnung korrumpiert; ich konnte meine Liebe nicht einmal in Erinnerung verwandeln.
Ich konnte nicht aufhören, mich nach ihr zu sehnen. Ihre kleinen, harten Zehen in meiner Hand, wenn ich mit der vernickelten Nagelzange vor ihr kniete, der eichenholzfarbene Leberfleck an der Innenseite ihres Schenkels, die Platinhärchen, die in zweifachem Bogen ihren Nabel umringten. »Vertrau mir«, sagte sie, als wir uns liebten und sie mich nicht kommen ließ und über mir war, mit ihren Händen auf meinen Schultern, und sich immer langsamer und langsamer bewegte, als ob alle menschliche Zeit aufhören sollte, und ich mich wie unter Elektroschocks auf der Matratze aufbäumte, und dann ihre Art, meinen Namen auszusprechen wie ein Geheimnis, nicht leise, und trotzdem so, daß es manchmal in einem Zimmer voller Leute nur ich hörte, und das war nur eins von den tausend Dingen, die ich mir nie erklären konnte – all diese Bilder wollte ich bewahren, damit wir sie noch hätten, wenn wir wieder vereint wären, aber jetzt kamen sie ungerufen, machten mit mir, was sie wollten, und beherrschten mich mit einem absoluten Machtanspruch.

Teil II

9

Sechs Tage später schlug ich alle Bedenken in den Wind und nahm um 10 Uhr vormittags die Maschine der American Airlines nach New York. Niemand wußte etwas davon, weder meine Eltern noch mein Arbeitgeber, das College, mein Psychiater oder mein Bewährungshelfer, und da ich nun schon einmal im echten, rechten Geist absoluter Unvorsichtigkeit handelte – sicherlich in dem Bewußtsein, daß sich der zwanghafte Charakter dieser Reise nicht verheimlichen ließ –, schlenderte ich durch den riesigen Flughafen, kaufte mir Zeitschriften, ließ mir die Schuhe putzen und riskierte nicht einen einzigen gehetzten Blick über die Schulter. Ich war als erster in der Maschine und setzte mich so weit nach vorne, wie ich konnte, ohne mich in die erste Klasse zu mogeln. Ich hatte irgendwo gelesen, daß man um so größere Chancen hat, einen Absturz zu überleben, je näher man am Cockpit sitzt, und obwohl ich nicht mehr befürchtete, in Chicago festgehalten zu werden, war der Gedanke an das bevorstehende Wiedersehen mit Ann so seltsam und beängstigend, daß ich mich fragte, ob das Schicksal nicht doch noch eingreifen und den schlanken silbernen Vogel irgendwo in einer abgelegenen Gegend von Ohio vom Himmel holen würde.

Das Flugzeug füllte sich zusehends mit Passagieren nach New York. Ich war hinreichend berauscht von der Melodie meiner eigenen Mission, um zu glauben, daß ich nicht der einzige Passagier war, der dabei war, einer unvernünftigen Eingebung seines Herzens zu folgen. Eine Frau mittleren Alters, die eine Sonnenbrille mit undurchsichtigen grünen Gläsern aufhatte und noch vor dem Start einen Cocktail verlangte, ein Soldat mit einem unschuldigen Blumensträußchen in der Hand, ein unrasierter Mann in den Dreißigern, der eine Plastiktüte mit Kleidern dabei hatte –

wer hätte sagen können, welche entscheidenden menschlichen Verbindungen von diesem Flug abhingen? Eitelkeit und Mutlosigkeit hatten mich manchmal glauben lassen, ich stünde mit meiner endlosen Liebe allein, aber jetzt, da ich eines der Risiken auf mich nahm, zu denen mein Herz mich drängte, spürte ich, daß ich gar nicht so allein war. Wenn endlose Liebe ein Traum war, dann war sie ein Traum, den wir alle teilten, der noch allgemeiner war als der Traum, nie sterben zu müssen oder uns in eine andere Zeit versetzen zu können, und wenn ich mich durch irgend etwas von anderen unterschied, so nicht durch meine Gefühle, sondern durch meine Hartnäckigkeit, meinen Vorsatz, den Traum über die nach allgemeiner Übereinkunft noch tragbaren Grenzen hinaus fortzusetzen, meine Überzeugung, daß dieser Traum keine Fieberphantasie war, sondern mindestens genauso real wie jene andere, kümmerlichere, unglücklichere Illusion, die wir das normale Leben nennen. Schließlich waren die Merkmale endloser Liebe heute noch die gleichen wie vor Jahrtausenden, während sich das normale Leben tausendmal und auf tausend Arten gewandelt hatte. Welches von beiden war also wirklicher? In meiner Liebe und meiner Bereitschaft, ihr alles zu opfern, fühlte ich mich eins mit allen Zeitaltern der Menschheit, mit weinenden Sklaven auf dem Sklavenmarkt, mit Troubadouren unter mondbeschienenen Balkonen und, ob sie es wollte oder nicht, mit Jade. Aber wenn ich mich von der Liebe losgesagt, wenn ich sie von mir weggeschoben und getan hätte, was man von mir erwartete, wer wären dann meine Gefährten gewesen? Nachrichtensprecher, Rose und der Polizeipräsident.

Ich sah zu, wie das Bodenpersonal etwas auf der Unterseite der Tragfläche kontrollierte. Die Männer blickten eine Weile angestrengt auf eine bestimmte Stelle, nickten sich zu und gingen wieder. Einer von ihnen gab der Tragfläche einen freundschaftlichen Klaps, als ob die Maschine sein großes silbernes Lieblingstier sei. Die unbewußte Zärtlichkeit der Geste gefiel mir so sehr, daß ich den Mann gerne kennengelernt hätte. Ich drehte mich vom Fenster weg. Ich hatte wohl gemerkt, daß sich jemand neben mich gesetzt hatte. Ich wollte das übliche höfliche Nicken anbringen,

aber da sah ich, daß es ein junger Mann in meinem Alter war und daß er mich breit angrinste.
»Hab' ich mir's doch gedacht, daß du das bist«, sagte er. »David Axelrod, stimmt's?«
Mein erster – in dieser Situation wohl ganz normaler – Gedanke war, meine Identität zu verleugnen, aber die Macht der Gewohnheit ließ mich nicken.
»Erkennst du mich nicht mehr?« fragte er und berührte seinen dunklen Schnurrbart, als ob er ihn abziehen wollte. »Hyde Park High-School. Ich bin Stu.« Natürlich war er es. Stu Neihardt. Seine Stirn war hoch und so frei von Runzeln wie die Innenseite seiner Arme. Er hatte dunkelbraunes, lockiges Haar, und seine Augen blitzten fröhlich unter seinen dicken Brillengläsern. Er war einer von denen, die man in der Schule gekannt hat, an die man aber hinterher nie mehr denkt. Er hatte für mich bis dahin nicht außerhalb der Schulstunden, die wir miteinander ertragen hatten, existiert: Ich sah ihn nur am Rande des chlorhellen Swimmingpools sitzen, einen Satz an die Tafel schreiben, mit einem Tablett auf einen Mensatisch schlagen, als die ganze Schule gegen die Zivilschutzausbildung protestierte.
»Ist doch nicht zu *fassen,* was?« sagte Stu, packte meinen Ellbogen und schüttelte ihn ein paarmal.
»Die Welt ist ein Dorf«, sagte ich.
»Fliegst du nach New York?«
»New York?« sagte ich. »Ich will nach Denver!« Ich tat so, als wollte ich aufstehen.
Stu lachte übers ganze Gesicht, sein schnelles Lächeln, immer bereit, sich zu amüsieren. »Du bist immer noch der gleiche, Axelrod.« Selbst wenn das freundlich gemeint ist, hat der Satz unweigerlich einen mißbilligenden Beiklang. Aber weit mehr als die Andeutung, daß ich es irgendwie nicht ganz geschafft hätte, reif und erwachsen zu werden, beunruhigte mich die Frage, ob er wußte, was ich getan hatte und wo ich gewesen war, seit wir uns das letzte Mal gesehen hatten. Unsere Abschlußklasse war riesig und in mindestens zwei Dutzend Cliquen aufgespalten gewesen. Ich wußte nicht mehr, zu welcher Gruppe Stu gehört hatte, und die wenigen, mit denen ich befreundet war, kannten Stu nicht.

Wenn ich Glück hatte, wußte er nur noch, daß ich auf die University of California hatte gehen wollen – ich konnte mich nicht erinnern, für welches College er sich entschieden hatte; aus irgendeinem Grund fiel mir aber der Name Bates College ein.

»Und«, sagte Stu, während er sich anschnallte und seine Zigarette ausdrückte, »was machst du so?«

»Ich arbeite bei einer Gewerkschaft. Ich mache historische Recherchen für die Vereinigte Textilarbeitergewerkschaft.«

Stu nickte. »Immer noch derselbe, unser Axelrod«, sagte er, beifällig, wie mir schien, wenn auch nicht gerade begeistert. Er steckte sich eine neue Zigarette zwischen die breiten, trockenen Lippen, merkte, daß das »No Smoking« über unseren Sitzen schon leuchtete, nahm sie wieder aus dem Mund und steckte sie vorsichtig in die Packung zurück.

»Du hast es schon immer mit der Weltverbesserung gehabt«, sagte Stu. »Auch damals schon.«

»Damals? Wie alt bist du eigentlich, Stu? Sechzig?« Ich lachte gezwungen. »Und überhaupt, Gewerkschaftsarbeit ist keine Weltverbeserung.« Ich wandte mich ab und sah aus dem Fenster. Wir rollten auf die Startbahn zu. Ist das Wirklichkeit oder träume ich? fragte ich mich.

Die Stewardessen standen in den Gängen und führten die Sauerstoffmasken vor, zeigten auf die Notausgänge und wünschten uns einen angenehmen Flug. Der Jet beschleunigte, kleine Glocken ertönten leise, und eine Stewardeß rannte den Gang entlang, um festzustellen, ob alle Rückenlehnen senkrecht gestellt waren.

»Die hat keinen Hüfthalter an«, sagte Stu aus dem Mundwinkel, als die Stewardeß bei uns vorbeikam. »Und die Kleine da vorn mit der Sauerstoffmaske trägt keinen BH. Ich bin dieses Jahr schon fünfzigmal geflogen, aber das ist mir noch nicht untergekommen – keine BHs, keine Hüfthalter. Wahrscheinlich haben sie mit den Piloten im Cockpit gebumst und keine Zeit mehr gehabt, sich richtig anzuziehen.«

»Heutzutage tragen die Frauen keine BHs und Hüfthalter mehr«, sagte ich.

»Achtung. Da kommt der Winzling wieder. Sieh dir bloß an, wie die mit dem Arsch wackelt. Auf so was steh ich.«

Wir waren in der Luft. Die Düsen heulten, die Fenster klirrten in ihren Rahmen, und die Welt unter uns glich bald nur noch einem winzigen Spielzeug.

»Was ich fragen wollte«, sagte Stu nach dem Abheben, »was hast du denn in New York zu tun?«

»Besuche.«

»Studierst du nicht da? Wolltest du nicht an die Columbia?«

»Nein. Nach Berkeley.« Ich sah ihn von der Seite an. Hatte er wirklich keine Ahnung, oder wollte er mich aushorchen? »Aber ich hab's mir anders überlegt.«

»Im Ernst?«

»Im Ernst. Und du? Du bist am Bates College, stimmt's?«

»Wo ist denn das?« fragte Stu.

»Ach, ich hab gedacht, du wolltest da hin.«

»Nein. Ich bin an der Downstate.«

Ich wußte nicht, was ich noch sagen sollte, und so entstand eine Pause. Wolkenfetzen jagten an den Fenstern vorbei. Stu tippte mir aufs Knie und machte eine Kopfbewegung nach vorne. Eine Stewardeß schob einen Wagen mit Plastiktassen, Eis, alkoholfreien Getränken und Spirituosen in Minifläschchen durch den Gang.

»Wie wär's mit der?« fragte er mit einem freundlichen Lächeln. Ich kannte ihn nicht gut genug, um ihm sagen zu können, er solle den Mund halten. So zuckte ich nur mit den Schultern, wodurch wahrscheinlich der Eindruck entstand, ich wüßte nicht so recht, was ich von der Stewardeß halten sollte.

»Du, sag mal«, sagte Stu, »was ist eigentlich aus der Puppe geworden, mit der du damals gegangen bist? Das war das hübscheste flachbrüstige Mädchen, das ich je gesehen habe.«

Mir fiel auf, daß sich die Muskeln um seinen tadellos glattrasierten Kiefer ein wenig spannten, und wie ein betäubender Schlag traf mich die Erkenntnis, daß Stu genau wußte, wo ich die letzten Jahre gewesen war, daß er alles über den Brand und die Gerichtsverhandlung wußte und aus irgendeinem Grund damit hinter dem Berg hielt. Vielleicht war er zu schüchtern oder zu peinlich berührt davon, wie ich mein Leben verpfuscht hatte, um zuzugeben, daß er alles wußte. Oder vielleicht wollte er noch eine alte

Rechnung begleichen, sich für irgendeine Kränkung rächen, die ich längst vergessen hatte. Er war nie so behandelt worden, daß er sich besonders interessant oder wichtig vorkommen konnte, und es war durchaus vorstellbar, daß ich jetzt einem billigen Racheakt ausgesetzt war.

»Ich hab keine Ahnung, wo sie jetzt ist«, sagte ich.

»Jade«, sagte Neihardt.

»Ja, und?«

»So hat sie doch geheißen? Jade Butterfield. Der ihre Leute waren doch alle so ein bißchen sonderbar, nicht? Der Vater war so eine Art Wunderheiler.«

»Nein. Er war Arzt. Er hatte den Doktortitel. Er hat nur eine andere Art von Medizin praktiziert.«

Stu zuckte die Achseln, als ob es auf solche Nuancen nicht ankäme. »Ich hab ihren Bruder Keith gekannt. Der hatte vielleicht was auf dem Kasten. Was macht er jetzt?«

»Weiß ich nicht.«

»Aber der war auch so ein sonderbarer Heiliger. Er wollte keinen zum Freund haben, aber dann konnte er auch auf einen zukommen und sagen: ›Ich hab über dich nachgedacht. Können wir uns nach der Schule ein bißchen darüber unterhalten.‹ Das hat er sich tatsächlich bei mir geleistet, ob du's glaubst oder nicht. Und ich war so blöd, darauf einzugehen.« Stu lächelte und schüttelte den Kopf.

»Und worüber hat er dann geredet?« erkundigte ich mich. Ich hatte das Gefühl, mich dem logischen Ablauf dieses Gesprächs nicht entziehen zu können. Es war, als wenn sich einem auf dem Heimweg nach der Schule einer der schwarzen Schulkameraden anschloß und man sich durch Mißverständnisse und Provokationen dazu hinreißen ließ, ihn zu beleidigen – und dann mußte man sich prügeln.

»Ach, ich weiß nicht mehr. Psychologischen Scheiß. Du hast ihn besser gekannt als ich. Aber das Unheimliche daran war, daß ich mir dachte, er hätte mich hinter meinem Rücken beobachtet, während ich nichts von ihm wußte, außer, daß er sich nie meldete, dafür aber jedesmal die Antwort wußte, wenn er aufgerufen wurde. Wo, hast du gesagt, ist er jetzt?«

»Ich sagte, ich weiß es nicht.«
»So geht's«, sagte Stu befriedigt. Er sah mich an und zog seine großen Augenbrauen hoch, um mich aufzufordern, ihn zu bitten, seine Weisheit mit mir zu teilen.
»Was geht so?«
»Mit all den großen High-School-Romanzen. Ich hab immer gedacht, daß ich das Beste verpasse, aber wie du siehst, hab ich überhaupt nichts verpaßt. Das mit dir und Jade, das war doch 'ne richtige Staatsaktion, stimmt's? Und jetzt – paff – weißt du nicht mal mehr, wo sie wohnt. Stimmt's?«
»Daß ich nicht weiß, wo sie wohnt?«
»Nein, David. Das Ganze, was ich jetzt gesagt habe. Hast du eigentlich Kenny Fox gekannt?«
»Nicht näher.«
»Also, den seh ich öfter mal. Erinnerst du dich an die Geschichte mit ihm und Arlene Kirsch? Die sind zwei Jahre miteinander gegangen, sie hat eine Abtreibung gehabt wegen ihm, die ganze Arie. Und was macht Kenny heute, wenn ich Arlene erwähne? Er lächelt! Er kann sich kaum noch an die *erinnern*. Sie geht in Florida aufs College, und sie schreiben sich nicht mal mehr.«
»Das scheint dir zu gefallen.«
»Nein, ich finde es bloß interessant. Die ganze Schulzeit bin ich mir wie das letzte Arschloch vorgekommen, weil ich nicht in irgendein Mädchen total verschossen war. Weil ich nie wußte, was ich an Silvester anfangen sollte. Alle hatten längst ihre Unschuld verloren, und ich war immer noch mit Frau Daumen und ihren vier dürren Töchtern verheiratet.«
»Das ist doch ganz normal«, sagte ich.
»Moment mal«, sagte Neihardt mit Schärfe in der Stimme. Seine Aggressionen traten jetzt allmählich zutage; es war, wie wenn das Eis auf einem Teich schmilzt und das dunkle, trübe Wasser darunter zum Vorschein kommt. *»Ich* weiß, daß es normal war. Das brauchst du mir nicht erst zu sagen, verdammt noch mal. Ich wollte dir nur klarmachen, wie man sich vorkommt, wenn es einem so geht wie mir. Wenn man sich so ausgeschlossen fühlt. Und wenn man dann jetzt sieht, daß die ganze Scheiße, von der man ausgeschlossen war, eigentlich gar nicht soviel bedeutet hat.

Ich kann mir nicht vorstellen, daß du nicht verstehst, was ich meine, denn ich bin wirklich aufrichtig mit dir.«

Die Stewardeß stand neben uns und fragte, was wir trinken wollten. Ich bat um einen Orangensaft, und Stu sagte: »Für mich auch, Schätzchen.« Während sie uns die Säfte eingoß, sagte Stu: »Was haben Sie denn heute sonst noch?« Die Stewardeß, die mindestens fünf Jahre älter war als wir, begann, die verschiedenen Säfte und sonstigen Getränke herunterzurasseln, aber Stu unterbrach sie und sagte: »Nein, nein, schon gut, ich hab nur Spaß gemacht.«

Stu trank seinen Saft in einem Zug aus und stellte seine Rücklehne so weit nach hinten, wie es ging. »Ich seh euch noch vor mir, wie ihr immer durch die Gänge gelaufen seid«, sagte er. »Händchenhalter, wie sie im Buche stehen. Mann Gottes, ihr Händchenhalter seid mir vielleicht auf den Geist gegangen. Ich meine, wo waren wir eigentlich? In der Schule oder im Stadtpark? Du weißt schon, was ich meine, oder? Kenny und Arlene waren genauso – oder noch schlimmer. Komm ich eines Tages aus der Trigometrie, und der Kenny hält mir seine blöden Finger unter die Nase und sagt: ›Da, riech mal, alter Junge. Ich hab sie gerade bei Arlene dringehabt.‹« Stu gab einen dieser altmodischen, wehmütigen Lacher von sich. »Die High-School. Vier Jahre Tortur. Kannst du dir vorstellen, daß die einzige, von der ich in der ganzen Zeit die Titten gesehen habe, deine Jade gewesen ist? Und das war auch bloß Zufall. Es war auf der Wissenschaftsausstellung. Wir sahen uns beide Marsha Bercovitchs Wasserdruck-Projekt an, und Jade – ich kannte sie nicht einmal, nur eben als deine Freundin – beugt sich vor, um besser zu sehen, und dadurch hing ihre weite Bluse ziemlich weit runter. Also sag ich mir: ›Riskier mal 'n Blick, Stuie, vielleicht hast du Glück.‹ Ich schau also schnell mal hin, und sie waren auch tatsächlich zu sehen – obwohl, viel war ja nicht dran an ihr. Wie zwei wackelnde Spiegeleier auf einem Teller. Und weißt du, der rosa Teil, ach, du weißt schon, das um die Warze rum, weiß der Teufel, wie man das nennt – also das war nicht größer als ein Zehncentstück, und es war straff und hatte Runzeln. Mann Gottes. Das war das berühmte Sexleben des Stu Neihardt in vier Jahren High-School. Weißt du, wenn...«

Ich weiß nicht, was er seiner hübschen kleinen Geschichte noch hinzufügen wollte. Ich hatte schon die ganze Zeit überlegt, ob ich ihm ins Gesicht schlagen sollte, aber das wäre in meiner Lage zu riskant gewesen. Trotzdem, hätte ich ihn weiterreden lassen, wäre der ganze Zweck meines Flugs nach New York in Frage gestellt worden – die Wiedervereinigung mit dem besten Teil meines Ich wäre entsprechend unwahrscheinlicher geworden. Deshalb lehnte ich mich zu Stu rüber und packte mit einer so raschen Handbewegung wie beim Fliegenfangen seine Unterlippe mit Daumen und Zeigefinger. Er wollte den Kopf zurückwerfen, aber ich ließ nicht locker. »Warum erzählst du mir das?« flüsterte ich. Ich drehte seine Lippe wie den Schlüssel, mit dem man ein Spielzeug aufzieht – 90, 120, volle 180 Grad.

Er schrie auf und zerrte an meiner Hand, aber dadurch wurde der Schmerz nur schlimmer. Dann lehnte er sich zurück, um nach mir zu schlagen, aber bei jeder Bewegung tat ihm mein Griff nur noch mehr weh. Mein Daumen rutschte ein bißchen wegen seiner Spucke, und durch seine Geräusche wurden die Umsitzenden schon aufmerksam. Ich ließ ihn los und fragte mich, wie er mir das heimzahlem würde. Aber er rückte nur von mir ab, rieb sich den Mund und murmelte vor sich hin. Es hätte ihm nichts genützt, sich mit mir anzulegen, und ich hatte ihm Angst eingejagt.

»Bist du total verrückt geworden?« fragte er.

»Schon möglich«, sagte ich. Die einzigen Leute, die sich anmerken ließen, daß sie etwas mitbekommen hatten, waren drei ordentlich angezogene alte Frauen auf der anderen Seite des Ganges. Aber als ich sie ansah, schauten sie weg, alle auf einmal, wie man es manchmal bei befreundeten Kindern oder Geschwistern beobachten kann. Ich wischte mir mehrmals und ein bißchen zwanghaft die Finger an der Hose ab und versuchte mich auf die Wolkenschollen zu konzentrieren, die unter dem Silber und Orange der Tragfläche vorbeischwammen. Mein Puls jagte; die Aggressivität meines Ausbruchs gegen Neihardt steckte noch in mir, wie das spitze Ende eines nicht vollständig entfernten Splitters. Ich wußte noch nicht, ob seine Bemerkungen einfach grob taktlos waren oder ob sie bewiesen, daß er irgendwie ahnte, wie mein

Leben weitergehen würde. Schlimmer aber war die plötzliche Konfrontation mit einer Grundtatsache meines Lebens, mit der ich mich bislang halbwegs abgefunden hatte, die jetzt jedoch plötzlich ins Überdimensionale gewachsen war: Die Tätlichkeit gegen Stu war nur ein weiteres Vorkommnis in dem Krieg, den ich gegen die ganze Welt führte, seit Hugh Butterfield mir 1967 gesagt hatte, daß ich 30 Tage lang seine Tochter nicht sehen dürfe.

Und hier war ich nun schon wieder auf einer verzweifelten Mission, und welchen Grund hatte ich für die Annahme, daß sie nicht zu neuem Unheil führen würde? Ich hatte gegen die gerichtlichen Auflagen verstoßen, meine Eltern verlassen und meinen Psychiater versetzt, und ich würde wahrscheinlich meinen Job verlieren. Tat ich dies alles für das Delirium der Liebe? Wandelte ich auf einem schmalen Pfad zwischen Untergang auf der einen und Leere auf der anderen Seite? Ich glaube, es sind nur die ganz Bösen, die sich selbst für gut halten, aber als ich so in dem Flugzeugsitz zwei Meilen über der Erde saß, zweifelte ich an mir wie nie zuvor – nicht an meinen Aussichten oder an meiner Vernunft, sondern an der Natur meines undefinierbaren, eigentlichen Wesens: Ich kam allmählich zu der Überzeugung, daß ich im Kern überhaupt nicht gut war. Es war kein Schuldgefühl, und es war eigentlich auch keine Scham. Ich fühlte mich gefangen und abgestoßen von der Person, die ich war.

...

Wir kamen mit Verspätung in New York an, wenn auch ohne ersichtlichen Grund. Vielleicht hatten wir Gegenwind gehabt. Stu saß immer noch neben mir, als wir landeten. Weil er sich mein Verhalten nicht erklären konnte oder vielleicht auch einfach aus Langeweile, hatte er wieder angefangen, mit mir zu reden, und ich war ihm dankbar dafür. Sein Gespräch kreiste immer mehr um seine leicht pornographischen Phantasien – die zahllosen Mädchen, mit denen er an der University of Illinois geschlafen hatte, die Zahntechnikerin, die er zum Orgasmus brachte, indem er ihr mit dem Druckluftapparat, mit dem der Zahnarzt einem den Mund trockenlegt, den Kitzler massierte, und all die Bars und Massagesalons, in denen er hartnäckig versuchte, die erotischen Wunden seiner Jugendzeit zu heilen. Er kam mir halb wie ein Lügner und halb wie ein alter Mann vor, der nicht mehr ganz richtig im Kopf ist, weil er zu viele Nächte allein gewesen ist, aber irgendwie war es ausgemacht, daß ich ihm zuhören mußte.

Wir gingen aus der Gepäckhalle, langsam, als wollten wir den Abschied hinausschieben. »Wo wohnst du?« erkundigte sich Stu.

Ich hatte noch keine genaueren Pläne, als mir irgendwo im Zentrum ein erschwingliches Hotel zu suchen. »Bei Freunden«, sagte ich.

»Ach ja? Wo?«

Ich blieb stehen. Wir waren auf der unteren Ebene von La Guardia. Die Welt draußen vor den Glastüren sah so blau aus wie eine Gasflamme. Eine Reihe Taxis und mehrere riesige Busse standen vor dem Gebäude.

»Was soll denn diese Fragerei?« fragte ich ihn.

»Für den Fall, daß ich dich anrufen möchte«, sagte Stu mit einem onkelhaften Achselzucken. »Also paß auf. Ich wohne im Taft Hotel. Das liegt unheimlich günstig.« Er packte mich am Arm. »Nicht vergessen. Taft Hotel. Weißt du noch meinen Nachnamen?«

»Neihardt.«

Stu schien erfreut, sogar ein bißchen gerührt. »Also, ruf mich an«, sagte er im Weggehen. »Ruf mich an, dann machen wir einen drauf.«

Ich wollte noch ein paar Minuten warten, bevor ich hinausging. In einem Telefonbuch schlug ich noch mal Anns Nummer und Adresse nach, obwohl ich sie auswendig wußte und sie außerdem auf der Rückseite meines Bibliotheksausweises notiert hatte, den ich in der Tasche hatte. Aber es tat mir gut, ihren Namen gedruckt zu sehen, und als ich hinausging, um mir ein Taxi zu nehmen, kehrten mein Selbstvertrauen und meine Entschlossenheit allmählich zurück. Ich sagte dem Fahrer, ich wolle zu Macy's. Ich war noch nie in New York gewesen und hatte keine Ahnung, wo ich mich nach einem Hotel umsehen sollte – ich kannte nur die berühmten Luxushotels, aus Anzeigen und vom Hörensagen, und ich konnte mir vorstellen, daß die für mich unerschwinglich waren. Macy's, so dachte ich mir, lag zentral, und ich war sicher, daß es in dieser Gegend eine Menge Hotels gab. Der Fahrer schlängelte sich so halsbrecherisch durch den Verkehr, als ob er eigentlich mehr ans Motorradfahren gewöhnt wäre. Er fuhr seinen Vordermännern mit hoher Geschwindigkeit praktisch bis an die Stoßstangen auf, wechselte fortwährend blitzschnell die Fahrspur und überholte auf dem überfüllten Long Island Expressway fast alle anderen Autos. »Soll ich durch den Tunnel fahren?« fragte er mich über die Schulter. Ich wußte nicht genau, was er meinte, aber ich hatte einen Horror davor, für einen völlig Fremden gehalten zu werden, und deshalb sagte ich einfach ja. Einmal gerieten wir in einen Stau, gegen den auch mein Fahrer machtlos war. Rechts von uns war einer dieser riesigen Friedhöfe, die in uns Fremden beinahe so etwas wie Mißbilligung auslösen – als ob so viele Tote eine schlechte Empfehlung für die Stadt wären. Und links von uns war ein großer, silberner Bus mit röhrenden Motoren und dreckbespritzten Seiten.

Nach den üblichen aufreibenden Pannen nahm ich schließlich ein Zimmer im Hotel McAlpin. In der Eingangshalle waren viele Leute, die noch befangener und verlorener wirkten als ich – Männer mit grünen Hosen und Kordelkrawatten, eine orientalische Frau mit einer Frisur, die bestimmt einen halben Meter hoch war, und ein nicht mehr ganz taufrisches Teenagerpärchen mit dreckigen Rucksäcken.

Mein Zimmer war so gut wie jedes andere dazu geeignet, Selbstmord darin zu begehen. Ich machte den Fernseher an und packte meinen Koffer aus. Das Telefon klingelte, und ich hob begierig den Hörer ab – voller unbewußter, abenteuerlicher Hoffnungen. Es war der Empfang. Eine Frauenstimme entschuldigte sich: falsche Nummer. Ich legte auf, und meine Einsamkeit war mit dünnen Wahnsinnsfäden durchwirkt. Ich duschte, und während das heiße Wasser auf mich niederprasselte, kam mir erst so richtig zum Bewußtsein, daß ich nun endlich in derselben Stadt war wie Ann Butterfield, und bei diesem Gedanken begann mein Herz so wild zu klopfen, daß ich mich mit beiden Händen an der nassen gekachelten Wand abstützen mußte, um nicht zu fallen. »Was willst du ihr denn sagen?« hörte ich eine Stimme sagen, und in meiner Verwirrung merkte ich im ersten Moment nicht, daß es meine eigene war.

Ich hatte eigentlich nicht so viele Stunden vertrödeln wollen, aber ich konnte nichts dagegen tun. Wie ich so in meinem Hotelzimmer saß und das Telefon anstarrte, fühlte ich mich Ann und Jade näher als seit fast vier Jahren, und ich hatte Angst, daß Ann mit einer falschen Reaktion den Zauber brechen würde. Dann bildete ich mir ein, daß es völlig falsch wäre, sie anzurufen, und daß ich einfach hinfahren und an ihrer Tür klingeln sollte. Sie wohnte in der 22. Straße.

Ich ging von meinem Hotel in der 34. Straße Richtung Zentrum. Das war nicht das New York der Filme oder meiner Phantasie. Kleine Geschäfte, manche für immer geschlossen, andere mit allerlei altem Plunder hinter den verrußten Schaufensterscheiben, jüdische Schnellgaststätten zwischen Eisenwarenläden, Kneipen mit lauter alten Männern und Textilgroßhandlungen. Die Straßen waren voller Taxis und unglaublich lauten Lastwagen, die Sonne war weiß, warm und verschwommen, und die Gerüche von Pappe und Benzin wurden plötzlich von Eukalyptus- und Nelkenduft abgelöst, als ich an drei Häuserblocks mit lauter Blumenläden entlangging.

Vor Anns Haus stand ein Mann mittleren Alters mit langem, grau werdendem Haar und dicken Brillengläsern in einer Drahtfassung. Er sprengte den Gehsteig, und als ich auf seiner Höhe war, hielt er den Wasserschlauch gerade so viel zur Seite, daß ich vorbeikonnte, ohne naß zu werden. Mir war schwindlig vor Angst; alles kam mir gefährlich und unsicher vor. Die schweren Haustüren waren mit starken, dekorativen Eisengittern versehen, in einem Stil, den ich heute als nachgemachten Art-Deco bezeichnen würde, der mir damals jedoch pervers und gekünstelt vorkam. Natürlich waren seit Jahrzehnten auch kleine Kinder und alte Leute durch diese Türen gegangen, aber ich mußte an diesem Tag meine ganze Kraft aufbieten, um sie aufzustoßen – meine Arme fühlten sich an, als seien die Knochen herausgenommen worden, und statt Blut hatte ich heißen, dünnen Tee in den

Adern. Der Hausflur war klein, kühl und mit grünem Marmor verkleidet. Neben einer abgesperrten Glastür waren ungefähr hundert Klingelknöpfe. Während ich die Schilderreihen nervös nach Anns Namen absuchte, ging die Tür plötzlich auf. Es war eine schöne junge Frau. Ihr Gesicht war zugleich blaß und ägyptisch. Sie hatte zwei große, unruhig drängelnde Hunde dabei, eine Art Airedale und einen deutschen Schäferhund. Der Schäferhund schnupperte hingebungsvoll an meinen Schenkeln. »Judy!« sagte die Frau leise und riß an der Leine. Dann sagte sie zu mir: »Fehlt Ihnen was?«

Ich schüttelte den Kopf, aber ich muß mich doch sehr hilfsbedürftig gefühlt haben, denn ich faßte mir unwillkürlich an den Nacken und drückte ihn.

Die Frau schnipste mit den Fingern, und die Hunde setzten sich. Sie hechelten beide wie verrückt. »Sind Sie sicher?« fragte sie. »Sie sehen so aus, als ob ...«

»Ja?«

Sie hob den Arm und drehte die Handfläche nach außen. Dann ließ sie ihn wieder sinken und stieß dabei einen Pfeifton aus, der abrupt abbrach.

»Mir fehlt wirklich nichts«, sagte ich und sah weg. Mein Blick fiel auf »Ramsey – 7 G«.

»Sind Sie sicher? Nicht daß ich aus dem Park wiederkomme, und Sie sind mir inzwischen hier umgekippt.«

Mein Gott, sie ist so schön, dachte ich. Was ist bloß mit mir los? Sie trug eine weizengelbe Hose und ein uniblaues Hemd, dessen Ärmel sie bis an die Ellbogen hochgerollt hatte. Ihre Arme waren schmal und fest – lange Muskeln, hervortretende Adern und Sehnen. Man hätte verrückt sein müssen, um sich nicht zu wünschen, von diesen Armen gedrückt zu werden.

»Ist hier irgendwo eine Telefonzelle?« fragte ich sie. Es war mir klargeworden, daß ich nicht einfach bei Ann klingeln konnte. Ich mußte sie warnen, ihr eine Chance geben, mich wegzuschicken.

»Ja, gleich an der Ecke.« Sie sah auf ihre Hunde hinab, die sich erhoben und mit den hochgestellten Schwänzen wedelten. Es gelang mir mit Müh und Not, die schwere Tür aufzumachen, und

wir gingen hinaus. Der Hausmeister spritzte immer noch den Gehsteig. Er hatte den Strahl auf eine Erdnußschale gerichtet und trieb sie so den Gehsteig entlang, bis sie schließlich im Rinnstein landete. Die Hunde leckten rasch das nasse Pflaster. »Hallo, Rolf«, sagte meine Begleiterin.
Rolf nickte ihr zu. »Hallo, Miss LaFarge.«
Sie ging mit mir bis an die Ecke und blieb vor einer alten Telefonzelle stehen. »Judy, Platz, Steve, Platz«, sagte sie. Sie langte in ihre Hosentasche und brachte ein Zehncentstück zum Vorschein. »Hier«, sagte sie und drückte es mir in die Hand. »Soll ich solange hier warten, bis Sie Ihren Anruf erledigt haben?«
»Nein. Mir geht's gut. Trotzdem vielen Dank.«
Sie ging mit ihren Hunden über die Park Avenue. Ich sah ihr nach, prägte mir ihren Namen ein und wünschte mir, sie kennenzulernen. Obwohl meine Einsamkeit und die Sinnlosigkeit meines Daseins mich in eine laue, auf der Stelle tretende Freundschaft mit einer Frau aus dem Bekanntenkreis von Warren Hawks geführt hatten, weckte diese Miß LaFarge in mir die Ahnung eines Verlangens, durch die sie sich auf Anhieb von jeder anderen Frau unterschied, die ich seit meiner Trennung von Jade kennengelernt oder auch nur wahrgenommen hatte. Ihre Gegenwart durchzog mich wie Sonnenlicht einen dunklen Wald, und ich wußte, daß sie die Gedanken spürte, die ich ihr nachsandte. Es war das Leben als Traum, Nachmittage als Ewigkeit, es waren alle möglichen Gedankensprünge, alle Spielarten geistiger Magie, es war eine Welt, die wieder licht und durchsichtig war – so, wie wenn ich in Jades Armen einschlief und beim Aufwachen ihr Haar auf meinem Kopfkissen fand. Ich steckte die Münze in den Schlitz und stoppte den Wählton mit der ersten Ziffer von Anns Nummer. Ich zitterte und schwitzte und war immer noch benommen, aber jetzt war nicht mehr Angst oder Nervosität die Ursache; es war die Änderung der Schwerkraft, als ich jetzt in den ersten und schon bald in den zweiten Ring der einzigen Welt eintrat, an die ich glaubte, der einzigen Wirklichkeit, die ich für mich gelten lassen wollte. Es kümmerte mich kaum noch, ob ich zitterte oder gleich tot umfallen würde; ich war in einem Kraftfeld, im Wirkungsbereich von Gefühlen mit physikalisch meßbarer Intensität, und dies war nun

endlich größer und mächtiger als alles, was ich je gekannt oder erfahren hatte.
Ich kann mich nicht mehr daran erinnern, wie ich die übrigen Ziffern wählte, aber auf einmal war Anns Stimme da. »Hallo?« Sie sprach es immer wie eine Frage aus, eine intime, leicht verwirrende Frage.
»Ich bin's«, sagte ich. Es wäre mir nie eingefallen, daß sie womöglich meine Stimme nicht erkennen würde. »Ich bin ganz in deiner Nähe. Darf ich raufkommen? Oder möchtest du lieber einen Kaffee trinken gehen?«
Es blieb still am anderen Ende der Leitung. Ich hörte klassische Musik im Hintergrund und die Sirene eines Polizeiautos, das gerade an mir vorbei nach Norden raste und sein rotes Signallicht auf die Glasscheiben der Zelle warf. »Bist du wirklich der, für den ich dich halte?« fragte Ann schließlich. Ihre Stimme klang unbefangen. Ich wußte, daß sie mich erkannt hatte, und die Gleichgültigkeit ihrer Stimme enttäuschte und beruhigte mich zugleich. Sicher, sie würde kaum vor Freude über mein Auftauchen in Tränen ausbrechen, aber sie behandelte mich auch nicht wie irgendein gepanzertes Insekt, das man unter einem Stein findet.
»Darf ich raufkommen?« fragte ich. »Ich bin heute erst angekommen. Ich hab mir ein Hotelzimmer genommen. Ich möchte dich sehen. Wir könnten miteinander reden.«
»Ich hab in letzter Zeit so viel Besuch gehabt«, sagte Ann. »Keith hat auf dem Sofa bei mir übernachtet.«
»Ist er noch da?«
»Nein, er ist heute früh heimgefahren.«
»Darf ich zu dir kommen, Ann?«
Sie zögerte einen Moment. »Wenn du möchtest«, sagte sie. Sie wartete einen Augenblick auf meine Antwort und legte dann auf.
Ich ging zu ihrem Haus zurück, klingelte bei Ann, und der Türsummer ertönte. Mit einem kleinen holzgetäfelten Aufzug fuhr ich in den siebten Stock. Ein konventionelles Gefühl sagte mir, ich müßte mir jetzt vorstellen, wie es sein würde, endlich Ann wiederzusehen, oder was ich sagen würde, aber die Zukunft drehte mir den Rücken zu, als Warnung, daß ich nicht einmal

versuchen sollte, ihr ins Gesicht zu sehen. Der Aufzug hielt mit einem leichten Ruck, und ich trat auf einen breiten Gang hinaus – weiße Decke, Wände in verblichenem Rosa, blankgebohnerter schwarzer Fußboden. Anns Appartement war ganz am Ende. Die Tür war frisch in Weiß gestrichen, und der Türknauf war aus fein strukturiertem Blei, rund und so groß wie ein Krocketball. Ich klopfte an und wartete. Ich hatte einen Krampf im Bein, wahrscheinlich schmerzhaft, aber ich merkte ihn kaum; er stieg in mir auf wie eine Luftblase in einer Spritze. Ich klopfte noch einmal, und endlich hörte ich Anns Schritte.

Sie trug ein bodenlanges hellgrünes Hauskleid, mit dunkelgrünen Paspeln und diesen weit herabhängenden, mittelalterlichen Ärmeln. Ihr dunkles Haar war nach hinten gerafft, und sie sah mich durch große, leicht getönte Brillengläser an. Sie roch nach Parfüm, und ihre lackierten Zehennägel schauten aus geflochtenen Goldsandaletten hervor. In der einen Hand hatte sie ein Exemplar von Sylvia Plaths ARIEL, die andere hatte sie auf die Hüfte gestützt. Sie wirkte ungemein selbstsicher.

»Du weißt doch, ich kann Überraschungen nicht leiden«, sagte Ann. »Trotzdem überraschst du mich immer wieder.« Sie bat mich nicht hinein, aber sie trat zur Seite, und ich machte ein paar Schritte vorwärts. Wir standen in einem langen, schmalen Flur. An den Wänden hingen Drucke und Zeichnungen, darunter auch ein holländisches Eisenbahnplakat, das im Chicagoer Haus auf dem Flur im ersten Stock gehangen hatte, zwischen Anns und Hughs Schlafraum und Sammys Zimmer. Es kam mir unglaublich vor, daß es den Brand überstanden hatte.

»Das hast du also immer noch«, sagte ich und wies auf das Plakat – es zeigte einen an Peter Lorre erinnernden Mann, der die Tür eines olivgrünen Eisenbahnwagens öffnete.

»Nein. Es ist nicht dasselbe. Ich hab dieses hier in einem Antiquariat in der Second Avenue gefunden. Hundertfünfzig Dollar. Ich mußte einen Monat lang hungern, aber ich wollte es unbedingt haben.«

Der Flur wurde zum Ende hin heller, und als ich ins Wohnzimmer trat, war die Helligkeit fast überwältigend. Die ganze Südwand bestand aus Fenstern, und auch die Westfront war zum größten

Teil verglast. Die Bambusjalousien waren hochgezogen, und Ann hatte kleine Prismen vor den Fenstern aufgehängt, die an dünnen Fäden baumelten und in der Sonne rot und grün blitzten und funkelten. Auf dem Parkettboden lagen keine Teppiche. Um einen Glastisch waren ein weiches Sofa und drei leichte Sessel gruppiert. Auf einer Seite des Zimmers stand ein kleiner gelber Schreibtisch, wie man ihn auch in einem Studentenwohnheim sieht. Eine rote mechanische Schreibmaschine und eine offene Schachtel Schreibmaschinenpapier. Ein Bücherregal, die meisten Borde leer. Es war schwer zu sagen, wo die Küche war, wenn die Wohnung überhaupt eine hatte. Vielleicht hinter der geschlossenen Doppeltür.

»Wo soll ich mich hinsetzen?« fragte ich.

»Wenn überhaupt«, sagte sie.

»Ja. Wenn überhaupt.«

»Warum kommst du nicht erst mal ans Fenster? Ich zeige neuen Besuchern immer gern meine Aussicht.«

Die Aussicht bestand aus einer Reihe von Schieferspitzen, dem Dach einer Kirche. Der schwarze Schiefer sah in der Sonne flüssig aus. Hinter der Kirche stand ein hohes ehemaliges Fabrikgebäude aus Glas und weißem Stein, mit plastischen Muschelornamenten und Wappen unter jeder Fensterreihe. Im obersten Stock wetterleuchtete die Blitzanlage eines Fotografen. Ann stand neben mir; sie hatte anderen schon immer gerne etwas gezeigt und dann versucht, das Bekannte mit neuen Augen zu sehen. Lange Flaumsträhnen auf ihren Wangenknochen wurden im Gegenlicht sichtbar. Ich spürte die Anfänge einer überwältigenden Schüchternheit.

Ann ging lautlos durchs Zimmer und setzte sich auf das weiße Sofa. Sie zog die Beine hoch und stützte das Kinn auf die Hand.

»Hübsch hast du's hier«, sagte ich. »Dein neues Zuhause.«

»Dreihundertzehn Dollar und acht Cent im Monat«, sagte sie. »Und das für eine Küche wie im Speisewagen und ein kleines Schlafzimmer. Es ist Wahnsinn. Ich bin ständig pleite. Eine Freundin von mir hat auf der West Side sechs große Zimmer und zahlt nicht mal halb soviel wie ich. Aber ich bin zu furchtsam, um auf der West Side zu wohnen. Es ist zum Lachen, aber das hat man mir anerzogen, die Angst davor, auf der West Side zu wohnen. Wußtest du, daß Mutter allen Leuten erzählte, sie sei seit zwanzig Jahren nicht mehr westlich von der Fifth Avenue gewesen? ›Ich war in der Carnegie Hall, um mir diesen jüdischen Geiger anzuhören. Das war vielleicht ein Abenteuer.‹« Ann lachte kurz auf. »Wenn wir wenigstens Geld gehabt hätten, dann wären solche kleinen exzentrischen Eigenheiten ja gerechtfertigt gewesen. Aber ohne Geld war alles bloß blöd und peinlich, wie Schimpansen, denen man Abendkleider anzieht.«

»Ann...«

»Und die man an kleine Spielzeugklaviere setzt.«

»Ann«, sagte ich, »macht's dir was aus, wenn ich mich hinsetze?«

Sie zeigte auf einen der Sessel. »Nagelneu«, sagte sie.

»Sag's mir, wenn es dir lieber ist, daß ich wieder gehe«, sagte ich.

Sie schüttelte den Kopf. »Machst du das immer noch? Erlaubst du den Leuten immer noch zu sagen, was sie auf dem Herzen haben?«

Ich setzte mich. Der Sessel gab ein bißchen unter meinem Gewicht nach, und ich kam mir sofort groß und plump vor und fürchtete, ich könnte Schaden anrichten.

»Wenn ich etwas an dir toll finde – ich meine, was ich so besonders toll an dir finde, ist die Tatsache, daß ich dir alles sagen kann, David, und nie ein schlechtes Gewissen deswegen haben muß, nicht im geringsten.«

»Das stimmt«, sagte ich. »Nicht nur jetzt. Das war schon immer so.«

Wir saßen uns schweigend gegenüber. Ich wollte Ann direkt in die Augen sehen, aber ich wußte, daß sie solche Gesten eher zudringlich als offen fand. (»Die Leute drängen sich in dein Privatleben, als wollten sie dir helfen, dir einen Fehler abzugewöhnen.«) Ich richtete meinen Blick auf ein Stück Steppdecke, die ein blaurosa Pyramidenmuster hatte und an den Rändern versengt war; sie hing in einem einfachen Holzrahmen über Ann an der Wand.

»Kommt's dir bekannt vor?« fragte Ann.

Ich schüttelte den Kopf.
»Das ist aus dem Haus. Möglich, daß wir es nicht mehr in Gebrauch hatten, als du bei uns warst. Es ist ein Stück einer Steppdecke – alles, was davon übrigblieb –, die Großmutter mir geschenkt hat, als ich nach Bryn Mawr ging. Eine sentimentale Geschichte. Ich hab's in den letzten zwei Jahren mit Klauen und Zähnen verteidigt. Gegen Keith. Ich hab dir gesagt, daß er bis vor kurzem da war, nicht? Bis gestern.«
»Arbeitet er immer noch an der Familienchronik der Butterfields?« Meine Stimme war ein bißchen spröde.
»Na klar. Wenn er mich besucht, bringt er jetzt immer ein Tonbandgerät mit und versucht, mich zu interviewen. Ich komme mir vor wie ein Idiot, wenn ich in das Mikrofon sprechen soll. Unsterblichkeit ohne Überarbeitung? Nicht mein Fall.«
Ich merkte, wie mir das Blut in die Wangen stieg. Mit jedem Wort, das sie sagte, wurde sie mir vertrauter, und ich sah mich schon vor Ann auf die Knie fallen und ihre Hand an meine Lippen pressen – ein Ritter, der zu seiner Königin zurückgekehrt ist.
Sie drehte sich um und berührte den Glasrahmen über der Steppdecke. »Mach dir nicht zuviel Gedanken, weil sie verbrannt ist. Sie war sowieso kaum noch zu gebrauchen, wie das meiste von unseren Sachen. Es war nur deswegen, weil ich diese Steppdecke auf meinem Bett hatte, als Hugh aus dem Krieg wiederkam. In der Nacht, in der er plötzlich vor der Tür stand. Er war zur Genesung in Baltimore, und ich hatte ihn nicht mal besucht. Ich weiß nicht, wie unsere Beziehung damals war oder wie sie hätte sein sollen. Aber *eins* wußte ich, als er auf einmal wieder da war. Wir haben uns nicht mal zugedeckt, und das war die Nacht, die unser aller Schicksal besiegelte, weil da nämlich Keith gezeugt wurde.«
»Will er sie deshalb haben? Die Steppdecke?«
»Natürlich. Als Beweisstück. Als Talisman. Keith vertritt die Theorie, daß Hugh und ich nie geheiratet hätten, wenn ich nicht schwanger geworden wäre. Und laut Keith fällt ihm deshalb eine dreiteilige Rolle zu: ein Teil Sohn, ein Teil Vater, ein Teil Ehemann. Womit, glaub ich, bewiesen ist, daß aller Ärger dreigeteilt ist.«

Ich mußte lachen. Es platzte aus mir heraus wie ein Niesen. »Das finde ich herrlich.«

»Den Witz hab ich schon hundertmal angebracht. Oder was hast du gemeint?«

»Ann«, sagte ich. Mir fiel nichts anderes ein. Ich hatte nur trüben grauen Nebel im Kopf.

Eine Weile blieb es still. Dann sagte sie: »Was führt dich nach New York, David?«

»Du.«

Was erwartete ich? Daß sie mir die Hand reichte? Daß sie mir gestand, sie habe auf meinen Besuch gehofft? Sie nickte, als ginge meine Bemerkung nur mich etwas an. Anns undurchschaubare Gesten waren für mich immer ein Zeichen ihrer Eleganz und Gewandtheit gewesen. Doch jetzt, da mein Leben unter dem Gewicht der ungeheuren Last meiner unausgedrückten Gefühle zerbrach, wünschte ich mir, daß sie weniger sie selbst und mehr so gewesen wäre, wie ich sie brauchte. Ich sah sie an und merkte, wie ich versank – und es war, als wartete man darauf, daß einen eine Katze vor dem Ertrinken rette.

»Wieso kommst du meinetwegen nach New York?« fragte sie schließlich.

»Ich wollte dich sehen, mit dir reden.«

»Aha. Also nicht *meinetwegen,* sondern *deinetwegen.*«

»Ich mache mir nichts vor. Ich hab nicht im Flugzeug gesessen und mir eingebildet, daß es dir leichtfallen würde; mich wiederzusehen, meine ich. Ich bin schon seit eins hier und hab die ganze Zeit nicht den Mut aufgebracht, dich anzurufen.«

»Das kommt daher, weil du mich nicht liebst und dich deshalb immer wieder erinnern kannst, daß ein Unterschied zwischen *dir* und *mir* besteht. Würdest du mich lieben, etwas für mich empfinden, dann würdest du einfach voraussetzen, daß es mir genauso geht.«

Ich senkte den Kopf. Ich dachte, ich würde nur die Augen niederschlagen, um meine Gedanken zu sammeln, aber als mein Kopf sich geneigt hatte, blieb er unten.

»Bist du gekommen, um mich über die anderen auszuhorchen?« fragte Ann.

Höflichkeit wäre jetzt fehl am Platze gewesen, deshalb sagte ich: »Ja, auch.«

»Und außerdem?«

»Um bei dir zu sein. Du fehlst mir die ganze Zeit, und wenn ich von dir höre, fehlst du mir noch mehr.« Endlich konnte ich wieder aufschauen. Anns Züge waren weicher geworden. Sie griff nach ihrer Brille, als ob sie sie abnehmen und sich mir enthüllen wollte, aber sie ließ die Hand wieder in ihren Schoß sinken und seufzte.

»Ich bin mies zu dir. Ich merke es selber«, sagte sie. »Wahrscheinlich, um mich selber zu schützen. Wenn jemand erfährt, daß du hier warst, und irgendwelche Fragen stellt, werden mir auf diese Weise wenigstens die ganzen Gemeinheiten und süffisanten Bemerkungen einfallen, die ich dir an den Kopf geworfen habe, und mich auf diese Weise aus der Schlinge ziehen. Aber daß ich mich freue, dich wiederzusehen, das wäre das letzte, was ich dir sagen möchte.«

»Aber es ist so?«

»Warten wir's ab. Also, wo Sammy ist, weißt du schon. Du solltest ihn sehen, David. Stark wie eine Eiche. Er ist buchstäblich der verantwortungsbewußteste Mensch, den ich kenne. Die Geschichte mit dem zerrissenen Scheck läßt ihn als Hitzkopf erscheinen... aber das ist überhaupt nicht Sammys Art. Er taktiert sonst immer aus einer Position der Stärke heraus – ruhiger Stärke. Er ist offensichtlich ein Liebling der Götter; es gibt nur ganz wenige Menschen, die sich auf der Welt so *zu Hause* fühlen wie er. Verglichen mit ihm sind wir anderen lächerliche kleine Herumtreiber, Obdachlose. Manchmal glaube ich, daß die Welt für Sammy und vielleicht noch fünftausend andere geschaffen wurde, damit sie ihre Intelligenz darin austoben können.«

»Wie ist denn dieses Beaumont so?« fragte ich. Ich weiß nicht, was mich gerade zu dieser Frage veranlaßte – wahrscheinlich Nervosität. Ich beugte mich vor, die gefalteten Hände zwischen den Knien.

»Eine typische Schulstadt. Dreckiger Fluß, Ziegelei, schiefe Häuser, Kleinbürger, Obstgärten. Und Keith. Du weißt auch, wo Keith ist. Ich erzähl dir nichts, was du nicht schon weißt oder mehr oder weniger weißt. In Bellows Falls. Er hat einen Job in einer Möbelfabrik, lernt viel und hobelt sich ab und zu eine Fingerkuppe ab. Er macht Stühle, Schaukelstühle. Hätte ich nie von ihm gedacht. Er hat sich nie besonders fürs Basteln und Bauen interessiert. Ich glaube, er wollte mal als kleiner Junge was bauen, aber Hugh – hilfsbereit wie immer – riß ihm den Hammer aus der Hand, natürlich bloß, um ihm zu zeigen, wie's leichter geht, und das war wohl so was wie eine symbolische Kastration, denn ich kann mich nicht daran erinnern, daß Keith jemals noch etwas gebastelt hätte.«

Aber er war doch dabei, sich einen Stereoempfänger zu basteln, als ich in der bewußten Nacht von der Veranda aus hineinschaute, als ich euch alle sah... die Nacht, in der ich das Feuer legte. Ich sah weg, im Zweifel, ob Ann das noch wußte oder nicht, und fragte mich, ob sie mich bloß ärgern, verwirren wollte.

»Ab und zu ein elektronisches Gerät, das schon«, fuhr sie fort. »Aber keine Vogelhäuser und Kaninchenfallen oder sonst etwas, wofür man Säge und Hammer braucht. Aber jetzt ist er ganz tüchtig auf dem Gebiet. Er hat sich auch seine eigenen Möbel zum größten Teil selber gebaut. Er wohnt in einem vergammelten, aber wirklich schönen alten Gutshaus. Er hatte eigentlich die Idee gehabt, den neuen Familiensitz daraus zu machen, aber bis jetzt hat noch keiner von uns angebissen. Er hat ein paar Hühner, die im Hof rumlaufen und die ganze Zeit gackern, und außerdem, Wunder über Wunder, eine Frau, die mit ihm zusammenlebt, ein Mädchen aus der Stadt. Ein bißchen so ein Ingrid-Ochester-Typ. Du weißt schon, Hughs Freundin. Passiv, nachgiebig, ein bißchen traurig, aber zufrieden mit sich selbst und eigensinnig wie ein Esel. Das hätte ich eigentlich nicht sagen sollen. Das hört sich an, als hätte ich was gegen sie, gegen Keiths Freundin, meine ich, und das ist nicht der Fall. Es tut Keith gut, daß er sie hat. Schön, sie ist ein bißchen farblos, aber das ist Keith schließlich auch. Er kann wirklich froh sein, jemanden zu haben, der sich um ihn kümmert.

Jade geht's gut. Sie ist an einem College und studiert Ethologie, jedenfalls nach dem letzten Stand. Sie ist ziemlich wankelmütig, droht andauernd damit, das Studium abzubrechen, aber da sie weder bei mir noch bei Hugh auf Widerstand stößt, entscheidet sie sich dann doch immer wieder für's Weitermachen.«

»Welches College?«

»Und«, fuhr Ann fort und hob den Zeigefinger, um mich zum Schweigen zu bringen, »Hugh. Hugh zigeunert immer noch durch die USA und führt ein absolut unzeitgemäßes Bohemienleben. Es liegt aber jetzt in den letzten Zügen. Im September wollen sie nach Utah gehen, um bei diesem Whitney St. Martin zu leben – jedenfalls nennt er sich so. Ich bin überzeugt, er hat sich den Namen selber zugelegt. Wahrscheinlich hat er ein saftiges Vorstrafenregister, dieser Whitney. Es ist eine Art Kommune, auf einem unfruchtbaren Gelände von vielleicht fünfzig Hektar. Hugh wird der Arzt sein. Das Ganze nennt sich Autonomy House. Oder hab ich das schon gesagt? Autonomy House. Aufgenommen werden nur Akademiker, die keine Drogen nehmen und keinen Alkohol trinken. Lehrer, Anwälte, Ärzte, Architekten, Schriftsteller – ja, Schriftsteller wohl auch. Ich glaube, Hugh hat erwähnt, daß auch Schriftsteller dabei sein würden. Vielleicht hat er die arme Ingrid in diese Kategorie eingestuft, obwohl man doch als Geliebte eines Arztes genausoviel wert sein müßte wie irgendein Akademiker.

Du siehst, es geht uns allen ganz passabel. Unsere Unabhängigkeit ist – ich weiß nicht, wie ich es ausdrücken soll. Phantastisch. Ich glaube, ich verwandle mich in eine Art Keith; ich kann es einfach nicht *fassen,* wie selten wir das Bedürfnis haben, einander zu sehen.«

»An welchem College ist Jade?«

»David.«

»Schon gut. Tut mir leid. Ich weiß, ich sollte dich das nicht fragen.«

»Genau.«

»Aber ich *kann* einfach nicht anders.«

»Wie praktisch.«

»Nein, ist es nicht.«

»Ist ja auch egal. Ich will einfach nicht, daß du solche Fragen stellst. Ich will nicht, daß du Andeutungen machst und mich aushorchst. Ich will nicht, daß du mich bedrängst oder mich auszutricksen versuchst oder meine reichlich gemischten Gefühle dir gegenüber ausnutzt. Es ist... es ist sehr wahrscheinlich, daß du ziemlich deprimiert wärst, wenn ich dir von Jade erzählen würde. Aber das ist dir sicher auch klar, oder?«

Ihre Worte trafen mich wie ein Schlag ins Gesicht. Kränkung und Demütigung. Die Hilflosigkeit meiner Lage bedrückte mich immer wieder; das Leben unter ständiger emotionaler Bedrohung verlor nie seine Schrecken. Ich war plötzlich den Tränen nahe. Jetzt war ich endlich bei Ann und merkte auf einmal, daß ich nicht einmal imstande war, ihr richtig zuzuhören. Wenn die vorsätzliche Gemeinheit des Geheimnisses, das sie da auf einmal angedeutet hatte, mir solchen Schmerz verursachte, wie konnte ich mir da einbilden, jemals in der Lage zu sein, die Wahrheit zu hören und dabei vernünftig zu bleiben?

10

Wir waren stillschweigend übereingekommen, nicht über mein Leben zu sprechen. Es war schließlich nichts weiter als eine riesige Einsamkeit, noch dazu von der uninteressantesten Art, während Anns Alleinsein wenigstens durch Kampf und Neuanpassung belebt wurde.

Ich war immer bemüht gewesen, aus mir herauszugehen und aufrichtiges Interesse an jedem Detail von Anns Leben zu zeigen – mit wem sie ihr erstes sexuelles Erlebnis gehabt hatte (es war ein junger Portier des Mietshauses gewesen, in dem ihre Eltern wohnten), was sie mit dem Honorar für ihre erste Geschichte im NEW YORKER gemacht hatte, warum sie immer einen Koller bekam, wenn sie bei Marshall Field einkaufte, was sie in den bizarren Wachträumen erlebte, die sie hatte, wenn sie Drogen genommen hatte und Vivaldi hörte, und von denen manche sie dazu inspirierten, Haikus auf Notizzettel zu schreiben, Notizzettel, die irgendwann in die Mülltonne wanderten, aber nicht ehe ich sie gelesen hatte. Ich fühlte mich nie vernachlässigt oder nicht ernstgenommen. In einer Welt voller Menschen, einem Haus voller Gäste hatte sie sich dazu entschlossen, die Bestandteile ihres

Lebens vor mir auszubreiten (taktvoll, geschickt, keusch). Um meine Reaktionen warb sie, an meiner noch unentwickelten Sensibilität wollte sie sich die Geheimnisse ihres eigenen Charakters erklären. Ich fühlte mich beschenkt und ausgezeichnet; ich war überzeugt, daß es Dinge gab, die sie nur mir und sonst niemandem anvertraute – sie weihte mich weniger in die letzten Inhalte ihrer geheimsten Gedanken ein als vielmehr in deren *Ton*. Hugh und andere mochten ihre Geheimnisse genauer kennen, aber mir gab sie Gelegenheit, genau den Tonfall kennenzulernen, in dem sie mit sich selber sprach.

Es war nichts an ihr, und sie sagte (oder verschwieg) nie etwas, das mir nicht ungemein lebendig vorgekommen wäre. Und ich interessierte mich nicht nur für sie, weil ich ihre Tochter liebte. Ich wollte sie nicht nur verstehen, um mir ein Bild davon machen zu können, wie sich der Charakter meiner Geliebten entwickeln würde. Ich glaube nicht, daß mir jemals der Gedanke kam, Jade könnte einmal wie Ann werden, sowenig wie ich mir vorstellte, ich könnte wie Arthur oder Rose werden. Ann war einmalig, unwiederholbar, verdreht, selbstsicher, arrogant, verletzlich und so unverhohlen berechnend, daß – zumindest in meinen Augen – jedes ihrer Worte und jede ihrer Gesten einen Sinn hatten.

Den ganzen Nachmittag und auch noch am Abend sprachen wir über ihr Leben alleine in New York. Ihre Eltern hatten – bis zum finanziellen Zusammenbruch – eine gemeinnützige Einrichtung geleitet, die sogenannten Findlingsheime, eine Mischung aus Waisenhaus und Berufsschule, wie man es eher in einem Roman von Dickens als in den sonnigen USA vermuten würde. Anns Vater hatte die Auflösung seiner Findlingsheime selbst mitverschuldet, indem er sich ein Gehalt genehmigt hatte, das hart an der Grenze der Unterschlagung gewesen war, aber das erwies sich jetzt als ein Glück für Ann, denn sie lebte nun vom Geld des unlängst verstorbenen Mr. Ramsey. Ihr Erbteil warf eine monatliche Rente von 850 Dollar ab, und sie sprach davon, wie es war, von einer begrenzten Summe leben zu müssen, Kleider in Discountläden zu kaufen, in Restaurants Zuckerstücke zu klauen und in einer allgemeinen finanziellen Mißlage zu leben, die sich als nur zu berechtigt herausstellte; obwohl mir 850 Dollar im Monat mehr als ausreichend vorkamen, behauptete Ann, sie hätte noch in keinem Monat auch nur einen Cent übrigbehalten. »Am letzten Tag des Monats hab ich immer ohne Essen auskommen müssen, seit ich hier eingezogen bin.« Sie sprach über die Preise und erzählte mir, wie sie sich bei Saks in der Fifth Avenue umsah und dann mit dem Bus zur »jüdischen Lower East Side« fuhr und dort in billigen Geschäften nach ähnlichen Kleidern suchte, daß sie in der Carnegie Hall immer im dritten Rang saß und daß sie ihren Krankenkassenbeitrag weiterzahlen mußte. (Ich warf ein, daß die Freundin meines Vaters seit Wochen im Krankenhaus liege und ich mir lieber nicht vorstellte, was das kosten würde, aber sie reagierte nicht einmal mit einer neugierigen Kopfbewegung.) Sie sprach davon, wie teuer heutzutage Schreibmaschinenpapier und Farbbänder, Fotokopien und Briefporto seien, und ich sagte, ich freute mich, daß sie wieder schreibe.

»Ich bin auch froh«, sagte sie. »Ich hätte beinahe zwei Geschichten an den New Yorker verkauft. Die haben mir eine sehr freundliche Ablehnung geschickt. Sehr aufmunternd und so. Das hätte mich auch aufgemuntert, wenn sie nicht vor fünfundzwanzig Jahren alles gedruckt hätten, was ich ihnen schickte. Es stimmt schon, daß früher Erfolg eher ein schlechtes Vorzeichen ist.«

»Das ist ja wenigstens ein Trost für mich«, sagte ich.

»Eine von den kleinen ›Literatur‹-Zeitschriften hat letzten Monat eine Geschichte von mir gedruckt. Aber ohne Honorar. Der Ruhm ist ja ganz schön, aber sie haben mir nicht mal das Porto ersetzt.«

»Trotzdem«, sagte ich, »ist doch toll, wenn sie einem was drukken. Welche Zeitschrift war es denn? Hast du ein Exemplar da? Darf ich mal sehen?«

»Nein. Das möchte ich nicht. Es ist keine sehr gute Zeitschrift. Und die Geschichte ist furchtbar. Ich hab sie ganz falsch angelegt. Von jetzt an mach ich's so, daß ich eine Geschichte, die mir der New Yorker zurückschickt, entweder umschreibe oder in den Papierkorb werfe. Die Geschichten, die die veröffentlichen, sind so geschrieben, wie ich schreiben möchte.«

»Ich würde die Geschichte trotzdem gerne lesen.«

»Aber ich gebe sie dir nicht zum Lesen. Ich weiß nicht mal, ob ich das Exemplar von der Zeitschrift aufgehoben habe. Die schicken einem übrigens ein einziges Belegexemplar.«

»Kannst du mir nicht wenigstens sagen, wovon sie handelt?«

»O. k. Jetzt hast du endlich die richtige Frage gestellt. Der Titel der Geschichte ist ›Meyer‹, und sie handelt von dir.«

Ich spürte, wie sich ein nervöses Lachen in meiner Kehle regte, aber ich unterdrückte es. Wahrscheinlich dachte ich, sie wolle sich über mich lustig machen, aber Anns einzige Form der Irreführung war das Weglassen. Ich legte die Hand auf den Mund, schwindlig vor Stolz, von Hoffnung elektrisiert.

Am Abend fragte mich Ann, ob wir essen gehen sollten.

»Ich bin um halb zehn verabredet«, sagte sie. »Aber da gibt's nichts zu essen. Ich lade mir nie Männer ein, um für sie zu kochen.«

»Ich lade dich ein, wenn du mit mir in ein erschwingliches Restaurant gehst«, sagte ich.

Ich blieb im Wohnzimmer, als Ann zum Umziehen in ihr Schlafzimmer ging. Obwohl die Wohnung nur zwei richtige Zimmer hatte, war das Schlafzimmer durch einen langen Gang vom Wohnzimmer getrennt, und ich fühlte mich alleingelassen. Ich ging auf und ab. Ich schaute durch eins der hängenden Prismen vor den Westfenstern und versuchte, die flachen roten Strahlen der sinkenden Sonne einzufangen. Ich sah mir die Bücher in ihrem Regal an und begutachtete ihre kompakte kleine Stereoanlage und ihre zwei Dutzend Platten: Vivaldi, Bach, Joni Mitchell, die Beatles, Faurés REQUIEM. Auf dem Tischchen vor dem Sofa lagen ein paar Nummern der VILLAGE VOICE und eine alte Taschenbuchausgabe der FAHRT ZUM LEUCHTTURM. Ich versuchte, Schlüsse aus den Merkmalen dieses Zimmers zu ziehen. Was sagte es über Anns Charakter aus, daß sie sich diesen kleinen, geblümten chinesischen Läufer gekauft hatte? Was hatte sie veranlaßt, sich diese entschieden un-Butterfieldschen modernen Sessel anzuschaffen? Wo saß sie, wenn sie meine Briefe las? Wo saß Jade, wenn sie da war? Hinterließ die Gegenwart eines Menschen eine Art Staubspur? Hing der Klang von Jades Stimme gleich dünnen Spinngeweben in den Ecken der hohen Decke? Lagen unter dem Sofakissen zusammengekräuselt Haarsträhnen von ihr? Wenn ich ein

Bluthund oder ein Werwolf gewesen wäre, hätte ich dann nicht ihre Gegenwart wittern, sie durch meine auf alles ansprechenden Sinnesorgane in mich einsaugen können, selbst wenn Monate vergangen waren, seit sie zum letztenmal in diesem Raum geatmet hatte?

Während ich so herumging, kam ich auch in die kleine Küche. Ein beiges Telefon hing an der Wand, daneben ein blaues, in Leder gebundenes Buch. Ich starrte es einen Moment lang an, ohne recht zu begreifen, warum es da hing, bis mir aufging, daß es sich um Anns Notizbuch mit den Adressen und Telefonnummern handelte, das sicher auch Jades Anschrift enthielt, die nur darauf wartete, wie die Kombination eines Safes auswendig gelernt zu werden. Ich streckte die Hand nach dem Büchlein aus, meinte aber plötzlich Schritte hinter mir zu hören. Ich hielt inne und drehte mich um, aber es stand niemand hinter mir, und die Wohnung summte zwar vom Verkehrslärm, ließ aber keine Schritte hören.

»Ich bin gleich fertig!« rief Ann aus dem Schlafzimmer. Eine neue Höflichkeit (die vielleicht mit den Ängsten des Junggesellendaseins zusammenhing?).

»Laß dir nur Zeit«, sagte ich. Ich setzte mich auf einen der wackligen Sessel und schlug die Beine übereinander. Von mir aus kann's losgehen, C. B.! Die Pointe des Lieblingswitzes meines Vaters. Aber im Bekanntenkreis meiner Eltern erzählte man keine »Witze«, sondern »Geschichten«. Geschichten sind seriöser. Der Held dieser Geschichte war der dritte Kameramann in einem Ausstattungsfilm von Cecil B. DeMille, und wenn Arthur das »Von mir aus kann's losgehen« vom Stapel ließ, lachte er immer so fröhlich, so vielsagend, zwinkerte mit seinen dunkelbraunen Augen, zog die struppigen Augenbrauen hoch und hustete meistens auch noch den Dunst von einem halben Dutzend Pall Malls aus. Der liebe alte Spinner!

Ann hatte sich ein bodenlanges Kleid in Pfirsich und Purpur angezogen, ärmellos, mit Rollkragen und einem Reißverschluß am Rücken. Der Stoff war seidig, und das Muster erinnerte an die Aufnahmen von Kristallen, die mit einem Elektronenmikroskop gemacht werden. Ihr Haar, schulterlang und völlig glatt, war mädchenhaft in der Mitte gescheitelt. Sie hatte dunkelblaues Augen-Make-up und Lippenstift aufgelegt und trug kleine goldene Ohrringe, die einer wohltätig lachenden Sonne auf einem mittelalterlichen Holzschnitt glichen. Sie wirkte zugleich hinreißend und sonderbar, gutgelaunt und verlegen.

»Mein *nouveau moi*«, sagte sie mit einer sehr sparsamen Andeutung einer Verbeugung.

»Und ich in diesen Klamotten«, sagte ich. Ich trug Mokassins, schwarze Cordhosen und ein hellgrünes Hemd, dessen Ärmel aufgekrempelt bleiben mußten, weil auf einer Manschette ein Fleck war.

»Nein, keine Angst. Ich hab' mich für nachher umgezogen, nicht zum Essen.«

Sie ging mit mir in ein Lokal mit dem Namen Pete's Tavern, in dem O'Henry Stammgast gewesen war. Auf dem kurzen Weg dahin machte mich Ann auf weitere literarische Sehenswürdigkeiten aufmerksam – das Mietshaus, in dem einer der Herausgeber des NEW YORKER wohnte, ein kleines Haus, in dem einmal ein Romanautor gelebt hatte, dessen Name mir kein Begriff war, und das Haus, das früher Washington Irving gehört hatte.

In Pete's Tavern setzten wir uns in eine Nische. Ein Mann um die Dreißig mit dünnem schwarzem Haar nickte Ann vom Nebentisch zu, und Ann nickte zurück, eher abwehrend. Der Kellner war ein junger Italiener in modischen engen Hosen, stark tailliertem Hemd, spitzen Schuhen und einer alten Schürze. Er begrüßte Ann salopp und fragte sie mit einem, wie mir schien, leicht ironischen Unterton: »Na, wieder durstig heute?«

»Na klar, Carlo, immer«, sagte Ann. »Bringen Sie mir ein Glas von Ihrem billigsten Scotch und Ihrem kältesten Wasser.«

Der Kellner sah mich an. »Für mich dasselbe«, sagte ich.

Wir tranken unsere Drinks, bestellten uns noch zwei und ließen uns dann Brathuhn und eine Flasche Weißwein kommen. Ann erzählte von einer Weinprobe im Essex House, zu der sie vor ein paar Wochen jemand mitgenommen hatte, und mokierte sich über die horrenden Preise und den hysterischen Run der gutbetuchten Kunden auf die kostenlosen Proben seltener Jahrgänge. »Sie führten sich auf wie verzweifelte Pilger, die alle den Segen bekommen wollen«, sagte Ann. Dann hob sie ihr Glas, und ich hob meines, und wir stießen mit einem erlesenen *Pling* an, das mir aus irgendeinem Grund durch und durch ging.

»Ich bin nervös wegen heute abend«, sagte Ann.

Ich nickte, weil ich dachte, sie meinte das Wiedersehen mit mir. Aber sie sprach weiter: »Der Typ, mit dem ich nachher verabredet bin. Ich hab das dumpfe Gefühl, daß da auch wieder nichts draus wird. Es ist mir ein bißchen peinlich, darüber zu reden, aber ich glaube, es wäre absurd, ein Geheimnis daraus zu machen. Ich meine, eine Frau, die nicht mehr jung ist, sich aber jung fühlt, hat es verdammt schwer, sich auch nur ein halbwegs anständiges, befriedigendes Leben aufzubauen. Jüngere Männer interessieren sich nur selten für Frauen meines Alters, und ich weiß, daß ich keine Minute jünger aussehe, als ich bin – aber durch meine Interessen und die Dinge, zu denen ich fähig bin, werde ich wiederum uninteressant für Männer ungefähr in meinem Alter. Es ist ein einziges heilloses Durcheinander. Außerdem bin ich wohl, na ja, ich weiß nicht, wie ich es ausdrücken soll, ja, so kann man wohl sagen, in letzter Zeit ein bißchen zuviel herumgekommen. Mein Kavalier heute abend ist Professor an der New York University, und er ist drei Tage jünger als ich. Aber seine Frau hat ihn vor einem Jahr verlassen, und seitdem kommt er nicht mehr mit sich zurecht. Man muß sich unheimlich um ihn kümmern. Das artet manchmal schon in Arbeit aus.« Ann trank rasch, und ich hielt mit. Irgendwie erschien eine zweite Flasche Wein auf unserem Tisch.

»Hast du jetzt eine Freundin?« fragte sie mich.

»Nein. Ich treffe mich manchmal mit einer, aber das ist nichts. Bloß, um ein bißchen Gesellschaft zu haben.«

»Du schläfst nicht mit ihr?«

Ich schüttelte den Kopf.

»Und auch mit keiner anderen?«

»Mit keiner. Ich möchte mit Jade zusammensein. Wenn ich eine andere hätte, würde das bedeuten, daß ich Jade aufgebe.«

»Da bist du aber ziemlich verbohrt.«

»Von mir aus.«

»Außerdem ist es hoffnungslos.«

»Nein, ist es nicht. Und wenn schon... Ich hab keine Wahl. Meine Gefühle haben sich nicht geändert.«
»Ich hab eine Geschichte darüber geschrieben – oder zu schreiben versucht –, wie ihr das erste Mal miteinander geschlafen habt. Aber sie ist viel zu kompromittierend, als daß ich sie irgend jemandem anbieten könnte. Vor ein paar Monaten war ich drauf und dran, sie dir zu schicken. Sonst kann ich sie keinem Menschen zeigen.«
»Auch nicht Jade?«
»Um Gottes willen. Sie würde mir das nie verzeihen. Vielleicht Hugh. Aber der liest meine Sachen nicht gerne. Er sagt, es deprimiert ihn.« Sie rief zu dem Kellner hinüber: »Carlo, wie spät ist es?« Es war halb neun. »Wir haben noch ein bißchen Zeit«, sagte sie zu mir. »Soll ich dir die Geschichte erzählen?«
Ich nickte.
Ann lächelte. »Du überlegst nicht einmal. Aber ich nutze das aus und erzähle sie dir. Du darfst mich aber nicht unterbrechen.«
»Einverstanden.«
»Also schön«, sagte Ann und schenkte uns beiden Wein nach. »Es war an einem Sonnabend. Anfang Juni 1966. Hugh und ich waren ausgegangen – ein seltenes Ereignis, wie du dich wahrscheinlich erinnerst. Wir hatten keine Freunde, und wir waren immer zu knapp bei Kasse, um auswärts essen oder uns die üblichen Vergnügungen wie Theater oder Konzerte leisten zu können. Wir hörten gern Musik, aber die einzigen Konzerte, zu denen wir gingen, waren die kostenlosen im Grant Park, wo wir unter ein paar trüben Sternen auf einer alten Militärdecke saßen und das Chicago Symphony Orchestra ungefähr eine halbe Meile von uns entfernt im Orchesterpavillon drauflos fiedelte. Aber an diesem Abend, eurem Abend, waren Hugh und ich zu einer Party in der Woodlawn-Avenue gegangen, die ein Architekt gab, einer von Hughs besseren Patienten. Eine Kiff-Party, wie wir immer sagten. Dank dir rauchten wir beide wie Profis, und so gelang es uns, richtig high zu werden und uns einigermaßen zu behaupten, obwohl die andern alle jünger waren als wir. So ging es uns fast immer – alle andern waren jünger als wir oder sahen jedenfalls so aus.

Es regnete sanft und leise, als wir heimkamen. Ich fand euch beide im Wohnzimmer; ihr hörtet Radio. Ihr hattet beide Jeans und blaue Hemden an – ihr wart in dem Stadium, wo ihr euch gleich wieder angezogen habt. Ihr habt auf dem Boden gesessen, beide, und im Kamin brannte ein Feuer. Vor allem Jade war mit orangefarbenem und blauem Licht übergossen. Ich weiß noch, wie ich dachte: Jade reflektiert das Licht, und David absorbiert es. Ich war noch ganz aufgekratzt von der schönen Party und dem Marihuana, und ihr beide wart unerträglich schön. Ich stand grinsend im Wohnzimmer, schüttelte den Regen aus meinen Haaren und wünschte mir, das muß ich zugeben, ihr würdet erraten, daß ich high war.
Da kam Hugh herein. Er wirkte so nachdenklich wie ein Mönch in einer Glaubenskrise. Er hatte seinen grauen Anzug an, den, bei dem die Ärmel zu kurz waren. Gott, sah er nicht wirklich gut aus? Eine Schande, daß nicht genug Geld da war, ihn anständig anzuziehen. Was immer *du* von ihm gedacht hast, er sah aus wie ein Held – mit seinem weizengelben Haar und den schönen Augen von der Farbe eines Blauhähers in der Sonne. Aber er war kein Schönling, und er war auch ganz bestimmt nicht schick. Seine Züge waren gebrochen, aber auf eine angenehme Art; er sah aus wie einer jener seltenen Männer, die Recht von Unrecht unterscheiden können. Mein Kriegsheld. Na ja, du hast sie ja gelesen, die Geschichten, die ich über Hugh geschrieben habe, als ich noch aufs College ging. Solange ich Hugh liebte, und sogar noch, als ich ihn betrog, fühlte ich mich mehr in meiner Zeit zu Hause als je zuvor – oder danach. Er sprach nie von seinen Heldentaten im Krieg und beklagte sich nie über das, was er aus dem Kriegsgefangenenlager mitgebracht hatte. Aber an diesem Abend, dem Abend besagter Party – vielleicht lag es an dem Marihuana oder auch daran, daß er unter fünfzig Leuten gewesen war, die samt und sonders jünger waren als wir, jedenfalls redete Hugh an diesem Abend andauernd von seinen Kriegserlebnissen, wie ein alter Mann in einem Altersheim. Er sprach weniger von seinem Heldentum als von den Strapazen, der Angst und den Verwundungen. Vielleicht hat er gedacht, wir würden einen Wohltätigkeitsball zu seinen Gunsten organisieren.

Also, Hugh kommt jedenfalls rein, immer noch ganz schön high. Jade dreht sich zu ihm um und begrüßt ihn mit einem ›Hi, Papi‹, in dem viel mehr Anzüglichkeit liegt, als einem fünfzehnjährigen Mädchen zusteht.«

»Und dann hat Hugh uns die Meinung gesagt, weil wir das Feuer im Kamin hatten«, sagte ich.

»Richtig. Er war stocksauer, weil ihr das Feuer gemacht hattet, und dann habt ihr auch noch so unschuldig getan, obwohl ihr genau gewußt habt, daß er niemanden an seinen Kamin ließ. ›Über den Kamin hab nur ich zu bestimmen‹, sagte Hugh. Er schlug sich an die Brust – seine Gesten waren immer so urwüchsig. Ein richtiger Mann. Er machte keinen Versuch, den Grund seines Ärgers zu verheimlichen. Er sagte nicht, daß wir Juni hätten oder daß es für ein Feuer schon zu spät sei, er sagte nicht, daß fast kein Holz mehr da sei, er erwähnte nicht mal, daß ihr vergessen hattet, den Schirm aufzustellen. Er hatte einen langen, lockeren Abend hinter sich, und du weißt, daß er immer eine Schwäche für die nackte, unerfreuliche Wahrheit hatte – kleine, peinliche Eingeständnisse waren Hughs versteckte Schokolade. Da steht er also, plattfüßig, rotäugig und sagt: ›Ich kann es nicht leiden, wenn andere Leute in *meinem* Kamin Feuer machen. Der Kamin ist das einzige in diesem gottverfluchten Haus, worüber ich ganz allein zu bestimmen habe.‹«

»Jade hatte gesagt, ihr sei kalt«, sagte ich.

»Und Hugh sagte, dann solltet ihr euch eben Handschuhe oder Pullover anziehen oder woandershin gehen.«

»Dabei hat er mich angestarrt, als er das sagte. Er meinte eigentlich, *ich* sollte woandershin gehen. Nämlich nach Hause.«

»Das freut mich aber, daß du das sagst, David. Ich hab mich immer gefragt, ob du solche Dinge mitbekommen hast.«

»Natürlich hab ich sie mitbekommen.«

»Das freut mich. Manchmal hat es nicht so ausgesehen.«

»Dann hab ich gesagt, ich wollte noch abwarten, bis das Feuer ausgeht, und dann heimgehen.«

»Ja. Du hast geschickt taktiert, aber fast ein bißchen zu riskant. Euer unbeholfenes, emotionales Geplänkel ging dann noch ein bißchen weiter – du warst längst nicht so wendig, wie du dir eingebildet hast, David –, und irgendwann hat Hugh plötzlich seinen Arm um mich gelegt, so wie wenn man ein Rendezvous mit einem Mann hat und dieser stellt unversehens einen körperlichen Kontakt her, weil er meint, man könnte sich langweilen. Hugh ermahnte dich noch mal, das Heimgehen nicht zu vergessen, und dann gingen er und ich hinauf. Mein Gott, wie ich das Haus mochte, wenn in der Nacht die Fenster dunkel waren und die Kinder schliefen.

Ich knipste meine Nachttischlampe an, und Hugh fragte mich, ob ich noch wachbleiben wolle. Ich las gerade THE WAPSHOT SCANDAL und wollte noch ein bißchen Zeit für Cheever und für meine Gedanken haben. Ich war noch ganz durcheinander von den vielen Leuten und mußte erst wieder zu mir kommen. Hugh legte sich in unser riesiges Bett, ohne die Unterhose auszuziehen, ein Anzeichen dafür, daß er beleidigt war, weil ich noch lesen wollte. Seine Art, mir zu verstehen zu geben, daß ich seiner Zärtlichkeiten nicht würdig sei. Ich fragte ihn, was er habe, und berührte unter der Decke den Gummibund seiner Unterhose. Er rückte ab. ›Nichts‹, sagte er, mit seiner gekränkten Märtyrerstimme, die ich nicht ausstehen konnte. Er drehte sich auf den Rücken und faltete die Hände über seiner breiten Brust. Er hatte fast keine Haare unter den Armen, und an Brust und Bauch war er so glatt wie Sammy. ›Ich bin einsam mit dir‹, sagte er. Und ich sagte: ›Ich bin ein einsamer Mensch. Das steckt an.‹ Aber gedacht habe ich: Schlaf doch ein, bitte, schlaf ein, ich will noch eine Viertelstunde für mich haben.

Hugh fing an, die Leute durchzuhecheln, die auf der Party gewesen waren, aber er gähnte schon, und das beruhigte mich. Ich wußte, jetzt würde es nicht mehr lange dauern. Kurz darauf hörte ich, wie die Haustür auf- und zugemacht wurde, und ich nahm natürlich an, du wärst heimgegangen. Dann hörte ich Jade heraufkommen und ins Bad gehen, und da dachte ich, sie würde gleich ins Bett gehen.«

In diesem Moment hätte ich Ann am liebsten gebeten, nicht mehr weiterzuerzählen. Ich erinnerte mich noch, wie ich die Tür auf- und zugemacht hatte und Jade dabei neben mir stand und wir wie Kinder (die wir ja auch fast noch waren) kicherten und dann ins

Wohnzimmer zurückschlichen und von der narrensicheren Wirkung unserer Geräuscheffekte überzeugt waren. Und ich erinnerte mich, wie ich Schuhe und Hemd auszog, während Jade nach oben ging, und bei mir dachte, daß ich mich nie mehr so groß fühlen würde und daß ich nie auch nur einen Augenblick dieser Nacht vergessen würde – und wie recht ich damit hatte!

»Ich nickte ein und schlief ein paar Minuten«, erzählte Ann weiter, »mit dem Buch auf dem Bauch und ohne die Lampe ausgemacht zu haben. Aber plötzlich wurde ich wach, als ob ein Schatten über mein Gesicht gefallen wäre. Ich hörte Geräusche von unten. Ich knipste die Lampe aus und horchte. Knisternde Fußbodendielen. Ab und zu ein Quietschen oder Knacken, das sich nicht einfach aus dem Atmen des Hauses erklären ließ. Ich weiß nicht mehr, wie ich mir diese Geräusche erklärte. Dachte ich wirklich, ein Dieb habe sich eingeschlichen? Und wenn ja, was hätte er bei uns schon mitnehmen sollen? Die Zeitschriften? Das Radio? Meine Schokoladenvorräte?«

»Hör auf, Ann«, sagte ich nun endlich. »Das geht mir zu...«

»Weit?«

»Nein. Zu nahe. Du tust mir weh.«

»Das darf nicht weh tun. Du erinnerst dich sowieso daran. Ich erzähle dir nur, wie ich es erlebt habe. Also: Ich lag in meinem Bett und hörte Geräusche aus dem Erdgeschoß eines Hauses, in dem ich nicht mehr wohne.«

Ihre Augen waren hell, wach, aber sie schien sie nicht zu gebrauchen. Sie leuchteten wie die Lampen, die manche Leute in leeren Häusern brennen lassen, um Einbrecher abzuschrecken.

»Ich glitt aus dem Bett und zog meinen Morgenmantel an, den blauen gesteppten, eigentlich ein Morgenmantel für den Winter, aber ich hatte nur den einen. In einer von Hughs Kommodenschubladen lag ein alter Hirschfänger mit einem Hickorygriff – eines seiner vielen Kindheitsandenken –, und ich hielt es für richtig, ihn mitzunehmen, falls ich mich verteidigen müßte. Was für ein Quatsch! Ich war leise wie ein Mäuschen, wie eine Wolke schwebte ich durchs Schlafzimmer, auf den Flur hinaus, vor zum Treppenabsatz. Es war eher ein LSD-Trip als ein Marihuanarausch. Ich sah alles. Ich sah im Dunkeln wie eine elektrische

Katze. Die Falten in den Tapeten, die Kratzer im Geländer, alles. Euch beide eingeschlossen.«

»Bitte nicht, Ann«, sagte ich. Sie war dabei, meine Erinnerung an jene Nacht zu zerlegen, und ich sah voraus, daß sie sie auf den Kopf stellen und vergrößern würde, bis es schließlich nicht mehr meine Erinnerung war.

»Ach was, jetzt sei nicht so furchtbar zimperlich. Es kommt schon nichts, was dir weh tun könnte. Du weißt doch, daß es sonst niemand erzählen könnte. Genierst du dich? Du platzt wie eine Bombe in mein Leben, und dann genierst du dich? Ich bin euch nicht sehr nahe gekommen, weißt du. Ich war viel zu überrascht; und erschrocken. Ich kam nur bis zur Mitte der Treppe, und wenn das Kaminfeuer nicht gewesen wäre, hätte ich vielleicht nicht einmal mitbekommen, was ihr da getrieben habt. Ich sah Jades Hände auf deinen Schultern und ihre Knie, und wie sie sie hochgezogen hatte...«

Ich ließ den Kopf auf den Tisch sinken und stieß mit dem Arm mein Weinglas um. Ann stellte das Glas auf und fuhr fort.

»Was mir aber am meisten auffiel, waren deine Sachen. Die lagen nicht überall verstreut herum. Sie waren säuberlich zusammengelegt. Und das hieß, ihr habt beide genau gewußt, was ihr wolltet, und brauchtet nicht Kopflosigkeit vorzutäuschen. Und davon war ich so gerührt, das kannst du dir nicht vorstellen. Ehrlich.

Ja, und dann bin ich wieder hinaufgegangen und ins Bett gekrochen. Ihr habt überhaupt nicht gemerkt, daß ich da war, stimmt's?«

Ich hob den Kopf. Ich hatte das Gefühl, meine Augen seien um zwanzig Grad wärmer als der übrige Körper. Ich griff nach Anns Hand. »Es tut mir leid«, sagte ich.

»Wieso denn? Was tut dir leid?«

Ich schüttelte den Kopf. »Alles. Daß ich an dem Abend dageblieben bin. Daß wir zu laut waren. Daß du uns gesehen hast. Ach, ich weiß nicht.«

»Dann hör mir zu, wenn es dir leid tut. Und stell dir vor, wie mir zumute war, als ich wieder zu Hugh ins Bett kam, nachdem ich dich und Jade unten gesehen hatte. Ich zitterte am ganzen Körper und konnte keinen klaren Gedanken fassen. Ich legte mich ganz dicht zu ihm, und wie tat es mir jetzt leid, daß er sich nicht ganz ausgezogen hatte, denn ich hätte viel dafür gegeben, jetzt seine Nacktheit zu spüren. Ich wollte nicht alleine sein. Aber ich muß wohl Verlangen ausgestrahlt haben. Hugh bewegte sich nämlich im Schlaf. Sein Schnarchen brach ab, und er drehte sich zu mir um, und seine Augen gingen langsam auf. Ich berührte sein glattes, ach so glattes Gesicht, und er küßte mich, und als er mich küßte, hielt ich den Atem an und hörte unten die Dielen knarren. Hugh legte seine Hand zwischen meine Beine, und da war er endgültig wach. Ich war bereit. Für ihn. Wir hatten seit achtzehn Jahren miteinander geschlafen, und wir kannten einer des anderen Signale wie Hochseilakrobaten – nur daß unser Seil tief gespannt war und wir keine Akrobaten waren. Also, ich sagte, ich bin gleich wieder da, und Hugh lächelte, weil das bedeutete, daß ich mir mein Pessar einsetzen würde. Ich ging durchs Schlafzimmer und über den Flur ins Bad, horchte nach euch beiden da unten und versuchte zugleich, nicht hinzuhören, und ich fühlte mich ein bißchen verrückt und den Tränen nahe.

Im Bad war es eiskalt. Ich war nackt und zitterte, und die Glasborde, die Hugh angebracht hatte, flossen förmlich über vom Leben meiner Familie – Deodorants und Fußpuder, Shampoos, Schaumbäder, Bürsten und Kämme, Zahnpasta, ein Plastikfrosch, das Trainingsgerät für die Armmuskeln, das Sammy immer benutzte, wenn er in der Wanne saß. Es war alles so großartig, so schön; ich starrte es mit offenem Mund an, wie ein Geizkragen, der sich an seinem Gold ergötzt. Ich hatte meine Familie noch nie so gesehen; ich war nicht ganz bei Verstand. Mein Pessar war immer auf dem zweiten Brett, neben den Shampoos, und da lag es auch jetzt, wie immer. In einem braunroten Plastikbeutel. Ich zog den Reißverschluß auf, und das Herz blieb mir fast stehen. Mein Pessar war weg.

Ich war nur im ersten Moment verblüfft. Mir fiel ein, daß ich Jade ins Bad hatte gehen hören, und jetzt war mir klar, daß sie sich mein Pessar geholt hatte. Bevor du kamst und die Beziehung zwischen Jade und mir ein bißchen gespannt wurde, hatten wir immer darüber geredet, wie ähnlich unsere Körper waren, und wahrscheinlich hat sie sich gedacht, was für mich gut genug war, würde auch bei ihr seinen Dienst tun. Und du, du radikaler jüdischer Rock-and-Roll-Kiffer, du hattest nicht mal soviel Verstand, dir für alle Fälle einen Pariser in die Brieftasche zu tun. Mein Gott, David, sogar Sammy hatte immer einen dabei, und der war elf. Aber ich war stolz auf euch, auch wenn ihr zu blöd wart, ein bißchen vorauszuplanen. Wenigstens wolltet ihr beide nicht riskieren, daß sie schwanger wurde. Die machen's richtig! dachte ich, wie ein Ferienlagerleiter, der Kummer gewöhnt ist. Trotzdem bekam ich einen Schreck. Es war ja ein Riesenunterschied zwischen meinem kampferprobten Gebärmutterhals und dem von Jade. Das Ding hat ihr bestimmt unheimlich weh getan, auf jeden Fall überhaupt nichts genützt. Ich meine, die Sache war obszön und irgendwie zum Lachen, aber vor allem rührend. Ich machte den Reißverschluß wieder zu, und dann wurde ich doch ein bißchen wütend: Wie konnte sie einfach annehmen, ich würde das Pessar nicht brauchen! Ich ließ mir Wasser über die Hände laufen und trocknete sie ab. Ich zitterte, aber das lag nicht nur an der Kälte und der Feuchtigkeit, sondern vor allem an meinen Gefühlen. Ich ging wieder ins Schlafzimmer zurück und überlegte, was ich Hugh erzählen sollte.

Wenn ich ihm gesagt hätte, daß mein Pessar weg war, hätte er wissen wollen warum, und dann hätte es leicht passieren können, daß er die Treppe hinuntergepoltert wäre und etwas unternommen hätte. Und vielleicht wäre es so auch am besten gewesen. Glaube ja nicht, ich denke da nicht oft drüber nach. Wenn ich Hugh erzählt hätte, was ich von euch wußte, ich meine, von Anfang an, dann wäre vielleicht alles anders gekommen. Vielleicht hätte er dich aus dem Haus gejagt. Vielleicht wäre er sich dann eher über seine Gefühle klargeworden, als du dich so nach und nach bei uns niedergelassen hast. Dann hätte er wahrscheinlich nicht gewartet, bis es zu spät war, und hätte nicht plötzlich den Vater hervorzukehren und dich aus dem Haus zu weisen brauchen. Da war es zu spät, aber wenn ich ihn damals in dieser Nacht eingeweiht hätte – wer weiß, was das alles geändert hätte. Aber ich konnte nur daran denken, wie kostbar das war, was ich gesehen hatte, ihr beide in enger Umarmung im kitschigen Licht des Kaminfeuers. Ich wollte diese Erinnerung behalten, und ich wollte sie für mich behalten. Ich wollte nicht, daß Hugh polternd die Treppe hinunterstürmte. Ich wollte, daß er mich liebte.

Und das tat er dann auch. Wir liebten uns, und ich riskierte eine Schwangerschaft, genau wie du und Jade euch ohne zuverlässige Vorkehrungen geliebt habt. Welch eine Nacht der Risiken! Wie müssen die Seelen der Ungeborenen über dem alten Haus geschwebt und auf Einlaß gewartet haben.«

»Ich wollte, sie *wäre* in dieser Nacht schwanger geworden«, sagte ich, doch dann, erschrocken über den Klang meiner eigenen Stimme und erstaunt darüber, was ich gesagt hatte, schluchzte ich auf und legte die Hand über die Augen. Der Raum, in dem wir saßen, bewegte sich, aber er schwankte nicht trunken, sondern bewegte sich langsam, so, als bewege er sich tatsächlich, durch Zeit und Raum, wie es natürlich alle Dinge tun, was aber nur Verrückte wahrnehmen.

»Das kann ich mir denken«, sagte Ann. »Aber das gehört zu deiner Geschichte, und dies hier ist meine. Sie hat alles verändert, diese Nacht, all meine Ansichten über die Liebe und Hugh. Ich hatte nämlich nie alles bekommen, weißt du. Ich hatte nie einen Orgasmus, und meistens war ich noch nicht mal nahe dran. Nur wenn ich masturbiert habe, aber nie mit Hugh. Und ich gab natürlich ihm die Schuld – den Männern überhaupt, nicht nur ihm, den Jungen, mit denen ich vor ihm schlief und in der Zeit, als er fort war, um für die Demokratie auf der Welt zu kämpfen, allen gab ich die Schuld, auch mir selbst, aber vor allem Hugh. Weil er zu klein, zu schnell, zu ungeduldig, zu sanft, zu egoistisch war. Ist ja auch egal, warum. Jedenfalls hab ich es schon gar nicht mehr probiert. Aber in dieser Nacht hatte ich Feuer im Leib. Und das Bild von euch beiden da unten brannte mir hinter den Augen. O Gott, es war die reinste Pornographie, wie ich mich so unter Hugh bewegte und dabei wußte, daß ihr beide unter uns wart. Ich wußte, daß ich es diesmal schaffen würde und Hugh nie mehr einen Vorwurf würde machen können, denn er war perfekt. Er machte nichts anders als sonst; ich weiß nicht einmal, ob er richtig wach war, aber er war perfekt. Ich hatte es nicht eilig. Ich wußte, daß ich kommen würde. Meine Beine waren weich wie Wasser und zugleich hart wie Stein. Zum erstenmal in meinem Leben war ich wirklich schamlos.«

Abrupt brach sie ab. Sie trank die Neige aus, die noch in ihrem Weinglas war, und griff dann nach meinem, aber es war leer. Sie war erschöpft. Ein dünner Schweißfilm ließ den Puder auf ihrem Gesicht porös erscheinen. Bei aller Feinheit ihrer Gesichtszüge, ihrer geraden Haltung und der unwandelbaren Eleganz ihrer Gesten wirkte sie doch wie eine verlassene, nicht mehr ganz junge Frau in einer dunklen, warmen Bar, eine alte Bekannte von Barkeepern und Kellnern, immer knapp bei Kasse, einsam, geschwätzig und vertrauensselig.

»Es gibt ein einfaches Gesetz«, sagte sie, stützte sich mit einem Ellbogen auf und warf ihre Serviette auf den Tisch. »Wenn man die Wahrheit sagt, macht man auch immer ein Geständnis. Kein Geständnis, keine Wahrheit.«

Der Kellner hatte uns wahrscheinlich beobachtet und auf ein Nachlassen von Anns Intensität gewartet. Er kam jetzt an unseren Tisch, räumte das Geschirr ab und sah nach, ob noch Wein in einer der beiden Flaschen sei.

»Kaffee, Dessert?« fragte er. Er sah mich an.

»Wie spät ist es, Carlo?« fragte Ann.

Er hatte die Hände voller Geschirr, drehte aber trotzdem sein Handgelenk, so daß Ann auf seine Uhr sehen konnte.

»Oh. Zehn vor zehn. Ich hab meinen Freund versetzt.« Sie wirkte unruhig, fast ein bißchen ängstlich, aber dann sagte sie: »Um so besser! Ich hab keinen mehr versetzt, seit ich sechzehn war!«

Wir gingen zu ihrer Wohnung zurück, weil die Möglichkeit bestand, daß ihr Freund noch wartete. Als wir unter der Markise vor dem Haus standen, sagte Ann: »Ich dreh durch, wenn er noch da ist«, aber ich wußte nicht, ob aus Freude, Überraschung oder Enttäuschung. Was mich selbst anging, so lagen meine Wünsche verschüttet unter Müdigkeit und einem längst nicht mehr neuen, aber immer noch aufreibenden Neid auf mich selbst: auf den Jungen, der den Abend erlebt hatte, den Ann in Pete's Tavern geschildert hatte, der mir aber zunehmend fremd wurde. Während ich immer noch glaubte, das Ich, das in dieser Nacht Jade geliebt hatte, sei mein bestes Ich, existierte es andererseits auch als eine Art jüngerer Bruder, dessen Heldentaten und ekstatischen Höhenflüge ich nur mit spröder, resignierter Scheu bewundern konnte.

»Im Flur ist er nicht«, sagte Ann. Sie war nicht mehr ganz sicher auf den Beinen. Ab und zu berührte sie mich am Arm, wie um ihr Gleichgewicht wiederherzustellen, aber diese Berührungen hatten etwas so Zaghaftes, daß gerade dadurch jede einzelne Gewicht bekam. Es war kein Portier zu sehen. Ann machte die Tür auf und blickte einmal über ihre Schulter. Es bekümmerte mich, daß die Vorsicht ihr zur zweiten Natur geworden war. Ich hatte sie immer für so unangreifbar gehalten.

Ich war von dem Wein ebenfalls etwas wacklig auf den Beinen. Im Aufzug – wir hielten weiten Abstand – sagte ich: »Als wir anfingen, Marihuana zu rauchen, tranken wir nie und lästerten über Leute, die es taten.«

»Da waren wir auch noch Puritaner«, sagte Ann.

»Wir Puritaner?« fragte ich.

»Heute würden wir alles machen, um einen Abend zu überstehen. Übrigens, ich hab keine Ahnung, warum ich zu meiner Wohnung hinauffahre. Es ist ausgeschlossen, daß mein Freund auf mich wartet. Da ist er nicht der Typ dafür. So was würdest *du* fertigbringen.« Der Aufzug hielt; die Türen zögerten einen Moment, bevor sie aufgingen. »Wir sollten irgendwo hingehen und uns Musik anhören«, sagte Ann.

Der Gang war leer und still. Ich war ein bißchen enttäuscht, daß ihr Freund nicht vor ihrer Tür wartete – ich hätte ihn gern gesehen. Aber vor allem war ich erleichtert. So würde sie mich nicht gleich in mein Hotel zurückschicken.

»Ich glaube, ich sollte ihn anrufen«, sagte Ann, während sie die Wohnungstür aufschloß. Wir gingen ins Wohnzimmer vor, und ich setzte mich aufs Sofa, während Ann ihr Adreßbuch aufschlug und die Nummer ihres Freundes heraussuchte. Dieses Buch zu sehen und zu wissen, daß Jades Nummer drinstand, regte mich auf, aber ich war schon so lange und aus so vielen verschiedenen Gründen aufgeregt gewesen, daß ich kaum Notiz davon nahm.

»Einmal klingeln«, sagte Ann und hielt den Hörer etwas von

ihrem Ohr ab, so daß ich das Rufzeichen als fernes Summen hören konnte. »Zweimal. Dreimal. Und...« Sie legte den Hörer auf. »Genug.« Sie griff in einen Küchenschrank und brachte eine kleine Flasche Tequila und zwei dieser dickwandigen, schlanken Orangensaftgläser zum Vorschein, wie man sie in altmodischen Speisewagenrestaurants vorgesetzt bekommt. »Der reinste Alkohol, den's gibt«, sagte sie, während sie Flasche und Gläser auf den Tisch stellte. Sie setzte sich auf das Sofa. »Und der psychedelischste. Von Whisky kriegt man Träume, von Tequila Visionen. Er ist flüssiges Haschisch.« Sie goß eine bescheidene, ehrerbietige Menge in beide Gläser, nahm ihres in die Hand und ließ meines auf dem Tisch stehen.

Von dem Tequila blieb schließlich nicht mehr viel übrig. Jedesmal, wenn sie welchen einschenkte, schraubte Ann den Verschluß wieder zu und gab ihm am Ende einen energischen Dreh, so als wollte sie die Flasche für Monate wegstellen. Ich wußte nicht recht, ob das nur eine haushälterische Geste war oder ob es ein Spielchen war, wie es jemand mit sich selber spielt, der öfter einmal zu tief ins Glas schaut. Wir rauchten auch einen Joint von Anns Marihuana – eigens für sie von Keith in Vermont angebaut, unter Verwendung besten kolumbianischen Samens –, und ich nehme an, wenn sie LSD oder Meskalin dagehabt hätte, hätten wir das auch genommen. Es war elf Uhr abends, und je vertrauter wir miteinander wurden, um so feierlicher und geheimnisvoller kam mir unsere Beziehung vor.

»Bist du immer noch ein kleiner Astronom?« fragte mich Ann.

»Eigentlich nicht. Ich geh halt aufs College, endlich. Ich hab mich ein bißchen mit Astronomie beschäftigt, als ich in der Klinik war, aber so auf sich allein gestellt kommt man nicht weit. Das ist kompliziert.«

»Ja, ich weiß.«

»Manchmal glaube ich, ich werde doch noch mal Astronom. Aber meistens denke ich überhaupt nicht an die Zukunft.«

»Jade war fasziniert von dir und deiner Astronomie. Sie glaubte tatsächlich, du würdest mal einen Stern nach ihr benennen. Ich dagegen hab nicht eine Sekunde lang dran geglaubt. Ich hab gedacht, du gingst mit ihr bloß ins Planetarium, um ihr überall

hinfassen zu können, ohne eine Kinokarte kaufen zu müssen.«
Ich fühlte, wie mich etwas am Arm berührte. Ich sah hinunter, aber es war nur ein Muskelzucken unter der Haut. Als ich wieder zu Ann hinsah, waren ihre Augen verschleiert, und ihr Gesicht war warm gerötet.
Wir waren still, absolut, beinahe unerträglich still.
Ann goß uns noch einmal zwei Drinks ein. Lächelnd sagte sie: »Ich hab gewußt, daß du dich in den Sessel setzen würdest.«
»Wieso?«
Sie nippte an ihrem Glas. »Weil du gewußt hast, daß ich auf dem Sofa sitzen würde, und es dir zu gefährlich wäre, neben mir zu sitzen.«
»Gefährlich?«
Ann nickte. Sie hatte die Lippen zusammengepreßt, wodurch ihr Gesicht schmaler wirkte und die Falten an den Mundwinkeln sich vertieften. »Setz dich neben mich«, sagte sie. »Ich möchte es.«
Ich sagte nichts und rührte mich auch nicht.
»Ich denke nach über dich«, sagte Ann. »Die ganze Zeit. Ich komme immer wieder auf meine Gedanken an dich zurück, auf meine Erinnerungen, meine *Ideen;* es ist wie ein geheimes Laster. Du bist meine versteckte Importschokolade. Hugh hatte diese alten, ich meine, wirklich alten Bilder von nackten Mädchen, die er bei Kriegsende aus Europa mitgebracht hatte, und die hat er, ja, wer weiß wo aufgehoben. Irgendwo zwischen seiner Unterwäsche. Er hatte richtig Sehnsucht nach diesen Bildern, auch mit einer Frau und einem Haus voller Kinder. Sie waren sein geheimes Sexleben. Nach einem harten Tag oder einer Enttäuschung mit mir im Bett hat er diese Bilder hervorgeholt. Aber nie vor mir. Die Heimlichkeit hat mit den Reiz ausgemacht. Es war wie mit einem Kind und seiner abgewetzten alten Schmusedecke, nur viel trauriger und verzweifelter, weil, je älter man wird, um so trauriger und verzweifelter wird alles – nicht *ernster,* wohlgemerkt, sondern unwiderruflicher.« Sie nahm wieder einen Schluck, diesmal einen größeren, so daß fast nichts mehr im Glas blieb. »Ich bin total durcheinander«, sagte sie. »Ich weiß schon nicht mehr, was ich rede.« Sie schloß die Augen. »Und das ist so *schön.*«

»Ann«, sagte ich, beugte mich vor und erhob die Stimme, um das Pochen meines Herzens und das dunkle, rasende Schwappen meines Blutes zu übertönen, »du mußt mir sagen, ob Jade –« Ich brach ab; Angst überzog meine Augen, und ich sah Ann wie durch ein umgedrehtes Fernglas. Sie schüttelte den Kopf.

»Setz dich zu mir«, sagte sie. »Ich mag nicht ganz alleine hier sitzen.«

Ich stand auf. Es war, wie wenn man die Brille eines anderen aufhat, so eine mit dicken Gläsern, in denen Regenbogen aufblitzen, wenn die Sonne von der Seite hineinscheint. Meine Beine waren lang und dürr, und mein Kopf war ein Ballon, der an die Decke anstieß. Ann war eine vollkommene Miniatur, wie sie sich mit bemerkenswert menschlichen Erwartungen auf einem Sofa räkelte, das in all seiner Einfachheit dargestellt war.

Doch als ich mich neben sie setzte, war sie wieder so groß wie immer oder sogar eine Spur größer.

»Das einzige, was ich bereue«, sagte sie, »und das einzige, was ich je bereuen werde, sind die Dinge, die ich nicht getan habe. Das ist es letzten Endes, worüber wir trauern. Die Wege, die wir nicht gegangen sind. Die Menschen, die wir nicht berührt haben.«

Das ist nicht wahr, dachte ich bei mir, aber ich spürte meine Gedanken kaum noch. Ich nahm mein Bewußtsein wahr, wie ein Ertrinkender Schatten auf der Wasseroberfläche sieht.

»Du siehst aus, als hättest du Angst«, sagte Ann.

Ich nickte, aber wenn ich jetzt zurückdenke, ist mir klar, daß dieses Nicken alles bedeuten konnte.

»Ich hab mit einem jungen Mann geschlafen«, sagte Ann. »Er war jünger als du. Er hat an den Nägeln gekaut. Er war mager. Er hatte ein weißes Musselinhemd aus Indien an, durchsichtig. Ich hab ihn verführt. Sehr geschickt, wenn es gestattet ist...« Sie verstummte, und dann schaute sie rasch zu den schwarzen Fenstern hin, als ob dort etwas zu sehen wäre. »Er war schrecklich mager und unwahrscheinlich behutsam. Es war, wie wenn man einen Schmetterling liebt. Zu behutsam. Ich hab ihn kaum gespürt. Er ist mitten in der Nacht gegangen. Es war wie ein erotischer Traum, bis auf die kleinen halbmondförmigen Fingernagelsplitter am nächsten Morgen in meinem Bett.« Sie nahm

meine Hand. Sie tat es nicht langsam, aber auch nicht hastig. Es war, wie wenn jemand in Gedanken einen vertrauten Gegenstand in die Hand nimmt und zerstreut sein Gewicht, die Struktur seiner Oberfläche prüft. Sie rieb ihren Daumen leicht an meiner Handkante. »Bist du schrecklich sanft und zärtlich und behutsam, wenn du mit jemandem schläfst, David?«
Ich wartete schweigend und hoffte, irgend etwas würde passieren, wodurch sich das alles als Sinnestäuschung herausstellen würde. Der Duft von Anns Parfüm umfing mich plötzlich, als hätte sie es eben erst aufgelegt. »Ich weiß nicht«, sagte ich.
»Natürlich weißt du es. Du hast nicht den geringsten Grund, schüchtern zu sein. Jetzt nicht mehr.«
»Wieso jetzt?« fragte ich. »Was ist denn jetzt?«
»Wir sind jetzt an dem Punkt angelangt, wo ich dich frage, ob du einer dieser sagenhaft behutsamen Liebhaber bist. Und wir sind auch an dem Punkt angelangt, wo wir alles sagen, was wir sagen möchten. Die bloße Tatsache, daß du hier bist, David. Seit so vielen Stunden. Wir sind an dem Punkt angelangt, wo wir zugeben, daß wir nur aus dem einen Grund zusammen sind, weil wir jemanden brauchen, vor dem wir nichts verbergen. Ich gestehe dir das hiermit feierlich, David.«
Sie hob meine Hand an ihr Gesicht und drückte sie an ihre Wange. Sie schloß die Augen und knabberte an meiner Hand, und ich beugte mich über sie und küßte sie halb auf die Stirn und halb aufs Haar.
»Ich brauche dich, Ann.«
»Ich wußte, daß es so kommen würde«, sagte sie. Sie machte die Augen auf, und ich nahm meine Hand von ihrem Gesicht. »Ich glaube, in dieser Nacht, in der Nacht, als ich herunterkam und dich mit Jade sah und dann mit Hugh schlief, da habe ich eigentlich mit dir geschlafen, meinst du nicht auch? Weißt du, die haben sowieso alle gedacht, wir hätten was miteinander. Noch nicht damals, nicht von Anfang an, aber später. Ich war oft wahnsinnig neugierig, wie du das der armen Jade erklärt hast.«
»Sie hat mich mal gefragt. Sie hat mich gefragt, und ich hab gesagt, es stimmt nicht.«
»Also, ich war geschmeichelt«, sagte Ann. »Daß die andern

endlich erkannt haben, daß ich zu so was fähig war. Und daß ein Junge wie du, der nachweislich bis zum Wahnsinn in so ein hübsches kleines Mädchen verliebt war, daß so ein Junge etwas an mir finden konnte. Weißt du, du magst Jade darüber gesagt haben, was du willst, Jade selber hat es immer geglaubt. Dein Dementi muß sehr lasch gewesen sein. Und deshalb hab ich wiederum geglaubt, du wolltest bewußt, daß die anderen uns verdächtigen, und darüber war ich froh.«

»Aber Jade wußte, daß ich nie etwas mit einer anderen hätte haben können.«

»Das stimmt eben nicht, David. Sie hat immer geglaubt, du und ich hätten miteinander geschlafen. Manchmal dachte sie, es sei nur einmal passiert, dann wieder glaubte sie, wir beide nähmen jede Gelegenheit wahr, uns heimlich zu treffen.«

»Nein«, sagte ich. »Das hat sie nie geglaubt. Sie hat es nur einmal zur Sprache gebracht. Es war ihr überhaupt nicht ernst damit. Ich weiß es noch ganz genau. Es war ein schöner Tag. Wir saßen in Midway. Jade trug Sandalen, braune Shorts und eine ärmellose Bluse, die am Rücken geknöpft wurde, mit großen Knöpfen von der gleichen Farbe wie ihr Haar. Ich war ein bißchen nervös, weil man ihr von der Seite in die Bluse schauen konnte, unter den Achseln.«

»Ich glaub dir, daß du dich an alles erinnerst«, sagte Ann.

»Nein, warte. Hör mir zu. Jade hatte den Kopf auf meine Schulter gelegt, und wenn ein Windstoß kam, berührte ihr Haar mein Gesicht. Wir fingen zu reden an, darüber, wie es wäre, wenn wir Kinder hätten, und ich sagte, ich wäre sehr eifersüchtig auf das Baby, weil es mit dem ganzen Körper in ihr drin wäre. Und dann sagte sie – und es war ganz beiläufig, es mußte ihr im Moment eingefallen sein: ›Was ist zwischen dir und Mami?‹ Und ich sagte, ich hätte dich ganz gern oder so was. Sie hob den Kopf von meiner Schulter, schaute mir in die Augen und fragte mich lächelnd: ›Hast du schon mal mit ihr gebumst?‹ Und ich sagte: ›Mit ihr gebumst?‹, aber so laut, daß wir nervös wurden und lachen mußten. Dann sagte Jade: ›Also, hast du oder hast du nicht?‹, und ich sagte: ›Du hast sie wohl nicht mehr alle. Sag mir lieber, was du gerade rauchst, denn das Zeug muß ich auch mal probieren.‹ Und dann, das war das letzte, was sie sagte, dann sagte sie: ›Also hast du nie mit ihr geschlafen oder sie nackt gesehen oder so was?‹ Ich weiß nicht einmal, warum ich darauf noch eine ernsthafte Antwort gegeben habe, aber ich tat es. Ich schüttelte den Kopf und sagte nein, niemals. Und damit war die Sache gestorben.«

»Denkste«, sagte Ann. »Die Sache ist bis heute nicht gestorben. Jade glaubt immer noch, daß wir miteinander geschlafen haben. Noch das letzte Mal, als ich sie sah, als wir alle zusammen waren, das heißt, was wir heute so zusammensein nennen, das ist nämlich was ganz Merkwürdiges und überhaupt nicht...« Sie verstummte und rieb sich die Augen. »Mein Gott«, murmelte sie vor sich hin. Dann sah sie mich mit ihren geröteten Augen an und sagte: »Tut mir leid. Ich bin fix und fertig. Ich wollte nur sagen, Jade glaubt immer noch, daß wir was miteinander hatten. Vor zwei Monaten bei Keith hat sie wieder davon angefangen, ganz unverblümt und ziemlich gehässig. Es kommt alles daher, daß zwischen uns geheime Bande bestanden. Wir waren emotionale Verschwörer. Liebende. Jade mag von dir denken, was sie will, David, und ich weiß es nicht und will's auch nicht wissen, aber als sie sagte, sie wisse, was mit uns los sei, neulich, meine ich, vor ein paar Monaten, da war mir, als wäre ich noch in Chicago und stünde in meiner alten Küche. Nur daß jetzt, wo wir alle ein paar Narben und Schwielen mehr haben als damals, niemand mehr ein Interesse daran hat, die Wogen zu glätten. Sie haben alle ins gleiche Horn getutet und mir gesagt, sie hätten *damals* geglaubt, daß du und ich etwas miteinander hatten, und sie glauben es *heute* noch. Jade war so erleichtert, daß sie tatsächlich losgeheult hat – und du weißt, wie das bei ihr mit den Tränen ist, wieviel es braucht, bis sie einmal weint. Es bedeutete für sie, daß sie nicht verrückt war, daß die ganze Angst doch kein Produkt ihrer Phantasie und ihres Unbewußten war. Sie waren sich *alle* einig.« Ann nahm wieder meine Hand, zärtlich jetzt, und die Geste hatte nichts Beiläufiges oder Zufälliges und ganz und gar nichts Unbewußtes mehr. Sie drückte den Daumen von meiner schweren, feuchten Hand weg, drückte immer weiter, bis die Sehne sich spannte und anfing weh zu tun.

»Versteh mich nicht falsch«, sagte sie.
»Ich möchte dich nicht falsch verstehen«, sagte ich.
»Alle glauben, daß wir ein Liebespaar sind oder waren, also sollten wir ihnen vielleicht den Gefallen tun, dann hätten sie wenigstens recht«, sagte Ann. Sie wartete auf eine Antwort von mir. Dann sagte sie: »Ich würde schrecklich gern mit dir schlafen. Ich würde dich schrecklich gern in mir spüren.«
Sie war mir so nahe, und schon allein wegen ihrer Tapferkeit hätte ich sie umarmen mögen. Und zu hören, daß sie mich in sich spüren wollte, machte mir Lust auf Liebe. Doch es war mir ganz ungewohnt, bei einer Frau, die so viel älter war als ich, an Sex zu denken. Ich hatte nie eine ältere Frau geliebt. Ich war keiner dieser achtjährigen Jungen, die ihre Mutter heiraten wollen. Ich hatte mich nie in eine Lehrerin verknallt, nie der älteren Schwester eines Freundes schöne Augen gemacht, mich nicht einmal für Filmstars oder gar die nackten Modelle in den Pornoheften interessiert. Sie waren zu alt, und ich war blind für sie. Das erotischste Foto meiner frühen Jugend war aus einem Artikel im NATIONAL GEOGRAPHIC über die Seychellen; es zeigte ein halbnacktes afrikanisches Mädchen, das einen Strand entlangging – sie war ungefähr so alt wie ich oder vielleicht ein Jahr jünger.
»Ich könnte nie mit dir ins Bett gehen, Ann. Ich könnte es einfach nicht.«
Ich schüttelte den Kopf. Ich hätte gern meine Arme um sie gelegt, und ich hätte es gern gehabt, wenn sie die Arme um mich gelegt hätte: Ich hatte Angst, und ich wollte, daß sie mich beschützte.
»Ich glaube, du verstehst mich falsch«, sagte Ann. »Ich tue es nicht wegen dem, was die gesagt haben. Es geht mir um dich. Ich will dich haben. Ich will dich heute nacht haben.«
»Ich will auch mit dir zusammensein«, sagte ich. »Ich hab den halben Abend Qualen ausgestanden, aber ich fühle mich trotzdem wie im Himmel, weil ich hier bin, bei dir, und das ist mein wirkliches und einziges Leben. Aber das andere – nein. Bitte, lach mich nicht aus, weil ich das sage, aber ich kann mit keiner anderen schlafen, bevor ich nicht Jade wiedersehen, mit ihr zusammensein kann. Es ist sehr schwer, aber es ist für mich das einzig Mögliche. Es würde nur schlimmer werden, wenn ich irgendwann mal mit

einer anderen ginge. Es würde mich weiter denn je von Jade entfernen. Es ist nicht mal Treue, weißt du, es ist Angst. Ich kann nicht anders, ich muß warten.«

Ann hatte die Hände zu Fäusten geballt und jede auf einen Schenkel gelegt. Sie war rot geworden und sah mich nicht mehr an. Wenn sie mich verletzen wollte, war jetzt der ideale Moment, mir von Jades Liebhabern zu erzählen, und ich machte mich aufs Schlimmste gefaßt und tröstete mich bereits damit, daß es nicht unbedingt wahr sein müsse, weil Ann sich nur rächen wollte.

»Eigentlich müßte ich dir böse sein«, sagte Ann.

»Nein.«

»Doch. Ich müßte außer mir sein. Das ist elementar, mein lieber Watson.« Sie brach ab und schloß die Augen, erstaunt darüber, daß sie sich über sich selbst lustig machte. »Das ist das ganze Elend. Daß man abgewiesen wird. Nicht umarmt wird. Nicht befriedigt wird. Das ist Krieg und Verstümmelung, und ich müßte eigentlich fuchsteufelswild sein. Ich hab mich so satt. Ich warte *immer* noch, daß endlich mein Leben beginnt.«

»Ich geh' jetzt besser«, sagte ich. Mein Herz klopfte; ich hatte das Gefühl, daß es schwach war und völlig verrückt spielte. Ich dachte, ich würde jeden Moment tot umfallen, und es war mir völlig gleichgültig.

»Also, dann geh ich jetzt«, sagte ich und stand auf. Das Blut, das durch meinen Kopf jagte, war voller Sterne und bunter Lichtblitze. »Tut mir leid wegen heute abend. Ich würde dich morgen gerne anrufen. Ich werde es tun. Aber ich würde es auch verstehen, wenn du mich nicht mehr ...«

»Es ist spät«, sagte Ann. Ich merkte, daß sie mein Spiegelbild im Fenster beobachtete. »Und du kennst dich hier nicht aus.« Sie drehte sich zu mir um, die Arme über der Brust verschränkt. »Setz dich hin«, sagte sie, und als ich saß, ging sie an mir vorbei und auf den Flur hinaus.

Sie kam gleich wieder und brachte ein Kopfkissen, Laken und eine hellblaue Decke. »Steh auf«, sagte sie.

Sie breitete die Laken über das Sofa und strich sie glatt. Sie kniff die Augen zusammen, runzelte die Stirn und zupfte mit wütenden Bewegungen an den Ecken der Laken. Ich stand dabei und sagte nichts. Sie war im Nu fertig. »Hier schläfst du. Da bist du in guter Gesellschaft. Wir haben alle schon auf diesem Sofa gepennt.« Sie machte einen Schritt zurück und sah auf das Sofa hinunter, in Erinnerung an die Leute, die darauf geschlafen hatten.

»Ich hab einen Schlafanzug für dich. Er gehört Keith und wird dir passen. Soll ich ihn holen?«

Ich schüttelte den Kopf.

»*Eine* Bedingung: Wenn ich aufstehe, stehst du auch auf. Ich schreibe am Vormittag, also heißt es morgen früh Toast, Kaffee und dann Tschüß.«

»O.k.«

Sie nickte. Die Ringe unter ihren Augen waren königsblau und hatten die Struktur von gedrücktem Samt. Sie sah mich jetzt direkt an – eine Aufforderung, ihrem ruhigen, offenen Blick zu begegnen und mich stillschweigend mit ihr über das zu verständigen, was wir eben erlebt hatten. Aber ich hatte nicht mehr die Kraft, meinem Drang zum Ausweichen zu widerstehen. Ich sah von einer Seite auf die andere, und wenn ich meinen Blick auf sie richtete, sah ich eigentlich gar nichts. Der einzige Teil von mir, der noch lebendig genannt werden konnte, war jetzt von einem einzigen Gedanken beherrscht: In wenigen Augenblicken würde ich an einer Stelle liegen, an der auch Jade schon gelegen hatte.

Ann ging in ihr Schlafzimmer. Es war schwer zu sagen, ob sie die Tür zugemacht hatte oder nicht. Ich hörte ein langes Reißverschlußgeräusch, aber sonst kaum noch etwas. Ich machte die Lampen aus, setzte mich auf die Sofakante und zog mich im Dunkeln aus. Die Laken waren kühl und weicher als alles, was ich je berührt hatte. Die Decke fühlte sich an wie Cashmere, und als ich sie mir über die Schultern zog, weckte die Berührung mit ihrer seidigen Kante die Erinnerung an ein Treffen mit Parteifreunden in der Wohnung meiner Eltern. Ich war noch sehr klein und lag auf dem Bett meiner Eltern, auf dem die Genossen ihre Mäntel abgelegt hatten. Ich streichelte das Seidenfutter eines der Mäntel. Ich hatte gerade das Wort *weich* gelernt und sagte immer wieder: »Ist das weich.« Noch mehr Erinnerungen. In rascher Folge und ungebeten. Flüchtig aufleuchtende Bilder von Dingen, die ich vor Jahren gesehen hatte. Die Aussicht aus meinem Zimmer in Rockville. Die Weihnachtsdekoration auf der State Street. Es war keine Ordnung in den Bildern, und ich versuchte nicht, mich zu erinnern oder sie zu verstehen. Es war, als ob ein Teil meines Gehirns kurzgeschlossen wäre.

Ich wollte nicht denken, aber ich wollte trotzdem nicht zu schnell einschlafen. Ich wollte wach auf dem Sofa liegen, auf dem Jade geschlafen hatte. Ich drehte mich auf den Bauch und umarmte das Kissen, so daß es mich von den Lippen bis zum Bauch berührte. Die Decke war halb heruntergerutscht, aber mir war nicht kalt. Es war sehr warm in dem Zimmer, und Ann hatte mir nur die Decke gegeben, weil sie noch wußte, wie gerne ich unter einer Zudecke schlief, deren Gewicht ich spürte. Und wie Jade in den Sommernächten mit mir unter der Decke geschwitzt hatte, einen ganzen langen, qualvollen Juli hindurch.

Ich drückte meine Genitalien so fest gegen das Sofa, wie ich konnte, und legte mich dann wieder auf den Rücken. Das Zimmer wurde allmählich heller, und ich fragte mich, ob das schon die Morgendämmerung sei. Nein. Die Fenster waren immer noch pechschwarz. Ich stützte mich auf einem Ellbogen auf und sah in den Flur hinaus. Die Tür konnte ich nicht sehen, aber ich sah den schmalen, schwachen Lichtkeil, der aus ihrem Zimmer auf den Gang fiel.

Wie jeder Gast in einer fremden Wohnung hatte ich hunderterlei sonderbare leise Geräusche gehört, seit ich das Licht ausgemacht hatte. Geräusche von der Straße, Geräusche aus der Wand, aber ich hatte nicht weiter darauf geachtet. Doch jetzt hörte ich ein Geräusch aus Anns Zimmer. Sie wählte eine Telefonnummer. Zunächst langsam, mit Pausen zwischen jeder Ziffer, und dann schneller und lauter. Die Klickgeräusche der Wählscheibe klangen wie winzige Trippelschritte von ihr zu mir. Mein erster Gedanke war, daß sie die Polizei anrief. Sie würde ihnen sagen, daß jemand, der laut gerichtlicher Anordnung keine Verbindung mit ihr aufnehmen durfte, gegen diese Auflage verstoßen habe und jetzt in ihrem Wohnzimmer schlafe.

Ich hielt den Atem an. Es war wieder still in ihrem Zimmer. Stille und noch mehr Stille. Am anderen Ende der Leitung klingelte das Telefon. Also konnte es nicht die Polizei sein; die heben immer

gleich ab. Ich hörte, wie Ann sich in ihrem Bett bewegte, und dann hörte ich sie flüstern:
»Hallo, Jonathan. Ich bin's, Ann. Ich hab dich aufgeweckt.«
Ein paar Sekunden Stille, und dann wieder Anns Stimme.
»Ich weiß, wie spät es ist. Aber ich bin noch wach. Ich bin sogar hellwach... Bitte. Es tut mir leid. Ich hab dich nicht angerufen, um mit dir zu streiten. Ich weiß, daß es schon sehr spät ist. Du weißt doch, daß das sonst nicht meine Art ist. Ich wollte dir nur sagen, daß ich mir Gedanken wegen dir gemacht habe... Ich wußte nicht, ob du wirklich hier warst, als ich weg war. Es wäre ja möglich, daß du gar nicht gekommen bist. ... Ach ja? Das freut mich... und tut mir leid... Jonathan. Nein, wo denkst du hin. Ich werde dir beweisen, wie unkompliziert ich bin. Hörst du mir zu? Du nimmst dir jetzt ein Taxi und kommst rüber und schläfst mit mir... Ja... Hört es sich so an, als ob ich betrunken wäre?... Nein. Ich hab keine Angst, ich bin bloß einsam. Aber ich hab dich nicht angerufen, weil ich einsam bin, ich hab angerufen... Oh, Jonathan. Du bist so ein ordentlicher Mensch. Das weiß doch jeder, wie spät es ist. Und wir wissen auch alle, daß du einen schweren Tag vor dir hast.«
Sie legte auf. Gleich darauf machte sie das Licht aus.
Aber nach ein paar Minuten machte Ann das Licht wieder an. Sie nahm den Hörer ab und fing an zu wählen, vermutlich Jonathans Nummer. Tu's nicht, Ann, sagte ich leise. Bitte, tu's nicht.
Mitten in der vierten oder fünften Ziffer, noch während sich die Wählscheibe drehte, legte sie wieder auf und machte das Licht aus, diesmal endgültig.
Einen Augenblick später schlief ich ein. Das letzte, was ich noch sah, war die Veränderung in den Fenstern: Das Glas hatte ein fahles, bläuliches Grau angenommen.

11

Am nächsten Morgen war ich lange vor Ann auf. Die Sonne schien durch die Fenster. Der Staub außen auf den Scheiben sah aus wie eine Art elektrische Gaze. Ich tappte auf Zehenspitzen herum wie ein Einbrecher und überlegte, ob ich gleich gehen sollte. Das Bad war auf halbem Weg zwischen meinem Bett und dem Schlafzimmer, und so verkatert, bleich und schwach, wie ich jetzt war, wollte ich auch nicht einen Schritt in ihre Richtung tun. Ich zog mich an und ging zum Waschen in die kleine Küche.

Ich hatte schon vergessen, daß Anns Adreßbuch mit den Telefonnummern neben dem Küchentelefon hing. Daneben hatte sie noch einen Notizblock und einen Filzschreiber hängen. Ich überlegte noch einen Moment, ob ich den kleinen Vertrauensbruch wirklich begehen sollte. Nachdem ich vorher den Warmwasserhahn aufgedreht und den Strahl so gerichtet hatte, daß er nicht zu laut in das Spülbecken prasselte, schlug ich dann das beige Büchlein auf und suchte die Seite B. Es standen keine Butterfields darauf. Ich sah unter J nach, und da stand alles, Jade, deine Telefonnummer und deine Adresse, seit vier Jahren die erste Nachricht über deinen Verbleib. Ich riß ein Blatt von dem Notizblock ab und schrieb mit der linken Hand als Unterlage. Meine Schrift war fast unleserlich, wie in einem zerbrochenen Spiegel. Aber stückweise, in Krakeln, in irrsinnigen Gipfeln und Tälern hielt ich fest, was ich brauchte. Kein Juwelendieb mit einem Sack voll Diamanten hätte glücklicher sein können als ich. Kein Fallschimspringer hätte sich im freien Fall durch den lieblichen Äther den normalen Regeln des Lebens auf Erden entrückter fühlen können. Du warst in Stoughton, Vermont, und wohntest in der West Street. Es standen drei Telefonnummern neben deinem Namen, alle mit verschiedenen Stiften, zu verschiedenen Zeiten geschrieben. Schon damals begriff ich, daß das bedeutete, daß du oft nicht zu Hause warst, aber die Aufregung darüber war nichts gemessen an dem Glück, dir näher zu sein als das letzte Mal, wo wir uns berührt hatten.

Ich überlegte, ob Ann in ihrem Zimmer bleiben wollte, bis ich gegangen war. Ich konnte am Stand der Sonne nicht feststellen, wie spät es war, aber ich war überzeugt, daß es mindestens schon Mittag war. Ich nahm das Laken und die Decke vom Sofa und legte alles zusammen, so gut ich konnte. Dann blätterte ich den NEW YORKER durch, um vielleicht, wie ich mir einredete, ein gutes Jazzlokal oder ein interessantes Theaterstück zu finden. Außer meinem Rückflugticket nach Chicago bestand mein ganzes

Vermögen aus neunzig Dollar. Dem Hotel schuldete ich mindestens zwanzig, und obwohl ich schon viel mehr bekommen hatte, als ich mir von der Reise erwartet hatte, war ich plötzlich verzweifelt bei dem Gedanken, New York verlassen zu müssen, weil ich kein Geld mehr hatte. Ich blätterte die Zeitschrift weiter durch, sah mir die Cartoons an und runzelte die Stirn über die Anzeigen: Pelzmäntel, Rubinarmbänder, Scotch, der sich rühmte, der teuerste der Welt zu sein. Ich wunderte mich, wieviel Geld andere Leute hatten – ich war richtig fassungslos, so als hätte ich das bisher nicht gewußt.

Ich geriet ins Träumen. Die paar Stunden unruhiger Schlaf hatten gegen meine Müdigkeit wenig ausgerichtet, und so mußte ich wohl für einen Moment eingenickt sein. Ich weiß noch, daß ich dachte, wie es wäre, wenn Jade und ich einen Haufen Geld hätten. Hätten wir alles für uns ausgegeben? Hätten wir es hergeschenkt? Eine Stiftung gegründet, die Stipendien an Menschen vergeben würde, die mit allem anderen aufhören und nur noch den romantischen, unvernünftigen Eingebungen ihres Herzens folgen wollten? Oder ein Kloster für Liebende, wenn auch nicht allzu klösterlich. Es war natürlich kein tiefer Gedankenstrom, aber er hatte viele Nebenflüsse, und vielleicht paddelte ich gerade einen davon herunter, als Ann ins Zimmer kam. Ich hatte nicht gehört, daß sie wach war, hatte sie nicht herumgehen hören, doch als ich von den gleißenden Fenstern wegschaute, stand sie am Ende des Sofas, in Blue jeans und einem roten Seidenhemd.

»Wie lange bist du schon auf?« fragte Ann, nicht ohne Schärfe in der Stimme.

Einen Moment lang dachte ich, wenn ich auch nur ein bißchen Verstand hätte, auch nur die leiseste Ahnung davon, wie es auf der Welt zugeht, dann hätte ich mich bestimmt aus dem Staub gemacht, bevor Ann aufstand.

»Ein paar Minuten«, sagte ich.

»Wegen gestern abend...«, sagte Ann.

Sag's nicht, dachte ich.

»Ist schon gut«, sagte ich, zu schnell.

»Also, wenn ich Hughs neue Freundin wäre, würde ich alles auf die Sterne schieben. Ingrid erklärt alles astrologisch. Venus tritt in eine neue Phase ein, und sie ist ihm untreu. Mars stößt mit dem Mond zusammen, und sie wirft mit einer Heftmaschine nach Hugh.« Plötzlich mußte Ann niesen, es war ein ganz putziges Niesen, leiser als bei einer Katze. »Oh, mein Gott, mein Kopf! Ich glaube, ich hab keine drei Stunden geschlafen.«

»Fühlst du dich nicht wohl?«

»Es geht nicht darum, wie ich mich fühle.« Sie nahm ihr Gesicht in die Hände und rieb sich mit den Fingerspitzen die Augen. »Ich war gestern abend eine Harpyie, nein, eine Meduse. Jetzt muß *ich* dich um Entschuldigung bitten.«

»Nein. Wir brauchen uns nicht voreinander zu entschuldigen.«

»Ich war mies. Ich will wenigstens eins klarstellen. Über Jade. Ich glaube, ich wollte dir weismachen, daß sie nie an dich denkt, nie von dir redet. Ich weiß nicht, warum ich das wollte, aber du solltest dir vorkommen, als hättest du total Schiffbruch erlitten. Die Wahrheit ist, daß sie immer noch an dich denkt. Versteh das jetzt nicht falsch, David. Ich meine, sie würde ganz bestimmt nicht wollen, daß ich mit *dir* darüber rede, aber ich finde, du hast ein Recht darauf, es zu erfahren. Du bist nicht aus ihrem... aus ihrem Gedächtnis verschwunden. Vielleicht ist das ein Trost für gestern abend, dafür, daß ich dich so in die Enge getrieben habe.«

Ich erhob mich mühsam von der Couch; meine Beine waren schwach und wollten nicht so, wie ich wollte. Ich hätte sie am liebsten umarmt, aus Dankbarkeit, aus Kameradschaft, aber statt dessen legte ich die Hand auf ihre Wange. Ihre Haut war weich, unglaublich weich, und meine Fingernägel waren unsauber geschnitten und hatten schwarze Ränder. Sie wollte sich der Berührung entziehen, unterdrückte aber ihre Regung.

»Ich schmeiß dich jetzt raus«, sagte sie.

»Für immer?«

»Zumindest bis heute abend. Es ist zehn. Ich muß was arbeiten.« Sie wies mit den Augen auf den Tisch, auf dem ihre Schreibmaschine stand.

»Darf ich dich heute irgendwann noch mal anrufen?«

»Ich kann mir nicht vorstellen, wie das jetzt noch mit uns weitergehen soll.«

»Wir könnten am Abend essen gehen.«
»Das haben wir doch gestern schon gemacht.« Sie schüttelte den Kopf. »O. k. Ruf mich an. Um sechs. Ich möchte es. Aber du darfst nicht böse sein, wenn ich dir einen Korb gebe, o. k.? Ich bin noch halb in Trance und weiß frühestens nach der zehnten Tasse Kaffee, wozu ich heute abend Lust haben werde.«

Im Hotel angekommen, zog ich meine schmutzigen Sachen aus, putzte mir die Zähne und setzte mich nackt aufs Bett, mit Jades Telefonnummern vor mir. Ich nahm den Hörer ab und gab der Zentrale die erste Nummer auf meiner Liste. Ich wollte keine Zeit verlieren. Ich war immer noch träge von der Nacht und zugleich aufgekratzt, weil ich die Telefonnummern hatte. Es würde keinen geeigneteren Augenblick mehr geben, keinen, in dem ich weniger Angst vor dem Anruf haben, weniger in Versuchung geraten würde, es mir anders zu überlegen. Ich hörte, wie die Dame in der Zentrale des McAlpin die Nummer in Vermont wählte, und beim kehligen Klicken der rotierenden Scheibe geriet ich in Begeisterung.
Ihr Telefon begann zu klingeln. Im ersten Schreck hätte ich beinahe wieder aufgelegt. *Du mußt völlig verrückt geworden sein,* dachte ich. Jemand nahm beim dritten Klingeln ab, eine Frau, und meldete sich mit einer fröhlichen Stimme, die so frisch war wie der Geschmack einer Orange.
»Ist Jade Butterfield da?« fragte ich.
Ich bin Jade, antwortete die Frau in meiner Einbildung, und bei diesem Gedanken schlug mir das Herz bis zum Halse. Meine Kehle pulsierte wie die eines Ochsenfrosches.
»Nein, tut mir leid«, sagte die Frau. »Kann ich ihr was ausrichten?«
Ich rief die zweite Nummer an und ließ es zwölfmal läuten, bis ich mich endlich damit abfand, daß der Apparat in einer leeren Wohnung klingelte. Dann kam die dritte Nummer, und diesmal war ein junger Mann dran, den ich mir so gutaussehend und leger vorstellte, wie die erste Frau freundlich gewesen war.
»Ich würde gern Jade sprechen«, sagte ich. »Ist sie da?«
Eine Pause trat ein – Erinnerung an Liebeskummer? Sprachlosig-

keit des Hahnreis? –, und dann sagte er: »Ich *glaube* nicht, daß sie da ist. Bleiben Sie dran? Dann seh ich mal nach.«

»Ja, bitte.« Er schien wirklich im Zweifel, ob sie zu sprechen war, aber ich war mir nicht klar, ob das bedeutete, daß sie vielleicht außer Haus war oder sich manchmal verleugnen ließ.

»Wer spricht denn?« fragte er, und seine Stimme klang freundlich und unbeteiligt.

Ich zögerte. »Dave«, sagte ich. Dave? Wen hätte ich damit irreführen können? Das war keine Maske; es war eine Pappnase. Ich hörte, wie sich die Schritte meines Mittelsmanns am anderen Ende der Leitung entfernten, und stellte mir vor, er ginge durch ein riesiges, leicht baufälliges viktorianisches Haus, nicht unähnlich dem Haus der Butterfields in Chicago, aber viel größer und von Zugluft durchzogen, mit Matratzen auf dem Fußboden, Marx-Brothers-Plakaten an den Wänden und Milchtüten mit Namensschildern in dem Kühlschrank aus der Zeit des Koreakriegs. Eben eine dieser lockeren, unideologischen Collegewohngemeinschaften. Ein paar nette Jungs und Mädchen, die zusammenziehen, um Miete zu sparen.

»Sie ist nicht da«, sagte der gutaussehende Sean oder Philip, der beste Kajakfahrer der Wohngemeinschaft. »Ich hatte's mir schon gedacht, aber bei Jade weiß man nie.«

»Ach«, sagte ich mit erschreckend tonloser Stimme, als ob ich Ziegelstaub in der Kehle hätte. »Wann ist sie denn wieder da? Oder wissen Sie, wo ich sie erreichen kann?«

»*Kann* sein, daß sie im Musikschuppen ist. Aber ich weiß es nicht. Sie hatte wohl vor, zu dieser Sache auf Sophies Farm zu gehen, aber ich *glaube,* das ist abgesagt worden.«

»Ach Gott.« Es war zuviel auf einmal: Musikschuppen, Sophies Farm, die Stimme des Jungen. Ich schwebte über Jades Leben wie ein umherziehender, verirrter Geist, der die falschen Fensterläden klappern läßt. Wie war es möglich, daß ich diese strapaziöse Reise hinter mich gebracht hatte und immer noch ohne sie war?

»Soll ich ihr was ausrichten oder so?« fragte er.

»Ja«, sagte ich, sprach aber nicht weiter.

Er wartete – ich weiß nicht, wie lange. Er hatte einen gesunden Respekt vor dem Unsagbaren.

»Ich bin ein Freund von ihr«, sagte ich. Ich hatte das Gefühl, wieder an den Anfang unseres Gesprächs zurückgekehrt zu sein, wie eine nervöse Ratte in einem Labyrinth. Ich lag auf dem Rücken, hielt den Hörer mit beiden Händen fest und starrte auf die Struktur der Farbe an der Decke. Sie sah aus wie die Haut eines gerupften Huhns. »Sie wissen nicht zufällig, wann sie wiederkommt?«

»Nein«, sagte er freundlich.

»Aber sie ist doch normalerweise dort zu erreichen, unter dieser Nummer?«

»Wer *sind* Sie eigentlich?«

»Dave. Hab ich doch schon gesagt. Hier spricht Dave.«

»Aber wer *sind* Sie?« Ich kannte sie ja, diese langen, gemütlichen Palaver, die in der Wohngemeinschaft sicher ebenso stattfanden wie in Rockville, diese Gespräche, die zwischen Anekdote und Klage abwechselten, und ich nahm von vornherein an, daß der Name David Axelrod diesem Wächter an der eichenen Himmelstür geläufig war.

»Also, ich bin ein alter Freund von ihr. Ein Freund der Familie.« Ich hielt es für riskant und zugleich rücksichtslos, ihr wirklich etwas ausrichten zu lassen. Sie sollte nicht heimkommen und meinen Namen am schwarzen Brett der Wohngemeinschaft vorfinden. »Wissen Sie was, ich probier's ein andermal.«

»Ich sag ihr, daß Sie angerufen haben, Dave.«

»Nein, danke, lassen Sie nur.« Ich wollte ihn davon abschrecken, ihr etwas zu sagen, aber ich besann mich mit der ganzen Subtilität eines Operntenors, der sich den Dolch in die Brust stößt, auf einen strategischen Kniff und sagte: »Es ist nichts Wichtiges. Ich ruf dann wieder mal an.«

»O.k.«, sagte er.

»Also, sagen Sie ihr bitte nichts.«

»O.k., Dave. Ein Freund der Familie.«

»Nein! Lassen Sie's gut sein. Sagen Sie ihr bitte nichts von meinem Anruf.« Ich überlegte einen Moment und hatte einen brillanten Einfall, wie ich meinte. »Ich heiße gar nicht Dave«, sagte ich.

»O.k. Aber wer sind Sie dann wirklich?«

Ich legte ganz leise den Hörer auf, ließ aber die Hände auf dem Apparat liegen, genau wie in Chicago, als ich mir jeden Tag nur ein paar Anrufe nach meiner Liste von Butterfields genehmigte. Eine Welle der Enttäuschung kam über mich, gefolgt von einer Welle der Demütigung. Erst als ich das Telefon auf den Nachttisch zurückgestellt und mein Gesicht in dem kühlen, kaum nachgebenden Kopfkissen vergraben hatte, fiel mir wieder ein, daß dies ja keiner meiner üblichen Anrufe ins Blaue hinein gewesen war. Ich war Jade gerade sehr nahe gewesen, ich hatte noch die Telefonnummern, ich hatte ihre Adresse noch, und ich war mein eigener Herr und durch nichts aufzuhalten.

Ich duschte, rief den Zimmerservice an, bestellte Toast, Schinken, Orangensaft und ein Kännchen Kaffee. Ich hatte eine keilförmige Aussicht von meinem Fenster, und ich sah den Leuten zu, die zehn Stockwerke unter mir ihren Samstageinkäufen nachgingen – die Welt durch eine Boxkamera gesehen. Wie schön das alles war...

Ich las beim Frühstück die Zeitung, wie einer, dessen Leben in bester Ordnung ist. Trotz der quälenden Spannung und Ungewißheit kam ich mir vor wie Gott in Frankreich. Ich aß so langsam wie möglich, las so langsam wie möglich und hätte am liebsten die Zeiger der Zeit mit Sandsäcken beschwert. Seit dem Tag meiner Brandstiftung hatte ich von der Zeit nichts anderes gewollt, als daß sie sich geschwind und demütig fortbewege, wie eine Nonne im Regen, aber jetzt hatte mein Leben wieder Konturen bekommen.

Ich sah in der Zeitung, daß an diesem Tag KRAPPS LETZTES BAND in einem kleinen Theater auf der East Side gegeben wurde. Das war mein liebstes Beckett-Stück, und ich erinnerte mich, daß Ann es auch mochte. Die Karten kosteten nur vier Dollar, ich hätte mir den Besuch also leisten können. Kurz entschlossen rief ich Ann an.

»Tut mir leid, wenn ich störe«, sagte ich, »aber ich wollte dich fragen, ob du Lust hättest, heute abend mit mir ins Theater zu gehen?«

»Ich glaube nicht. Hugh hat angerufen.«

»Ah, schön«, sagte ich. Ich weiß nicht mehr, was ich damit

meinte. Vielleicht stellte ich mir vor, wir könnten wieder alle zusammenkommen.
»Hugh ist mit seiner neuen Freundin in der Stadt«, sagte Ann. »Sie sind im Chinesenviertel. Sie kaufen Gewürze und Öle. Sie will außerdem Hugh mit einem Heiler bekanntmachen, einem Chinesen, der viel älter ist als das Jahrhundert und ihm ein paar Geheimnisse über heilkräftige Teesorten anvertrauen will. Er hat von ihr wirklich mehr als von mir.«
»Du triffst dich also heute abend mit Hugh?«
»Nein. Sie fahren nach New Jersey zurück. Wo sie wohl auch hingehören.« Ann lachte. Sie war nervös, und ich hatte den Eindruck, daß sie im Dunkeln tappte, was die genauen Ausmaße ihrer Traurigkeit betraf, und wie mit einem Stöckchen nach ihren Gefühlen stocherte.
»Also, du hast keine Lust auf KRAPPS LETZTES BAND?«
»Nein, ich glaube nicht.«
»Du bist eingeladen.«
»Ich habe gesagt, nein.«
Wir sagten einen Moment lang beide nichts.
»Soll ich dich trotzdem gegen sechs anrufen?« fragte ich dann.
»Nur wenn du willst«, erwiderte Ann.

Plötzlich unruhig geworden, verließ ich das Hotel und lief durch die Straßen.
Ich ging die Fifth Avenue entlang, um die ein, zwei Stunden totzuschlagen, bis ich Ann anrufen konnte. Hugh war mit seiner neuen Geliebten zusammen und dachte an die Dinge, die zu begehren man ihn in seiner Kindheit gelehrt hatte. Wer weiß, wie viele Menschen da mit uns draußen waren? Eine Million wäre keine schlechte Schätzung. New York ist der Ort in Amerika, wo die Wahrscheinlichkeit, Bekannte zu treffen, am größten ist; es ist unsere Hauptstadt überraschender Begegnungen. Wenn man lange genug dort bleibt, trifft man vielleicht jeden einzelnen, den man je gekannt hat.
Ich denke an ein Skelett, das sich erwartungsvoll über einen Radarschirm beugt, und Hugh und ich sind Lichtpunkte, die mit der blinden Anmaßung von Kometen aufeinanderzurasen.

Wir sind blind für die Zukunft. Wir können kaum unsere sonderbaren Deutungen der Vergangenheit aufrechterhalten. Wir sehen nur einen Zipfel von dem, was unmittelbar vor uns liegt. Wir wissen fast nichts. Und das halten wir nur aus, indem wir uns keine Gedanken darüber machen. Ich mache mir Gedanken, und ich halte es nicht aus.
Ich sollte einfach nur ein- und ausatmen und tapfer sein. Aber zu wissen, was als nächstes geschehen wird, und in der Hoffnung zu leben, es werde, was immer es sein mag, nicht zu schwer zu begreifen sein, das ist, als wollte man mit einem Auto durch die Gegend rasen, dessen Windschutzscheibe ganz mit einem Bild des Ortes bemalt ist, an dem man früher gewohnt hat.
Ich hatte mir das Schaufenster der Buchhandlung Doubleday angesehen. Ich dachte daran hineinzugehen und Ann ein Buch zu kaufen. Früher hatte ich ihr öfters was zum Lesen mitgebracht, aber von dem, was im Schaufenster ausgestellt war, schien mir nichts so recht für Ann zu passen, und mir fiel auch kein Buch ein, das ich in letzter Zeit gelesen hatte und ihr hätte schenken wollen. Ich drehte mich um und sah, daß auf der anderen Straßenseite und ein bißchen weiter nördlich Tiffany's war. Jade und ich hatten uns einmal den Film FRÜHSTÜCK BEI TIFFANY angesehen. Wir hatten die Schule geschwänzt und waren ins Clark-Kino im Zentrum von Chicago gegangen, und als Audrey Hepburn im Regen ihre Katze suchte, saßen Jade und ich schluchzend in dem leeren Kino, hemmungslos unsere Gefühle vergeudend wie betrunkene Piraten, die mit einem Sack voll Gold durch den Hafen strolchen.
Ich wollte auf die andere Straßenseite gehen und mir die Auslage von Tiffany's genau ansehen. Falls ich Jade bald wiedersah, hätte ich dann etwas gehabt, was ich ihr erzählen konnte. Ich ging bis an die Ecke und wartete mit etwa fünfzig Leuten auf grünes Licht. Ich war in die Menschentraube eingekeilt und kam mir schäbig angezogen vor. In Chicago, einer Stadt der Blonden, hatte ich mir immer etwas auf mein apartes semitisches Aussehen eingebildet, aber hier in New York, umgeben von Männern mit dunklen Anzügen und tintenblauen Augen, von Frauen mit riesigen schwarzen Helmen aus knisternd schwarzem Haar, in diesem Massenaufmarsch von seidenen Krawatten und Schmuck, war ich

überwältigt vom Schick Manhattans und konnte mich wie der Bauer in der Stadt immer nur fragen: Sind diese Leute denn *echt*? Es war hellichter Tag, und ich hätte genausogut im Foyer der Oper stehen können. So unauffällig wie möglich sah ich mir ein ernstes Gesicht nach dem andern an, die großen Nasen, die wie genetische Trophäen zur Schau getragen wurden, die buschigen Augenbrauen und dunklen Lidschatten, eine pulverblaue Baskenmütze, einen kahlrasierten Kopf, einen Teenager mit einer Tasche aus rotem Samt.

Und dann fiel mein Blick zufällig auf die andere Straßenseite, wo ebenfalls ein Knäuel Fußgänger auf das Grün der Fußgängerampel wartete. Und einer von ihnen war Hugh. Er stand an der Bordkante und starrte direkt zu mir herüber. Neben ihm stand eine hochgewachsene Frau mit rötlichen Zöpfen in einer ärmellosen Bluse und einem Rock aus Jeansstoff. Sie hatte eine Einkaufstüte in der Hand und schaute zum Himmel hinauf. Ich folgte ihrem Blick und sah ein kleines Flugzeug, das schleierigen Rauch ausstieß und einen Spruch an den Himmel schrieb: ein H, ein O, ein V...

Mir standen so viele verschiedene Reaktionen offen.

Die Ampel für den Nord-Süd-Verkehr hatte noch Grün. Ich zwängte mich zwischen den Leuten durch und überquerte die 57. Straße, die auf das zartverschwommene Grün des Central Parks zuführte. Obwohl ich eigentlich genau wußte, daß es nicht so war, redete ich mir ein, Hugh habe mich nicht gesehen, und ich täte uns beiden einen Gefallen, wenn ich ihm möglichst rasch aus dem Weg ging. Ich lief mit gesenktem Kopf und sehr schnell. Ich rannte fast.

Hugh stürzte mir nach, schräg über die Kreuzung, geradlinig wie ein Pfeil. Ingrid rief ihm – wie sie uns später erzählte – noch nach: »Hugh! Was machst du denn?«

Im selben Augenblick näherte sich ein Taxi der Kreuzung, ziemlich schnell, um noch bei Gelb rüberzukommen. Taxifahrer haben es immer eilig. Sie verdienen damit ihr Geld.

Ich blickte mich einmal nach Hugh um und sah, daß er mir folgte. Ich wollte mich zwingen stehenzubleiben, aber es gelang mir nicht. Meine Beine waren auf Feigheit eingestellt. Ich nahm mir vor, mich nicht mehr umzusehen, nur so schnell wie möglich das Weite zu suchen. Der Gehsteig war voller Menschen. Es war wie vor Weihnachten.

Der Lärm vom Verkehr und den vielen Menschen war ohrenbetäubend, aber das Quietschen der Reifen hätte auch im Konzertsaal nicht durchdringender sein können. Ich blieb wie vom Blitz getroffen stehen, drehte mich um und sah Hugh genau in dem Moment, nachdem das Taxi ihn erwischt hatte.

Er war in der Luft, segelte rückwärts in nordwestlicher Richtung. Es sah aus wie ein Akrobatentrick. Das Taxi hob sich, senkte sich, prallte zurück, fuhr stotternd weiter, zuckte und zitterte wie in einem Anfall. Niemand sagte etwas, und Hugh war in der Luft.

Dann lag er auf dem Rücken, aber er bewegte sich immer noch, schoß dahin wie auf einem Schlitten. Seine Arme standen seitlich vom Körper ab, und seine braune Jacke rutschte hinauf und schob sich an den Schultern zusammen. Er drehte sich, in einer gebrochenen, ungraziösen Bewegung – jetzt sah es zum erstenmal so aus wie etwas Ernstes, etwas, das außer Kontrolle geraten war. Er drehte sich auf die rechte Schulter, aber der Kopf drehte sich nicht mit, und die Beine bewegten sich in zwei verschiedene Richtungen. Es sah aus, als würde er in Stücke brechen. Und jetzt machte noch ein Auto eine Vollbremsung, dann noch eins und noch eins. In den ersten Augenblicken nach dem Zusammenprall mit dem Taxi hatte Hughs Körper eine eigene Spur gehabt, zwischen den beiden Kolonnen des Ost-West-Verkehrs auf der 57. Straße, aber jetzt war das nicht mehr der Fall.

Wahrscheinlich kam es darauf auch nicht mehr an. Das Taxi, das ihn gerammt hatte, war schnell gefahren und hatte ihn voll erwischt. Hugh war vermutlich schon tot, oder er wäre Sekunden später gestorben. Aber jetzt überfuhr ihn auch noch der grüne Lieferwagen eines Blumenladens. Es war kein Zusammenprall. Der kleine Transporter überrollte ihn einfach und ruinierte den oberen Teil seines leblosen Körpers.

Färbte sich der Himmel rot? Zögerte die Sonne auch nur einen Moment in ihrem pedantischen Lauf? Die Welt war ruhig und friedlich, selbst in dieser belebten Gegend Manhattans. Die Leute drehten sich langsam und ruhig um; auf ihren Gesichtern stand dieser ratlose, leicht zerstreute Ausdruck, den man nach einem avantgardistischen Theaterstück im Foyer beobachten kann. Das war's also? Erklären *Sie* mir doch, was es bedeutet. Es war, als müßten wir erst noch mal hinsehen, um uns zu bestätigen, was geschehen war. Und dann vollendete das Bild von dem Menschen, der da wie ein Mehlsack von einem Taxi durch die Luft geschleudert war, die hektische Schleife, die es in unseren Sinnen beschrieben hatte, und wir sahen es wieder. Die langen Momente des Wartens waren vorbei, die quälende Verzögerung beendet und jetzt die ersten Schreie, die ersten Schreckensrufe, die ersten Hände, die unwillige Augen zuhielten – auf einmal waren wir eine einzige, von panischem Entsetzen getriebene Herde; wir stolperten auf die Straße zu, traten einander auf die Hacken, stießen uns mit den Ellbogen, ängstlich darauf bedacht, keinen Fremden allzu genau anzusehen, und jeder einzelne in der Hoffnung, irgend jemand würde wissen, was zu tun sei.

Aber keiner wußte, was zu tun war. Es ist nie einer da, der das weiß. Wir bewegten uns einfach auf den Punkt des Zusammenstoßes zu. Dann sah ich Hugh aufstehen, aber das geschah nicht wirklich. Vor mir ließ jemand eine Brezel fallen, eine dieser riesigen, gehirngroßen New Yorker Brezeln, und ich trat aus Versehen darauf. Ein anderer ließ eine Zeitung fallen. Die Leute ließen alles mögliche fallen.

»O mein Gott«, hörte ich jemanden sagen, »sieh nicht hin. Bitte, Schatz. Sieh nicht hin.«

Ich stand mit einem Bein auf dem Gehsteig, mit dem anderen auf der Straße. Der gesamte Verkehr stand still. Fünf Querstraßen weiter begann ein Hupkonzert. Es waren Hunderte von Menschen vor mir. Keiner rief: »Ich bin Arzt!« Keiner forderte uns auf, Platz zu machen. Man konnte unbehelligt wie ein kompletter Idiot herumstehen.

Einen Moment lang war mir, als würde ich in Ohnmacht fallen, und ich konnte mir in diesem Augenblick vorstellen, wie es wäre, unter die Füße der Menschenmenge zu geraten.

Das war nicht einmal mehr Hugh. Hugh hatte diesen geschundenen Körper verlassen und... stand neben mir. Nein, aber der Mann, der wirklich neben mir stand, sich an mich anlehnte, ohne mich zu spüren – er trug einen dieser Strohhüte, die man sonst nur an der Rennbahn sieht, und einen Marine-Blazer –, der hatte etwas von Hugh an sich, wie mir schien. Ein Ernst in den meergrünen Augen, eine Leidenschaftslosigkeit, die es einem erlaubte, die heroischsten Phantasien auf ihn zu projizieren. Vielleicht umgab uns Hughs Geist allenthalben, durch die Luft schwebend wie Trümmer nach einer Explosion, und wir alle nahmen Teile davon in uns auf. Aber das denkt man immer gerne, wenn jemand stirbt.

Ich schob mich näher heran. Niemand leistete nennenswerten Widerstand. Diejenigen, die näher an Hughs Körper standen als ich, hatten nicht den Willen, ihre Position zu behaupten.

Von der anderen Straßenseite bahnte sich Ingrid Ochester einen Weg durch die Menge. »Er gehört mir«, sagte sie mit einer Stimme, die von ihrem Kummer noch nichts wußte – der Tonfall war sachlich und etwas verlegen. Sie schien sich für ihre Verbindung zum Anlaß der Aufregung entschuldigen zu wollen, wie ein Babysitter, dessen Schützling im Supermarkt einen Stapel Konservendosen umgestoßen hat. »Er gehört mir«, sagte sie immer wieder. Sie wedelte mit ihren großen Händen vor ihrem Körper und schlug damit zerstreut nach jedem, der ihr nicht aus dem Weg ging. Sie sah aus wie jemand, der in seinem Garten von einem Schwarm Kriebelmücken überfallen wird. Als sie über die Bordkante stolperte und fast schon vor Hughs Körper stand, knickten ihr die Beine weg, und da sie sich nicht gegen das Hinfallen wehrte, landete sie auf Händen und Knien. So blieb sie zwei, drei Meter von Hugh entfernt, doch die Blutlache unter ihm hatte sich jetzt ausgebreitet, und Ingrid war fast an ihrem Rand und starrte hinein, wie um ihr Spiegelbild zu sehen. Ich stand auf der anderen Seite von Hugh, etwa drei Meter von seinem Körper entfernt. Noch drei Fremde hatten sich ebenfalls durch die Menge gedrängt, und so standen wir im benommenen Kreis der Zuschauer wie bei einem rituellen Tanz, umringt von Gesichtern.

»Nicht anfassen«, sagte eine Stimme zu Ingrid. Aber als ich mich nach dem Polizisten umdrehte, der sich durch die Menge gedrängt hatte und jetzt endlich die Sache in die Hand nehmen würde, sah ich nur Passanten, und als ich mich wieder zu Ingrid umdrehte, kniete sie in Hughs Blut und strich ihm die Haare aus den Augen. Ihr locker geflochtenes rotes Haar baumelte vor ihr, und ihr blaues Hemd war rot und naß von Hughs Blut, und jetzt waren auch ihre Hände rot und ihr Gesicht, als sie es berührte. Sie sagte etwas – zu Hugh, zu mir, zu allen –, aber ich weiß nicht mehr, was er war. Ich sah, wie Hugh mir nachrannte. Ich war Hugh. Das Taxi rammte mich an der Brust, und ich fiel nach vorne auf die Motorhaube, aber das Taxi fuhr weiter, und durch die Geschwindigkeit wurde ich nach hinten geschleudert. Ich flog durch die Luft, und als ich aufschlug, bewegte ich mich immer noch. Die Knochen in meiner Brust waren gebrochen, und als mein Kopf auf die Straße aufschlug, fiel ein Stück davon ab, wie ein Teil einer alten Kürbiskopflaterne. Aber das Schlimmste war das Rückwärtsschlittern, das Aufschürfen meiner Haut: Es war der vertrauteste Schmerz, der stupideste und gewöhnlichste. Es war, als wälzte ich mich in heißen Glasscherben, obwohl ich eigentlich nicht weiß, wie das wäre, und das hier kenne ich, diesen Schmerz, der die letzten Augenblicke meines Lebens erfüllte wie ein schrecklich durchdringender Akkord am Ende einer Sinfonie.

Der Fahrer des Blumenwagens, der Hugh überrollt hatte, stieg aus. Es war ein baumlanger Kerl, ein Muskelprotz, in einem weißen Unterhemd und schwarzen, unten engen Hosen und mit einem Haarschnitt à la Elvis Presley. Er drückte sich ein Taschentuch an die Stirn, um die kleinen Blutströpfchen von der Schramme abzutupfen, die er abgekriegt hatte, als sein großer Schädel an die Windschutzscheibe gestoßen war. Er stand dreißig Meter von Hugh entfernt – so lang war sein Bremsweg gewesen. Er ging eigenartig trippelnd, als trüge er die Schuhe seines kleinen Bruders. Er warf einen Blick auf Hugh und schüttelte den Kopf: Er konnte es nicht fassen, daß er auf einmal mitten in den Tod eines Menschen hineingeraten sein sollte.

»Sehen Sie sich an, was passiert ist!« sagte Ingrid zu dem Lieferwagenfahrer.

»Zurücktreten, zurücktreten«, sagte jemand anders.

Hugh bewegte sich ein bißchen, aber wohl nicht in Wirklichkeit. Ich weinte mittlerweile schon ziemlich heftig, und die Welt zitterte vor mir wie Gelee auf einem Löffel.

»Da, seht nur«, sagte Ingrid mit der Stimme einer Mutter, die ihren Kindern ein Nest mit frischgeschlüpften Spatzenjungen zeigt. Der Fahrer des Lieferwagens ging nicht näher an Hughs Körper heran. Er starrte kopfschüttelnd auf den Toten und fragte sich wohl, wie es möglich gewesen war, daß dieser ihm völlig fremde Sack voll Blut jählings unter die Räder seines Wagens geraten, in seinem Bewußtsein explodiert war, daß er seinen Arbeitsplatz zu gefährden, seinen Angehörigen das Brot vom Tisch zu nehmen drohte.

»Nicht anfassen, nicht anfassen«, sagte jemand. Ich drehte mich um. Ein großer, bärtiger Schwarzer mit einer Matrosenmütze zwängte sich durch die Menge. »Macht doch Platz, verdammt noch mal, macht doch Platz.« Er wirkte ungemein kompetent, selbstsicher, vertrauenswürdig – vielleicht hatte er in der Marine Erste Hilfe gelernt oder war auf einer fernen Insel in die Geheimnisse uralter Heilkunst eingeweiht worden. Er legte mir die Hände auf die Schultern und schob mich sanft beiseite. Er zeigte auf Ingrid und sagte: »Du mußt ihm Platz zum Atmen lassen, Mädchen.«

Ingrid schüttelte den Kopf. »Wie denn?« sagte sie. Sie zeigte achselzuckend auf Hughs Leichnam, und jetzt sah ich mir zum erstenmal genauer an, was er ausgehalten hatte. Er war von oben bis unten mit Blut bedeckt; er sah eher aus wie ein Gefallener als wie ein Unfallopfer. In der Mitte des Körpers schienen seine Kleider zu schwimmen wie Blätter in einem Bach. Die Arme lagen über dem Kopf und bildeten Winkel, die bei heilen Knochen unmöglich gewesen wären. Der dunkelste Blutstreifen befand sich direkt an seinem Hals; anscheinend waren die Räder des Lieferwagens über seinen Hals gerollt, und hätten wir versucht, ihn hochzuheben, hätten wir womöglich riskiert, den Kopf vom Rumpf zu trennen.

Der Schwarze stapfte wie ein Baustellenarbeiter durch das Blut und kauerte sich an der Leiche hin. Ingrid hielt den Fremden am Arm, teils um ihn von Hugh fernzuhalten, teils um mit etwas Lebendigem in Kontakt zu kommen.

»Er ist tot«, sagte der Fahrer des Lieferwagens. Er stand neben mir.

»Er war schon tot, als Sie ihn überfahren haben«, sagte ich. »Ein Taxi hatte ihn vorher angefahren.«

Der Fahrer des Lieferwagens nickte.

»Er atmet«, sagte der Schwarze und schaute mit einem strahlenden Lächeln auf. Bis zu diesem Augenblick war mir nicht im geringsten der Verdacht gekommen, er könnte geistesgestört sein. »Hat jemand einen Silberdollar? Oder irgendwas anderes aus unlegiertem Silber?« Er streckte seine lange knochige Hand aus. »Gebt mir Silber«, forderte er mit ganz vernünftiger Stimme.

Ingrid stand langsam auf. Die Lider waren ihr halb über die Augen gefallen, und ihr Mund stand offen: eine Kombination von Schock und Übelkeit.

»Dieser Mann lebt, und ich kann ihn retten«, sagte der Schwarze.

Ingrid entfernte sich mit schleppenden Schritten von ihm und schüttelte den Kopf. Als sie sich wieder zu ihm umdrehte, stand sie neben mir. Der Schweiß lief ihr herunter; beim Atmen war tief in ihrer Kehle ein Keuchen zu hören.

»Vorsicht«, sagte ich. »Der ist nicht ganz richtig im Kopf.«

»Das da«, sagte sie und zeigte auf Hugh. »Das da ist mein Mann.«

Sie schloß die Augen, und ich nahm ihren Arm.

»Das Leben ist ewig«, hörte ich den Schwarzen sagen. »Es kann nicht beendet werden. Es stirbt aus Vernachlässigung, weil wir unwissend sind. Der Lebensfunke ist eine elektrische Spannung, die immer wieder aufgeladen werden kann, wenn wir mit Gottes Geschwindigkeit handeln.« Er kniete in Hughs Blut, stützte sich mit einer Hand auf Hughs Hüftknochen und leerte seine Taschen. »Ich habe keine Silbermünzen. Dann nehme ich eben die drei Zehner.« Er legte je ein Zehncentstück auf Hughs Augen und ein drittes auf die Mitte seiner Stirn. Obwohl der obere Teil von Hughs Gesicht unverletzt war, blutete er aus dem Kopf, und sein honiggelbes Haar färbte sich dunkel, von der Mitte nach außen, wie die Blumen, die am Staubgefäß die intensivste Farbe haben.

In einer Viertelstunde war alles vorbei. Ein Rettungswagen traf endlich ein und brachte Hugh in ein Krankenhaus, wo er offiziell für tot erklärt werden konnte. Fotografen kamen und machten

Bilder. Auch ein paar Reporter von einem Rundfunksender und einer Fernsehstation waren da. Zwei Polizisten kamen auf Rollern. Der Taxifahrer – er hatte sich noch nicht aus seinem Wagen getraut – und der Fahrer des Lieferwagens mußten beide hinten in ein Polizeiauto einsteigen, aber es wurde nicht klar, ob sie festgenommen waren oder nur vernommen wurden. Ingrid fuhr mit Hugh in dem Rettungswagen mit. Neue Passanten fragten die Augenzeugen, was denn passiert sei. Ein Mann in einem ausgebeulten Anzug markierte mit Kreide die Stelle auf der 57. Straße, wo Hugh gelegen hatte. Eine Minute später rollten schon wieder Autoreifen durch Hughs Blut. Es war Hauptverkehrszeit und keine Zeit, die Spuren zu beseitigen.

Ich hörte, was die Zeugen der Polizei sagten, und ich hätte nichts beisteuern können, was mehr Hand und Fuß gehabt hätte. Sorgen mußte man sich um den Taxifahrer machen, aber alle sagten, Hugh sei ganz plötzlich auf die Straße gelaufen, und es war klar, daß niemand dem Taxifahrer einen Vorwurf machen würde.

Einer der Polizisten fragte uns, ob jemand eine Erklärung abgeben oder sich als Zeuge zur Verfügung stellen wolle. Eine Frau wollte über den Schwarzen reden, der Hugh die Münzen aufs Gesicht gelegt hatte, aber der arme Teufel hatte sich aus dem Staub gemacht, als sich die Sirenen näherten, und die Polizisten interessierten sich nicht für ihn. Ein anderer regte sich darüber auf, wie lange es gedauert habe, bis die Polizei und ein Rettungswagen zur Stelle waren. Ich selbst zitterte am ganzen Leibe. Ich weiß nicht, ob mir die Tränen übers Gesicht liefen, aber meine Augen waren so feucht, daß ich kaum noch etwas sah. Als der Polizist zu mir herüberschaute, sah ich auf den Boden, drehte mich möglichst unauffällig weg und kehrte ihm den Rücken, als ob ich nach einem Bekannten oder einer Normaluhr Ausschau hielte.

Ich ließ mich an den Rand der gaffenden Menschen treiben und schleuste mich in den Strom der Passanten auf der 57. Straße ein, die Hugh nicht auf der Straße hatten liegen sehen und die von anderen Sorgen geplagt wurden. Ich schloß mich denen an, die nicht neugierig waren und sich um wichtigere Dinge kümmerten als Polizeiautos und Blinklichter.

Es gab nirgends eine Sitzgelegenheit. Wenn ich stehengeblieben wäre, um Atem zu holen, wäre ich von hinten angerempelt, niedergetrampelt worden. Ich ging nach Westen; es waren zu viele Leute unterwegs, als daß ich mir die Schaufenster hätte ansehen können.

Ich fragte mich, ob er etwas zu Ingrid gesagt hatte, bevor er mir nachsetzte. Hatte er gesagt: »Da drüben ist David Axelrod?« Sie hatte mich nicht mal angesehen; offenbar wußte sie nicht, wer ich war.

Ich glaube, ich hatte schon beschlossen, meinen Anteil an Hughs Tod zu verschweigen. Die Einzelheiten hatte ich mir noch nicht zurechtgelegt. Ich dachte nicht einmal bewußt darüber nach. Meine einzige Überlegung galt Ingrid: Ich war für sie ein Fremder, und sie hatte mir kein einziges Mal direkt ins Gesicht gesehen. Selbst wenn wir uns irgendwann begegneten, konnte ich wahrscheinlich davon ausgehen, daß sie mich in der Erinnerung nicht mit dem jungen Mann in Verbindung bringen würde, der da an der Ecke gestanden hatte, als das Leben aus Hugh wich.

Ich ging die Avenue of the Americas entlang. Ich stellte mich an den Bordstein und winkte einem Taxi. Es war halb sechs. In einer halben Stunde wollte ich Ann anrufen.

12

»Ruf ich zu früh an?« fragte ich, als sich Ann meldete.

Ich hatte die Klimaanlage in meinem Zimmer laufen und lag angezogen unter der Bettdecke.

»Nein«, sagte Ann. »Ich bin froh, daß ich einen Vorwand habe, mit der Arbeit aufzuhören. Was ist denn? Du klingst so komisch.«

»Ich hab geschlafen«, sagte ich. »Ich bin gerade dabei aufzustehen.«

»Also, deine Stimme klingt wirklich sonderbar. Willst du nicht erst ganz wach werden und dann noch mal anrufen?«

»Ich bin schon wach«, sagte ich.

»Glaub mir, du bist es nicht. Ich rauche inzwischen einen Joint und hör mir die eine Seite von meiner Erik-Satie-Platte an. In den zwanzig Minuten kannst du duschen oder ein bißchen Gymnastik machen. Wie lange hast du geschlafen?«

»Fast den ganzen Nachmittag«, sagte ich. Die erste Lüge war fertig. Ich setzte mich im Bett auf und sah mich im Zimmer um. Ich hatte mich einer schäbigen, riskanten Taktik verschrieben, und mir kam diese Lüge vor wie ein an mein Bein gebundenes Gewicht, das in einen tiefen Schacht geworfen wird: Man steht am Rande und sieht zu, wie sich das Seil abrollt.

»Gut«, sagte Ann. »Ich hab mich auch ausgeruht. Wir können uns die Nacht um die Ohren schlagen, wenn wir wollen.«

»Ich komme ungefähr in einer Stunde rüber«, sagte ich. Ich wollte nicht, daß sie einen anderen Treffpunkt vorschlug. Ich wollte, daß sie zu Hause blieb, damit jemand sie anrufen und ihr von Hugh berichten konnte. Die Polizei? Ingrid?

Als ich bei ihr eintraf, wußte sie es immer noch nicht. Es war sieben Uhr abends, und die Dunkelheit war nur in den länger werdenden Schatten vorhanden. Ann hatte eine gestreifte Leinenhose und ein jungenhaftes Hemd an. Ihr Haar war naß und gerade nach hinten gekämmt, ihr Gesicht war blasser und ihr Lippenstift dunkler als am Tag zuvor. Sie hatte den ganzen Tag geschrieben, und darüber unterhielten wir uns.

»Ich merke, daß ich besser werde«, sagte Ann. »Ich kann jetzt meine eigene Stimme hören. Ich meine, es klingt nach mir, wenn ich schreibe, und hinterher erkenne ich mich auf eine Art wieder, die mir gefällt und mich auch überrascht.«

»Würdest du mir etwas von dem zeigen, was du geschrieben hast?« fragte ich. Ich saß auf dem Sofa und schaukelte vor und zurück.

»Du kommst mir so nervös vor«, sagte Ann. »Ist es wegen gestern abend?«

»Nein.«

»Vielleicht sollten wir trotzdem darüber reden. Ich würde es lieber auf sich beruhen lassen, aber wenn du...«

»Nein, nein«, sagte ich, aber es war egal, denn jetzt klingelte das Telefon endlich.

»Ah«, sagte Ann. »Chancen. Ruhm. Romantik.«

Ingrid. Sie rief von einer Zelle aus an. Sie wolle etwas mit Ann besprechen, aber nicht am Telefon. Ob sie bei ihr vorbeikommen könne? Jetzt gleich? Ja, gleich.

»Die tut vielleicht geheimnisvoll«, sagte Ann. »Ich hab den Verdacht, sie will mich mal unter die Lupe nehmen, ein gängiges Symptom des matrimonialen Virus. Weißt du was? Ich fühle mich hundertprozentig als Ex-Frau. Aber ich fühle mich Hughs neuer Freundin auch haushoch überlegen. Die mit ihrem verhuschten Stimmchen und ihrem dramatischen Getue: Sie möchte um jeden Preis Eindruck machen.«

Ich machte Anstalten, mich zu erheben, und Ann gab es einen Ruck, als hätte sie sich eben erst wieder erinnert, daß ich da war. Ich fragte mich, ob sie überhaupt merkte, wie nervös sie war.

»Wo willst du denn hin?« fragte sie.

»Ich komme nachher wieder. Ich rufe dich in einer Stunde oder so an.«

»Nein. Du bleibst, wo du bist. Wir erfinden einen Nanen für dich, falls du dir deswegen Sorgen machst. Ich hänge an meinem hübschen kleinen Überlegenheitsgefühl, und ich habe nicht die Absicht, es mir dadurch zu vermiesen, daß ich mich von Hughs Freundin an einem Samstagabend allein in der Wohnung ertappen lasse. Meine Generation mißt Samstagabenden eine geradezu mystische Bedeutung bei, und ich weiß, das wird Hugh sie als erstes fragen – ob ich allein war. Er soll denken, daß ich einen interessanten jungen Mann da hatte. Das wird uns allen guttun.«

Und so wartete ich mit Ann, in einer so von Grund auf falschen und unaufrichtigen Situation, daß totaler Wahnsinn nicht bedrükkender hätte sein können. Natürlich war es nicht die erste Lüge meines kurzen, duckmäuserischen Lebens, aber mit Abstand die ungeheuerlichste. Das war keine Notlüge, kein Versuch, meine Privatsphäre zu schützen, das ließ sich in keiner Weise mehr mit den sorgsamen Auslassungen in meinen Monologen vor Dr. Ecrest oder meinen aufgeputzten Erfolgsberichten an Eddie Watanabe vergleichen. Die Lüge, die ich Ann aufgetischt hatte, wuchs ins Überdimensionale, verbreitete Finsternis und verschlang schließlich alle Wahrheit, die ich in mir hatte. »Mit einer Lüge leben« lautet der landläufige Ausdruck, aber man lebt nicht *mit* ihr, man lebt *in* ihr, so wie man in einer Höhle leben würde.

Plötzlich kam mir, begleitet von einem Schwindelgefühl und jener Erleichterung, die das jagende Herz verlangsamt, indem sie darauf tritt, der Gedanke, daß ja bei einigem Glück vielleicht niemand etwas von meiner Rolle bei Hughs Tod ahnen würde. Nur Ingrid konnte mich in diesem Augenblick in Verbindung bringen, und mit dem fieberhaften, klagenden Gebet eines Spielers – es durchzog mich mit einem jammernden, weithin hallenden Ton wie der Singsang eines Muezzins – flehte ich die Zukunft an, sie möchte Ingrid nichts von mir wissen lassen. Von allem, was sie an diesem Nachmittag gesehen hatte – Hughs Spurt über die Kreuzung, direkt vor den Kühler des Taxis, der Schwarze mit seinen Münzen, der Lieferwagenfahrer, der sich die Stirn abtupfte, das Blinken der Sonne auf dem Spiralblock des Polizisten –, würde, wenn meine Hoffnung sich erfüllte, mein Gesicht in ihrem Gedächtnis nur als freundlicher, schwacher Nebel existieren. Meine Lügen, mein Bedürfnis, in der Nähe des verletzten Kerns der Familie Butterfield zu bleiben, mein langsamer Weg zurück zu Jade – dies alles hing letzten Endes davon ab, ob Ingrid mich wiedererkannte, so wie der Erfolg des monatelang geplanten Grenzgangs eines Schmugglers zum Schluß davon abhängt, ob dichter Nebel herrscht.
Ann beharrte so unerschütterlich darauf, daß ich Ingrid kennenlernen sollte, und war so gleichgültig gegenüber meiner Angst, daß mir wohl jede Minute einmal der Gedanke kam, sie wisse alles, was ich zu verheimlichen suchte, und ihre Redseligkeit und Zurückhaltung sei nur eine bizarre und kostspielige Taktik, wie einer dieser eiskalten psychologischen Schachzüge, die Privatdetektive in Filmen anwenden, um einen Verdächtigen zu zwingen, seine Karten aufzudecken. Sie trank ein Glas Weißwein und hatte auch mir eins hingestellt.
»Wie sollen wir dich nennen?« fragte sie.
»Mein Name?«
»Wir denken uns einen aus.« Sie langte hinter sich und knipste eine zierliche hölzerne Stehlampe mit einem kleinen, geblümten Schirm an. »Ich weiß, daß ich dich unter Druck setze, David, und glaub mir, ich weiß, daß das ein bißchen pervers ist, aber ich will es nun mal so machen. Ich habe dieses scheußliche Gefühl, daß

Hugh seiner neuen Freundin erzählt hat, ich sei eine frigide alte Schachtel, und selbst wenn ich diesen Eindruck jetzt unter Vorspiegelung *falscher* Tatsachen« – mir schien, daß sie das Wort »falscher« besonders betonte – »zu korrigieren versuche, glaube ich, etwas zu tun, worauf ich ein Recht habe.« Ihr Glas war schon leer; mir kam es vor, als sei der Wein verschwunden, ohne daß sie das Glas auch nur einmal angerührt hatte. »Wir werden dich Tony nennen. Das ist ein guter Name. Er hört sich zugleich vornehm *und* schrecklich proletarisch an. Hugh wird ihn sich durch den Kopf gehen lassen, glaub ich. Und du brauchst kein Wort zu sagen, David. Ich stelle dich bloß vor, und dann kannst du gleich gehen. Aber sag, daß du wiederkommst. Ich meine, es soll nicht so aussehen, als ob du was anderes vorhättest. Ich tue dir dafür auch mal einen Gefallen, wenn du willst. Na, wie ist es, machst du mit?«

Ann holte den Krug mit dem Weißwein aus der Küche und goß etwas in mein Glas, bevor sie merkte, daß ich noch gar nichts getrunken hatte. Um den Fuß meines Glases bildete sich eine kleine ölige Lache, als es überfloß.

»Ich bin *so was* von nervös«, sagte sie. »Ingrid und ich. Unsere kleine Scharade. Ich lasse mich auch immer bei meinen Lügen erwischen. Ich bewundere Leute, die gut lügen können – oder beneide sie, wenn du willst. Meine Geschichten wären viel besser, wenn ich besser lügen könnte. Aber ich schleife die Tatsachen meines Lebens hinter mir her wie der bedauernswerte Charles in MADAME BOVARY.

Es war unangenehm warm in Anns Wohnzimmer; durch die offenen Fenster kam der Verkehrslärm herein, und die Luft roch leicht nach Gras. Der Flaum auf Anns Oberlippe glänzte, ihre Haut war feucht und gerötet, ihr Haar wollte nicht trocknen. Ich selbst war von Kopf bis Fuß in Schweiß gebadet; als ich mir an den Hals faßte, war meine Hand naß.

Dann ertönte endlich der Türsummer in Anns langem Flur. Meine Angst war zum größten Teil von mir abgefallen.

Wahrscheinlich machten meine Nerven vor Erschöpfung nicht mehr mit. Als ich den Summer hörte, setzte ich mich auf und griff nach meinem Weinglas. Es drängte mich, Ann zu sagen, sie solle nicht an die Tür gehen. Aber dabei blieb es: Meine Entscheidung war gefallen, mein Leben ging ohne mich weiter.

»Entsetzlicher Gedanke«, sagte Ann im Aufstehen. Sie hielt sich die Hand vor den Mund und sah mich an. »Wenn sie nun Hugh mitgebracht hat? Oder wenn er einfach mitgekommen ist?« Sie schüttelte den Kopf. »Das hätte uns gerade noch gefehlt. Stimmt's?«

Sie nahm den Hörer der altmodischen schwarzen Sprechanlage und sagte: »Ja, bitte?« Ich trank einen kleinen Schluck Wein. »Sie ist da«, sagte Ann zu mir. »Bleib da sitzen. Ich setze mich nachher zu dir.« Sie schüttelte den Kopf und sagte: »Das wird mir hinterher bestimmt leid tun.«

In wenigen Augenblicken brachte der Aufzug Ingrid in den siebten Stock, und Ann erwartete sie an der offenen Tür, an die sie sich mit den Händen hinter dem Rücken anlehnte wie ein Teenager. Ingrid war fast genauso angezogen wie am Nachmittag: eine ärmellose Bluse mit Perlmuttknöpfen und ein Jeansrock. Sie trug keine Strümpfe, und ihre Sandalen waren mit Bindfaden und Klebeband repariert worden. Über der Schulter trug sie einen riesigen ledernen Sack mit dem Bild eines onkelhaft grinsenden Mondgesichts. Das Haar war nicht mehr zu Zöpfen geflochten, sondern hing ihr offen bis in den halben Rücken herab; drinnen wirkte es längst nicht so rot.

»Kommen Sie rein, kommen Sie rein«, sagte Ann mit einer Stimme, die erfreut klingen sollte, aber nur ungeduldig auffordernd klang.

Es gibt eine Stelle in Joseph Conrads DER GEHEIMAGENT, wo ein Anarchist erklärt, er trage eine gewaltige Sprengladung an seinem Körper, und falls ein Polizist ihn festzunehmen versuche, werde er sich in die Luft sprengen und sich damit den Gefahren einer Verhaftung und Vernehmung entziehen, aber auch den einen oder anderen Polizisten ins Jenseits befördern. Er brauche dazu nur einen einfachen Mechanismus auszulösen und fünf oder zehn Sekunden später – eine verheerende Detonation. Aber die Zeit des Wartens auf die Explosion, gibt der andere zu bedenken, diese langen, schweren Sekunden – würde ihn das Warten nicht um den Verstand bringen? Ja, erwidert der Anarchist nachdenklich. Ja, aber darauf käme es dann ja wohl auch nicht mehr an. Während Ann und Ingrid sich dem Wohnzimmer näherten und ich stocksteif und schwitzend auf dem Sofa saß, kam es mir vor, als sei der Hebel gedrückt worden, der mein Leben in die Luft sprengen würde – nicht in fünf Sekunden zwar, aber zu irgendeinem unvorhersehbaren zukünftigen Zeitpunkt, und bis dahin würde ich warten und das Schicksal in meinem Bauch ticken hören. Würde ich es überhaupt merken, wenn mein Leben endgültig ruiniert war? Daß Ingrid mit dem Finger auf mich zeigte, würde dafür nicht ausreichen – schließlich hatte ich Jade seit Jahren nicht gesehen und glaubte immer noch, wir seien unzertrennlich. Alle Vorwürfe, die man mir – zu Recht oder zu Unrecht – machen konnte, würden nicht imstande sein, meinem Leben ein Ende zu setzen oder auch nur – und das war das Fürchterlichste – es zu verändern. Ich würde nach wie vor derselbe Mensch sein und die gleichen Dinge wollen – nur mit weit geringerer Aussicht, sie jemals zu bekommen. Dieselbe Leidenschaft und keine echte Chance mehr: Das war die Art von Wahnsinn, auf die ich zuzutreiben schien.

Ann setzte sich neben mich, und Ingrid nahm dort Platz, wo Ann vorher gesessen hatte.

»Möchten Sie ein Glas Wein?« fragte Ann sie, nachdem sie es sich bequem gemacht hatte.

Ich sah Ingrid unverwandt an. Wenn sie mich schon erkannte, dann sollte es jetzt gleich sein. Ihre Augen waren dunkelbraun, die Ringe darunter hellbraun und lavendelblau. Sie gab sich distanziert und gefaßt, wie jemand, der leicht gekränkt ist, der sich auf Begegnungen mit fremden Menschen innerlich vorbereiten muß, der anderen den Wunsch unterstellt, ihn zu betrügen. Ingrids Nase war schmal und gerade und an den Flügeln gerötet, und ihre sommersprossigen Hände, die sie gefaltet im Schoß liegen hatte, zitterten unbeherrschbar.

»Das ist mein Freund Tony«, sagte Ann. Eine gewisse Unsicherheit schwebte im Zentrum ihrer Stimme wie eine Trübung in einem Edelstein. Ann hatte sich auf einen spielerischen Zweikampf mit den Waffen des Geistes eingestellt, und die Enttäuschung darüber, wie Ingrid in diesem Sessel vor ihr saß, um Atem ringend und nach Worten suchend wie nach Kindheitserinnerungen, diese vorweggenommene Niederlage ihrer vermeintlichen Widersacherin stürzte Ann in Aufregung und Verwirrung. Ja, Anns Stimme schwankte, klang belegt und nahm eine Schrillheit an, die nichts mit dem Eindruck zu tun hatte, den sie eigentlich erzielen wollte – ich glaube, im Innersten wußte sie schon, daß Ingrid mit einer Hiobsbotschaft gekommen war.

»Ja, dann geh ich jetzt mal«, sagte ich. Ann holte tief Atem, um mich zu erinnern. »Ich bin in einer halben Stunde wieder da«, fügte ich hinzu. Ich wollte noch etwas sagen wie »Ich kann mir vorstellen, daß ihr euch viel zu erzählen habt« oder eine ähnliche Floskel, aber ich wußte, daß alles, was ich jetzt sagte und hörte, für immer in mein Gedächtnis eingebrannt sein würde. Ich nickte Ingrid zu und legte dann Ann die Hand auf die Schulter. »Bleib nur, ich finde schon hinaus.«

»Nein«, sagte sie und sprang auf. »Ich komm noch mit an die Tür. Ich muß... ich muß hinter dir abschließen.« Sie berührte mich leicht – und ein bißchen verschwörerisch – am Ellbogen, und wir gingen durch den Flur zur Wohnungstür. Sie kam mit hinaus und drückte den Aufzugsknopf.

»Uff«, sagte sie. »*Das* hab ich wirklich nicht erwartet. Hugh hat sie mir wie ein höheres Wesen geschildert, und dann schickt er mir so was. Sag ehrlich, deprimiert die dich nicht auch?«

»Sie ist aufgeregt«, sagte ich. Der Aufzug kam. »Ich komm dann nachher wieder«, sagte ich. Die Aufzugtüren gingen hinter mir zu. Der kleine Kasten setzte sich ruckelnd in Bewegung, und dann sank ich Meter um Meter.

Ich ging die Park Avenue entlang. Ich wollte bis zur sechsten Querstraße gehen und dann umkehren. Bis dahin würde es Ann sicher schon wissen, und vielleicht konnte ich ihr irgendwie helfen. Ich ging sehr rasch, innerlich erschreckend leer, und hielt mich so weit wie möglich von der Fahrbahn entfernt. Der Verkehrslärm war eine Tortur; mehr als einmal hätte ich mich am liebsten hingesetzt und mir die Ohren zugehalten. Vor allem die Taxis kamen mir nicht nur gefährlich vor, sondern waren mir geradezu unheimlich. Es war mir unerklärlich, wie sie bei dem dichten Verkehr so schnell fahren konnten und warum sie links und rechts überholten, bei Rot noch schnell über die Kreuzungen rasten und statt der Bremsen die Hupe benutzten. Ich stand vor Max's Kansas City, einem Restaurant mit Bar, ein paar Straßen von Anns Wohnung entfernt. Ich erinnerte mich, etwas über Max's gehört oder gelesen zu haben, aber ich wußte nicht mehr, was. Mick Jagger, Andy Warhol. Irgend so was... Ich überlegte, ob ich hineingehen, mir einen Drink bestellen sollte, aber der größte Teil in mir hatte sich schon dagegen entschieden. Ich kehrte automatisch um und machte mich auf den Rückweg zu Ann. Erst trabte ich langsam, dann rannte ich.

Ich drückte mit der ganzen Hand auf den kleinen schwarzen Knopf neben Anns Namensschild, so daß es womöglich auch noch in einem Dutzend anderer Wohnungen klingelte, aber es war Anns Stimme, die aus der Sprechanlage tönte.

»Ja, bitte?« Ihrer Stimme war nichts anzumerken.

»Ich bin zu früh«, sagte ich. »Ich bin zu früh wiedergekommen. Darf ich trotzdem raufkommen?«

»Aber nur für einen Moment«, sagte Ann. Sie betätigte den Öffner für die Glastür, und ich stieß sie auf, wobei ich einen tadellosen Handabdruck auf der Scheibe hinterließ. Ein Ganoveninstinkt sagte mir, daß ich keine Spuren hinterlassen dürfe. So wischte ich im Gehen mit dem Ärmel darüber, und im selben Augenblick beschloß ich, Ann die Wahrheit über meine Rolle – meine kleine oder große Rolle – bei Hughs Tod zu gestehen. Ich würde die Wahrheit sagen und meiner Lüge entkommen, dachte ich, genau wie sich ein Häftling jeden Tag vornehmen kann, den Wärter bei der Gurgel zu packen und ihm die Schlüssel abzunehmen, mit denen er in die Freiheit gelangen kann.

Sie wartete vor dem Aufzug auf mich, und ihre Augen waren geschwollen wie Blasen. Unregelmäßige rote Streifen überzogen ihr Gesicht, und die Hände hatte sie fest zu Fäusten geballt. »Hugh ist vom Auto überfahren worden«, sagte sie, kaum daß die Aufzugtüren aufgingen.

Ich blieb wie angewurzelt stehen. Ich legte die eine Hand auf meinen Kopf und bedeckte mit der anderen meine Augen. Als gespielte Reaktion wäre das des Guten zuviel gewesen, denn sie hatte mir das Schlimmste ja noch gar nicht gesagt. Aber sie war

überhaupt nicht gespielt; ich war wirklich erschrocken. Es war das erste Mal, daß ich die Wahrheit über die Ereignisse des Nachmittags aus fremdem Munde hörte. Und es von Ann zu hören, war etwas anderes – so wie es zweierlei ist, ob man sein Gesicht im Spiegel sieht oder auf einer Fotografie.
Die Lifttüren gingen zu; ich schlug mit der Faust dagegen, und sie zögerten, blieben stehen und gingen wieder auf. Ich trat auf den Gang hinaus und nahm Ann bei den Ellbogen. »O Gott, Ann.«
»Heute nachmittag. Er ist tot. Umgebracht. Kaum daß er in der Stadt war. Er hat es gar nicht mitgekriegt. Er hat nicht gelitten. Soviel Herz und soviel Eitelkeit, in einem Augenblick weggeblasen.«
»Oh, Ann.«
»Also komm rein, ja? Ingrid ist gerade gegangen. Sie will in das Krankenhaus fahren, um eine Totenmaske von ihm zu machen. Ich hätte sie anspucken mögen, aber sie hat wohl eher ein Recht auf ihn als ich. Eine Totenmaske. Wer kommt denn auf so was? Ich meine, was für ein Mensch muß das sein? Aber sie hatte mehr Verantwortung für ihn als ich, als er starb. Mein Gott, David. Komm rein. Setz dich ein bißchen zu mir, ja? Sei mein Zeuge.«
Wir gingen in ihre Wohnung, sie knallte die Tür hinter uns zu und brach in Tränen aus. »Scheiße, verdammte«, sagte sie. »Das hält doch kein Mensch aus.« Wir standen in ihrem engen Flur, und ich nahm sie in die Arme. »Alles geht den Bach runter. Ich will, daß das nicht wahr ist. Hugh. Mein Hugh. Von einem Auto überfahren. Der arme Kerl, David. Scheiße. Er hat das nicht gewollt. Er hat sich immer noch so sehr für alles *interessiert*. Deswegen bin ich so traurig. Nicht meinetwegen. Der arme Hugh hat solche Freude am Leben gehabt. Es ist wie der Tod eines Kindes. Nein, schlimmer.« Ihre Stimme wurde klarer, während sie sprach, als ersteige sie einen Gipfel der Besonnenheit. Aber als sie oben war, warf sie sich mit einem einzigen großartigen, gefährlichen Eingeständnis in die Tiefe: »Ich hab ihn doch so liebgehabt, immer noch. Es wird nie einen Mann geben, den ich so lieben kann wie Hugh.« Und damit ergab sie sich einem verzweifelten Kummer, der uns beide bis in die Nacht hinein gefangenhielt.

Anns Kummer war wie die Liebe: Er nährte sich aus sich selbst; er strebte rastlos danach, an seine tiefsten Wurzeln zu gelangen. Sie rang die Hände, und ihr Schluchzen klang wie das Krachen umstürzender großer Bäume. »Ich bin dem nicht gewachsen«, sagte sie mehr als einmal, aber das stimmte natürlich nicht: Sie wuchs in ihrem Gram über sich selbst hinaus. Ich hatte sie bis dahin mit einer Unvollständigkeit geliebt und bewundert, die an Blindheit grenzte. Ich hatte sie vergöttert wegen ihrer ausweichenden Art zu reden, ihrer Selbstbeherrschung und des hauchdünnen Abstands, den sie zwischen ihre Gefühle und ihre Reaktionen legte. Ich war schon alt genug, um den Unterschied zwischen Eigenart und Charakter zu kennen, aber als ich Ann auf dem Höhepunkt ihrer grenzenlosen Trauer sah, wurde mir klar, daß ich sie zum erstenmal sah. Die Enthüllungen vom Vorabend – ihr Geständnis, daß sie Jade und mich vor dem Kamin belauscht hatte; der mißglückte Verführungsversuch in eben diesem Zimmer – wurden augenblicklich zu Anekdoten reduziert. Dies war jetzt Ann, wie sie wirklich war: wild, hilflos, ewig.

Ann weinte, und ich weinte mit – um sie, mit ihr und um mich und mit mir selbst. Ich war zu sehr in der Gewalt meiner Geheimnisse, um im Kummer Befreiung zu finden: Ich achtete die Hierarchie der Trauer und wußte, daß es nicht recht gewesen wäre, wenn meine Tränen die von Ann übertroffen oder gar auf sich selbst aufmerksam gemacht hätten. Aber Ann versank immer tiefer in ihren Schmerz, und ich wußte, daß mein Schluchzen ihres nicht stören würde. Ich schlug die Hände vors Gesicht und hielt sie dicht zusammen, damit meine Tränen nicht auf den Boden flossen. Ich weiß nicht, warum. Das Weinen glich einem rituellen Atmen, wie es ein Taoist anwenden mag, und das Nachbrennen all dieser Tränen erzeugte einen Überdruck. Mein Schluchzen wurde lauter; die Tränen flossen von meinen Händen und liefen mir in die Ärmel. Und dann saß ich neben Ann auf dem Sofa, dicht neben ihr, die Arme um sie gelegt, drückte sie an mich und ließ sie auf mich weinen; ich legte meine Wange an ihr Haar, und meine Tränen fielen auf ihre Bluse, Tropfen für Tropfen. Sie umklammerte meinen Unterarm, und vom Schluchzen geschüttelt grub sie die Fingernägel in meinen Arm: Es war, als läge sie in den Wehen. Aber so fest sie mich auch umklammerte, ich glaube nicht, daß sie wirklich wußte, wer ich war, oder daß es sie überhaupt interessierte. Es war Kontakt in seiner wahrsten, elementarsten Form: Wie zwei einsame Wölfe, die sich im Schneesturm aneinander schmiegen, umarmten wir einander und klammerten uns ans Leben.

»Auf so idiotische Art umkommen zu müssen«, sagte Ann. »Sie standen an der Kreuzung der Fifth Avenue und warteten auf das Grünlicht, und auf einmal, so hat Ingrid es mir erzählt, rannte er los – nicht einmal quer über die Straße. Diagonal. Es sah aus wie Selbstmord, aber das war es bestimmt nicht. Es war ihm schon immer verhaßt, zusammen mit vielen anderen warten zu müssen. Das war seine schreckliche, infantile Arroganz. Ein freier Geist. Das war seine Vorstellung von Freiheit – du weißt schon, über Zäune springen, mitten über eine Wiese laufen, die Blumen im Park pflücken und seine große Nase reinstecken, Sachen bestellen, die nicht auf der Speisekarte standen. Das war schon immer seine ganz spezielle Verrücktheit, alles auf seine Art zu machen. Weißt du noch, wie er immer gesagt hat ›Ich mache es eben lieber auf meine Art als auf die richtige‹? Er konnte Konventionen und Vorschriften nicht ausstehen, und er konnte rote Ampeln nicht ausstehen. Das hat er nun davon. Verdammte Scheiße. So stirbt man nicht als Mann. Ein Mann läßt sich nicht beim Überqueren der Straße den Arsch abfahren. Und jetzt muß ich seine Kinder anrufen und ihnen sagen, daß ihr Vater nicht genug Grips hatte, sich nicht überfahren zu lassen. Und seine Geliebte ist im Krankenhaus und versucht, irgend jemanden zu überreden, eine Totenmaske von ihm abnehmen zu lassen. Die erlauben ihr das bestimmt nicht. Die warten, daß ein richtiger Angehöriger kommt und alles regelt. Das werde wohl ich machen müssen, nehme ich an. Die Ex-Frau. Es würde mir viel leichter fallen, wenn wir noch verheiratet wären.

Ich hab die Scheidung sowieso nicht gewollt. Ich hab ihm gesagt, ich würde mich jederzeit scheiden lassen, wenn er sich einmal wieder verheiraten wollte, aber ich sah keinen Grund, es zu tun, bloß um getrennt zu leben. Ich würde gerne als seine Frau in das Krankenhaus fahren und mich um alles kümmern. Ich weiß nicht mal, ob sie überhaupt auf mich hören werden. Womöglich muß ich seinen Bruder Robert aus New Orleans kommen lassen. Keith kann ich das nicht zumuten – er wäre überhaupt nicht dazu in der Lage. Jade vielleicht. Aber ich weiß nicht mal genau, wo sie zur Zeit ist. Irgendwo beim Campen. Lake Champlain. O Gott. Am liebsten würde ich mich ins Bett legen. Oder aus dem Fenster springen. Ich stelle mir lieber gar nicht vor, wie das morgen sein wird.«

Ich saß fast unbeweglich da, atmete tief und sah sie durch einen Tränenschleier aufmerksam an. Ich wollte nur etwas Solides sein, eine Wand zwischen ihr und dem Chaos. Ich hätte mich in Schuldgefühlen ergehen, mich in Exzesse der Selbstverachtung und des Selbstmitleids hineinsteigern können. Aber Schuldgefühle wären in meinem Fall Gefühlsseligkeit gewesen, eine Art, zumindest teilweise loszukommen vom Zwang der Umstände, von der erschreckenden Logik meines Lebens; vor allem aber wäre Schuldbewußtsein eine Geste der Unterwürfigkeit gegenüber der Zukunft gewesen, eine Art Versicherung für den Tag, an dem Ann und alle anderen erfahren würden, daß Hugh hinter mir hergelaufen war, als er in seinen Tod rannte.

Ein Schwelgen in meinem schlechten Gewissen wäre bloß Selbstmitleid gewesen; ich war es Ann schuldig, dies alles beiseitezuschieben, jedenfalls für den Augenblick. Meine Schuldgefühle, das Erwachen meines Gewissens, mein Unvermögen zu begreifen, welcher Platz im Schicksal der Butterfields mir zugewiesen war, dies alles wäre für Ann ein zweiter schwerer Schlag gewesen. Für mich gab es jetzt nur eines: den Mund halten und hier bei ihr sein. Nichts, was ich zu beichten hatte, war so wichtig wie Hughs Tod; die Wahrheit über diesen Tag war vorerst noch fehl am Platze. Sie hätte nur der wichtigeren Tatsache von Hughs Tod im Weg gestanden, dem Kummer der Frau, die ihn anbetete, die ihren Körper mit seinem vereint und neue Menschenleben hervorgebracht, die einmal in seinen Augen ihr ganzes Leben gesehen hatte. So oft hatte ich nach dem getrennten Universum des Gefühls, nach der Einmaligkeit der Wahrnehmung gegriffen, die im Mittelpunkt der endlosen Liebe stehen, doch als ich nun so neben Ann saß und zum erstenmal begriff, daß ich Zeuge ihrer

Erhebung über die Ebene normaler Gefühle war, kam mir eine Ahnung von der Realität der Liebe – ihrer wandelbaren, undefinierbaren Realität –, und als Ann deshalb wieder zu schluchzen begann, nahm ich sie in die Arme und hielt sie fest. Und ich liebte sie und das Leben mit der ganzen unbändigen Kraft meines wieder geweihten Herzens.

Etwas später stand ich auf und schenkte uns beiden einen Drink ein. Ann nahm ihr Glas und lächelte mir zu. »Du bist ein guter Freund, David. Schön, daß du da bist. Ich wollte, ich könnte sagen, Hugh hätte es so gewollt; aber ich weiß wirklich niemanden, den ich jetzt hier bei mir haben möchte. Keinen meiner neuen Freunde. Nur dich. Die Kinder. Sammy. Das ist eine Zeit für Sammy. Mein Gott, ich muß die Kinder anrufen. Das muß ich selbst machen.«

»Ich würde es dir abnehmen.«

»Ich weiß.« Sie stellte ihr noch volles Glas auf den Tisch.

»Und dann?«

»Dann muß ich ins Krankenhaus. Ich müßte schon dort sein. Und mich erkundigen, was alles zu erledigen ist.«

»Sie werden dir alle helfen.«

»Hoffentlich.«

»Bestimmt.«

»Aber jetzt muß ich die Kinder anrufen.«

»Möchtest du, daß ich gehe?«

»Eigentlich nicht. Aber es ist wohl besser. Du solltest nicht hier sein, wenn ich es den Kindern sage.«

Ich nickte.

»Fahr lieber heim, David. Du solltest längst auf dem Rückweg nach Chicago sein. Du kriegst die größten Scherereien. Das hast du mir selbst gesagt.«

»Das macht nichts.«

»Ich weiß, daß du jetzt so denkst, aber es macht eben doch was. Wir müssen jetzt alle selber sehen, wo wir bleiben. Dahin ist es jetzt gekommen. Hugh hat einmal dasselbe gesagt: Keine Träume vom Paradies mehr. Jeder ist sich selbst der Nächste.«

»Das ist unmöglich.«

»Du mußt nach Hause.«

»Ich bin zu Hause.«
»Nein. Sag das nicht. Ich weiß, wie dir zumute ist. Und ich danke dir. Aber da ist jetzt nichts zu machen. Ich werde mich um alles kümmern. Ich bin jetzt ein praktischer Mensch. Ich kann mir für den Rest meines Lebens Gedanken darüber machen, was passiert ist, aber jetzt muß ich alles erledigen. Ich muß die Kinder anrufen und stark für sie sein, auch wenn sie das nicht von mir erwarten. Ich muß das schaffen. Du mußt wieder nach Chicago zurück. Und ich muß die Anrufe erledigen und eine Weile vergessen, daß du es warst, der in den schlimmsten Stunden hier bei mir war –« Sie brach plötzlich ab, senkte die Augen und begann wieder zu schluchzen. »Ich muß diese Anrufe erledigen«, sagte sie, »und du mußt jetzt gehen. Das ist alles.«
Ich wollte protestieren. Ich wollte sie nie mehr verlassen, aber ich wußte, es wäre nicht richtig gewesen, wenn sie Keith, Sammy und Jade angerufen und ich dabeigesessen hätte; sie hätten es erfahren, und Torheit und Täuschung wären ins Spiel gekommen, wo nur Trauer angebracht war. Zweifellos würden sie alle erfahren, daß ich in New York gewesen war, als Hugh ums Leben kam, und ich konnte mir kaum vorstellen, daß sie nicht darüber nachdenken würden, was das zu bedeuten hatte. Bis sie dann der Unbekannten in der schrecklichen Gleichung des Zufalls auf die Spur kamen, würde ich vielleicht schon Gelegenheit gefunden haben, meine Rolle bei Hughs Tod bekanntzumachen.
Ich verließ Anns Wohnung. Ich weiß nicht, was sie sich dachte, ob ich ins Hotel zurückkehren oder American Airlines anrufen würde, um einen Flug nach Chicago zu buchen. Es war auch egal. Ich wußte, daß ich nirgendwohin unterwegs war. Die Nacht war sternenlos und warm. Im Erdgeschoß von Anns Haus war ein Restaurant, und Gäste gingen ein und aus. Ich schaute durch die hellen, offenen Fenster hinein; die Leute da drin sahen so schrecklich glücklich aus. Sie saßen an Tischen mit kleinen Lampen mit Marmorfüßen und bemalten Schirmen, auf denen Straßenszenen aus dem alten New York zu sehen waren: Monde über Kirchtürmen, von stolzen, hochtrabenden Pferden gezogene Buggys. Mich packte plötzlich der Wunsch, in diesem Restaurant zu sitzen, Wein zu trinken und mit Leuten zu reden, die ich kannte. Ich

wollte in Gesellschaft von Freunden sein, wie Charles Dickens sie sich vorgestellt hat, Menschen, denen ich meine Geschichte in allen Einzelheiten erzählen konnte und die Tränen des Mitgefühls vergießen und mich weder verurteilen noch mir vergeben würden. Aber so rasch, wie der Wunsch aufgetaucht war, verging er auch wieder, und ich wandte mich von den Fenstern ab, ein bißchen zittrig; mein Kopf pulsierte wie ein riesiges, knöchernes Herz, und der Geschmack der befremdlichsten Höhlungen meines Körpers stieg mir in den Gaumen.

Auf der anderen Straßenseite war das Büro der Kinderhilfsorganisation. Die Treppe des Seiteneingangs lag Anns Haus genau gegenüber, und ich setzte mich auf die Stufen. Das Büro war übers Wochenende geschlossen und völlig dunkel; vor den Fenstern waren Gefängnisgitter. Die Eisengeländer, von denen die Farbe abblätterte, waren verrostet, und unter den Stufen, die zu einer mit einer Kette gesicherten Kellertür hinabführten, standen ein paar leere Flaschen mit Etiketten von billigem Wodka und Portwein. Die Stufen selbst waren verdreckt, mit Hühnerknochen, Speichel und dem alltäglichen Abfall, den das Stadtleben mit sich bringt, wie ein Motor Rauch erzeugt. Es war eine ruhige Straße, und ich wußte, daß solche Hauseingänge Männern, die kein Dach über dem Kopf hatten, als Zuflucht dienten, aber ich setzte mich trotzdem hin. Ich wollte es nicht riskieren, zum Zeitvertreib durch die Straßen zu gehen. Ich wollte zur Stelle sein, wenn Ann aus ihrem Haus kam. Die nächste Station war das Krankenhaus, und sie würde mich vielleicht brauchen.

Ich konnte von meinem Sitzplatz aus die Straße überblicken, nach Westen bis zur Park Avenue und nach Osten fast bis zur Lexington. Ich saß sehr lange da, und die Nacht wurde kühler, Grad um Grad, mit der Regelmäßigkeit eines Uhrwerks. Vielleicht war es, weil ich darauf wartete, daß irgendein obdachloser, gepeinigter Mann meinen Platz als Schlafstelle beanspruchen würde, aber ich mußte ständig an diesen Mann denken, der die Münzen auf Hughs Augen gelegt und versucht hatte, ihn wieder zum Leben zu erwecken. Er hatte lange Finger gehabt, und die Spitzen waren unverhältnismäßig breit gewesen. Es gab eine Krankheit, von der man das bekam, aber ich kam nicht darauf, wie sie hieß. Als er sich hinkauerte, um seinen Zauber auszuüben, rutschten die Aufschläge seiner hellgrauen Hose hoch, und ich sah seine bloßen, zerkratzten Fesseln. Er sprach ohne Akzent; er hatte seine rassischen Kadenzen gegen psychologische eingetauscht.

Ann mußte inzwischen mit ihren Anrufen fertig sein. Ich spürte, wie sich die Nachricht verbreitete. Neue Tränen wurden vergossen, Koffer gepackt. Am Morgen würden sie alle hier sein.

Nur noch Stunden, und ich würde Jade wiedersehen.

Aber es war unmöglich, daran zu denken, gefährlich. Daß wir uns ausgerechnet bei Hughs Begräbnis wiedersehen sollten, daß ich mich ihr mit seinem Blut befleckt zeigen sollte. Es war hoffnungslos, und es war meine einzige Hoffnung. Morgen: Jade.

Jetzt stieß Ann die Haustür auf und trat auf die Straße hinaus. Sie hatte sich einen langen blauen Schal mit Fransen um die Schultern gelegt, und sie sah die Straße entlang zur Park Avenue hinüber und dann direkt zu mir herüber. Ich saß mit den Ellbogen auf den Knien, den Kopf in die Hände gestützt. Sie sah mich ein paar lange Augenblicke an, zog den Schal fester um sich und hob dann die Hand.

Wir sprachen in dem Taxi auf der Fahrt zum Krankenhaus kein Wort, und wir sahen uns nur einmal an, als Ann meine Hand nahm und ich dicht an sie heranrückte, damit sie ihren Kopf an meine Schulter legen konnte.

13

Die Butterfields kamen in die Stadt, einer nach dem anderen, erst Keith und dann Hughs älterer Bruder Robert, der mit einem seiner neun Kinder angekommen war, einem mittleren Sohn, der nach Hugh getauft worden war. Sie versammelten sich bei Ann; sonst hätten sie nirgends hingehen können, und sogar Ingrid, deren Schwester und ein paar Freunde und Freundinnen von Ingrid kamen zu Ann.

Ich blieb weg, völlig isoliert in meinem Hotelzimmer. Ich kann mich an dieses Zimmer besser als an mich selbst an diesem Tag erinnern. Wenn ich es mir heute vorstelle, sehe ich einen leeren

Raum, eine Leiter von Sonnenlicht, die an einer Wand hoch- und niederstieg, eine Taube, die auf einem Fenstersims landete und durch die Scheibe hereinsah, eine tote Fliege in der Glasglocke der Deckenlampe, eine zerfaserte Lampenschnur, aus der braune Flocken rieselten, das Klappern der Zimmerservice-Tabletts auf dem Gang und Stimmen, Hunderte von Stimmen, nur meine nicht. Wenn ich mich mit aller Macht konzentriere, gelingt es mir gerade, mich selbst in diesem Zimmer zu sehen: auf dem Bett, die Hände hinter dem Kopf verschränkt, die Füße übereinandergelegt, vollständig angezogen. Ich sehe mich am Fenster, auf die Straße hinunterschauend. Ich sehe mich in Tränen. Doch selbst diese Erinnerungen sind blaß und irgendwie unwirklich. Mit Sicherheit weiß ich nur, daß ich in meinem Hotel blieb, darauf wartend, daß jemand mich anrief, und daß ich im großen und ganzen aufgehört hatte zu existieren.

Ich sehe mich auch noch etwas schreiben, und ich glaube, ich schrieb einen Brief an Jade. Aber dafür habe ich nie auch nur den geringsten Beweis gefunden. Ich sehe mich ein paar Blätter Hotelbriefpapier in kleine Schnipsel zerreißen und in den Papierkorb fallen lassen, aber das ist mehr logische Überlegung als Erinnerung. Ein Patient erwacht aus der Narkose und erinnert sich, wie er in den Operationssaal gefahren wurde, an die gleißenden Deckenlampen, die maskierten Assistenten, das Quietschen der Gummihandschuhe. Aber es läßt sich schwer sagen, ob diese Bilder aus dem Unbewußten kommen oder erfunden sind, Produkte unserer Vorstellung davon, wie die Welt ohne uns aussehen muß.

Ich denke nie an das Leben, das ich nach meinem Tod versäumen werde, oder an all das, was ich vor meiner Geburt versäumt habe. Die Zeit dieses, meines einzigen Lebens, in der ich so gut wie tot bin, ist es, die mich dazu bringt, mir die Haare zu raufen. Mir scheint, wenn ich sorgsam all die Zeit zusammentrüge, in der ich wirklich lebendig war, dann würde ich bis jetzt vielleicht höchstens zwei Lebensjahre zusammenbringen...

Um vier rief Ann an.

»Du gehörst hierher«, sagte sie. »Nicht weniger als alle andern. Du gehörst zu uns.«

Ich saß auf der Bettkante und hatte die Hand über die Augen gelegt.

»Meinst du...« Ich brach ab. »Wie denken denn die andern darüber? Ich möchte bei dir sein.«

»David, ich weiß nichts über das Wirken der Gesetze des Karma. Aber aus irgendeinem Grund warst du hier, als ich jemanden brauchte. Als ich dich brauchte. Und heute scheint mir das wichtiger als alles andere, die Vergangenheit. Und alle hier sind meiner Meinung. Ich war mir nicht sicher, ob du nicht doch nach Chicago zurückgeflogen warst. Aber eigentlich habe ich gewußt, daß du noch da sein würdest. Ich kann dir das jetzt nicht erklären, David, aber es stimmt wirklich. Und im Ernst, David, du mußt wirklich kommen.«

»Ich möchte ja.«

»Dann komm. Gleich. Auf der Stelle.«

»Und du meinst, es ist wirklich in Ordnung?«

»Ja, doch. Es ist nicht bloß in Ordnung, es ist noch viel mehr. Es ist... wichtig. Wir sind dabei, uns redlich zu besaufen. Wir sammeln unsere Kräfte, und ich brauche dich hier. Wenn du Bedenken wegen Keith hast, also der weiß auch, daß ich dich brauche. Ingrid weiß übrigens auch Bescheid.«

»Was weiß Ingrid?«

»Alles über dich.«

»Was meinst du damit?«

»Sie weiß, wer du bist und warum wir ihr gestern abend diese Komödie vorgespielt haben. Und da sie in höheren Sphären schwebt, ist ihr das völlig egal. Du brauchst dir darüber jedenfalls keine Sorgen zu machen. Außerdem denke ich gar nicht daran, dir die Entscheidung zu überlassen. Ich will nicht, daß du da einsam und allein in deinem Hotelzimmer herumsitzt. Wenn die Sonne weg ist, würdest du nicht mal Licht machen. Du hast keine Wahl. Also komm rüber, jetzt gleich.«

»Ja doch, ich komme, ich will ja.«

»Das weiß ich. Also gut. Ach, noch was. Wenn du an einem Feinkostladen vorbeikommst, der offen hat, kauf was zum Mixen – du weißt schon, Soda und so. Wenn wir das Zeug weiter pur trinken, sitzen wir lange vor Montagmorgen auf dem Trockenen.«

Ann legte auf, und ich hielt noch eine Weile den Hörer in der Hand.

Als Sam Butterfield mir aufmachte, schluchzte ich. Ich wollte es nicht und hatte mich gegen die Tränen gewehrt, seit ich das Hotel verlassen hatte. Eine lächerliche Kleinigkeit ließ mich dann doch die mühsam bewahrte Fassung verlieren: Als ich unten klingelte, fragte niemand durch die Sprechanlage, wer denn da sei, weil Hugh es nicht sein konnte. Der Öffner an der Glastür summte, und ich heulte los. Ich ging nicht zum Aufzug. Es stand eine Bank im Flur, und ich setzte mich hin, schüttelte den Kopf und sagte zu mir selbst: »Hör auf.« Aber ich hätte einer dieser Mystiker sein müssen, die durch bloße Willenskraft erreichen, daß eine Wunde zu bluten aufhört, um mich gegen den anarchischen Teil meines Ich durchzusetzen, der jetzt meine Regungen beherrschte. Plötzlich kam der Aufzug. Ich stolperte hinein und fuhr in den siebten Stock hinauf. Ich weinte immer noch, als ich an Anns Tür klopfte.
»Hallo, David«, sagte Sammy. »Schön, daß du kommst.«
Seine Stimme war tief, viel tiefer als meine. Sein eiförmiger Adamsapfel hüpfte in der Mitte seines langen, gebräunten Halses; mit seinen siebzehn Jahren war er schon über einsachtzig, und obwohl ich nur zwei, drei Zentimeter kleiner war als er, kam er mir vor wie ein Riese. Sein hellbraunes Haar war in der Mitte gescheitelt und hinten zu einem kleinen Pferdeschwanz à la Thomas Jefferson zusammengebunden. Seine blauen Augen sahen mich durch einen roten Nebel hindurch an. Er streckte seine Hand aus, und ich nahm sie. Ich senkte den Kopf, aus Scham darüber, daß ich weinte und nichts dagegen tun konnte.
»Es tut mir leid, es ist schrecklich«, sagte ich, aber ich weiß nicht, ob das verständlich war. Am liebsten hätte ich kehrtgemacht und mich erst mal beruhigt. Ich kam mir wie der letzte Mensch vor, daß ich sie mit meinem Kummer und meiner Verwirrung belästigte. Ich war gerufen worden, um stark zu sein, und meine Tränen waren ein Vertrauensbruch.
»Wir haben dich erwartet«, sagte Sammy. »Jade ist noch nicht da. Mutter hat sie erst vor zwei Stunden aufgestöbert.«

Ich war einigermaßen erleichtert darüber, daß der Augenblick, auf den ich gewartet hatte, noch mal ein bißchen hinausgeschoben wurde. Mit etwas Glück würde ich mich wieder in der Gewalt haben, bis Jade erschien. Aber die eigentliche Rettung vor dem völligen Zusammenbruch war die Tatsache, daß Sammy es mir sagte. Ich wußte, daß er keinen besonderen Grund hatte, es mir zu sagen, sich nichts davon versprechen konnte, sondern mir nur einen Gefallen damit tun wollte. Genaugenommen wollte er mich trösten, und ich schluckte und versuchte, mich dessen würdig zu erweisen.

Ich sah ihn an und sagte: »Du hast mir gefehlt, Sammy, aber ich hätte dich lieber mein Leben lang nicht wiedergesehen, als dich an einem solchen Tag wiederzusehen.« Ich wartete auf eine Antwort von ihm, aber er sah mir nur sanft in die Augen, und mir wurde plötzlich bewußt, daß ich gar nichts gesagt hatte: Meine Gedanken waren laut und unbeherrscht, aber ich hatte nicht einmal die Lippen bewegt.

Als ich ins Wohnzimmer trat, saß Keith auf der Lehne des Sofas und hielt das gerahmte Karo von der rosa-blauen Steppdecke in der Hand. Sein Haar war zu einem tiefen, opaken Braun nachgedunkelt, und sein einst so zierlicher Körper hatte jetzt etwas ungewohnt Zähes. Er trommelte mit seinen etwas eckigen Fingerspitzen auf den Holzrahmen; seine Sandalen versanken in dem Sofakissen; seine Füße waren mit Falten übersät und sahen kräftig aus, scine Zehennägel waren zu lang.

»Also, das gehört mir, o.k.?« sagte er mit seiner hohen, vernünftigen Stimme.

»Bitte, Keith, nicht jetzt«, sagte Ann. »Aber ich will es doch haben. Ich bin der einzige, der es haben will.« Er starrte das Stückchen Steppdecke an. Er wußte, daß ich im Zimmer war, ließ sich aber nichts anmerken.

»Hallo, David«, sagte Ann. »Danke –«

Aber ich bekam nicht mit, was sie sagte, ich hörte Keith zu.

»So was hängt man sich doch nicht an die Wand«, sagte er. »Das ist doch kein Bild. Es bringt keine *Farbe* in dein Haus. Dieses Stück Steppdecke ist unsere Flagge, die Flagge der Butterfields. Rosa und blaue Pyramiden, für mich die schönste auf der Welt.«

»Diese Steppdecke stammt aus *meiner* Familie, Keith«, sagte Ann. »Genäht wurde sie von Beatrice Ramsey, und wenn sie mich an irgend etwas erinnert, dann an das Haus meiner Großmutter in Hillsboro, New Hampshire.«

Keith konnte nicht die Augen davon lassen, und er schüttelte den Kopf. »Das ist nicht der springende Punkt, das weißt du sehr gut. Das wäre ja, als wollte man sagen ...« Er brach ab, und plötzlich hob er den Kopf und sah mich an. »Als wollte man sagen ... Ach was, ich wurde auf dieser Steppdecke geboren.«

»Nein, das stimmt nicht«, sagte Ann.

Ingrid und ihre Schwester Nancy saßen in den Sesseln und unterhielten sich mit Hughs Bruder Robert. Ingrid hatte Robert die Hand auf den Unterarm gelegt und sprach hektisch flüsternd auf ihn ein; Robert, der neben dem Sessel stand, schräg hinter sich seinen Sohn Hugh, sah mit einer Art glasigen, halbherzigen Mitgefühls auf sie hinunter. Er war ein Hüne; das Weinglas in seiner riesigen Hand wirkte lächerlich klein und zierlich, und obwohl die Decken in Anns Wohnung drei Meter hoch waren, stand er mit leicht gekrümmtem Rücken da, aber das war wohl nicht nur Vorsicht, sondern auch Schüchternheit. Er hatte beim Zuhören Hughs leicht kummervollen Gesichtsaudruck, dieses leichte Anspannen der Stirn, diese leichte Verengung der Augen, die immer, ganz gleich, worum es ging, zu fragen schienen: »Fehlt dir auch nichts?«

»Als Dad aus der Armee entlassen worden war und dich in Bryn Mawr besuchen kam«, sagte Keith, »hattest du diese Steppdecke auf deinem Bett. Und dann bist du schwanger geworden, mit mir. Und das war unser aller Anfang. Stimmt's? Also, hab ich mich deutlich genug ausgedrückt?« Er schnipste mit dem Finger an sein Glas, und mir war, als sähe er wieder zu mir her. »Du hast selber gesagt, wenn du nicht schwanger geworden wärst, hättest du Pa vielleicht nie geheiratet.«

»Bitte, nicht schon wieder diese Leier«, sagte Sammy ohne viel Nachdruck.

»Du solltest dir mal was anderes einfallen lassen, Keith«, sagte Ann.

Keith überging ihre Einwürfe mit einem Kopfschütteln. »Und

folglich, wenn du nicht mit mir schwanger geworden wärst, auf dieser Steppdecke, dann hätte Pa diese andere geheiratet, und du wärst jetzt auch mit einem anderen verheiratet oder gar nicht verheiratet.«

»Ich bin ja auch nicht verheiratet«, sagte Ann mit einer Art Galgenhumor. Sie sah mich an und zuckte die Achseln, um mich aufzufordern, mich ihr anzuschließen bei dieser etwas schiefen Sichtweise, mich ebenfalls in die leichte Reserviertheit zu flüchten, derer sie mich für fähig hielt.

»Und wenn ihr nicht geheiratet hättet, dann wäre keiner von uns auf die Welt gekommen«, sagte Keith. Er hielt sich das Erinnerungsstück jetzt noch näher ans Gesicht und betrachtete es noch konzentrierter. Er sagte etwas, was alle in seiner Familie schon bei zahllosen Gelegenheiten gehört hatten, aber er konnte trotzdem nicht damit aufhören. Er war von der vermeintlichen Wahrheit hinsichtlich seiner Familie geradezu besessen, und es war ihm ein ewiges Rätsel, daß die anderen kein Verständnis für seine Leidenschaft aufbrachten. Schon lange zuvor war er vor die Wahl gestellt worden, entweder seine zwanghafte Beschäftigung mit den Ursprüngen aufzugeben oder aber sich ab und zu lächerlich zu machen, und er hatte die ehrenhaftere Entscheidung getroffen, der Kurve seiner Regungen zu folgen, und hatte der Wahrheit um so mehr die Treue gehalten, je unwillkommener diese Treue wurde.

Ingrid sah mich ungeniert an, selbst als sie mit Robert Butterfield sprach und ihn am Unterarm festhielt. Sie trug einen dunkelblauen Rock und diese Sandalen, bei denen man sich lange Riemen mehrmals um die Fesseln schlingt. Sie hatte ein zusammengeknülltes Erfrischungstuch in der Faust und hielt den Kopf erst nach rechts und dann nach links geneigt, während sie mich ansah. Ich wußte, daß sie sich jetzt auf eine verschwommene Art meiner erinnerte. Das erste Mal war ich durch das Netz ihres Erinnerungsvermögens gerutscht, weil Ann mich ihr fälschlich als ihren Liebhaber vorgestellt hatte, aber jetzt, da sich meine Identität gewandelt hatte, war sie in Ingrids Bewußtsein lebendig, und ich spürte, daß sie dem Lauf ihrer Gedanken folgte wie eine Katze, die aufmerksam den Ellipsen eines flatternden Insekts nachsieht.

»Deswegen sage ich auch, daß ich in gewissem Sinne nicht nur ein Sohn, sondern auch der Vater bin«, sagte Keith. »Weil es mit mir angefangen hat.«
»Dann mußt du jetzt tot sein«, sagte Sammy. Seine Stimme war von Natur aus tief; er brauchte nicht seine Persönlichkeit hineinzulegen, um ihr Bedeutung zu geben. »Sie müssen dich jetzt gerade in den Ofen schieben, damit sie deine Asche in eine Urne tun können. Stimmt's? *Mein* Vater ist nämlich tot, man kann nur einen Vater haben. Also mußt du tot sein.«
»Muß ich hier wirklich den Schiedsrichter spielen?« mischte sich Ann ein. »Es kommt noch so weit, daß ich vor lauter Gedanken über euch alle keine Zeit mehr für meine eigenen Gefühle habe.«
»Ich kann's eben nicht leiden, wenn er so spinnt«, sagte Sammy.
»Ich hab auch nicht viel dafür übrig. Aber Keith denkt da anders, und ich hab keine Lust, ihm Vorschriften zu machen.«
»Kann ich das jetzt mit heimnehmen?« fragte Keith und hielt das eingerahmte Stück Steppdecke weit von sich, wie um es Ann anzubieten.
»Von mir aus schon. Wenn du so scharf darauf bist. Aber du mußt dir mit Jade und Sammy einig werden.«
Robert Butterfield kam durchs Zimmer auf mich zu. »Sie sind David?« fragte er in einem Tonfall, der auch nicht eine Spur von Ablehnung aufweisen sollte. Als ich nickte, reichte er mir die Hand. »Ich bin Hughs Bruder Robert. Ann hat mir erzählt, wie sehr Sie ihr geholfen haben. Sie sind eingesprungen, als die Angehörigen noch nicht hier sein konnten. Das ist keine Kleinigkeit.« Wenn Hugh übermütig war oder sich einsam fühlte, so sagten wir immer, dann sproß sein Südstaatlerakzent wie die Pilze im Regen. Und hier stand nun sein älterer Bruder vor mir, der noch in New Orleans lebte, und sprach so gut wie akzentfrei. Von vorne gesehen war sein Gesicht rechteckig, zugleich offen und schüchtern, massig und verletzlich. Er schüttelte mir mit solcher Herzlichkeit die Hand, daß mein mühsam erkämpftes Gleichgewicht wieder in Gefahr geriet. In ihm begegnete mir Hughs unendliche Güte und Freundlichkeit in Reinkultur.

»Ich bin mir im klaren darüber, welche Komplikationen Ihre Teilnahme an dieser traurigen Zeremonie mit sich bringt«, sagte Robert. »Aber wie sagte unser Vater immer: ›Sobald wir über die niedersten Ordnungen des Pflanzenreichs hinausgelangen, wird das Leben ein einziges heilloses Durcheinander.‹ David, ich möchte Ihnen meinen Sohn Hugh vorstellen.« Robert drehte sich halb nach hinten um und legte seinem Sohn den riesigen Arm um die Schultern. Hugh trug einen hellblauen Anzug und eine Krawatte mit winzigen Blümchen. Sein Haar war durch und durch gelb, von der Wurzel bis zur Spitze und von vorn bis hinten, und seine Augen waren grau und blau. Mit seinen fünfzehn Jahren war er nur noch ein paar Fingerbreit kleiner als sein Vater, und die Größe seiner Hände und Füße ließ vermuten, daß er ebenfalls einmal ein Hüne sein würde. Ich fragte mich, ob der ältere Hugh, mein Hugh, der nach landläufiger Vorstellung groß gewesen war, in seiner Familie eher zu den kleineren gezählt hatte.

»Freut mich sehr, Sie kennenzulernen«, sagte Roberts Sohn mit einem schüchternen, gezwungenen halben Lächeln. Er schien sich ausgesprochen unbehaglich zu fühlen und war vermutlich bereit, sich irgendeinem von uns, die wir bei Ann versammelt waren, anzuschließen, notfalls sogar mir.

Ich reichte ihm die Hand, und er schüttelte sie feierlich. Ich sah in sein offenes, ein wenig verängstigtes Gesicht und spürte die anderen Augen, die auf mich gerichtet waren (oder bildete es mir wenigstens ein): die von Keith und Ingrid.

»Hugh ist einer unserer mittleren Söhne«, sagte Robert. »Wir sind daheim zu elft. Sechs Jungen und drei junge Damen, Christine und ich. Die andern kommen heute abend.« Er stieß einen langen Seufzer aus. Es war, als hätte ihn der Gedanke an das Eintreffen seiner Familie für einen Moment glücklich gemacht, bis ihm wieder einfiel, aus welchem Anlaß sie kamen.

Ich hatte die ganze Zeit eine braune Papiertüte mit drei großen Sodaflaschen und drei Flaschen Tonic Water an mich gedrückt. Ich spürte das Gewicht nur vage als beginnende Taubheit im Arm, und als Ann mich fragte, ob ich an die Getränke gedacht hätte, mußte ich erst einen Moment überlegen.

»Ach ja, hier«, sagte ich.

»Ich hab mich schon die ganze Zeit gefragt, was du da im Arm hältst«, sagte sie mit einem Ansatz von Fröhlichkeit, der mich fürchten ließ, die anderen würden sich alle gegen uns wenden. Ich wußte, daß Ann mich auffordern wollte, mit ihr gemeinsame Sache zu machen, mit ihr ein paar Schritte zurückzutreten und alles mit einer geheimen, gekränkten Heiterkeit zu betrachten. Umgeben von Tragik, überwältigt von ihrem eigenen wie dem Kummer der anderen, vermißte Ann ihre Ironie: Sie sehnte sich nach einer Kostprobe davon, so, als ob nur der schmale Raum, den Ironie zwischen Bewußtsein und Gefühl legt, Luft enthalte, in der sie unbeschwert atmen konnte. Sie wartete auf eine Bemerkung von mir, aber ich sah sie nur an und blickte dann auf die von der Feuchtigkeit dunkel gewordene Tüte, die ich im Arm hielt.
»Aha, sehr gut«, sagte Ann, »du hast sie mitgebracht. Ich bring sie in die Küche.«
»Nein, das mach ich schon«, sagte ich.
»Nein, ich«, sagte Keith. Im nächsten Moment war er bei mir und nahm mir die Tüte ab. »Ich muß mit dir reden«, sagte er leise zu mir.
Ich nickte. »Gut.«
»Ich bring nur schnell das Zeug weg, und dann gehen wir ins Schlafzimmer und reden.«
»Ann, Ann«, meldete sich Ingrid, »wir müssen unbedingt alles klären.« Sie rieb sich die Wange und hielt die Hand ihrer Schwester. »Wir müssen Spielregeln vereinbaren.«
Ann stellte sich mit verschränkten Armen vor ihr auf und nickte. »Das sagst du schon den ganzen Nachmittag, Ingrid. Soviel ich sehe, ist alles geklärt. Du hast die Kapelle ausgesucht. Die Asche wird geteilt. Was gibt's sonst noch?«
»Eine ganze Menge. Alles. Alles.« Ingrid sah ihre Schwester an – eine mollige, freundliche, ein wenig nonnenhaft wirkende Frau –, und die schloß die Augen, um ihr zu bedeuten: »Also, jetzt sag schon.«
Keith streifte mit dem Handrücken meinen Arm. »Komm. Wir müssen miteinander reden.«
»Wo geht ihr denn hin?« wollte Sammy wissen.
»Wir sind gleich wieder da. Bleib du hier«, sagte Keith.

Sammy schüttelte den Kopf und machte ein angewidertes Gesicht.

Ich folgte Keith in Anns Schlafzimmer, und er machte die Tür hinter uns zu. Ich ahnte, daß die Geste des Türschließens den Auftakt zu einer Art Abrechnung bilden sollte – wir hatten uns bestimmt nicht zu einem Gedankenaustausch unter Freunden zurückgezogen –, und das dumpfe Geräusch der zufallenden, von der Hitze verzogenen Tür kam mir vor wie eine dieser halb kumpelhaften, halb beleidigenden Handgreiflichkeiten, wie ein kräftiger Schlag auf den Rücken oder ein Knuff in die Backe.

Die Fenster von Anns Schlafzimmer, umrahmt von schlichten weißen Vorhängen, gingen auf eine rötliche Ziegelmauer. Die Fensterscheiben waren so sauber, wie man es manchmal an Häusern sieht, in die noch niemand eingezogen ist, und die Mauer war deshalb so klar und überdeutlich zu sehen, daß sie geradezu schön und merkwürdig aufregend wirkte. Ich drehte mich um und sah, daß Keith mich anstarrte, den Mund zu einer dünnen, blassen Linie verfeinert.

»Also«, sagte er. »Mutter sagt mir, du bist Freitagnachmittag aus der Versenkung aufgetaucht. Stimmt das?«

Ich hatte das dumpfe Gefühl, daß Keith kein Recht hatte, meine Version mit der Anns zu vergleichen, aber ich nickte. »Freitag, am Spätnachmittag.«

»Mutter sagt, es war ungefähr drei.«

Ich überlegte. »So genau weiß ich es nicht mehr. Aber es wird schon stimmen.«

»War sie echt überrascht, dich zu sehen?«

»Was denkst denn du?«

Keith zuckte die Achseln und zog einen Mundwinkel zu einem schiefen Lächeln hoch. »Keine Ahnung. Deswegen frage ich ja. Wenn ich wüßte...« Seine Stimme erstickte in seiner stärksten Regung, nämlich der, überhaupt nicht mit mir zu sprechen.

»Sie war überrascht.«

»Na schön«, sagte Keith im Tonfall eines Kleinstadtpolizisten im Fernsehen, der andeuten will, daß er kein Unmensch sei, aber auch andere Seiten aufziehen könne, »das mußte ja wohl der nächste Schritt sein.«

»Ich weiß nicht, worauf du hinaus willst, Keith. Sag mir, was du wissen willst, und ich werde es dir sagen.«

»Ich sage ja bloß, daß das der nächste Schritt sein mußte. Ich meine, wenn du *mich* schon mit Briefen eingedeckt hast – verstehst du, mich, und du kennst doch meine Einstellung –, dann wird Mutter wohl 'ne ganze Menge gekriegt haben. Eine ganze Menge. Stimmt's?«

Ich hatte den Verdacht, daß Ann das abgestritten hatte. Vielleicht hatte sie gesagt, sie hätte nur eine kurze Mitteilung bekommen; und daß sie mir nie geantwortet habe. »Ich hab deine Adresse aus dem Telefonbuch.«

»Ich weiß. Aber Mutter hast du so nicht gefunden. Sie steht nicht unter ihrem Namen drin.«

»Sie steht unter ihrem Mädchennamen drin. Ramsey. Ich wußte ihn noch.«

»Du hast ihn gewußt?« Es ging ihm anscheinend gegen den Strich, daß ich den Mädchennamen seiner Mutter kannte. Wieder einmal hatte ich meine Fingerabdrücke auf seiner Vergangenheit hinterlassen. »Na, meinetwegen«, sagte er, mehr zu sich selbst als zu mir, »du hast ihn also gewußt. Und hast ihr geschrieben. Und ihr gesagt, wie leid es dir tut und wie einsam du bist und daß es ungerecht war, was sie mit dir gemacht haben –«

»Ich hab nie geagt, daß es ungerecht war, Keith. Was mir zugestoßen ist, ich meine, *uns allen,* kann man nicht an Wörtern wie ›gerecht‹ oder ›ungerecht‹ messen.«

Er winkte ab. »Du hast ihr also geschrieben, wie leid es dir tut, und sie hat dir geantwortet. Was hat sie in ihren Briefen geschrieben? Daß sie wisse, wie leid es dir tut, und daß man endlich mal Gras drüber wachsen lassen sollte?«

Ich merkte, daß ich in der Falle saß. Die Frage war nicht, ob ich Keith belügen sollte, um Ann in Schutz zu nehmen, sondern ob sie ihre Antwortbriefe bereits zugegeben hatte.

»Sie hat meine Briefe beantwortet. Aber sie hat nie gesagt, daß ich ihr leid tue, und du weißt, daß Ann nie sagen würde, man sollte Gras drüber wachsen lassen.«

Keith verzog sein Gesicht zu einem triumphierenden Lächeln, wie man es aufsetzt, wenn man jemanden bei einer Lüge ertappt hat.

Ich wußte, daß er mich ausmanövriert hatte, aber es war mir ziemlich egal.
»Das hab ich mir gedacht«, sagte er.
Ich erwiderte nichts; ich hätte ihn bloß ermuntert, sich darüber auszulassen, daß er hintergangen werden sollte. Ich hatte es riskiert, und es war schiefgegangen: Ich wußte jetzt, daß Ann ihm gesagt hatte, sie habe meine Briefe unbeantwortet gelassen.
»Ich will mich nicht mit dir streiten, Keith«, sagte ich. »Das ist heute alles nicht wichtig.«
»Schnee von gestern, wie?« Er kam allmählich in Schwung. Sein Leben war in mehr als einer Hinsicht aus den Fugen, und es verschaffte ihm ein Gefühl der Überlegenheit, alles, was ich sagte, wie mit Schmetterlingsnadeln aufzuspießen.
»Nein. Ich rede nicht davon, daß wir irgend etwas vergessen sollten. Ich halte genausowenig vom Vergessen wie du.«
»Ist ja komisch«, sagte er, »wenn ich du wäre, würde ich wahrscheinlich allerhand vergessen wollen.«
Wir standen in der Mitte von Anns Schlafzimmer. Ihr Bett, auf dem eine Decke mit Indianermuster lag, war auf der einen, eine lackierte Kommode und ein Polstersessel auf der anderen Seite von uns. Ich trat einen Schritt zurück, damit mich Keith, falls er zuschlug, wenigstens nicht mit voller Wucht traf.
»Du bist offensichtlich etwas dagegen, daß ich hier bin«, sagte ich. »Was hast du denn gesagt, als Ann sagte, daß sie mich bitten wolle zu kommen?«
Keith kam auf mich zu, und ich machte mich auf einen Angriff gefaßt, aber er ging an mir vorbei, auf das Bett zu. Er sah es an und legte dann zärtlich, als sei es ein lebendes Wesen, die Hand darauf. Er drehte sich um und setzte sich auf den Bettrand, und dann streckte er sich mit einer abrupten, unbeholfenen Bewegung aus und lag an das einfache hölzerne Kopfteil gelehnt, die Sandalen auf der farbenfrohen Decke. Er ließ die Hände neben sich liegen und trommelte langsam mit den Fingern, wie bei einem Countdown. Dann langte er hinter sich, zog das Kopfkissen unter der Decke hervor und legte es sich auf den Bauch.
»Du bist gekommen, weil du meine Schwester sehen willst?«
»Deine Mutter hat mich gebeten zu kommen.«

Keith sagte nichts. Sein Gesicht rötete sich jäh, und die Augen schienen in die Höhlen zurückzutreten. Er zog langsam und tief die Luft ein.

»Sie will dich nicht sehen. Sie haßt dich. Sie weiß, was du für einer bist. Du nutzt meine Mutter bloß aus. Du bist bloß hier, um dich an Jade heranzumachen, aber Jade würde lieber wieder in dem brennenden Haus eingeschlossen sein als dich wiedersehen.«

»Keith, wenn –«

»Jade liebt jemand anderen, verstehst du? Es waren schon viele. Sagenhaft, was dieses Mädchen für einen Appetit entwickelt. Sie hat eine Freundin, eine Geliebte. Hast du das gewußt?«

Er wartete auf meine Antwort, und schließlich schüttelte ich den Kopf.

»Ach, das ist dir also neu? Gut. Freut mich, daß du es von mir erfahren hast. Sie heißt Susan Henry, Jades Freundin. Sie waren schon ein paarmal in meinem Haus in Bellows Falls.« Er entfaltete die Hände und drückte das Kissen, das er sich auf den Bauch gelegt hatte. Er krümmte und entspannte seine langen, vollkommen geformten Zehen an den Sohlen seiner Sandalen im Rhythmus eines schlagenden Herzens.

»Du brauchst mir nicht zu beweisen, daß du mich haßt«, sagte ich.

»Deshalb haben wir Jade auch nicht gleich gefunden, weil sie gerade wieder mit Susan unterwegs war. Campingtour. Da sind sie ganz wild drauf, die beiden. Sie machen's gern im Freien. Die haben so einen Naturfimmel: Camping, Kanufahrten, Zwanzig-Meilen-Märsche.« Er lächelte, ein zusammenhangloses, bewußt unwirkliches Grinsen.

Ich stand jetzt dicht neben ihm. Ich beugte mich vor, packte ihn an den Schultern und riß ihn buchstäblich mit einem Ruck vom Bett hoch.

»Du kannst dir das sparen«, sagte ich und hielt ihn fest, mein Gesicht einen Fingerbreit von seinem. »Das meine ich ernst. Wenn du mich so sehr haßt, hättest du nicht zulassen sollen, daß deine Mutter mich herbestellte.«

Keith riß sich los und stieß mich mit seinen harten, stumpfen

Fingerspitzen zurück. »Ich war bloß deshalb einverstanden«, sagte er, »weil Mutter dich hier haben will. Sie muß an irgendeine Art Leben außerhalb der Familie glauben können, obwohl sie eigentlich genau weiß, daß es so was nicht gibt.« Sein Gesicht lief wieder rot an, und er schloß kurz die Augen. Wenn er die Fassung verloren hätte, wenn er zusammengebrochen und in Tränen ausgebrochen wäre, hätte ich die Arme um ihn gelegt...

»Keith«, sagte ich. Ich hatte einen pelzigen Geschmack im Mund. »Ich kann dich gut leiden«, sagte ich. »Ich nehme an, du hörst das nicht gerne, aber ich hab dich von Anfang an gemocht, gleich als wir uns kennenlernten, und immer, wenn ich an dich denke, und das ist sehr oft, dann denke ich... ich mag dich eben einfach und respektiere... Und es tut mir wirklich furchtbar leid wegen deines Vaters, Keith.« Ich sprach nicht weiter; ich fing an zu zittern. Es übermannte mich.

»Du hast *mich* umbringen wollen, stimmt's?« sagte er leise. »Als du das Feuer gelegt hast, ging es dir um mich. Und ich weiß auch, warum.«

»Das ist nicht wahr. Du weißt –«

»Weil ich dich durchschaut hatte.« Er richtete sich auf. »Ich will nicht darüber sprechen. Was du getan hast. Alles hast du kaputtgemacht. Ich will nicht... Mein Vater ist *tot*.«

»Keith –«

»Nimm meinen Namen nicht in den Mund!« sagte er mit drohend erhobener Stimme. »Das wäre alles nicht passiert, wenn du...« Er schloß die Augen, fest, und holte aus. Ich fing seinen Schlag mit dem Arm ab. Er schlug noch einmal zu, traf mich aber nicht, sondern streifte nur mein Gesicht. Er setzte noch mal zu einem Schwinger an, aber ich erwischte sein Handgelenk und hielt es fest.

»Faß mich nicht an. Nimm deine dreckigen Pfoten weg, du Schwein.« Er wollte sich losreißen, aber ich hielt ihn aus Angst immer noch fest. »Laß mich *los*.« Er schlug mit dem freien Arm nach mir, und ich ließ ihn los. Er legte mir die Hand auf die Schulter und schob mich beiseite. Dann ging er an mir vorbei, wobei er mich mit der Schulter streifte, und verließ das Zimmer.

Ich blieb noch etwa eine Minute in Anns Schlafzimmer. Ich wußte nicht, was ich tun sollte. Dann kam ich zu dem Schluß, daß ich keine Wahl mehr hatte. Ich gehörte zu den anderen, im Guten wie im Bösen.

Ann saß neben Sammy auf dem Sofa, die Beine übereinandergeschlagen, sie hatte beide Arme um ihn geschlungen und den Kopf auf seine Schulter gelegt. Ingrid stand vor ihnen und zitterte so heftig, daß das Eis in ihrem Glas klirrte und das kohlensäurehaltige Wasser zu schäumen anfing. Sie sah Ann finster an, und Ann gab sich die größte Mühe, nicht darauf zu achten. Dafür sah Sammy Ingrid an; er hielt mit einer Art durchdringender Fassungslosigkeit die Augen auf sie gerichtet.
»Na, was denn«, sagte Robert und hob mit feierlicher Geduld die Hände. »Das ist doch keine Art. Denkt doch an Hugh. Mein Gott, Hugh war so ein friedliebender Mensch. Er wäre entsetzt, wenn er hören könnte, wie wir uns gegenseitig anfauchen.« Er warf einen Blick auf seinen Sohn und zog ihn dann an sich, legte den Arm um ihn und drückte ihn. Als Robert seinen Sohn aufs Haar küßte, schlossen sie beide für einen Moment die Augen.
»Es ist fünf«, sagte Keith und hielt seine Uhr hoch. »Pa ist jetzt Asche. Alles vorbei.«
»Ergebensten Dank«, sagte Ingrids Schwester. »Wir wären umgekommen, wenn Sie uns das nicht gesagt hätten.« Sie hatte begriffen, daß sich zwei Lager bildeten, und sie wollte Ingrid ihrer Unterstützung versichern.
Robert knöpfte seinen grünweißen Sommersakko auf. Er hatte einen massigen Brustkasten, und auf seinem Sakko waren Schweißflecken. Er zog ein zusammengelegtes Blatt Luftpostpapier aus der Innentasche. Sein Glas gab er seinem Sohn zum Halten, und Hugh stellte es auf den Tisch, sichtlich erfreut, seinem Vater behilflich sein zu können.
»Was ist denn das?« fragte Ingrid. »Ein Testament?«
»Nein«, sagte Robert. »Das ist ein Brief von Hugh. Er hat ihn uns vor etwas über einem Jahr geschrieben.« Er faltete ihn auseinander; er war mit blauem Farbband getippt. »Ich hab ihn mitgebracht. Das ist eine Seltenheit, ein Brief von Hugh.« Robert sah

auf den Brief hinunter und lächelte, als ob ihn Hugh daraus ansehe.

»Lies ihn uns vor, Onkel Bob«, bat Sammy.

»Wir könnten ihn ja herumgehen lassen.«

»Nein, lies ihn uns vor.«

»Gott«, sagte Ann. »Dann werden wir ja wohl auch bald die alten Fotos vorkramen.« Ich hatte aber nicht den Eindruck, daß sie verärgert war.

»Ich wollte, ich könnte ihn mit Hughs Stimme vorlesen«, sagte Robert. »Seine Stimme war's nämlich, die hat's ausgemacht.« Er sah Sammy an und nickte. »Wie deine.«

»Lies ihn vor, Onkel Bob.«

»Lieber Bobbo.« Robert unterbrach sich, schaute auf und sah Ingrid an. »Das ist mein Spitzname in der Familie«, sagte er. Er wischte sich den Schweiß von der Stirn und zwinkerte, als er wieder auf den Brief schaute, so als sei er auf einmal weniger leserlich. »Inzwischen hast du von der Scheidung gehört und Zeit gehabt, dich daran zu gewöhnen. Ich komme mir vor wie Cousin Derek, als er damals Großvaters Packard kaputtgefahren hatte und einfach für ein Jahr nach Charlotte zog. Manchmal muß man sich als Mann eben rar machen. Ich weiß noch, wie wir beide uns vor ungefähr acht Jahren einmal den Bauch mit Flußkrebsen vollgeschlagen haben, in dem kleinen Lokal mit den Klappstühlen direkt am Pontchartrainsee, und Du ein bißchen über Billy Corona hergezogen bist, weil er Alison verlassen hatte, und da hast Du Dich etwa in dem Sinne geäußert, was das für ein Schwein sein müsse, der nach anderthalb Jahrzehnten Ehe seine Frau sitzen läßt, und ich hab den Kopf geschüttelt und tz, tz gemacht wie eine alte Klatschtante auf einer Veranda – wie im Sommer '38 zum Beispiel, als die Bäume so schön blühten und alle unsere Wertvorstellungen noch intakt waren. Weißt Du, was ich meine? Die Zeiten im Leben, wo alles einfach ist. Und jetzt sieh mich an, jetzt bin ich schlimmer als Billy Corona, denn der hatte nur zwei Kinder, als er abgehauen ist, und ich lasse drei Kinder im Stich. Schon ziemlich erwachsene Kinder allerdings, und die haben genauere Vorstellungen davon, was sie mit ihrem Leben anfangen sollen, als ihr armer, alter Vater. Mein Gott, ich sehe uns noch in unseren weiten, olivgrünen kurzen Hosen und mit Erdbeermarmelade an den Fingern, und jetzt nenn ich mich einen armen, alten Vater, du lieber Himmel. Kommt Dir das nicht auch verdammt unwahrscheinlich vor?« Roberts Stimme brach, und er drehte das Blatt um. Sein Gesicht war dunkler geworden, es rötete sich kräftig und systematisch vom Hals nach oben, wie ein Glas, in das Wein gegossen wird.

»Das ist Hugh, wie er leibt und lebt«, sagte Ann.

»Ich hab auch einen Brief von Pa«, sagte Sammy. »Ich hätte ihn mitbringen sollen.«

»Ich hab Gedichte von ihm und hundert andere Sachen«, sagte Ingrid. Sie hielt sich die Hand über die Augen, aus Kummer und vielleicht auch ein bißchen aus Scham: Es blieb ihr nichts anderes übrig, als auf ihr Recht zu pochen, aber demütigend war es trotzdem für sie.

Ich stand mit dem Rücken zur Wand, in der Hand ein Glas Whisky Soda. Die Beine taten mir weh, und jetzt, wo alle im Raum sich zusammennehmen mußten, hatte ich Angst, ich würde als erster losheulen. Jedes Gesicht, das ich ansah, ließ die Flamme an der Zündschnur zischend einen Sprung nach vorn tun, auf die geballte Ladung meines Bewußtseins zu: Jeder Kummer war anders und auf unerträgliche Weise einzigartig, doch jeder fand den Weg zu dem Teil in mir, der jeden Augenblick detonieren konnte. Robert las weiter aus Hughs Brief vor.

»Was Ihr Oberhäupter intakter Familien Euch nicht vorstellen könnt, ist, wie sehr wir herumzigeunernden Väter unsere Kinder lieben«, las Robert, und ich sah an der Art, wie er dabei nickte, daß er gerne Sammy und Keith angesehen hätte, um sich zu überzeugen, daß sie diese Worte mitbekommen hatten, aber er unterdrückte die Regung. Dann las er etwas anderes vor, aber ich weiß nicht mehr, was es war. Ich hörte seine Stimme nur als dumpfes, unartikuliertes Gemurmel, und ich starrte mit an Taktlosigkeit grenzender Ungeniertheit auf sein offenes, leidendes Gesicht. Ich widmete einfach meine ganze Aufmerksamkeit der überwältigenden Realität seiner großen braunen Augen, seines trockenen, angegrauten Haars, seiner glattrasierten, etwas hängenden Wangen und seines massiven Kinns.

Robert hatte sich offenkundig vorgenommen, den Frieden nach dem Todesfall zu bewahren. Er war zwischen Ann und Ingrid getreten und hatte vermutlich auch schon schlichtend eingegriffen, als der Streit über meine Ankunft begonnen hatte. Er glaubte an die Alchimie, die alle Leidenschaften in Trauer verwandelt – Eifersucht, Wut, Überdruß und Angst wurden umgebildet und an den stillen Altar des Toten gelegt. Für den Augenblick würde er die Rhythmen der Trauer nicht unterbrechen, um seiner Meinung über mich Ausdruck zu geben: Solche Gefühle waren ein Luxus der Lebenden, und sie zur Schau zu stellen, hätte bedeutet, gegen die den Überlebenden geziemende Schicklichkeit zu verstoßen. Ich würde später drankommen. Dann würde ich seine schwere Hand auf meiner Schulter spüren, seine sanften braunen Augen sehen. Noch später würde er mich genauso beurteilen, wie Hugh es getan hätte; und schließlich würde ich unsanft in meine Schranken gewiesen, beschuldigt und fortgejagt werden.
Ich wandte mich von Robert ab und sah Ingrid an; sie schluchzte jetzt unverhohlen und erwiderte meinen Blick mit einem verwunderten Ausdruck in den tränenfeuchten Augen. Ich war sicher, daß die Erinnerung daran, wie ich keine drei Meter von Hugh entfernt gestanden hatte, sich in ihr regte und sich bemerkbar machen wollte, wie die Stimmen, die manche Leute bei spiritistischen Sitzungen hören wollen: Die Fensterläden des Gedächtnisses rattern, die Vorhänge bewegen sich, der Tisch wackelt, aber es ist niemand da. Sie hielt den Kopf schief und öffnete ihre vollen, farblosen Lippen. Es lag Mißbilligung in ihrem Blick, und einen Moment lang dachte ich, die erste Schicht ihrer Erinnerung an mich sei aufgetaucht, aber dann begriff ich, daß sie mich nur auffordern wollte, sie nicht so anzustarren, ihrem Kummer die Rücksicht abgewandter Augen nicht zu verweigern. Ich ließ meinen Blick von ihr auf ihre Schwester wandern, eine Frau von starkem, grobknochigem Körperbau in einem formlosen grauen Kleid, dunklen Strümpfen und glänzenden schwarzen Schuhen.
In diesem Moment warf Keith, der etwa sechs Meter von mir entfernt saß, sein großes, zerbrechliches Glas nach mir. Ich weiß nicht, ob er mich treffen oder mir nur Angst machen wollte oder ob er überhaupt etwas damit bezweckte, aber das Glas zerschellte

an der Wand, nur ein paar Handbreit neben meinem Kopf. Ich dachte, es seien Glassplitter, die mir ins Gesicht spritzten, aber da ich keine Verletzungen hatte, waren es wahrscheinlich nur kleine Eisbröckchen. Der Fuß des Glases blieb auf meiner Schulter liegen, und hinterher fand ich Scherben in der Brusttasche meines Hemdes. Ich brauchte eine Weile, um zu begreifen, was passiert war. Ich hatte das Klirren gehört und sogar undeutlich aus den Augenwinkeln gesehen, wie Keith sich vorgebeugt und das Glas weggeschleudert hatte. Aber ich merkte nicht gleich, daß das etwas mit mir zu tun hatte. Ich spürte die Spritzer des Drinks auf meinen Haaren, meinem Gesicht, meinem Hemd und sah, so undeutlich wie in einem auf eine scharze Leinwand projizierten Film, daß alle mich anstarrten. Robert hörte mit dem Vorlesen auf, Nancy umklammerte Ingrids Schulter, und beiden stand der Mund offen. Dann schlug ich endlich die Hände vors Gesicht und wandte mich ab, gebeugt und kopfschüttelnd.

»Also Keith«, sagte Ann. »Keith.« Ihre Stimme klang erschöpft, mehr gekränkt als vorwurfsvoll.

»Der muß raus hier. Raus mit ihm!« schrie Keith. Ich wandte mich ihm zu und schüttelte die Tropfen von den Händen, immer noch halb geduckt, wie um einen erneuten Angriff abzuwehren. Keith war aufgesprungen und keuchte wie ein Rennpferd. Es war beängstigend mit anzusehen, wie sein Brustkorb sich in höchster Erregung gewaltsam hob und senkte, und ich war wahrscheinlich nicht der einzige, der sich überlegte, was zu tun wäre, wenn Keith jetzt plötzlich umkippte. »Ich bring keinerlei Gefühle auf, solange der hier ist. Der ist doch bloß da, um noch mehr Schaden anzurichten. Mann, das ist doch nicht zu fassen. Er kann nicht hierbleiben. Er muß raus.« Dann zeigte er mit dem Finger auf mich und wiederholte: »Raus hier, raus.«

Ich sah zu Ann hin. »Ich gehe«, sagte ich.

»Raus, raus«, ereiferte sich Keith. »Raus, raus, raus.«

»Halt endlich die Klappe«, sagte Sammy. Er wollte Keith am Arm packen, erwischte ihn aber nicht und probierte es nicht noch einmal.

Ann hielt sich die Hand vor die Augen und schüttelte den Kopf. Geh nicht? Bleib nicht?

»Ich gehe«, sagte ich, ebenso zu mir selbst wie zu Keith.
Ich sah mich im Zimmer um; niemand wagte es, mir richtig in die Augen zu sehen. Ich nickte – ein kläglicher Versuch, so zu tun, als sei nichts geschehen. Wie im Fieberwahn sah ich plötzlich, daß Keith noch ein Glas vom Tisch genommen hatte, und im nächsten Moment segelte es auf mich zu, langsam, waagrecht; Eis und Whisky stürzten heraus, und das Glas funkelte im Lampenlicht. Diesmal krachte es ein gutes Stück von mir entfernt an die Wand. Ein streifiger, nasser Fleck erschien auf der weißen Tapete. Ich machte einen Schritt und zertrat eine große Scherbe; das Knirschen der Splitter auf dem Parkettboden klang jämmerlich. Ich hielt mit die Hände vors Gesicht – ich dachte, ich hätte noch ein weiteres Glas auf mich zufliegen sehen, aber Keith stand unbeweglich, die Hände etwas vor dem Körper, in einer Haltung, als rechnete er damit, daß ich mich auf ihn stürzen würde.
Ich drehte mich rasch um, ging durch den langen Flur und machte die Wohnungstür auf. Natürlich rief mir niemand nach, ich solle dableiben. Ich zog die Tür hinter mir zu, aber das Schloß schnappte nicht ein, und sie blieb offen. Ich traute mich nicht, auf den Aufzug zu warten, und fand in der Mitte des Ganges die Treppe. Ich rannte zwei Etagen hinunter und mußte mich dann hinsetzen, weil ich merkte, daß mir meine Beine nicht mehr gehorchten. Sie fühlten sich an, als sei ein Nervenstrang durchtrennt worden, und ich saß eine ganze Weile auf den Marmorstufen und zwickte mich in die Waden und rieb mir die Knie, bis ich endlich wieder ein bißchen Gefühl in den Beinen hatte.

Als ich auf die Straße hinaustrat, hielt gerade ein Taxi vor dem Haus. Ich hörte, wie die Reifen quietschend am Bordstein rieben, und dann weiß ich nur noch, daß die hintere Tür aufging und Jade vor mir stand. Sie war größer geworden, aber nicht viel. Ihre langen Haare waren weg. Sie hatte jetzt einen kurzen, sportlichen Schnitt, ganz ohne Locken, in der Mitte gescheitelt und nach den Seiten heruntergekämmt, gegen den Wind mit einem dunkelblauen Plastikband zusammengehalten. Sie trug eine gelbe Bluse, deren obere zwei Knöpfe offen waren. Ihr Hals war gerunzelt, drei Querfalten und darunter ein Goldkettchen. Khakihosen, mit

hoher Taille und weit geschnitten. Ein schwarzer Matchsack, Nylon. Sie war braun wie ein Neger. Und starrte mich an.
Das Taxi fuhr ab. Jade machte einen Schritt auf mich zu. Ihre Lippen öffneten sich und preßten sich gleich wieder zusammen. Ich ging langsam auf sie zu, und als ich stehenblieb, berührten sich fast unsere Schuhspitzen.
»Mutter hat mir gesagt, daß du da bist«, sagte Jade.
»Ja. Ich bin da.« Und dann legte ich ihr die Hände auf die Schultern und zog sie an mich. Ich spürte einen stotternden Widerstand, aber er war schwach. Ich legte die Arme um sie und drückte sie an mich, genauso, wie ich es mir tausendmal vorgestellt hatte. Ich fragte mich, aber nur ganz kurz, ob ich mich ihr aufdrängte. Ich spürte ihre Brüste, roch den Duft ihres Parfüms, prägte mir die Architektur ihrer Knochen ein. Sie legte mir die Hände auf die Arme. Erwiderte meine Umarmung nicht. Stieß mich nicht zurück.
Ich hielt sie so lange umschlungen, wie ich mich traute, und als ich sie losließ, sah ich sie nicht an, weil ich wußte, daß sie das nicht wollte. Ich sah vor mich hin und horchte erst auf ihre Atemzüge und dann auf das angestrengte Schweigen, während sie krampfhaft nach ein paar einfachen Worten suchte, die sie mir sagen konnte, und schließlich auf das leise, unsichere Klicken ihrer Schritte, als sie auf die Haustür zuging. Ich rührte mich nicht, bis sie fort war, und auch dann widerstand ich noch der Versuchung, mich umzudrehen. Ich ging, so schnell ich konnte, die Hände ringend und mit mir selbst sprechend, rannte, blieb stehen, ging weiter und setzte mich schließlich einfach an der Ecke 29. Straße und Park Avenue auf den Gehsteig, mit dem Rücken an einen Briefkasten, und wartete.

14

Achtundzwanzig Stunden später ging das Telefon in meinem Hotelzimmer, und ich hob mitten im ersten Klingeln ab. Es war der Empfang.
»Mr. Axelrod?«

»Ja.«
»Sie haben Besuch.« Der Mann macht eine Pause. »Darf ich Ihnen die junge Dame hinaufschicken?«
»Kann ich sie bitte kurz sprechen?«
»Einen Moment.«
»Hallo?« sagte Jade. Ihre Stimme war heiser. Sie erinnerte mich immer an Sand und Sonne und Rauch.
»Ich wollte nur, daß du es von mir hörst«, sagte ich. »Komm rauf. Hast du meine Zimmernummer?«
»Ja, ich hab sie.«
»Oder soll ich runterkommen? Wär dir das lieber?«
»Nein. Ich komme rauf.« Sie machte eine Pause. »O.k.?«
»Ja. Bitte.«
Ich holte sie am Aufzug ab. Sie stieg mit zwei Frauen aus, die kurze Lederröcke und Cowgirl-Hüte trugen. Jade trug etwas Graues und hatte ihren schwarzen Nylonmatchsack dabei. Sie roch nach Zigaretten und Alkohol, und auf diesen Gerüchen schwamm wie auf einer Welle der Duft von Fliederwasser: Sie mußte es aufgelegt haben, unmittelbar bevor sie das McAlpin betreten hatte.
Wir standen lange Zeit da und sahen uns an. Ich hörte ein hohes Rauschen, wie es die Flieger gehört haben müssen, als sie noch in offenen Cockpits saßen. Die Spontaneität, die es mir tags zuvor erlaubt hatte, sie einfach zu umarmen, war nicht mehr da. Immerhin wagte ich ihr in die Augen zu sehen; aber es wäre mir sowieso unmöglich gewesen, woandershin zu schauen.
Sie sah überanstrengt aus. Ihre Augen wirkten riesig und verletzt und blickten ins Leere. Ihre Lippen waren papiertrocken. Sie trug Make-up, das im trüben, wäßrigen Licht des Hotelkorridors streifig wirkte. Ihr kurzes Haar hatte sie hinter die Ohren gestrichen, und die Spitzen ihrer Ohren, mit den harten, breiten Bändern, waren gerötet. Sie hatte nur in einem Ohrläppchen einen goldenen Clip.
»Du hast einen Ohrring verloren«, sagte ich.
Sie faßte sich ans rechte Ohr. »Oh«, sagte sie. Sie berührte das nackte Ohrläppchen noch ein paarmal. »Mist.«
Ich zuckte mit den Achseln. »Wir kaufen dir einen neuen«, sagte

ich. Ich zuckte zusammen. Es war idiotisch, so etwas zu sagen. Schlimmer als idiotisch: Es war arrogant und verzweifelt, und ich hätte mich nicht gewundert, wenn sie mir ins Gesicht gelacht hätte.

Aber sie sah mich an, als hätte sie es nicht gehört. Mein Herz pochte gegen meinen Brustkasten.

»Bist du überrascht?« fragte Jade. »Daß ich gekommen bin?«

Ich schüttelte den Kopf. »Du mußtest kommen.«

Ihre Augen verengten sich ein bißchen. »Nein. Ich wollte kommen. Ich habe mich dafür entschieden.«

»Jedenfalls, ich freue mich.«

Sie nickte. Sie ließ ihre Augen über mich wandern, ohne den Kopf zu bewegen. Sie registrierte, wie und worin ich mich verändert hatte. Ich empfand ihren musternden Blick wie eine Berührung. Ich begriff, daß mich seit Jahren niemand mehr wirklich angesehen hatte. Die Aufmerksamkeit, die mir von anderen zuteil geworden war, war immer flüchtig, voreingenommen, durch Hindernisse beeinträchtigt gewesen. Jetzt auf einmal, nun endlich, wurde ich so gesehen, wie ich war.

»Kommst du mit in mein Zimmer?« fragte ich.

Jade nickte. »Ganz kurz. Ich muß zum Busbahnhof. Der letzte Bus nach Vermont hinauf fährt in einer halben Stunde.«

Ich machte die Tür zu und schaltete die Deckenlampe an. Ich hatte auf dem Bett gelegen und im Licht der Tischlampe Zeitung gelesen. Die Bettdecke war zerdrückt, Zeitungen lagen herum, alles sah unordentlich und ein bißchen schmuddelig aus.

»Ich wollte, ich hätte dich in einer seidenen Hausjacke und mit einem Glas Champagner begrüßen können«, sagte ich.

Sie sah mich an, als verstünde sie nicht, warum ich das sagte. Aber ich wußte, daß sie es verstand. Es lag etwas Absichtliches in dem Blick, den sie mir zuwarf, etwas wie ein Beteuern, daß ihr der Zusammenhang meiner Bemerkung entgangen sei. Aber Jade konnte immer das Schweigen am Rande meiner Bemerkungen ergänzen, konnte sich immer vorstellen, was ich gesehen hatte, ohne daß ich es beschreiben mußte. Diese intuitive Fähigkeit hatte uns zu dem Glauben verleitet, der dann bald alle anderen Gedanken verdrängt hatte: daß wir gemeinsam in einer Welt lebten, die vom normalen Leben getrennt war und über ihm stand. Und ich konnte ihrer vorgetäuschten Verwirrung entnehmen, daß sie immer noch genau wußte, was ich meinte, es so genau wußte wie immer und es wahrscheinlich immer wissen würde, denn Jade verstand mich von Grund auf, konnte die Genealogie meiner Worte bis zu ihrem Ursprung verfolgen: als wechselnde Blutströme, Antriebe, vorbewußte Ängste.

»Soll ich uns was heraufbringen lassen?« fragte ich, während ich zum Bett hinüberging und die Zeitung herunternahm. »Kaffee oder ein Glas Wein.«

»Wenn es schnell geht.« Sie sah sich im Zimmer um, prägte sich alles ein, suchte nach einer Sitzgelegenheit.

»Also Wein?« fragte ich.

»Ja. Obwohl mit meinem Zahnschmelz was passiert ist. Meine Zähne färben sich, wenn ich Wein trinke.« Sie zeigte mir ihre unteren Schneidezähne.

Ich setzte mich auf den Bettrand und verlangte den Zimmerservice. »Würden Sie mir bitte zwei Glas Rotwein bringen?« fragte ich.

»Wir werden alt«, sagte ich, nachdem ich aufgelegt hatte.

»Wenn wir Glück haben.«

Sie setzte sich bewußt ungraziös hin, seufzte und zog den Reißverschluß ihres Matchsacks auf. Sie wühlte darin herum und zog schließlich die Hand wieder heraus.

»Hast du ein Aspirin da?« fragte sie.

Ich schüttelte den Kopf.

»Mist«, sagte Jade.

»Fehlt dir was?« fragte ich. Das war falsch.

Sie setzte sich gerader hin, so daß sie etwas von mir abrückte. »Mein Vater ist überfahren worden. Ich war auf seiner Beerdigung. *Mit* meiner abgefuckten Familie. Ich hab meine Tage. Und ich muß Diät essen, weil ich zehn Pfund abnehmen soll.« Sie zog die Augenbrauen hoch und nickte, wie um zu fragen: Reicht das?

Ich wollte etwas sagen, aber es fiel mir nichts ein. Ich dachte daran, sie zu fragen, ob ich ihr die Schläfen und den Halsansatz massieren sollte, aber das stand mir jetzt nicht mehr zu. Und dann machte ich den dummen, zwanghaften Fehler, an ihre Periode zu denken, mir die in ihr Schamhaar gekräuselte Tampax-Schnur vorzustellen, und dem schloß sich die Erinnerung an, wie ich die Schnur zwischen Daumen und Zeigefinger genommen, sie dann um den Finger geschlungen und den blutgetränkten Propfen herausgezogen hatte. Es war bei aller Absicht und Genauigkeit kein angenehmer Gedanke: Es war schon schwer genug, Jade in drei Dimensionen zu erleben; der Reiz der Intimität, selbsterinnerter Intimität, und die ihn unvermeidlich begleitende Aufwallung waren fast nicht auszuhalten.

»Ich würde dich gerne nach der Trauerfeier fragen«, sagte ich. »Aber ich weiß nicht, wie ich es anfangen soll.«

»Es war schrecklich, einfach schrecklich. Auf eine verrückte Art *langweilig*, weißt du. Es wollte mir nicht in den Kopf, daß Pa in dem komischen Krug war. Einäschern ist idiotisch, finde ich. Oder wenn schon, dann gleich richtig. Mit einem großen Scheiterhaufen. Und mit uns allen dabei. Wie kann ich denn glauben, daß der Mensch wirklich tot ist? Ich kriege so einen blöden Anruf, verbringe ein paar Stunden mit einem Haufen hysterischer Besoffener und sitze dann unter ungefähr fünfzig Leuten auf einem Klappstuhl, höre mir Orgelmusik an und starre auf eine Urne. Ich hab doch keinerlei Beweis, daß überhaupt was passiert ist. Ich meine, jeder *sagt* mir, daß er tot ist, aber ich weiß es nicht sicher. Die Asche könnten sie sonstwoher haben.« Sie zuckte die Achseln und hakte einen Finger in ihr Kettchen.

»Fünfzig Leute«, sagte ich.

»Und viele davon hab ich noch nicht mal gekannt. Das war auch so unwirklich. Die rührselige Gesellschaft, die Ingrid mitgebracht hatte. Obwohl ich *sie* ja mag. Wahrscheinlich aus demselben Grund wie Pa. Weil sie so ernst ist. Und so sexy. Sie hat die ganze Zeit geheult. Mutter war unheimlich cool. Anscheinend ging ihr die ganze Sache auf die Nerven. Ingrid hat so laut geheult, daß ein paar von den anderen auch anfingen. Die sonst nicht geheult hätten, mein ich. Aber Mutter beugt sich zu mir rüber und sagt was wie ›Man müßte sich einen Kübel Eis besorgen und ihn dem Weibsbild über den Kopf stülpen‹. Sie ist schon ein seltsames Wesen, meine arme Mutter. Einsam. Und schon ein bißchen verbittert, scheint mir. Onkel Bob hat die Ansprache gehalten, über Pa und wie sie zusammen aufgewachsen sind. Das war eigentlich richtig schön, wenn ich ehrlich sein soll. Hätte ich ihm gar nicht zugetraut. Aber er hat fast *gesungen*, und ich konnte sogar von meinem Platz aus sehen, daß er Tränen in den Augen hatte. Da mußte ich auch heulen, aber man heult ja immer bei Beerdigungen, egal was gesagt wird. Ich hab Mutter beobachtet, als Onkel Bob redete. Sie hielt meine Hand, und ich sah sie an. Es war ihr anzumerken, daß sie verdammt gerne geheult hätte, aber sie *wollte* einfach nicht. Die Tränen stehen Ingrid zu, hat sie wahrscheinlich gedacht, soll die doch heulen. Als ob Mutter Pa zu gut gekannt hätte, um bei seiner Beerdigung zu weinen. So bringt sie sich selber fast um *alles*.«

»Ich war bei Ann, als sie es erfuhr«, sagte ich. Ich fragte mich, ob das für sie eine Neuigkeit war.

»Ich weiß. Sie hat's mir erzählt.« Ihre Augen verengten sich für einen Moment.

»Da hat sie geweint«, sagte ich. »Und wie. Falls dir das wichtig ist.«

Eine Zeitlang sagte keiner etwas. Wir waren einander fremd und hatten beinahe Angst voreinander; wir sahen Gespenster, beide. Wie seltsam, in diesem kleinen Hotelzimmer ein übersinnliches Erlebnis zu haben. Wir müßten raus, dachte ich, spazierengehen. Aber ich wagte nicht einmal, mich zu räuspern, geschweige denn einen Vorschlag zu machen.

Es klopfte. In diesem Augenblick merkte ich, daß Jade und ich einander ganz ungeniert anstarrten, und ich hatte keine Ahnung, wie lange wir schon so dasaßen.

Ich stand auf. »Das wird der Wein sein«, sagte ich.

»Ich muß aber bald weg.«

Ich wollte den Kopf schütteln, besann mich aber rechtzeitig. »Es ist schön, mit dir zusammenzusein«, sagte ich.

»Wie du's dir vorgestellt hast?« Ihre Stimme klang ein bißchen verlegen.

Ich wartete einen Moment, um zu betonen, daß ich nicht bloß aus Höflichkeit antwortete. »Ja. Wie ich's mir vorgestellt habe.«

Der Wein kam in einer schweren Karaffe. Zwei Gläser und eine

Klarsichtpackung Erdnüsse. Ich unterschrieb wie ein Mann von Welt und gab dem Zimmerkellner eine Dollarnote, weil ich nicht erst in meinen Hosentaschen nach Kleingeld kramen wollte. Ich stellte das Tablett neben Jade auf den Tisch.

»Soll ich uns einschenken?« fragte ich.

»Der Wein ist ja so dunkel. Fast schwarz.«

»Das macht nur die Beleuchtung.« Ich goß ihr ein bißchen Wein in ihr Glas und hielt es gegen das Licht. Es leuchtete kräftig rot auf. »Siehst du?«

Jade nickte und nahm das Glas aus meiner Hand. Ich hoffte, sie würde es so einrichten, daß sich unsere Finger dabei berührten, aber vergeblich. Ich war enttäuscht, fühlte mich im Stich gelassen, weil ich sie spüren wollte, aber ich wußte, es war besser, wenn wir uns keine keuschen, vertraulichen Gesten erlaubten. Konnten wir unsere Fremdheit besser betonen als dadurch, daß wir wie Fremde miteinander flirteten?

Ich goß mir auch etwas ein und stellte mich vor Jade. Ich hätte gern einen Trinkspruch vom Stapel gelassen, wußte aber, daß ich es nicht tun würde. Ich setzte mich wieder auf den Bettrand. »Ich habe dich gesucht«, sagte ich.

»Ich weiß.«

»Deine Leute schirmen dich vor mir ab. Ich habe Keith und deine Mutter gefragt, aber sie wollten mir nicht verraten, wo du warst. Ich habe Sammy einen Brief geschickt und ihn gebeten, ihn dir zu schicken.«

»Ich weiß, ich weiß, David. Ich weiß.«

»Und, hat er ihn dir geschickt?«

Jade nickte.

Ich wartete einen Moment, dann nickte ich auch. »Du hast mir nicht geantwortet.«

»Es gab nichts zu antworten. Es waren nicht deine Worte, oder hast du das vergessen? Du hast mir einen Brief von jemand anderem geschickt. Charles Dickens.«

»Was anderes konnte ich dir nicht schreiben«, sagte ich. »Ich weiß nicht, warum. Ich hatte Angst davor, dir selber etwas zu schreiben, mit meinen Worten. Ich mußte einen anderen für mich sprechen lassen.«

»So kenne ich dich aber gar nicht«, sagte Jade.
»Ein einziges Wort von dir hätte gereicht«, sagte ich, »und du hättest hundert Briefe von mir bekommen. Ich hab sie geschrieben, aber nicht abgeschickt. Ich wußte nicht, wohin ich sie schicken sollte und ob du sie haben wolltest.«
Jade nippte an ihrem Wein und fuhr sich mit der Zunge über die oberen Schneidezähne, um sie sauber zu lecken. Jede Geste trieb die Flagge ihrer Realität tiefer in mich hinein; jede einzelne Bewegung stärkte meine Überzeugung, daß wir uns nie trennen würden.
»Es gibt so viel, was ich dich fragen möchte«, sagte sie. »Und dir sagen möchte. Es ist zu komisch. Ich war gerade auf der Beerdigung meines Vaters, und ich möchte dich fragen, wie es dir ergangen ist, was für ein Mensch du geworden bist. Aber ich bringe das nicht fertig. Das ist irgendwie so sinnlos.«
»Was für ein Mensch ich geworden bin?« fragte ich. »Das kannst du mich ruhig fragen. Ich meine, das kann ich dir sagen. Ich bin genau der, für den du mich hältst.«
»Woher weißt du, was ich von dir halte?«
»O.k. Das hab ich nicht gemeint. Ich meine, ich bin noch immer derselbe wie damals, als wir uns zum letztenmal gesehen haben.«
Jade sah weg und rieb sich auf die Art die Hände, wie man es bei nervösen Menschen sehen kann, die sich den gewohnten Griff nach der Zigarette verkneifen müssen, weil sie sich das Rauchen abgewöhnt haben. Ich sah das Bild vor mir, das sie in diesem Moment von sich selbst hatte – wie sie die Zigarette anzündete, daran zog, den Rauch ein paar Sekunden in der Lunge behielt und ihn dann mit einem Seufzer ausstieß.
»Das letzte Mal haben wir uns in Chicago gesehen«, sagte sie, »und du warst in unserem Haus, nachdem du es angezündet hattest. Und so bist du heute also immer noch?«
Ich antwortete ohne Zögern: »Ja.«
Sie sah sofort auf die Uhr. »Ich muß los«, sagte sie. »Ich habe noch zwölf Minuten, und es sind acht Querstraßen bis zum Busbahnhof. Wer weiß, ob ich es überhaupt noch schaffe.«
Ich hatte mir schon einen Plan zurechtgelegt. Ich wollte ihr

anbieten, sie zum Busbahnhof zu begleiten. Ich wußte nicht, wo er in New York war, aber wahrscheinlich lag er wie in den meisten Städten in einer ziemlich unsicheren Gegend. Ich würde darauf bestehen. Sie würde akzeptieren. Und dann würde ich für alle möglichen Verzögerungen sorgen, damit sie den Bus versäumte. Aber anstatt ihr anzubieten, sie zu begleiten, beugte ich mich vor und sagte: »Nein. Geh nicht. Laß doch den Bus. Bleib hier. Bleib bei mir. Wir haben so lange nicht miteinander geredet, und ich weiß nicht, wann ich dich wiedersehen werde.«

Sie stand auf, und ich hatte das Gefühl, daß eine zweite Jade in meinem Inneren diese Bewegung nachvollzog, so daß das Blut aus meiner Mitte verdrängt wurde und in die fünf äußersten Spitzen meines Körpers schoß. Ich vergaß, daß ich das Weinglas in der Hand hielt, und ließ es fallen; es landete aufrecht, aber dann fiel es um.

Jade sah zu, wie der senffarbene Teppich den Wein aufsog. Sie nickte auf eine Art, die manchmal bestätigt, was man gerade denkt, manchmal aber auch ein zögerndes Ja bedeuten kann.

»Bitte«, sagte ich und versuchte, den mir entgleitenden Augenblicken meinen Willen aufzuzwingen, wie ein Kind, das Steine ins Meer wirft.

Sie atmete einmal hörbar ein und schluckte dann. Sie sah müde und verängstigt aus. An ihrer Stirn pulsierte eine Ader; ihre Ohren waren immer noch ungewöhnlich rot.

»Also schön«, sagte Jade mit überdeutlicher Aussprache, wie man sie anwenden könnte, wenn man ein Band bespricht, nach dem jemand eine Fremdsprache lernen soll. »Dann rufe ich am besten an und erkundige mich nach dem nächsten Bus.«

Ich dachte, sie wollte zum Telefon gehen, aber sie machte nur die drei Schritte, die sie vom Bettrand trennten, und setzte sich neben mich.

Ich wollte sie nicht anfassen oder sie ansehen oder sonst etwas tun, was die Regung hätte stören können, die sie mir so nahe gebracht hatte. Ich sah weiter auf die Stelle, wo sie eben noch gesessen hatte, und ich spürte, wie sich ihr Gewicht verlagerte. Ich merkte, daß sie mich von der Seite ansah, und dann lehnte sie sich herüber und legte die Stirn auf meine Schulter.

Ich hätte zu gerne diese Geste mit einer Zärtlichkeit erwidert, aber das wäre falsch gewesen. Ich wußte, daß sie mit ihrer Berührung mehrerlei ausdrücken wollte. Ich war jemand, den sie gekannt hatte und den sie jetzt am Tag des Begräbnisses ihres Vaters besuchte. Es hätte durchaus so wenig bedeuten können. Oder auch noch weniger: Erschöpfung, Trauer, die Niedergeschlagenheit, die einen überkommt, wenn man dem Willen eines anderen nachgegeben hat. Trotzdem war ich mir sicher, daß es etwas anderes war. Ihre Berührung hatte etwas Besonderes und Absichtliches. Sie lehnte nicht nur einfach ihren Kopf an mich. Es war Leben in ihren Muskeln, ihrem Hals und ihren Schultern; sie gab acht, daß sie sich nicht zu fest an mich anlehnte. Die Art, wie sie mich berührte und zugleich Abstand hielt, schien genau berechnet, darauf abgestimmt, wo sie mich berühren durfte und wie fest, und das hieß, daß sie mich nicht nur mit der Stirn berührte, sondern mit dem ganzen Körper. Durch diese bewußte Entscheidung, dieses Abwägen der Risiken, wurde aus der unschuldigen Geste des Anlehnens eine so intime Zärtlichkeit, wie wenn sie mein Gesicht gestreichelt oder meine Hand genommen und sie an ihre Brust gedrückt hätte. Augenblicke vergingen, Augenblicke und Augenblicke, und es schien, als sei ihr ganzes Wesen in dem Fleckchen ihrer Stirn konzentriert, mit dem sie mich berührte, so wie eine Sängerin ganz in ihrem Mund aufzugehen scheint, wenn sie den höchsten Ton singt.

Ich konnte nicht den Arm um sie legen, ohne sie zu zwingen, ihren Kopf von meiner Schulter zu nehmen, und so streckte ich die Hand aus und legte sie auf ihr Bein, dicht über dem Knie. Ich legte sie flach hin, ohne sie zu schließen oder auch nur die Finger zu krümmen, damit es nicht so aussah, als wollte ich sie in Besitz nehmen oder gar festhalten.

Ich atmete vorsichtig und gab mir Mühe, die wilden Hoffnungs- und Freudenausbrüche in meinem Inneren zu ignorieren, aber ich zitterte trotzdem.

Jade hob den Kopf und setzte sich wieder gerade hin.

»Tut mir leid«, sagte ich. »Ich hätte wissen müssen, daß ich dich nicht anfassen darf.« Ich nahm meine Hand von ihrem Bein, aber das Zittern ließ trotzdem nicht nach. Ich stand auf und ging ans

Fenster. Ich spürte das Klopfen meines Herzens, spürte es im Hals, im Bauch, in der Spitze meines Penis, in den Beinen. Ich lehnte mich ans Fenster und sah hinaus. Über mir zitterte ein Ausschnitt aus dem schwarzgrauen Nachthimmel. Hier könnte alles enden, dachte ich, mein Leben, alles Leben, es würde mir nichts ausmachen. Und der Gedanke kam mir so vernünftig vor und war dem Chaos meiner Gefühle so angemessen, daß ich ihn beinahe ausgesprochen hätte.

»Wirst du Scherereien kriegen, weil du nach New York gekommen bist?« fragte Jade.

»Nein.«

»Aber du darfst doch keinen von uns sehen. Du bist doch nur auf Bewährung draußen. Es weiß doch bestimmt niemand, daß du hier bist.«

»Das ist egal. Es wird auch nicht auffliegen. Ich war den halben Freitag weg und heute. Das Wochenende zählt nicht.«

Sie warf mir einen skeptischen Blick zu, wollte aber den Gedanken nicht weiterverfolgen: Sie hatte von Ann den ein wenig extravaganten Glauben geerbt, daß die beste Art, *für* jemanden zu sein, darin bestehe, sich nicht zuviel Gedanken darüber zu machen, was er *tut*.

»Weißt du, wen ich im Flugzeug hierher getroffen habe?« sagte ich. »Stuart Neihardt.«

Jade nickte. Sie argwöhnte, ich wolle sie zu einer ironischen Bemerkung über Neihardt veranlassen, und das paßte ihr nicht. Sie stand anderen Leuten entweder zu nahe, um sich über sie lustig zu machen, oder zu weit über ihnen, um sich mit ihnen abzugeben: Es hing von ihrer Stimmung ab.

»Aber er erinnert sich an uns«, sagte ich. »Er hat einen richtigen Haß auf Leute, von denen er wußte, daß sie glücklich miteinander waren. Er war ein unheimlicher Einzelgänger, und er war wahnsinnig neidisch auf alle, die nicht einsam waren, so wie wir. Komisch, wie der so über uns geredet hat. Ich denke nie an ihn, und deshalb war es irgendwie makaber, daß er sich an mich erinnert hat.«

»Ich kann mich an den Namen nicht erinnern. Wie sieht er denn aus?«

»Ist doch egal. Ich glaube nicht, daß du ihn gekannt hast. Aber er hat lächerliche Sachen über uns gesagt. Er hat gesagt, er hätte dir mal in die Bluse geschaut, als du dich auf irgendeiner Ausstellung über ein Ausstellungsstück gebeugt hast.«

»Danke, daß du es mir gesagt hast.«

»Das hat mich wahnsinnig eifersüchtig gemacht. Ich hab ihm die Unterlippe verdreht.«

Jade zuckte zusammen. »Mein Gott, David. Du bist so was von gewalttätig und verrückt.«

»Nein, bin ich nicht.«

»Bist du doch. Du willst es nicht wahrhaben, aber es stimmt.«

»Nein, es stimmt nicht. Meine Gefühle haben weder was mit Gewalttätigkeit noch mit Verrücktheit zu tun. Ich lehne Gewalt ab, und Verrücktheit ist traurig und langweilig und beängstigend. Ich war mit einer Menge Verrückten zusammen, weißt du, und wurde selber auch wie ein Verrückter behandelt. Ich meine, es hat Zeiten gegeben, wo ich mich selbst gefragt habe, ob ich wahnsinnig bin, und dann *wollte* ich eine ganze Zeitlang verrückt sein, einfach weil das eine Art des Daseins ist, eine Art, einen Sinn im Leben zu finden. Ich wäre dann weniger der Mensch gewesen, der ich tatsächlich war und der so viel leiden mußte, und mehr ein anderer Mensch, ein Unbekannter, den ich hätte beobachten können. Aber ich war nicht verrückt. Das war der Witz. Ich war kein bißchen verrückt, obwohl ich weiß, daß das der beste Beweis dafür ist, daß man es doch ist, zu behaupten, man sei nicht verrückt. Um rauszukommen – ich weiß wirklich nicht, warum ich so lange gebraucht habe, um das zu kapieren –, brauchte ich denen bloß vorzuspielen, daß ich mich änderte, daß ich anfing, anders über mich und –« ich legte eine kurze Pause ein, um ihr Gelegenheit zu geben, ihre Aufmerksamkeit zu verringern, wenn sie wollte »– über dich zu denken. Ich brauchte nur so zu tun, als sei ich dabei, mir dich aus dem Kopf zu schlagen, das war alles.«

Ich setzte mich wieder neben sie.

»Aber wir waren doch auch so«, sagte Jade. »Du und ich.«

»Was meinst du damit? Verrückt?«

»Wir haben in unserer eigenen Welt gelebt. Haben an das geglaubt, was sich unserer Meinung nach von allem anderen unterschied. Wir konnten nur zusammensein und sonst nichts. Nichts sonst war für uns Wirklichkeit.«

»Das stimmt.«

»Na ja, das ist doch verrückt.«

»Nein«, sagte ich, »nicht wenn wir beide daran glauben. Verrückte sind allein, und kein Mensch versteht, was sie meinen. Aber so ist es bei uns nicht. Wir wissen es beide, und das ist absolut vernünftig. Es ist nicht verrückt, wenn zwei daran glauben, wenn man es wahrmacht, indem man es lebt. Außerdem glauben auch andere daran, vergiß das nicht. An das mit uns beiden. Jeder, der uns kennt, uns zusammen sieht. Wir wirken so auf die Leute.«

»Bitte nicht.«

»Was?«

»Sprich nicht so darüber, als ob es immer noch so wäre. Das ist vorbei. Schon lange.«

»Gut, das ist lange vorbei. Aber jetzt bist du bei mir, und es kommt mir gar nicht so lange vor. Ich glaube, ich könnte die ganze Zeit dazwischen vergessen.«

Jade schüttelte den Kopf und senkte den Blick; sie hatte die Hände im Schoß und die Finger gespreizt, die Daumennägel berührten sich, die Finger hoben und senkten sich. »Bitte nicht«, sagte sie. »Du weißt nicht, mit wem du redest. Du machst dir was vor.«

»Ich kenne dich doch«, sagte ich, und diese Bemerkung bekam viel mehr Gewicht, als ich gedacht hatte, als ob dieser einfache Anspruch einen emotionalen Magnetismus besäße, der alles anzog, was unbekannt und unausgesprochen war, alles, was vage war und zugleich erhofft und befürchtet wurde. Ich sagte ihr, daß ich sie kannte, und im selben Augenblick entstand eine so knisternde Spannung zwischen uns, als ob ich endlich den Mut gefunden hätte, mich hinüberzubeugen und sie zu küssen. Doch ich hatte keine andere Wahl, als immer weiter vorwärts zu gehen, wie jemand, der einen Geist verfolgt: Entweder würde sich die Erscheinung in Licht und Staub auflösen, oder sie würde Gewicht und Substanz bekommen.

»Du kennst mich nicht», sagte Jade kategorisch. »Du erinnerst dich nur an mich.«

»Nein. Das kannst du nicht Erinnerung nennen. Man erinnert sich an etwas, was vergangen ist, vorbei, aber wenn du es unbedingt Erinnerung nennen willst, dann erinnere ich mich so an dich, wie man sich ans Gehen erinnert, wenn man bettlägerig ist. Ich meine, es ist kein Rückblick, es ist eine Rückkehr.«

»Dazu, miteinander verrückt zu sein?«

»Das wäre mir egal.«

»Dir.«

»Ja, mir.«

Jade schloß die Augen und schüttelte den Kopf, wie um eine Vorstellung abzuschütteln. »Ich weiß nicht, worüber wir eigentlich reden«, sagte sie. »Wir sollten das nicht tun. Es ist bitter, findest du nicht?«

»Für mich?«

»Ja, das meine ich – für dich. Es muß doch bitter für dich sein.«

»Nein. Und für dich?«

Sie schüttelte den Kopf. »Bei mir ist es etwas anderes. Ich bin da nicht beteiligt, nicht auf dieselbe Art. Du hast versucht, das festzuhalten, was wir hatten, und ich habe es losgelassen. Und das ist das Seltsame, wenn man etwas fallenläßt, es kommt nicht wieder, es fällt einfach und fällt und fällt.«

»Aber innen drin.«

»Wie meinst du das?«

»Wenn du es fallenläßt, dann fällt es, aber es fällt doch in dir drinnen. Ganz gleich, wie weit weg es scheinbar ist, es ist immer noch da, ganz nahe. Wir sind hermetisch abgeschlossen, dichter als Raumkapseln. Wir können nichts wirklich vergessen.«

»Oh, ich denke schon an dich«, sagte sie mit einer Stimme, die beiläufig klingen sollte.

»Ich denke ständig an dich«, sagte ich. »Als ich in der beschissenen Klinik war, dann bei meinen Eltern und jetzt bei mir zu Hause.«

»Wo wohnst du denn?«

»Kimbark dreiundfünfzig achtzehn. Zweieinhalb Zimmer. Erster Stock.«

Jade nickte. »Kimbark«, sagte sie. »Die alte Umgebung fehlt mir. Wir können von Glück sagen, daß wir dort aufgewachsen sind, glaub mir. Vor allem, wenn man in den Osten kommt. Die ziehen einen unheimlich auf, wenn man aus dem Mittelwesten stammt, aber es hilft, wenn man aus Hyde Park ist. Dann kann man doch einigermaßen mithalten.«

»Wobei?«

»In der Sprache.« Sie zuckte die Achseln. »Und sonst auch. Hat übrigens der Medici noch auf?«

»Ich denke schon.«

»Das ist gut. Als ich das letzte Mal in Chicago war, hat es geheißen, er würde vielleicht zumachen.«

»Wann war das? Wann warst du in Chicago?«

»Im Winter. In der schlechtesten Zeit. Schlimmer als Vermont.«

»Diesen Winter?«

Jade nickte.

»Aber da war ich doch auch schon da!«

»Ich weiß. Ich war mit einer Freundin da. Ich hab daran gedacht, dich anzurufen. Wirklich. Ich wollte schon deine Eltern anrufen, um mir deine Nummer geben zu lassen. Ich hatte schon den Zehner in den Apparat gesteckt, aber dann hab ich mir's doch anders überlegt. Als ich einhängte, kam die Münze nicht zurück. Da bin ich erschrocken.«

»Du hättest es tun sollen. Es ist so furchtbar, daß wir uns ausgerechnet heute wiedersehen. Nach der Beerdigung deines Vaters.«

»Das paßt doch«, sagte sie. Und dann: »Tut mir leid. Das war blöd. Aber wie gesagt, ich war mit einer Freundin da. Es wäre sowieso schwierig geworden.«

»Das hätte mir nichts ausgemacht. Ich meine, das wär's doch wert gewesen. Ich würde alle Schwierigkeiten in Kauf nehmen, um dich sehen zu können.«

»Wir waren auf der Durchreise nach Kalifornien. Santa Barbara, ihre Heimatstadt. Deshalb haben wir einen kleinen Abstecher in meine gemacht.«

»Susan.«

»Wie bitte?«

»Sie heißt doch Susan, nicht? Keith hat mir von ihr erzählt. Deine Freundin.«

Jade sagte nichts, zuckte die Achseln, preßte die Lippen aufeinander, biß die Zähne zusammen: Sie hatte die stummen Warnzeichen gelernt, die man gibt, wenn man bestimmte Dinge nicht gefragt werden möchte. Sie hatte sich schon viel zuviel über Susan anhören müssen, darüber, daß sie mit einer Frau zusammenlebte und sie liebte. Aber die Eifersucht, die ich deswegen empfand, der Stich, den es mir dabei versetzte, konnte keinen Schaden anrichten: Diese Wunden hatten schon tausendmal geblutet, und es gab nichts mehr zu fühlen und bestimmt nichts mehr zu sagen.

»Bist du zu eurem Haus gegangen?« fragte ich sie.

Jade nickte. »Ja. Es war nicht leicht, aber ich war es ihm einfach schuldig. Es war gut, daß ich's gemacht habe. Es sah in Wirklichkeit nicht so schlimm aus wie im Traum. Im Traum brennt es immer – ein bißchen bloß, zum Beispiel aus einem Fenster oder am Dach, aber es brennt, immer. Es hat mir gutgetan, es zu sehen, wie es wirklich ist. Warst du auch mal dort?«

»Bei mir ist es umgekehrt. Es sieht noch fast so aus wie früher. Dadurch wird für mich alles schwerer, fast so, als ob die ganze Geschichte nie passiert wäre. Weißt du, wie das ist, wenn man ein Ereignis im Geiste immer wieder durchspielt und dabei auf all die Dinge kommt, die hätten passieren können und die alles geändert hätten?«

Wir saßen dicht nebeneinander und überließen uns der Stille.

»Ich wollte dir schreiben, als du in der Klinik warst«, sagte Jade, ohne mich anzusehen. »Um zu erfahren, wie es dir geht, weißt du, und um dir zu sagen, wo ich studieren würde. Aber es war alles so verwirrend damals. Und außerdem dachte ich, du würdest vielleicht Scherereien bekommen. So oder so, alles wäre falsch gewesen. Es kam mir falsch vor, dir zu schreiben, nach allem, was passiert war, und es kam mir falsch vor, dir nicht zu schreiben. Nicht, daß ich das gut finde, die Dinge so treiben zu lassen. Ich finde das schrecklich. Aber –« Ihre Stimme brach ab, mit einem weichen, samtigen Klicken, und das Blut stieg ihr plötzlich ins Gesicht. Sie ließ den Kopf sinken und zog die Schultern zusammen.

Ich nahm ihre Hand. Nein. Ich legte meine Hand auf ihre, und dann schloß ich meine Finger einen nach dem anderen um ihren

Handballen, bis sie die Handkante berührten. »Sag's mir doch«, bat ich.
»Ich fühle mich so allein«, sagte sie leise. Sie weinte.
»Aber du bist nicht allein. Ich bin doch bei dir. Ich bin immer bei dir.«
Auf einmal saßen wir nicht mehr nebeneinander. Jade war aufgestanden, ging durch das Zimmer, setzte sich in den Sessel und wischte sich mit den Handrücken die Tränen aus den Augen. »Ich bin jetzt in Stoughton in meinem letzten Jahr«, sagte sie und schlug die Beine übereinander. Sie strich sich das Haar hinter die Ohren. »In den nächsten fünf Monaten muß ich...« Sie setzte ab; die Tränen hatten ihre Stimme mit Feuchtigkeit umsponnen. »In den nächsten fünf Monaten muß ich selbständig arbeiten. Ich habe zwei tragende Retriever-Hündinnen, eine davon ist blind. Sie werfen beide in ein paar Tagen, und ich muß dann beobachten, wie sich die Welpen entwickeln – die von der blinden Mutter verglichen mit denen von der normalen Mutter. Dann muß ich eine Arbeit darüber schreiben, und das wär's dann.«
»Dann bist du fertig mit deinem Studium?«
»Ja, mehr oder weniger.«
»Ich geh aufs Roosevelt.«
Jade verzog das Gesicht.
»Ich geh kaum hin. Aber ich muß eingeschrieben sein. Ich muß alles mögliche tun, um zu beweisen, daß ich wieder ins Gleis komme.«
»Ins Gleis kommen? Das klingt aber gar nicht nach dir.«
»Das ist ein Ausdruck von meinem Bewährungshelfer. Oder vielleicht von meiner Mutter. Danke.«
»Wofür?«
»Dafür, daß du noch weißt, was nach mir klingt. Daß du's nicht vergessen hast.«
»Ich weiß es noch. Wir haben uns zu gut verstanden.«
»Ja, nicht?« sagte ich.
»Ja. So was gibt's nur einmal im Leben. Das ist ein schrecklicher Gedanke, aber ich wette, es stimmt. Unser Pech, daß uns das passierte, als wir noch zu jung waren, um damit fertigzuwerden.«

»Wahrscheinlich wird niemand richtig damit fertig. Ich meine, das ist doch eine große Sache, oder? Es ist wie ein Notstand. Alle Regeln sind außer Kraft gesetzt.«

»Sind sie das wirklich. Jemals? Ich weiß, daß wir das damals gedacht haben – in unserer eigenen Welt leben und so. Aber wir waren noch sehr jung. Wir sind immer noch jung, aber damals waren wir richtig jung. Aber ich möchte da eigentlich nicht drüber reden. Die ganze Arroganz und Verrücktheit und wohin das alles geführt hat. Wenn ich mir das vorstelle. Was du damals alles gesagt hast, und ich hab dir alles geglaubt. Ich weiß nicht mal mehr, was *ich* alles gesagt und dir eingeredet habe. Ich will dir nicht die ganze Schuld zuschieben. Aber ich komme mir komisch vor, wenn ich es höre, wie wenn einem einer alles erzählt, was man gesagt hat, als man betrunken war.«

»Ich hab mich nicht verändert«, sagte ich.

»Das kann nicht sein. Das ist unmöglich.«

»Ich habe damals nichts gesagt, was ich heute nicht auch sagen könnte. Ich möchte es auch, die Wahrheit sagen. Aber ich trau mich nicht. Nicht, weil ich Angst hätte, mich zu blamieren; ich weiß ja, daß du weißt, daß ich dich liebe –«

»Das weiß ich nicht. Woher soll ich das wissen?«

»Ich liebe dich aber. Ich liebe dich immer noch. Ich liebe dich.«

»Das bildest du dir bloß ein. Du klammerst dich einfach an diesen Gedanken.«

»Nein. Es ist wahr. Es ist das einzige, was für mich wirklich ist. Es steht ganz für sich und hat sich nicht verändert. Aber keine Angst. Ich erwarte nichts von dir deswegen.«

»Das ist es nicht. Ich weiß nur, daß es nicht wahr sein kann. Es ist zu lange her, und zuviel hat sich geändert.«

»Ich hab mich nicht geändert.«

»Dann mußt du es natürlich glauben«, sagte Jade. Sie faltete ihre Hände im Schoß und preßte sie dann so fest zusammen, daß sie für einen Moment ganz weiß wurden. »Du mußt den Faden da wieder aufnehmen, wo er abgerissen wurde. Vielleicht, um dir selbst verzeihen zu können, was geschehen ist. Am Ende.«

»Nein.«

»Du liebst mich nicht, David. Ich hab dich nie besucht.«

»Das ging nicht.«
»Ich hab dir nie geschrieben.«
»Das ging auch nicht.«
»Aber wenigstens, als du dann draußen warst.«
»Das ist doch egal. Ich kann trotzdem nichts dagegen machen.«
»Doch.«
»Nein.«
»Doch, wenn du jemand anders liebst. Wenn du merkst, daß du dieselben Gefühle auch bei anderen haben kannst.«
»Ich liebe aber keine andere.«
»Du solltest es aber versuchen.«
»Nein. Niemals. Ich kenne ein Mädchen, eine Bildhauerin. Wir sehen uns ab und zu. Das hat sich zufällig so ergeben, durch Freunde, aber wir versuchen es gar nicht, wir berühren uns nicht einmal.«
Jade schüttele den Kopf.
»Du bist die einzige, an der mir etwas liegt«, sagte ich. »Abgesehen von mir selber. Für mich interessiere ich mich auch, den Menschen, der ich bin, wenn ich mit dir zusammen bin, die Art, wie ich mich selbst sehe und erfahre. Dieser Mensch, der nur lebt, wenn ich bei dir bin.«
Ich stand auf. Das Blut schwappte mir in den Kopf wie eine Welle an den Strand. Das Zimmer verschwamm, bewegte sich; ich wußte selbst nicht, warum ich aufgestanden war. Ich befühlte mein Hemd, drückte mit den Fingern in die Zwischenräume zwischen den Knöpfen und entdeckte, daß sich Schweiß in der Mulde unter dem Brustbein angesammelt hatte. »Wir sind wieder zusammen«, sagte ich. Ich hörte meine Stimme, als ob sie aus einem anderen Teil des Zimmers käme, nahm sie mit einer Art benommener Klarheit wahr: ihre Struktur, ihr Timbre, ihren leicht hypnotischen Tonfall.
»Eigentlich kann ich's dir auch sagen«, sagte Jade. Kokett?
»Was denn?«
»Ich hab gewußt, daß ich den Bus verpassen würde. Ich hab damit gerechnet, daß du mich bittest hierzubleiben. Eine Zeitlang.«
Ich nickte. Ich ging auf sie zu. Das Zimmer war so klein. Ich stand schon vor ihr, aber ich hatte immer noch das Bedürfnis, mich zu

bewegen. Ich ging rückwärts, dann vorwärts und kniete mich schließlich hin. Und als ich so vor ihr kniete, brach unvermutet tief in mir ein Gefühlsvorrat auf; er breitete sich in mir aus wie ein warmes Gel. Ich nahm ihre Hände und hielt sie in ihrem Schoß.

»Darf ich?« fragte ich.

Sie sah mir in die Augen. Ich sah, wie sie in ihren Gefühlen versank, und sie wußte, daß sie das Schweigen zwischen uns bewahrte – ein Schweigen, dessen Melodie vollkommen war –, es für immer bewahren konnte, und daß ich es nicht brechen, nicht den Glauben verlieren und es in Frage stellen würde. Ich ließ sie nicht los, und ihr Puls war so kräftig, daß ich seinen Nachhall in ihrer Hand spürte.

»Ja«, sagte sie.

Ich sagte nichts. Ich senkte kurz den Blick und sah sie dann wieder an.

»Ich liebe dich«, sagte ich.

Sie beugte sich vor, und ich zog an ihren Händen, bis sie aus dem Sessel glitt und ihre Knie meine berührten. Wir umarmten uns, und ich hatte ganz plötzlich furchtbare Angst, eine so totale und ungeheure Angst, wie ich sie noch nie empfunden hatte. Sie erfüllte mich, wie der Knall einer Explosion einen Raum füllen würde, und dann war sie genausoschnell wieder verflogen. Ich hatte meine Vergangenheit abgestoßen, und sie entfernte sich von mir wie ein losgelassener Luftballon. Wir lagen auf dem abgenutzten, glatten senffarbenen Teppich, so unbeholfen und verrenkt wie aus dem Bett gefallene Invaliden, und ich hielt mich an nichts mehr fest außer an dem, was unmittelbar vor mir lag, außer an Jade. Wie ein aus einer Koppel ausbrechendes Pferd hatte mein Leben begonnen.

»Du mußt mich halten«, sagte Jade leise. »Mir ist, als würde ich jeden Augenblick in Ohnmacht fallen, aber auch so, als hätte ich Dexadrin genommen. Ich bewege mich in so viele verschiedene Richtungen. Das Wiedersehen mit dir. Pa. Mein Gott, es ist zu sonderbar. Ich versuche erst gar nicht, das alles zu erklären, aber wenn du mich bitte halten würdest. Ich habe am Wochende mit meiner Freundin Schluß gemacht. Susan. Es stand schon eine ganze Weile auf der Kippe, aber der letzte Campingausflug hat uns den Rest gegeben. Ich hab sie einfach in einem Café sitzenlassen. Ich hab meinen Löffel in eine Schüssel ekligen Haferbrei gesteckt und bin heimgetrampt, fünfundsiebzig Meilen. Daheim ein Zettel, ich solle Mutter anrufen. Der Schock über die Nachricht, das Wiedersehen mit dir und jetzt das hier. Nein. Halt mich richtig. Nicht nur ein bißchen.« Sie drückte die Haare an meinem Hinterkopf, als ob sie sie auswringen wollte.

Ich umarmte sie, so fest ich konnte. Ich hatte nicht viel Kraft in den Armen. Sie machte ein Hohlkreuz und drückte sich an mich. Ihr Kopf lag auf einem dunklen Fleck des Teppichs, den jemand anders hinterlassen hatte. Es überraschte mich, daß ich das bemerkte, aber wenn ich mit Jade zusammen war, fielen mir immer Dinge auf, die nichts mit uns zu tun hatten – Risse in der Wand, der Geruch von nassen Ahornbäumen, der durch die Fliegenfenster hereinkommt –, und dadurch, daß ich sie wahrnahm, vereinnahmte ich sie für uns. Bei Jade war es dasselbe gewesen. Wir konnten beide nicht abgelenkt werden. Wenn unser Bewußtsein einmal seine vollkommene menschliche Tonlage gefunden hatte, ging es weit auf und ließ alles ein. Ich streichelte ihre Wange und drückte meinen Mund auf ihren.

Ich spürte, daß sie seit unserer Zeit viel geküßt hatte. Ihre Lippen waren mir fremd. Flacher als früher, nicht so stark gerundet. Viel weiter geöffnet, nicht in der Regung des Augenblicks, sondern aufgrund neuerworbener Reflexe. Ich fragte mich, ob meine eigenen Lippen verrieten, wie oft ich das Kopfkissen geküßt hatte, wie viele Male ich, meinen Phantasien nachhängend, meinen eigenen Handrücken gekostet hatte. Ich erwartete mir kein Lob, keine Vorrechte für meine lange Treue, fühlte mich ihretwegen nicht moralisch überlegen. Ich war schließlich nicht in Versuchung gekommen, hatte gar nicht anders gekonnt. Vielleicht eine Art Hysterie. Die Gelegenheit, einer mönchischen Regung nachzugeben, ein negativer erotischer Antrieb, die unvermeidliche Polarität meiner bewußten, unaufhörlichen sehnsüchtigen Wünsche. Wenn man es anders sah, war es alles ziemlich lächerlich. Oder mutwillig: der Wutanfall eines trotzigen Kindes. Eine Gelegenheit, bei meiner eigenen Verhandlung unter den Geschworenen zu sitzen. So gut wie nie – *nie* – masturbiert. Es war Irrsinn, und ich hatte es die ganze Zeit gewußt. Die Ärzte hatten völlig recht, in dieser Hinsicht. Dr. Clark hatte mit Rose und Arthur darüber gesprochen, daß ich meine sexuellen Spannungen irgendwie abbauen müßte. Sie waren peinlich berührt und behielten es für sich. Ein schöner Zug an ihnen, ihre Achtung vor meiner Privatsphäre, allerdings getrübt durch ihre Prüderie. Dr. Ecrest ging sogar so weit, mit dem Abbruch meiner Behandlung zu drohen, falls ich nicht anfinge, etwas gegen meinen Triebstau zu tun. Damit kam er bei mir an den Richtigen! »Also, Moment mal, versteh ich Sie richtig? Wenn ich nicht mehr zu Ihnen komme, muß ich wieder nach Rockville, stimmt's? Sie sagen mir also praktisch, daß ich entweder wichsen muß, oder Sie lassen mich wieder hinter Schloß und Riegel setzen?« Ich sparte meinen Samen auf, wie ein Häftling alle möglichen Fetzen – Ränder von Bettüchern, Hemdenkrägen, Manschetten – mit dem Hintergedanken horten könnte, sich eines Tages ein langes Seil daraus zu knöpfen und sich damit an der Außenmauer herabzulassen.

Auf einmal machte sich Jade steif. Sie machte ihren Rücken gerade, und zwischen uns tat sich ein Abstand auf wie ein sich öffnender Fallschirm. Sie rollte sich auf den Rücken und starrte so konzentriert an die Decke wie ein kleines Mädchen, das in den Wolken das Spiegelbild seines Lebens sieht.

»Ich habe das Gefühl, ich werde gestoßen«, sagte sie.

»Von mir?«

»Nein. Nicht von dir. Nicht nur von dir. Von allem. Eins hab ich über mich selbst erfahren: Es fällt mir nicht schwer zu vergessen, wer ich bin. Ich lasse den Dingen ihren Lauf. Ich lasse mich treiben. Das ist falsch.«

»Ich weiß nicht.«

»Doch, es *ist* falsch.«

Sie stand mühsam auf. Ich blieb liegen und schaute zu ihr hoch. Ich hatte auf einmal das Bedürfnis zu lächeln. Was hatten wir auf dem Boden zu suchen? Es war sinnlos, gedankenlos – und unsere Gedankenlosigkeit machte mir Mut. Ich war sicher, daß ein gewisses Maß an Gedankenlosigkeit notwendig war, wenn wir wieder zusammenkommen sollten.

Jade machte ihren Matchsack auf und holte einen braunen Umschlag von der Größe einer Lohntüte heraus. Ich stützte mich erst auf die Ellbogen und erhob mich dann ganz. Jade drückte die Kanten des Umschlags zusammen, so daß er sich öffnete, und guckte hinein.

»Da, schau«, sagte sie und hielt ihn mir hin. »Das ist übriggeblieben.«

Es war ein kleiner Teil von Hughs Asche. Sie war grob, wie Bruchstücke von Erdnußkrokant. Und überhaupt nicht schwarz. Silbrig und stellenweise weiß.

»Jeder hat sich ein bißchen davon mitgenommen«, sagte Jade. »du weißt schon, wie Angebinde bei einer Hochzeit. Jeder von uns soll seinen Teil an einem Ort ausstreuen, wo Pa gerne gewesen ist. Ich soll das hier in die Green Mountains bringen, obwohl er nie dortgewesen ist. Aber er hat die Berge geliebt, besonders die Alpen. Ingrid will ihre in ganz New Jersey ausstreuen und einen kleinen Rest in einem Lederbeutel in ihrem Kombiwagen aufhängen. Keith bringt ein bißchen nach Cambridge. Und Onkel Robert nimmt eine ganze Menge mit in den Süden. Ist das nicht idiotisch?«

»Nein. Es ist in Ordnung.«

Jade sah zu, wie ich die Asche anschaute, und als mein Blick abschweifte, ließ sie den Umschlag zuschnappen und nahm ihn weg.

»Es ist alles zusammengekommen. Das Ende dieser langen Geschichte mit meiner Freundin. Und die Familie – weißt du, ein normales Familientreffen, ohne besonderen Anlaß, nimmt mich schon mit. Einer allein ist schlimm. Alle auf einem Haufen – unerträglich. Ehrlich. Ich bin jedesmal richtig geschafft. Ich muß um alles kämpfen. Die Vergangenheit ist wieder da. Alles geht mir auf die Nerven. Die Familienintrigen hören wegen eines Todesfalles nicht auf, weißt du. Sie werden eher noch fieser und hysterischer. Wie ein Huhn, das noch herumläuft, nachdem ihm der Kopf abgehackt wurde. Und jetzt auch noch du. Ausgerechnet jetzt, stimmt's? Wo ich es am allerwenigsten gebrauchen kann. Alles passiert zur falschen Zeit – vor allem zwischen mir und dir.«

»Ich dränge dich nicht. Ich weiß, was ich möchte, nämlich bei dir sein, aber ich weiß, es ist nicht so einfach. Ich tu so, als wüßte ich nur, was ich will, und sonst nichts, aber in Wirklichkeit weiß ich schon mehr.«

»Ich fühle mich nicht von dir gedrängt«, sagte Jade. »Ich weiß noch nicht mal, ob du mich schon erreichen kannst. Verstehst du? Und ich bin völlig fertig. Ich spüre schon, wie kleine Teile von mir einschlafen. Ich werde Vermont Transit anrufen, und die werden mir sagen, daß vor morgen früh um sieben kein Bus mehr fährt. Und dann muß ich schlafen. Wir werden darüber reden, wer von uns beiden in diesem Sessel oder auf dem Boden schlafen soll. Aber dazu wird es nicht kommen. Wir werden beide in diesem Doppelbett einschlafen, und so sollte es sich eigentlich nicht abspielen. Wenn wir unsere Freundschaft wiederaufnehmen wollen, würde sie dann dadurch nicht von vornherein unter keinem guten Stern stehen? Ich hätte nicht hierbleiben dürfen. Wir hätten uns für eine andere Zeit verabreden sollen.«

»Ich werde auf dem Fußboden schlafen«, sagte ich. »Ich mache das oft.«

»Warum?« wollte Jade wissen.

»Manchmal halte ich es im Bett nicht aus.«

»Ich muß schlafen.« Sie verschloß den Umschlag wieder und steckte ihren Anteil von Hughs Asche mit der Ungeduld in den Matchsack zurück, mit der man eine Rechnung ablegt, die man nicht bezahlen will, aber auch nicht wegzuwerfen wagt.

Sie machte ihren Matchsack zu und hängte ihn sich über die Schulter. Ich bekam plötzlich einen Schreck, der meine brutalen Instinkte weckte: Ich dachte daran, mich vor die Tür zu stellen. Aber sie wandte sich von mir ab und ging auch nicht zur Zimmertür, sondern blieb vor der Tür zum Bad stehen.

»Ich ziehe mich da drin um«, sagte sie.

»Ja, gut«, sagte ich. »Natürlich.« Es sollte unbefangen klingen, aber ich glaube nicht, daß es mir besonders gut gelang.

Sie ließ den Matchsack ein paarmal auf und ab wippen, als ob sich anhand des Gewichtes feststellen ließe, ob alles darin war, was sie brauchte.

»Willst du vorher noch ins Bad?« fragte sie.

»Nein, geh ruhig hinein.«

Sie zuckte die Achseln, als ob ich mich geweigert hätte, einen geschäftlichen Rat von ihr anzunehmen. »Na gut«, sagte sie, »aber es wird eine Weile dauern.«

Ich lag auf dem Boden, so steif, daß mein Rückgrat fast nirgends den Teppich berührte. In der Unterwäsche, mit einer gelbbraunen Decke zugedeckt und mit dem Rückenpolster des Sessels als Kopfkissen. Die beiden richtigen Kopfkissen hatte ich auf dem Bett liegengelassen, für Jade, für ihre Bequemlichkeit. Als wir jede Nacht miteinander schliefen, hatten wir immer drei Kopfkissen gebraucht; das dritte hatte sie in den unentbehrlichen, persönlichen Stunden des Schlafes umarmt, in denen sie mir den Rücken zukehrte und ihr Leben so verschlossen war wie eine Auster. Manchmal hielt sie das Kissen an ihre kleinen Brüste gedrückt, aber meistens steckte es schließlich zwischen ihren Schenkeln. Dieses dritte Kissen war oft verschwunden, weil es sich eins der fremden Kinder für sein hartes Bett genommen hatte. Eine Art, uns unseren Zauber zu stehlen, uns auf subtile Art zu erniedrigen. Rußverschmierte Hände, die durch das Eisengitter greifen und Iris aus dem Garten des Reichen klauen. »Ich hab mir das Kissen von meinem eigenen Geld gekauft«, hatte Jade gejammert, während sie im Morgenmantel durchs Haus lief und nicht immer allzu sorgfältig darauf achtete, daß er auch nicht aufging. Schon damals war mir die kokette Arroganz vieler ihrer Handlungen aufgefallen, aber ich hatte mich nie daran gestoßen: Ich hatte dazu beigetragen, daß sie so wurde, indem ich sie glücklich gemacht hatte. Indem ich dafür gesorgt hatte, daß ihre unklare Stellung in der Familie sich in die einer wilden Katze verwandelte.
Jade ging ins Bett und merkte, daß zwei Kopfkissen da waren. Ich sah, daß sie es merkte. Sie reagierte immer körperlich, wenn sie etwas wahrnahm: mit einem Nicken, einem Zwinkern, einer fast unmerklichen Haltungsänderung. Aber dann kam mir der Gedanke, daß sie es womöglich falsch verstand. Sie dachte vielleicht, ich hätte das Kissen liegengelassen, weil ich vorhatte, mich früher oder später zu ihr ins Bett zu mogeln.
Ich hatte die Decke umgeschlagen und das Laken geglättet, damit es so aussah, als ob noch keiner in dem Bett gelegen hätte. Die

Lampe mit dem kleinen teefarbenen Schirm war auf ihrer Seite des Bettes. Der Schalter war einem alten Schlüssel nachgebildet.
Als sie aus dem Bad kam, trug sie einen hellgrünen Morgenmantel, die Farbe ihrer Augen. Sie war rasch an mir vorbeigegangen, ohne stehenzubleiben, so als ob sie eine große Strecke zurücklegen müßte. Ich hatte die Hände unter dem Kopf und spannte meine Bizepse an, damit sie einigermaßen groß wirkten. Ich gab mir Mühe, ihr nicht allzu auffällig mit den Augen zu folgen. Ihre Füße sahen brutal aus: Wanderschuhe, Wanderski und billige Tennisschuhe hatten sie zusammengequetscht, gerötet, in die Breite gehen und Hornhaut ansetzen lassen.
Als sie sich ins Bett legte, merkte ich, daß ich, obwohl ich wie ein Hund am Fußende lag, trotzdem ihr Gesicht aus einem sehr günstigen Winkel sehen konnte. Jedenfalls wenn sie sich auf die Seite drehte, wo die Lampe war. Und das war der Fall.
Sie stopfte einen Zipfel des Kopfkissens in den Schlitz zwischen der Matratze und dem Kopfteil. Das hatte sie sich also nicht abgewöhnt. Dann knipste sie die Lampe aus. Es wurde nicht sehr dunkel im Zimmer. Der Raum wurde von den Lichtern der Stadt erhellt, von der Kuppel diffusen Lichts, die über der Stadt hing, und von meinem Wunsch, etwas zu sehen. Jade knöpfte ihren Morgenmantel auf und zog ihn aus. Darunter trug sie einen Schlafanzug, einen mit orientalischem Schnitt. In dem schwachen Licht glänzte er, als ob er naß sei. Es war eine sittsame Geste, daß sie den Morgenmantel im Bett und im Schutz der Dunkelheit auszog, sittsam und überflüssig, aber sie verriet immerhin eine gewisse Anspannung – und Anerkennung meiner Gegenwart.
Sie ließ den Morgenmantel auf den Boden fallen, und mir wurde schwindlig vor Hoffnung.
»Also, dann gute Nacht«, sagte sie nach einer kleinen Weile.
Ich wollte ihr nicht gute Nacht sagen; damit wäre der Vorhang über den Abend gefallen. »Schlaf fest«, sagte ich. Ich war überrascht, mich das sagen zu hören, verblüfft. Schlaf fest? Eine halbwegs vernünftige Redewendung, die ich aber noch nie gebraucht hatte. Und in der offenbar – jetzt, wo ich darüber nachdachte – ein kleiner laszirer Wurm steckte. Schlaf fest, und ich zieh dich aus, ohne daß du was davon merkst.

Ich spürte, wie Jade nachdachte, sich überlegte, ob sie noch etwas sagen sollte. Ich meinte zu hören, wie sich ihre Lippen öffneten; sie bewegte sich im Bett, als ob sie gleich etwas sagen würde. Aber dann spürte ich ganz plötzlich, daß ihr Bewußtsein den Raum verließ wie eine Katze, die aus dem Fenster springt. Sie war eingeschlafen. Die Klimaanlage summte lauter und übertönte Jades Atem. Ein größerer Teil meines Rückgrats berührte jetzt den Boden, und ich entspannte mich und glitt in eine schwere, mürrische Schlaflosigkeit. Jade hatte mich mit schockierender Abruptheit alleingelassen, und ich wäre ihr gern in den Schlaf gefolgt. Aber ich war offenbar zum Wachbleiben verurteilt, und ich mußte mir überlegen, welche *Art* von Schlaflosigkeit es werden sollte: eine vage, offenäugige Schwester des Schlafs oder eine unbeholfene, verdrehte Form des Wachseins. Die Frage war, ob ich mich zusammenreißen und das Beste daraus machen oder mich so nahe wie möglich an die Grenze des Schlafs herantreiben lassen wollte, in der Hoffnung, irgendwann doch unversehens einzuschlafen.

Meine Gedanken jagten sich. Ich kam mir vor, als lebte ich in der Zeit vor der Erfindung der Sprache. Gefühle meldeten sich, aber ich konnte sie nicht bezeichnen, und ohne Namen konnten sie nicht verwandelt oder beherrscht werden. Sie stellten sich als Farben dar, als Krämpfe, als undeutbare Stimmen. Hätte ich in einer früheren Zeit gelebt, so hätte ich gedacht, ich sei besessen, hätte mich bemüht, die Einflüsterungen meines rauschenden Blutes zu entziffern, so wie Krieger in alten Zeiten auf weiße Flüsse gelauscht hatten, um deren Befehle zu erfahren.

Ich setzte mich auf und schlang die Arme um die Knie. Mein Atem ging mühsam, als seien die vertrauten Luftwege entfernt und gegen helle Aluminiumrohre ausgetauscht worden, vollkommen offen und frei, doch ein klein wenig zu eng. Der klare Verstand kehrte in Gestalt ausgiebigen Selbstmitleids wieder. Ich dachte, hier ist sie nun endlich nach so langer Zeit bei mir, und ich liege auf dem Boden. Es sah so aus, als sollte diese Nacht – und schon nahte über den Atlantik der Morgen – unsere einzige Zeit miteinander sein, meine letzte Chance. Als hätte ich mich geirrt. Ich hätte etwas wagen müssen und hatte es nicht erkannt. Eine

Überrumpelung. Oder vielleicht Taktik. Flirt, Vorwürfe, ein Feuerwerk von Geistesblitzen. Meine Ansichten über den Tod. Die letzte Rolle, die ich mir wünschte, war die des gramgebeugten Tenors, der an der Rampe einer dunklen, leeren Bühne steht und die Finger in den Brokat seines altmodischen Kostüms krallt.

Ich hatte den Wunsch aufzustehen, ans Bett zu treten und ihr schlafendes Gesicht anzuschauen. Aber was, wenn sie wach wurde? Ein Angstschrei? Oder vielleicht würde sie mich packen und zu sich hinunterziehen.

Mein Verlangen war übermächtig, fieberhaft. Ich wußte, wenn ich nicht aufpaßte, würden meine Instinkte die Oberhand gewinnen.

Man macht sich lustig über die Katholiken, weil sie unreine Gedanken beichten, aber meine eigenen Gedanken, Spiegelbild meiner überhitzten Leidenschaften, wären eine Beichte wert gewesen. Ich hätte sie gerne als Sünde eingestuft, sie auf diese Weise gebündelt und jemand anderem überreicht. Um Vergebung zu erlangen. Einen Beichtvater hätte ich gebraucht.

Aber ich hatte natürlich keinen. Die größte Annäherung an ein religiöses Leben, dessen ich fähig war, war die Verehrung eben der Gefühle, die mich jetzt plagten, die mir zusetzten wie der eigene Körper, wenn man Fieber bekommt.

Ohne einen Priester oder irgendwelche Zeremonien blieb mir nur mein eigener Vater als Beichtvater – aber welche Erlösung von der Sünde konnte ich von diesem dicklichen, zwanghaft gutmütigen Mann erwarten? Zu ihm über mich selbst zu sprechen, war wie auf einen riesigen Sack Hafer zu fallen, weder tröstlich noch schmerzhaft. Arthurs Weltanschauung schwankte zwischen kosmischer Grandiosität und eisiger Leere; entweder lebten wir im wärmsten Eckchen eines Universums, das uns aus mysteriösen Gründen vollkommen liebte, oder wir waren einfach ein Gemisch aus Eiweiß und Wasser, das eine Zeitlang im hohen Becherglas der Zeit brodelt. Ein Urteil war in beiden Fällen unmöglich. Die Butterfields zeigten mir, daß sie *für* mich waren, indem sie meine Äußerungen prüften und ordneten, wie Karten bei einer Patience. Arthur akzeptierte mich einfach und war doch auf eklatante Weise blind für mich. Er glaubte an mein *Schicksal* als ein Mann von Leidenschaft und Prinzipien und gab sich nicht damit ab, Beweise dafür zusammenzutragen.

Ein lieber Junge! Ein Sohn, wie man ihn sich wünscht! Eine reine Freude! Immer wieder einmal musterte er mich aufmerksam, um festzustellen, ob ich ihm schon ähnlich sehe. Ich wurde ihm nie ähnlich, aber das war kein Grund zur Eifersucht, denn ich hatte auch nichts von Rose. »Er sieht aus wie ein Russe – aber wie ein Aristokrat«, sagte mein Vater immer von mir. Letzten Endes war es besser, daß ich keinem von beiden ähnlich sah. Er schirmte mich gegen die Angst vor seiner eigenen Mittelmäßigkeit ab und verheimlichte dabei auch all seine erhabenen Züge: Der Kloß in seinem Hals, als er vor den finster blickenden Geschworenen stand, die Tränen, die er für die Rosenbergs vergoß, die neuen Freunde beim Militär, die er beim Poker gewinnen ließ, weil sie ein Leben körperlicher Arbeit vor sich hatten. Er hielt sich für sentimental, grobschlächtig, er übersah den Beginn seiner Gefühle und strauchelte unter ihrem Gewicht, wenn sie voll entwickelt waren. Es war sein Wunsch, daß ich ihn nicht kennen sollte. Er war jemand, auf den ich mich verlassen, bei dem ich mir Nahrung holen konnte, jemand, der mir das Sprechen und die Anfangsgründe guten Benehmens beibrachte – den Gedanken der Fairneß, die Gesten des Mitgefühls. Aber ohne die Möglichkeit, ihn tatsächlich kennenzulernen. Er schloß mich von seinem tiefsten Selbst aus wie von einer ansteckenden Krankheit und redete sich ein, er sei ein Hahn, dem die Aufgabe übertragen worden war, einen Habicht das Fliegen zu lehren.

Er wollte die Fackel weiterreichen – die Fackel der Liebe und der Unbekümmertheit, die Fackel, die in seinen eigenen Händen nie Feuer fangen wollte. Und als sie dann brannte, holte er sie sich heimlich von mir zurück. Jetzt hielt er sie, stellte sie wie ein Hochzeitsgefieder vor Barbara Sherwood zur Schau, hielt sie Rose unter die Nase und warf ihr vor, daß sie Angst davor habe. Wie hätte ich ihm beichten können? Der Vorgang seiner blinden Liebe war umgekehrt worden: Jetzt, in diesem vergleichsweise späten Stadium, war ihm endlich der Gedanke gekommen, daß er und ich zum selben Menschenschlag gehörten, und da er nie weniger imstande gewesen war als jetzt, sich selbst zu beurteilen, konnte ich von ihm sicherlich nur eine höchst parteiische Meinung über mich erwarten. Nun, da wir in seiner Vorstellung zu einer einzigen Person verschmolzen waren und diese Person der Mann war, der er immer hatte sein wollen, konnte ich mit einem moralischen Blankoscheck operieren – meine bloße Unterschrift wurde *überall* honoriert.

Irgend jemand hupte unten auf einem Mehrklanghorn, als ob die 34. Straße die Ulmenallee in irgendeiner sommerlichen Stadt im Mittelwesten sei – Teenager, die zu einer nächtlichen Feier mit warmem Bier und Sternenlicht unterwegs sind und den Trödler der Klasse herbeihupen müssen.

»David?« sagte Jade leise. Ihre Stimme war fest, aber ein bißchen aus dem Lot von dem kurzen Schlaf.

Ich machte zur Antwort ein Geräusch.

»Kannst du nicht schlafen auf dem Boden?« fragte sie. Sie streckte die Beine, krümmte die Zehen und schob sie langsam zum Bettrand hin. Ich hörte es. Sie stieß einen tiefen Seufzer aus, während sie langsam weiter aus dem Schlaf kletterte. Ich setzte mich wieder auf und sah sie an. Ihr Kopf war halb auf dem Kopfkissen aufgestützt. Kinn auf der Brust, ausschwingend auf einem fleischigen Ring, mehr wie bei einem Kind als bei einer alten Frau. Die Augen fielen ihr wieder zu, zitterten, richteten sich bei ihren blicklosen Wanderungen nach den eigenartigen Impulsen ihres Verstandes. Gingen auf. Sahen zu mir herunter.

»Ich versuche gar nicht einzuschlafen«, sagte ich.

»Ist es hart auf dem Boden?« fragte sie.

Ich wollte nein sagen, besann mich aber, weil ich begriff, daß sie eine andere Antwort hören wollte. »Nein, es ist schon o.k.«, sagte ich höflich, aber bewußt vage. Welche Scheu, aber leicht zu verzeihen. Die steife kleine Verbeugung vor der verschwitzten, wirbelnden Ekstase eines Tanzes in der Scheune.

»Irgendwie kommt mir das lächerlich vor, du da auf dem Boden«, sagte sie. Ihr Hals blähte sich, die Unterlippe wurde voller: Sie unterdrückte ein Gähnen, ich sollte nicht merken, daß sie immer noch halb schlief.

»Man ist eben Gentleman«, sagte ich.

»Also«, sagte Jade. Pause. Ihr Schweigen hätte auch nicht schwüler sein können, wenn sie es jahrelang geübt hätte – vor dem Spiegel, alleine im Wald, in freien Augenblicken. »Dann komm halt rein.« Sommerlager-Jargon. Die ältere Schwester, die der Kleinen eine Stunde Trost anbietet nach ihrem Alptraum.

Meinst du das ernst? wollte ich sagen. Aber so viel Harmlosigkeit hätte sie mir nicht abgenommen. »Ich möchte schon gerne«, sagte ich. Ich rappelte mich auf. Von irgendwoher zog ein Lufthauch durchs Zimmer, eine Wellenlinie, eine elektrische Strömung. Mein Penis war erigiert und fühlte sich härter an als jedes andere Körperteil – meine Zähne, mein Schädel. Die Eichel schaute aus dem Schlitz meiner Unterhose hervor. Sie sah so verlegen, komisch und verängstigt aus wie ein Bühnenarbeiter, der plötzlich auf der falschen Seite des Vorhangs steht.

Sie warf das zweite Kissen auf die Seite des Bettes, die jetzt meine war, das Kissen, das sie umarmt, gesalbt hatte. Die oberen Knöpfe ihrer Schlafanzugjacke waren offen; ich hätte hineinschauen und ihre Brüste sehen können. Wie Stu Neihardt. Ich stieg vorsichtig ins Bett. Sie lag am Rand ihrer Hälfte. Ich legte mich an den Rand meiner Seite. Ich lag auf dem Rücken, starrte an die Decke und blinzelte oft, damit ihr nicht entging, daß ich hellwach war. Sie lag auf der Seite, von mir abgewandt, den Arm ums Kissen geschlungen, das linke Bein ausgestreckt, das rechte im Knie abgewinkelt. Sie hatte sich das Laken bis an die Schulter gezogen, aber die Decke war auf ihrer Seite bis zu ihrer Hüfte heruntergezogen.

»Ja, da wären wir wieder», sagte Jade.

Sie sagte es nicht ganz ohne Sinn für Humor. Das verwirrte mich, machte mich mißtrauisch. Ich entschied mich dafür, nichts darauf zu antworten.

»Das kam mir bloß irgendwie lächerlich vor, wie du da am Boden gelegen hast«, sagte sie nach einer Weile.

Wir lagen schweigend nebeneinander, doch es war klar, daß wir bereits tief in zellularer Unterhaltung begriffen waren und in gewissem Sinn schon begannen, uns zu lieben. Ich horchte auf Jades Atem, bemerkte jede kleine Verlagerung ihres Gewichts. Ich wollte mein Bewußtsein entleeren, um in Jades Gedanken eindringen zu können. Ich wußte nicht genau, ob ich an Trancen oder außersinnliche Wahrnehmung glaubte, aber ich wollte absolut empfänglich für jede Botschaft sein, die sie mir vielleicht senden würde. Ich glaube, ich stellte mir vor, ich würde in der Lage sein, ihre stumme Bitte zu entschlüsseln, sie so zu beeinflussen, daß sie wahrnehmbar wurde, ermunternd; daß ich im Schweigen meines Gehirns ihre Stimme würde sagen hören: »David, berühre mich.« Ich hörte nichts dergleichen; so einfach würde es also nicht sein. Aber ich wurde wenigstens das unaufhörliche, nervöse innere Geplapper los. Die frivole, vorübergehende Aufmerksamkeit ließ nach. Ich hörte zu, wie sich ihre Lungen füllten, spürte, wie sich der Sauerstoff blähte und gegen die feuchten rosa Wände drückte, um dann für das Ausatmen einen akrobatischen Überschlag zu vollziehen. Ich berührte vorsichtig meine Erektion. Es fühlte sich so an, als umspannte ihre Wurzel meinen ganzen Körper, Ganglien an meinen Schenkeln hinab, an den Rückseiten meiner Beine, an meine Fußsohlen sich klammernd und aufwärts durch den Bauch, hinaufschießend bis zum Hals. Eine Fliege schwirrte langsam gegen ein Rollo oder einen Lampenschirm, irgend etwas aus Papier. Jade rührte sich ein bißchen. Sie rieb die Rückseite ihres Fußes am Laken. Nervosität? Oder ein Kitzeln? Ein Wachheitssignal, wie meine Lidschläge.

Ich lag jetzt auf der Seite, ihrem Rücken zugewandt, ihren Haarspitzen dicht über dem seidenen Kragen ihres Schlafanzugs, ihrem Körper und seiner scheinbaren Massivität im Dämmerlicht.

Ich konzentrierte meinen Blick und all meine psychischen Kräfte auf ihren Hinterkopf. Psychischer Trick aus der fünften Klasse. Jemanden dazu bringen, daß er sich umdreht. Arlene Davenport zum Erröten bringen, indem man die Rückseiten ihrer Ohren anstarrt. Ira Millman dazu bringen, daß sie sich den Rücken kratzt, indem man seine Knopfaugen auf ihr seidiges schwarzes Haar fixiert. Funktioniert wirklich.

»Beschissen heiß hier drin«, murmelte Jade. Sie wand sich unter Laken und Decke. Im Begriff, sie abzuschütteln. Aber nein. »Wie im August«, sagte sie.

Die Hitze. Wollte sie damit sagen, daß ich ihr zu sehr auf den Leib rückte? Ihr die Wärme meines Blutes aufdrängte?

Ich dachte an ihr Blut, und in einem schwindelerregenden Anfall von Verlangen und Erschöpfung wollte ich ihr Blut *sein*, die Substanz sein, die sich in ständigem Kreislauf durch jeden Zoll ihres Körpers befand.

Ihr Menstruationsblut.

Die Tampax-Schnur in ihrem Schamhaar.

Ihre Vagina. Die Lippen, die meiner Berührung nachgeben, feucht werden, sich öffnen. In ihren Körper schauen. In ihrem Körper sein. Vereinigt.

Das eichenholzfarbene Muttermal an der Innenseite ihres Schenkels.

Ihren Bauch mit Küssen bedecken, die Lippen über ihrem Nabel, mit der Zunge die runzlige Einbuchtung berühren, die Zwillingsbögen aus Flaum, der sich in der Erregung sträubt.

Ihre Hand auf meinem Kopf. Die mich hinunterschiebt. Sanft. Weiter, oh, ein bißchen weiter.

Jade drehte sich auf den Rücken. Knie angezogen, Füße flach auf der Matratze, Hände unter dem Laken gefaltet, auf ihrem Bauch ruhend. Mich aus den Augenwinkeln beobachtend.

»Woran denkst du?« fragte sie.

Aber sie konnte diese Frage nicht *ausstehen*. Sie fand, daß sie zwei Menschen eher trennte, es schwerer machte, die Wahrheit zu sagen. Eine Verletzung der Persönlichkeit und der Intimität.

Sie hatte sich tatsächlich verändert.

Ich zuckte die Achseln. »Ich weiß nicht«, sagte ich.

Sie schüttelte den Kopf. Seufzte. »Blöde Frage«, sagte sie. »Tut mir leid.« Sie drehte für einen Moment den Kopf weg und sah dann wieder mit weit offenen Augen an die Decke.

Ihr Profil betrachten. Ihre schmale Nase. (»Die jüdischen Mädchen können mich nicht ausstehen wegen meiner Nase.«) Die tiefe Furche am Kinn. Die große, U-förmige Stirn, die immer zu zart wirkte, wie bemaltes Glas.

»Ich weiß nicht, David«, flüsterte sie – ein plötzliches Flüstern, wie wenn man in einen Alkoven gezogen wird. »Vielleicht muß doch einer von uns beiden auf dem Boden schlafen.«

Ich langte hinüber und berührte ihre Schulter. Sie gestattete sich keine Reaktion, und ich hätte mich in der Verwirrung meiner

Gefühle fast wieder zurückgezogen, aber dann ließ ich doch meine Hand auf ihrer Schulter.
Sie drehte den Kopf. Wir wandten einander voll das Gesicht zu.
»Es ist so sonderbar, nicht?« sagte sie.
Ich nickte, aber nicht so, als meinte ich auch, es sei sonderbar. Ich wollte nur bestätigen, daß ich es gehört hatte. Es sollte ein Ja sein, ein größeres, umfassendes Ja. Ein berauschtes Ja...
Wir waren wieder still. Unser Schweigen war jetzt größer, reicher, vertrauter: Es war nichts Schales mehr darin. Ich spürte, wie Jade in der Stille auf mich zuströmte. Plötzlich waren wir wieder an dem Punkt, wo wir uns näherkamen, wenn wir *nichts* unternahmen.
Meine Hand legte sich schwerer auf Jades Schulter. Ich rückte nicht näher an sie heran, aber es schien, als verlagerte sich mein Gewicht schon durch den bloßen Gedanken daran.
»Ich wollte, daß du mich berührst«, sagte Jade. Es schien, als wollte sie sich von mir wegdrehen, aber sie tat es nicht.
»Ich war mir nicht sicher«, sagte ich. Ich wunderte mich über meine Stimme; sie war belegt, unsicher, etwas, das über seine normalen Grenzen hinaus geschwollen war.
»Aber wir sollten doch besser aufhören«, sagte sie. »Ich bin so unruhig. Es ist etwas Sexuelles. Hunger. Es ist immer dasselbe. Man wird abhängig vom Sex. Abhängig davon, einen Orgasmus zu haben, eine lausige *Entspannung*, um ganz offen zu sein. Und irgendwie spielt es keine Rolle, ob du es bist, David, oder jemand anders. Ich finde wirklich, daß es unfair wäre.« Während sie das sagte, zog sie den Arm unter dem Laken hervor und legte mir die flache Hand auf die Brust. Mein Herz, sie mußte gehört haben, wie es klopfte. Wollte es fühlen, aus Neugier. Oder vielleicht auch, um es zu beruhigen.
Mir war undeutlich bewußt, daß mich ihre Bemerkung, es spiele keine Rolle, ob ich es sei, hätte kränken können. Daß sie das wahrscheinlich sogar beabsichtigt hatte. Aber es glitt an mir ab. Ihre Zwiespältigkeit schien mir so belanglos. Ein reines Gedankenproblem... Was war das gegen die weiche, trockene Wärme ihrer Hand auf meiner Brust?
Meine Finger bogen sich in den Gelenken und streckten sich

wieder, wanderten über ihre Schulter und berührten ihr Schlüsselbein. Ihre Hand auf meiner Brust wurde steif und entspannte sich dann wieder.

Eines unserer Beine rührte sich. Ich spürte den glatten, kühlen Satin ihres Pyjamas. Distanziert.

Ich rollte mich zu ihr. Meine Hände auf ihren Schultern, ohne sie an mich zu ziehen, aber mit der offenkundigen Absicht, es zu tun.

Sie brachte ihr Gesicht noch näher an meines. Ein verschwommener dunkler Fleck, vom Geräusch ihres Atems durchzogen.

Ihr Knie berührte meines. Wich zurück. Berührte es wieder.

Dann verließ ihre Hand meine Brust und lag auf meiner Wange. Etwas wie Traurigkeit in der Berührung. Ein Beigeschmack von Abschied. Ich packte sie fester, ließ nicht los. Ihre Stirn an meiner, die Rücken unserer Nasen. Lippen, die sich näherten, aber vor einem Kuß haltmachten.

Und dann der Kuß: leicht, scheu, kurz. Badende mit einer Zehe im Meer. Wir wichen voreinander zurück. Es war so schwer, etwas zu sehen, und wir wollten wohl auch gar nichts sehen. Die Nähe erstickte nicht nur das diffuse Licht im Zimmer, sondern ermunterte uns auch zu einer Art gewollter Blindheit. Wir hatten genug gesehen, um so weit zu kommen. Wie Pilger, die durch zahllose Räume wandern und die vertracktesten Prüfungen bestehen müssen, fanden wir uns nun in der Kammer tiefen physischen Verlangens, und die Wahrheit selbst schien von vergleichsweise geringer Bedeutung, etwas, das warten konnte. Wir küßten uns wieder. Unsere Münder waren heiß und schlüpfrig; unsere Zähne nackt. Ich griff nach meiner Unterhose, um sie auszuziehen. Instinktiv. Ich besann mich, schlang die Arme um Jade, preßte mich an sie.

»David, David«, sagte sie. Beschwörend. Und um sich zu beweisen, daß wirklich ich es war. Sich zu zwingen, es *zuzugeben*.

Ein Seufzer? Von ihr oder von mir? Der Unterton von Ungeduld sagte mir, daß er von Jade kam. Sie wollte Klarheit haben, was geschehen würde.

»Du hast mir so gefehlt«, sagte ich. »Die ganze Zeit.«

»Ich komme überhaupt nicht mehr zum Schlafen.«

»Das macht doch nichts.« Ich hielt sie immer noch fest umarmt und sah zum Fenster hinaus ins streifige Grau.
Sie hielt den Atem an.
»Ich möchte, daß wir uns lieben«, sagte sie.
Ich ließ sie halb los. Ich wollte ihr ins Gesicht sehen. Aber sie hielt mich fest.
»Nein«, sagte sie. »Ich möchte es doch nicht. Ich möchte es nicht. Wir können uns nicht lieben, und ich will es eigentlich auch gar nicht. Ich möchte kommen. Ich möchte einen...«
Ich schob mein Bein zwischen ihre Beine.
»Hilfst du mir?« flüsterte sie. »So wie früher? Erst ich, dann du. Das geht.« Sie rutschte ein Stückchen hinunter, so daß mein Knie eng an ihr anlag. Sie rieb sich zweimal daran, dann ein drittes Mal, langsam pressend, präzise. »Ich möchte kommen«, flüsterte sie. »Hilf mir, bitte.« Es war etwas Wildes und ein wenig Grausames in ihrer Stimme, wie ein entkommener Sträfling, der um Wasser bittet.
Ich schob mein Bein höher, drückte fester, spürte, wie sie ein bißchen nachgab und sich dann an mich preßte. Ein glucksendes Geräusch in ihrer Kehle, wie ein Ball, der eine Treppe hinunterrollt.
Mit einem Ruck warf ich Laken und Decke von uns ab. Sie hielten sich noch einen Moment auf dem unteren Bettrand und sanken dann auf den Boden. Jades Zehen war spitz, der Fuß gestreckt und gewölbt wie der einer Ballerina. Ich schob meine Hand in ihre Schlafanzugjacke und umspannte ihre Brüste. Die Haut um ihre Brustwarzen war runzelig wie Fingerkuppen, die zu lange in warmem Wasser waren. Die Brustwarzen waren größer, die Brüste selbst immer noch mädchenhaft. Anfangs hatte sie sich wegen ihrer Brüste fast zu Tode geschämt: Ich hatte schon mehrmals meine Finger in ihrer Scheide gehabt, bevor sie endlich ihre nackten Brüste vor mir enthüllte, mich in das Geheimnis des gepolsterten Büstenhalters einweihte. »Brett mit Erbse, was?« hatte sie gesagt und die Arme über der Brust verschränkt. Jetzt bot sie sie bereitwillig dar und wölbte den Rücken, während ich eine hohle Hand machte und drückte.
Ihre Jacke war aufgeknöpft und legte sich längs ihres Brustkorbs

in schattige Falten. Sie lag jetzt flach auf dem Rücken, und ich lag neben ihr, über ihr, stützte mich auf einen Ellbogen. Ich berührte ihren Bauch, ließ meine Hand unter den Elastikbund gleiten. Ich glaube, mein Herz klopfte wie wild; ich glaube, mein Mund war ausgetrocknet.

»Ich hab's dir ja gesagt«, sagte sie, als ich ihr Höschen berührte. Sie trug eine riesige Monatsbinde.

Ich zog mich zurück, erschrocken, verwirrt. Dann legte ich die Hand wieder auf sie, auf ihr Baumwollhöschen, und drückte zaghaft. Sie wölbte den Rücken und atmete tief, um mir zu sagen, daß sogar dieser indirekte Kontakt ausreichen würde.

Ich bewegte meine Hand hin und her. Einmal merkte ich, daß mein rechter Arm taub wurde – der Arm, auf dem mein ganzes Gewicht ruhte, während ich mich über Jade beugte –, aber dann verging es wieder. Ich rieb sie langsam, gleichmäßig, ohne im Rhythmus abzuwechseln. Sie wollte offenbar keine Überraschungen. Sie wollte es einfach. Direkt. Durch die Stetigkeit wurde es noch angenehmer. Daß das Spielerische fehlte, war Bestätigung dafür, daß die romantischen Gefühle in Schach gehalten wurden. Die Binde hatte sich verschoben und rutschte schwerfällig hin und her. Jade griff in ihr Höschen, zog sie mit raschem Griff heraus und warf sie über Bord. Ich hakte meine Daumen in den Bund und zog ihr die Hose herunter. Sie hob das Gesäß an, drückte die Beine zusammen, machte es mir leicht. Ich drehte mich um und warf die Hose auf einen Stuhl, und sie streifte das Höschen ab.

»Komm«, sagte sie und zog mich wieder an sich, legte meine Hand auf ihre Scheide, zeigte mir einmal, wie ich sie hin und her bewegen sollte, und ließ sie dann los, mit erwartungsvoll angehaltenem Atem.

Ihr Schamhaar war dichter als früher. Und trocken. Sie trug auch noch einen Tampon, der die Feuchtigkeit aufsog.

Sie hob den Arm und berührte leicht meine Schulter. Den Kopf auf dem Kissen zur Seite gedreht, die Augen abgewandt. Sie flüsterte etwas, aber ich verstand es nicht. Ich hielt mein Ohr näher an ihren Mund, aber dadurch wurde der Rhythmus meiner Hand gestört, und sie wackelte ungeduldig mit den Beinen. Ich kehrte zu meiner ursprünglichen Stellung und demselben Rhythmus zurück, und ihre Schenkel spreizten sich noch weiter. Ein tiefes, ermunterndes Stöhnen. Das Flüstern jetzt lauter: »Ich will es.«

Ich berührte mich selbst, mein hartes Glied, umfaßte es mit irrsinniger Kraft. Ein Samentropfen quoll heraus und zitterte auf der Spitze wie ein heißer Wachstropfen. Es überlief mich heiß und kalt. Ein phosphoreszierendes Gefühl, Röntgenstrahlenbewußtsein. Ich rieb ihren Schamberg. Die Lippen öffneten sich unter dem Druck, aber nur ganz leicht. Ihre Beine waren weiter gespreizt, als möglich schien. Ihre Bereitschaft, ihr Verlangen machten mir Angst. *Sie* machte mir Angst.

»Ich will«, sagte sie, das Kinn hochgereckt, den Kopf ganz im Nacken, an das hölzerne Kopfteil gepreßt.

Ich wickelte mir die Schnur ihres Tampons um den Finger und zog daran.

»Nein«, sagte sie leise und griff nach meiner Hand. »Geht nicht. Zuviel Blut.«

Ich nickte und rieb sie weiter mit der Hand. Ich hätte sie überall streicheln wollen, aber ich wagte nicht, die Hand von ihrem Geschlecht zu nehmen, und mit der anderen Hand mußte ich mich abstützen. Ich beugte mich über sie, küßte ihre Brüste.

Ihre Zähne klapperten. Mich überlief es kalt. Ich dachte daran, wie in einer Stadt, aus der Luft gesehen, die Lichter angehen. Dann wieder die Dunkelheit. Warm und dicht. Das Geräusch ihres Atems, schnell jetzt, am Rand ausgefranst. Sie hatte die Knie hochgezogen und wackelte damit hin und her. Ihre Feuchtigkeit sickerte jetzt hervor, mischte sich mit ihrem Schweiß. Das Schamhaar naß, doch längst nicht so klitschnaß wie früher.

Sie hob die Arme über den Kopf. Sie hatte jetzt Haare in den Achselhöhlen. Lang. Die Spitzen aufgedreht wie Schnabelschuhe.

Als sie sich das letzte Mal die Achselhöhlen rasieren mußte, durfte ich es machen. Ich brauchte mindestens eine Stunde, widmete mich den keksfarbenen Härchen mit einer Sorgfalt, die zu gleichen Teilen aus Vorsicht und Sinnlichkeit bestand. »Von jetzt an«, sagte ich, als ich fertig war, »ist das meine Aufgabe.«

»So ist es schön«, sagte Jade. Sie hatte die Hände krampfhaft zu

Fäusten geballt. Ihr Mund war verzerrt, hart: nicht der offene, überraschte Ausdruck. Sie ergriff meine Hand und drückte sie fester auf sich, hob sich mir entgegen, wetzte hin und her. Sie machte ein Mmmmmmmm-Geräusch, dessen Tonlage immer höher wurde.

Ihre Muskeln waren gespannt, und sie hielt den Atem an. Ihr Brustkorb verwandelte sich in zwei parallele Achterbahnen. Ihr Rumpf zog sich zusammen. Man soll nicht den Atem anhalten, wenn man einen Orgasmus hat. Jade hatte das in einem Buch gelesen und mir beigebracht. »Es ist Leben, nicht Sterben«, hatte sie damals gesagt.

Sie behielt ihre starre Haltung bei und ließ sich dann fallen. Ein dünner Schweißfilm trat auf ihre Haut; sie begann wieder zu atmen, schwer und langsam. Ihre Augen waren geschlossen.

Sie rollte sich einen Moment auf die Seite, besann sich dann aber auf ihre guten Manieren und drehte sich auf den Rücken.

»Das kam ein bißchen plötzlich«, sagte sie. »Ich dachte, ich wäre noch weiter weg.«

Ich streckte mich auf der Matratze aus, ohne den Kopf aufs Kissen zu legen. Meine Augen waren in Höhe ihres Bauches, der sich hob und senkte. Sie hatte die Beine gespreizt gelassen, schloß sie nun aber langsam wieder. Ihr Schamhaar war viel kräftiger als früher. Das Dreieck hatte sich ausgedehnt, seine Fläche vergrößert.

Eine Erinnerung an Warren Hawkes und seine Phantasien in Rockville ließ mich nicht los: »Ach ja, Bruder, der süße Flaum einer wirklich mädchenhaften Fotze. Wir entfremden uns immer mehr den wahrhaft großen Freuden. Wenn die Sonne noch durch die Haare scheinen kann. Bis wir hier raus sind, können sie uns einlochen, wenn wir uns so ein süßes Fötzchen genehmigen. Ein süßes, süßes, mädchenhaftes Fötzchen...«

Jade legte mir die Hand auf den Kopf. Ich dachte, sie wollte meinem Mund den Weg zeigen, aber sie strich mir übers Haar, und ihr Magnetismus zog mich nach oben, weg von ihr.

»Das hab ich erzwungen, nicht?« sagte sie, als ich neben ihr lag.

»Nein. Wieso?«

»Doch. Ich weiß nicht, warum. Es kam mir irgendwie logisch und richtig vor, aber das ist ja immer so, oder? Wenn man was will, meine ich. Etwas, worauf man Lust hat. Irgendwas. Jetzt geht's mir ein bißchen...«

»Ich liebe dich«, sagte ich. Ich streichelte ihr die Wange.

»Es geht mir viel besser. Das muß ich zugeben.« Plötzlich setzte sie sich auf und betastete das Laken.

»Was ist denn?« fragte ich.

»Blut. Ich hab gedacht, es kommt was raus. Das wäre was, das ganze Bett voller Blut. Aber es ist alles in Ordnung. Bis jetzt noch. Scheiße. Ich muß sowieso gleich aufstehen und mir meine Windelhöschen anziehen. Manchmal denke ich, es gibt auf der ganzen Welt keine, die so stark blutet wie ich.« Sie ließ sich zusammensacken und rollte sich auf die Seite, mir zugewandt, so daß sich unsere Nasen fast berührten.

»Keine Angst«, sagte sie. »Ich vergesse dich nicht.« Sie streckte den Arm aus und legte die Hand auf meinen Bauch. Küßte mich auf die Brust. Und dann stülpte sie mit übertriebener Vorsicht und Zartheit ihre Finger über meine Erektion.

»Nein, nicht so«, sagte ich.

»Doch. Laß mich nur.«

»Ich möchte es richtig machen.«

»Nein. Das geht nicht. Aber keine Sorge. Keine Sorge.« Sie packte fester zu. Sie machte aus Daumen und Zeigefinger einen Ring und strich ganz nach unten. Sie umfaßte die Wurzel und zog dann nach oben.

»Du bist größer«, sagte sie.

»Nein.«

»Ich finde schon. Aber vielleicht ist es auch bloß, weil ich...« Wahrscheinlich wollte sie sagen, daß es schon eine Weile her sei, seit sie zum letztenmal mit einem Mann geschlafen hatte.

Ich war auf einmal verärgert, eifersüchtig, befangen.

Sie glitt an mir auf und ab, langsam, im gleichen Tempo, mit dem ich sie gestreichelt hatte. Ich versuchte, den Orgasmus zurückzuhalten, den Mut aufzubringen, noch einmal darauf zu bestehen, daß sie mich eindringen ließ. Aber dann berührte sie meine Wange und küßte mich – leicht, wie eine verliebte Fremde –, und da gab es kein Halten mehr. Ich fühlte, wie es kam, ohne daß ich ein richtiges Lustgefühl dabei empfand. Ich stieß ein langes, ununterbrochenes Band heißen Samens aus. Es spritzte irgendwohin, und dann richtete Jade meinen Penis auf mich, und ich spürte die Flüssigkeit auf meinem Bauch, meinem Bizeps, meinem Schlüsselbein.

Jetzt, lange Augenblicke nach dem Erguß, durchströmte mich die Lust, Honig aus einem zerbrochenen Glas.

»Mann«, sagte Jade, »du hast mich ja ganz naß gemacht.« Es klang fast ein bißchen stolz. Sie hielt noch immer meinen Schwanz. »Aber du bist immer noch hart.«

»Ja«, sagte ich. Ich lag auf dem Rücken; ich dachte an einen Patienten, der mitten in einer Operation aufwacht.

»Ist es immer noch so bei dir?« fragte sie und ließ mich los.

»Ich weiß nicht. Ich bin bei dir, nur das zählt.«

Sie ließ sich auf ihr Kopfkissen sinken, seufzte und zog es um sich wie einen Vorhang. Sie legte das Kissen zusammen und zog die Knie hoch. »Wir müssen jetzt schlafen«, sagte sie. »Ich bin so müde, daß ich nicht mehr weiß, was ich denke. Wirklich.«

Plötzlich glitt sie aus dem Bett, hob ihren Schlafanzug und das Höschen auf, nahm dann den Matchsack und trug alles ins Bad. Ich lag einen Moment lang da und fragte mich, was ich mit dem Samen tun sollte, der überall an mir klebte, aber dann sprang ich auf, und ehe ich wußte, was ich tat, war meine Hand an der Badezimmertür.

Ich drehte den Knauf. Unverschlossen. Ich stieß die Tür auf.

Jade hatte sich das Oberteil ihres Pyjamas um die Schultern drapiert. In den Händen hielt sie eine Monatsbinde und ihr Höschen. Sie stand mit zusammengepreßten Schenkeln da, und ihr Schamhaar stand in langen, farnartigen Locken ab.

»Soll es das also sein?« fragte ich leise. Ich berührte die Tür, um anzudeuten, daß ich sie durch mein Hereinplatzen nicht hatte erschrecken wollen.

»Was?«

»Das können wir nicht machen«, sagte ich. »Ich hätte auf dem Boden bleiben sollen. Nein. Du hättest in der Lobby bleiben oder zu deinem Bus gehen sollen. Das ist jedenfalls nicht die richtige Art, wieder zusammenzukommen. Uns gegenseitig mit der Hand befriedigen? Ich kann das nicht.«

Sie hielt sich ihre Schlafanzughose vor. Im wäßrigen Licht der Badezimmerlampe sah ich, daß sie orange war.

»Wir haben einander doch nur geholfen, David. Wie alte Freunde.«

»Einander geholfen, wobei? Einzuschlafen?«

»Ja.«

»Aber ich will nicht schlafen. Ich will mit dir zusammensein. Es ist ja schon eine ganze Weile her, nicht? Es ist verdammt lange her.«

»Ich konnte nicht schlafen, und ich *muß* schlafen«, sagte Jade.

»Denk doch zur Abwechslung mal an mich.«

»Ich denke ja an dich. Die ganze Zeit.«

»Das frage ich mich eben.«

»Nein, das tust du nicht. Du weißt, daß ich an dich denke.«

»Ich möchte diesen Tag zu Ende sein lassen, David. Ich möchte den Stöpsel herausziehen und alles durchs Abflußrohr laufen lassen.«

»Wir sind nackt zusammen«, sagte ich. Ich machte einen Schritt auf sie zu, streckte die Hand nach ihr aus. Mein Schwanz war völlig steif. Mir fiel ein, daß mein ganzer Bauch voller Samenflüssigkeit war. Zu dumm. Ich faßte nach Jades Hand und packte sie am Handgelenk. Die Geste schien viel zu aggresiv. Sie wäre nur nachträglich gerechtfertigt worden, wenn Jade auf mich zugekommen wäre, ihre Arme um mich gelegt hätte.

»Bitte«, sagte ich, »komm wieder ins Bett. Zieh dich nicht wieder an. Geh noch nicht schlafen. Bleib bei mir.«

»Du verstehst mich nicht«, sagte sie.

Ich umarmte sie, küßte sie aufs Haar, auf die Stirn, die Wangen. Es waren meine unehrlichsten Zärtlichkeiten: Ich wollte sie unbedingt dazu bringen, mich zu begehren. Ich preßte mich an sie, ein fernes Überbleibsel eines Paarungsrituals. Ich präsentierte mich ihr.

»Geh ins Bett«, sagte sie, als ich sie auf den Mund küssen wollte. Sie legte kurz ihre Lippen auf meine. »Ich hab das Gefühl, du willst es erzwingen. Ich möchte nachdenken.«

»Komm mit«, sagte ich.

»Gleich. Ich hab hier eine furchtbare Unordnung angerichtet.«

»Das macht doch nichts«, sagte ich. Meine Knie zitterten vor Ungeduld.
»Gleich. Laß mich noch ein bißchen nachdenken. Ich möchte mich entscheiden. O.k.?« Sie machte sich aus meiner Umarmung los, trat einen Schritt zurück.
Ich legte mich ins Bett und machte die Lampe an. Ich wartete auf Jade, aber ich weiß nicht mehr, wie lange. Es kam mir sehr lange vor, aber das will nichts besagen. Vielleicht waren es auch nur dreißig Sekunden. Jedes normale Zeitgefühl war aufgehoben, wie in den unbestimmbaren Zeitabläufen eines Traums. Ich stand wieder vor der Badezimmertür, hatte diejenigen bewußten Momente, die ich zum Nachdenken hätte nutzen können, einfach überschlagen. Vorsichtig machte ich die Tür auf. Jade saß nackt auf dem Rand der kleinen Badewanne, den Kopf in den Händen und weinte.
»Ich weiß nicht, was ich machen soll«, sagte sie. »Ich habe Angst vor dir. Ich hab zu viele Gefühle auf einmal. Ich darf nicht zu weit gehen.«
Sie sah zu mir auf. Sie hatte weiße Fingerabdrücke im Gesicht.
Ich dachte: Wir müssen von Sinnen sein. Haben uns seit Jahren nicht gesehen. Und jetzt stehen wir nackt in einer Hoteltoilette, weinend, zitternd, mit einem Steifen.
»Ist ja gut«, sagte ich. »Wir können auch einfach schlafen.« Ich ging einen Schritt auf sie zu, hielt ihr die Hand hin. Sie nahm sie und drückte sie an ihr feuchtes, gerötetes Gesicht.
»Ich höre immer diese innere Stimme«, sagte Jade. »Es ist eine sehr leise, schlichte Stimme. Sie sagt immer wieder: ›Mein Daddy ist tot.‹ Sie klingt nicht mal wie meine eigene Stimme. Ich hab ihn nie Daddy genannt.« Ihre Stimme brach; sie versuchte zu lächeln, aber auch das ging schief. »Und ich denke andauernd an Keith und Sammy und was die beiden durchmachen. Und auch Ann, verdammte Scheiße. Auch Ann. Alle sind sie bei mir, und ich werde damit nicht fertig. Ich habe alles getan, um aus dieser Familie herauszukommen, und je kleiner sie wird, um so tiefer stecke ich drin.« Sie machte eine Pause, legte die Hände über die Augen. »Wenn doch nur mein Vater noch am Leben wäre«, sagte sie schluchzend.

Ich brachte sie ins Bett und hielt sie in den Armen. Sie gab sich Mühe, nicht zu weinen. Ich spürte, wie ungehalten sie über sich selbst war, wie sehr ihr Kummer sie erschöpft hatte. Aber schon bald hatte sie sich beruhigt.

»Wie spät es wohl sein mag?« sagte sie, gerade als ich mich – mit einem gewissen Angstgefühl – fragte, ob sie eingeschlafen sei.

»Ich weiß nicht. Ziemlich spät wahrscheinlich.« Mein Arm lag unter ihrer Schulter und war eingeschlafen, aber ich dachte gar nicht daran, ihn hervorzuziehen.

»Die wissen alle genau über dich Bescheid«, sagte Jade.

»Wer?«

»Alle, die ich kenne. Ich erzähle jedem von dir. Wie es mit uns gewesen ist. Du weißt schon, die Geschichte über das Haus und Chicago und was wir damals gemacht haben.«

»Ich hab nicht viele Bekannte«, sagte ich.

»In Stoughton kennt dich jeder. Ich möchte wetten – na ja, du hast dich ein bißchen verändert, aber nicht sehr –, ich möchte wetten, wenn du ganz allein über den Campus gingst, würden viele wissen, daß du es bist.«

»Im Ernst?«

»Und dabei hab ich nicht mal ein Bild von dir. Alles nur aus meinen Erzählungen. Reine Beschreibung. Ich spreche von dir und erinnere mich, und wenn mir danach ist, stelle ich mir vor, wie es war, mit dir zusammenzusein. Aber mein Gott, David, ich hätte nie gedacht, daß das hier mal passieren würde. Es kam mir einfach unmöglich vor. Als ich schon hier im Lift war, habe ich immer noch nicht geglaubt, daß ich dich wirklich sehen würde. Weißt du, was ich meine?«

»Aber wir haben uns doch gestern schon gesehen.«

»Das war ein Traum. Es war so schnell vorbei. Das hat nicht gezählt. Es kam mir unmöglich vor, jemals wieder mit dir zusammenzusein. Und auch unrecht.«

»Aber das ist es nicht«, sagte ich. »Wirklich nicht. Ich weiß nicht, warum wir es so schwer gehabt haben, warum immer alles schiefgegangen ist. Aber ich weiß, daß wir nicht mehr zurückkönnen. Das ist die Wahrheit. Ich bin mir da ganz sicher. Was uns auch immer begegnet, wir müssen durch.«

»Alles ist so anders«, sagte Jade.
Ich wußte nicht, was ich darauf erwidern sollte. Jade sagte nichts, und das Schweigen hielt an. Sie nahm die Lampe vom Tisch und stellte sie auf den Boden, ohne sie auszuknipsen. Sie fiel um und warf lange Schatten durch den Raum, wie Eisenbahngleise.
Etwas später setzte sich Jade auf, nahm ihren Tampon heraus und ließ ihn neben das Bett fallen. Ich blieb auf meiner Seite des Bettes, und sie rutschte an mich heran, schmiegte sich an meine Hüfte und drückte mir die Brust, als ob ich einen Busen hätte. Aus irgendeinem Grund versuchte ich mich auf die Ellbogen aufzustützen, aber sie drückte mich an der Schulter wieder aufs Kissen. Es kam mir vor, als sähe sie aus großer Höhe auf mich herab.
»Ich möchte es machen«, sagte sie leise. »Aber ich möchte nicht, daß es ...« Sie verstummte.
»Es ist doch gleich, was es bedeutet«, sagte ich. Ich hob die Arme, um sie zu mir herabzuziehen.
»Vielleicht auch gar nichts. Es ist nur diese Nacht. Nur dies eine Mal sollst du wieder über allem stehen. Ich möchte nicht, daß wir uns gegenseitig weh tun, David.«
Ich wußte, daß es mir ziemlich egal war, ob wir uns weh tun würden. Kein Schmerz kam der Leere der Trennung gleich, keine Qual reichte an die Unwirklichkeit ihres Fernseins heran. Aber ich wollte sie nicht vor den Kopf stoßen. Ich nickte.
Wir küßten und streichelten einander eine Weile. Jade setzte sich rittlings auf mich, und ich stieß nach oben, um in sie einzudringen, verfehlte sie aber. Sie führte mich mit der Hand. Sie fühlte sich ein bißchen trocken an, und ihre normalen Sekrete vermischten sich mit dem Menstruationsblut zu einer dicken, zähen Flüssigkeit. Sie zuckte zusammen, als ich eindrang – es ist wirklich schrecklich, wie rührend Männer diese kleinen Schmerzäußerungen finden. Sie hob ihr Becken ein wenig, und ich verlor sie wieder. Sie senkte sich wieder, bis unsere knolligen Hüftknochen sich berührten und die bogenförmige Spitze meines Penis sich ins kissenweiche Herz ihrer Geschlechtsorgane preßte und einsank, bis sie an eine knorpelige Kante stieß. Ich drückte ihren Gesäßansatz; ihre Hüften waren jetzt von meinen umschlossen, und ich

spürte ihr Schamhaar weich wie einen Lufthauch auf meinem Bauch. Ich zog sie zu mir herab, so daß sie sich in der Hüfte beugen mußte, und preßte ihre Brust an meine.
Ich flüsterte ihren Namen, und als sie nicht antwortete, hatte ich einen Moment lang panische Angst.
Ich hielt ihren Kopf in beiden Händen und küßte sie auf den Mund. Ihre Zunge fühlte sich in meinem Mund riesig, weich und unerträglich lebendig an. Ich atmete ihren Atem. Es war der erste richtige Kuß dieser Nacht. Präzise, überwältigend.
Sie richtete sich auf den Knien auf, ihre kleinen Brüste baumelten ein wenig, das Licht vom Boden ließ jedes ihrer daunenzarten Härchen aufleuchten. Ich legte meine Hand zwischen ihre Schenkel und umschloß ihre Scheide, und Jade öffnete sich mir, posierte für meine Finger. Sie war in ihrer Mitte weit offen, und es war dort mindestens fünf Grad wärmer.
Dann war ich plötzlich in ihr. Ich hätte innehalten, den Augenblick auskosten wollen. Sie beugte sich rittlings über mich, die Hände beiderseits meines Kopfes, die Stirn an meine gepreßt. Sie bewegte sich langsam, mit fest geschlossenen Augen, bis ich ganz in ihr war, und dann schaukelte sie vor und zurück und preßte sich mit solcher Gewalt auf mich, daß ich meinte, laut aufschreien zu müssen. Aber natürlich nicht vor Schmerz – der Druck, den sie ausübte, folgte einer ganz bewußt sexuellen Absicht und war potentiell so ekstatisch, daß meine Nervenenden nicht wie gewohnt reagieren konnten. Die Kraft, mit der Jade sich an mir rieb, war furchterregend; sie war im Grunde das einzige, was ich fühlte. Ich spürte ihre Vagina, und doch fühlte ich nur vage, daß ich in ihr war.
Um ihr Gleichgewicht zu halten, stützte sich Jade mit einem Handballen auf einem Keil weicher Muskeln unter meiner Schulter ab. Ich fühlte mich von einer Membran der Lust umgeben, einem riesigen, schillernden Kokon, der überwiegend glänzend und opak, an der einen oder anderen Einbuchtung jedoch durchscheinend war. Und durch diese Flecken der Lust, aus denen irgendwie die Farbe gewichen war, drangen ab und zu die Schatten an der Wand, das Quietschen der Sprungfedern, das hartnäckige Drücken eines vorstehenden Matratzenknopfes in mein Be-

wußtsein. Dann aber umschloß mich die Lust wie eine rotierende Kuppel mit all ihrer Undurchsichtigkeit, und ich war wieder verloren.

Ich schwitzte am ganzen Körper; meine Muskeln schmerzten, als ob sie von einem Fieber verhärtet wären. Irgendwo im Hotel betätigte jemand die Klosettspülung, und das Geräusch dröhnte durchs Dickicht meiner Sinne.

Jade schaukelte vor und zurück, vor und zurück. Ich merkte, daß sie nicht ganz bei mir war. Ich hatte mich nie daran erinnert, nie daran gedacht, daß der Liebesakt etwas so Egozentrisches ist. Das einzig Verbindende war das Verlangen, darüber hinaus schien es nichts zu geben.

Jade stützte sich weiter mit einer Hand auf mir ab, um das Gleichgewicht nicht zu verlieren, und legte sich die andere auf den Bauch. Ich nahm es halb unbewußt wahr und fragte mich, ob sie Schmerzen hatte – vielleicht einen Menstrualkrampf. Aber ihre Hand glitt weiter nach unten, dem ausgestreckten Zeigefinger folgend, fand zielstrebig den Weg zu ihrer Klitoris und nistete sich in den schmalen Zwischenraum zwischen meiner und ihrer Scham ein. Sie streichelte sich mit raschen, kreisenden Bewegungen, während sie sich auf mir hob und senkte. Es kam mir ungeheuer expertenhaft vor, wie sie das machte. Ich konnte mir vorstellen, daß es genauso in einem Lehrbuch dargestellt, auf einem Symposium erläutert worden wäre. Das mag ein bißchen komisch oder lächerlich klingen, aber so empfand ich es. Ihre Auf- und Abbewegungen waren stetig, aber unvollständig: Sie hatte irgendwie den Grad des Zurückziehens und Wiedereindringens berechnet, der ihre masturbatorische Spirale am besten begleitete.

Sie war sogar zu sehr Expertin, um mich zu vergessen. Sie heftete ihre Augen einen Moment lang auf meine und schloß sie dann wie in einer Ohnmacht. Sie beugte sich tief herab, um mein Gesicht mit ihren Lippen zu berühren – sie waren so trocken, als ob sie sich in einer sexuellen Wüste verirrt hätte und mein Gesicht nur eine Fata Morgana wäre. Aber sie küßte mich, und als ich ihren zurückweichenden Mund mit meinem eigenen Kuß einfing, verweilte sie, atmete die Luft aus meinen Lungen und blies mir die stechende Mischung unserer kombinierten Düfte ein – der schale

Rotwein, die lange Nacht, die Ausstrahlungen unserer Nervensysteme.

Die Kuppel der Lust, unter die sich meine Sinne geduckt hatten, war immer noch genauso undurchsichtig, aber mir schien, als hätte sie sich gehoben: Sie umhüllte mich nicht mehr wie eine Decke, sondern bot mir jetzt Schutz wie ein Zelt. Ich spürte, wie mein Orgasmus sich in mir regte, aber wie ein Fisch, der sich in einem Korallenriff versteckt, schoß er immer wieder in eine andere Richtung.

Als Jades Höhepunkt kam – und er kam jählings, wie ein Unfall –, zitterte sie und stieß ein spitzes Jammern aus, als ob sie in Not wäre. Dann war sie absolut still und reglos, wie ein erschrockenes Tier, das vom heller werdenden Lichtkegel eines herannahenden Scheinwerfers erfaßt wird. Ihr Mund war offen; ich dachte, sie würde vielleicht Speichel ausfließen lassen, aber sie machte den Mund zu und hob das Kinn; dabei atmete sie so tief aus, daß ihr Bauch schwoll und es einen Moment lang aussah, als wäre sie schwanger.

Wenn man jemanden liebt, ist man natürlich unermüdlich von seiner Leidenschaft beherrscht, die Lust des anderen zu sehen und mitzuerleben, vor allem seine sexuelle Lust. Von all den vielen Perversionen war der Voyeurismus diejenige, der ich am ehesten selbst hätte erliegen können – solange der Gegenstand meines Voyeurismus Jade gewesen wäre. Ihre Äußerungen sexueller Lust hatten mich immer gerührt. Als wir lernten, miteinander zu schlafen, und ich Schwierigkeiten hatte, mich zu beherrschen, mußte Jade sich immer möglichst still verhalten. Selbst schweres Atmen konnte meinen Höhepunkt schon beschleunigen, ganz zu schweigen vom Stöhnen. Als wir dann später zusammenlebten und uns drei-, vier- und fünfmal in der Nacht liebten (denn unsere Leidenschaft wuchs mit unserer Erfahrung), konnte Jade manchmal meinen letzten Orgasmus kaum erwarten – der wegen des natürlichen Unterschieds zwischen den Geschlechtern bei mir schwerer kam als bei ihr –, und um uns beide sicher dahin zu bringen, daß wir endlich einschlafen konnten, imitierte sie manchmal mit dem Mund dicht an meinem Ohr lustvolles Stöhnen, oder sie sagte meinen Namen. Mehr brauchte es nicht.

Genauso war es in dieser Nacht. Als ihr Körper im Orgasmus bebte und schauderte, fand ich mich seltsam bewegt – wie von unverhoffter Choralmusik oder einem Kuß von der Geliebten, die sich von hinten auf Zehenspitzen genähert hat. Jade stieß ihren Klageschrei aus, und ich spürte einen jähen Samenerguß, der mich wie ein zweigeteilter Fluß durchschoß, mit einer scharfen Wendung, jedoch ohne sich zu verlangsamen. Ich umklammerte Jades Rücken, in instinktiver Angst, sie könnte mich im Stich lassen, und bäumte mich zu ihr auf, während ich kam. Ich spürte, wie meine Lust mich fast unmerklich durchströmte, und versuchte, mich ganz und gar darauf zu konzentrieren. Ein blitzschneller Ausfall der Wahrnehmung, wie wenn man versucht, den Silberbogen einer Sternschnuppe zu entdecken, deren Fall vom Himmel man gerade aus dem Augenwinkel wahrgenommen hat. Als Jade die verschwimmende Wärme meines Orgasmus spürte, hob sie sich leicht, spannte ihre Muskeln an und glitt bewußt langsam nach unten. Wieviel Samen ich auch Jades streichelnden Fingern geopfert haben mochte, es war noch ein ungeheurer, ein geradezu unheimlich großer Vorrat übriggeblieben. Mein Hodensack, meine Füße und meine Hände wurden eiskalt, und mein Mund – eben noch naß vom reinen, unbezähmbaren Verlangen – war waffeltrocken. Meine Muskeln erschlafften, meine Lungen schrumpelten ein wie geplatzte Ballons, aber mein Erguß ging immer noch weiter.

Jade sah mich an. Lächelte. Ihre Augen waren glasig, trüb, wie bei jemandem, der Rauch eingeatmet hat. Ein brennendes Zimmer. Sie wollte etwas sagen, überlegte es sich dann aber anders. Sie beugte sich vor, bis ich ganz aus ihr herausglitt, und dann lag sie ausgestreckt neben mir. Sie atmete tief und leicht, ich wahrscheinlich ebenso, aber die Stille zwischen uns war beunruhigend, gefährlich – sie lag zusammengerollt da wie eine schlafende Katze, auf ihre Art graziös, doch bereit, die Krallen zu zeigen, falls sie unsanft gestreichelt wurde. Ich spürte, wie Jade überlegte, was sie sagen könnte, und eins nach dem anderen verwarf. Ihr Bein berührte meines, zog sich aber wieder zurück. Sie seufzte: entspannt, auch ein bißchen zufrieden.

Ich tauchte in die unbewegliche Schwärze des Schlafs hinab wie

ein Dahinstolpernder, der in einen Graben fällt. Aber ich riß mich zusammen und grub die Fingernägel in meine Handfläche.
Jade beugte sich über den Bettrand und knipste die umgefallene Lampe aus.
Schließlich brach sie das Schweigen: »Meine Knochen fühlen sich an wie aus Blei.«
Ich sagte eine Zeitlang nichts. Ich hatte mich zum Wachbleiben gezwungen und merkte gerade, wie wütend ich war. Ich sagte leise: »Das war das erste Mal, daß ich mit einer Frau im Bett war, seit wir getrennt wurden, weißt du.«
»Nicht zu fassen«, sagte sie ziemlich schnell.
»Wieso?« Weil es so witzlos ist? Weil du inzwischen viele tausend Mal mit jemandem geschlafen hast?
»Weil du so *gut* bist.« Sie streckte sich und rieb sich mit den Handrücken die Augen. Propaganda für den Schlaf. Versuch, mich schonend darauf vorzubereiten; alles darauf auszurichten. So hatten mich meine Eltern immer ins Bett gekriegt. Arthur behielt die Uhr im Auge. Schlag acht fingen sie beide übertrieben an zu gähnen...
»Gut?« fragte ich.
»Ja.« Es tat ihr offenbar schon leid, daß sie davon angefangen hatte.
»Komisch«, sagte ich. »Ich hatte das Gefühl, daß ich gar nicht so viel damit zu tun hatte. Wo hast du denn das bloß gelernt?«
»Was denn?« Ihre Stimme klang jetzt wirklich gereizt.
»Das mit deiner Hand. Du hast es dir doch selber gemacht, oder?«
»Mein Gott, David«, sagte Jade im Tonfall der älteren Schwester.
»Also, hab ich nicht recht?« Mir war meine eigene Stimme zuwider. Mein Bewußtsein tastete den Umfang meines Gehirns ab, rotierte wie der Strahl eines Leuchtturms, verweilte hie und da, wenn ein dichter Fleck Dunkelheit das Licht zu schlucken, es auszulöschen drohte. Urplötzlich watete ich durch den Strom unzusammenhängender Bilder, der wie die Saturnringe das Herz des Schlafes umgibt. Ich war kaum noch Herr meiner Sinne, und mir war klar, daß Jade in noch viel schlechterer Verfassung sein

mußte: Es fehlte nicht viel, und wir hätten uns gegenseitig angeschrien. »Du hast mich nicht geliebt, verdammt noch mal, du hast dir bloß selbst einen gefingert.«

»Ach, sei doch still, David. Was weißt du denn davon.« Sie öffnete die Augen, sah einen Moment lang zur Decke hinauf und schloß sie dann wieder. Ich spürte, wie sie dachte: Warum bin ich hierhergekommen? Aber ich wußte nicht, ob sie das wirklich meinte oder nur überlegte, ob sie es aus taktischen Gründen sagen sollte. Sie hatte das Bedürfnis, mich zurückzustoßen, soviel stand fest. Und mir wäre es lieber gewesen, wir wären einander an die Gurgel gegangen, als uns jetzt voneinander zu entfernen, in die Einsamkeit des Schlafes hinabzusteigen, unsere kärglichen Freuden an die Brust gedrückt. Die Art billiger Schmuck, der einen grün färbt.

»Jade...«

»Laß mich in Ruhe. *Ich muß jetzt schlafen.*«

Ich sagte nichts. Ich legte meine Hände auf sie.

»Du bringst es so weit, daß ich mir richtig *blöd* vorkomme«, sagte sie vorwurfsvoll. »Ich könnte mir selber rückwärts und vorwärts und von innen nach außen beweisen, das ich beschissen *blöd* war hierherzukommen, und wirklich blöd, mich mit dir einzulassen – aber keiner könnte es mir so überzeugend beweisen, wie du es jetzt tust. Du beweist es mir wirklich, David. Wie blöd ich bin. Ehrlich.« Sie richtete sich auf den Ellbogen auf und sah mich an.

»Aber so haben wir es doch nie gemacht«, sagte ich. »So was machen wir nicht, dein Gefummel da mit der Hand. Das ist nicht unsere Art.«

Sie seufzte, als hätte sie endlich begriffen, daß sie versuchte, mit einem Irren vernünftig zu sprechen. Sie ließ sich wieder aufs Kissen fallen, sagte dann: »Ach Mist«, und setzte sich wieder auf. »Ich blute«, sagte sie in die Dunkelheit hinein. »Das hätte ich beinah vergessen.« Sie tastete die Matratze zwischen ihren Beinen ab. »Ach du meine Güte. Schon passiert.«

Sie schwang die Beine aus dem Bett, bückte sich und knipste das Licht an. Die umgefallene Lampe leuchtete genau auf das dreckige Fenster, den handbreiten Spalt schwarzen Glases zwischen den hastig zugezogenen Vorhängen. Jade schlug Laken und Decke zurück, um nachzusehen, was passiert war. Ein Oval von Blut, hell und klebrig, eher braun als rot, die Farbe einer Druckstelle auf einem Apfel. »Eine schöne Bescherung«, sagte sie kopfschüttelnd. Es waren hier und dort auch noch kleinere Blutflecke auf dem Laken, aber das meiste war in diesem Oval, das die Größe eines Seifenstücks hatte.

Ich sah zufällig an mir herab. Mein Penis war rot und glänzend von Blut. Es war ein bißchen Blut an meinem Bauch und ziemlich viel an meinen Schenkeln.

Jade schüttelte den Kopf.

»Das ist doch herrlich«, sagte ich. Ich berührte mit den Fingern das Blut an meinen Beinen. Ein bißchen davon ging ab, und ich hielt mir die Fingerspitzen dicht vor die Augen.

»Wir müssen das Bett abziehen«, sagte Jade. Sie hielt die Beine eng zusammen und verschränkte zögernd die Arme über der Brust: Sie schämte sich wegen des Blutes.

»Nein, das ist nicht nötig.« Ich wollte damit sagen, daß mir das Blut viel lieber war als der Orgasmus, den sie sich selbst verschafft hatte, statt sich auf mich zu konzentrieren.

»Also, ich hab jedenfalls keine Lust, in der Sauerei zu schlafen«, sagte sie.

»Aber ich«, sagte ich und rutschte hinüber. Ich faßte sie um die Hüfte. Das Haar um die Öffnung ihrer Scheide war dunkel von Blut; ich zog sie an mich und küßte es. Ich hing halb aus dem Bett, in einer verdrehten, unbequemen Stellung; meine Erektion drückte gegen meinen Bauch. Jade legte die Hände auf meinen Kopf. Ich dachte, sie würde mich von sich stoßen, aber sie packte mich mit beiden Händen und grub ihre Finger in meine Kopfhaut, und dann, Augenblicke später, schob sie zögernd, doch unübersehbar, ihre Hüften zu mir hin, näherte sich meinem Mund, öffnete sich mir.

Ich zog sie ins Bett zurück. Ich wollte mich sofort mit ihr vereinigen, aber ich traute mich nicht, und ich spürte, daß auch sie Angst hatte. Es waren keine Hemmungen, keine Scham, keine Zweifel. Der Widerstand unserer Körper war schon zusammengebrochen. Das Ungewohnte der Nacktheit – verschwunden.

Sogar Jades Verlegenheit wegen ihres eigenen Blutes war dadurch gedämpft worden, daß ich es getrunken hatte. Bei der Angst, die wir empfanden, handelte es sich um jene panische Furcht, die einen überkommt, wenn die Möglichkeiten, die sich einem im Leben auftun, plötzlich in vollem Umfang den eigenen Wünschen entsprechen. Es war die große Angst, die die ersten Flieger empfunden haben müssen, als ihre Flugzeuge langsam vom Boden abhoben, die schwindelerregende Aufregung eines Schatzsuchers, der endlich mit zitternder Hand die noch halb vergrabene Kiste voller Gold ertastet. Ich ließ meine Hände sanft über ihre Haut gleiten, und sie zitterte. Aber es war zum größten Teil kein behagliches Schaudern. Sie streckte sich, bog den Rücken, aber es wirkte beinahe unwillkürlich. Sie sagte nichts; sie atmete nicht einmal laut. Aber ich war sicher, daß ich mich ihr jetzt näherte, dem Teil von ihr, der offengeblieben war für die Möglichkeit meiner Rückkehr.
Ich küßte sie. Ich spürte, wie sich in uns beiden der Nebel lichtete, sah die Ursprünge ihrer Gefühle, tief in ihrem Inneren, wie ein Blick weit ins Farmland hinein. Zurück, immer weiter zurück durchs Herz von Illinois, über die fruchtbaren Felder, unter dem dunstlosen Himmel, und wo die Aussicht schließlich endet, dort gibt es einfach nichts mehr zu sehen. An Jades Stirn pulsierte eine Ader; die Venen längs der Innenseite ihres Arms waren hart, fast wie zarte kleine Knochen. Unsere Münder waren weit offen, als ob wir einander verschlingen wollten. Kannibalismus und Küsse, dachte ich, als ich einen Augenblick lang versuchte, auf Distanz zu gehen, so wie man sich manchmal vorübergehend von seinem eigenen Blut faszinieren läßt, wenn man sich geschnitten hat, sich lieber auf den hellroten Strom konzentriert als auf den stechenden Schmerz. Aber das war kein Schmerz und auch nichts Ähnliches; ich suchte Zuflucht vor weicheren – und zugleich tiefer reichenden – Gefühlen. Wenn es nur Schmerz war, dann hätte ich mir seine beklagenswerten Folgen vorstellen können, aber was ich für Jade fühlte, war der Beginn von etwas Grenzenlosem, die unerforschten Regionen von Körper und Seele. Heraus aus dem Gefängnis der Wahrnehmung! Nieder mit den Barrikaden! Aber ernsthaft: *Nieder mit den Barrikaden!* Eine Reise in unerforschte

Gebiete. Nicht zum Mond, nicht zur Venus oder zum Saturn, sondern hinaus zur äußersten Krümmung des Weltraums, hinauf und ums Horn der Zeit herum.

»David«, sagte sie, als ich meinen Finger in sie steckte, als ob dies jetzt das erste Mal sei, daß ich sie berührte. Ihre Arme lagen um meinen Hals und drückten mich mit der ungeahnten Kraft eines Ertrinkenden. Sie brachte unsere Gesichter zusammen, aber nicht in einem Kuß – unsere Münder waren ein paar schlüpfrige Zentimeter voneinander entfernt –, sondern in blindem Ungestüm. Meine Stirn lag an ihrem Wangenknochen, und ich glaube, wenn sie mich noch fester an sich gedrückt hätte, dann wäre er gebrochen.

Ich hatte den Geschmack von Blut im Mund. Es war Jades, und es war meines: Meine Unterlippe war aufgesprungen.

Sie hatte mich unten angefaßt und versuchte, mich in sie hineinzuschieben. Als ich sie zwischen den Beinen berührte, stieß sie einen kleinen Schrei aus. Ich rückte etwas von ihr ab.

Wir drehten einander das Gesicht zu. Unsere Körper flatterten. In einem kalten Kamin gefangene Vögel. Ich rutschte buckelnd hin und her. Mein Glied preßte sich an ihren Bauch, aber wir waren jetzt beide so naß, daß alles wie ein Vorspiel zum Eindringen wirkte. Unser Geruch stieg von der Matratze auf, flatternd wie ein nasser Lappen. Die Sprungfedern pfiffen, quietschten, ächzten. Das Geräusch unserer Körper in ihrer Nässe wie Schritte in einer Wiese am Morgen, unter denen die kleinen Luftblasen des Taus zerplatzen.

Unten zwischen ihren Beinen, auf den Knien, mit den Händen auf ihren Schenkeln, leckte ich sie mehr wie ein Hund als wie ein Liebhaber. Ich ließ meine lange lila Zunge über ihre Schenkel gleiten, über die Fleischfalten am unteren Ende ihres Rumpfes, ihr Schamhaar, das Innere ihrer Scheide, ihren Bauch. Sie bewegte die Beine wie beim Wassertreten. Ich spürte, wie sich etwas auf meiner Zunge festsetzte. Ein kieselsteingroßes Klümpchen geronnenes Blut. Ich nahm es und wischte es an meiner Brust ab.

Jade gab ein hohes Stöhnen von sich. Wie von weitem. Eine in eine Schachtel gesperrte Stimme tief in ihrer Kehle. Es wurde noch höher, kam näher. Ihr Schamhaar war so naß, daß die Haut rings um ihre Öffnung bloßlag, schutzlos; so stark geweitet, daß es für eine Frühgeburt gereicht hätte. Ich küßte sie wie einen Mund. Ihre Schenkel waren jetzt steif, zitterten, tickten wie eine Uhr. Hoben sich mir entgegen. Sie hob die Beine von der Matratze, streckte sie steil nach oben. Ich kroch auf sie zu, ohne meinen Mund von ihr zu lösen. Ich kniete jetzt mitten in ihrem Blut. Sie atmete hechelnd, und jedes Ausatmen endete in einem asthmatischen Pfeifton. Ihre Hände krallten sich in die Matratze; obwohl mein Glied in die Luft stand, kam es mir vor, als würde starker Druck darauf ausgeübt. Ich hörte, wie das Laken unter Jades Nägeln zerriß.

»David«, sagte sie fieberhaft, haltlos. Sie wollte mir damit sagen, daß ich nicht aufhören, es nicht anders machen sollte. Ihre Öffnung war noch größer geworden, und es schien, als hätte sie eine Art Unterströmung. Ich gab acht, daß ich meinen Mund nicht zu fest an ihre zartesten Teile drückte, aber ich steigerte den Druck ein klein wenig. Ich spürte, daß mir etwas übers Kinn rann; ich wußte nicht, ob es ihr Blut oder mein Speichel war oder beides. Ich hielt den Atem an, indem ich den Mund noch weiter öffnete. Sie schob sich im selben Moment mir entgegen, und ich schlug aus Versehen mit den Zähnen gegen ihr nasses Inneres. Schweiß lief mir in die Augen, und ich dachte, es seien Tränen. Sie klappte die Beine zusammen; ihre Schenkel bedeckten meine Ohren. Ich hörte ihr Stöhnen wie aus unheimlicher Ferne. Aber ich hörte, daß es immer höher wurde, und wußte, daß sie bald kommen würde. Ich nahm meinen Mund nicht weg, aber ich bewegte ihn nicht mehr. Das Tempo ihrer eigenen Bewegungen verdoppelte sich, als ich aufhörte, aber ich legte meine Hände auf ihre Hüften, um sie zu beruhigen, und dann löste ich mich von ihr.

Ihr Körper beruhigte sich, aber ihr Atem ging stoßweise. Sein Geräusch füllte das Zimmer wie eine Panik. Ihre Beine schwankten; ich sah auf die Blutschmiere an ihren Schenkeln, die jetzt im ersten Morgengrauen sichtbar wurden. Ich legte meine Hand auf sie und drückte. Sie legte ihre Hand auf meine, drückte die Beine zusammen und bewegte sich auf und ab.

»David«, sagte sie, »ich bin so nahe dran.«

»So nahe bei mir«, sagte ich. Ich lag jetzt neben ihr, den Arm um

ihre Schultern. Sie zog die Knie an, rollte sich herum, preßte sich an mich.
»Komm zu mir«, sagte sie.
»Nein. Ich möchte dich halten.« Ich dachte bei mir: Vielleicht werde ich nie mehr mit dir zusammensein. Ein verzweifelter Gedanke, aber er flog vorbei wie etwas, das der Sturm fortträgt. Gedanken, Bilder – alles schien von mir fortzufliegen, als ob die Inhalte meines Verstandes in eine Kanone gestopft und abgefeuert worden wären. Dr. Ecrest, wie er mir erklärte, er denke nicht daran, meine Akte zu lesen, die er aus Rockville bekommen hatte, und sie vor meinen Augen in den Papierkorb warf. Arthurs trauriges und besorgtes Grinsen, während er meine Unterhaltung mit Barbara Sherwood im Jackson Park Hospital verfolgte. Ich selbst, wie ich einem Ball nachlief, einem großen, dicken weichen Ball, so weich wie Kuchenteig, der über den Rasen in Rockville rollte, immer weiter und weiter rollte, um erst am Zaun zur Außenwelt liegenzubleiben, wo zwei kleine blonde Mädchen aus dem Ort mich anstarrten, am Zaun sich haltend, aber doch etwas zurückweichend, als ob ich versuchen könnte, sie an ihren Gürtelschlaufen zu packen...
»David«, sagte Jade und berührte mein Gesicht. Sie drehte meinen Kopf zu sich und drückte ihren Mund auf meinen.
Ich umarmte sie mit aller Kraft; sie rieb ihre Scheide an meinem Knie.
»So viele Gefühle auf einmal«, sagte sie. »Mir ist unheimlich.«
»Ich weiß«, sagte ich. »Ich hab auch große Angst.«
»Nur mit dir.« Sie strich mir mit der Hand übers Gesicht. Ich bekam einen ihrer Finger in den Mund und saugte blind daran. Er schmeckte salzig. »Nur mit dir, David. Es ist so sonderbar.«
Ich rollte mich auf sie. Ihre Beine flogen auseinander, ihre Hände packten meinen glitschigen Rücken und drückten mich hinunter.
»Nicht mehr warten, bitte«, sagte sie. »Komm zu mir. Ich möchte dich in mir spüren.«
»Ich möchte nicht, daß es zu Ende geht«, sagte ich.
»Komm zu mir.«
Ich glitt mühelos hinein. Erst als ich mich ganz hineinschob,

spürte ich den Gegendruck ihres Fleisches. Es wurde enger weiter drinnen.
Ich kam sofort. Sie war so naß, und mir lag nichts an meinem Orgasmus – ich hatte kein sonderliches Interesse daran; es war etwas, was am Rande geschah –, und meine Erektion blieb unverändert, so daß Jade kaum merkte, daß es passiert war. Ich machte eine kleine Pause, um mich auszuruhen, und sie sah mich fragend an. Dann begann ich, sie zu lieben. Ich war ungeschickt, erstaunt über die Beschränkungen unserer Körper. Nur unsere Nerven, unsere Phantasie und unser Verlangen waren grenzenlos; unsere Körper blieben der Schwerkraft unterworfen, dem strengen Zusammenspiel von Sehnen und Gelenken. Mehr als einmal schätzte ich den Abstand zwischen uns falsch ein, und unsere Körper prallten mit einem lauten, nassen Klatschen aufeinander.
Ich merkte, daß es ein bißchen außer Kontrolle geriet. Sie hatte die Arme seitlich ausgestreckt und die Beine weit gespreizt, sie bewegte sich auf und ab und hin und her, und wir rutschten ziemlich viel herum. Von Beherrschung konnte keine Rede mehr sein. Ich ließ sie nicht los, und ab und zu klammerte sie sich auch an mich. Dann kippten wir zur Seite und gerieten in Gefahr, aus dem Bett zu fallen. Der Lärm, den wir gemacht haben müssen! Es würde mich nicht wundern, wenn sich in dieser Nacht etliche Gäste beim Empfang beschwerten. Und wenn irgendwelche einsamen Einzelgäste mit dem Ohr an der Wand und einer Hand auf der Körpermitte im Bett lagen, hätte ich dafür auch Verständnis gehabt. Wir drehten uns langsam im Bett, während wir uns liebten. Eine Uhr mit einem einzigen Zeiger. Die Sprungfedern des Bettes hätten nicht indiskreter sein können, und einmal begann das Kopfteil an die Wand zu klopfen. Jade hatte wieder mit ihrem hohen Summen angefangen, einem Ton wie von einer melancholischen, unerträglich erotischen Stimmpfeife. Ich spürte, wie ein neuer Orgasmus in mir Gestalt annahm, aber weniger in meinen Geschlechtsorganen als im Bauch und den Rückseiten meiner Beine. Ich wurde langsamer, und diesmal protestierte Jade nicht. Sie warf den Kopf hin und her und sagte meinen Namen, und ich sagte ihren.

Plötzlich zog ich mich ganz von ihr zurück. Sie stieß ein überraschtes Wimmern aus, berührte sich instinktiv selbst mit der Hand und bewegte sich hin und her. Ich küßte die Hand, und sie zog sie wieder zurück, und dann küßte ich ihr Haar, ihren Bauch. Ich kniete über ihr, sah sie an und wußte, daß meine Augen glasig und halb irre wirken mußten – genauso wie ihre. Sie keuchte und schauderte, und ihr Körper bewegte sich weiter auf der Matratze, so als wären wir noch vereinigt.
»Ich liebe dich«, sagte ich. »Es ist so viel mehr, so viel, aber ich weiß nicht, wie ich es ausdrücken soll. Es hat sich nichts geändert. Ich weiß noch alles, sogar die Dinge, die sich doch geändert haben. Ich liebe dich, Jade. Ich liebe dich.«
»Komm zu mir«, sagte sie. Sie schlang die Arme um meinen Hals, zog sich daran hoch und küßte mich. Dann griff sie nach meinem Penis und schob ihn in sich hinein. »Ich möchte uns beide spüren«, sagte sie. Und als ich mich auf sie herabließ und so tief einsank, wie es ging, kam statt ihrer Stimme wieder dieses hohe, schrille Summen. Ich beobachtete ihr Gesicht, so gut es ging. Diese seltsamen Grimassen, die in jeder anderen Situation grauenhaft gewesen wären. Ihre Lippen, die sich öffneten, spannten, ihr zu einem lautlosen Heulen aufgerissener Mund. Die Augen geschlossen und dann auf einmal geöffnet, in aufrichtiger Hilflosigkeit zu mir aufsehend, einer Mischung aus Verlangen und Überraschung. Ihr Handballen schlug an meine Brust; einen Moment lang schien es, als wollte sie versuchen, mich von ihr herunterzustoßen. Aber es ging vorüber. Sie hob sich mir entgegen, schwebte, klammerte sich an mich mit ihren harten, wissenden Händen. Ich spürte, wie sie den Höhepunkt erreichte, und hätte beinahe aufgehört, weil es nicht enden sollte. Schließlich hatten wir uns auf diese Weise gegenseitig die Liebe beigebracht: die Sünde der Adamiten; die Psychedelik des unterdrückten Orgasmus. Durch jede Unterbrechung würde der Orgasmus, wenn er schließlich kam, machtvoller werden. Jedes Zwischenspiel würde uns näher aufeinander zuströmen lassen. Aber wenn ich mein Tempo verlangsamte, beschleunigte sie ihres, und in der Kraft ihres Griffes war etwas wie Unerbittlichkeit, ein Beigeschmack von Raserei. Ich dachte, wenn ich nicht weitermachte bis zum Schluß, würde

sie mir womöglich mit der Faust ins Gesicht schlagen. Und so schob ich meine Hände unter ihr Becken, damit wir uns, gleichgültig, was unsere Körper taten, auf jeden Fall berühren und ich so tief wie möglich in ihr bleiben würde. Aus ihrem Summen wurde eine Art tonloses Geräusch, wie der lauteste Teil eines endlos augedehnten Gähnens. Schweiß rann ihren Rücken herab, und es trat immer noch Blut aus: Ich spürte es zwischen meinen Fingern. Ich war klitschnaß. Die kleine Platzwunde an meiner Lippe war wieder aufgesprungen, und das Blut färbte meinen Speichel dunkelrosa. Jades Augen waren jetzt weit offen, und sie starrte zu mir herauf. Da sie die Mundwinkel wie beim Weinen herabgezogen hatte, wirkte ihr Blick beinahe vorwurfsvoll. Sie zitterte am ganzen Körper, aber nicht nur an den Füßen und Beinen, sondern es waren Erschütterungen, die von ihrer Scheide ausgingen und sich über ihren Bauch bis in ihre Brust fortpflanzten. Mir wurde jetzt endlich klar, daß die Geräusche, die ich hörte, zur Hälfte von mir selbst stammten: Ich stöhnte wie ein betäubter Riese, ein tiefes, gequältes, benommenes Klagen. Wir waren drauf und dran, vom Bett zu rutschen, wir waren glatt und glitschig von Schweiß und Blut. Wir bewegten uns wie wahnsinnig, und auf einmal konnte ich ihre inneren Wände in beängstigender Genauigkeit spüren, so als wäre ich plötzlich fünfmal so dick geworden. Wir kamen, erst Jade und dann ich, Sekunden nach ihr, hielten einander umfaßt, und unsere Stimmen vereinten sich zu einem einzigen wilden, unerträglich einsamen Aufschrei.

Der Rest dieser Nacht ist mir kaum noch im Gedächtnis. Ich erinnere mich noch an ein beinahe verlegenes Schweigen, das aber nur wenige Augenblicke dauerte. Jade sagte, ihr Blut fühle sich an, als phosphoresziere es, und einmal brach ich in Tränen aus, beherrschte mich aber bald wieder. Wir unterhielten uns auch, aber ich weiß nicht mehr, über was. Wir redeten einfach. Ich war schon am Einschlafen, aber dann sagte Jade etwas. Ich weiß nicht mehr, was es war, aber beim Klang ihrer Stimme rollte ich wieder auf sie, und wir liebten uns, lange Zeit. Jade sagte: »Nein, nein, ruh dich aus«, und wir wälzten uns herum und liebten uns, Jade oben und ich unten. Sie hielt meinen Kopf mit beiden Händen und versiegelte meinen Mund mit einem langen offenen Kuß, und wir liebten uns sehr langsam, bis wir beide kamen. Dann unterhielten wir uns wieder. Die Fenster waren schon hellgrau. Einmal schlief ich beinahe ein, und es war, wie wenn man von einer hohen Klippe stürzt. Jade lag auf dem Bauch, ein Bein weit abgespreizt, so daß es fast aus dem Bett hing, und ihr weiches, eher flaches Gesäß hochgewölbt. Ich drang von hinten in ihre Scheide ein, und erst als ich meine Hände unter ihre Brüste schob, merkte ich, daß sie eingeschlafen war.

Ein paar Stunden später schloß das Zimmermädchen die Tür auf und öffnete sie so weit, wie es die Türkette erlaubte. Das scharfe metallische Geräusch weckte uns beide, und wir setzten uns im Bett auf. Die Tür stand handbreit offen. Wir sahen den lindgrünen Kittel des Zimmermädchens.

»Wir schlafen noch«, rief ich aus.

Jade ließ sich zurücksinken. Das Zimmer war jetzt von trübem weißem Licht erhellt, und ich betrachtete Jade und mich. Wir waren beide mit angetrocknetem Blut bedeckt. Das Laken war regelrecht verkrustet. Wenn wir die Kette nicht vorgelegt hätten, wäre das bedauernswerte Zimmermädchen hereingekommen und womöglich in Ohnmacht gefallen. Reglos, wie wir dalagen, hätten wir wie die Opfer eines grausigen Verbrechens ausgesehen. Es war Blut an unseren Beinen, unseren Schenkeln, unseren Armen und Händen. Wir hatten Blut in den Haaren und in den Mundwinkeln. Sogar unsere Lippen waren mit angetrocknetem Blut überkrustet.

15

Es gab nichts zu besprechen. Am nächsten Tag ging ich mit Jade zum Busbahnhof, und als der Bus nach Stoughton fuhr, stiegen wir beide ein. Jades Matchsack war aufgebläht wie ein kranker schwarzer Fisch: Um die blutverschmierten Laken und Bezüge nicht zurücklassen zu müssen, hatten wir sie einfach geklaut. Wir hatten es aus Rücksicht getan, denn wir dachten uns, daß der kleine Verlust für das Hotel weniger schlimm sein würde als der Abscheu des Zimmermädchens angesichts der von angetrocknetem braunem und rotem Blut starrenden Laken. Aber trotz unserer guten Absichten waren wir ziemlich nervös, als wir die Laken in Jades Matchsack stopften. »Ein lausiges Hotel bestehlen«, sagte Jade kopfschüttelnd, als ob dies bezeichnend für uns sei, für unsere Bereitschaft, große wie banale Verbrechen zu begehen, unser Schicksal, immer außerhalb der Normalität und Anständigkeit zu stehen.

Es gab natürlich noch mehr aufregende Momente. Mein Geld reichte gerade noch für die Hotelrechnung, so daß ich nicht einmal mehr die Busfahrkarte nach Stoughton bezahlen konnte. Ich wollte mir das Geld für mein Rückflugticket nach Chicago wiedergeben lassen, aber Jade bestand darauf, mir die Busfahrt zu bezahlen. In meinen Augen war das allerdings nicht nur Großzügigkeit. Der Gedanke, daß ich ein Rückflugticket nach Chicago hatte, beruhigte sie, und es ärgerte mich, daß sie das brauchte. Solche Kleinigkeiten erinnerten uns immer wieder daran, wie unvollkommen unsere Wiedervereinigung noch war. Der Bus war fast voll, was mich sehr wunderte. Kopfschüttelnd sah ich die Sitzreihen entlang. »Wir haben Glück gehabt, daß wir noch zwei Plätze nebeneinander bekommen haben«, sagte ich. »Ich hätte mir nie gedacht, daß so viele Leute nach Stoughton fahren wollen. Nicht zu fassen.«

Jade sah mich stirnrunzelnd an und entzog mir ihre Hand. »Der Bus fährt doch nicht nur nach Stoughton, David«, sagte sie. »sondern auch nach Albany und vielen anderen Orten. Mein Gott. Das ist wieder mal typisch für dich, daß du meinst, bloß weil *du* nach Stoughton fährst, müssen *alle anderen auch* dorthin fahren.« Ich lächelte, denn es gefiel mir, wie Jade über Einzelheiten meines Charakters nachdachte, wie das Netz ihrer Intelligenz immer wieder einmal unversehens in mich eintauchte und sie damit etwas ans Licht holte, was bei mir unter der Oberfläche gelebt und sich entwickelt hatte. Es gehörte zu unserer Liebe, daß wir übereinander nachdachten, und ich lächelte, als sie das jetzt sagte, lächelte und behielt das Lächeln bei, merkte dann aber, wie es erstarb, weil ich so lange brauchte, um zu begreifen, daß sie nicht aus Interesse, sondern aus Ärger und Mißtrauen gesprochen hatte.

Es war ein greller, diesiger Tag. Irgendwo schienen Abgase ins Innere des Busses zu gelangen, vielleicht durch eine Roststelle im Boden, denn ich hatte ständig einen leichten Gasgeruch in der Nase. Jade hielt meine Hand und sah zum Fenster hinaus, und ich lehnte mich auf meinem Sitz zurück und sah über ihre Schulter auf ihr Spiegelbild in der getönten Fensterscheibe. Dann legte sie den Kopf auf meine Schulter und nickte ein, und ich küßte sie ab und zu aufs Haar, ganz zart und vorsichtig, um sie nicht zu wecken. Ich war mir die ganze Zeit nicht sicher, ob sie wirklich schlief; sie atmete tief, und ihr Gesicht war völlig entspannt, aber der heftige Druck, mit dem sie meine Hand festhielt, ließ keinen Augenblick nach.

Da ich mich nun endgültig über die gerichtlichen Auflagen hinweggesetzt hatte, konnte ich nicht mehr hoffen, unbemerkt nach Chicago zurückkehren und mein altes Leben wiederaufnehmen zu können. Meine Bewährung war in tausend Stücke zerschellt und konnte nie mehr zusammengesetzt werden. Die Tyrannei einer Entlassung auf Bewährung ist die Illusion des Vertrauens, und ich hatte dieses Vertrauen mit der ganzen Vehemenz meines wahren Ich zerstört. Die neuerliche gerichtliche Anordnung – falls man mich aufspürte und wieder in Gewahrsam nahm – würde angesichts meines Verstoßes gegen die Bewährungsauflagen härter ausfallen als seinerzeit die Strafe dafür, daß ich ein Haus niedergebrannt und fünf Menschen an den Rand des Feuertodes gebracht hatte. Wenn diese eine Tat mir drei Jahre Unterbringung in einer psychiatrischen Klinik und gerichtliche Überwachung auf unbestimmte Zeit eingetragen hatte, würde mein Weglaufen sicherlich eine noch viel, viel strengere Bestrafung nach sich ziehen. Die Wahrheit war, daß der Weg, den ich eingeschlagen hatte, in einer dünnen roten Linie absoluter Gefahr genau vorgezeichnet war, aber die darüber hinausgehende Wahrheit war, daß mich das kaum kümmerte.

Mein Leben in den letzten Jahren lag weit hinter mir, und für Erinnerungen oder Reue war es noch zu früh. Ich floh von einem Teil meines Lebens in einen anderen, und obwohl ich noch kaum

Anhaltspunkte dafür hatte, was das letztlich bedeuten würde, war ich schon von ganzem Herzen auf der Flucht: leichtsinnig, stolz und absolut sicher. Das einzige, wonach ich mich aus meinem bisherigen Leben sehnte, war Ann, und selbst hier war das Bedauern mit Hoffnung durchwirkt. Es hieß doch gar nicht, allzuviel vom Schicksal zu erwarten, so dachte ich, daß eines Tages Ann ein Teil der Welt sein könnte, die Jade und ich zu erschaffen bestimmt waren.

* * *

Und so zog ich mit Jade in den Norden, nach Stoughton, Vermont, und lebte, so gut es ging, in ihrem Haus, freundete mich mit ihren Freunden an, stellte meine Impulse auf ihren Tagesablauf ein und versuchte, weil sie das wollte, mir einen Platz in dieser Wohngemeinschaft zu erobern, neben meiner Liebe zu Jade ein weiterer Grund dortzubleiben.

Das Haus, in dem sie lebte, war eine großspurige Ausgabe des Hauses ihrer Familie in Chicago, ein viktorianisches Monstrum, zu gigantischen Dimensionen angeschwollen. Die Veranda hätte als Bühne für eine Big Band dienen können, die Mahagonikugel auf dem Geländer der Treppe, die in den ersten Stock hinaufführte, war so groß wie ein Kinderkopf. Das Haus beherbergte seit mindestens zehn Jahren studentische Wohngemeinschaften; es war ein Haus mit einem Ruf, Legenden und sogar einem Namen: Gertrude. Die Leute sagten tatsächlich: »Vielleicht miete ich mir nächstes Jahr ein Zimmer in Gertrude«, und sie wurden auch wirklich verstanden. Das Haus war voller Möbel. Es war nicht üblich, etwas aus Gertrude wieder mitzunehmen, sobald es einmal ein fester Bestandteil der Einrichtung geworden war. Das Wohnzimmer war so mit Sofas, Sitzkissen, neuenglischen Schaukelstühlen und Zimmerpflanzen vollgestellt, daß man Platzangst bekam. Die Küche quoll über von Utensilien, die dieser oder jener Gourmet, der einmal in den Bannkreis des Hauses geraten war, zurückgelassen hatte. Es gab jede Menge elektrische Zahnbürsten und sogar, wie ich später erfuhr, einen allgemein zugänglichen Vorrat an Vibratoren, zurückgelassen von Studentinnen, die bei ihrem Auszug Hoffnungen auf ein erfülltes Sexleben gehegt hatten. Eine der Legenden von Gertrude besagte, daß es am Sonntagmorgen immer im ganzen Haus wie in einem riesigen Bienenstock summte, da sich ein halbes Dutzend Vibratoren gleichzeitig in Betrieb befanden.

Jade hatte eines der schlechtesten Zimmer im ganzen Haus, einen winzigen, exakt quadratischen, lavendelblaugestrichenen Raum mit einem kleinen, zu weichen Bett und einer langweiligen Aussicht aus dem einzigen Fenster auf die Straße. Was das Zimmer herausriß, war seine Nähe zum Bad im ersten Stock. Jade selbst sagte: »Na ja, wenigstens ist es neben dem Bad», und als eine ihrer Hausgenossinnen, Colleen MacKay, eines Tages mit mir darüber sprach, meinte sie auch: »Na ja, wenigstens ist Jades Zimmer gleich neben dem Klo.« Diesen kleinen Trost hatten die anderen wahrscheinlich schon dem ersten Studenten gespendet, der in diesem Zimmerchen gelandet war – und als das Haus noch von einer großen, blühenden Familie bewohnt wurde, hatte man vermutlich den mittleren Sohn mit der gleichen fadenscheinigen Begründung überredet, mit diesem Raum vorliebzunehmen. Mir war es natürlich mehr oder weniger egal, in welchem Zimmer wir wohnten. Ich hätte auch in einer Badewanne oder im Freien oder sogar an meinem Daumen aufgehängt geschlafen. Aber man erklärte mir, daß Jade dieses Zimmer zugewiesen bekommen hatte, weil sie sowieso fast nie zu Hause war, und als unser Zusammenleben anerkannt und mit der Verlegung in ein geräumiges Zimmer unter dem Dach belohnt wurde, in dem wir ungestört waren, empfand ich doch eine so übermächtige Freude, daß ich mir auf die Lippen beißen mußte, um nicht loszuheulen. Ich fand es sehr nett von den anderen, daß sie unseretwegen umräumten. Es war Colleen MacKay, die aus dem Dachzimmer auszog. »Bedankt euch nicht zu früh bei mir«, sagte sie. »Wartet erst ab, bis ihr euch im Winter dort oben den Arsch abfriert. *Dann* könnt ihr euch bedanken.« Sie wollte mit dieser rauhbeinigen Bemerkung die Freundlichkeit ihrer Geste herunterspielen, aber ich bekam davon bloß noch weichere Knie. Warten bis zum Winter? Die Leute behandelten uns schon, als ob wir eine Zukunft gehabt hätten.

Unser Zusammenleben war schwierig, prekär; Jade und ich erlebten die Verwirrung von Menschen, deren Leben ihrer Phantasie vorausgeeilt ist. Es gab immer wieder Augenblicke betretenen Schweigens, die uns plötzlich vor Augen führten, wie zerbrechlich unser ganzes Unternehmen war, Meinungsverschiedenheiten, die darauf beruhten, daß wir im praktischen Leben nicht aneinander gewöhnt waren. Es gab Schwierigkeiten mit meiner panischen Angst, als ich feststellen mußte, daß Jade bis über beide Ohren in einem Strom von Menschen, Freunden wie Feinden, Liebhabern und Liebhaberinnen, Terminen, für den Uneingeweihten nicht verständlichen Witzen, Rivalen und Schulden steckte. Aber die meiste Zeit staunte ich bloß, wie gut es uns doch gelang, glücklich zu sein. Wir liebten uns nachts auf kühlem Rasen. Wir badeten einander und sangen einander flüsternd ins Ohr. Ich kochte mein halbes Dutzend Spezialitäten für sie und errötete vor Freude, wenn ich merkte, wie sehr sie sich darüber freute, daß ich mit ihren Freunden gut auskam. Wir machten Ausflüge in einem geborgten Saab, spielten Tennis auf dem Privatplatz eines Professors für Musiktheorie, und als ich einen Job in einem Herrenbekleidungsgeschäft am Ort bekam, holte mich Jade jeden Tag zum Mittagessen ab: Thunfisch-Sandwiches und Eistee, mit denen wir uns auf den Rasen vor einer großen presbyterianischen Kirche setzten, eines ungewöhnlich riesigen gotischen Gemäuers, in dem man alle Kinder Vermonts auf einmal hätte taufen können.
Als Jade und ich in Chicago befreundet waren, hatte ich Dutzende von Freunden und Bekannten und einen gesunden Appetit auf jene Orgie von Hors d'œuvres, die in der Jugendzeit als gesellschaftliches Leben gilt. Ich hatte Kameraden, Vertraute, Spielgefährten und loyale Kollegen in den Clubs, denen ich angehörte – der Redaktion der College-Literaturzeitschrift, der Studentischen Friedensunion. Keiner wußte – oder vielleicht wußten sie es, fanden aber nichts dabei –, daß meine Geselligkeit und mein leicht sarkastischer Humor die glücklicheren Äußerungen eines im Grunde isolierten Charakers waren. Im Schutz meiner eigenen vier Wände – »der Schutz meiner eigenen vier Wände« war für mich als Jugendlichen eine feststehende Redewendung, als ob ich

das Bedürfnis gehabt hätte, mich dem vermeintlich stets forschenden Blick der Außenwelt zu entziehen – schrieb ich, in einem vage an Allen Ginsberg erinnernden Tonfall, lange formlose Gedichte über die Einsamkeit, über mein »verborgenes Innenleben«, das niemand kannte und das ich als eine kalte Nebelmasse empfand. Meine Einsamkeit war damals durchaus geselliger Natur, und als ich mich in Jade spiegelte, brach ich als erstes die Verbindung zu Gleichaltrigen und dann die zu meinen Eltern ab. Nach sechs Monaten mit Jade hatte ich so gut wie keine Freunde mehr – vielleicht ahmte ich Jades Vereinzelung nach. Bald waren Jade und ihre Familie meine ganze Welt; selbst als ich mich schon fürs College angemeldet hatte, wußte ich genau, daß ich nie hingehen würde. Die Welt, so dachte ich, hatte sich allzu bereitwillig meine Lügen angehört, war zu leicht auf die einfachen Charaktertricks hereingefallen, die ich gelernt hatte, die Welt war gleichermaßen zu einfältig und zu grausam, um von mir Treue verlangen oder auch nur erwarten zu können, daß ich sie ernst nähme. In gewissem Sinne übte ich damit Verrat an Jade: Sie hatte in mir eine Möglichkeit gesehen, sich aus dem Kraftfeld des Butterfieldschen Familienlebens zu befreien, aber statt sie herauszuführen hatte ich mich selbst darin eingenistet und war, zumindest meinen Absichten nach, ein ebenso militanter Parteigänger der Butterfields geworden wie Keith.

In Stoughton hatte nun aber das Zusammenleben mit Jade die entgegengesetzte Wirkung. Nach fast fünf Jahren, in denen ich nichts mit der Welt zu schaffen gehabt, meine unabänderliche Vereinsamung wie ein Streikplakat mit mir herumgetragen hatte – »Bitte verschwenden Sie nicht ihre Aufmerksamkeit und Zuneigung an mich. Ich bin *undankbar*« –, fand ich endlich wieder in die Welt zurück. Anstatt Jades Isolation nachzuahmen, machte ich diesmal ihre Freunde zu meinen: Hausgenossen, Studienkollegen, Ladenbesitzer, Professoren, praktisch jeder, den sie kannte, wurde auch ein Teil meines Lebens.

Sie sprach es nie aus, aber ich wußte, Jade wollte, daß ich mich in die Welt einlebte, die sie mit ihren Freunden und Bekannten teilte. Sie gebrauchte den Ausdruck »neurotische Verhaltensmuster«, um zu beschreiben, was sie im Zusammenleben mit mir vermeiden wollte, und Isolation war das neurotische Muster, vor dem man sich in erster Linie hüten mußte. Sie wußte natürlich, daß ich wunschlos glücklich gewesen wäre, wenn wir jede freie Stunde in unserem Dachzimmer, im Bett, einer in des anderen Armen verbracht und niemanden in unsere Welt gelassen hätten, und die Verehrung, die ich ihr anbot, war verlockend genug, um sie befürchten zu lassen, sie könnte der Versuchung erliegen. »Ich möchte mit dir zusammen sein, aber nicht mehr so wie früher. Es soll nicht weniger sein, aber anders.« Was hätte ich dagegen einwenden sollen? Genausogut hätte ich an der Größe unseres Zimmers, dem Zutand unseres Bettes herumnörgeln können. Ich hatte nicht den Nerv, mir über Einzelheiten unseres Zusammenlebens den Kopf zu zerbrechen; daß wir überhaupt zusammen waren, ließ alles andere in den Hintergrund treten. Es gab Momente, in denen ich Anflüge von Angst bekam wegen der »leicht veränderten Jade«, wie ich es sah – aber selbst im Paradies wird man nicht umhinkönnen, sich ab und zu daran zu erinnern, daß man eine etwas steifere Brise ganz angenehm fände und sich eigentlich noch nie viel aus Glycinen gemacht hat.

Freundschaft mit Jades Freunden war es nicht, was ich wollte. Wenn ich mir unsere Wiedervereinigung vorstellte, hatte ich mir nie die Mühe gemacht, auch die menschliche Landschaft auszumalen. Vielmehr hatte ich mir den Ort, an dem wir unseren Teil der Ewigkeit genießen würden, wie eine spartanische Version der Wohnung meines Großvaters in der Rentnerkolonie in Florida vorgestellt: ein Fenster, ein Bett, ein Kühlschrank, ein Bücherbord. Aber als sich herausstellte, daß der Umgang mit Jades Freunden eine Vorbedingung für das Zusammenleben mit ihr sein würde, merkte ich auf einmal, daß ich erstaunlich viel Gefallen daran fand, mich in das neugewonnene gesellschaftliche Leben zu stürzen. Es war fast unnormal, wie rasch ich dicke Freundschaft mit beinahe wildfremden Leuten schloß. Jade nahm mich mit zu dem alten Professor Asbury – nach zehn Minuten Carlyle für mich –, der fast ein Jahr bettlägerig gewesen war, weil er sich beim Tennisspielen auf seinem feuchten, verwahrlosten Platz hinterm Haus einen Wirbel ausgerenkt hatte. Weißhaarig, hager und elegant, war Asbury derart beliebt, daß sogar Studenten, die sich gar nicht für Musik interessierten, in seine musiktheoretischen Vorlesungen gingen, nur um ihn zu erleben. Ich hatte den perversen Wunsch, seinem Charme zu widerstehen, aber als wir sein kleines Lebkuchenhäuschen verließen, drückte ich Jade die Hand und sagte: »Mein Gott, ist das ein *netter* Mensch.« Ich weiß nicht, ob ich vor allem über Asbury oder meine Reaktion auf ihn so gerührt war, aber ich schluchzte fast, als ich das sagte.

Einmal waren Jade und ich bei ihren Freundinnen Marcia und Trig zum Essen eingeladen. Die Wohnung der beiden wirkte wie eine Räuberhöhle – durchhängende Linoleumböden und ein Ausblick über ein Teerpappdach auf die abblätternde Mauer einer Garage. Wir saßen auf dem Boden. Marcia und Trig waren keine Hippies; sie gaben uns keine mit indischen Stoffen bezogenen Sitzkissen. Sie schienen sich um ihre – oder unsere – Bequemlichkeit überhaupt nicht zu kümmern. Aber dann servierten sie ein phantastisches Essen. Fisch mit Pistazienscheiben. Frisch geerntetes Gemüse in japanischer Eiercreme. Daß sie sich so viel Mühe gemacht und dabei – wenn auch vielleicht nur ganz am Rande – an mich gedacht hatten, rührte mich wie eine Liebkosung. Ich aß, so langsam ich konnte, und sah die beiden Mädchen mit heißen, verschwimmenden Augen an, während sie erzählten, wie sie nach ständigen Einschüchterungen durch brutale Typen, die ihrer Meinung nach von den örtlichen Lebensmittelhändlern bezahlt waren, gezwungen worden waren, ihren Reformkostladen zu schließen.

In Gertrude gab es jeden Mittwochabend eine Hausversammlung, und da ich nun auch dazugehörte, durfte ich mich wie alle anderen an den großen Resopaltisch setzen, Camel-Zigaretten rauchen und Almadén-Wein aus dem Krug trinken – Camels und Almadén waren Tradition und geradezu zeremoniell vorgeschrieben. Wir sprachen über die Verteilung der Hausarbeiten und Kosten und gaben unser Urteil über Besucher ab (*ich* war kein Besucher!), und während ich von einem Gesicht zum anderen sah – Jade, Oliver Jones, Colleen MayKay, Nina Sternberg, Miriam Kay, Boris Hyde und Anemone Grommers –, dachte ich mir oft: Das sind die nettesten Leute auf der Welt. Ich empfand richtig patriotische Liebe für Gertrude und ihre Bewohner, so als ob wir alle Mitglieder einer Bande oder einer Sekte oder eines Revolutionskaders gewesen wären. Natürlich waren wir nichts Komplizierteres oder Großartigeres als eine Handvoll Leute, die unter einem Dach wohnten und sich die Miete teilten, aber alle Gesten der Freundschaft – nein, nicht einmal Freundschaft, bloße *Freundlichkeit* – beflügelten meine Leidenschaft und meine Phantasie. Mit normalen Maßstäben gemessen war ich wie ein Tourist – ein *sterbender* Tourist – auf einer letzten Reise durch Europa. Jeder Sonnenuntergang, jeder Kirchtum, jedes gepflasterte Gäßchen, jedes Glas einheimisches Bier ist monumental, tragisch und unvergleichlich.

Ich bekam heraus, daß Jade vor etwas mehr als einem Jahr in Gertrude mit einem Studenten namens Jon Widman zusammengelebt hatte. Jon – mit zwanzig schon kahlköpfig, baumlang, anämisch – war ein musikalisches Genie, spielte zwölf verschiedene Instrumente und komponierte Musik aller Art, vom Blues bis zum Streichquartett. Ich erfuhr auch von Jades Verhältnis mit einem Englischprofessor. Diese Auskünfte gab mir – aus nicht ganz lauteren Motiven, wie ich meinte – einer meiner Hausgenossen, der mir damit angeblich nur beweisen wollte, daß eine Affäre mit einem Angehörigen des Lehrkörpers ein unerläßliches Ritual in Stoughton sei.

Von ihrem Verhältnis mit Susan Henry erzählte mir Jade dagegen selbst. Es gab Orte, wo wir nicht hingehen konnten, Filme und Konzerte, die wir nicht besuchen konnten, weil Jade fürchtete, sie könnte dort Susan begegnen.

»Es ist meine eigene Schuld«, sagte sie. »Und es war ganz unnötig. Es war nicht in Ordnung, wie wir Schluß gemacht hatten, und ich habe sie nicht angerufen, als wir zurückkamen.«

»Aber ich dachte, ich meine, du hast es mir so geschildert, als ob eigentlich eher *sie* Schluß gemacht hätte«, sagte ich.

»Wir standen einander zu nahe, als daß das etwas ausgemacht hätte. Von einem bestimmten Punkt an ist alles gegenseitig.«

Dann eines Tages, als wir die Main Street entlanggingen – ich hatte Mittagspause, und wir überquerten die Straße, um in einem Schreibwarenladen ein Schreibheft zu kaufen –, packte mich Jade am Oberarm, drehte mich um und ging mit mir rasch in einen

Krämerladen, in dem es nach Holzfußboden und Süßigkeiten roch.
»Was ist denn?« fragte ich, obwohl ich es genau wußte.
»Das ist doch zu blöd«, sagte Jade. »Susan, Ich hab sie auf der anderen Straßenseite gesehen, und ich hab einfach nicht den Mut, ihr gegenüberzutreten. Das geht nicht so weiter. Ich muß sie anrufen.«
Wir standen in dem Krämerladen, und ich kam mir vor wie in ein anderes Jahrzehnt zurückversetzt: alte Frauen in ausgebleichten Strickjacken, die Brille an einem silbernen Kettchen vor dem Busen hängend; Büchsen mit offenem Konfekt, Erdnußkrokant; die eigenartige Stille in einem Laden ohne Lautsprecherdurchsage; billige Unterwäsche und dünne, pulverblaue Socken; Malbücher und Spielzeugpistolen. Jade und ich gingen ziellos durch die Gänge zwischen den Regalen. Sie hatte die Hände in den Hosentaschen und die Augen niedergeschlagen. Sie ging schnell vor mir her, und ich faßte sie am Arm. Sie ließ sich festhalten, und ich drehte sie herum und nahm sie in die Arme.
»Es kam mir alles ganz natürlich vor, als ich mit Susan zusammen war«, sagte sie. »Aber ich glaube nicht, daß ich sie so behandeln würde, wenn sie ein Mann wäre. Es ist, weil sie eine Frau ist und ich sie geliebt habe.«
Die Schwierigkeit einer Liebe zwischen Frauen und jetzt die schon so lange anhaltenden Gewissensbisse nach dem Ende der Affäre ließen mir die Zeit mit Susan intimer und beneidenswerter erscheinen als alle anderen Perioden in Jades Leben, die ich versäumt hatte. Während ich sie in dem altmodischen Laden in den Armen hielt und zusah, wie die wenigen Kunden gemächlich durch die Regale schlenderten – die zehnjährigen Mädchen, die Geschenke für eine Geburtstagsfeier aussuchten, der alte Mann, der einen winzigen Kaktus in Augenschein nahm –, dachte ich daran, wie die Schwierigkeit einer Beziehung sich mit ihrer Intensität steigert. Ich dachte daran, wieviel Mut und Verlangen nötig gewesen sein mußten, um Jade die Grenzen ihrer sexuellen Normen überschreiten zu lassen.
Wir gingen in dem Laden umher. Einmal hätte mich Jade beinahe bei der Hand genommen; ihre Finger streiften mich, aber dann zog sie sich zurück.

»Susan ist ein starker Mensch«, sagte sie. »Der stärkste Mensch, den ich je gekannt habe. Sie lebt in ihren Gefühlen wie eine Königin in ihrem Schloß. Ich hab sie sehr bewundert. Und wahrscheinlich auch beneidet. Sie konnte sich selbst so ernst nehmen und wirkte nie dumm oder egozentrisch. Ich hab sie monatelang grenzenlos verehrt, bis mir endlich klar wurde, daß es mehr war als Verehrung. Daß ich...«

»Ich weiß nicht, wie ich mich in diesem Gespräch verhalten soll«, sagte ich. »Ich glaube, wir müssen damit aufhören. Fürs erste jedenfalls.«

Jade nickte. Wir standen vor einem Kasten mit Schallplatten.

»Ich möchte alles darüber wissen«, sagte ich. »Ich brauche nur eine kleine Atempause. Ich weiß, daß es wichtig für dich war und sicher auch schwierig, vielleicht sogar beängstigend. Aber ich habe eben gemerkt, daß ich anfing, eifersüchtig zu werden. Ich weiß, daß ich kein Recht habe...«

»Es war nicht beängstigend«, sagte Jade. »Die einzige Liebe, die mir jemals Angst eingejagt hat, war die zu dir. Bei Susan hatte ich keine Angst. Überhaupt nicht.«

»Aber es war doch offenbar ziemlich intensiv«, sagte ich.

»Wundert dich das? Ich bin eben nicht oberflächlich.«

»Ich weiß«, sagte ich unsicher.

»Wir brauchen nicht darüber zu sprechen.«

»Nein. Das meine ich nicht. Es ist nur so, daß ich es nur ratenweise hören kann. Blöd von mir. Ich hab kein Recht, das zu sagen. Hör nicht auf mich. Erzähl mir den Rest. Erzähl mir alles.«

»Es muß nicht sein«, sagte Jade. »Es gehört mir.«

Und so hörten wir auf, über Susan Henry zu sprechen, und die Stille schwebte über uns, wachsam wie ein Raubvogel. Ich hätte Jade so gerne gebeten, mir von ihrer Liebe zu Susan zu erzählen, aber ich hatte zumindest fürs erste das Recht dazu verwirkt. An diesem Abend aßen wir in Gertrude, und Jade sagte bei Tisch kein Wort, obwohl wir mit sieben anderen zusammenwaren. Sie ging vor mir nach oben, und als ich ihr ungefähr nach einer Viertelstunde folgte, lag sie im Bett und hatte alle Lampen ausgemacht. Ich zog mich aus und legte mich neben sie, und nach einer Weile legte ich ihr die Hände auf die Brüste. Sie atmete schwer und rührte sich nicht; ich wußte, daß sie noch nicht richtig schlief.

Am nächsten Morgen fühlten wir uns verlegen. Wir waren mit dem wöchentlichen Lebensmitteleinkauf für die Hausgemeinschaft an der Reihe. Wir gingen dazu in einen riesigen Supermarkt namens Price Chopper, und es erschien mir gar nicht als sonderbarer Zufall, als wir plötzlich mitten in dem Laden vor Susan Henry standen.

Diesmal konnte Jade nicht mehr davonlaufen. Susan tauchte unversehens hinter einem Regal auf. Sie war groß, gebräunt, gertenschlank, hatte auffallend große Zähne und erinnerte mich ein wenig an Joni Mitchell. Ihr glattes Haar war beinahe weiß; sie trug ein lose fallendes, hellblaues Kleid und kleine Sandalen. Ihre langen Arme waren nackt, und sie trug silberne, mit Türkisen besetzte Armreifen. Ihre Augen verbarg sie geheimnisvoll hinter einer Sonnenbrille.

»Tüt, tüt«, sagte Susan und stieß leicht an unseren Einkaufswagen an.

»Hallo, Susan«, sagte Jade mit einer Stimme, die nach Zigaretten und Whisky klang.

»Hallo«, sagte Susan. Ihre Stimme klang unbeschwert und ein bißchen keß – oder sollte jedenfalls so klingen. Ich merkte, wie sie sich darum bemühte, und fühlte mich deshalb einen Augenblick lang zu ihr hingezogen.

Jade schaute in Susans Wagen. »Kaufst du immer noch billiges Essen?« fragte sie.

»Genau!« sagte Susan.

Jade zuckte die Achseln. Dann sagte sie: »Susan Henry. David Axelrod.« Und dabei zeigte sie erst auf Susan und dann auf mich.

Ich streckte Susan die Hand hin. Da ich der romantische Sieger war, hielt ich das für angebracht. Susan sah mich an, als sei ein Händedruck ein archaischer Gruß, nickte dann, als erinnere sie sich, nahm meine Hand und schüttelte sie nicht ohne eine gewisse Ironie.

»Hallo, David«, sagte sie. Sie ließ sich nicht anmerken, ob sie schon jemals von mir gehört hatte.

»Hallo«, sagte ich. Ich lächelte, um zu zeigen, wie selbstbewußt ich war, aber Jade klärte mich später auf, es hätte mehr wie ein hinterhältiges Grinsen ausgesehen.
Susan wandte sich Jade zu und begann, ihr etwas über eine gemeinsame Bekannte namens Dina zu erzählen, die vor ein paar Tagen nach Köln geflogen war, um dort bei einem Schüler Wittgensteins Philosophie zu studieren. Der Tonfall, in dem sie das erzählte, war bewundernd und ironisch. Sie beschrieb das Abschiedsessen. Dina betrank sich und sprach den ganzen Abend nur noch deutsch. Professor Asbury ließ sich auch einmal blicken und bewegte sich mit seiner Aluminiumgehhilfe richtig graziös. Und so weiter. Ich fragte mich, ob Susan die Geschichte erzählte, damit Jade sich ärgerte, weil sie nicht auch eingeladen worden war, aber Jade schien es überhaupt nichts auszumachen.
Dann war die Geschichte auf einmal zu Ende, und die plötzliche Stille riß mich aus meinen Gedanken. Susan senkte für einen Moment die Augen. Sie wirkte nervös wie jemand, der befürchtet, daß er sowieso falsch verstanden wird.
»Wie stehen denn die Chancen, daß wir mal miteinander reden?« sagte sie zu Jade.
Jade antwortete nicht gleich – nicht aus Unschlüssigkeit, sondern um anzudeuten, daß sie verstand, wie schwer Susan diese Frage gefallen war.
»Ich finde auch, daß wir miteinander reden sollten«, sagte Jade.
»Ich fahre heute abend nach Boston«, sagte Susan. »Für fünf Tage.«
Jade nickte. »Zu Paula?«
»Ja.«
»Grüß sie von mir, ja?«
»Ich würde gerne vorher noch mit dir reden«, sagte Susan. Sie hatte ihre Verlegenheit überwunden; sie wußte genausogut wie ich, daß Jade einwilligen würde.
Jade wollte zu mir hersehen, um festzustellen, wie ich darüber dachte, ließ es dann aber bleiben. »Von mir aus gerne«, sagte sie mit finsterer, beinahe melodramatischer Entschlossenheit.
Ich fand die Situation ziemlich unerträglich, aber ich gab mir Mühe, mir nichts anmerken zu lassen. Ich legte Jade den Arm um

die Taille und zog sie einen Moment an mich. »Soll ich nicht inzwischen die anderen Sachen einkaufen?« fragte ich. »Ich kann das sowieso am besten.«

»Ja, tu das, gute Idee«, sagte Jade. Es klang unsicher, steif. Susan starrte den Gang zwischen den Regalen entlang, tat so, als ginge sie das alles nichts an. Sie vermied es, mich anzusehen. Ich verwickelte Jade in ein Gespräch über die Sachen, die wir noch brauchten – mochte Anemone lieber weiche oder harte Erdnußbutter? Wie hießen doch gleich die köstlichen Frühstücksflocken, die Oliver uns neulich vorgesetzt hatte? –, und schließlich wendete Susan ihren Wagen und erklärte, sie werde jetzt erst mal fertig einkaufen und in ein paar Minuten vor dem Eingang auf Jade warten.

»Also, das ist Susan Henry«, sagte Jade.

»Ja, schon gut. Einmal mußte es ja passieren. Daß wir ihr begegnen.«

»Sie kommt mir so nervös vor. Das kenne ich gar nicht bei ihr. Susan ist sonst immer so selbstsicher. Es ist richtig unheimlich.«

»Na ja, die Menschen ändern sich«, sagte ich. Es sollte beiläufig klingen, aber es kam doch mehr von meinem Mißmut durch, als ich beabsichtigt hatte.

»Bist du sauer, weil ich mit ihr Kaffee trinken gehe?«

»Solange es beim Kaffeetrinken bleibt«, sagte ich und dachte wirklich, es habe wie eine sorglos-heitere Bemerkung geklungen.

»Du hast versprochen, daß du mir nie Vorwürfe machst«, sagte Jade.

»Das werde ich auch nicht tun. Du gehst sicher gleich mit ihr mit, oder?«

Wir mußten unseren Wagen weiterschieben. Wir standen vor den Salatölen. Eine junge Mutter mit rosa Lockenwicklern im Haar und einem schlafenden Kleinkind in einem Tuch auf dem Rücken legte eine Riesenflasche Wesson-Öl in ihren schon überquellenden Wagen. Aus den Lautsprechern kam jetzt statt der Musik die Stimme des Filialleiters; er pries Sonderangebote an – Hühnerbrust, Brillo-Topfschwämme, Folger's Kaffee, Duz-Waschpulver...

»Dann sehen wir uns also später zu Hause«, sagte ich und übernahm unseren Wagen.

Jade nickte. Sie wandte sich zum Gehen, wollte offenbar so tun, als sei das gar nichts besonders Schwieriges oder Seltsames, was wir jetzt durchmachten. Sie hatte immer noch das tiefe Bedürfnis, ab und zu einmal vorzugeben, daß wir, wie alle anderen, im Grund zwei getrennte Menschen seien. Aber sie besann sich und sagte: »Ich bleibe nicht lange.«

»Weißt du, was ich glaube?« sagte ich. »Ich sag's dir: Wenn in diesem Moment die Welt unterginge, wäre ich glücklich, daß es mir vergönnt war, so lange mit dir zusammenzusein. Ich bin weder besonders modern noch besonders aufgeschlossen, aber ich möchte wirklich, daß du tust, was du tun möchtest, was deiner Meinung nach am besten für dich ist. Denn wenn du ganz du selbst bist, kommt fast immer etwas Gutes dabei heraus.«

Ich verdrückte mich absichtlich in die hinterste Ecke des Ladens, als Jade und Susan gingen. Jade hatte mir die Schlüssel von Colleen MacKays Saab gegeben, und ich wurde nervös bei dem Gedanken, daß ich jetzt mit dem Wagen heimfahren sollte. Ich konnte fahren, aber ich hatte keinen Führerschein. Ich dachte, was wäre, wenn mich jemand ohne meine Schuld anfuhr. Die Polizei. Kein Führerschein? Ein Anruf in der Zentrale. Steht unter Bewährung. Gefängnis. Abschiebung nach Illinois. Keine Gelegenheit, Jade auch nur anzurufen.

Zu Hause waren fast alle in der Küche, als die Lebensmittel ausgepackt wurden. Es war Samstag, noch früh, aber sehr warm. Anemone aß die Erdnußbutter mit dem Löffel. Nina Sternberg machte ein Omelett aus zwölf Eiern. Die Küche war von der Sonne vergoldet, und dafür, daß wir zu sechst waren, ging es erstaunlich ruhig zu. Es war allen aufgefallen, daß ich ohne Jade zurückgekommen war. Ich war überrascht; ich hätte nicht gedacht, daß jemand auf so was achtete.

»Jade und ich haben bei Price Chopper Susan Henry getroffen«, sagte ich, ohne irgendeinen direkt anzusprechen. Ich stand auf einem verchromten Stuhl und stapelte reihenweise Dosen mit weißen Bohnen und Hühnerfleisch in das oberste Fach eines Hängeschranks.

»Darf ich etwas über Miss Henry sagen?« fragte Nina Sternberg. »Diese feine Dame hat sich von mir im *März* vierzehn Dollar geliehen, und jetzt versteckt sie sich hinter Bäumen, wenn sie mich auf dem Campus sieht.«

»Nein, ehrlich?« sagte Anemone, und ihre Stimme klang, als hätte sie von der vielen Erdnußbutter eine gespaltene Zunge. »Mir schuldet sie auch Geld. Zehn Dollar.«

»Susan kann anscheinend manchmal mein und dein nicht unterscheiden«, sagte Colleen. »Ich hab ihr mal meinen Wagen geliehen, und sie hat ihn mit leerem Tank zurückgebracht.«

Ich fühlte mich schwach und alleine, wie ich so auf Jade wartete, und ich war dankbar, als Colleen MacKay mir sagte, daß sie Sandwiches mache, und mich einlud, mit ihr und Oliver Jones auf der Veranda zu essen. Sie hatte einen alten Korbtisch aufgestellt, eine alte Leinentischdecke darübergebreitet und eine Bierflasche mit Iris daraufgestellt. Sie machte Käse- und Gurkensandwiches, und ich machte ihr ein Kompliment, wie hübsch sie alles hergerichtet habe. Ich hatte noch nie ein Gurkensandwich gegessen. Ich saß in einem Schaukelstuhl, und Oliver und Colleen saßen zusammen in einem Korbsofa.

Colleen war klein und untersetzt und hatte kräftige Schwimmerinnenbeine und dunkelbraune Augen, die immer ein bißchen gereizt wirkten, als ob sie eben aus einem gechlorten Schwimmbad gestiegen wäre. Sie trug Overalls und karierte Hemden, erschien aber hin und wieder auch in einem Kleid, das so steif und wohlanständig war, daß selbst ein Fremder sofort gewußt hätte, daß sie es sich nicht selbst ausgesucht hatte. Oliver war drei Jahre zuvor in Gertrude eingezogen, als er mit einer Stoughton-Studentin namens Sara Richards ging. Er war damals schon Mitte Zwanzig und lange kein Student mehr – er hatte sein Studium in Exeter im vorletzten Jahr vor der Graduierung abgebrochen und seither nicht wiederaufgenommen, obwohl er sich immer wieder einmal an Universitäten wie Stanford oder Harvard zum Studium der Orientalistik anmeldete und die Zulassung und das Stipendium abwartete, um dann doch wieder zu dem Schluß zu kommen, daß der Prozeß seiner »Ausschulung«, wie er sich ausdrückte, noch nicht abgeschlossen sei. Sara Richards kam bei einem

Skiliftunfall ums Leben, kaum sechs Monate nachdem Oliver eingezogen war, und daß er trotzdem geblieben war, war eine typische Kombination von Tragik und Faulheit à la Oliver Jones. Er hatte mit mehr als der Hälfte der Frauen, die eine Zeitlang in dem Haus gelebt hatten, Affären gehabt, von denen aber keine sehr lange gedauert hatte. Diese Liebschaften begannen meist an einem von Olivers zahlreichen persönlichen Gedenktagen: Mahlers Geburtstag; die Entdeckung des Uranus. (Das war einer von Olivers Lieblingswitzen, die Geschichte von dem angeblich homosexuellen Astronomen, der den Uranus entdeckte. Er zeigte seinem Freund das kleine Loch im Himmelsgewölbe und sagte: »Weißt du, was das ist? Das ist der Ur-Anus.«) Die Nacht, in der Oliver und Jade zum erstenmal miteinander ins Bett gingen, war der Jahrestag von Saras Tod, eine stürmische Februarnacht, in der alle Fenster des Hauses so schwarz und weiß wie Grabsteine waren. Sie waren eine Woche lang ein Liebespaar, und dann stand Oliver eines Nachts im Dunkeln auf, weil er Zahnschmerzen hatte. Er ging hinunter, um sich ein Glas Milch warmzumachen, und kehrte nie mehr in Jades Bett zurück...

Wir saßen zu dritt auf der Veranda, aßen unsere Sandwiches und tranken Eistee, wie die Menschen in den zwanziger Jahren, rochen den Duft der Blumen und genossen die frische Brise, sahen den Blauhähern zu, die unermüdlich ihre lärmenden Runden flogen. Der Himmel hatte ein tiefes, weiches Blau, so glatt wie die Innenseite einer Muschel, bis auf ein einziges geriffeltes weißes Wolkenband. Ich gab mir Mühe, nicht an Jade und Susan zu denken und daran, was sie jetzt vielleicht machten. Ich litt, aber was war das für ein gelinder Schmerz – jedenfalls wenn ich daran dachte, wieviel schlimmer, wie unendlich viel trostloser und grenzenloser mein Unglück noch bis vor kurzem gewesen war. Hier saß ich auf einer schattigen Veranda in Vermont und aß christliche Delikatessen. Ein blauer Himmel. Blauhäher. Olivers blaue Augen, die Colleen anblinzelten, als sie ihn fragte, ob er gerne Kajak fahre.

»David?« fragte Colleen. »Wo bist du denn?« Sie tat so, als klopfe sie an eine Tür. »Hallo!«

Sie beugte sich vor und legte mir ihre kleine, ein bißchen dickliche

Hand aufs Knie. »Falls du dir Sorgen wegen Susan Henry machst, da kann ich dich beruhigen. O.k.?«
»Man macht sich immer Sorgen wegen der Susan Henrys dieser Welt«, meldete sich Oliver. »Genauso wie man sich Sorgen wegen der Grippe macht oder darüber, daß, also zum Beispiel, daß die Lenksäule im Auto abbrechen könnte.«
»Sie kam mir aber gar nicht bedrohlich vor«, sagte ich. »Im Gegenteil. Ich fand, sie sah nett aus.«
»Nett?« fragte Oliver mit einem Achselzucken, als ob ich einen verpönten Ausdruck verwendet hätte.
»Ja, sie sah nett aus. So verletzlich wie jeder andere.«
»Das ist nicht wichtig«, sagte Colleen. Sie sah ihre Hand auf meinem Knie an, als sei sie angenehm überrascht, sie dort zu finden. »Für Jade bist nur du wichtig.«
»Das weiß ich«, sagte ich.
»Ich bin mir da nicht so sicher«, sagte Colleen. Sie sah jetzt Oliver an, und ich spürte, daß sich der Kern ihrer Aufmerksamkeit ihm zuwandte. »Die Männer sind so oft blind dafür, was Frauen für sie fühlen. Die Männer. Ich sollte nicht ›Männer‹ sagen. Die Menschen.«
In diesem Augenblick hielt ein orangefarbenes VW-Cabrio mit schwarzem Dach vor dem Haus. Ich sah Jades Kopf auf der Beifahrerseite, ihr Haar, das den Rand ihres weißen Kragens berührte. Ich konnte nicht weiter in das Auto hineinsehen, aber ich wußte, daß Susan sich Jade zugewandt hatte, daß die beiden miteinander redeten und daß es kein leichtes Gespräch war. Der kleine Motor tuckerte, und einmal mußte Susan aus Versehen aufs Gas getreten haben, denn der Motor heulte plötzlich auf wie ein Rasenmäher in hohem Gras.
»Na also. Das hat ja nicht lange gedauert«, sagte Colleen. Sie machte eine Bewegung, als wollte sie das Geschirr abräumen, überlegte es sich aber anders und legte die Hände auf einen Arm des Korbsofas. Sie schlug die Beine übereinander und spähte zu dem Auto hinaus wie eine Mutter, die auf die Rückkehr ihrer verspäteten Tochter gewartet hat.
»Ob der Wagen Susan gehört?« überlegte Oliver. »Er sieht so neu aus. In Jersey zugelassen. Ich möchte wissen...«

Ich wurde auf einmal furchtbar nervös und verlegen. Es schien mir unvorstellbar, daß die beiden so nahe bei mir waren. Es war ein warmer Tag, aber sie hatten die Fenster hochgedreht: Ich sah die weißen Reste eines Aufklebers, der nur unvollständig abgelöst worden war, und das schwache, schwankende Spiegelbild eines auf dem Kopf stehenden Baumes. Die ganze Eifersucht, die ich unterdrückt hatte, seit ich den Supermarkt verlassen hatte, stürzte jetzt durch mein Inneres, wie Koffer aus dem Gepäcknetz eines Zuges, der eine Notbremsung gemacht hat. Meine Kehle war zugeschnürt, und ich merkte, daß ich kalte Hände bekam. Ich starrte unverwandt auf das Auto, bis mir die Augen übergingen. Oliver redete immer noch davon, daß es nicht Susans Auto sein könne, daß sie es sich von irgend jemandem geborgt haben müsse, aber von wem? Ich konnte ihm nicht zuhören, aber ich war froh, daß er etwas sagte.

Schließlich ging auf Jades Seite die Tür auf, und ein paar lange Augenblicke später stieg Jade aus. Ihr Hemd hatte am Rücken dunkle Schweißstreifen von der heißen Rückenlehne. Ihr brauner Stoffgürtel war hinten verdreht, und ich fragte mich obszönerweise, ob das am Vormittag auch schon so gewesen war. Sie schlug die Tür zu. Susan fuhr los – nicht mit aufheulendem Motor, wie ich erwartet hatte, sondern ganz normal und mit einem gewissen Zögern, bevor sie zur Straßenmitte hinschwenkte, obwohl kein Verkehr war. Ich sah dem abfahrenden Wagen nach. Der Rücksitz war voller Einkaufstüten. Ein gutes Zeichen: Es bedeutete, daß sie nicht in Susans Wohnung gewesen waren.

Jade drehte sich um. Ausdruckslos. Ein Paßfoto. Eine Erinnerung. Sie trug Jeans, schwedische Clogs und ein blauweißes Hemd mit weißem Kragen. Die Sonne stand über dem Schornstein und schien ihr genau in die Augen. Sie blinzelte zur Veranda herüber und entdeckte uns erst in diesem Moment.

Colleen winkte.

Jade kam aufs Haus zu. Die ausladenden Büsche verengten den Weg; sie streifte mit der Hand über das grüne Blattwerk. Sie trug ihr goldenes Halskettchen nicht mehr. Ein Weihnachtsgeschenk von Susan. Ich schüttelte das Eis in meinem leeren Glas und trank die Neige aus – abgestandener Tee und Zuckersirup.

»Mittagessen auf der Veranda?« fragte Jade, als sie die Stufen heraufstieg.
»Ein herrlicher Tag dafür«, sagte Colleen.
Jade nickte. Sie wirkte bedrückt und verschlossen, wie ein alter Militärarzt. »Und auch für das, was ich zu erledigen hatte«, sagte sie.
»Was immer das gewesen sein mag«, sagte Oliver.
Jade lächelte gezwungen in Olivers Richtung, ging an uns vorbei ins Haus und warf die Fliegendrahttür hinter sich zu.
Wir sagten eine Zeitlang nichts. Bienen summten. Das Eis in meinem Glas klirrte.
»Die kriegt es doch immer wieder fertig, daß man sich wie ein Arschloch vorkommt«, sagte Oliver und schlug seine langen Beine übereinander.
Ich stand auf und schlenderte zur Tür, das Glas noch in der Hand. Ich legte die Hand auf den kleinen zylindrischen Knauf, aber ich öffnete die Tür nicht. Ich starrte durch das ausgebeulte Drahtgeflecht auf die dunklen Schatten im Haus, auf das Mahagonigeländer, die Spiegelgarderobe, den laternenförmigen Leuchter, alles schraffiert wie Gegenstände auf einem alten Stich.
»Ich geh mal zu ihr rauf«, sagte ich und machte die Tür auf. Ich hörte ihre Schritte auf der Treppe zum Dachgeschoß – die Clogs machten einen furchtbaren Lärm. Immer zwei Stufen auf einmal nehmend, lief ich leise hinter ihr her. Im ersten Stock schlug mir sehr warme, feuchte Luft entgegen, wie die kleinen Ströme warmen Wassers, die man in kühlen Seen findet. Jemand duschte dort im Bad, das Rauschen des Wassers, dieses anheimelnde helle Geräusch. Sonnenlicht ließ die blassen Türkisblasen in dem halbkreisförmigen Fenster auf dem Treppenabsatz glühen – Jade sagte einmal, die Welt sehe aus wie Erinnerungen durch altes Glas. Die Treppe ging nicht ohne Unterbrechung weiter. Ich ging den Gang entlang, der halb so breit war wie das ganze Haus, bevor ich die Stufen zum Dachgeschoß hinaufstieg, schmale, steile Stufen, nacktes Holz, fast schwarz bis auf die dritte, die durch weizenfarbenes Sperrholz ersetzt worden war.
Jade stand vor dem riesigen, rautenförmigen Fenster im äußersten Teil des Dachzimmers, das auf unseren Hinterhof mit seinen

Ahornbäumen und behelfsmäßigen Hundezwingern ging. Sie stand nach vorn gebeugt, die Hände auf dem Fensterrahmen, die Finger fast an der Decke. Sie drehte sich nicht um, als ich die Tür hinter mir zumachte, rührte sich überhaupt nicht, und ich fragte mich, ob es falsch gewesen war, ihr nachzugehen. Ich ging bis in die Mitte des Zimmers und blieb dann stehen; ich fühlte mich unbehaglich, gefährdet. Aber ich zwang mich weiterzugehen, wie ich es auch von Jade erwartet hätte, wenn ich es gewesen wäre, der da mit der Stirn am Fenster lehnte, und als ich ihr die Hände auf die Schultern legte, drehte sie sich blitzschnell um und umarmte mich mit solch jäher Heftigkeit, daß mein Atem entzweibrach, die Luftsäule geknickt wurde wie ein dürrer Zweig.

Wir hielten einander in den Armen. Ich hörte, wie unten die Fliegendrahttür zugeschlagen wurde. Ein Blauhäher flatterte am Fenster vorbei, dann noch einer, dann noch zwei. Ich ließ meine Hände Jades Rücken hinuntergleiten, mehr nicht. Sie war völlig reglos, hielt mich mit nicht nachlassender Kraft umschlungen. Wir gingen ins Bett und liebten uns lange Zeit. Wir sprachen nicht über Susan und auch nicht über anderes. Ich hatte meinen Mund auf ihr, drückte sie mit den Innenseiten meiner Lippen und der weicheren Unterseite meiner Zunge, und als sie kam, ging mir der Gedanke durch den Kopf, daß ich eben nachgemacht hatte, wie sie und Susan sich geliebt haben mußten. Aber im nächsten Augenblick dachte ich schon nicht mehr daran. Ich wußte, daß Jade bei mir war. Liebe ist letztlich doch nicht blind, und als ich mich in sie ergoß, spürte ich, wie sehr sie mich brauchte. Waren wir nicht reizend zueinander, wenn wir uns liebten? Es war anders als am Anfang in Chicago. Ich glaube, wir waren nicht mehr so glücklich. Es standen jetzt ein Todesfall und zwei Jahre Trennung zwischen uns, Liebhaber und Gerichte und Krankenhäuser und nicht abgeschickte Briefe, aber wir hatten uns deswegen nicht verändert. Nur weniger glücklich waren wir. Und vielleicht nicht mal das. Es konnte auch sein, daß das Licht des Bewußtseins nur aus einem anderen Winkel auf unser Glück fiel und daß es nicht kleiner war, sondern nur nicht mehr so hell, und jetzt einen Schatten warf, einen Schatten, der frösteln machte.

Wir schliefen schließlich ein, aber es war noch hell, als wir wach wurden. Die Hunde, die Jade für ihre Abschlußarbeit beobachtete, kläfften hinter dem Haus. Die Schatten der Baumblätter bewegten sich wie schnell strömendes, kühles Wasser auf dem Dielenboden.

»Es tut mir leid, wenn dir das heute einen Schrecken eingejagt hat«, sagte Jade.

»War nicht so schlimm.«

»Es ist komisch, weil, als wir heute einkaufen waren, dachte ich daran, daß mir von allem, was das Zusammensein mit dir mit sich bringt, das Einkaufen am besten gefällt. Es macht mir Spaß, etwas so Alltägliches und Normales mit dir zusammen zu machen und, na ja, weißt du, innerlich regelrecht durchzudrehen, weil wir beide es gemeinsam tun. Es ist wie Hochstapelei. Da schieben wir unseren Einkaufswagen herum und tun so, als könnte uns kein Wässerchen trüben, und dabei wissen wir, daß wir schon in einer Stunde wieder hier sein und die tollsten Sachen treiben können.« Sie langte herüber und strich mir mit der Hand über die Brust. »Ich mag es einfach, alltägliche Dinge mit dir zu tun.«

»Ich auch.«

»Was gefällt dir am besten am Zusammenleben mit mir?«

»Alles.«

»Nein. Du weißt schon, was ich meine. Was du besonders magst.«

»Ich sehe dir gern zu, wenn du dich anziehst, besonders am Morgen, wenn du gerade geduscht hast und irgendwohin mußt. Ich hab es gerne, wie du dein Hemd vor dem Spiegel zuknöpfst und dabei deine Finger ansiehst. Dann steckst du es in die Hose und streichst es überall glatt. Du befühlst dich noch einmal überall, bevor du aus dem Haus gehst. Und noch schöner ist es, wenn dein Haar naß ist. Du ziehst es in kleinen Strähnen hoch und schüttelst es, damit es trocknet, nehme ich an, mit den flinken, geübten Bewegungen einer Friseuse. Du machst alles mit solcher Energie. Du wirkst unglaublich selbstsicher.«

An diesem Abend gingen wir auswärts essen – auf meine Rechnung. Ich verdiente in dem Kleiderladen auf der Main Street neunzig Dollar die Woche, und zwar damit, daß ich unter anderem die gleichen Redman-Hosen verkaufte, deretwegen ich vor anderen Geschäften Streikposten gestanden hatte. Ich hatte schon Gewissensbisse dabei, aber ich konnte Jade und den anderen nicht zur Last fallen, und Arbeitsstellen waren wie gewöhnlich rar. Ich gab mir Mühe, den Kunden vom Kauf von Redman-Hosen abzuraten, aber so sehr ich der Gewerkschaft Erfolg wünschte, war dies doch eine meiner geringsten Sorgen. Einmal schickte ich der Vereinigten Textilarbeitergewerkschaft zehn Dollar zusammen mit einer nicht unterschriebenen Mitteilung, in der ich den Redman-Arbeitern alles Gute wünschte und bat, man möge meine Spende für einen Sozialfonds oder die Streikkasse verwenden. Als ich den Brief abgeschickt hatte, bekam ich es mit der Angst zu tun. Ich fürchtete, man würde das Geld irgendwie mit mir, dem verschwundenen Streikposten, in Verbindung bringen. Man würde den Poststempel identifizieren, die Polizei rufen... Ich wußte, daß das höchst unwahrscheinlich war, beinahe unmöglich, aber die falsche Vorstellung von solch einer Katastrophe war mir schier unerträglich. Aber wie auch immer, Jade und ich gingen jedenfalls ins Rustler's essen, eines der vielen Restaurants an der Peripherie von Stoughton, mit schweren Möbeln, dicken Teppichen, Hamburgern, Steaks und Schweinekoteletts und einem riesigen Salatbüffet. Lampen hingen von einem riesigen Wagenrad, die Wassergläser waren dunkelgolden, die Speisekarte hatte die Form eines Planwagens. Das Ganze war vermutlich für Touristen gedacht, ausgehend von der Annahme, daß die Städter, kaum daß sie aufs Land hinauskommen, nur noch an Cowboys denken. Jade und ich aßen dort gerne, weil wir sicher sein konnten, niemanden zu treffen, den sie kannte. Wir bestellten die billigsten Sachen, die auf der Karte standen, was uns das Recht gab, an das Salatbüffet zu gehen, sooft wir wollten, und mehr rote Rüben, Zwiebelringe und Erbsen zu essen, als wir es normalerweise getan hätten.

»Können wir uns noch ein Dessert leisten?« fragte Jade nach dem Essen.

Ich war immer noch gerührt, wenn sie »wir« sagte, besonders dann, wenn es ganz selbstverständlich und beiläufig herauskam.

»Ich hätte gern was von dem gedeckten Apfelkuchen«, sagte sie.

»O.k. Ich auch. Kaffee?«

»Nein. Milch. Ein Glas kalte Milch. Ich möchte wieder zwölf sein.«
Ich lächelte. Zwölf Jahre. Eine Jungfrau. Nein: »Jungfrau im medizinischen Sinne.« Die sich ihr Taschengeld aufbessert, indem sie für Keiths plötzlich sehr zahlreiche Freunde Nackttänze aufführt, Wimperntusche auf dem Flaum zwischen ihren Beinen. Die den zweiten Preis in einem von der TRIBUNE ausgeschriebenen städtischen Kindermalwettbewerb bekommt und bei der Preisverleihung in Tränen ausbricht. Die bei Kroch's and Brentano's ein Exemplar FANNY HILL klaut und dabei erwischt wird. Wo war ich damals? Ich hätte bei ihr sein können; wir hätten sogar schon ein Liebespaar sein können. Es wäre nicht falsch oder unrecht gewesen. Ich hätte sie damals schon gebraucht, nicht so wie jetzt, aber ich hätte sie gebraucht. Ich lebte in der Enklave meiner Familie. Sie war zwölf. Keith war einmal in ihrem Bett erwischt worden, beide nur in der Unterwäsche. Hugh schleifte Keith an den Haaren aus dem Zimmer. Jade kreischte, Hugh brüllte, und in Keiths Gesicht stand das starre Entsetzen eines Opfers auf einem Pressefoto.
Die Kellnerin erschien, als Cowgirl verkleidet. Ich bestellte den Nachtisch. Die Frauen in dem Lift, fiel mir ein, mit dem Jade in mein Zimmer im McAlpin gekommen war, hatten auch Cowgirl-Kostüme angehabt.
»Mir gefällt's hier«, sagte ich.
»Mir auch. Obwohl die Kellnerinnen alle mit dir flirten.«
»Tun sie nicht.«
»Ach mein armer, armer, armer, armer, armer naiver Junge. Dabei hat sich gerade vorhin unsere Kellnerin gefährlich tief über dich gebeugt.«
»Ist mir gar nicht aufgefallen.«
»Doch, im Ernst. Ihre Brust hat dich fast berührt. Die probieren es alle.«
»Wenn's nur so wäre.«
»Es ist so. Sie wissen es alle, jede einzelne merkt es.«
»Was denn?«
»Daß du bist, der du bist. Mr. Fuck-Machine.«
Die Kellnerin kam mit unserem Apfelkuchen, einer Tasse Kaffee

für mich und einem Glas Milch für Jade. Sie blieb auf züchtiger Distanz von mir, während sie die Sachen auf den Tisch stellte.

»Siehst du?« sagte Jade, als die Kellnerin gegangen war.

»Was denn?«

»Ach, du willst dich bloß streiten. Du siehst nicht, was ich sehe. Aber das ist ganz gut so. Ich brauche einen Mann, der nicht egoistisch ist.«

»Ich bin aber nicht nicht-egoistisch.«

»Doch, ganz schön.«

»Überhaupt nicht. Was auch geschah und was die Leute auch über mich sagten, ich wollte immer mit dir zusammensein.«

»Das ist doch kein Egoismus.«

»Doch. Weil ich überzeugt war, daß ich es verdiente. Ich und kein anderer.«

»Du bringst mich noch so weit, daß ich weinen muß.«

»Wieso denn das?«

»Weil du mich an einer Stelle triffst, die empfindlich ist.

Es war dunkle, sternenlose Nacht, als wir das Rustlers's verließen. Der Parkplatz war direkt an der Landstraße, und man mußte bei der Ausfahrt höllisch aufpassen, weil alle mit achtzig oder hundert vorbeifuhren und keine Schilder oder Lampen auf den Parkplatz hinwiesen. Es kam mir unfaßlich vor, daß etwas so Geplantes und Offizielles wie der Parkplatz eines Restaurants so gefährlich sein konnte; ich zog daraus den Schluß, daß das Leben selbst seinem Wesen nach so riskant ist, daß man es nur in Grenzen sicher machen kann. Das insektenhaft summende Pfeifen der vorbeiflitzenden Autos. Der Geruch von Gras und frischem Teer. Die Beach Boys im Autoradio. Jade am Lenkrad, auf eine Lücke im Verkehr wartend, in die wir uns einfädeln konnten. Ihre Augenlider waren schwer von dem Bier, das wir zum Essen getrunken hatte – sie vertrug keinen Alkohol. Scheinwerfer vorüberfahrender Autos ließen weiße Streifen über ihr Gesicht laufen. Jade trat aufs Gaspedal, ich machte mich auf einen jähen Tod gefaßt, und dann waren wir draußen im Verkehr, mit quietschenden Reifen.

Es waren acht Kilometer bis nach Hause. Im Radio spielten sie einen alten Song von Booby Hebb mit dem Titel »Sunny«, und ich wollte Jade fragen, ob sie sich noch daran erinnerte, aber dann sagte ich mir, daß sie sich natürlich daran erinnerte. Ich dachte an Susan Henry, jetzt allerdings mit mehr Gleichmut, weil es im Grunde genommen kaum eine Rolle spielte, was sie unternahm, aber ich dachte eben doch an sie. In dem Restaurant wollte ich Jade fragen, ob sie schon mal mit Susan dort gegessen hatte. Lächerliche Frage. So ärgerlich und belanglos. Ich unterdrückte sie, aber sie schwebte über mir wie ein Niesen.

Jade machte das Radio aus, als ein Werbespot für den Eintritt in die Streitkräfte kam.

»Ich möchte dir danken«, sagte sie. »Ich wollte nicht über mein Treffen mit Susan heute reden, und du hast es gespürt.«

»War es schlimm?«

Jade nickte. »Ja, sehr.«

Mir krampfte sich der Magen zusammen.

Wir bogen von der Route 2 ab, fuhren an einer alten Papierfabrik vorbei und näherten uns Gertrude. Jade fuhr viel zu schnell für die engen Straßen. Das war gar nicht ihre Art. Sie war sonst sehr für Vorsicht im Straßenverkehr; sie ließ nicht einmal den Motor an, wenn man sich nicht anschnallte. Ich dachte daran, wie ich ihren Hinterkopf beobachtet hatte, als sie in Susans Auto saß, wie Susan uns mit ihrem Einkaufswagen gerammt hatte, und dann begann sich vage in meiner Vorstellung ein sexuelles Bild zu formen – Hände, die sich berühren, eine Umarmung. Ich wartete, bis es wieder verblaßte. Jade fuhr immer noch so schnell. Sie hatte das Kinn vorgeschoben; sie zwang sich offenbar, keine Angst zu haben; ihre Arme waren gestreckt und steif. Ich wollte sie nicht ansehen, weil ich nicht wissen wollte, was sie dachte. Ich streckte die Hand zum Fenster hinaus und krümmte die Finger dem Fahrtwind entgegen. Die Kraft der süßen Nachtluft, als wir so heimwärts rasten, war machtvoll, niederdrückend, etwas Lebendiges, das sich an mich preßte.

»Sie hat mir Angst gemacht«, sagte Jade unvermittelt. Sie berührte den Zigarettenanzünder mit den Fingerspitzen und umfaßte dann wieder das Lenkrad.

»Wodurch?«

»Durch das, was sie denkt. Über uns. Mich. Es ist so schwierig mit Susan, weil sie immer so überzeugt ist, daß sie recht hat. Und sie hat natürlich auch oft recht. Sie durchschaut vieles. Aber manchmal weiß sie nicht, wovon sie redet, nur merkt man es nicht gleich, weil sie alles im selben Brustton der Überzeugung vorbringt. Sie zielt und greift einen direkt an, und wenn man auch nur den geringsten Widerstand leistet, setzt sie einem nur um so unerbittlicher zu. Sie ist in gewisser Weise wie Keith. Ich meine, sie behält alles. Und sie übt Macht damit aus. Das tut Keith nicht. Er schleudert es einem ins Gesicht, wenn er meint, daß man versucht, ihm weh zu tun, aber er versucht nicht, Macht auszuüben. Er will das nicht, aber Susan will es.«

»Was hat sie denn gesagt?«

»Alles mögliche. Aber was mich besonders... ach, ich weiß nicht. Also es ist folgendes: Sie sagt, ich benutze dich.«

»Wofür?«

»Das ist kompliziert. Nein. Nicht kompliziert. Nur schwer zu erklären. Es hängt alles mit meiner abgefuckten Familie und meinen Gefühlen für sie zusammen. Sie meint, ich benutze dich gegen meine Familie«, sagte Jade. »Aber auf eine schreckliche Art. Um sie regelrecht zu vernichten. Sie sagt, du wärst nur mein Handlanger gewesen, als du das Feuer gelegt hast. Sie meint, eigentlich hätte ich es getan.«

»Nein. Ich war es.«

»Ich weiß. Aber du hast getan, was ich wollte. Du hast meine Gedanken gelesen. Das machen wir sowieso andauernd. Wir durchschauen einander immer bis auf den Grund. Ich wollte, daß etwas geschah, und du hast es ausgeführt. Ich hätte es von Anfang an in dir sehen können, die Möglichkeit, meine ich. Die Art, wie du dich mit deinem Charme überall hineingedrängt und dann verrückt gespielt hast. Wenn du es wissen willst, mir ist schon allein die Tatsache aufgestoßen, daß du praktisch ein Mitglied der Familie werden konntest. Es schien immer so, als sei noch Platz für einen, aber es kam keiner. Aber dich haben sie sofort aufgenommen – das heißt, Ann hat es getan. Und tut es immer noch. Aber eigentlich war kein Platz da. Es wäre vielleicht Platz für einen Freund von mir gewesen, aber es war kein Platz für noch einen Butterfield. Und das bist du allmählich geworden. Ich

wußte, daß es soweit kommen würde, und ich wußte auch, daß früher oder später die ganze Sache platzen würde.«
»Ich glaube nicht, daß du das gewußt hast. Du machst dir da einen falschen Vorwurf.«
»Doch, ich glaube, ich wußte es. Und ich wollte es. Und fand es gut, als es schon so weit war. Ich war so durcheinander. Kummer und so weiter, aber alles völlig verworren. Ich glaube, ich war froh darüber, daß die Familie zerfiel. Ich wußte nicht, daß es das *Ende* der Familie bedeuten würde, obwohl ich mir das hätte ausrechnen können, wie ich heute einsehe. Aber eine Zeitlang war ich wohl wirklich erleichtert. So wie man erleichtert ist, wenn man endlich das Schlimmste ausspricht, das sich einem je ins Herz gefressen hat, oder wenn man endlich seinen Lieblingsring verloren hat. Das Schlimmste war heraus. Das Schlimmste.«
»Sagst du das selbst oder spricht da Susan aus dir? Es hört sich an, als wärst du davon überzeugt.«
»Ich bin nicht davon überzeugt. Ich spinne es nur aus. Und daß du in New York warst, als Hugh ums Leben kam, macht es mir nicht leichter, aus offensichtlichen Gründen. Es ist, als hättest du wieder meine eigenen Mordabsichten ausgeführt.«
Ich sah aus dem Fenster. Wir waren gerade an unserem Haus vorbeigerast. Alle Fenster waren hell bis auf die unter dem Dach. Ich verstellte den Außenspiegel und sah zu, wie das Haus kleiner wurde. Etwa hundert Meter weiter hörte die Teerstraße auf; wir näherten uns der Gegend, in der die letzten echten Farmen der Umgebung lagen. Die Reifen knirschten auf dem Kies, der aufspritzend an Colleens Wagen knallte.
»Sachte«, sagte ich. Aber in Wirklichkeit bewegte mich natürlich in diesem Moment nur der Wunsch, Jade möglichst viel von der Wahrheit über Hughs Tod zu sagen. Der Drang zu diesem Geständnis war beinahe hypnotisch, wie der Drang, sich in die Tiefe zu stürzen, der einen manchmal überkommt, wenn man von einem hohen Gebäude hinunterschaut; nur schien es diesmal nicht, als sei die Vernichtung unausweichlich, als müsse ein Wunder geschehen, als müßten die Naturgesetze aufgehoben werden, um mich zu retten. Vielmehr glaubte ich, daß ich, wenn ich jetzt die Wahrheit sagte, das tun würde, was für uns beide am

besten wäre, was uns einander näherbringen und das unaufhörlich zwischen uns dröhnende Summen der Doppeldeutigkeit verstummen lassen würde.
Wir fuhren an einem schon hochstehenden Maisfeld vorbei, einer undeutlichen Masse in der dichten Nacht. Ein kleines Farmhaus mit Kattunvorhängen vor den erleuchteten Fenstern. Das durchdringende, spannungsvolle Zirpen der Grillen. Die letzten Glühwürmchen, deren Phosphoreszenz sich in der feuchten Dunkelheit verlor. Der Kies war verschwunden, und wir fuhren jetzt über einen zerfurchten und mit Schlaglöchern übersäten Feldweg. Jade fuhr trotzdem noch achtzig, und der alte Saab klapperte wie ein Tablett voll Geschirr. Wir kamen an eine Weggabelung, und Jade fuhr nach rechts. Sie fuhr noch gut hundert Meter weiter auf einem Weg, der immer schlechter wurde, und trat dann plötzlich auf die Bremse, so daß wir mit einem Ruck stehenblieben. Auf einer Seite von uns war ein Maisfeld und auf der anderen ein riesiger, umgepflügter Acker, der sich sanft gewellt bis zu einem fernen Gutshaus hinzog, dessen Fenster warm und lebendig in die Nacht leuchteten. Sie nahm aus Versehen den Fuß von der Kupplung, und der Wagen machte noch einen Satz, bevor er mit abgewürgtem Motor endgültig stehenblieb.
»Ich kenne mich hier nicht mehr aus«, sagte Jade. Sie beugte sich vor und legte den Kopf aufs Lenkrad.
»Das macht doch nichts.«
Wir schwiegen eine Zeitlang, und irgend jemand stellte die uns umgebende Nacht lauter. Dann sagte Jade: »Manchmal denke ich, daß ein Glück auf uns wartet, das uns ganz allein gehört. Manchmal richten Liebende einander zugrunde, aber ich glaube wirklich, daß wir uns zu sehr lieben, um das zu tun, zu sehr eins geworden sind, und daß das, was uns zugrunde richten wird, etwas viel Größeres sein wird als du oder ich. Es ist das spezielle Unglück gegenseitiger Liebe, und es jagt mir wirklich eine Heidenangst ein.«
Ich hätte wahrscheinlich versuchen sollen, sie vom Gegenteil zu überzeugen, sie zu trösten. Aber wir glaubten, wir seien gefestigt genug, um uns allem zu stellen, jeder Todesart, jedem Schicksalsschlag. Doch noch während ich langsam nickte, spürte ich, wie

sich etwas in mir zusammenkrampfte, so als hätte mir ein Arzt eben eine hoffnungslose Diagnose gestellt.

»Ich glaube immer noch, daß es vielleicht nie soweit kommen wird«, sagte ich. »Und unterdessen...«

»Unterdessen?«

»Na ja, gut. Unterdessen können wir zusammensein, und ich glaube, wir können einander die ganze Zukunft versprechen, die uns beschieden ist.«

»Susan hat mir Angst gemacht. Wirklich.«

»Menschen wie uns kann man leicht Angst einjagen. Wir sind in einer prekären Lage.« Ich rückte näher an sie heran, aber der Wagen hatte Schalensitze, und der Ganghebel war zwischen uns. Jade lehnte wieder den Kopf ans Lenkrad, und als ich ihr Knie berührte, fiel eine einzelne warme Träne auf meinen Handrücken.

Ich wußte, daß ich ihr nichts von Hugh erzählen würde, und ich wußte auch, daß ich es eigentlich nicht mehr verdiente, bei Jade zu sein, wenn Gerechtigkeit in der Entfaltung des menschlichen Lebens auch nur eine geringe Rolle spielte. Sie zu lieben, war nicht mein Geburtsrecht, sondern etwas, womit ich bestenfalls ungestraft davonkommen konnte. Und wenn die Liebe eine Brücke ist, die Zeit und Ewigkeit verbindet, dann würde ich mich in irgendeiner Verkleidung hinüberschleichen müssen.

Ich frage mich, woran – genau – Jade in diesem Augenblick dachte. Es muß etwas ganz Ähnliches gewesen sein. Sie nahm meine Hand und drückte sie fest. »Ich möchte mit dir schlafen«, sagte sie. »Jetzt. Hier. Das geht doch, oder? Nicht im Auto. Auf diesem Feld. Ich möchte dich spüren. Ich möchte wieder den Verstand verlieren. David.«

»Ich möchte es auch«, sagte ich, und das Herz wollte mir brechen.

16

Jade war in ihrem Fach die einzige Kandidatin für die Graduierung. Bis sie ihre Abschlußarbeit fertiggestellt und die drei Kurse nachgeholt hatte, die sie in früheren Semestern ausgelassen hatte, würde es Dezember werden. Ich weiß nicht, wie man sich die Überreichung ihres Diploms vorstellte – wahrscheinlich sollte es einfach irgendwann mit der Post kommen, an eine Adresse, wo sie dann nicht mehr wohnen würde. Wir wußten nicht, was Jade nach der Graduierung machen sollte, und wir sprachen auch nie richtig darüber, außer daß wir uns allerlei phantastische Möglichkeiten ausmalten.

Doch obwohl der Abschluß schon in greifbare Nähe gerückt war, dachte Jade noch oft daran, einfach aufzuhören und mit mir irgendwohin zu gehen – an einen selbstgewählten Ort, in ein Ferienhaus in Maine, in den Südwesten, in eine neue Großstadt, nach Eruopa. Mir war klar, daß es meine Pflicht war, nein zu diesen Plänen zu sagen, ihr zu helfen, die letzten Monate ihrer akademischen Ausbildung durchzustehen, aber auch ich träumte davon, Stoughton zu verlassen und mit ihr in einer Welt zu leben, die mehr unsere eigene wäre. Manchmal nickte ich, wenn sie damit drohte, ihr Studium abzubrechen, aber selbst wenn ich ihr sagte, das dürfe sie nicht tun, verriet meine Stimme die wahren unverantwortlichen Tiefen meiner Sehnsucht, mit ihr allein zu sein und ein erwachseneres Leben zu führen. Ich wollte nicht ständig mit allen möglichen Leuten in Gertrude zusammenleben, wenn sie mir auch noch so sympathisch waren. Mir gefiel das friedliche Leben auf dem Campus nicht, und es war mir ausgesprochen zuwider, daß Jade stundenlang vor Professoren sitzen und es sich gefallen lassen mußte, daß diese ihren Geist formten. Vielleicht war ich nichts weiter als eifersüchtig auf den Einfluß, den das College auf sie ausübte, und auf die Welten, die es ihr erschloß, aber ich glaubte nicht, daß das der eigentliche Grund meines Unbehagens war.

Ich dachte an die Möglichkeit, mit ihr gemeinsam irgendwo zu studieren. Kurz vor meinem Abschluß an der High-School hatte mich ja die University of California in Berkeley bereits zum

Studium zugelassen, und ich hätte es schön gefunden, wenn wir beide an diese Universität gegangen wären und dort unsere Schreibtische zusammengestellt hätten, so daß wir uns beim Lernen hätten ansehen können. Jade hätte auf dem Gebiet der Verhaltensforschung weiterstudieren können, und ich hätte vielleicht sogar das Studium der Astronomie aufgenommen. Ich hatte zwar nicht mehr soviel Schwung und Begeisterung wie vor einigen Jahren, aber ich glaubte immer noch, daß ich eines Tages meinen alten Ehrgeiz wiedererwecken könnte.

Einstweilen gab es für uns nur das gewohnte Alltagsleben, den kurzen Sommer von Vermont – wo es im Juli am Morgen schon herbstlich kühl war – und Jades umfangreiche Diplomarbeit.

Ich war Jades Laborassistent und arbeitete jeden Tag, bevor ich mich morgens auf den Weg in das Textilgeschäft machte, und dann wieder nach Feierabend. Ich kümmerte mich um die Hunde in den provisorischen Zwingern, die Jade in unserem Hinterhof gebaut hatte. Dieser Hof war ein kleines, fleckiges Quadrat, etwa zwanzig mal zwanzig Meter groß, das von so vielen stattlichen Ahornbäumen überschattet war, daß kaum Gras wuchs. Löwenzahnbüschel und staubige Erde, und wo ein bißchen Gras wuchs, hatte niemand das Herz, es zu schneiden. Jade hatte die Zwinger für ihre Tiere aus Kanthölzern, Maschendraht und Dachpappe gebastelt und sie mit Heu ausgelegt, und alle Hausbewohner warteten ungeduldig auf das Ende ihres Experiments und das Verschwinden der unansehnlichen Hundehütten. Daß Jade keinem erlaubte, die Tiere zu streicheln oder auch nur mit ihnen zu reden, machte es für die anderen noch schlimmer, aber da sie die Verhaltensunterschiede zwischen den von der normalen und den von der blinden Mutter aufgezogenen Jungen studieren wollte, befürchtete sie, ungerecht verteilte Zuneigung könne ihre Ergebnisse verfälschen. Wenn sie ihre Runde machte, hatte sie immer eine Stoppuhr dabei und achtete genau darauf, daß sie bei keinem der Tiere länger (oder kürzer) als dreißig Sekunden verweilte. Manchmal ließ sie auch mich mit den Welpen spielen, aber dann stand sie ebenfalls mit der Stoppuhr in der Hand neben mir und sagte mit trockener, sachlicher Stimme »weiter«, sobald dreißig Sekunden um waren.

Es stellte sich jedoch schon ziemlich früh heraus, daß das Experiment keine besonders deutlichen Resultate ergeben würde, ganz zu schweigen von wertvollen wissenschaftlichen Erkenntnissen. Ihr Professor, der das Projekt befürwortet hatte, hatte offenbar zugesehen, wie Jade in eine Sackgasse geriet – aber vielleicht hatte er das vorausgesehen und gerade deshalb zugestimmt. Jade war beschämt und verzweifelt, als ihr aufging, daß das Experiment keine erheblichen Daten erbringen würde – sie war nie näher daran gewesen, den ganzen Krempel hinzuwerfen und mit mir ein neues Leben anzufangen. Aber ich ließ das nicht zu, und schon bald kam ihr die Idee, alle Fehler in ihrer Versuchsanordnung festzuhalten und die Analyse ihres Fiaskos zum Gegenstand ihrer Arbeit zu machen – ganz ähnlich wie die Reporter, die den Auftrag bekommen, ein Interview mit einer zurückgezogen lebenden Berühmtheit zu machen, und dann einen langen Artikel darüber schreiben, warum sie das Interview *nicht* bekommen haben.

Doch auch diese Idee wurde noch abgewandelt. Als Jade schließlich mit der Abfassung ihrer Arbeit begann, gab sie ihr den Titel »Beobachtungen an Hunden und mir selbst«, und es war vielleicht die erste akademische Diplomarbeit mit Geständnischarakter. Da jede Hoffnung auf harte Fakten vergeblich war, ging Jade zur Quelle ihrer Inspiration zurück und schrieb auf, wie sie selbst auf die beiden Würfe reagiert hatte. »So hätte es Hugh gemacht«, sagte sie in der Nacht, als sie auf diesen Ausweg aus ihrem Dilemma verfiel.

»Hunde«, schrieb Jade, »sind verräterischere Spiegel als Wasser oder Glas. In richtigen Spiegeln sehen wir ichgebundene Versionen unseres jetzigen Erscheinungsbildes und furchterregende Zukunftsvisionen. Aber Hunde können uns zeigen, was wir für Gefühle haben, welche Beziehung wir zu dem Leben um uns herum und zu unserer Vergangenheit haben. Tiere sind wie wir selbst in unserer frühesten Kindheit. Ein den Mond anbellender Hund ist unser wahres Selbst...« Jade und ich beobachteten, versorgten und vergötterten die Hunde, und als das Leben eines der Welpen bedroht schien, ließen wir den Vorwand experimenteller Strenge endgültig fallen und griffen direkt ein. Ein Babyfläschchen, ein Schienenverband. Wie sehr liebten wir diese Hunde und Welpen, und welch eine Erleichterung war es, ein anderes Medium zu haben, durch das wir einander den Hof machen konnten. Die Welpen waren unsere wichtigste Metapher. Wir hätschelten sie und sahen einander an; wir konnten uns über uns selbst wundern, indem wir uns über sie wunderten. Und jeden Abend, während Jade einen langen Eintrag in ihr Tagebuch »Beobachtungen an Hunden und mir selbst« schrieb, lag ich auf unserem Bett und sah ihr beim Schreiben zu – sie schaukelte dabei vor und zurück wie ein Talmud-Gelehrter –, und auch ich dachte an meine Anfänge, die langsamen, schildkrötenähnlichen Erkundungen meiner Kindheit, die Jahre, die mir wie getrocknete Erdklumpen erschienen. Niemandes Kindheit, so meinte ich, war so monolithisch fade wie meine, aber ich folgte Jades Vorbild und gab mir die größte Mühe, darüber nachzudenken, mich an alles zu erinnern, was ich den Psychiatern erzählt hatte, und es aufrichtiger zu formulieren.

»Die blinde Mutter«, schrieb Jade. »Sehen ohne Gesichtssinn. Einsicht ohne Anblick. Die betäubende Isoliertheit des Instinkts. Die blinde Mutter, die Nachgeburt auffressend. Gierig. Ich hätte Queenie beinahe angeschrien, sie solle damit aufhören. Ich dachte, sie würde womöglich ihr erstes Junges (Wladimir) bei lebendigem Leibe auffressen. Ein Akt des Selbst-Kannibalismus. Wir sind das Selbst unserer Mutter, aber was sie will, nimmt sie zurück, was sie nicht aufnehmen kann, versucht sie zu vernichten, und was durchkommt, das sind wir. Unser erster Kampf: aus der Mutter hinauszugelangen. Unser zweiter (andauernder) Kampf: draußen zu bleiben, uns der Wiederaufnahme zu widersetzen...«

»Das ist genau die Arbeit, die mir vorgeschwebt hat«, sagte Jade eines Nachts. Wir gingen ins Haus zurück, nachdem wir die Welpen alle gewogen hatten. »Zum erstenmal bin ich mir wirklich sicher. Ich möchte Tiere studieren.«

»Ich dachte, das wolltest du schon immer.«

»Nein. Ich hätte es gerne gewollt. Aber es kam mir nie richtig vor. All diese wissenschaftliche Methodik hat mich gestört. Eines anderen Schuhe. Und ich eigne mich nicht dafür. Ich bin in dieser Hinsicht wie Hugh. Ich glaube, das ist der Grund, warum er sich für diese Art der Medizin entschied. Homöopathie ist intuitiver und persönlicher.« Sie nahm mich bei der Hand und hielt mich fest. Sie zog mich näher an sich. »Das ist genau das, was ich will. Ich will die Welt beobachten; ich möchte Dinge sehen, die den meisten anderen Menschen entgehen. Ich möchte monatelang durch die Wälder streifen und nichts anderes tun als die Welt beobachten. Den Eulen zuhören, den Hirschen zusehen, wenn sie sich an verfaulten Äpfeln berauschen. Und alles so sehen, wie es ist, und mir selbst helfen, mich so zu sehen, wie ich bin. Ich werde Examen machen und dann noch so viel dazulernen, daß die Leute mich ernstnehmen müssen und mich vielleicht sogar bezahlen, aber eigentlich möchte ich darüber sprechen, wie es ist, mit einer Heuschrecke verwandt zu sein.« Sie lächelte und drückte meinen Arm.

Wir gingen mit einer Flasche Weißwein in unser Zimmer hinauf. Jade schrieb eine Zeitlang, und ich trank und las in einem Buch mit Geschichten von Isaac Babel. Dann kam Jade zu mir ins Bett und half mir den Wein austrinken. Wein will, daß man ihn austrinkt, sagte einer von uns.

»Wirst du immer mein Assistent bleiben?« wollte Jade wissen.

»Zahlst du mir ein Gehalt?«

»Ein halbes.«

»Gutes Geschäft.«

»Und mein Mann?«

»Den müssen wir auch bezahlen«, sagte ich.

Jade lächelte. Sie hatte sich ausgestreckt und die Hände unter den Kopf gelegt, ihr T-Shirt spannte sich über ihren Brüsten. Sie ließ es unbeantwortet.

»Ich wäre schrecklich gerne mit dir verheiratet«, sagte ich. Es war das erste Mal seit Jahren, daß wir darüber sprachen.

»Das macht doch überhaupt keinen Unterschied. In der Ehe wird man wahrscheinlich sowieso unglücklich. Darüber zerbreche ich mir nicht den Kopf. Ich denke über etwas ganz anderes nach. Darüber, wie ich mit dir zusammen die jungen Hunde aufziehe. Daß wir dem Anfang des Lebens so nahe sind, daß ich dieses Erlebnis mit dir teilen kann. Ich glaube, du wärst ein sehr guter Vater.«

»Ich hätte furchtbar gern Kinder, die dir ähnlich sähen«, sagte ich ganz leise.

»Nichts leichter als das... Ich meine, es ist doch nichts dabei, wir müssen es bloß tun, und das wär's dann. Was auch geschähe, das hätten wir jedenfalls gemacht. Ein Kind. Mein Gott, ich weiß, es ist verrückt, aber ich würde es wirklich gerne tun. Ich möchte es tun. Anscheinend muß man erst Mutter werden, um nicht mehr Tochter zu sein, und Tochter zu sein, kommt mir lächerlich vor.«

»Das stimmt. Ich habe mich in der Tochterrolle nie besonders wohlgefühlt.«

»Sehr witzig. Ich biete dir die Chance, die Welt zu verändern, und du reißt Witze.«

»Nervensache.«

»Das ist keine Entschuldigung.«

»Also schau, wenn du ein Baby haben willst, dann tun wir es eben.«

»Nein. Du kannst es nicht zu meinem Kind machen. Und ich darf es nicht allein wollen. Es muß auf Gegenseitigkeit beruhen, weißt du.«

»Das ist es auch. Ich wäre gerne das Baby, das in dir wächst. Es wäre besser, als verheiratet zu sein.«

»Mir kommt es vor wie der nächste Schritt. Wir können bumsen bis an unser Lebensende, aber mit der Zeit nutzt es sich ab, meinst du nicht?«

»Für mich nicht.«

»Ich meine doch nicht, *jetzt* schon. Aber irgendwann. Und ich bin mir wirklich nicht im klaren, was ich von kinderlosen Paaren halte. Es kommt mir vor wie Betrug.«

»Von mir aus bräuchte sich nie wieder etwas zu ändern, und ich hätte trotzdem ein besseres Leben, als ich es verdiene.«

»Ich glaube, was mich so daran reizt, ist die Normalität«, sagte Jade. »Wie einfach und unkompliziert. Ich brauche nichts weiter zu tun, als mein Pessar nicht einzusetzen, und dann können wir tun, was wir sonst auch tun, und schon sieht die Welt ganz anders aus, einfach so. Ich finde das wirklich aufregend, David. Es ist wie damals, als ich anfing, über das Bumsen nachzudenken, und nicht mehr hatte, als ich vom Hörensagen wußte, ein einziges obszönes Bild und meine Phantasie.«

Wie die Seelen der Ungeborenen in dieser Nacht über uns schwebten, würde Ann sagen. Jade kam ins Bett, mit ungeschützter Gebärmutter, und wir liebten uns mit einem Ernst und einer Vollkommenheit, die alles übertrafen, was wir je erlebt hatten. Es war, was der erste Beischlaf wäre, wenn wir schon mit sexueller Erfahrung geboren würden, doch auch damit ist die Macht der Liebe ohne Verhütung noch nicht hinreichend definiert. Wir spielten lange, klagende Melodien auf unseren Körpern, versuchten, ein menschliches Leben aus dem ungeheuren, unsichtbaren Durcheinander von Chemie und Schicksal herauszulocken. Ein ganz neues Vokabular des Instinkts; meine Ejakulation schien sich tiefer in Jade zu ergießen als je zuvor. Das Universum auf der Grundlage von Risiko und Anstrengung. Der Sex hob uns nicht mehr hoch und aus der Zeit heraus, sondern ließ uns hin- und herströmen, zurück auf unsere eigenen Ursprünge und vorwärts auf den verhüllten Markstein einer ungewissen Zukunft.

»Wieder einmal«, sagte Jade, als wir kamen. »Ich fühlte mich wie eine läufige Hündin. Ich war nie so außer Kontrolle...«

Es war nicht Lust, es war Schicksal. Wir starrten einander an, während wir uns liebten, und gaben kaum einen Laut von uns. Liebende haben oft geglaubt, ihre Seelen entwichen den Körpern, wenn sie sich liebten, und auch wir klammerten uns aneinander, als ob wir in Gefahr wären. Ich weiß nicht, wie oft wir wieder von vorne anfingen, aber es dauerte jedenfalls Stunden. Es war die Energie, die Besessenheit unseres ersten Monats in Chicago, als Jade mit violetten Flecken am Rückgrat herumlief und ich Schwindelanfälle hatte. Wir appellierten an das Universum, eine Familie aus uns zu machen, aber es wurde nichts daraus. Tags darauf waren wir beide der Meinung, daß wir impulsiver gehandelt hätten, als uns eigentlich zuträglich war, und so kehrten wir zur Empfängnisverhütung zurück. Wir warteten bis zum Monatsende, ob unser einziger Versuch, eine Empfängnis herbeizuführen, gelungen war. Ich war überzeugt, daß es geklappt hätte, aber ich irrte mich. Zehn Tage später bekam Jade die Schmerzen im Kreuz, die ihre Periode ankündigten. »Ich bin froh«, sagte sie.

»Wir haben zu viele Entscheidungen zu treffen, um uns jetzt ein Baby leisten zu können. Du mußt mit der Polizei klarkommen. Meine Familie weiß nicht einmal, daß wir wieder zusammen sind. Ich muß meinen Abschluß machen und mir überlegen, was ich dann tun soll. Und du weißt auch noch nicht, was du machen willst. Du wirst ja hoffentlich nicht dein Leben lang Hosen verkaufen wollen.«

Als ihre Periode dann eingesetzt hatte, aßen wir wieder einmal auf dem Rasen vor der presbyterianischen Kirche in der Nähe meiner Arbeitsstätte unser Mittagsbrot. »Ich muß aufs Klo«, sagte Jade und legte ihr Eiersalatsandwich weg. Wir sahen einander an und zuckten die Achseln. Ich stand auf, nahm Jade bei der Hand und half ihr aufstehen. Wir legten die Arme umeinander. »Ich war mir nicht sicher«, flüsterte Jade. Ich wußte nicht, ob sie meinte, sie sei nicht sicher gewesen, ob sie wirklich ihre Tage bekommen würde oder ob sie sich wirklich ein Baby gewünscht hatte. Ich fragte sie nicht. Ich wollte das Baby, ohne genau zu wissen, warum. Mein Wunsch konnte die vielen Einwände dagegen nicht widerlegen, aber andererseits konnten noch so viele Einwände meinen Wunsch nicht verringern. Ich wußte nicht, was ich sagen sollte. Mein Herz schlug doppelt so schnell wie sonst, und ich hielt sie einfach in den Armen.

Der 12. August 1973 war der sechste Jahrestag des Brandes; alljährlich an diesem Tag versammelten sich die Butterfields in einer ihrer Wohnungen. Dieses Jahr sollte das Treffen in Keiths Haus in Bellows Falls stattfinden – ganze hundertfünfzig Kilometer von uns entfernt. Jade war bis zum Morgen des Zwölften fest entschlossen, nicht hinzufahren. Sie mußte irgendwann damit aufhören, vor Ann, Sammy und Keith zu verheimlichen, daß wir wieder zusammenlebten – obwohl ich sicher war, daß Ann es ahnte oder wußte –, und der Jahrestag des Brandes schien der denkbar ungeeignetste Anlaß für eine solche Eröffnung. Andererseits wollte sie nicht mit diesem Geheimnis auf der Seele einen ganzen Tag mit ihrer Familie verbringen.

»Ich finde es schrecklich, zu Keith zu fahren«, sagte sie. »Ich finde es schrecklich, daß er so nahe bei uns wohnt. Ich finde die Jobs schrecklich, die er annimmt, um das Haus halten zu können. Ich finde es schrecklich, daß er all diese Fotos und albernen Andenken aufhebt. Man könnte meinen, wir wären die Romanows oder so was. Und ich finde sein Haus genauso schrecklich wie er selbst. Jedesmal, wenn man dort ist, muß man einen Rundgang mit ihm machen, damit er einem zeigen kann, was an seinem Haus alles nicht in Ordnung ist. Die abbröckelnden Ziegel um den Kamin, die nassen Flecken an den Wänden, die verfaulenden Dielen. Stell dir vor, dieser Mensch lebt in einem Haus, das 1825 gebaut wurde, und wir sollen uns mit ihm darüber aufregen, daß es nicht mehr gut in Schuß ist.«

Am Morgen des 12. August wachte ich vom Radiowecker auf, und Jade war schon dabei, Kleider zum Wechseln in ihren schwarzen Nylonmatchsack zu stopfen. »Wahrscheinlich bin ich heute abend wieder zurück«, sagte sie, »aber bei meiner Familie weiß man ja nie.« Ich brachte sie zum Bus, obwohl ich deswegen zu spät zur Arbeit kam. Wir waren beide nervös. Unsere erste Trennung seit dem Frühjahr. Der Bus fuhr nach Boston, war aber ganz leer. Der Fahrer war groß und hatte silbergraues Haar. Er sah aus wie ein Pilot, und ich fragte mich, ob er wegen irgendeines schwerwiegenden Charakterfehlers gezwungen war, statt dessen einen Bus zu fahren. Jade blieb auf der untersten Stufe der Bustreppe stehen und drückte meinen Kopf an ihre Brüste. »Ich weiß nicht, was ich tun werde, wenn sie anfangen, über dich zu reden«, sagte sie. »Wenn ich daran denke, kommen mir Mordgelüste. Ich werde ihnen gleich sagen, daß wir wieder zusammen sind, und dann können sie selber zusehen, was sie damit anfangen.«

Gertrude war leer, als ich von der Arbeit heimkam. Colleen war mit Oliver nach Fishkill gefahren, angeblich weil Oliver Schreinerarbeiten für ihre Mutter machen sollte, die eine alte Garage in eine Gästewohnung umbaute. Anemone Grommers war in Griechenland. Nina Sternberg war in Los Angeles. Die anderen waren einfach nicht da. Ich fütterte die Hunde. In ein paar Tagen würden die Welpen alt genug sein, um von ihren Müttern getrennt zu werden, und wir hatten schon ein paar Zwinger abgerissen. Ich setzte mich eine Weile in den Hinterhof und sah zu, wie die

Welpen sich gegenseitig beknabberten. Ich dachte daran, daß sie Jade und mich beinahe dazu gebracht hätten, eine eigene Familie zu gründen. Es kam mir völlig irrsinnig vor, sich durch so was beeinflussen zu lassen, aber es gefiel mir auch wieder, daß wir so sensibel waren.

Es war mir zunächst nicht bewußt, aber jeder Gedanke, der mir durch den Kopf ging, war Bestandteil eines sorgfältig aufgebauten unbewußten Plädoyers dafür, zu Hause anzurufen. Zwei Tage nach meiner Ankunft in Stoughton hatte ich Rose und Arthur kurz mitgeteilt, daß es mir gutgehe. Ich hatte beide Briefe Miriam Kay mitgegeben und sie gebeten, sie für mich einzuwerfen, denn sie fuhr zu ihrer Schwester in Toronto, und ich wollte mich nicht durch den Poststempel verraten. Man kommt sich besonders bedeutend vor, wenn man außerhalb des Gesetzes lebt, und so saß ich eine Zeitlang mit der Hand auf dem Telefon in der Küche und überlegte, ob jemand feststellen konnte, von wo aus ich telefonierte, wenn ich jetzt meine Eltern anrief: Wie der Held einer sentimentalen Gangsterstory riskierte ich Entdeckung – den Tod! –, nur um mit meiner Mama sprechen zu können. Aber schließlich taten die Gesetze der Zivilisation ihre Wirkung bei mir. So wie die Natur uns mit sexuellem Verlangen ausstattet, so daß sogar der Weiberfeind sich fortpflanzt, segnen wir uns selbst mit einem schlechten Gewissen, so daß selbst die Achtlosen manchmal etwas Richtiges, Schwieriges tun. Ich wählte die Nummer der Wohnung in der Ellis Avenue, und Rose hob beim fünften Läuten ab. Wahrscheinlich hatte sie ihren Nachmittagsschlaf gehalten, denn es war von keiner Stelle der Wohnung aus so weit zum Telefon. Ihre Stimme war leise, kleinlaut, wie die eines kleinen Mädchens, dem man verboten hat, das Telefon abzunehmen.

»Ich bin's«, sagte ich.

Sie sagte nichts, und das Schweigen hielt an. Sie setzte zu einer Antwort an. Dann knallte sie den Hörer auf die Gabel.

Ich ließ die Hand auf dem Apparat liegen, ein bißchen aufgeregt, aber nicht überrascht. Ich stellte sie mir vor mit ihren kleinen Händen vorm Gesicht. Wie sie dann den Hörer aufnahm, um festzustellen, ob ich noch dran wäre. Ihn wieder aufknallte.

Hoffte, daß ich noch einmal anrufen würde. Es sah ihr ähnlich, daß sie mehr beleidigt als darüber besorgt war, wo ich mich aufhielt, und meine Stimme am Telefon – die so normal und ruhig klang – weckte den Teil in ihr, der sich von mir verachtet fühlte, empört darüber war, daß mir die Feinheiten ihrer Zuneigung entgingen. Was sie mir anbot, waren Treue und die Chance, ein besserer Mensch zu werden, und ich deutete statt dessen ihre Zuneigung als Gefühlskälte und zog die sentimentale Liebe meines Vaters vor, stellte also die impulsive Umarmung über die behutsam führende Hand.

Ich nahm den Hörer wieder ab und wählte noch einmal ihre Nummer. Diesmal meldete sich Arthur – ich brachte vor Überraschung keinen Ton heraus, als ich seine Stimme hörte.

»Hallo?« sagte er zwei- oder dreimal.

»Ich bin's«, sagte ich.

»David. Mein Gott. Ich weiß nicht... Wo *bist* du denn? Nein. Schon gut. Du brauchst mir nicht...«

»Mir geht's gut. Mir geht's sogar sehr gut. Bestens.«

»Bist du hier in der Nähe?«

»Nein. Eigentlich nicht. Werde ich gesucht?«

»Wir haben nicht gewußt, wo wir dich suchen sollten. Dein Großvater wollte schon Privatdetektive engagieren... Wir haben auch Inserate in ein paar Zeitungen setzen lassen, Untergrundzeitungen, weißt du.«

»Ich hab eigentlich wissen wollen, ob ich von der Polizei und so weiter gesucht werde.«

»Das bringen wir schon in Ordnung. Kommst du heim?«

»Was ist denn passiert? Warum bist du in Mutters Wohnung?«

»Ich hab mein Appartement aufgegeben. Appartement! ›Loch‹ sollte ich sagen.«

»Was ist mit Barbara?« fragte ich und wußte im selben Moment die Antwort.

»Tot«, sagte Arthur nach einer Pause. »Ein paar Tage nachdem du verschwunden bist. Um drei Uhr früh. Im Schlaf.«

Ich wollte aufstehen, merkte aber, daß meine Beine nicht mitmachen würden. Der Hörer des Zweitapparates wurde abgenommen. Rose im Schlafzimmer, auf der Bettkante sitzend, nicht weit

von dem Klimagerät – ich hörte das heisere, asthmatische Atmen.
»Wo bist du?« fragte sie.
»Mir geht's gut. Das wollte ich euch nur sagen.«
»So, es geht dir also gut. Na fein, da freue ich mich aber. Auf den Gedanken, uns könnte es hier nicht gutgehen, bist du wohl nicht gekommen? Nein, das wäre wohl zuviel verlangt.«
»Rose«, mahnte Arthur.
»Du kommst jetzt wieder heim, und zwar ein bißchen plötzlich«, sagte Rose. »Vielleicht ist es noch nicht zu spät. Jetzt ist vielleicht noch Zeit.«
»Zeit wofür?« fragte ich.
»Dafür, wieder einigermaßen in Ordnung zu bringen, was du hier angerichtet hast. Dich hier ein bißchen nützlich zu machen. Wenigstens einmal ein Sohn zu sein. Wo bist du denn überhaupt? Bist du bei dieser kleinen...« Sie überließ es mir, das passende Wort einzusetzen.
»Ich bin zur Abwechslung mal glücklich«, sagte ich. »Es ist wie früher. Ich lebe wieder.«
»Wenn dir so viel am Leben liegt, dann kommst du besser heim«, sagte Rose. »Wenn du weißt, was ich meine.«
»Rose, bitte«, sagte Arthur. »David? Du brauchst nicht heimzukommen. Aber vielleicht kannst du uns sagen, wo du bist? Es ist furchtbar, das nicht zu wissen. Wir werden dich nicht anrufen, wir werden dir nicht auf die Nerven gehen. Du bist alt genug, um deine eigenen Entscheidungen zu treffen, und wir respektieren das –«
»Scheiße«, redete Rose dazwischen.
»– aber es schmerzt uns, nicht einmal zu wissen, wo du bist, zu wissen, daß wir dich nicht erreichen können, ganz gleich, was passiert.«
»Das ist dem doch egal«, sagte Rose. »Ihm reicht es zu wissen, wo *wir* sind, und wenn er was braucht, dann ruft er einfach an, und schon kommen wir gerannt.«
»Das Gespräch wird mir zu teuer«, sagte ich. »Ich bin so gut wie blank.«
»Aber deine Arbeit hinzuschmeißen und einfach abzuhauen, dafür hat dein Geld anscheinend gereicht«, sagte Rose.

»Also gut«, sagte ich. »Ich sag's euch. Notiert es euch und hebt es gut auf; warum, brauche ich euch wohl nicht zu sagen. Ich bin in Stoughton, Vermont.« Ich gab ihnen die Telefonnummer.
»Also, es geht dir gut?« fragte Arthur.
»Du machst es dir bloß noch schwerer, wenn du nicht heimkommst, um alles in Ordnung zu bringen«, sagte Rose. Ihre Stimme klang nicht mehr so hart, sie hatte nicht erwartet, daß ich Kompromisse eingehen würde.
Bald darauf verabschiedeten wir uns voneinander. Ich versprach wieder anzurufen, aber keiner von beiden wollte mich auf einen Zeitpunkt festnageln. Danach ging ich in den Hof hinaus und spielte mit Cora und Queenie, die jetzt, wo die Welpen sie nicht mehr brauchten, wieder ganz die alten waren. Eines von Queenies Jungen war erkältet. Ich wischte ihm den weißlichen Schleim aus den Winkeln seiner kleinen blauen Äuglein und drückte es an mich, unerklärlicherweise um seine Gesundheit besorgt. Ich wußte, daß es prächtige Welpen waren, aber schon dieser kleine Fehler ließ mich zittern. »Armer kleiner Chetwin«, sagte ich immer wieder. Das Hündchen knabberte mit seinen nadelspitzen Zähnchen an meinem Daumen, und als es anfing weh zu tun, gab ich es seiner Mutter zurück, die es mit einem einzigen langen Zungenschlag auf seinen molligen Rücken rollte.
Das Telefon klingelte. Ich rannte hin. Was ich sonst nicht tue. Es war erst gut eine Stunde seit meinem Anruf zu Hause vergangen, aber als ich am anderen Ende Roses Stimme hörte, war ich nicht überrascht.
»David«, sagte sie, »dein Vater hat einen Herzanfall gehabt.«

Ich wartete bis acht Uhr abends und rief dann Jade bei Keith an, obwohl es mir widerstrebte. Keith meldete sich. Er erkannte mich an der Stimme, ließ sich aber nichts anmerken. »Einen Moment«, sagte er seufzend, so als ob den ganzen Tag Anrufe für Jade gekommen wären. Ich erzählte ihr von Arthur, und sie sagte, sie werde mich gleich zurückrufen. Ein paar Minuten später rief sie an und sagte, der nächste Bus nach Stoughton gehe am nächsten Morgen um dreiviertel elf. Ich hatte schon einen Flug um neun Uhr von Albany nach Chicago gebucht. Sie nannte mir ein paar

Leute, die ich anrufen könne, um mir vielleicht einen Wagen zu borgen und sie bei Keith abzuholen. Aber ich konnte mich darauf nicht einlassen. Ich sagte, ich wolle früh zu Bett gehen, weil ich um sechs nach Albany aufbrechen müsse – es sei zwar nur eine Autostunde, aber ich müsse ja per Anhalter fahren. Wir sagten uns auf Wiedersehen. Ich sagte, ich würde in weniger als einer Woche wieder zurück sein. Jade sagte, falls sich absehen lasse, daß ich länger bleiben müßte, würde sie nach Chicago nachkommen und bei mir bleiben. Wir sagten uns noch einmal auf Wiedersehen; sie konnte mir nur ganz leise sagen, daß sie mich liebte, weil die anderen sie sonst gehört hätten.

Ich packte einen kleinen Koffer. Die meisten meiner Kleider waren neu, und aus irgendeinem Grunde paßte mir nichts so recht. Dann suchte ich nach meinem alten Rückflugticket nach Chicago und fand es auch. Außerdem hatte ich noch ungefähr dreißig Dollar. Ich rief noch einmal zu Hause an, bevor ich ins Bett ging, um Bescheid zu sagen, daß ich auf dem O'Hare-Flughafen ankommen würde. Die Freundin meiner Mutter, Millicent Bell, meldete sich; sie nahm die Telefonanrufe entgegen, solange Rose bei Arthur im Krankenhaus war.

Ich konnte lange nicht einschlafen. Ich mußte mich andauernd fragen, ob Jade irgend etwas Dummes anstellen würde. Insbesondere fragte ich mich, ob sie versuchen würde, per Anhalter herzukommen, um mich noch einmal zu sehen, bevor ich abfuhr. Ich hielt mich wach und wartete auf sie, und als ich einnickte, spürte ich im Halbschlaf ihre Lippen, die mich wachküßten. Aber das geschah nicht.

17

Rose holte mich am Flughafen ab. Sie trug hockhackige blaue Schuhe, dunkle Nylonstrümpfe und Make-up, als ob schon Herbst wäre. Sie umarmte mich flüchtig, mit leicht abgewandtem Gesicht.

»Wir müssen uns beeilen«, sagte sie. »Ich stehe im Parkverbot und möchte keinen Strafzettel bekommen.« Ihre Absätze klapperten

so laut auf dem harten grauen Fußboden, daß ein paar Leute sich suchend nach der Quelle dieses Lärms umschauten.
Ich konnte nur mühsam mit ihr Schritt halten.
»Wie geht's ihm?« fragte ich sie.
»Er wartet auf dich. Er liegt im Jackson Park Hospital. Ein fürchterliches Krankenhaus. Aber...« Sie sah mich an: Aber dort ist seine Geliebte gestorben.
»Wie geht's ihm?«
»Er ist nicht mehr der Jüngste. Er hat für zwei gearbeitet, um zum Unterhalt der Kinder dieser Frau beizutragen. Und dann *du*. Nicht bloß die letzten paar Monate, sondern seit *Jahren*. Diese Frau hat ihn ausgenutzt, und das hat er jetzt davon. Ganz zu schweigen...«
Wir gingen durch die Glastüren. Die Hitze schlug uns entgegen, voller Staub und Benzingestank. Hupen lärmten. Ein Abschnitt der Zubringerstraße zum Flughafen wurde neu asphaltiert, und der Teergeruch stieg einem stechend in die Nase. Die Sonne waberte hinter einer niedrigen Wolkenbank. Der Parkplatz war weit weg, aber Rose hatte ihren Wagen direkt gegenüber dem Haupteingang geparkt, in einer für Busse reservierten Bucht. Ein Polizist, der auf seiner blau und weiß lackierten Vespa unpassend militärisch wirkte, hielt neben Roses Auto und begann, einen Strafzettel auszuschreiben.
»Herr Wachtmeister, Herr Wachtmeister!« rief Rose und rannte auf ihren Wagen zu. »Bitte nicht!«
Der Polizist sah unbewegten Gesichts auf. Er hatte blonde Augenbrauen und Sommersprossen.
Rose fuchtelte mit den Händen. »Das ist mein Wagen«, rief sie. »Bitte, geben Sie mir keinen Strafzettel.« Jede Vorsicht außer acht lassend, lief sie über die Straße und stellte sich neben den Polizisten.
»Zu spät«, sagte der Polizist und hielt ihr seinen Block hin. »Sehen Sie? Ich habe schon ihre Autonummer notiert. Von diesem Augenblick an kann ich nichts mehr machen.«
»Aber so verstehen Sie doch«, schrie Rose. »Mein Sohn ist eben von der Ostküste angekommen. Sein Vater hat einen schweren Herzanfall gehabt. Wir wollen gerade zum Krankenhaus fahren.«

Sie öffnete ihre Handtasche und zog einen Ring mit mindestens zwanzig Schlüsseln der verschiedensten Sorten heraus. Sie hielt einen davon dem Polizisten unter die Nase. »Hier. Ich wollte gerade losfahren.«

»Tut mir leid«, sagte der Polizist. »Aber hier dürfen Sie nicht parken. Ich hab schon damit angefangen, Ihren Strafzettel auszufüllen.« Er blickte auf die Spitze seines Kugelschreibers und begann zu schreiben.

»Aber haben Sie denn nicht gehört, was ich sagte?« protestierte Rose. »Der Vater dieses Jungen ist im Krankenhaus.« Sie wirbelte herum und sah mich an. Ich stand ein, zwei Meter hinter ihr, mit dem Koffer in der Hand und schwitzend. Ich stellte mir vor, was passieren würde, falls der Polizist zu mir hersah und plötzlich mein Gesicht erkannte – ob sie bei der Polizei Alben mit Fotos von Leuten hatten, die unter Bewährung standen und augerissen waren? Aber der Polizist sah mich nicht an; er schrieb hastig den Strafzettel aus und überreichte ihn Rose mit einem kurzen, steifen Nicken. Rose starrte den Zettel an und drehte ihn dann um. »Fünf Dollar«, sagte sie. »Dafür hätte ich mir ja einen eigenen Parkwächter mieten können.«

Ich machte die Hintertür auf und warf meinen Koffer hinein. Er sprang vom Sitz und landete auf dem Wagenboden. Rose studierte immer noch ihren Strafzettel. Anscheinend verglich sie die Nummer, die er notiert hatte, mit ihrer tatsächlichen Autonummer, in der Hoffnung, ein Irrtum könnte das ganze Ding hinfällig machen. Ein Auto hielt neben ihr, und der Fahrer schrie durchs Fenster, ob sie den Platz freimache.

»An Ihrer Stelle würde ich hier lieber nicht parken«, sagte sie zu dem Mann. »Die Polizei teilt Strafzettel aus, als ob morgen nicht auch noch ein Tag wäre.« Der Mann winkte ihr zu und fuhr weiter. Rose sah ihm nach und widmete ihre Aufmerksamkeit dann wieder dem Strafzettel.

»Vielleicht sollten wir jetzt besser endlich losfahren«, sagte ich.

Rose faltete den Strafzettel zweimal und steckte ihn in ihre Handtasche. Auf ihrer Stirn standen Schweißperlen, exquisite kleine Tröpfchen, zart wie Tau. Ich ging auf die Beifahrerseite und stieg ein; im nächsten Moment saß Rose am Steuer. Der Sitz war zu weit zurückgeschoben, so daß sie Gashebel und Bremse nur mit den Zehenspitzen erreichte.

»Mußtest du dir ausgerechnet den Zwölften für deinen Anruf aussuchen?« sagte sie, während sie den Zündschlüssel drehte. »Hast du gemeint, wir würden uns nicht daran erinnern, was das für ein Tag war? Ich mühe mich mein Leben lang ab, ein anständiges Dasein zu führen, und du machst mit einem einzigen Zündholz alles zunichte.« Sie fuhr los.

»Würdest du mir jetzt bitte sagen, wie es ihm geht?« sagte ich. »War es ein schwerer Anfall?«

»Ich hab doch gesagt, es geht ihm gut.« Sie schüttelte den Kopf, als sei mein Interesse irgendwie verdächtig. War es ihr nicht recht, daß ich mir Sorgen um ihn machte? Dachte sie , es wäre mir nicht so wichtig, wenn *sie* im Krankenhaus läge?

Wir sagten beide nichts, bis wir das Flughafengelände hinter uns hatten und auf dem Dan Ryan Expressway waren.

»Ich dürfte es dir eigentlich nicht sagen«, sagte Rose, »aber du siehst ordentlich aus.« Sie sah beim Fahren starr geradeaus und unterbrach ihre intensive Konzentration nur etwa alle paar Minuten durch einen Blick in den Rückspiegel. »Du siehst so gut aus wie lange nicht mehr. Offenbar bekommt dir dein neues Leben.«

»Ich habe kein neues Leben«, sagte ich nicht ohne Heftigkeit.

Rose zuckte die Achseln. »Und du bist also mit dieser ... ?«

»Ja.« Während ich es sagte, überkamen mich Zweifel – vielleicht hätte ich besser nicht die Wahrheit sagen sollen. Als die momentane Angst nachließ, blieb ein Gefühl erstickender Traurigkeit zurück. Ich spürte genau alle Teile meiner selbst, die meine Mutter liebten, aber alle Wege, die meine Gefühle mit dem verbanden, was ich auszudrücken vermochte, waren ramponiert oder völlig verschwunden. Meine Loyalität und meine instinktiven Zuneigungen kauerten sich in mir zusammen wie alte Götterbilder, die über die dichte Stille eines tropischen Dschungels wachen. Man sieht sie aus der Luft, aber man kann sie nicht ans Tageslicht holen.

»Wir haben es gewußt«, sagte Rose. »Wir haben versucht, mit der

Familie Verbindung aufzunehmen, konnten aber keinen von ihnen ausfindig machen. Dein Vater und ich haben deine Wohnung durchsucht – die Wohnung bist du übrigens los, falls dich das interessiert –, aber wir fanden nicht den geringsten Hinweis auf sie. Hattest du denn mit keinem von ihnen Kontakt?«

»Es gibt ein paar Briefe, aber die hab ich mitgenommen.«

»Weil du schon gewußt hast, daß du nicht wiederkommen würdest.«

»Nein. Ich hab sie einfach mitgenommen. Ich hatte keinen besonderen Grund dafür.«

»Wir hätten den einen oder andern Butterfield aufspüren können, wenn wir unbedingt gewollt hätten, aber wir mußten vorsichtig sein.«

»Ich weiß. Und ich bin froh, daß ihr vorsichtig wart. Ich weiß es zu schätzen.«

»Das ist ja wohl selbstverständlich. Schließlich bist du mein Sohn. Ich möchte nicht, daß sie dich ins Gefängnis stecken.«

Wir schwiegen wieder. Meine Mutter fuhr langsam, und Laster und Personenwagen fuhren auf beiden Seiten an uns vorbei. Ich sah auf den Tacho; wir fuhren nur gut sechzig Stundenkilometer. Ich wollte mich wieder nach Arthurs Zustand erkundigen, aber da begann Rose zu sprechen.

»Ich habe auf eigene Faust ein bißchen herumgeschnüffelt – das könnte dich vielleicht interessieren. Auf die Idee habt ihr beiden mich gebracht, du und Arthur. Kannst du dir denken, nach wem ich gesucht habe?«

»Nein, keine Ahnung.«

»Dann rate doch mal. Denk mal nach.«

»Du hast Carl Courtney gesucht.«

»Und ich hab ihn gefunden. Er lebt in Cherry Hill. Das ist zufällig ein guter Vorort von Philadelphia, obwohl man bei so einem Namen eher an Bordelle denken würde. Er ist mit einer Chicagoerin verheiratet. Sie haben eine Sechs-Zimmer-Eigentumswohnung, nagelneu. In einer dieser Anlagen mit einem Wäscheraum auf jedem Stockwerk und... na ja, es ist wie ein Hotel. Wenn jemand anruft und der Betreffende ist nicht da, dann nimmt der Portier ab und fragt, ob er was ausrichten kann. Zweimal die

Woche wird die Bettwäsche gewechselt. Sie haben eigene Ärzte im Haus. Es ist für sogenannte Senioren.«
»Wie bei Großvater in Florida«, sagte ich.
Rose schüttelte den Kopf und überlegte einen Moment. »Nein, eigentlich nicht. Ich könnte mir vorstellen, daß die Anlage, in der Carl wohnt, anders ist.« Sie sah in den Rückspiegel. »Obwohl, man weiß ja nie. Die beiden sind da bloß eingezogen, weil Carls Frau schon über fünfundsechzig ist. Carl selber ist gerade sechzig geworden. Und steht ganz schön unter dem Pantoffel. Seine Frau ist überzeugte Zionistin. Sie hatten erwogen, nach Israel zu übersiedeln, aber dann haben sie sich die Wohnung in Cherry Hill gekauft.«
»Und, wie war das, nach so langer Zeit wieder mit ihm zu sprechen?«
Wieder zögerte Rose mit der Antwort. »Es war schön«, sagte sie mit Bestimmtheit. Aber dann fuhr sie fort: »Ich glaube, es hat ihn ein bißchen erschreckt, daß ich mich nach so langer Zeit wieder meldete. Es war auch schon ziemlich spät am Abend, als ich mich entschloß, ihn anzurufen. Ich hatte die Zeitverschiebung vergessen, an der Ostküste ist es ja immer schon eine Stunde später. Ich hab ihn aus dem Bett geklingelt. Und du weißt ja, wie manche Leute sind, wenn sie aus dem Schlaf gerissen werden, völlig durcheinander. Carl hat im ersten Moment nicht mitgekriegt, wer dran war. Obwohl er vielleicht nur so getan hat; wenn er und seine Frau im selben Zimmer schlafen und sie neben ihm lag, hat er vielleicht nur so getan, damit sie ihm keine Szene machte. ›Fall nicht nicht in Ohnmacht‹, sagte ich, ›ich wollte nur mal hören, wie's dir geht.‹«
»Da mußt du aber ganz schön nervös gewesen sein«, sagte ich. »Es gehört doch Mut dazu, ihn einfach anzurufen.«
»Eigentlich nicht. Ihr habt es mir ja vorgemacht, du und dein Vater. Der Trick ist, daß man einfach tut, was man will, und daß es in Ordnung ist, weil man es aus... Liebe tut. Ich hatte keine Ahnung, daß das Leben so einfach ist.« Sie seufzte schwer.
»Wirst du dich mit ihm treffen?«
»Mit Carl? Wozu denn das? Ich habe ihn wegen seiner Schönheit geliebt, und die ist mit Sicherheit dahin.« Sie lachte; der Wagen

geriet ein bißchen zu weit nach rechts, und ein Lkw hupte, daß es einem durch Mark und Bein ging.
»Du hast dich gar nicht dazu geäußert, daß dein Vater jetzt wieder zu Hause wohnt«, sagte Rose ein paar Augenblicke später. »Ich hätte gedacht, daß du dazu eine ganze Menge zu sagen hättest.«
»Um ehrlich zu sein, ich hab mich wirklich sehr gewundert.«
»Ich wußte es! Ich weiß doch, was du von deiner Mutter hältst.«
»Nein, das weißt du nicht.«
»Du wunderst dich, daß dein Vater zu mir zurückgekommen ist?«
»Nein. Ich wundere mich, daß du ihn wiederaufgenommen hast.«
»Diese Frau ist gestorben. Die Kinder kamen zu ihrer Schwester, und er war ganz alleine. Vor fünf Wochen rief er mich an, unter dem Vorwand, über dich sprechen zu wollen, wir aßen miteinander zu Abend, er bat mich, wieder zurückkommen zu dürfen, und ich sagte, ich hätte nichts dagegen. Ich hatte keinen Grund, die Gekränkte zu spielen – oder irgendwelche anderen Spielchen. Mir ist es völlig egal, was die Leute sagen. Ich war schon immer so. Unabhängig. Wenn der Mann von der Fürsorge zu meiner Mutter in die Wohnung kam, hab ich ihm immer auf seine schönen braunen Schuhe gespuckt. Meine Mutter hatte Angst, sie würden uns die Unterstützung streichen, aber mir war das egal. Mir kann niemand meine Menschenwürde nehmen oder meine Selbstachtung. Das kriegt keiner fertig. Die Fürsorge nicht und die Polizei nicht und das FBI nicht, so wenig wie dein Vater oder du. Niemand!« Sie macht eine kurze Pause. »Ich bin gern mit Arthur zusammen. Er ist mein bester Freund. Er ist mein *Mann*. Und du weißt ja, wie sehr er mich geliebt hat. Mich verehrt hat! Es war wirklich so etwas wie Verehrung. Er ist mir immer mit ausgestreckten Armen wie ein Schlafwandler durch die Wohnung nachgegangen. Aber dann ist irgend etwas schiefgelaufen. Es war nicht mehr so schön, wie es hätte sein können. Ressentiments stauten sich an. Das kommt in den besten Familien vor. Er hat dich gegen mich ausgespielt, und das hat nicht gerade zur Verbesserung der Lage beigetragen. Aber auch das kommt häufiger vor.

Glaub mir, die Axelrods sind nicht die einzige Kleinfamilie, in der es ein paar Pannen gegeben hat. Ich glaube, wir haben uns besser gehalten als die meisten. Wenigstens haben dein Vater und ich unsere Ideale nicht verraten. Darauf bin ich stolz.«

»Darauf kannst du auch stolz sein«, sagte ich. »Man hat es hierzulande als Sozialist nicht gerade leicht.«

»Das kannst du laut sagen!« sagte meine Mutter in einer plötzlichen Aufwallung. »Und keiner dankt es einem. Die Kinder dieser Frau? Der Junge will zum Militär, aber er möchte erst mal ein paar Jahre aufs College, damit er Offizier werden kann. Er will nach Asien gehen und Gelbe umbringen. Und die Tochter will Mannequin werden. Da hast du die Neger. Ich weiß nicht, woran ihre Mutter eigentlich glaubte, aber Gerechtigkeit oder Fortschritt war's bestimmt nicht.«

Wir verließen die Schnellstraße und fuhren durch Getto-Straßen. Manche der Häuser waren seit den Unruhen nach der Ermordung von Martin Luther King immer noch mit Brettern vernagelt oder inzwischen baufällig geworden. Die meisten davon, so mußte man annehmen, würden nie mehr instandgesetzt werden; gefangen zwischen Vergangenheit und Zukunft, lebten wir inmitten unserer eigenen archäologischen Reste.

»Sieh dir das an«, sagte Rose. »Im reichsten Land der Welt. Ist die Tür auch abgeschlossen? Armut...« Sie verstummte. Sie trat aufs Gas, um noch bei Grün über eine Kreuzung zu kommen. »Die Menschen nehmen ihre Gefühle so schrecklich ernst«, sagte sie. »Ich versuche, das nicht zu machen. Die Menschen übertreiben ihre Gefühle, und auch davor nehme ich mich in acht. Ich kenne Arthur seit über dreißig Jahren, und als er mit Tränen in den Augen zu mir kam und mich bat, zurückkommen zu dürfen, na ja, da hätte ich genausogut nein sagen können, aber ich habe ja gesagt. Und es war gut. Und ist immer besser geworden. *Ich* würde beinahe sagen, wir haben uns verliebt. Noch einmal, meine ich. Aber als du dann angerufen hast... Ich will dir nichts in die Schuhe schieben, David. Ich bin froh, daß du dich bei uns gemeldet hast. Ich wollte nur, du hättest es früher getan. Aber dann hast du endlich angerufen, und Arthur bekam einen Herzanfall. Ich mache dir keine Vorwürfe. Und ich hoffe, du machst dir auch selber keine. Vielleicht hat er nur auf den Zeitpunkt gewartet, wo du es erfahren würdest, bis er sich endlich fallenließ. Vielleicht hat er so lange mit letzter Kraft durchgehalten. Vielleicht hätte er aber auch noch viele Jahre durchgehalten, wenn du nicht angerufen hättest. Wie kann man das wissen? Und ich bin froh, daß du angerufen hast. Du hättest es früher tun sollen, aber immerhin, du hast angerufen. Und Arthur geht es wie gesagt gut. Sein Gehirn ist nicht geschädigt. Es sind keine Funktionen ausgefallen. Nur ein kleiner Schaden am Herzgewebe. Er sieht auch gut aus. Besser als vor dem Anfall. Bloß, weil er eine Nacht gut geschlafen hat und im Bett geblieben ist. Es ist fast nicht zu glauben. Ich hab gestern abend solche Angst gehabt. Und war sehr erleichtert, als ich ihn heute morgen sah – ich war noch im Krankenhaus, bevor ich losfuhr, um dich abzuholen. Aber jetzt hab ich wieder Angst. Deswegen bin ich so langsam gefahren und nicht die übliche Strecke. Ich weiß eine Abkürzung, die uns eine Viertelstunde Fahrzeit gespart hätte, aber ich habe ein bißchen Angst davor, dich zu deinem Vater zu bringen. Ich habe dieses schreckliche Gefühl, daß es ihm schlechter gehen könnte, wenn er dich sieht, daß er vielleicht noch einen Anfall bekommen könnte. Versprichst du mir wenigstens eins? Wenn er schwächer wird oder wenn ich dir ein Zeichen mache, weil ich etwas sehe, was dir vielleicht entgeht, stehst du dann bitte gleich auf und gehst aus dem Zimmer, ohne Fragen zu stellen? Versprichst du mir das?«

»Nehmt euch in acht, ich bin gesund und kräftig wie ein Pferd«, sagte Arthur, als wir uns an sein Bett setzten. Er saß im Bett und hatte die SUN TIMES auf dem Mittagessentablett. Sein schütteres graues Haar war strubbelig, und seine Augen hatten einen eigenartigen hellen Glanz – er wirkte fröhlich, schalkhaft, sogar leicht beschwipst. Sein weites Krankenhaushemd war bis zum Bauch offen, und die Haare auf seiner Brust glitzerten: Man hatte ihm nach dem letzten EKG die Vaseline nicht gründlich genug abgewischt. Er hielt mir die Hand, unbeholfen, aber kraftvoll. Die Buchstaben auf seinem Plastikarmband waren dunkelviolett und verschmiert. »Dr. Pokorny droht, mich auf der Stelle rauszuwerfen, wenn ich mich nicht dazu bequeme, ein bißchen kranker auszusehen. Er meint, es schadet dem Ruf des Krankenhauses.« Arthur lächelte, diesmal breit, so daß das weiche Dunkel seines Mundes zu sehen war, wo man ihm die Prothese herausgenommen hatte.

»Hast du Schmerzen?« fragte ich.

»Nö«, sagte er.

»Du brauchst nicht den Helden zu spielen«, sagte Rose. »Wenn er dich fragt, dann sag es ihm auch.«

»Es ist nichts. Am Anfang war es, wie wenn einen ein Pferd tritt, aber wenn ich daran denke, was manche Leute leiden müssen... ich kann mich nicht beklagen.« Er holte tief Luft, schloß die Augen und zeigte auf das zweite Bett auf der anderen Seite des Zimmers, das mit einem weißen Vorhang verhängt war. Dann schüttelte er langsam und traurig den Kopf.

Mein Verschwinden kam nicht zur Sprache, und es wurde keine Freude über meine Heimkehr geäußert. Wir sprachen nachdenklich, als ob Feinde das Zimmer mit Wanzen präpariert hätten, als ob die Polizei von Arthurs Anfall erfahren hätte und jetzt darauf wartete, mich in ihr Netz ziehen zu können. Ab und zu drückte Arthur meine Hand und sagte leise meinen Namen, aber er redete mich nie im normalen Gesprächston mit meinem Namen an, und auch das war bewußt. Wir sprachen nicht darüber, was ich in den vergangenen Monaten getan hatte, und weder er noch Rose schienen wissen zu wollen, wie es mit mir weitergehen würde. Wir sprachen über Arthurs Gesundheit – wie selten er krank gewesen sei. Wir sprachen über das Wetter – die unerträgliche Hitze.

Wir hielten das Gespräch in Gang, so gut es ging, und manchmal schwiegen wir. Wir waren nervös, steif, durcheinander. Der Fußboden war nicht sauber. Meine Mutter räusperte sich andauernd. Mein Vater bat mich, sein Bett hochzukurbeln, damit er sich ganz aufsetzen könne, aber die Kurbel war abgebrochen, und deshalb stellte ich ihm statt dessen das Kopfteil eine Handbreit tiefer.

Ich sagte, ich müsse auf die Toilette gehen, und machte mich auf die Suche nach Dr. Pokorny, ein ehemaliger Kriegskamerad von Arthur, der sich um ihn kümmerte. Die Stationsschwester sagte

mir, Pokorny sei im Michael Reese Hospital – seine Frau habe am Morgen die Autotür zugeschlagen und ihm dabei aus Versehen die Finger einer Hand eingeklemmt, und er sei zur Behandlung in das andere Krankenhaus gekommen. »Und wer kümmert sich jetzt um meinen Vater?« fragte ich. Ich war in großer Sorge; mir schien eine solche Verkettung unglücklicher Umstände unfaßlich.
»Dr. Lonnegan vertritt Dr. Pokorny«, sagte mir die Schwester. »Sie brauchen sich keine Sorgen zu machen. Ihrem Vater geht es gut; er braucht jetzt nur viel Ruhe, wissen Sie, viel Ruhe.«
Als ich wieder in Arthurs Krankenzimmer kam, war Rose nicht mehr da. Sie hatte ihre Handtasche unter Arthurs Bettdecke gelegt, damit sie ihr nicht gestohlen würde. Mein Vater streichelte sie wie eine kranke Puppe.
»Wo ist denn Mutter?« fragte ich ihn. Ich hatte schon beschlossen, ihm nichts von Pokornys Unfall zu sagen; er würde ja bald wieder mit einem dicken Verband an seinem Bett sitzen, und dann konnten sie über ihr beiderseitiges Pech lachen.
»Sie ruft zu Hause an«, sagte Arthur. »Wir haben jetzt eine Frau zum Saubermachen, und Rose wollte sie fragen, ob irgend jemand angerufen hat. Sie kann sich nicht daran gewöhnen, daß jemand Fremdes in der Wohnung ist.«
»Sie war schon immer dagegen«, sagte ich.
Arthur zuckte die Achseln. »Wir haben sie, seit ich wieder eingezogen bin. Sie ist eine große Hilfe. Aber mir paßt es nicht, daß jemand hinter uns herräumt. Und Rose beobachtet sie mit Argusaugen. Du weißt ja, wie genau deine Mutter ist. Es ist kein Kinderspiel, Roses Wohnung sauberzumachen. Aber wir zahlen ihr doppelt soviel, wie sie woanders bekäme, und so habe ich mich damit abgefunden.«
»Pa«, sagte ich, »weißt du...« Ich verstummte. Arthur packte mich an der Hand, und der plötzliche Druck erschreckte mich.
»Geht's dir gut?« flüsterte er. »Bist du glücklich?«
Ich nickte.
»Ich möchte, daß du zu ihr zurückgehst. Heute. Morgen. Bald. Es ist riskant hier für dich, bevor wir nicht alles mit dem Gericht geklärt haben. Ich sage nicht, daß sich nicht alles arrangieren läßt, aber einstweilen mußt du noch vorsichtig sein. Du bist ein großes

Risiko eingegangen, als du hierher kamst, das weißt du hoffentlich.«
»Ich mußte es einfach tun.« Ich legte ihm die Hand auf die Wange. »Ich hab Angst bekommen, als ich hörte, daß du krank bist. Ich hab dich wirklich lieb, weißt du. Ich hab dich sehr lieb.«
Arthur ließ plötzlich meine Hand los und sah an die weiße Decke. Ich verstand und setzte mich auf meinem Stuhl auf. Eine Schwester kam mit einem Tablett, auf dem ein Glas Wasser und ein kleiner Becher standen. Sie hatte gelbgefärbte Haare und trug eine Sonnenbrille; sie ähnelte eher einer Kellnerin in einer Fernfahrergaststätte als einer Krankenschwester.
»Die Medizinfrau«, sagte Arthur. Er griff begierig nach dem Pappbecher und schüttete sich drei Pillen in die Hand. Er machte ein langes Gesicht wie ein Kind bei einer enttäuschenden Geburtstagsfeier.
»Bloß drei?« fragte er. »Wo bleibt die kleine orangene? Die... die... wie heißt das Zeug doch gleich?«
»Anordnung vom Doktor«, sagte die Schwester.
»Was soll das heißen?« Arthur zeigte mir die Pillen und zog die Augenbrauen zusammen, als ob er sich nach meiner Meinung erkundigen wollte.
»Die orangene Pille war ein Beruhigungsmittel«, sagte die Schwester.
»Eben, das brauche ich«, sagte Arthur stöhnend. »So ruhig bin ich nicht.« Er sah unglücklich auf die Pillen in seiner Hand, wie jemand, der zu wenig Lohn bekommen hat.
Die Schwester hielt ihm das Wasserglas hin. »Also runter damit.«
Die Enttäuschung auf Arthurs Gesicht wich einem angstvollen Ausdruck. Er drehte die Pillen in seiner Hand und schüttelte den Kopf. Vom anderen Ende des Zimmers, von dem zweiten Bett hinter dem zugezogenen Vorhang, kam ein dunkles, beunruhigendes Geräusch, ein heiseres Gurgeln, wie wenn man mit einem Strohhalm die letzten Tropfen eines Getränks aufsaugt.
»Schwester«, sagte eine Stimme. Der Vorhang teilte sich, und ein hochgewachsener Schwarzer kam zum Vorschein. »Schwester. Es macht wieder dieses Geräusch. Würden Sie es sich mal ansehen?«

»Ihre Mutter wird entwässert«, sagte die Schwester aufgebracht. Der Mann nickte unsicher und verschwand wieder hinter dem Vorhang. »Armer Kerl«, murmelte die Schwester. »Er sitzt jetzt schon elf Tage bei dieser Frau, und sie weiß nicht mal, daß er...« Ihr Blick fiel auf die Handtasche, die Arthur unter der Bettdecke an sich drückte, aber mit einem Kopfschütteln entschied sie sich dafür, nichts gesehen zu haben.

Die Schwester war gerade gegangen, als Rose wiederkam.

»Alles in Ordnung?« fragte Arthur.

»Ja. Alles bestens.« Sie zog ihre Handtasche unter der Bettdecke hervor und klemmte sie sich unter den Arm. Sie sah uns beide prüfend an. Sie war überzeugt, daß wir über sie geredet hatten. Dann blickte sie über die Schulter, um sich zu überzeugen, daß wir alleine waren, und sagte: »Der Bewährungshelfer Eddie Watanabe hat vor ungefähr einer Stunde in der Wohnung angerufen.«

»Oh, Mann«, sagte Arthur leise.

»Dinah hat den Anruf entgegengenommen«, sagte Rose. »Sie hat ihm gesagt, daß wir hier sind.«

Ich war aufgesprungen. Ich ging ans Fenster, vielleicht um zu sehen, ob schon ein Streifenwagen vorfuhr, aber man sah durch das Fenster nur andere Krankenhausfenster, dreckig und blind, eine Aussicht wie aus einem billigen, trostlosen Hotel.

»Hat sie sonst noch was gesagt?« fragte ich.

»Wer weiß?« sagte Rose.

»Hast du ihr irgendwas gesagt?« fragte Arthur. »Weiß sie, daß er hier ist?«

»Ich weiß nicht. Schon möglich«, sagte Rose.

»Du weißt es nicht?« sagte Arthur.

»Ich glaube, ich geh jetzt besser«, sagte ich.

»Wo willst du denn hin?« fragte Arthur leise.

»Zurück?« fragte Rose.

»Weiß ich nicht. Ich hab Angst.« Aber noch während ich redete, wußte ich, daß ich gehen würde. Ich würde gehen, ohne mit Arthurs Arzt zu sprechen, ohne mehr über den neuen seltsamen Waffenstillstand meiner Eltern zu erfahren, ich würde sofort gehen, um meine Haut zu retten.

Ich hörte Schritte auf dem Gang. Sie klangen entschlossen, offiziell. Mein Leben schien auf der Kippe zu stehen wie ein Ei an einer Tischkante, aber die Schritte gingen vorbei – ein Arzt in seinem weißen Kittel.

»Ich muß jetzt weg«, sagte ich zu Rose.

»Ich bring dich hin«, sagte sie.

»Danke.«

»Du darfst nichts überstürzen. Reagier nicht auf Dinge, bevor sie passieren. Verstehst du mich? Du machst dich bloß verrückt, wenn du dir zuviel Sorgen machst.«

Ich nickte. Ich überlegte: Sie schindet Zeit; sie möchte, daß sie mich kriegen.

»Du bist ein kleiner Fisch in einem großen Teich«, sagte Rose. »Ich weiß, wie diese Leute arbeiten. Er hat in seinem Büro auf seinem Hintern gesessen und Anrufe erledigt.«

Arthur klopfte mit der Handfläche auf das Bett. »Komm«, sagte er, »setz dich noch einen Moment her zu mir.«

Ich verlor die Selbstbeherrschung. »Nein«, schrie ich, beinahe so laut ich konnte. Die Welt flatterte wie eine Fahne vor meinen Augen. »Ich will hier raus, jetzt gleich!« Meine Stimme hallte durch das Zimmer. Der geduldige Sohn sah durch einen Spalt zwischen den Vorhängen neugierig zu uns herüber. Eilige Schritte kamen auf uns zu. »Ich muß jetzt wirklich gehen«, sagte ich mit möglichst beherrschter Stimme. Meine Eltern sahen mich an, vorwurfsvoll und strafend: Ich führte mich unmöglich auf, demütigte sie.

Ich rannte aus dem Zimmer, gerade als die Schwester mit der Sonnenbrille hereinkam. Ich rempelte sie an, sah mich aber nicht einmal nach ihr um. Ich lief in die Richtung, in der ich den Ausgang vermutete. Ich hörte, daß jemand hinter mir herlief, und sah mich wider besseres Wissen um. Es war Rose. Sie hielt ihre Handtasche an die Brust gedrückt und bewegte sich mit erstaunlicher Anmut. Ich blieb stehen und wartete auf sie. Schweigend verließen wir das Krankenhaus und wahrten das Schweigen, bis wir im Auto saßen und sie den Zündschlüssel umdrehte.

»Hast du schon wieder den Verstand verloren?« fragte sie, während sie in den Rückspiegel sah.

»Ja. Völlig. Bring mich jetzt bitte zum Flughafen. Außerdem wirst du mir auch das Geld für ein Ticket vorstrecken müssen. Ich bin pleite.«

»Meinst du, ich schleppe so viel Geld mit mir herum?«

»Dann bezahl halt mit Kreditkarte.«

»Was meinst du eigentlich, mit wem du redest? Ich hab keine Kreditkarte, außer für den Supermarkt.«

»Dann eben per Scheck. Mir ist das egal.«

»Ich weiß nicht, wieviel noch auf meinem Konto ist.«

Ich packte sie am Nacken und drückte zu. Sie stieß einen Schrei aus und trat voll auf die Bremse. Wir wurden beide nach vorn geschleudert, aber ich ließ sie nicht los – ich wußte kaum, was ich tat. »Dann bring mich zum Busbahnhof«, sagte ich.

»Du tust mir weh«, sagte sie mit einem kleinen Schrei. Sie langte nach hinten und grub mir die Fingernägel in die Hand.

Ich ließ sie los. Ich flog am ganzen Körper. Ich holte meinen Koffer von hinten vor. Wir standen mitten auf dem Stony Island Boulevard, und hinter uns hatte ein Hupkonzert eingesetzt. *So kriegen sie mich,* dachte ich bei mir, aber selbst die Angst schien weit weg und verzerrt. Rose rieb sich den Nacken und starrte mich an – angstvoll, haßerfüllt, ich weiß es nicht, es hätte sogar Mitleid sein können.

»Tut mir leid, daß ich dir wehgetan habe«, sagte ich. »Würdest du mich bitte einfach...«

Zwei Autos kamen an uns vorbei. Die anderen – ich weiß nicht, wie viele – standen immer noch hinter uns und hupten.

»Ich rühr mich nicht von der Stelle«, sagte Rose. Sie drehte den Kopf hin und her, um zu prüfen, wie sehr die Muskeln schmerzten.

Ich schloß die Augen, hielt mir die Hände vors Gesicht und sah mich selbst, wie ich sie an den Schultern packte, sie rüttelte, immer brutaler und rücksichtsloser, und sie schließlich... Ich stieß die Tür auf, stieg aus und lief die Straße entlang, und mein Koffer schlug mir an die Beine, als ob er sich selbständig gemacht hätte.

***

Die Busverbindung von Chicago nach Stoughton war kompliziert, und der erste Bus, den ich nehmen konnte, fuhr erst um vier Uhr nachmittags in der Randolph Street ab – in dreieinhalb Stunden. Ich hielt das für zu riskant. Rose wußte ja, wo ich war. Es war ihr zuzutrauen, daß sie sich einredete, ich sei das Opfer einer Psychose, und sie müsse mich retten, indem sie mich in Gewahrsam brachte. Ich hielt es nicht aus, die Leute anzusehen, die durch den Bahnhof gingen. Selbst die Gammler kamen mir bedrohlich vor – wenn sie nicht wie verkleidete Bullen aussahen, erschienen sie mir als böse Omen. Das verheerende wäßriggrüne Licht in der Halle, die aufdringlichen Gerüche von billigem Essen, Desinfektionsmitteln und alten Zeitungen. Ich hatte genug Geld für eine Fahrkarte nach New York City. Wie ich von dort aus weiterkommen sollte, wußte ich nicht, aber dorthin fuhr der nächste Bus in einer Viertelstunde.

Ich rief Jade an. Sie war selbst am Apparat und übernahm die Gebühren.

»Ich komme heim«, sagte ich. »Ich fahre jetzt gleich los.«

»Was ist denn los mit dir? Was ist passiert, nun red schon.«

»Mir fehlt nichts. Ich hab's nur eilig. Der Bus nach New York fährt in ein paar Minuten, und ich muß unbedingt mit.«

»Bist du...« Sie unterbrach sich. Sie hatte begriffen, daß ich in der Patsche saß. »Also, dann sieh erst mal zu, daß du deinen Bus kriegst. Ich freue mich, daß du heimkommst. Die eine Nacht ohne dich hat mir schon gereicht. Du fehlst mir.«

»Ich komme, so schnell ich kann.«

»Ich hab bei deiner Arbeitsstelle angerufen und gesagt, du wärst in einer Woche wieder da. Die Welpen werden heute abend alle weggebracht. Wir haben also nichts zu tun. Wir können uns einschließen und müssen uns nur ab und zu zwingen, etwas zu essen.«

»Ich bin bald bei dir. Aber jetzt muß ich mich wirklich beeilen.«

»Also beeil dich.«

»Bei dir alles in Ordnung?«

»Du fehlst mir.«

»Wie war's in Bellows Falls?«

»Anstrengend. Gräßlich. Ich erzähl's dir nachher.«

»Mein Gott.«

»Ja. Außerdem hat Hughs Freundin angerufen, Ingrid Ochester. Sie muß mit mir reden, sagt sie. Sie kommt mit ihrem Wohnmobil hier durch. Ich hab mich für morgen zum Frühstück mit ihr verabredet.«

»Was will sie denn?« fragte ich.

»Weiß ich auch nicht so genau. Aber sie tat unheimlich wichtig. Sie ist seit Hughs Tod völlig durcheinander. Dreimal in der Woche beim Psychiater und so. Ich glaube, sie hat sich was zurechtgelegt und will mich jetzt einweihen. Wenn sie nur wüßte, wie wenig Lust ich habe, mich damit zu befassen.«

Ich hielt den Hörer in der Hand und brachte kein Wort heraus.

»David?«

»Ich muß jetzt aufhören«, sagte ich. »Ich will den Bus nicht...« Meine Stimme löste sich in Nichts auf.

»Ja, gut. Verpaß deinen Bus nicht. Ich warte auf dich. Wir werden uns einer an des andern Schulter ausweinen. Das wird schön sein.«

Ich sagte nichts.

»David?«

»Ich muß jetzt aufhören.«

»Vielleicht kann ich mir Colleens Wagen leihen und nach New York kommen und dich abholen. Wann kommst du denn an?«

»Weiß ich nicht. Mach das nicht. Ich nehme einfach in New York einen anderen Bus. Ich muß jetzt gehen.« Ich wollte schon einhängen, aber dann hielt ich die Muschel dicht an meinen Mund. »Ich liebe dich«, sagte ich. »Ich werde dich immer lieben.«

»Verpaß deinen Bus nicht, David.«

»Nein.« Ich zögerte noch einen Moment und hängte dann endlich ein.

Während der nicht endenwollenden Fahrt nach Osten wurde ich in Abständen starr vor Angst, weil ich überzeugt war, dies sei der Augenblick, da Ingrid Jade erzählte, daß ich es gewesen war, dem Hugh vor seinem Tod nachgesetzt hatte. Ich besaß noch einen Dollar und fünfundsiebzig Cent, und ich setzte aus irgendeinem unerfindlichen Grunde alle meine Angst und Sorge in einen Hunger um, den zu stillen ich nicht genug Geld hatte. Ich hatte nichts zu lesen, ich konnte nicht schlafen, und erst als wir Cleveland hinter uns hatten und es schon lange dunkel war, bekam ich einen Fensterplatz.

Ich hätte das alles ändern können. Ich hätte Jade bitten können, mich in New York abzuholen, und dann hätte sie sich nicht mit Ingrid Ochester zum Frühstück treffen können. Es wäre nur ein Aufschub gewesen, aber es wäre besser gewesen. Es hätte Hoffnung erzeugt. Nichts ist unausweichlich. Manchmal kann man zum Ausbleiben eines Ereignisses beitragen, indem man es hinausschiebt. Ingrid hätte unverrichteterdinge weiterfahren, nicht mehr wiederkommen, in die Vergessenheit zurücksinken können, die mich in den vergangenen Monaten geschützt hatte; sie hätte auch an einem Bienenstich sterben können. Es war Wahnsinn, sich einem herannahenden Ereignis *nicht* in den Weg zu stellen, Wahnsinn, sich einzureden, daß es, wenn es nicht gleich passiere, eben später passieren werde und deshalb jeder Widerstand zwecklos sei. Wir *können* die Zukunft sabotieren, mit einem Blick, einem Anruf, einer fehlgeleiteten Nachricht.

Ich kam um zehn Uhr morgens in New York an. Ich fühlte mich schmuddelig und erschöpft, und die wenigen Gedanken, die ich hatte, schienen zusammengerollt in einem Eckchen meines Bewußtseins zu liegen wie ein Läufer, den ein Hund verdreckt hat. Ich ging in den öffentlichen Waschraum, um die Wäsche zu wechseln, und als ich nackt in diesem riesigen gefliesten Raum stand, wurde mir klar, daß es als unschicklich galt, sich auf diese Weise umzuziehen.

Dann kam mir zum Bewußtsein, daß ich nicht wußte, von wo aus ich per Anhalter nach Stoughton fahren konnte. New York umgibt einen wie ein riesiges Labyrinth, und ich hatte keine Ahnung, wie ich an den Stadtrand kommen sollte. Ich fragte im Busbahnhof auf gut Glück ein paar Leute, aber der einzige, der überhaupt etwas darüber zu wissen schien, war in Eile und rief mir nur über die Schulter etwas wie »Henry Hudson« zu. Es standen eine Menge Polizisten herum, aber die konnte ich nicht fragen. Autostop war verboten, und ich mußte ja damit rechnen, daß sie von der Chicagoer Polizei instruiert worden waren, nach mir Ausschau zu halten – ich wußte, daß diese größenwahnsinnigen Ängste absurd waren, aber das half nichts. Ich ging an einen Schalter und erkundigte mich, wieviel eine Fahrkarte nach Stoughton kostete. Es waren fünf oder sechs Dollar mehr, als ich besaß, aber... ich weiß auch nicht, vielleicht hoffte ich auf einen Ausverkauf.

Ich hatte nichts, was ich hätte verkaufen können, und zum Betteln fehlte mir die Courage, und so tat ich das einzige, was mir übrigblieb, um das Geld für die Busfahrt zu bekommen: Ich rief Ann an.

»Ich bin pleite«, sagte ich sofort, als sie sich meldete. »Ich muß mir sechs Dollar von dir borgen, um den Bus bezahlen zu können.«

»Wohin willst du denn mit den sechs Dollar?« fragte sie.

»Nach Stoughton.«

»Hat sie dich rausgeworfen?«

»Nein. Warum? Warum fragst du?«

»Ich wollte es nur wissen. Es hört sich so an, als ob du ganz in der Nähe wärst.«

»Ich bin auf dem Busbahnhof.«

»Es würde mich ja schon interessieren, was du ohne Geld hier machst. Aber es ist mir klar, daß es viele Dinge unter dem Himmel gibt, die mich nichts angehen. Komm vorbei. Ich geb dir ein bißchen Geld. Aber du kannst nicht bleiben. Ich hab eine Verabredung zum Mittagessen, und ich bin nervös wie sonstwas.«

Nachdem ich zweimal in eine falsche U-Bahn eingestiegen war, erreichte ich schließlich zu Fuß Anns Haus. Sie kam an die Tür und drückte mir einen Zehndollarschein in die Hand.

»Du hast dich verspätet«, sagte sie, »und deinetwegen komme ich jetzt auch zu spät. Ich wollte, du würdest hierbleiben, denn du bist genau der Mensch, dem ich gerne erzählen würde, was heute passieren wird.« Sie faßte sich an die Stirn. »Ich hätte dir so viel zu erzählen.«

Ich sah auf den Schein in meiner Hand. Tränen traten mir in die Augen.

»Denk dran, das ist ein Darlehen«, sagte Ann. »Meine Finanzen sind völlig zerrüttet.«
»Ich zahl's dir zurück. Ich hab Geld in... Stoughton.«
»Du brauchst dich nicht zu genieren, es auszusprechen«, sagte Ann. »Ich bin *froh*. Ich weiß, es kommt mir nicht zu... irgendeine Meinung darüber zu äußern. Aber ich bin froh. Ihr beide gehört zusammen.«
Ich nickte.
»Außerdem möchte ich dich nicht verlieren.«
»Das liegt ganz bei dir«, platzte ich heraus. »Du brauchst bloß zu mir halten. Versuchen, mich zu verstehen. Egal, was passiert.«
Ann nickte, aber sie hatte keine Ahnung, was ich meinte; sie wurde ein bißchen verlegen wegen meines eindringlichen Appells, aber sie machte sich weiter keine Gedanken darüber.
»Alsdann«, sagte sie. »Ab mit dir. Ich bin schon zu spät dran, und soviel ich weiß, ist mein geheimnisvoller Verehrer pünktlich wie der Tod.« Sie lächelte, aber ein bißchen unsicher, als hätte sie den Verdacht, genau das Falsche gesagt zu haben.
Ich steckte das Geld in die Hosentasche und nahm den Koffer aus der rechten in die linke Hand.
»Wieso bist du in New York?« fragte Ann.
»Ich mußte nach Chicago, und mein Geld hat nur noch bis hierher gereicht. Hat Jade dir nicht...«
»Nein. Natürlich nicht. Das ist die Bedingung für unseren Waffenstillstand. Jade möchte eine altmodische Beziehung, auf der Basis von Verwandtschaft und Unwissenheit – sie nennt es Respekt. Und ich glaube, sie hat völlig recht; es ist die einzige Art, wie wir beide jemals miteinander auskommen können. Hast du ihr von der Nacht erzählt, die wir hier zusammen verbracht haben?«
»Nein. Dazu hatte ich nie einen Grund. Es hätte auch keinen Sinn. Es würde nur...«
»Ich bin deiner Meinung. Das gibt sich mit der Zeit.«
Durch die offenen Fenster in Anns Wohnzimmer hörte man das Schlagen einer Kirchturmuhr.
»Schluß jetzt«, sagte Ann. »Fort mit dir.«
»Laß mich rein«, sagte ich. »Ich muß dir etwas sagen. Ich wollte

eigentlich nicht, aber du mußt es wissen. Und zwar jetzt gleich. Du würdest es sowieso bald erfahren, aber ich möchte, daß du es von mir hörst.«

»Nein. Ich bin schon zu spät dran. Und ich bin mir auch gar nicht sicher, ob ich es hören möchte. Ich hasse Geständnisse. Ich bekomme dabei immer das Gefühl, ich müßte mich dafür erkenntlich zeigen, indem ich mir selbst ein bißchen an die Brust schlage. Ich will mir das jetzt nicht anhören.«

»Du mußt aber. Du mußt es wissen.«

»Ich will es aber nicht wissen. Jedenfalls nicht heute.« Sie legte mir die Hand auf die Wange und fuhr mit der Handfläche gegen den Strich über meine Koteletten. »Du bist so unrasiert. Das steht dir nicht. Du läßt dir doch nicht etwa einen Bart wachsen?«

»Nein. Ich hab mich bloß nicht rasiert.«

»Na gut. Du steigst jetzt in deinen Bus und fährst nach Stoughton und betest zu Gott, daß Jade noch nicht zu Hause ist, wenn du ankommst, damit du dich noch rasieren – und ein Bad nehmen kannst.«

»Ann, ich möchte...«

»Nein«, sagte sie, trat einen Schritt zurück und machte Anstalten, die Tür zuzumachen. »Jetzt nicht. Wenn du mir etwas zu sagen hast, schreib mir einen Brief. Ich hoffe, die Tatsache, daß du meine Tochter wiedergefunden hast, wird unserer Korrespondenz nicht auf ewig ein Ende machen. Ich mag dich, wie du dich in Briefen darstellst, und ich schreib dir selbst gerne. Vertrau dein Geständnis einem Brief an. Und jetzt geh.«

Sie machte die Tür zu, und ich hörte, wie sie ins Wohnzimmer ging. »Ich hab Hugh umgebracht«, sagte ich leise zu der geschlossenen Tür. Ich überlegte, ob ich es laut hinausschreien sollte, aber das wäre dumm gewesen und grausam. Und überhaupt – dieser Gedanke meldete sich in einem anderen Ton als die übrigen –, was wußte ich denn wirklich? Vielleicht wollte Ingrid mit Jade über etwas anderes sprechen. Wäre es nicht sinnlos gewesen, mich bloßzustellen, bevor Ingrid mich bloßstellte, nur um dann festzustellen, daß überhaupt keine Gefahr bestanden hatte?

Es war acht Uhr abends, als ich in Stoughton ankam. Der Himmel war tintenblau, und hinter den aufgequollenen Wolken zuckten Blitze und tauchten die Landschaft in ein fahles Blinklicht, das so unecht wirkte wie Bühnenlicht. Ich hätte von der Bushaltestelle zu unserem Haus in North Stoughton ohne weiteres per Anhalter fahren können, aber ich ging zu Fuß – vorbei an dem Textilgeschäft in der Main Street, in dem ich arbeitete, vorbei an der Kirche, in deren Schatten Jade und ich immer unser Mittagsbrot aßen, vorbei an dem Künstlerbedarfsgeschäft, in dem ich vor kurzem zehn Dollar für einen Satz Zeichenfedern für Jade angezahlt hatte, und schließlich in eine Schnellgaststätte, wo ich meinen knurrenden Magen mit fünf Donuts und drei Tassen Kaffee beruhigte. Ich hatte Puderzucker auf der Hose, und meine Hände zitterten. Ich sah zu Boden, und mein Koffer war weg – nein, er stand auf der anderen Seite des Hockers. Ich packte ihn und ging in eine Telefonzelle. Ich hielt es für besser, Jade anzurufen, bevor ich daheim aufkreuzte.

Ich ließ das Telefon mindestens ein dutzendmal läuten, bevor ich einhängte. Ich empfand eine eigenartige Erleichterung, die jedoch gleich einem Anfall panischer Angst wich. Ein Gedanke meldete sich wieder, den ich den ganzen Tag verdrängt hatte: Wenn Jade von Ingrid die Wahrheit über Hughs Tod erfuhr, würde sie womöglich vor Kummer und Entsetzen nicht mehr leben wollen. Ich legte meine letzten zwei Dollar auf die Theke und verließ, schon im Laufschritt, das Lokal. Ich hatte noch fast fünf Kilometer bis nach Hause, und nach einer Minute keuchte ich schon vor Anstrengung. Mit dem Koffer in der Hand konnte ich nicht richtig laufen; ich ließ ihn am Straßenrand fallen und merkte mir die Stelle, um ihn später zu holen. Die Welt hüpfte vor meinen Augen auf und ab, und ich hielt meine Sinne zusammen, als ob sie entweichen und mich für immer verlassen könnten. Ich rannte, so schnell ich konnte. Ich mußte Jade retten, aber ich muß irgendwie schon gewußt haben, daß das nicht der Fall war, denn ich log bereits und sagte mir, daß es einen Weg geben müsse, Jade alles zu erklären: Die eigentliche Gefahr, vor der ich sie retten wollte, war die Gefahr, daß sie über Ingrids Information nachdachte, ohne daß ich dem entgegenwirken konnte.

Das Haus war dunkel, als ich schließlich ankam, und Tür und Fenster waren verschlossen. Ich hämmerte an die Tür und drückte immer wieder den Klingelknopf. Dann ging ich hinters Haus und fing dort von vorne an. Ich ging an den Rand des Hofes, von wo aus ich das kleine verdunkelte Dachfenster sehen konnte, und rief Jades Namen. Ich warf Steinchen ans Fenster, fand keine mehr, suchte nach einem größeren Stein, fand keinen und warf schließlich meine Schuhe hinauf. Der erste Schuh ging fehl und schlug irgendwo an der Hausmauer auf, aber der zweite traf genau und prallte an die Scheibe, ohne daß diese in Scherben ging. Ich wartete, und dann ging das Licht an. Ich weiß nicht, wieviel Zeit noch verging, aber schließlich tauchte im Fenster ein Schatten auf, und dann sah ich sie stehen, nackt, und zu mir herunterschauen. Ich rief sie, hob die Hände – sie fühlten sich bleischwer an. Sie rüttelte am Fenster, bekam es nicht auf und merkte dann, daß sie es verriegelt hatte. Sie drehte den Griff und schob es hoch.

»Geh weg. Du mußt weggehen.« Sie starrte zu mir herunter. Das Licht war hinter ihr, aber ich sah auch im Dunkeln ihre Augen. Ihre Brust hob und senkte sich. »Ich weiß *alles*«, sagte sie. Das Fenster knallte herunter.

Ich rannte zur Hintertür und schlug mit den flachen Händen dagegen. Meine Welt, die einzige Welt, die ich kannte, die einzige, die ich wollte, lag in Scherben. Ich hatte keine Welt mehr. Ich hatte nichts mehr zu verlieren. Ich hämmerte auf die Tür ein, ich rief Jades Namen, ich warf mich mit der Schulter gegen die Tür. Sie gab nicht nach, und als ich von ihr abprallte, streckte ich den Arm aus, griff über das Geländer der Veranda und stieß ohne einen Moment zu zögern meine Faust durch die Scheibe und den ausgebeulten Fliegendraht des Küchenfensters. Ich zog die Hand heraus, entfernte mir einen Glassplitter aus dem Knöchel und versuchte im Dunkeln zu erkennen, ob die Hand blutete. Ich konnte nichts sehen, spürte aber, wie es mir naß und ölig zwischen den Fingern entlangrann.

Ich kletterte auf das Geländer, zog mich irgendwie auf den Fenstersims, eine nur knapp drei Zentimeter breite, brüchige Latte, von der die Farbe abblätterte. Ich krallte mich mit den Fingern am Fensterrahmen fest und balancierte mit den bestrumpften Füßen auf dem schmalen Sims; um nicht rückwärts herunterzufallen, lehnte ich mich an die Scheiben und versuchte, mit dem Knie ein Loch ins Glas zu schlagen, durch das ich hineinkriechen könnte. An die Möglichkeit, in das schon vorhandene Loch hineinzugreifen und das Fenster aufzumachen, dachte ich nicht. Beim zweiten Versuch fiel das Fenster in zwei riesigen Scheiben nach innen. Ich trat den Fliegendraht ein, und gleichzeitig ging flackernd das Licht in der Küche an. Ich ließ mich innen herab und bekam gleichzeitig einen so furchtbaren Schlag auf die Schienbeine, daß mir die Luft wegblieb. Der Schmerz breitete sich nach allen Richtungen aus, und ich wurde immer wieder geschlagen. Ich hielt mich noch am Fensterrahmen mit den übriggebliebenen dreieckigen Scherben fest, erst zu zwei Dritteln im Hausinnern, und sandte Schreie in die Nachtluft aus. Wieder traf mich ein Schlag – diesmal über die Knie –, und ich ließ mich einfach in die Küche fallen.

Jade stand mit einem Besen vor mir; sie hielt ihn wie einen Baseballschläger, die Hände am unteren Ende, und fuchtelte mir mit dem roten Stiel vorm Gesicht herum. Ich stolperte einen Schritt auf sie zu; sie schlug wieder zu und verfehlte mich, erreichte aber, daß ich stehenblieb.

»Hör auf«, sagte ich. Ich schloß die Hand und merkte, wie ich mir mit den Fingerspitzen einen Glassplitter in die Handfläche drückte.

Sie war nackt bis auf ihre Unterwäsche. Sie keuchte und zitterte, als ob sie durch eisigen Regen gerannt wäre. Sie hatte auf der einen Gesichtshälfte rote Linien, und ihr Haar war plattgedrückt – sie hatte versucht zu schlafen. Sie schwenkte immer noch den Besenstiel, sah mich aber nicht an. Sie drehte den Kopf von einer Seite auf die andere und schluckte heftig. Sie kam einen Schritt auf mich zu und warf den Besen weg, kam noch näher, so nahe, daß ich sie anfassen konnte, und blieb dann regungslos stehen. Ich streckte die Arme nach ihr aus, zog sie an mich, drückte ihren widerstrebenden Körper an mich.

»Wir müssen reden«, sagte ich. »Ich weiß, was Ingrid dir gesagt hat, und es stimmt. Aber es ist nicht die ganze Wahrheit. Jade. Jade?«

Langsam hob sie die Hände und drückte gegen meine Brust, stieß mich von sich. »Wenn du hierbleibst, wenn du in diesem Haus bleibst, nein, du mußt gehen, ich will dich nicht in meiner Nähe haben, denn wenn du in diesem Haus bleibst, bring ich mich um, David, hörst du?« Sie hielt sich die Hände vor die Augen, und ihre Finger waren schneeweiß vor ihrem scharlachroten Gesicht. »Geh endlich«, schrie sie unter Tränen. »Geh weg.«

Ich drehte mich um, schloß die Hintertür auf und ging hinaus. Und in meinem Kummer über den absoluten Verlust hoffte ich tatsächlich, Jade würde mich zurückhalten oder zurückrufen, aber ich hatte kaum die Tür hinter mir zugezogen, als ich hörte, wie sie den Schlüssel umdrehte. Ich stand auf der Veranda und sah durch das weit offene Fenster hinein, hatte aber nicht mehr den Mut, noch einmal hineinzusteigen. Ich wartete noch, bis das Licht ausging, und horchte auf ihre Schritte, aber sie entfernte sich, ohne ein Geräusch zu machen. Ein Geist.

Meine Erinnerung hat hier eine Lücke. Ich fragte mich, wo ich die Nacht über bleiben sollte. Ich ging zu unseren Nachbarn, den Goldmans, aber sie hatten Licht brennen, und ich traute mich nicht zu klingeln. Ich wußte nicht, wofür die Leute mich in dieser Nacht gehalten hätten: ohne Schuhe, mit einer blutenden Faust, unrasiert, übernächtigt, verängstigt. Ich lief ziellos herum und versuchte, meine Gedanken zu ordnen. Mein Hemd war durchnäßt; es regnete. Ich dachte nach, wo ich übernachten könne. Wenn ich völlig erschöpft bin, fühlt es sich an, als liefe eine niedrige elektrische Spannung langsam über meine Schädeldecke. In Rockville wollte ich das einmal diagnostizieren lassen, aber es war anscheinend nichts – was man so »nichts« nennt. Und nun war ich wieder daheim, im Hinterhof, und starrte auf das finstere Haus. Es gab keine Trennlinie mehr zwischen dem schwarzen Dach und dem regnerischen Himmel. Es war alles eine einzige dunkle Masse, die vor mir aufragte. Noch einmal ins Haus einzubrechen, kam nicht in Frage, aber ich brauchte einen Platz zum Schlafen.

Ich legte mich schließlich in einen der Zwinger, die Jade für die Hunde gebaut hatte. Ich nehme an, sie hatte mit dem Einreißen gewartet, bis ich ihr helfen würde. Es lag Stroh auf der Erde, und die Teerpappe hielt den Regen ab. Der Zwinger roch anheimelnd nach Hunden – Fell und Kot und Atem und Milch und Wirklichkeit. Ich kroch hinein und schätzte mich glücklich, eine so vollkommene Schlafstelle so nahe am Haus gefunden zu haben. Ich legte mich so, daß ich das Haus sehen konnte, und versuchte mich auf den Morgen vorzubereiten; dann würde Jade mich sehen, und wir würden mit dem langwierigen Unterfangen beginnen, Sinn in das zu bringen, was wir wußten. Ich dachte daran, wie wir uns im Hotel McAlpin geliebt hatten, und kam zu dem Schluß, daß es mir helfen würde, wenn ich mir diese Nacht in allen Einzelheiten vergegenwärtigte, aber als ich soweit war, daß Jade mich bat, ins Bett zu kommen, schlief ich ein.

Ich verschlief die Morgendämmerung. Es wurde hell, und Jade wachte auf, schaute zum Fenster hinunter und sah mich schlafend im Zwinger liegen. Sie muß erschrocken sein, sich gedacht haben, daß mit mir nun überhaupt nichts mehr anzufangen sei. Ich weiß nicht, in welcher Reihenfolge es sich abspielte. Sie zog sich an – aber vor oder nach ihrem Anruf? Sie zog sich Khakihosen und ein blaues Wollhemd an und krempelte die Ärmel bis zu den halben Unterarmen auf. Blaue Sandalen. Dann der Anruf. Es kommt mir irgendwie unwahrscheinlich vor, daß sie noch nackt war, als sie die Polizei anrief. Sie hoffte wahrscheinlich, daß ich wie durch ein Wunder aufwachen würde, während sie sich anzog, daß sie hinausschauen und der Zwinger leer sein und nur noch eine Vertiefung im Stroh verraten würde, wo ich gelegen hatte. Aber ich war immer noch da, schlief tief und fest – nein, ich wurde allmählich wach. Ich weiß noch, daß ich die Augen aufmachte, bevor die Polizei kam, erinnere mich noch an den frischen, hellen Himmel, den Geruch des Strohs, wie ich die Verletzungen an meiner Hand betastete und dann wieder einschlief, tiefer diesmal, in den Schlaf eintauchend, als ob ich gewußt hätte, daß ich nun sehr, sehr lange nicht mehr in meiner elenden Freiheit schlafen würde. »Hier ist einer, der ...« sagte Jade der Polizei. Der was? Mich bedroht? Meinen Vater umgebracht hat? In mein Haus eingebrochen ist? Den Verstand verloren hat?

Ich weiß nicht, was sie der Polizei von Stoughton von mir erzählte. Sie sagte nichts davon, daß ich in Chicago gesucht wurde, denn ich war schon Stunden auf dem Revier, als sie das erfuhren. Wahrscheinlich sagte sie ihnen einfach, sie sollten kommen und mich fortschaffen, ohne sich mit Erklärungen aufzuhalten. Und als sie da waren, ging sie mit ihnen hinters Haus, damit ich nicht nur die Polizisten, sondern auch sie sähe. Einer der Bullen trat mich in die Schulter, und als ich wach wurde, wußte ich gleich, was passiert war. »Steh auf«, sagte einer von ihnen scharf, als müßte man bei mir auf alles gefaßt sein. Ich zögerte einen Moment, wollte noch überlegen, ob ich irgendeine Wahl hatte, ob ich den Lauf der Ereignisse irgendwie beeinflussen könnte. Der Bulle trat mich noch einmal, und Jade schrie auf. »Das ist wirklich nicht nötig«, sagte sie, und einer der Polizisten sagte etwas zu ihr, und ich stand auf. Sie packten mich an beiden Armen wie einen Schwerverbrecher, gruben ihre Finger in mein Fleisch und stießen mich hierhin und dorthin – all die kleinen Gemeinheiten, die einem das Herz brechen. Es war nur eine routinemäßige morgendliche Festnahme, die eigentlich einfach und ruhig hätte ablaufen können; ich weiß nicht, aber vielleicht hatte ich irgendeinen geheimen Abscheu in ihnen erregt, weil ich mich in einem Hundezwinger von ihnen finden ließ. Sicher, ich muß ausgesehen haben wie der letzte Landstreicher, aber ich war noch gar nicht richtig wach und wirkte bestimmt nicht gefährlich. Ich glaube, es war, weil ich so schutzlos war und keinerlei Anstalten machte, mich zu verteidigen. Sie führten mich ab, und ich bewegte die Beine, um nicht geschleift zu werden. Ich versuchte, mich umzuschauen, um Jade noch einmal zu sehen, aber sie packten mich fester, und ich erschrak zum erstenmal an diesem Morgen: Diese Typen *hassen* dich, dachte ich. Sie stießen mich auf den Rücksitz ihres Streifenwagens. Nun konnte ich zum Haus zurückschauen, aber Jade war nicht mehr zu sehen. Sie stand noch im Hof, schaute auf die Zwinger, dachte an die Hunde und daran, wie wir sie aufgezogen und wie sie uns fast dazu gebracht hatten, selbst eine Familie zu gründen. Und wahrscheinlich war sie ziemlich erschüttert, und es kamen ihr die ersten Zweifel, ob sie das Richtige getan hatte. Der Streifenwagen fuhr schnell. Ich hatte Handschellen an, aber ich war nicht durch ein Drahtgitter von den Bullen auf den Vordersitzen getrennt, wie es die Streifenwagen in den Großstädten haben. Ich hatte oft gehört, wie sehr Handschellen schmerzten, und war deshalb nicht überrascht, aber ich war nicht darauf gefaßt, welchen Ekel mir dieser Schmerz verursachen würde. Ich brach in Schweiß aus; ich dachte, ich müßte mich in meinen Schoß übergeben, und hatte schreckliche Angst davor, mich auf diese Weise vor den Polizisten zu erniedrigen.

18

Immer wenn ich an die möglichen Folgen meiner Flucht aus Chicago dachte, hatte sich meine Furcht auf die Vorstellung von einer Rückkehr nach Rockville fixiert, von Spaziergängen auf den Rasenflächen, vom pulverblauen Himmel über Wyon, Illinois, und den blonden Kindern, die uns durch die Gitterstäbe des schwarzen viktorianischen Zauns anstarrten. Es war ein Bild vom Exil, von ohnmächtiger Wut und natürlich von einem nicht zu akzeptierenden Verlust, denn Rockville hätte natürlich bedeutet, daß ich wieder gewaltsam von Jade getrennt worden wäre. Es gab Zeiten in meinem Flüchtlingsleben, in denen die Angst vor dem Erwischtwerden und der Festnahme so groß war, daß es mir beinahe unmöglich war, mich nicht noch mehr dadurch zu foltern, daß ich mir bis ins einzelne ausmalte, wie es wäre, wieder in Rockville zu sein. Aber im allgemeinen gelang es mir, nicht daran zu denken, all die gespenstischen kleinen Mitspieler geknebelt und auf ihre imaginären Stühle gefesselt zu halten, und es war auch einerlei, denn was dann tatsächlich geschah, als ich mich wieder im Gewahrsam der Staatspolizei von Illinois befand, war viel schlimmer, als ich es mir je hätte vorstellen können – die ganze Angst hätte mich also auf rein gar nichts vorbereitet. Ich wurde viel schlechter für den Verstoß gegen meine Bewährungsauflagen behandelt als für die Brandstiftung, durch die um ein Haar eine ganze Familie den Tod gefunden hätte. Das erste Mal hatte ich die allgemeinen Gesetze gebrochen; diesmal aber hatte ich die Gesetze der *Polizei* gebrochen, und eine solche Übertretung wurde viel strenger bestraft.

Nach einer Reihe von Aufschüben, Wiederaufnahmen, Eingaben

und dem, wie ich annehme, normalen bürokratischen Schleifenlassen, nach Verhören, Tests, nach Verlegungen von einer Anstalt in ein anderes Gefängnis und dann wieder in ein anderes, beschloß das Gericht, mich in eine mittelgroße Strafanstalt in Volkshill, Illinois, zu schicken, einer kleinen Stadt auf halbem Weg zwischen Chicago und Wyon. Ich wurde in eine Zelle mit einem Mann namens Tommy Rita gelegt, einem Typ in den Vierzigern, der den letzten Teil einer acht- bis zehnjährigen Haftstrafe wegen Schwarzhandels mit Zigaretten absaß. Tommy wirkte gesund und quicklebendig, regelrecht sonnengebräunt, und machte jeden Nachmittag in unserer Zelle zwei Stunden Gymnastik, um seinen kleinen, untersetzten Körper in Form zu halten. In der Nacht erzählte er mir gern im Flüsterton, daß es doch nur ein Beweis für die Dummheit der Justizbehörden sei, daß man ihn für die Hinterziehung von Zigarettensteuer eingebuchtet hatte. Er behauptete, er habe Menschen zu Brei geschlagen, eine Brandbombe in ein Restaurant geworfen, zahllose Einbrüche begangen, eine Frau in Hegwisch und eine andere in Michigan City geheiratet, und alles, was sie ihm nachweisen konnten, sei »dieser beschissene kleine Zigaretten-Coup« gewesen. Ich glaubte ihm natürlich kein einziges seiner Gangsterstückchen.

Über den Alltag in Volkshill brauchte ich eigentlich nichts zu erzählen. Die Angst war allgegenwärtig: Selbst die Tiefen der Langeweile und die Gipfel des Zynismus waren von Angst umsäumt. Die Anonymität war niederschmetternd: Man konnte zu Tode geprügelt werden, man konnte an einem Stück Schweinefleisch ersticken, das Gehirn konnte einem explodieren, und niemand hätte sich darum gekümmert – vielleicht hätte es nicht einmal jemand erfahren.

Man hatte mir zu verstehen gegeben, daß ich in weniger als sechs Monaten aus dem Gefängnis entlassen werden würde, natürlich nicht in die Freiheit, sondern um einer anderen, weniger strengen Form der Bestrafung zugeführt zu werden. Das hätte mir eigentlich mein Los halbwegs erträglich machen müssen. Trotzdem war ich ihm nicht gewachsen. Obwohl ich glaubte, daß jeder Tag mich dem Zeitpunkt näherbrachte, da man meinen Fall mit größerer Milde betrachten würde, waren die Tage selbst, mochten sie auch vergehen, schier unerträglich: Ich kam mir vor wie einer, den eine Unterströmung auf die offene See hinausträgt; jede Welle, die zur Küste rollt, entfernt ihn nur noch weiter vom rettenden Land.

Ich begann, alles durch einen Dunstschleier zu sehen, so real und desorientierend wie dichter Morgennebel. Begleitet war das von einer zunehmenden Entfremdung von meinem Körper, so daß gleichzeitig mit dem Realitätsverlust der Außenwelt auch meine eigene Realität schwand. Meine Träume waren so lebhaft und wirklichheitsnah, daß ich sie kaum als solche wahrnahm, und es hätte mich nicht gewundert, wenn mich mitten in meinem langwierigen, sorgsam durchlebten Gefängnistag jemand an der Schulter gerüttelt hätte, um mich aufzuwecken. Ich hatte keinen Appetit mehr; manchmal erregte der Geruch von Essen – ganz zu schweigen von seinem *Anblick* – heftigen Ekel in mir. Ich fing an zu hinken; mein Gehör verschlechterte sich. Ich sprach mit mir selber – anfangs, um einfach klarzukommen, mich an dieses oder jenes zu erinnern, aber dann wurde es zur Gewohnheit, und wenn jemand in mein verschwommenes Gesichtsfeld trat und sagte: »Warum hältst du nicht endlich dein dreckiges Maul?«, war ich jedesmal überrascht, daß ich es schon wieder gemacht hatte, oder ich begriff überhaupt nicht, was der Mensch von mir wollte. Das führte zu einem ungeheuren Verfolgungswahn – alles schien sich zu verflüchtigen. Wenn die Welt nur eine Handbreit aus ihrer Bahn gerät, kann das schon das Ende allen Lebens bedeuten. Ich konnte mich nicht anpassen, ich konnte keine Verluste wettmachen, mein Zustand wurde nur immer schlechter. Ab und zu sagte ich mir in einem Moment schummriger Klarheit, daß all der Irrsinn, all die physischen Symptome, all die Unwirklichkeitsgefühle ein Protest meines Willens seien, daß ich immer noch, wenn ich nur wollte, die Zügel meines Lebens in die Hand nehmen konnte. Aber das war schaler Trost. Ich sagte mir, daß ich im Wahnsinn versinken *wolle*, aber selbst auf der Höhe der Selbstanklage (die manchmal mit Selbstbeglückwünschung einherging) konnte ich mir keine andere Art des Verhaltens vorstellen.

Wenn Rose und Arthur mich besuchen kamen, saßen wir in dem leidlich gemütlichen Besucherzimmer – bunte, geometrisch gemusterte Tapete, orangefarbene Plastikstühle, Tische mit Resopalplatten, um die sich Familien setzen konnten, ein Kofferradio, das auf den örtlichen Pop-Sender eingestellt war und den Hintergrundlärm lieferte. Ich weiß nicht mehr, was ich bei diesen Gelegenheiten sagte oder wie ich mich gab, aber ich machte ihnen klar, daß es mit mir bergab ging, und daraufhin verstärkten sie ihre Anstrengungen, mich aus dem Gefängnis in eine Klinik verlegen zu lassen. Sie gaben Geld aus, das sie gar nicht hatten, um Druck auf die Behörden auszuüben, und nachdem ich drei Monate in Volkshill gesessen hatte, wurde ich plötzlich zur psychiatrischen Beobachtung in die Krankenabteilung verlegt. Ich unterzog mich den üblichen Tests und wurde von zwei Gefängnispsychiatern untersucht – einem Dr. Hillman, der wie ein großes, freundliches rosa Tier in einem Kinderbuch aussah, und dann von einem Dr. Morris, einem jungen schwarzen Arzt mit einer Frisur im Afro-Look, der einen riesigen Fangzahn am Hals hängen hatte. Ich sagte den Medizinern, was mir gerade einfiel, im unbeteiligten Ton eines Ansagers in einer Bingo-Halle. Ich fühlte mich keineswegs verpflichtet, ihre Fragen zu beantworten oder ihre Anweisungen auszuführen, und am Schluß kamen sie beide zu der Auffassung, daß ich mich in einem Zustand bedenklicher psychischer Verwirrung befände. Sie empfahlen, mich in eine staatliche Anstalt einzuweisen, und in eine solche wäre ich auch mit Sicherheit gekommen, wenn ich nicht Eltern gehabt hätte, die entschlossen waren, für eine bessere Möglichkeit zu kämpfen, und auch bereit, dafür zu zahlen.

Und so kam ich am 15. Januar 1974 wieder nach Wyon, Illinois, und wurde zum zweitenmal ins Rockville Hospital aufgenommen. Man brachte mich in einem Polizeiauto hin, in dem neben mir auf dem Rücksitz ein älterer Vollzugsbeamter saß, der während der ganzen Fahrt kein Wort mit mir redete. Wir gerieten in einen Schneesturm und mußten einmal anhalten, um neue Wischerblätter montieren zu lassen. Mir war so kalt, daß ich zitterte, und ich wärmte mir die Hände in den Achselhöhlen. Die abgeernteten Maisfelder mit ihren Strünken sahen aus wie eine Ruinenwelt.

Nach Volkshill war es für mich eine Erleichterung, wieder in der Klinik zu sein. Die Symptome, die sich im Gefängnis gezeigt hatten, ließen allmählich nach, aber ich war stets auf ihre Wiederkehr gefaßt. Manchmal wachte ich mitten in der Nacht ohne ersichtlichen Grund auf und wußte nicht genau, wo ich war, und diese momentane Verwirrung ließ mich jedesmal befürchten, alles würde wieder aufbrechen. Und wenn ich dann mit Dr. Clark sprach – wobei ich jetzt versuchte, aufrichtig zu sein, weil ich überzeugt war, daß ich Hilfe brauchte –, brach ich manchmal in ein Schluchzen aus, das offenbar in keinem Zusammenhang mit dem stand, worüber wir sprachen, und dieses Schluchzen schien die Segel meines inneren Aufruhrs zu füllen und mich weiter von der Küste abzutreiben, als ich in den schlimmsten Zeiten in Volkshill gewesen war. Anfangs meinte Dr. Clark immer, ich solle mich ruhig ausweinen, aber dann war ich hinterher immer so abgestumpft und in mich gekehrt, daß er bald etwas dagegen unternahm. Obwohl er die Verabreichung von Psychopharmaka grundsätzlich ablehnte, gab er mir Lithium. Ich hatte ständig einen schlechten Geschmack im Mund und mußte mich oft am Nachmittag zwei Stunden hinlegen, aber die Stimmungsschwankungen ließen nach, und darüber war ich froh.
Während ich bei meinem ersten Aufenthalt in der Klinik meine Anonymität wahren konnte, kannten diesmal fast alle meinen Namen. Ich war keine geborene Führernatur, und keiner sah in mir einen Vorkämpfer im ewigen Kampf zwischen Patienten und Klinikpersonal – den es natürlich auch in dieser eher liberalen Anstalt gab. Aber ich war beliebt, weil ich schon älter war, die Spielregeln kannte und mehr Verantwortung übertragen bekam als andere. Wenn neue Patienten eingeliefert wurden, war es meine Aufgabe, sie am zweiten Tag herumzuführen. Ich kam mir vor wie ein gescheiterter Berufsoffizier, sanft und zahnlos, der ein paar Anekdoten zu erzählen weiß und eine Schulter hat, an der sich andere ausweinen können. Es war nicht zu übersehen, daß sich jeder, der ernstliche Schwierigkeiten mit dem Klinikpersonal hatte, auch gegen mich wandte.
Ich lernte den Umgang mit einer Super-8-Filmkamera und einem einfachen Schneidegerät, und schon bald avancierte ich zu einer

Art halboffiziellem Schmalfilmlehrer. Wir machten die üblichen Aufnahmen: Filme von herumspringenden Leuten, Zoom- und Zeitlupenaufnahmen und Slapstick-Parodien. Ich war Mitautor eines Zwanzig-Minuten-Films mit dem Titel DER ANGRIFF DER GROSSEN MAMA, in dem wir eine Patientin namens Sally Walsh von unten auf einem Glastisch, wo sie inmitten winziger Bäume und Tiere stand, filmten. Ich bin sicher, daß der Film für alle Beteiligten eine starke therapeutische Wirkung hatte. Aber ich konnte noch mehr Pluspunkte auf mein Konto buchen: Als Mitzi Pappas ausflippte, nachdem sie LSD genommen hatte, das ihr Bruder für sie eingeschmuggelt hatte, war ich es, an den sie sich trostsuchend schmiegte; als Myron Friedman sich in den Tod stürzen wollte (das heißt, wahrscheinlich wäre es nur ein komplizierter Bruch geworden), war ich es, der ihn mit dem Zuruf rettete: »Myron, ich flehe dich auf Händen und Füßen an, deinen mageren bleichen Arsch wieder ins Haus zu schaffen«; und als der verträumte Michael Massey von einem Gruppenausflug nach Wyon nicht wiederkam, ernannte mich Dr. Clark zum Mitglied eines fünf Mann starken Suchtrupps, obwohl es mir streng verboten war, das Gelände der Klinik zu verlassen, und ich war es auch, der Michael fand, wie er im Hinterhof eines mit Brettern vernagelten Hauses saß und auf seine Hände starrte

Am 3. Juni 1974 kam ein Brief für mich, und er war von Jade. Dr. Clark überreichte ihn mir nach einer Therapiesitzung in seinem Büro. »Ich will Ihnen nichts vormachen«, sagte er. »Der Brief kam gestern, und ich habe ihn gelesen. Ich habe erst mal eine Nacht drüber schlafen müssen, um mir klarzuwerden, ob ich ihn Ihnen geben soll oder nicht, und... na ja, hier ist er.«

Lieber David,

ich bin immer noch in Stoughton, aber nicht mehr am College und auch nicht mehr in Gertrude. Ich war seit dem bewußten Tag nur noch dort, um meine Sachen zu holen. Ich wohne jetzt im ersten Stock des kleinen grünweißen Hauses neben dem Postamt von North Stoughton. Die Wohnung ist für eine Person ein bißchen groß, aber da hab ich wenigstens die Ruhe, die ich brauche. Du wirst wahrscheinlich die Nase darüber rümpfen, aber ich habe ein paar Meditationstechniken erlernt. Keith hat sie von einem Typ gelernt, mit dem er arbeitet, und wir haben alle drei dasselbe Mantra – das sind die Wörter, die man sich aufsagt, wenn man mit der Meditation beginnt. Es ist sagenhaft, man braucht nur fünfzehn oder zwanzig Minuten dazusitzen und zu atmen, und schon fühlt man sich wie neu geboren. Jetzt, wo ich den College-Abschluß habe, wende ich meine teure Ausbildung in der Praxis an, als Verkäuferin bei Stoughton Stoneware. Es ist in mancher Hinsicht ein herrlicher Job, weil mir das Geschirr einfach so gut gefällt – ich hab schon genug Stücke »zweiter Wahl«, um eine Tafel für achtundvierzig Leute zu decken –, aber es ist unheimlich anstrengend, den ganzen Tag auf den Beinen zu sein und auf die Kunden einzugehen, von denen viele einen behandeln, als ob man ihr Butler wäre.

Ich bin in meiner freien Zeit oft nach Boston gefahren. Es begann damit, daß ich mich für einen dieser Psychodrama-Kurse anmeldete. Das war vielleicht ein Ding! Zwanzig einander wildfremde Menschen, jeder mit seiner eigenen Lebensgeschichte, die in dem ausgedienten Lagerhaus an einem Kai am North End zusammenkamen und ihre tiefsten Gefühle ausagierten. Oder es zumindest versuchten. Für mich verband sich dabei ein langgehegtes Interesse am Theater mit dem an den neueren Formen der Psychotherapie, zwei Studiengebiete, denen ich mich nie so gründlich widmen konnte, wie ich es mir gewünscht hätte. Ich muß zugeben, daß ich mich am Schluß mehr fürs Theater als für die Therapie interessierte, aber das würde Ira Woods (die Leiterin des Psychodrama-Kurses) damit erklären, daß ich im Grund vor der Bedeutung des Psychodramas und meinen dabei zutage getretenen »tiefsten Gefühlen« die Augen verschließe. Vielleicht laufe ich wirklich vor mir selbst davon, aber ich habe mich inzwischen für zwei Theaterkurse eingeschrieben – einen für Bühnenbildnerei hier am College in Stoughton (gebührenfrei, aber auch ohne Anerkennung) und einen Anfängerkurs für Schauspielerei in Boston, den ein ganz irrer Typ namens Rudyard Lewis leitet.

Es tut mir gut, daß sich das Zentrum meiner Interessen ein bißchen nach Boston verlagert. Boston ist nicht New York, aber es hat wenigstens mehr von der »echten Welt« als Stoughton, und das Beste an Boston ist, daß ich viele nette Leute kennenlerne und schon mehrere echte, verläßliche, wirklich gute Freunde gefunden habe. Vor allem Theaterleute, bei denen man ein bißchen vorsichtig sein muß, weil sie alle irgendwie verrückt sind, aber auch eine ganze Menge Leute, die nichts mit dem Theater zu tun haben. Ich kenne alle möglichen Leute, von einer sagenhaft faszinierenden und schönen Senegalesin, die in einem Reformkostladen arbeitet, bis hin zu einem dreiundfünfzig Jahre alten Wirtschaftsjuristen, der ganz allein ein phantastisches Penthouse bewohnt, Horoskope erstellt und alles über die Comédie Française weiß.

Meine Diplomarbeit hat übrigens unwahrscheinlich eingeschlagen, und ich wollte mich schon lange einmal bei Dir bedanken, denn Du hast schließlich einen großen Teil der Arbeit gemacht. Ein paar von den Leuten, die sie gelesen haben, reden mir zu, ich solle sie veröffentlichen lassen, aber ich glaube, ich überlasse diese Art des Rampenlichts doch lieber Ann. Ich kann mir sowieso nicht vorstellen, wer so was veröffentlichen würde, aber es tut einem natürlich unheimlich gut, daß das überhaupt jemand für möglich hält.

Ann kommt mit ihrer Schriftstellerei gut voran. Der NEW YORKER hat drei Geschichten von ihr angenommen, alle drei auf einen Schlag. Ich weiß nicht, wann sie erscheinen werden, aber das ist auch egal, denn ich werde sie wahrscheinlich sowieso nicht lesen. Wie ich ihr neulich sagte, würde ich gerne erst mal ihr Gesicht sehen, bevor ich mir ihre Masken anschaue. Ein Verleger hat sich schon bei ihr erkundigt, ob sie an einem Roman arbeitet, und der hatte noch nicht mal ihre Geschichten gelesen. Jemand, der beim NEW YORKER arbeitet, hatte ihm nur von ihr erzählt. Ich bin sicher, daß Ann ihren Weg machen wird. Ich frage mich, wie sich das auf sie auswirken wird. Ich glaube, als Ann noch eine brave Bürgerstochter in New York war, rechnete sie fest damit, daß ihr die Welt ins Haus kommen würde, aber das College, die Enttäuschung darüber, daß ihr Vater sich an seinen Waisenhäusern persönlich bereichert hatte, und dann die Ehe mit einem so eigenartigen Menschen wie Hugh und die große Familie als Klotz am Bein haben sie ihre Mädchenträume vergessen lassen. Aber ich hab so ein Gefühl, daß der Erfolg Ann wieder jung machen wird.

Es sieht auch so aus, als ob aus der Geschichte mit dem Mann, der Druckereien Papier verkauft, etwas Ernstes werden könnte. Ich war wie immer außer mir, als sie mir zum erstenmal von ihm erzählte, hauptsächlich weil sie sich durch eine dieser »persönlichen« Anzeigen kennengelernt haben, die man auf den letzten Seiten mancher Zeitschriften findet. Mir kam das wahnsinnig erniedrigend und riskant vor, aber bei Ann gehen ja oft die verrücktesten Abenteuer gut aus. Ich finde ihren Unternehmungsgeist bewundernswert – ich hätte zuviel Angst, um mich mit so jemandem auch nur ein einziges Mal zu treffen, von dem ich nur die Postfachnummer und drei Sätze habe, in denen er schildert, wie einsam und was für eine gute Partie er ist. Aber Ann ist das gewöhnt. Sie ist anscheinend recht glücklich mit diesem neuen Typ. Sie wollen eine Europareise machen – mit dem Schiff, weil der Mensch Angst vorm Fliegen hat. Ich hab ihn noch nicht kennengelernt; ich würde sagen, wenn er sich länger als ein halbes Jahr hält, werde ich ihn mir mal ansehen.
Keith ist immer derselbe. Er war für mich dieses Jahr wie ein Fels in der Brandung, immer da, wenn man ihn braucht. Wir beide sind mit Feuereifer dabei, sein altes Gutshaus zu renovieren; Keith hat mit dem Geld von Vaters Versicherung das Haus gekauft – bisher hatte er es ja nur gemietet. Ich bin zehn Tage auf den Knien herumgerutscht und habe die alten Fußbodendielen gescheuert. Die reinste Beschäftigungstherapie! Als sich endlich zeigte, daß die dunklen Nußbaumböden in Wirklichkeit aus Kiefernholz waren, wußte ich nicht mehr, wo mir der Kopf stand. Keith war mir immer ein so guter Bruder und Freund, daß es ein richtiges Erlebnis war, ihn wiederzuentdecken. Er ist gescheit, amüsant, weise wie eine Eule und der treueste Freund, den man sich denken kann.
Sammy geht unbeirrt seinen Weg zum Präsidentenamt. Er studiert jetzt im ersten Semester in Harvard und ist bestimmt schon die Geißel der Universität! Er sieht unglaublich gut aus. Ein griechisch-orthodoxer Priester hat sich in ihn verliebt! Es ist immer schwieriger festzustellen, woran Sammy eigentlich im Augenblick glaubt. Ich denke, er ist schon zu gebildet, um an die allumfassende Gerechtigkeit zu glauben; jetzt spricht er davon,

daß man eine faire Chance bekommen soll, ein anständiges Leben zu führen, und das klingt ja ganz gut, aber auch ein bißchen nach Politikerjargon. Er ist ein glänzender Student und arbeitet in seiner Freizeit als Dressman bei Jordan Marsh, für die Kleinigkeit von fünfunddreißig Dollar die Stunde! Letzte Woche habe ich im Bostoner GLOBE ein Bild von ihm gesehen. Er trug einen dunklen Cordanzug und hatte sein charmantestes Lächeln aufgesetzt. Sammy ist der einzige Butterfield, der damit fertig werden muß, daß er laufend in Versuchung gerät. Wir anderen können nur sein, was wir eben sind, und unsere Auswahl ist nicht nur begrenzt, sondern meist sogar auf eine einzige Möglichkeit beschränkt. Wir kommen nie an eine Weggabelung, brauchen nie folgenschwere Entscheidungen zu treffen. Sammy stehen dagegen alle Möglichkeiten offen. Er kann sein, was er will, Revolutionär, liberaler Demokrat, Internatsschüler, Student, Mönch, Betrüger, und der wird immer Beifall ernten. Ja, ich glaube schon, daß ich ihn beneide, aber sein Leben war und ist eine einzige Folge von Entscheidungen. Ich glaube nicht, daß ich das aushalten würde. Die Qual der Wahl ist sein täglich Brot, wie Ann sagt.

Ich habe diesen Brief seit einer Woche auf meinem Schreibtisch oder dem Küchentisch liegen und trage ihn überall mit mir herum. Ich weiß nicht, wie persönlich ich ihn machen soll. Da ich Dich kenne und mich für alle Erfahrungen unseres Zusammenseins offenhalte, wird alles persönlich und intim, was wir zueinander sagen. Ich weiß, daß ich nie aufhören werde, an Dich zu denken. Ich habe es versucht, aber das habe ich längst aufgegeben. Du bist meine Vergangenheit, und mir ist klargeworden, daß es besser ist, eine furchterregende, beunruhigende, weitgehend unglückliche Vergangenheit zu haben als überhaupt keine. Aber das ist auch Quatsch, oder? Wer hätte keine Vergangenheit? Sogar an Amnesie leidende Menschen sind von Bildern fasziniert. Es wäre wahrscheinlich leichter, wenn es nur Kummer wäre. Ich wollte, ich könnte schlicht und einfach um uns trauern. Aber es ist schrecklich zu wissen, daß Du eingesperrt bist, wenn auch inzwischen nicht mehr im Gefängnis, sondern in einer guten Klinik, und daß ich schuld daran bin, weil ich damals in Stoughton die Polizei gerufen habe. Es ist alles so kompliziert, und meine

Gefühle sind so widersprüchlich. Es ist, wie wenn man die schwarzen und weißen Steine eines Go-Spiels aus einem großen Haufen heraussuchen muß: Bis man sie sortiert hat, ist einem die Lust zum Spielen vergangen.
Kannst du dich noch an den Abend erinnern, an dem wir auswärts gegessen haben, nachdem ich mit Susan Henry gesprochen hatte? Ich hab Dir damals erzählt, was sie gesagt hatte, daß ich Dich benutze, um meine Aggressionen gegenüber meiner Familie auszuleben. Jetzt, da Hugh nicht mehr ist und ich weiß, daß Du ihn in den Verkehr gelockt hast, als er mit seiner Freundin die Fifth Avenue entlangging, muß ich unwillkürlich denken: In gewissem Sinne hätte ich das auch tun wollen. Ich habe manchmal große Mühe, mich selbst nicht als ein Monstrum der schlimmsten Sorte zu sehen. Deswegen fällt es mir so schwer, mich in wirklich enge Beziehungen zu anderen einzulassen. Mit Ausnahme von Keith, denn er akzeptiert mich ganz so, wie ich bin. Manchmal, wenn ich mitten in einer Arbeit bin, sehe ich auf einmal vor mir, wie die Polizisten Dich an jenem Morgen weggeschleppt haben, und dann denke ich immer, daß es eigentlich *ich* hätte sein müssen. So wie ich ein Teil von Dir war, wenn wir uns liebten, war ich auch ein Teil von Dir, als Du meiner Familie so übel mitgespielt hast. Wenn wir uns liebten, verführten wir uns gegenseitig, aber wenn es darum ging, einen Schlag gegen meine Familie zu führen, war ich es, die Dich verführte, so bitter das ist. Ich möchte Dich nicht verletzen oder verwirren, indem ich Dir das schreibe. Aber vielleicht wirst Du Dir auch über Deine eigenen Gefühle eher klar, wenn Du meine kennst, und vielleicht hilft Dir das eines Tages, in die Welt zurückzufinden, in die Du, wie ich aufrichtig glaube, gehörst.
Ich weiß, daß wir uns wahrscheinlich nie mehr wiedersehen werden. Ich sehe meine Liebe zu Dir heute als ein Leben außerhalb des Gesetzes, und ich möchte das nie mehr erfahren. Ich habe für so etwas nicht mehr die Nerven, und das ist wahrscheinlich gut so, denn diese Art Rücksichtslosigkeit läßt nur Raum für sich selbst. Alles andere wird zur Seite geschoben. Wir hätten keine Zukunft gehabt. Es kommt mir so seltsam vor, Dir das zu sagen, aber ich glaube immer noch an unsere Liebe und liebe Dich immer

noch. Aber ich habe mich von ihr freigemacht, wahrhaftig und für immer, und werde Dich nie wiedersehen.

Ich bekam im darauffolgenden Jahr keine Post mehr von Jade. Ich antwortete ihr nicht, abgesehen von einer Postkarte, auf der ich ihr für ihren Brief dankte. Ich schrieb auch nicht an Ann und gab mir Mühe, an keine von beiden zu denken, und das bedeutete, daß ich mich den ganzen Tag zwingen mußte, nicht an sie zu denken. Die einzigen, die mich besuchen kamen, waren Arthur und Rose, aber sie kamen nicht mehr so regelmäßig wie früher. Als ich merkte, daß ihre Besuche seltener wurden, bat ich sie, nur noch einmal im Monat zu kommen, und das machte es für uns alle viel leichter.

Ich bekam weiter Lithium. Es war nicht die Rede davon, daß ich meine Behandlung irgendwann ambulant würde fortsetzen können, aber ich machte gute Fortschritte. Manchmal dachte ich, ich hätte mich einfach meiner Situation angepaßt, mich so an die Sehnsucht und die Desorientierung gewöhnt, daß ich diesen Zustand nicht mehr so unerträglich fand wie früher. Zu anderen Zeiten war ich absolut sicher, daß es mir immer besser gehe. Aber wenn mich jemand gefragt hätte, was das denn bedeute – daß es mir besser ging –, weiß ich nicht, was ich hätte antworten können. Meine Ziele waren sehr bescheiden: Ich wollte die Tage ohne emotionalen Streß überstehen. In einem seltsamen, langsam sich entwickelnden Prozeß stellte ich mich darauf ein, ein Leben als Verrückter zu führen.

Eines Tages verlor ich dann noch den letzten Boden unter den Füßen. Es war der 1. Februar 1976, und meine Eltern waren trotz eines Schneesturms losgefahren, um mich zu besuchen. Arthur trug eine schwarze russische Pelzmütze, und als er sie abnahm, um den Schnee abzuschütteln, sah ich, daß er in der Schädelmitte fast keine Haare mehr hatte und die übrigen Haare ein stumpfes Silbergrau angenommen hatten. Er wirkte angenehm distinguiert, wie ein Delegierter auf einem internationlen Gewerkschaftskongreß. Er war schlanker geworden; seine Backenknochen traten jetzt hervor, und obwohl er den Kragen seines karierten Wollhemdes zugeknöpft hatte, hing er ihm lose um den Hals.

Rose sah hinreißend aus. Die Kälte hatte ihre Wangen dunkelrosa gefärbt, und von der Aufregung waren ihre Augen geweitet. Sie trug modische Lederstiefel, einen grauen Rock und einen Rollkragenpulli; sie rauchte eine Zigarette in einer Zigarettenspitze und stieß den Rauch in einem langen, gleichmäßig aufsteigenden Strom aus, der im Licht wie ein Speer aufblitzte.

»Ich wette, du hast gedacht, wir würden es nicht schaffen«, sagte Arthur und schloß mich in die Arme.

Rose ging ans Fenster und sah nach dem Wetter; vermutlich fragte sie sich, ob der Schneesturm sie perverserweise zwingen würde, eine Nacht in einer psychiatrischen Klinik zu verbringen. Wenn einer von meinen Eltern sprach, sah jetzt der andere immer weg und ließ sich auch nicht anmerken, ob er zuhörte, so wie man es macht, wenn um einen herum eine Fremdsprache gesprochen wird.

»Wißt ihr, woran ich heute gedacht habe?« begann ich, als wir uns gesetzt hatten. »An meinen ersten Schultag an der Hyde Park High-School. Ihr beide seid mit mir eine Woche vorher zu Polk Brothers einkaufen gegangen, und ich wollte unbedingt eine rote Hose haben. Es waren jeansartige Hosen, aber keine richtigen Jeans. Wie Khakihosen, bloß rot. Kein Mensch trug damals rote Hosen; ich hatte noch nie welche auf der Straße gesehen. Ich fand es sehr großzügig von euch, daß ihr sie mir gekauft habt. Und als ich sie am ersten Schultag anzog, sagte keiner von euch ein Wort – ich weiß noch, daß ich leichte Bedenken hatte, ihr würdet es mir verbieten. Aber Mann, was mußte ich aushalten, weil ich diese Hose anhatte!« Ich mußte lachen; Rose und Arthur war es unbehaglich, sie wirkten wie zwei Klaustrophobiker in einem Aufzug. Sie waren gekommen, um über andere Dinge mit mir zu sprechen, und sie hielten es bestimmt für kein gutes Zeichen, daß ich über meinen ersten Schultag an der High-School sprach. »Von da an war ich abgestempelt. Ich war das ganze Schuljahr der Junge mit den roten Hosen, obwohl ich die verdammten Dinger nie wieder anzog. Und heute habe ich darüber nachgedacht, daß so eine Kleinigkeit einem doch ein Leben lang nachgehen kann, daß sie mitbestimmt, wie die Leute einen sehen, und daß sich das wieder darauf auswirkt, wie man sich selber sieht, einem in manchher Hinsicht ein bestimmtes Verhalten aufzwingt. Es ist mir heute noch unbegreiflich, daß ihr mich mit diesen Hosen in die Schule habt gehen lassen. Vielleicht habt ihr gedacht, daß Jungen in meinem Alter so was normalerweise tragen. War es das?« Ich sah Rose an.

»Keine Ahnung«, sagte sie. »Ich weiß nicht mehr, was du an deinem ersten Tag in der High-School angehabt hast.«

»Aber ich weiß es noch«, sagte ich mit einem schwachen, enttäuschten Grinsen. »Rote Hosen. Roter als jeder Apfel. Viel, viel roter als Blut.«

»Wir wissen etwas Neues von Jade Butterfield«, sagte Rose.

»Ja? Was denn?« fragte ich. Ich hatte sofort die schlimmsten Befürchtungen. Ich saß mit leicht gespreizten Beinen da, die Hände auf den Knien, und beugte mich vor. Ich hörte den Wind draußen und irgendwo ein Radio: Die Kinks sangen »Lola«.

»Du wirst einsehen, daß es das Beste ist, ich bin da ganz sicher«, sagte Arthur. Dachte er, meine Mutter hätte es mir schon gesagt, oder wollte er die Nachricht selbst auslassen und gleich mit dem Trost anfangen?

»Was ist mit ihr?« fragte ich. Ich hatte mich nie zuvor so schwach, so körperlos gefühlt; nur Worte trennten mich von unermeßlichem Schmerz. Sie hat einen Unfall gehabt. Sie liegt im Sterben. Sie ist tot. Es wäre auch mein Tod gewesen.

»Es ist ihr nichts passiert«, sagte Rose. »Außer daß sie einen Mann gefunden hat.«

»Wir haben eine Karte bekommen«, sagte Arthur. »Ich weiß nicht, wer sie abgeschickt hat. Sie war nicht unterschrieben.«

»Habt ihr sie mitgebracht? Gebt sie mir.«

»Ich hab sie vergessen«, sagte Rose. »Aber es steht sowieso nichts drauf. Sie heiratet einen Franzosen. Das heißt, wir haben nicht rausgekriegt, ob er Franzose oder Amerikaner ist.«

»Wo ist die Karte?«

»Ich sag dir doch, wir haben sie nicht mitgebracht. Es war eine ganz schlichte Karte. Ich glaube, ich habe in meinem ganzen Leben noch keine billiger aussehende Hochzeitskarte gesehen. Es war keine mit so hübscher altmodischer Schrift, wie sie die meisten Leute verschicken.«

Ich war erleichtert, daß Jade nichts passiert war, aber dieser Trost wurde im selben Moment schon wieder zunichte gemacht.
Rose fuhr fort: »Es stand nur drauf ›Mr. und Mrs. Denis Edelman bla bla bla die Vermählung ihres Sohnes François mit Jade Butterfield anzuzeigen‹. Und noch der Name einer Synagoge in Paris.«
»Wann?«
»Vor einem Monat«, sagte Arthur. »Am 4. Januar.«
»Und ihr habt es die ganze Zeit gewußt?«
»Die Karte ist erst vor ein paar Tagen gekommen«, sagte Arthur.
»Ich weiß nicht mal, wer sie abgeschickt hat«, sagte Rose. »Aber ich dachte, du solltest es trotzdem wissen.«
Ich stand auf. Bei der kleinsten Bewegung schwankte das Zimmer. Ich wandte mich meinen Eltern zu; mein Vater saß stocksteif und völlig reglos da, meine Mutter sah auf ihre unermüdlich wippende Fußspitze. Ich hätte mich ihnen am liebsten zu Füßen geworfen, um einen wundersamen Augenblick des Trostes und Familienglücks zu schaffen. Ich kam mir klein und häßlich vor.
»Helft mir«, sagte ich und senkte den Kopf. Ich spürte, wie meine Knie schwach wurden, und dachte, ich würde jeden Augenblick hinfallen.
»Dir helfen?« sagte Rose. »Ich versteh dich nicht, David. Ich komm da einfach nicht mit. Was könnte ich denn schon tun?« Sie sah Arthur mit einem zugleich ängstlichen und wütenden Blick an.
»Was vorbei ist, ist vorbei«, sagte Arthur leise. »Es gibt kein Zurück. Verzeih mir, David, aber ich kann nur hoffen, daß sie glücklich wird.«
»Was kann ich tun, um dir zu helfen?« sagte Rose. »Ich frage dich das, weil ich es nie gewußt habe. Bitte sag's mir. Du bittest mich um Hilfe, und ich weiß nicht, was ich tun soll. Du redest von einer roten Hose, die du vor zwölf Jahren angehabt hast, du bist weiß wie ein Laken, und ich weiß nicht mehr, was ich für dich tun kann, habe es nie gewußt, um ganz ehrlich zu sein.«
Mir tat es schon leid, daß ich das gesagt hatte. Ich nahm mich zusammen und versuchte, überlegen dreinzuschauen. Ich holte

tief Luft, um wieder einen klaren Kopf zu bekommen. Ich ging ans Fenster. Ich sah Howard Kerr, einen jungen Patienten, der in seiner unvermeidlichen schwarzen Kleidung mit seinen Eltern zu deren Auto auf dem Besucherparkplatz ging. Die Kerrs gingen eng umschlungen, und Howard trottete mit gesenktem Kopf vor ihnen her, ohne Jacke und mit wehendem langem Haar, die Arme um den Oberkörper geschlungen.

»Wahrscheinlich ist es so am besten«, sagte ich. Ich sah zu, wie die Kerrs in ihren LTD stiegen. Howard wischte ihnen mit dem Unterarm den Schnee von der Windschutzscheibe. »Ich meine, es ist eine Erleichterung. Sonst wäre da immer etwas in der Schwebe geblieben. Es ist, als ob ich von einer Last befreit wäre, ich spüre es schon.« Ich hörte meine Eltern hinter mir atmen; die Beine taten mir weh, weil die Muskeln so angespannt waren. Mr. Kerr kurbelte das Fenster herunter, und Howard trat zurück und ging in die Knie, um mit ihm zu sprechen. Der Qualm aus dem Auspuff färbte den Schnee schmutzig aschgrau. Mrs. Kerrs lange rote Fingernägel erschienen am offenen Fenster und winkten zum Abschied. Das Auto fuhr los, und Howard stand da und sah zu, wie die Rücklichter im Schneegestöber verschwanden.

»Es ist besser, wenn ihr jetzt geht«, sagte ich zu meinen Eltern. Es war draußen so dunkel, daß ich ihre Spiegelbilder in der Fensterscheibe sehen konnte, leicht schräg auf den beiden Stühlen sitzend wie aufgestellte Spielkarten. »Andere Besucher verabschieden sich auch schon, und ihr habt noch eine lange Fahrt vor euch. Bei diesem Schneetreiben. Es sieht nicht so aus, als ob es nachlassen würde.« Ich sah, daß Arthur sich zu regen begann; er legte die Hände auf die Armlehnen seines Stuhls und holte tief Luft – gleich würde er neben mir stehen und mich in die Arme nehmen. Ich drehte mich rasch um und nahm eine abwehrende Haltung ein. »Es ist das Beste, ich meine, das Beste jetzt in diesem Augenblick, ich muß mich erst mit dem Gedanken vertraut machen, das ist nicht so einfach, also ich finde, ihr solltet jetzt lieber gehen.«

»Wir könnten noch darüber reden, David«, sagte Arthur.

Ich nickte. »Ich weiß. Aber ich rede jetzt seit ungefähr fünf Jahren, und es hat mir... ich meine, ich hab das Reden ein bißchen satt. Vielleicht ein andermal.«

Rose und Arthur gingen fast ohne weitere Einwände. Ich stand am Fenster und sah sie zum Parkplatz gehen; sie berührten sich nicht, aber es sah so aus, als unterhielten sie sich. Als Arthur die Wagentür aufmachte, drehte er sich um und winkte noch einmal in Richtung meines Fensters, aber ich trat zurück und drückte mich an die Wand, wie um mich vor Schüssen in Sicherheit zu bringen. Ich setzte mich auf einen der Stühle und fragte mich in sinnloser, obsessiver Wiederholung, ob die Tatsache etwas zu bedeuten hatte, daß ich mich auf Roses und nicht auf Arthurs Stuhl gesetzt hatte. Das Radio, das irgend jemand laufen hatte, schien jetzt lauter zu spielen, und das Geräusch kroch mir wie ein Äffchen das Rückgrat hinauf.

Ich stand auf, mit geballten Fäusten, und ging hinaus auf den Korridor. Die Türen einiger Zimmer standen offen. Familienbesuche. Ich mußte mich daran erinnern, daß nicht alle Welt im Krankenhaus war, daß sich nicht alle Leute nur am Sonntag in Einzelzimmern zusammensetzen konnten. Schließlich fand ich das laute Radio, einen Stock höher. Es war in Bruno Tesis Zimmer. Er hatte es auf dem Schoß, ein riesiges Kofferradio mit vollausgezogener, vibrierender Antenne. Bruno hatte Besuch von seinem älteren Bruder, der in einem Trenchcoat mit übereinandergeschlagenen Beinen dasaß und eine braune Zigarette rauchte. Bruno, ein weicher, unfertiger Junge mit käsiger Haut, lächelte, als ich ins Zimmer kam. Sie spielten eine Platte von Steve Miller, monoton und kitschig. Bruno stellte es leiser, weil sogar er wußte, daß ich hätte schreien müssen, um mich verständlich zu machen. Ich sagte so laut, daß man mich eben verstehen konnte: »Wenn du das Ding da nicht leiser stellst und leise läßt, brech ich dir alle Knochen im Leibe.«

Es war ein verhängnisvoller Fehler, Bruno zu bedrohen. Er und sein Bruder meldeten es, und man begann, mein Verhalten genauer unter die Lupe zu nehmen. Ich büßte meine Vorzugsstellung in Rockville genauso schnell ein, wie ich sie erworben hatte. Sie nahm gewissermaßen ihren Hut und machte sich sang- und klanglos aus dem Staub.

Mir war das gleichgültig. Meine Willenskraft war größtenteils verschwunden, und ich merkte, wie ich immer tiefer im Morast meiner schlechtesten Charakterzüge versank. Ich hatte noch einen letzten vernünftigen Gedanken, bevor mir alles entglitt: Vielleicht war Jade nach Paris übergesiedelt, um meine Aussichten auf eine Freilassung zu verbessern.

Es war ein offenes Geheimnis in Rockville, daß das Klinikpersonal sexuelle Kontakte zwischen den Patienten duldete. Es spielte sich alles sehr diskret ab, so daß ich in all den Jahren, die ich dort verbrachte, nur von zwei oder drei solchen Verhältnissen erfahren hatte. Während meines ersten Aufenthalts hatte mir Dr. Clark gesagt, falls ich jemals eine amouröse Begegnung mit einer Patientin hätte, komme es vor allem darauf an, daß ich mich dessen nicht schämte, daß ich ihm davon erzählte, ihn »einweihte«. Das war die Strategie der Klinikärzte gegenüber dem Sex: Statt ihn zu unterdrücken, wollten sie ihn zum Bestandteil der allgemeinen Rehabilitationsatmosphäre machen. Schließlich waren wir alle dazu da, einander zu helfen, und dazu gehörten auch echte menschliche Kontakte – und wie hätte es echte menschliche Kontakte geben können, wenn Sexualität strikt tabu gewesen wäre?
Im April, zwei Monate nachdem ich von Jades Heirat erfahren hatte, freundete ich mich mit einer sechzehn Jahre alten Patientin namens Rochelle Davis an. Rochelle war auf eine schwüle, ungesunde Art schön. Sie benutzte pflaumenfarbenen Lippenstift und Nagellack, trug scharze Kleider, rauchte ununterbrochen Camels und gab sich als Expertin für Selbstmord aus. Sie unterschied verschiedene Arten von Selbstmord: Selbstmord aus Rache, Selbstmord aus Zufall und Selbstmord als Belehrung sowie noch andere, nicht so einleuchtende Spielarten wie den Lavendel-Selbstmord, den käsigen Selbstmord und den Astral-Selbstmord. Sie hatte keine Freundinnen oder Freunde, weder in der Klinik noch draußen. In der Außenwelt fiel sie durch absonderlich aggressives Verhalten auf, und in Rockville hielten sich die meisten für zu verletzlich, um eine Freundschaft mit einem so von der Selbstvernichtung faszinierten Mädchen zu riskieren. Rochelle – hager, grünäugig, das kastanienbraune Haar à la Elvis frisiert –

gab nicht zu erkennen, ob sie sich darum kümmerte, was die anderen von ihr hielten, aber sie schien sich sehr dafür zu interessieren, mich kennenzulernen. Es war offensichtlich, daß meine zunehmend instabile soziale Stellung in der Klinik der Hauptgrund für Rochelles Interesse an mir war, aber ganz so einfach war es doch nicht – ist es ja nie.

Das erste Mal liebten wir uns in der Schwesterntoilette im Erdgeschoß. Es war ein merkwürdiger, mit allerlei Krempel vollgestellter Raum mit rosa Wänden, einem dunklen Fliesenboden, einem Sessel und einem Toilettentisch, auf dem Johnsons Baby Powder, Zahnseide, Arrid-Deodorantspray und ein Sprühfläschchen mit Kölnisch Wasser der Marke »Sunday« standen. Wir trieben es in dem Sessel drei- oder viermal hintereinander – aber nicht etwa in ständig steigender Leidenschaft, sondern weil wir jedesmal die seltsamsten Verrenkungen machen mußten und die Befriedigung, die wir fanden, nur unseren gewaltigen Vorrat an statischer Lust reizte. Zuerst trauten wir uns nicht, uns ganz auszuziehen – als ob es weniger schlimm gewesen wäre, wenn man uns nicht splitternackt, sondern mit heruntergelassenen Hosen ertappt hätte. Beim erstenmal saß Rochelle auf meinem Schoß, die knochigen, bläulichen Füße an die Sessellehne gepreßt, den Kopf zwischen meinen gespreizten Beinen baumelnd, ihr marineblaues Höschen wie ein Trampolin zwischen ihren Schenkeln ausgespannt, während sie ihre derart eingezwängten Beine mit der Gereiztheit frustrierten Verlangens herumwarf. Dann verhalfen wir uns gegenseitig mit dem Mund zu einem Orgasmus, und schließlich liebten wir uns auf den kalten Fliesen – nun endlich nackt, aber jetzt war es zu spät. Unsere Neugier ließ nach, und es war klar, daß die Sehnsucht, der wir dienen wollten, unseren Bemühungen widerstehen würde.

Trotzdem wurde ich süchtig nach ihr. Als ich in derselben Nacht im Bett lag und mein Schwanz sich beim Gedanken an sie aufrichtete, folgte ich diesem Fingerzeig und war Augenblicke später in Rochelles Zimmer über mir: Schwester Seroppian schlief auf ihrem Posten; ihre riesigen violetten Augenlider schauderten, und sie war bekannt für die Verläßlichkeit ihres allnächtlichen Nickerchens. Ich verbrachte die Nacht in Rochelles Bett und drang noch einmal in sie ein, als sie schon schlief. Sie wurde kurz wach, schien nichts dagegen zu haben und schlief wieder ein. So ging es von da an wochenlang; wir liebten uns wie Leute, die immer wieder mit dem Kopf gegen die Wand rennen. Manchmal konnte ich es nicht fassen, daß sie erst sechzehn und schon so bar aller romantischen Illusionen war, aber im Grunde war es mir egal. Ich sprach mit Dr. Clark nicht über diese Liaison – ich wußte, es würde ihn nur bekümmern –, aber ich erwarb mir nach und nach einen sexuellen Ruf: für Ausdauer, wenn schon für nichts anderes, oder auch bloß einfach dafür, verfügbar zu sein.

Nicht lange, und ich hatte eine zweite Geliebte, ein Mädchen aus Chicago namens Pat Eliot. Sie hatte blonde Locken, einen Kußmund und einen gewaltigen Busen. Sie war Anfang Zwanzig und Schauspielerin. Sie hatte sogar Erfolg gehabt draußen: Sie war im Goodman Theater in vielen Stücken aufgetreten und hatte sogar einmal eine größere Rolle in einem Hollywood-Film gespielt, der allerdings nie in die Kinos gekommen war. Sie war eine wundervolle Geliebte, zärtlich und kraftvoll, dabei aber kein bißchen athletisch. Ihre Brüste faszinierten mich, aber sie waren so riesig, daß sie mich auch einschüchterten, und das gefiel ihr, wahrscheinlich weil die Leute immer zuviel Aufhebens davon gemacht hatten. So hatte ich schon zwei Geliebte, als eine Frau namens Stephanie in Rockville eingeliefert wurde.

Stephanie war gerade erst zwanzig und schon graduierte Studentin an der University of Chicago. Sie hatte brutale Alpträume und war Schlafwandlerin. Ihren Nachnamen wußte ich nicht. Aber ich war von der fixen Idee besessen, mit ihr zu schlafen, und ich nutzte die erste sich bietende Gelegenheit, mich an sie heranzumachen. Sie hatte keine Lust, mit mir zu schlafen, und kein Interesse, mich kennenzulernen. Aber ich steigerte mich immer mehr in die Sache hinein. Wie jeder Spieler, der am Verlieren ist, konnte ich an nichts anderes mehr denken. Ich starrte sie an, lief ihr nach, träumte von ihr, dachte an sie, wenn ich mit Rochelle oder Pat zusammen war, schrieb ihr Briefchen und lockte sie schließlich auf mein Zimmer, wo ich mich wie ein Berserker auf sie stürzte. Sie rannte aus dem Zimmer und schrie zwar nicht direkt, rief aber immerhin so laut und aufgeregt »Um Himmels willen«, daß ich innerhalb einer Stunde in Dr. Clarks sonniges kleines Büro hinunter bestellt wurde, in dem er schon hinter seinem Schreibtisch wartete, mit den Fingern auf dessen polierte Platte trommelnd, die leer war bis auf einen Ordner, der sich als meine Akte entpuppte.

Es wurde ein langes Gespräch; ich sagte ihm, ich sei »sexuell aktiv«, und er erwiderte, das wisse er. Er meinte, leider käme bei meiner Freundschaft mit Pat nichts heraus, aber in Rochelles Fall ließe ich mich mit einem »Mädchen von mysteriösem Pathos« ein, und bei Stephanie führte ich mich schlicht wie der letzte Mensch auf. Das Eigenartige war, daß die Unterredung nicht mit einer Verwarnung endete; es wurde mir nicht ausdrücklich vorgeschrieben, was ich zu tun und zu lassen hätte.

Ich stellte Stephanie weiter nach. Dr. Clarks Ermahnungen zum Trotz und obwohl es mir nicht gelungen war, sie für mich zu interessieren. Ich kann mich nicht einmal erinnern, was mich an ihr so anzog oder was ich von ihr wollte: Ich analysierte diese Anziehung als reinen Magnetismus und opferte bereitwillig alle Erinnerung und Voraussicht einem Drang, der in Wahrheit nicht ganz so blind war, wie ich mir einreden wollte. Ich spürte, daß ich zu niederträchtigem Verhalten jeder Art fähig war. Ich stellte mir vor, wie ich Stephanie mit Gewalt nahm, sie von hinten packte, mich nachts in ihr Bett schlich. Ich hielt diese leeren, frustrierten Gedanken für Anzeichen von Vitalität, und deshalb waren sie mir willkommen, obwohl sie mich von innen zerstörten. Eigentlich ging es natürlich darum, nicht an Jade denken zu müssen, und in dieser Hinsicht hätte jede Krankheit ihren Zweck erfüllt: Wäre es nicht Erotomanie gewesen, hätte es genausogut hysterische Paralyse sein können. Eines Tages konnte ich Stephanie dann endlich bewegen, mit auf mein Zimmer zu kommen; ich glaube, daß meine Hartnäckigkeit allmählich ihren Widerstand erlahmen ließ und das Gefühl der Sinnlosigkeit und des Identitätsverlustes noch verstärkte, das bei ihr ohnehin zunahm, während ihr Aufenthalt in Rockville sich in die Länge zog und immer mehr zur Routine wurde. Ich hatte sie in ein Gespräch über die Nobelpreise verwikkelt, und wir wollten in meinem Lexikon nachsehen, wie viele Amerikaner schon den Nobelpreis für Literatur bekommen hatten. Rochelle sah uns hinaufgehen, und ein paar Minuten später ging sie auf ihr Zimmer, holte den Vorrat an Librium hervor, den sie in den vorangegangenen zwei Monaten gehortet hatte, und versuchte einen, wie sie es genannt hätte, Selbstmord aus Rache zu verüben.

Rochelle wurde ohne große Schwierigkeiten gerettet, aber am nächsten Tag – in der ganzen Klinik herrschte gespannte Ruhe – sagte mir Dr. Clark, er werde sich für meine »Entlassung« aus Rockville aussprechen. Ich wußte, daß dies eine eindeutig schlechte Nachricht war, fragte ihn aber trotzdem, ob das bedeute, daß er eine ambulante Fortsetzung der Therapie empfehlen wolle, ob ich also nach Chicago zurückkehren könne.

»Sie wissen ganz genau, was das bedeutet und was nicht. Ich bin, sogar als Ihr behandelnder Arzt, ein bißchen überrascht, daß Sie diese Gelegenheit dazu benützen... Na ja, was soll's. Die Antwort ist nein. Die Entscheidung gründet sich auf eine einzige Überlegung: Wir sind nicht mehr der Meinung, daß wir Sie hier noch mit viel Aussicht auf Erfolg behandeln können. Es ist eine Situation eingetreten, in der Ihre Anwesenheit zu einer Belastung für die ganze therapeutische Gemeinschaft wird. Es tut mir leid, aber man wird Ihre Behandlung in einer Umgebung fortsetzen müssen, in der die Gemeinschaft keine so wichtige Rolle spielt. Und wer weiß, vielleicht ist das genau die Veränderung, die Sie brauchen.«

Genau...

Mein Großvater Jack beteiligte sich nicht mehr an den Kosten meines Klinikaufenthalts; mein Verstoß gegen die Bewährungsauflagen und Arthurs Affäre mit einer Schwarzen hatten meinen Großvater dazu gebracht, sich von uns und unseren ewigen Problemen abzuwenden. Meine Eltern hatten in Rockville eine kleine Ermäßigung aushandeln können, aber es war immer noch viel mehr, als sie sich eigentlich leisten konnten. Als die Entscheidung fiel, daß ich nicht länger in dieser liberalen Klinik in Wyon bleiben könne, begann eine nicht sehr gründliche Suche nach einer ähnlichen Einrichtung im Staate Illinois, die aber ohne Erfolg blieb – und meine Eltern konnten sich in Wahrheit eine Privatklinik auch gar nicht mehr leisten. Auf Empfehlung des Gerichts wurden deshalb meine psychiatrischen Unterlagen, mein Körper und mein Schicksal in eine staatlich geführte Klinik namens Fox Run in Highland Park, einem Vorort von Chicago, verlegt. Arthur gab sich Mühe, mich schonend darauf vorzubereiten – das heißt auf die Einzelheiten. »Ich glaube, das ist genau eine Klinik von der Art, wie sie das Gericht für dich als geeignet ansieht, bevor du endgültig entlassen wirst. Der Fehler an einer Klinik wie Rockville ist, daß sie einen bestimmten Ruf hat, und man ist der Ansicht, daß du hier weder eine Strafe absitzt noch Hilfe bekommst.«

»Warum habt ihr mich dann erst hierher gebracht?« fragte ich.

»Du warst doch selber dafür«, sagte Arthur. »Das weiß ich noch genau.«

»Und jetzt steckt ihr mich nach Fox Run? Ich hab schon allerhand über Fox Run gehört, weißt du. Es gibt Leute hier, die schon eine Zeitlang dort waren. Das ist eine beschissene Klapsmühle, daß du's weißt. Mein Gott, merkst du denn nicht, was hier gespielt wird? Ich gehe langsam, aber sicher vor die Hunde. Fox Run ist eine dieser Anstalten, in denen man für immer verschwindet. Man wird zu Tode geprügelt, mit Medikamenten umgebracht oder einfach vergessen. Na gut, von mir aus. Mir ist es egal. Ich sage kein Wort mehr. Ich möchte nur vorschlagen, daß ihr mich beide noch einmal genau anseht. Wenn ihr meint, ich sei jetzt schon vermurkst, kann ich euch nur eins sagen: Wenn ihr mich das nächste Mal seht, werdet ihr mich nicht wiedererkennen. Ich schwöre euch, das gibt mir den Rest.«

Am 1. Juli 1976 brachten mich Eddie Watanabe und ein rabbinerhaft wirkender Mitarbeiter von Fox Run in einem Ford in mein neues Quartier in Highland Park. Als Abschiedsgeschenk hatte mir Dr. Clark eine gewaltige Dosis Stelazine verpaßt, und die neongrelle Angst, die ich empfunden hatte, war jetzt in weiches, leicht durchscheinendes Gelee gehüllt. Ich war benommen, schweigsam; ich saß mit meinem Koffer und einer Tragetasche aus Papier auf dem Rücksitz und sah zu, wie aus den Maisfeldern Vororte wurden, der Himmel, der das Blau von Wasserdrosseleiern gehabt hatte, die Farbe verwaschener Jeans und schließlich ein undefinierbares Rauchblau annahm. Eddie und der Typ aus

Fox Run unterhielten sich über den Bürgermeister und den Gouverneur und den Bundesetat und dann über Dinge, an die sie geglaubt hatten, als sie noch jünger waren. Schließlich sagte Watanabe mit müdem Stolz, sie seien beide »Überlebende der sechziger Jahre«, und der Typ aus Fox Run nickte zustimmend.
Der Witz an dem Namen Fox Run war, daß wir, die Patienten, die Füchse und die Ärzte und Pfleger die Meute waren. Sie wollten uns dazu bringen, daß wir uns mit ihnen identifizierten, indem sie uns unablässig von den Versuchen der Nachbarn erzählten, die Klinik schließen zu lassen; jeden dritten Tag, so schien es, war ein Teil des Personals irgendwo unterwegs, um für den Fortbestand der Anstalt zu kämpfen; sie sagten vor Bürgerinitiativen oder einem staatlichen Ausschuß aus und verteidigten Fox Run gegen alle Anschuldigungen, die Tausende von Anschuldigungen, die gegen es erhoben wurden. Wir Insassen waren achtzehn bis dreiundneunzig Jahre alt; viele von uns hatten keine Familie, und eine ganze Reihe hatte keine Vergangenheit, an die sie sich gerne erinnert hätten. Wir waren Orientalen, Appalachier, Osteuropäer, Mexikaner, Schwarze, und die meisten von uns wußten, daß sie den Rest ihres Lebens in dieser oder einer anderen Anstalt verbringen würden.
Die Menschen, die in der Umgebung von Fox Run wohnten, klagten vor allem, die Sicherheitsvorkehrungen seien so unzureichend, daß die Patienten praktisch nach Lust und Laune die Klinik verlassen und durch die Straßen wandern, in Wohnungen gucken, ins Gebüsch scheißen und sehnsüchtig auf kleine Mädchen in Shorts und rückenfreien Oberteilen starren könnten. Als ich das erfuhr, stand mein Entschluß fest, bei der ersten Gelegenheit auszubrechen, und die bekam ich auch bald. Ich bohnerte die Fußböden auf einer Station, als ich mit anhörte, wie ein Aufseher einem Pfleger sagte, die Tür des Notausgangs sei kaputt und lasse sich weder richtig schließen noch ganz aufmachen. Heimlich lief ich alle Korridore ab und suchte nach der defekten Tür. Ich fand sie auch bald und blieb davor stehen, schweratmend und an die Freiheit denkend – an die helle, weite Welt, die sich auf der anderen Seite dieser Tür erstreckte.
Ich wartete, bis es auf dem Gang ruhig war; unter einer Tür sah

ich einen Lichtspalt, einen irisierenden Streifen. NOTAUSGANG war in Schablonen-Buchstaben auf die Tür gepinselt. Das ist ein Notfall, dachte ich, während ich den langen Hebel hinunterdrückte und mich gegen die Tür stemmte. Sie drehte sich knarrend in der kaputten Angel und ließ sich einen Spaltbreit öffnen. Die Welt tauchte auf. Im selben Moment wurde ich von hinten gepackt und in einen kleinen Raum gezerrt, von dem das Gerücht ging, er diene ausschließlich der körperlichen Züchtigung von Patienten, und in dem ich auch tatsächlich ins Gesicht geschlagen, geschüttelt, herumgestoßen und geboxt wurde, bis ich das Bewußtsein verlor. Der Aufseher und die Pfleger, die mich erwischten und verprügelten, meldeten meinen Fluchtversuch nicht, und ich beschwerte mich auch nicht über die Mißhandlungen. Keiner fragte mich, woher ich die Platzwunden, Beulen und blauen Flecken am ganzen Körper hatte. Es dauerte einen Monat, bis die Schmerzen aufhörten, und noch länger, bevor das Hinken und die Kopfschmerzen verschwanden. So brutal zusammengeschlagen zu werden, ist etwas so Unvorstellbares, daß es zwecklos wäre, es beschreiben zu wollen. Wer nie auf diese Weise bestraft wurde, wird nie wissen, wie das ist, selbst wenn ein Genie es ihm beschriebe, und wer es erlebt hat, weiß es nur zu gut.

Im Oktober, an einem Sonntag, kam Ann nach Fox Run. Ein Pfleger stöberte mich im Fernsehraum für Männer im fünften Stock auf. »Besuch«, sagte er und stieß mich bösartig mit dem Zeigefinger. Ich hatte schon die ganze Woche einen benommenen Kopf. Ich fragte ihn, ob es meine Eltern seien – überrascht, denn wir hatten uns eine Woche zuvor furchtbar gestritten, und ich hatte sie gebeten, mich eine Zeitlang nicht besuchen zu kommen. »Nein, es ist eine Tante.« Er zeigte mir den weißen Zettel, den er in der Hand hielt. Datum, Uhrzeit, Name des Patienten. Name des Besuchers: Ann Axelrod. Verwandtschaftsgrad: Tante.

Sie wartete auf mich im Besuchszimmer. Sie saß in einem grünen Sessel und betrachtete die Poster an der Wand: romantisch verschwommene Fotos von Hand in Hand gehenden Pärchen, Schwänen auf dem Wasser, einem Wasserfall und einem riesigen, rot und weiß gestreiften Ballon mit der Aufschrift »Up up and away«. Es waren ungefähr zwanzig Besucher und ebensoviele Patienten in dem Raum; außerdem saßen noch fünf Pfleger als Aufseher herum.

Ich sah Ann, bevor sie gemerkt hatte, daß ich hereingekommen war. Ich wartete, um mir darüber klarzuwerden, welche Gefühle ihr Anblick in mir wachrufen würde. Ich war ein bißchen nervös und verlegen, weil ich wußte, daß ich nicht gut aussah, und weil es immer peinlich ist, eingesperrt zu sein. Aber davon abgesehen wagten sich meine Gefühle nicht hervor; sie blieben unter dem erdrückenden Gewicht der Umstände liegen. Ann hatte ein bißchen zugenommen, aber es stand ihr. Ihr Haar war jetzt fast vollständig ergraut – ich glaube nicht, daß die Zeit allein ihre Haarfarbe so drastisch verändert hatte. Sie trug einen braunen Rock und eine weiche, teuer wirkende Bluse. Sie sah sehr elegant aus; ich blickte um mich, um festzustellen, ob sie den anderen aufgefallen war, aber niemand schien von ihr Notiz zu nehmen.

»Hallo, hallo«, sagte ich und ließ mich in den Stuhl neben ihr fallen.

»David«, sagte sie. Ihre Stimme war plötzlich weg, wie eine Münze bei einem Zaubertrick. Ob sie sie aus meinem Ohr hervorziehen würde? Sie räusperte sich; das Blut stieg ihr ins Gesicht. »Ich hab denen gesagt, ich sei eine Tante von dir.«

»Ich weiß.«

»Ich bin eine so schlechte Schwindlerin«, sagte sie. »Ich habe gedacht, sie würden mich bestimmt ertappen bei meiner...« – sie sah sich um – »... Lüge. Aber jetzt, wo du da bist, glaube ich, daß es mir diesmal geglückt ist.« Sie lächelte. Verschwörung. Triumph.

Eine Welle der Zuneigung erfaßte mich. Ich nahm unvermittelt Anns Hand und hielt sie fest, und dann hob ich sie langsam an meine Lippen und küßte ihren kühlen, leicht gebräunten Handrücken. Meine Nase lag dicht an ihrer Haut, die einen schwachen Geruch nach Gurken hatte, und als ich ihre Hand wieder freigab und Ann sie in ihren Schoß fallen ließ, sah ich, daß sie naß war. Ich starrte sie an, hoffte, sie würde sie abwischen, und hatte zugleich entsetzliche Angst, daß sie es tun würde.

»Ich bin auf Geheiß meines Verlegers in der Stadt«, sagte sie ruhig. »Ich soll für mein Buch werben.«

»Also hast du jetzt doch ein Buch geschrieben«, sagte ich.

Ann zögerte, nickte. Sie hatte gedacht, ich wüßte es schon. Leichte Überschätzung ihrer Berühmtheit. Ich schämte mich für sie. Wie konnte sie glauben, ich wüßte *irgend etwas*.

»Hier erfährt man so gut wie nichts, was draußen vorgeht«, sagte ich.

»Natürlich. Und überhaupt, auch wenn du nicht hier wärst. Es gibt auf der ganzen Welt bestenfalls zehntausend Menschen, die meinen Namen kennen. Eine kleine Welt, die Welt der Bücher.«

»Es war wirklich an der Zeit, daß du ein Buch schriebst. Denk nur: ein richtiges Buch.«

»Du siehst nicht schlecht aus, David«, sagte sie. »Wirklich.« Sie sah sich im Raum um, wie um zu sagen: jedenfalls besser als die andern. Jemand hatte einen Hustenanfall, ein Patient. Seine Angehörigen klopften ihm auf den Rücken.

»Ich hab mich gestern im Spiegel gesehen«, sagte ich. »Und ich dachte: ›He, Mann, du siehst aus wie ein Insasse einer beschissenen staatlichen Klapsmühle.‹«

»Du siehst gut aus. Deine Stimme ist tiefer.«

»Das sind die Medikamente. Die Gesichtsmuskeln erschlaffen, deswegen sieht man älter aus. Die verpassen einem alle möglichen Drogen. Weißt du noch, wie wir mal auf Drogen gestanden haben? Aber hier ist es was anderes. Hier ist es Ernst. Sie müssen sie uns geben, weil wir sonst die gesamte Einrichtung kurz und klein schlagen würden. Uns das Dach über dem Kopf anzünden würden. Deshalb spreche ich auch so leise. Es sind die Drogen. Ich freue mich, daß es dir aufgefallen ist. Ich war mir nicht sicher, ob ich es mir nur einbildete, und wußte nicht, wen ich fragen sollte.«

Wir schwiegen ein Weilchen. Der mit dem Hustenanfall hustete immer noch. Ein Pfleger stand daneben, die massigen Arme verschränkt, und sah zu, wie die Angehörigen dem Mann auf den Rücken klopften.

»Was machst du, wenn du hier bist?« fragte Ann.

»Aber ich bin doch immer hier.«

Sie sah sich um, zuckte die Achseln. »Was machst du?«

»Schau, ich möchte dich um einen Gefallen bitten. Du bist jetzt eine bekannte Schriftstellerin. Warum schreibst du nicht eine Geschichte über mich? Das heißt keine Geschichte, sondern die Wahrheit. Was mir zugestoßen ist. Es tut mir leid. Ich vergesse, daß es Dinge gibt, die ich nicht sagen sollte. Aber der springende Punkt ist doch, daß ich hier bin, und zwar schon verdammt lange, meinst du nicht auch? Meine Akte liegt auf irgendeinem Schreibtisch, ganz zuunterst in einem Stoß. Meinst du nicht, daß mir ein bißchen Publizität helfen könnte? Wenn du eine Geschichte schreibst, um der Welt zu sagen, was mir – und vielleicht auch anderen – passiert ist? Ich muß einfach hier raus. Ich mag dir älter und verändert vorkommen, aber ich bin noch am Leben. Ich bin immer noch genau derselbe. Ich bin's, Ann. Ich bin's. Wirklich. Ich halte durch. Tag für Tag. Aber ich weiß nicht, ich könnte dir wirklich nicht sagen, wie lange ich noch durchhalte. Die wollen, daß man sich ändert. Darum geht es ihnen, nur darum. Ich würde es vielleicht sogar tun, wenn ich wüßte, daß sie mich hinterher rauslassen würden. Aber so wie die Dinge liegen, könnte ich mich in Scheiße verwandeln, und sie würden mich trotzdem noch hierbehalten.« Ich packte wieder ihre Hand, ließ sie aber los, als ich sah, daß ihr Tränen in den Augen standen.

»Ich glaube nicht, daß du hierhergehörst, David«, sagte sie leise. »Ich habe das nie geglaubt. Es ist eine Schande, und es ist dein gutes Recht, wütend zu sein.«

»Ich bin nicht wütend. Ich bin am Abkratzen. Und ich will hier raus.«

»Ich habe nie gedacht, daß es dir recht geschieht. Deswegen bin ich gekommen, um dir das zu sagen. Meine Maschine geht um drei, aber ich mußte es riskieren, sie zu verpassen, um dir das zu sagen und dich zu sehen. Wenn ich irgend etwas...« Sie unterdrückte ein Schluchzen und hielt sich einen Moment die Hand vor die Augen. »Das klingt so falsch. Tut mir leid. Aber es stimmt. Wenn ich irgend etwas für dich tun, mich irgendwie für dich einsetzen kann, werde ich es tun. Das ist keine Familienangelegenheit mehr. Es ist eine Frage von Recht und Unrecht, und es ist eindeutig

Unrecht, daß du immer noch weiter bestraft wirst.« Sie wollte aufstehen, aber ich hielt sie am Arm fest.

»Woher wußtest du, daß ich hier bin?«

»Dein Vater hat es mir gesagt. Schon vor Wochen. Ich hab ihn angerufen.«

»Das muß eine Qual gewesen sein. War's sehr schlimm?«

»Deine Mutter war dran. Sie hat mich angeschrien. Dein Vater hat eingehängt. Es war wirklich eine Qual. Ich muß jetzt gehen. Paß gut auf dich auf. Du...«

»Hat Jade schon ein Baby? Geht's ihr gut?«

»Alles in Ordnung. Ihr Mann wurde nach Brüssel versetzt. Ihr ist das mehr oder weniger egal. Ach so, nein, Kinder haben sie noch keine.«

»*Noch* nicht.«

»Ich glaube nicht, daß sie großen Wert darauf legt. Ich habe ihr wahrscheinlich den Geschmack an der Mutterschaft ein für allemal verdorben.«

»Worum geht's in deinem Buch?«

»Um Hugh. Ich schick dir ein Exemplar.«

»Hugh?«

»Du kommst auch vor. Aber nicht als du selbst. Es ist nicht, was du denkst. Es ist über die Zeit davor. Als ich mich in ihn verliebte. Der Anfang.« Sie stand auf.

»Es war sehr nett von dir, daß du...« Der Kopf fiel mir auf die Brust. Ich bedeckte meine Augen, und dann hatte ich Angst, die Hand wieder fortzunehmen, weil ich fürchtete, sie werde schon gegangen sein. Ich spürte ihre Hand auf meiner Schulter. Ich blieb unbeweglich stehen.

»Verlier nicht den Glauben an dich selbst, David«, sagte sie. Wir standen ganz dicht beieinander; ich roch ihr Parfüm. Ich holte tief Luft und zog den Duft in mein Blut.

»Ich habe keinerlei Glauben an mich selbst.«

»Doch. Du mußt ihn nur wiederfinden. Aber es ist kein Wunder, daß dir das hier nicht gelingt. Du mußt hier raus. Du gehörst hier nicht her.« Sie hob den Arm und legte mir die Hand auf die Wange. Sie sah mich einen langen Moment an; ich hätte sie umarmen mögen, aber irgend etwas hielt mich davon ab. Ich

spürte, wie mir die Tränen übers Gesicht liefen. Ann trat zurück, sah mich an, wie man jemanden ansieht, dessen Gesicht man sich einprägen will, und dann drehte sie sich um.
Ich sah ihr nach, wie sie durch das Besuchszimmer auf die Glastüren zuging. Sie hatte die Schultern zurückgenommen und bemühte sich, nicht schnell zu gehen. Noch ein Augenblick, und sie würde weg sein.
»Dank dir«, rief ich ihr nach, die Hände als Schalltrichter vor dem Mund.
Sie hob die Hand, ohne sich noch einmal umzusehen. Sie winkte mit den Fingern, bog sie nacheinander ab, als ob sie rückwärts zählte. Fünf, vier, drei, zwei, eins.

Im September starb mein Vater, zu Hause, im Schlaf. Ein schwerer Herzanfall, obwohl ich mir nicht sicher bin, ob wirklich noch ein harter Rempler nötig war, damit er endgültig vom Leben abließ. Als ich davon erfuhr, wußte ich gleich, daß er sich seit Barbara Sherwoods Tod auf seinen eigenen vorbereitet hatte. Rose kam nach Fox Run, um mir die Nachricht zu überbringen. Wir waren alleine im Besuchszimmer, es war Mittwoch. Ihr Gesicht war weiß wie Kreide, als stünde sie noch halb unter Schock: Es sind Fenster in der Wand, die das Leben vom Tode trennt, und wenn man durch eines hindurchblickt, ist man nicht mehr derselbe. Ich wußte, daß etwas passiert war, und als ich mich neben Rose setzte und sie ihre kalte kleine Hand auf mein Handgelenk legte, war ich aufs Schlimmste gefaßt. Es war schon drei Tage vorher passiert: Arthur starb am Sonntagabend um elf; sein Körper befand sich bereits, seinem eigenen Versprechen gemäß, in der Anatomie der University of Chicago, als »Stiftung an die Wissenschaft«. Ich fühlte mich zu sehr vernachlässigt, zu sehr im Hintertreffen, um zu weinen. Mir war nur tief drinnen furchtbar elend, wie bei einer schweren Krankheit.
Einen Monat später mußte ich mich einer Reihe psychologischer Tests unterziehen. Das Übliche. Zahlenkolonnen addieren. Wer war der erste Präsident der Vereinigten Staaten? Was ist die Sonne? Fragen, mit denen festgestellt werden sollte, ob ich noch richtig tickte, ob mein Begriff von der Wirklichkeit noch halb-

wegs geschlossen und normal sei. Rorschachtests, Tests, bei denen man Geschichten vervollständigen mußte, Tests zur Raumwahrnehmung, Gedächtnisübungen und schließlich eine Art Rigorosum vor einem Kollegium von drei Psychiatern, in dem ich über mich selbst sprach und Fragen beantwortete. Wenn Sie jede erdenkliche Stellung in der Welt bekommen könnten, wofür würden Sie sich entscheiden? Wenn Sie ein Mädchen liebten, das Sie nicht liebt, was würden Sie tun? Es strengte mich an, den Normalen zu spielen, und ich hatte mich sogar auf eine Höhe des Scharfsinns aufgeschwungen, auf der ich erkannte, daß ich mir selber geschadet hätte, wenn meine Anstrengungen zu offensichtlich – oder zu erfolgreich – gewesen wären. Ich mußte mich in jedem Augenblick als empfindlich für ihr Urteil über mich erweisen; Zuversicht und Entschlossenheit würden sie als Symptome psychischen Zerfalls deuten.
Zwei Wochen nach diesen Tests informierte mich Dr. Donner, der angeblich mein Psychiater war, obwohl ich ihn wöchentlich nur anderthalb Stunden sah, ich sei bereit, »es wieder einmal in der Welt draußen zu probieren«. Er gab mir ein paar gutgemeinte Ratschläge, meinte, ich solle »ernsthaft erwägen«, auch nach meiner Entlassung zu einem Psychiater zu gehen, und »nicht zögern«, mich an ihn zu wenden, falls ich ein Problem hätte, über das ich sprechen wolle; er hoffe, ich hätte während meines Aufenthalts in Fox Run viel über mich erfahren und gelernt, mit meinen Problemen fertigzuwerden. »Angesichts der Tatsache, daß die Klinik unter ständigem Beschuß von uneinsichtigen Anwohnern und stets in Gefahr ist, dem Rotstift zum Opfer zu fallen, tut es besonders gut, jemanden mit dem Gefühl nach Hause entlassen zu können, daß sein Aufenthalt bei uns nicht ganz umsonst war.«

Und so wurde ich entlassen. Ich verließ Fox Run auf einer Brücke, die aus Deiner Heirat und Arthurs Tod gebaut worden war. Ich kehrte in meine alte Wohnung in der Ellis Street zurück, um mich dort von dem langen Klinikaufenthalt zu erholen und mich an die Freiheit zu gewöhnen. Ich hatte das alles schon einmal durchgemacht, aber der Unterschied war jetzt, daß ich mir nicht mehr die geringste Illusion machte, alles könne sich schlagartig durch die gewaltige, irrationale Magie der Wiedervereinigung mit Dir verwandeln. Ich hoffte nicht mehr darauf, Dich von meinem Fenster aus zu sehen, nicht einmal wenn ich aus dem Bett stieg, in dem ich zum erstenmal mein Herz mit Deinem vereint hatte, in dem ich Qualen ausgestanden hatte, als ich mich danach sehnte, Dich wiederzusehen. Wenn das Telefon klingelte, dachte ich nie, Du seist dran, und der Anblick des Briefträgers mit seiner riesigen Ledertasche voller Briefe und Postkarten weckte nicht einmal mehr einen *Wunsch* in mir. Arthurs bescheidene Hinterlassenschaft hatte Rose bekommen, aber sie gab mir die Hälfte ab, und so war ich zum erstenmal in meinem Leben bei Kasse. Jetzt konnte ich ausziehen, sobald ich dazu bereit war, aber ich war nicht dazu bereit. Es zog mich nach Hause, und Rose brauchte mich dort auch.

Jade. Ich sage es nicht gerne, aber ich bin wirklich nicht mehr...

Es war schwer, eine Arbeit zu finden. Ich war vorbestraft, und daß ich meine Strafe hauptsächlich in Kliniken abgesessen hatte, war schlimmer als eine Gefängnisstrafe, danach zu urteilen, wie die Leute mich ansahen. Ich hatte sehr wenig gelernt und kaum gearbeitet. Und das mit beinahe achtundzwanzig Jahren. Ich wollte in einer großen Firma arbeiten, wo ich mit vielen Leuten in Kontakt kommen würde. Freunde meiner Eltern versuchten mir zu helfen, aber keiner hatte etwas für mich; sie waren alle entweder pensioniert oder schlicht zu alt, um noch Einfluß zu haben. Ich lebte von meiner kleinen Erbschaft und belegte Kurse an der Roosevelt University. Es spielt keine Rolle, was ich belegte, aber es war nicht Astronomie. Ich brauchte etwas, was ich später in der Praxis anwenden konnte, und alle sagten mir, Astronomen täten sich schwer, eine Stelle zu finden.

An guten Tagen kam ich mir vor wie ein Schiffbrüchiger, der die ersten Anzeichen einer näherkommenden, aber noch unsichtbaren Küste wahrnimmt: einen Geruch im Wind, eine Weichheit des Lichts, plötzlich vorüberziehende Möwen.

Ich hoffe, es geht Dir gut heute. Du brauchst hiervon kein Wort zu lesen, weißt Du. Ich möchte Deinen Mann nicht nervös machen oder Dich in Verlegenheit bringen oder Dich dazu bringen, Dich an Dinge zu erinnern, die am besten vergessen bleiben. Ich bin ans Ende gekommen. Nicht ans Ende der Liebe. Aber meiner Fähigkeit, Worte zu machen. Ich habe keine Bedürfnisse mehr, kein Verlangen. Mein Leben nimmt Gestalt an. Ich lebe mit einer Frau zusammen, und vielleicht werden wir eines Tages heiraten, obwohl ich es bezweifle. Sie malt übrigens auch. Sogar besser als Du. Sie lehrt an der Universität und ist zwei Fingerbreit größer als ich. Ich will Dir gar nicht erst sagen, wo ich jetzt wohne. Ich halte es für sinnvoller, wenn Du es nicht weißt.

Ich möchte es nicht sagen, wirklich nicht, aber wenn Du bis hierher gekommen bist, läßt sich nicht leugnen, daß immer noch brennt, was angezündet wurde, als ich Dich liebte. Aber das ist für Dich jetzt kaum noch von Belang, und das ist gut so.

Alles ist an seinem Platz. Die Vergangenheit ruht und atmet nur leise in der Dunkelheit. Sie hält mich nicht mehr so gefangen wie früher; jetzt muß ich zurückgreifen, um sie zu berühren. Es ist Nacht, und ich bin allein, und es ist noch etwas Zeit, noch ein Moment. Ich stehe auf einer langen schwarzen Bühne, mitten in einem Lichtkegel, und das ist meine Liebe zu Dir, die alles überdauert. Ich bin der Ewigkeit entkommen – oder wurde aus ihr ausgestoßen – und bin nun wieder in der Zeit. Aber ich trete noch einmal heraus, um diese Arie vorzutragen, dieses Geständnis, dieses Testament ohne Ende. Meine Arme öffnen sich weit, nicht um Dich zu umarmen, sondern um die Welt zu umarmen, das Mysterium, in dem wir gefangen sind. Es ist kein Orchester da, kein Publikum; es ist ein leeres Theater mitten in der Nacht, und alle Uhren der Welt ticken. Und nun zum letztenmal, Jade, es ist mir egal, ich frage nicht einmal danach, ob es Wahnsinn ist: Ich sehe Dein Gesicht, ich sehe Dich, Dich; ich sehe Dich überall.